ANNE-MARIE VILLEFRANCHE

Die Venusblüte

Die Zaubermuschel

Zwei Romane in einem Band

Aus dem Englischen
von Angelika Weidmann

GOLDMANN

Ungekürzte Ausgaben
Die Originalausgabe von »Die Venusblüte« erschien unter dem Titel »Secrets d'amour« bei Nexus Books, London, die von »Die Zaubermuschel« unter dem Titel »Souvenirs d'amour« bei W. H. Allen & Co., London

Umwelthinweis:
Alle bedruckten Materialien dieses Taschenbuches sind chlorfrei und umweltschonend.
Das Papier enthält Recycling-Anteile.

Der Goldmann Verlag
ist ein Unternehmen der Verlagsgruppe Bertelsmann

Genehmigte Taschenbuchausgabe 8/97

Umschlagentwurf: Design Team München
Umschlagfoto: Mauritius/Superstock
Druck: Elsnerdruck, Berlin
Verlagsnummer: 13180
MV · Herstellung: Heidrun Nawrot
Made in Germany
ISBN 3-442-13180-4

3 5 7 9 10 8 6 4 2

Die Venusblüte

1

Unterhaltungen in einem Treppenhaus

Madeleine Beauvais war groß, schlank und schön – und es war nicht übertrieben, wenn man behauptete, daß Armand, der Cousin ihres Mannes, halbwegs in sie verliebt war. Er kam häufig in die Wohnung der Beauvais, weil er es genoß, sie anzuschauen und sich mit ihr zu unterhalten. Er dachte jeden Tag an sie, und manchmal – vielleicht, wenn er ein wenig mehr Champagner getrunken hatte, als gut für ihn war – phantasierte er über sie. Und wie die menschliche Natur nun einmal beschaffen ist, braucht wohl kaum erwähnt zu werden, daß diese seine Phantasien von einer gewissen Sorte waren – Armand gönnte sich dabei das Privileg, Madeleine ihrer Kleider zu entledigen und in vielfältiger und schamloser Weise genießerisch seine Gelüste an ihrem eleganten Körper auszulassen.

Madeleine war mit ihren neunundzwanzig Jahren auf dem Gipfel körperlicher Perfektion. Sie hatte ein ovales Gesicht mit edel ausgeprägten Backenknochen, eine lange, schmale Nase und einen üppigen Mund. Ihr Haar war von faszinierender walnußbrauner Schattierung und schien, obgleich sie es der Mode entsprechend kurz geschnitten trug, glänzend und duftend um ihr Gesicht zu fluten. Wenn ihre Freundinnen sie als sehr gut aussehend beschrieben, zuckten sie im allgemeinen gleichzeitig mit den Schultern, um deutlich zu machen, daß sie nicht ganz verstanden, was die Männer an ihr eigentlich so interessant fanden. Tatsächlich entging keinem Mann die unsichtbare Aura, die sie umgab, die zwar vielleicht nicht eindeutig zu definieren war, jedoch sehr viel mit unterschwelliger Sinnlichkeit zu tun hatte.

Madeleine war jedoch durchaus nicht provokativ. Als verheiratete Frau aus guter Familie kleidete und benahm sie sich, wie es von ihr erwartet wurde. Doch auf subtile Weise deutete ihre Erscheinung auf eine heimliche, weit über das Gewöhnliche hinausgehende Begeisterungs- und Liebesfähigkeit hin. Es war für jene, die für derartige Nuancen empfänglich waren, an den winzigen Gesten ihrer Hände zu erkennen, wenn sie sprach, und an der Art, wie sie das Handgelenk drehte. Es lag in der graziösen Weise, wie sie im Sitzen ihre seidenbestrumpften Beine übereinanderschlug, und in den Rundungen ihrer kleinen Brüste und ihrer Hüften unter ihren hübschen Kleidern.

Die vielen Männer, die wie Armand Budin die starke Anziehung verspürten, die Madeleine wie ein köstliches Aroma zu umwehen schien, verstanden einander ganz genau. Da war auch nicht einer unter ihren Bekannten, der nicht über alle Maßen hingerissen gewesen wäre, hätte sich ihm die Gelegenheit geboten, ihr an einem Nachmittag die Kleider auszuziehen und Liebe mit ihr zu machen. Doch leider war bekannt, daß sie ihrem Ehemann Pierre-Louis vollständig, hingebungsvoll und bewundernswert treu blieb, obgleich sie schon seit acht Jahren verheiratet waren.

Natürlich hatte es über eine so lange Zeit genügend junge – und auch nicht mehr ganz junge – Männer gegeben, die Madeleine insgeheim die Macht ihrer Gefühle für sie gestanden hatten. Und sie waren auch noch weitergegangen und hatten ihr Andeutungen über ihr Bestreben gemacht, ihr Liebhaber werden zu dürfen. Sie hatten Madeleine ihre Sehnsüchte je nach individuellem Temperament und Verstand zum Ausdruck gebracht, und diese reichten von romantischen Bekenntnissen unsterblicher Liebe, die nichts anderes zu erhoffen wagt, als ihre Hand halten und einen keuschen Kuß auf ihre Wange drücken zu dürfen, über die ganze Skala bis hin zu derben Geständnissen des glühendheißen Verlangens, ihre Brüste küssen zu wollen, bis sie vor Lust in Ohnmacht fiele.

Da war ein besonders dreister Kerl, Claude Bonheur, der sich selbst entehrte, indem er seinem begehrlichen Hunger auf Madeleine unterlag. Er war ein gutaussehender Mann von ungefähr fünfundzwanzig, groß und blauäugig, Rechtsanwalt von Beruf und unter normalen Umständen von der Vorsicht eines Anwalts. Doch bei einer Gesellschaft in der Wohnung der Beauvais erregte ihn die Mischung von Champagner und seinem Begehren, Madeleines Charme für sich zu gewinnen, ein wenig zu sehr. Diese berauschende Mischung trug ihn weit über die Grenzen anständiger Manieren hinaus, die in einer höflichen Gesellschaft geboten sind. Als er sich für einen Augenblick allein mit ihr in einer Ecke der Wohnung wiederfand, nutzte er die Gelegenheit, um sie fest um die Taille zu packen und sich heftig an ihr zu reiben.

Es ist anzunehmen, daß er dies in der Hoffnung tat, der kräftige Druck seiner steifen Männlichkeit gegen ihren Bauch würde, selbst durch die Schichten von Kleidern hindurch, ihre Leidenschaft derart entflammen, daß sie ihm nichts mehr verweigern würde. Sie erkannte, daß er ein wenig beschwipst war, und bat ihn, sie loszulassen, und versuchte, ihn wegzuschieben, um damit die Angelegenheit ohne weitere Unschicklichkeiten zu beenden. Doch als er sie weiterhin festhielt und sich immer schneller und heftiger an ihr rieb, als sei er entschlossen, seine Erregung in seine Unterwäsche zu entladen, war es nicht Madeleines Leidenschaft, die er entflammte, sondern ihren Zorn – in dem Maße, daß sie ihm eine

Ohrfeige versetzte und seine Schamlosigkeit in aller Schärfe tadelte.

Die Wahrheit war, daß ausnahmslos alle Anwärter auf ihre Gunst mit einer Bestimmtheit abgewiesen wurden, die keinerlei Zweifel aufkommen ließ. Man kann sich also das Staunen und das Entzücken von Armand Budin vorstellen, als er eines Abends die überraschende Entdeckung machte, daß er Madeleine haben konnte – daß er sie haben konnte, wann immer er wollte, daß er sie zu seiner Lust nackt auf dem Rücken auf seinem Bett haben konnte, ganz ohne Mühe! Die Macht dieser Erkenntnis war überwältigend – ein Schauder schüttelte seinen Leib, der Atem blieb ihm im Halse stecken, fast, als wäre sie schon unter ihm ausgestreckt, sein Bauch auf ihrem, und sein Augenblick der Erfüllung nah.

So wie er Madeleines Charakter kannte, war es allerdings höchst unwahrscheinlich, daß sie auf ihre Bereitschaft, sich ihm mit ihrem Körper hinzugeben, hinweisen würde. Es war so unwahrscheinlich wie der Gewinn eines Loses, das er schon lange vergessen hatte. Aber in gewisser Weise hatte er dieses Los in der Tasche, er hatte es sozusagen gekauft, indem er zwei oder drei Jahre zuvor Madeleine sein Interesse so dezent zu verstehen gegeben hatte, daß sie eher geschmeichelt als ärgerlich gewesen war. Sie hatte ihn mit fast ebensoviel Grazie abgewiesen, als hätte sie seine Avancen akzeptiert.

Es gab nichts Außergewöhnliches an der Gelegenheit, bei der Armand die verblüffende Entdeckung machte, daß die tugendhafte Madeleine jetzt seine Avancen willkommen heißen würde. Er befand sich in Gesellschaft von einem Dutzend Freunden, einschließlich Madeleine und Pierre-Louis, die einen Abend im Nachtclub *Les Acacias* genossen. Obgleich Armand vor ein paar Monaten seinen dreißigsten Geburtstag gefeiert hatte, hatte er sich bislang nicht mit einer Ehe belastet. Für den Abend hatte er daher eine der vielen schönen Frauen, die er kannte, Dominique Delaval, eingeladen – eine elegante junge Frau, die verheiratet gewesen war, die Ehe aber nach zwei oder drei Jahren unangenehm beengend gefunden hatte und sich scheiden ließ.

Eine Band spielte amerikanische Jazzmusik, der Champagner floß in Strömen, die Freunde klatschten über andere Freunde, und die Zeit verstrich auf angenehmste Weise. Armand tanzte mehrmals mit der hellhaarigen Dominique und aus Höflichkeit einmal mit jeder der anderen Frauen der Gesellschaft. Es war zweifellos Dominiques Lebhaftigkeit, zusammen mit den üppigen Formen ihres halbbedeckten Busens, die ihr die sofortige Beliebtheit bei den Männern einbrachten – insbesondere bei den verheirateten Männern. Im Laufe des Abends erbat sich jeder der Männer in Armands Gesellschaft das Vergnügen, mit ihr tanzen zu dürfen.

Einer von ihnen, bemerkte Armand, fühlte sich zwischen den Paaren auf der bevölkerten Tanzfläche frei genug, seine Hand von den eleganten Schulterblättern, die von Dominiques rückenfreiem Abendkleid zur Schau gestellt wurden, tiefer gleiten zu lassen und ihre Kehrseite durch den anliegenden, mandarinfarbenen Seidenstoff zu befühlen. Es war nicht nur ein freundschaftlicher Druck – Vincent ließ seine Hand dort während der ganzen Zeit, die sie zusammen tanzten. Auch begnügte er sich nicht damit, seine Hand leicht auf Dominiques Kehrseite ruhen zu lassen, als wolle er sie mit dieser unnötigen Intimität durch die ruckartigen Schritte des Tanzes steuern. Soweit Armand erkennen konnte, bewegte sich Vincents verräterische Hand ohne Unterlaß und streichelte und drückte die köstlichen Backen, die unter Dominiques Kleid versteckt waren.

Man mußte zugeben, daß die Versuchung wirklich groß war. Die graziösen Rundungen von Dominiques Hinterteil waren von so exquisiter Form, daß, wenn ein Bildhauer sie in rosa Marmor nachformen könnte, sein Werk als Meisterstück gefeiert und einen Ehrenplatz im Louvre erhalten würde. Nicht, daß diese ihre wundervolle Ausstattung aus etwas so Kaltem, Unnahbarem wie Marmor geformt gewesen wäre – unter der Haut ihrer Backen war ein Reichtum an Wärme und geschmeidigem Fleisch, das unendlich köstlich anzufassen war. Diese hinreißenden, ovalen Leckerbissen wölbten sich unter der Rückseite ihres Kleides in einer Weise hervor, daß jedem, der sie sah, die Hände juckten hineinzukneifen.

Dieser Vincent Moreau, der einen so unerfreulichen Akt von Vertraulichkeit beging, war ein guter Freund von Armand, seit sie zusammen das Gymnasium besucht hatten. Als er Dominique zum Tisch zurück geleitete, war Vincents Gesicht selbst in der beinahe vollständigen Dunkelheit des Nachtclubs sichtbar gerötet, und in seinen schwarzen Abendhosen war eine eindeutige Beule. Er nahm den Stuhl neben Dominique und flüsterte ihr etwas zu, wobei sein Mund beinahe ihr diamantgeschmücktes Ohr berührte, während er ihr Glas auffüllte. Im Schutz des Tisches legte er seine Hand auf ihr seidenbestrumpftes Knie und mit der Geschicklichkeit langer Erfahrung schob er seine Hand unter ihr Kleid.

Nun, mit Sicherheit schieben Nacht für Nacht im Dämmerlicht von Nachtclubs Massen von Männern ihre Hände unter Kleider von Frauen. Tatsächlich ist die Theorie weitverbreitet, daß darin der wahre Zweck von Nachtclubs liege – und daß das Trinken und Tanzen nichts als Mittel seien, Männerhänden den Zugang zu Frauenschenkeln zu erleichtern. Aber Vincents hübsche Frau Brigitte saß ihm gegenüber am Tisch, und schon seit langer Zeit ist wissenschaftlich und unwiderlegbar bewiesen worden, daß eine Frau von dem Tag ihrer Heirat an eine mysteriöse hellseherische Kraft entwickelt. Diese warnt sie mit einem kalten Rieseln über ihren Rücken in dem Augenblick, wo ihr Ehemann die Schätze einer anderen

Frau berührt, selbst wenn er sich in dem Moment auf der entgegengesetzten Seite von Paris aufhält.

Noch ehe Vincents Hand mehr als die halbe Strecke von Dominiques Knie zum Saum ihres Seidenstrumpfes zurücklegen konnte, setzte Armand der Torheit, die nur allzu schnell zu Peinlichkeit degenerieren konnte, ein Ende, indem er Dominique vom Stuhl zog und zur Tanzfläche zurückbrachte. Es war nicht eigentlich Eifersucht, denn er wußte nur zu gut, daß er bei weitem nicht der einzige Mann war, was Intimitäten mit Dominique betraf. Aber er fand es ungehörig von Vincent, sie unter den Augen ihres Partners für den Abend – und noch ungehöriger, vor der Nase seiner Frau – zu verführen zu suchen.

Angemessen wäre es gewesen, Dominique nach ihrer Telefonnummer zu fragen und sie morgen anzurufen, um ein Zusammentreffen zu arrangieren, wenn Vincent so von ihr eingenommen war. Sein allzu offensichtlicher Annäherungsversuch zeigte einen Mangel an Respekt sowohl gegenüber seiner Frau als auch gegenüber Armand. Immerhin war eindeutig klar, daß Vincent den empörten Ehemann herausgekehrt hätte, wenn Armand die Unverfrorenheit besessen hätte, seine Hand unter dem Tisch über Brigittes Schenkel hätte wandern lassen, um das Schmuckstück zu berühren, das Vincent als sein Eigentum betrachtete. Der Zwischenfall ging vorüber und wurde vergessen, außer von Brigitte, die ihrem Mann einen eiskalten Blick zuwarf und für den Rest des Abends nicht mehr mit ihm sprach.

Der wahrhaft atemberaubende Augenblick für Armand fand statt, als die Gesellschaft um zwei Uhr in der Früh den Club verließ. Alle Freunde standen dicht gedrängt in dem winzigen Eingangsfoyer und sortierten Mäntel und Hüte. Pierre-Louis gab dem Garderobier ein Trinkgeld, und Armand nahm Madeleines eindrucksvollen Abendumhang mit dem Zobelkragen, um ihn um ihre nackten Schultern zu legen. Er hatte über die angemessene Höflichkeit hinaus keinerlei Hintergedanken. Schließlich würde er sich in weniger als einer Viertelstunde in Dominiques Wohnung und kurz darauf in einer nackten Umarmung mit ihr wiederfinden.

Und dennoch, wie die männliche Natur nun einmal ist, konnte er sich, als er ihr den Umhang hinhielt, eines schnellen Blicks über Madeleines Schulter nicht erwehren. Sie trug ein schickes, ärmelloses, kleines, locker um die Hüften gegürtetes Cocktailkleid aus weißem Satin, das vorne sehr tief ausgeschnitten war und die Furche zwischen ihren Brüsten sehen ließ. Sie hatte eine lange Perlenkette einmal eng um den äußerst küssenswerten Hals geschlungen, und eine zweite Perlenreihe hing bis auf die Höhe ihrer Brüste. Und diese köstlichen, kleinen Granatäpfel waren es, auf die Armand über die bloße Schulter in dem lockeren Gewand hinabschaute.

Das subtile, teure Parfüm, das Madeleine sich hinter die Ohren, unter das Kinn und in das Tal zwischen ihren Brüsten getupft hatte, stieg Armand in die Nase und hatte eine solche Wirkung auf ihn, daß er ein plötzliche Regung in seinen Hosen verspürte. Er vergaß Dominique und die Genüsse, die ihn erwarteten; seine leicht erregbare Leidenschaft war plötzlich auf die unerreichbare Madeleine konzentriert. Man muß bedenken, daß das kleine Foyer mit den zwölf Freunden, die alle ihre Mäntel, Hüte und Handschuhe anzogen, dicht bevölkert war. Das war vielleicht der Grund, warum Madeleine einen kleinen Schritt rückwärts auf Armand zu machte, während er ihr in den wunderschönen, dunkelgrünen Abendmantel mit dem Zobelkragen half.

Wie jeder wußte, der Madeleine je auf einer Tanzfläche gesehen hatte, hatte sie lange, elegante Beine und war beinahe ebenso groß wie Armand. Sie stand mit dem Rücken so nah vor ihm, daß ihn die sanften Wellen ihres dunkelbraunen

Haars an der Nase kitzelten. Und er brauchte sich nur ein winziges bißchen nach vorn zu beugen, um einen flüchtigen Kuß auf einen grazilen Nacken zu setzen. Er war so leicht und flüchtig, daß er meinte, er allein wisse davon. Diese allerkürzeste Berührung ihrer Haut peitschte seine schnell entflammbaren Gefühle noch zusätzlich auf, so daß er im Geiste nicht ihren Nacken, sondern ihre Lippen geküßt hatte.

Im nächsten Moment erkannte er mit Schrecken, daß er nicht der einzige war, der wußte, daß er Madeleine so zart geküßt hatte. Nicht daß die Handlungen oder Worte seiner Freunde ihm Grund gegeben hätten, es zu glauben – es war etwas von viel persönlicherer Natur. Durch den langen Abendumhang, den er für Madeleine hielt, so daß er wie ein dünner Vorhang zwischen ihnen hing, fühlte er, wie sie ihr Hinterteil gegen seine Lenden drückte. Und es war nicht einfach eine kurze, versehentliche Berührung, sie rieb ihren Po sanft und absichtlich an ihm.

Die Überraschung entlockte ihm ein leises Stöhnen, und er beantwortete ihre Geste sofort, indem er Bauch und Lenden an sie drückte. Es bestand nicht der geringste Zweifel – sie schmiegte ihr Gesäß sogar noch kräftiger an ihn, was köstliche Gefühle durch seinen Leib rieseln ließ. Ohne Unterlaß starrte er in den Ausschnitt ihres weißen Satinkleids auf ihre unverhüllten Granatäpfel mit ihren dunkelroten Knospen. Ihre Hände nahmen ihm den Umhang ab, drapierten ihn selbst um ihre Schultern und verdeckten so die Köstlichkeiten, die er anstarrte. Ihre Fingerspitzen berührten dabei jedoch flüchtig seine Hände.

Der Kontakt war extrem zufällig, oder zumindest gedacht, bei jedem im Foyer Anwesenden, der ihn bemerkt haben könnte, diesen Eindruck zu erwecken. Aber für Armand war es, als habe ein elektrisch geladener Draht seine Hand gestreift und Tausende von Volt durch seinen Körper geschickt.

Seine Lenden zuckten krampfartig gegen Madeleines Hinterteil, und er gab ein fast unhörbares Seufzen der Überraschung von sich, den Mund nah neben ihrem Ohr. Sie rückte ein wenig von ihm ab und drehte sich halb um, um ihm in die Augen zu schauen, während sie ihm dafür dankte, ihr den Mantel gehalten zu haben. In ihrem Gesicht stand ein halbes Lächeln, das ihm zu verstehen gab, daß sie sich dessen, was sich da in seiner Hose schnell härtete, bewußt gewesen war, als er mit ihr zusammenstieß.

Und falls Armand sich im gedämpften Licht des Foyers nicht von falscher, begieriger Hoffnung trügen ließ, lag dort in den samtbraunen Augen der tugendhaften Madeleine ein Ausdruck, der ihre Bereitschaft andeutete, ihm bei einer späteren Gelegenheit zu gestatten, sein Schwert gegen sie zu drücken, wenn es sich voll aufgereckt hätte. Und um die Sache eindeutig zu machen, falls er eventuell glaubte, der Champagner ließe ihn zuviel in eine harmlose, versehentliche Berührung ihrer Kehrseite mit seinen Lenden hineinlegen, berührte sie seine aufgerichtete Männlichkeit.

Das heißt, sie bewegte ihre Hand, die unter dem langen, grünen Umhang versteckt war, bis der Handrücken sich an ihn drückte. Und mehr noch – als sie den Ausdruck unermeßlicher Freude über sein Gesicht huschen sah, drehte sie ihre Hand unter dem alles verbergenden Umhang herum und drückte einen Augenblick lang sein Anhängsel mit den Fingern, ehe sie sich von ihm abwandte. Jetzt konnte ihre Absicht nicht mehr angezweifelt werden: Sie gab Armand eine freundliche Einladung, ihr bei einer passenden, privaten Gelegenheit seine Fähigkeiten als Liebhaber zu demonstrieren.

Die ganze Angelegenheit – von dem Moment, wo Amrand den pelzbesetzten Umhang für sie hinhielt, bis zu dem Moment, wo sie sich abwandte, um sich bei ihrem Mann einzuhaken – dauerte nicht länger als genau drei Sekunden. Für die umstehenden Freunde, die ihre Mäntel anzogen, gab es nichts zu sehen oder wahrzunehmen. Doch für Armand war es, als habe er eine lange, genußvolle und unerlaubte Huldigung von Pierre-Louis' Frau erfahren, mit all den üblichen Küssen, Liebeserklärungen, heißen Umarmungen, Geständnissen der Leidenschaft und Berührungen berauschender Lust. Und das alles gipfelte in dem überwältigenden Wissen, daß die äußerst hingebungsvoll und bemerkenswert treue Madeleine nach acht Ehejahren für ihn zu nehmen war.

Was diesen erstaunlichen Umschwung ihrer Attitüde herbeigeführt haben mochte, lag jenseits seiner Mutmaßungen, doch die aufregenden Möglichkeiten, die sich daraus ergaben, lagen voll und ganz im Bereich seiner Vorstellungskraft. Vom ersten Augenblick an, wo er sie gesehen hatte, war ihm ihre subtile Aura von Sinnlichkeit bewußt gewesen. Seit ihrer Hochzeit mit Pierre-Louis und im Laufe der vergangenen Jahre hatte er beobachten können, wie diese ihre undefinierbare Besonderheit immer ausgeprägter wurde, als wäre sie eine wunderschöne Frucht, die im heißen Sonnenschein von Pierre-Louis' ehelichen Aufmerksamkeiten heranreifte. Alles, was es nun brauchte, war, daß er die Hand ausstreckte!

Natürlich ist jedermann bekannt, daß es Liebe ohne Geheimnisse nicht geben kann – diese köstlichen kleinen Geheimnisse, die die Liebenden noch enger zusammenschließen und die vor dem Wissen jedes anderen verborgen werden müssen. In den drei Sekunden ihrer bemerkenswerten Werbungszeit im Foyer eines Nachtclubs hatte zwischen Madeleine und Armand ein ungeheuerliches Liebesgeheimnis seine Existenz begonnen, ein Geheimnis, das nicht nur ihren Ehemann bekümmert, sondern auch alle Anwesenden überrascht hätte, einschließlich des zynischen Vincent, der Madeleine seit Jahren Zeichen gegeben hatte, er sei der richtige Mann für sie, ohne irgendeine Ermutigung zu erhalten.

Obgleich Armand sich schwerlich selber darüber bewußt sein konnte, stand ein leicht benommener Ausdruck in seinem Gesicht, und seine Hände zitterten, als er der blonden Dominique in ihren schwarzen Abendmantel half. Nachdem sie sich rundum verabschiedet, Wangen geküßt und Hände geschüttelt hatten, stieg er mit ihr in eine Taxe und gab dem Fahrer Dominiques Adresse an. Sein Bewußtsein war noch immer durch Madeleines Geste benebelt. Während die Taxe durch fast leere Straßen fuhr, und eher aus Gewohnheit als aus Lust legte er den Arm um Dominiques Schultern und drückte sie an sich, als er sie küßte. Zufrieden lehnte sie sich an ihn, während er ihren weichen schwarzen Kaschmirmantel aufknöpfte und seine Hand hineinschob, um ihre Brüste zu hätscheln.

Dominique war vollbusiger als Madeleine; sie hatte sozusagen eher ein Paar saftiger Charenton-Melonen in ihrem Kleid statt Madeleines süßer Granatäpfelchen. Demzufolge wurde Armands Wunsch, ihr nacktes Fleisch zu fühlen, von der tiefen Brassière frustriert, die sie trug, um ihre Üppigkeit zu bändigen. Er gab den Busen auf und schob statt dessen seine Hand unter ihr Kleid, um ihren Schenkel oberhalb ihres Strumpfsaums zu streicheln. Die Haut fühlte sich so glatt und weich an, daß sein Zeigestock, der, seit Madeleine ihn durch ihren Umhang hindurch liebkost hatte, in seiner Hose zappelte. Er schob seine Hand auf Dominiques Schenkel ein Stück höher in ihren spitzenbesetzten Seidenschlüpfer.

»Was für ein ungeduldiger junger Mann du bist!« flüsterte Dominique.

Unnötig zu sagen, daß sie sich keineswegs über das beklagte, was er tat, denn sie bewegte die Knie ein wenig auseinander, um sicher zu sein, daß seine Finger leichter die kraushaarigen Falten der weichen Haut zwischen ihren warmen Schenkeln erreichen konnten.

»Du erregst mich zu sehr, Dominique«, murmelte er. »Ich kann nicht mehr länger warten. Als ich dich vor einer Stunde im Club mit Vincent tanzen sah, kochte mein Blut beinahe. Ich war halb von meinem Stuhl aufgesprungen, als er dich zum Tisch zurückbrachte.«

»Und was hattest du vor?« fragte sie leise.

»Ich hatte vor, ihn niederzuschlagen und dich auf die Straße hinauszuzerren, um es im nächstgelegenen dunklen Hauseingang mit dir zu machen.«

Dominiques behandschuhte Hand ruhte locker auf seinem Schenkel. Sie kicherte ein bißchen über seine Worte und strich mit den Fingerspitzen über die harte Schwellung in seiner Hose.

»Du bist *wirklich* erregt, *chéri!*« rief sie leise aus. »Kommt das davon, daß du gesehen hast, wie Vincent versuchte, mein Hinterteil zu streicheln?«

Dominique war nicht so ganz aufrichtig in der Weise, wie sie ihre Frage formulierte. Vincent hatte nicht einfach nur versucht, auf der Tanzfläche ihr Gesäß zu streicheln, er hatte es mit vollem Erfolg getan. Er hatte ihre prallen Hinterbacken durch Kleid und Schlüpfer hindurch so eingehend befühlt, daß ihre Rundung, Größe und Beschaffenheit einschließlich der tiefen Furche zwischen ihnen für immer in sein Gedächtnis gegraben blieben. Sie hatte nicht die geringste Anstrengung gemacht, ihn daran zu hindern, und zwar aus gutem Grund. Sie war eine sinnliche Frau, die es genoß, wenn ihr Hinterteil gestreichelt wurde, aber abgesehen davon war Vincent ein gutaussehender Mann mit mehr als einem mittelmäßigen Einkommen und seiner Frau nicht übermäßig ergeben, wie sein Tun deutlich gezeigt hatte.

Er war sogar genau der Typ von Bewunderer, die Dominique gern in ausreichender Zahl um sich scharte, so daß ihr nie jemand Angenehmes fehlte, auf den sie zurückgreifen konnte, um sich zum Abendessen oder ins Theater oder zum Tanzen oder ins Bett mitnehmen zu lassen. In ihrem persönlichen Schema gehörte Armand in die gleiche Kategorie wie Vincent, mit der zusätzlichen Annehmlichkeit, daß Armand keine Ehefrau hatte, die ihn in Anspruch nahm.

»Als ich ihn an dir herumfummeln sah, wäre ich vor Eifersucht beinahe geplatzt«, sagte Armand, als wolle er sich selbst ebensosehr überzeugen wie Dominique. »Es blieb nichts anderes, als dich augenblicklich auf die Tanzfläche zurückzubringen und dein fabelhaftes Hinterteil selber zu befühlen – um die Erinnerung an Vincents Perfidie auszulöschen. Und wie du feststellen kannst, bin ich seither hoffnungslos erregt.«

Seiner Antwort mangelte es ebenso an Ehrlichkeit wie ihrer Frage. Es stimmte, daß er Dominiques Hinterteil ein bißchen gestreichelt hatte, während sie tanzten, aber das Gefühl war nur einigermaßen angenehm gewesen und nicht wild erregend. Sein gegenwärtiger gesteigerter Erregungszustand war ausschließlich auf die kurze und völlig unerwartete Episode mit Madeleine zurückzuführen.

»Ich bin wirklich geschmeichelt, mein Lieber«, sagte Dominique.

Sie kicherte wieder, während sie seine Hose aufknöpfte und ihre behandschuhte Hand hineinschob, um ihn zu pakken. Armand bebte bei der Berührung des weichen Leders mit seinem heißen Fleisch. Beim Verlassen des Clubs hatte er seinen langen, seidenen, weißen Abendschal um den Hals gelegt, aber er hatte sich nicht die Mühe gemacht, seinen Mantel anzuziehen. Der lag zusammengefaltet auf seinem Schoß und verdeckte die langsame Bewegung von Dominiques Hand in seiner offenen Hose. Sie war es, die nun zu stöhnen an der Reihe war, als seine Finger in ihrer warmen Nische herumtanzten, und sie zog ihm den Knauf ganz aus der Hose, um ihn in seiner ganzen Länge in die Hand nehmen zu können.

Natürlich paßte Dominique auf, obgleich es ihr ebensoviel Genuß bereitete, Armand zu erregen, wie er es genoß, sie zu erregen, daß ihr kleines Spiel nicht um dieses kleine bißchen zu weit ginge. Allerdings nicht wegen irgendwelcher unangemessener Gründe des Anstands noch der Sittsamkeit, denn sie war ebenso wenig anständig und noch weniger sittsam als Armand. Aber sie hatte nicht die Absicht zuzulassen, daß sich seine körperliche Spannung entlüde, ehe der steife Teil, den sie liebkoste, warm und behaglich am angemessenen Ort untergebracht war – nämlich zwischen ihren Beinen. Und das war der Fall, sobald sie ihr Schlafzimmer erreicht hätten und sie sich bequem auf dem Rücken ausstrecken konnte.

Sie hörte, wie Armand ein wenig nach Luft schnappte, als die Qualen der Lust immer heftiger wurden, und sie ließ ihn sofort los. Sie hob ihre Hand zu seinem Gesicht und strich mit einer behandschuhten Fingerspitze über seinen schwarzen, strichdünnen Oberlippenbart, dann streichelte sie seine Wange, während sie ihn küßte, um sein leises Stöhnen der Enttäuschung darüber, daß er auf dem trockenen sitzengeblieben war, zu ersticken. Ihr geöffneter Mund legte sich auf seinen, und ihre nasse Zunge schnellte über seine Lippen.

Unter der Liebkosung seiner Finger in ihrer glitschigen, kleinen Öffnung war auch sie schon weit den Berg der Lust hinaufgelangt. Und Armand weigerte sich nun seinerseits, ihr zu erlauben, den Gipfel ihres Berges zu erreichen, obgleich sie schon so nahe daran war. Er wußte, daß er mit nur ein paar wenigen Bewegungen in ihrem Schlüpfer ihre Krise auslösen konnte – ihre heiße Zunge schob sich mit leisem, doch dringlichem Flehen, die Lust zu vollenden, in seinen Mund –, aber seine Finger hörten auf, auf ihrem geheimen Knöspchen herumzuhuschen.

Er zog seine Hand nicht zwischen ihren Beinen fort, wie sie es getan hatte. Er ließ sie, wo sie war, doch reglos, und erlaubte nicht, daß sich ihre Spannung auch nur ein winziges bißchen löste, aber ebensowenig, daß sie größer würde. »Folterknecht!« keuchte sie in seinen offenen Mund, und ihre drallen Schenkel preßten sich fest um seine Hand, um ihn zu drängen, sein Spiel zu vollenden. Aber sie wußte sehr wohl, daß er dies für eine ganze Weile noch nicht tun würde, denn dieses Spiel hatten sie schon viele Male miteinander gespielt. Sie spielten es, wenn sie nachts zusammen in einer Taxe durch Paris fuhren, in der Dunkelheit von Kinos oder Theatern, in Opernlogen und in Symphoniekonzerten.

Sie hatten sich gegenseitig Tantalusqualen bis an den äußersten Rand des Höhepunkts bereitet, während sie der Musik von Poulenc oder Honegger lauschten, um nur zwei zu nennen, oder während sie eine Reihe moderner Dramen auf der Bühne oder eben herausgekommene Filme in dem Kino an den Champs-Elysées anschauten. Der Trick bestand darin, zwei Sekunden vor der Krise innezuhalten, so daß das Opfer vor unerfülltem Begehren rasend wurde. Und wenn dann die glühende Gefühlstemperatur ein wenig abgekühlt war, ergriff meistens das Opfer die Gelegenheit zur Rache, aber manchmal nahm auch der Angreifer sein Fingerspiel wieder auf.

Manchmal kam es vor, daß sie oder er den Zustand des anderen falsch einschätzte und haarscharf eine Sekunde oder so zu spät innehielt. Dies hatte ein paar unvergeßliche Zuckungen zur Folge, wie zum Beispiel, als Dominique beim Ballett in plötzlicher Ekstase, die Armand während einer Aufführung der *Scheherezade* unabsichtlich ausgelöst hatte, aufgeschrien hatte, gerade während des farbenprächtigen Höhepunktes auf der Bühne. Und dann war da die Sache, als Armand während eines vielbewunderten Films von Jean Renoir durch einen kleinen Moment exzessiver Stimulation über die Schwelle getragen wurde und seine Begeisterung in Dominiques Hand ergoß.

Ein Blick aus dem Wagenfenster zeigte Dominique, daß sie beinahe ihr Ziel erreicht hatten. Ungeachtet dessen war sie an der Reihe, Rache zu nehmen, und mehr noch, es war zudem eine Angelegenheit des Stolzes, sich an Armand zu rächen. Sie schob ihre Hand wieder unter den Mantel, den er gefaltet auf dem Schoß hielt, wo sein Schwert aus seiner offenen Hose gen Himmel ragte. Statt seine Erwartungen erneut mit einem Griff ihrer behandschuhten Hand zu erfüllen, nahm sie, einer schnellen Eingebung folgend, ein Ende des langen Seidenschals, den er um den Hals trug, und wickelte ihn geschwind um seinen bebenden Stolz.

»Oh, was tust du da, Dominique?« keuchte er.

»Das würdest du gern wissen, nicht wahr?« flüsterte sie in sein Ohr, und ihre Fingerspitzen rieben ihn durch die Seide des Schals hindurch.

Sie küßte ihn wieder, und eine Strähne ihres blonden Haars fiel über sein Gesicht. Diese sanfte Berührung auf seiner Wange verursachte ein weiteres, köstlich unerträgliches Zerren an seinen hochgespannten Nerven und katapultierte ihn fast auf den Gipfel seiner Lust. Während dieser glühend heißen Erregung versuchte er, seine Hand zwischen ihren Schenkeln zu drehen, um sie frei zu bekommen, damit er ihre Knospe erneut necken könnte. Aber Dominique preßte ihre Schenkel fest zusammen und hinderte ihn so, ihren wunden Punkt zu berühren, wobei sie ihn gleichzeitig mit delikater Grausamkeit durch die Seide seines eigenen Schals hindurch folterte.

»Oh, ja – ich bin sicher, das hättest du gern«, murmelte sie grimmig, »aber ich werde dich nicht lassen, selbst wenn du mich anflehst.«

Doch während sie das sagte, fürchtete sie, sie hätte ihn zu weit gehen lassen. Sein Rücken versteifte sich gegen die Lehne des Taxisitzes, seine Beine streckten sich mit einem Ruck, und

Dominique erwartete, die nasse Flut seiner Leidenschaft durch die dünne Seide und ihren einen Glacéhandschuh hindurch zu fühlen. Genau in diesem Moment schwenkte die Taxe in die Haltebucht und bremste scharf, so daß sie beinahe auf den Boden geschleudert wurden, während der Chauffeur verdrießlich erklärte, sie seien angekommen.

Der arme Armand hatte beinahe ein anderes Ziel erreicht – aber nicht ganz. Dominiques Hand hatte ihn losgelassen, ihre Schenkel hatten seine Hand freigegeben, die sie von sich stieß, während er sich aufrichtete und tief Luft holte, um unter größter Anstrengung seine Ruhe wiederzufinden. Er hatte keine Gelegenheit, seine Hose über seinem wild zuckenden Stengel zuzuknöpfen: Der Chauffeur hatte sich umgedreht und starrte ihn an, um ihm den Fahrpreis mitzuteilen. Armand war gezwungen, höchst umständlich aus der Taxe zu klettern. Er hatte den Mantel über den Arm gelegt und versuchte, seine Verlegenheit zu verbergen. Er bezahlte den Chauffeur mit einer Hand, während Dominique auf dem Pflaster stand und über seine Verwirrung und ihren eigenen Sieg grinste.

Die Concierge war längst schlafen gegangen, und Dominiques Wohnung lag in der ersten Etage. Sie schaltete das Licht ein, und sie und Armand stiegen nebeneinander die Treppe hinauf. Er atmete so schwer, als klettere er einen steilen Berg und nicht eine Treppe hinauf, seinen freien Arm hatte er um sie gelegt, und mit fiebriger Hartnäckigkeit versuchte er, durch die Kleider hindurch das Fleisch ihrer Taille zu fassen. Sie nutzte flink seinen Zustand aus, um ihre Hand zwischen seinen Körper und den zur Deckung über seinem Arm hängenden Mantel zu schieben, bis sie den entblößten Körperteil fand und packte. Sie kicherte, als dieser in ihrer behandschuhten Hand heftig zuckte.

»Diese Runde habe ich gewonnen, mein Freund«, sagte sie

und gab ihm einen langen, fröhlichen Druck. »Du warst so nah dran, daß zwei weitere Striche meiner Hand dich geschafft hätten.«

»Nein!« keuchte Armand. Sein Gesicht war vor Erregung gerötet.

»Oh, doch!« widersprach sie. »Nicht einmal jetzt würde es viel brauchen.«

»Dominique… nein!«

In der Euphorie des Augenblicks mißverstand sie die Bedeutung seines Ausrufs vollständig. Sie nahm ihn als simples Ableugnen ihres Siegs und nicht als die dringliche Warnung, die es in der Tat war. Sie hielt Armands Ausstattung ganz fest, um allen unerwünschten Unfällen vorzubeugen, bevor sie ihn in ihre Wohnung bekam und sich mit gespreizten Beinen hinlegen konnte, um die Erfüllung dessen, was sie in der Taxe begonnen hatte, in vollen Zügen zu genießen. Doch wie sie gleich erkennen sollte, war die Situation nicht so, wie sie glaubte. Nebeneinander stiegen sie drei weitere Stufen bis zum Treppenabsatz hoch, wo die Treppe umbog, und dort war es, wo Armands rasende Leidenschaften zu machtvoll wurden, um auch nur eine Minute länger gebändigt zu werden.

Er befreite sich aus dem Griff von Dominiques Fingern, ehe sie Zeit hatte, sich klarzuwerden, was er vorhatte, und packte sie bei den Schultern. Gewaltsam drehte er sie herum und stieß sie gegen das Treppengeländer, so daß sie einen Augenblick glaubte, er habe den Verstand verloren und wolle sie in die Tiefe stürzen.

»Schnell, schnell«, stöhnte er. »Hilf mir, *chérie!*«

Sie war zu erschreckt, um seine Worte richtig zu hören, geschweige denn, ihren Sinn zu erfassen. In seiner Verzweiflung hatte Armand zu dringliche – und vielleicht zu abwegige – Ereignisse in Gang gesetzt, als daß Dominique es sofort begreifen konnte. Außerdem war sie dabei, das Gleichgewicht zu verlieren, und packte angstvoll mit beiden Händen das hölzerne Geländer, um nicht zu stürzen – und nahm so unwissentlich genau die richtige Stellung für das ein, was Armand vorhatte. Er schlug ihren Abendmantel und das lockere Kleid über ihren Rücken und zerrte keuchend und mit zitternden Händen ihren losen fliederfarbenen Seidenschlüpfer bis auf ihre Schenkel herunter.

»Nein!« rief sie scharf aus, als sie endlich erkannte, daß sie vergewaltigt und nicht ermordet wurde. »Das ist doch lächerlich, Armand. Noch zwölf Stufen, dann sind wir in meiner Wohnung.«

Er hatte die weichen, pfirsichförmigen Backen ihres wundervollen Hinterteils entblößt – und so den Traum eines jeden Mannes, der an dem Abend mit ihr getanzt hatte, in die Tat umgesetzt –, aber seine Emotionen waren viel zu aufgewühlt, um sie zu liebkosen. Er warf sich mit solcher Wucht gegen ihre nackten Köstlichkeiten, daß ihre Furcht, kopfüber über das Geländer zu kippen, begründet schien. Sie hatte, als Armand sie herumgedreht hatte, einen ihrer hochhackigen Schuhe halbwegs verloren, geriet ins Schwanken und fühlte, wie ihr Knöchel nachzugeben drohte. Sie hob den Fuß vom Boden, um den Schuh ganz abzuschütteln, und Armand nutzte die Gelegenheit, um ihre Beine zu spreizen und seine Hand dazwischen zu stecken.

»Das ist ein albernes Spiel, es gefällt mir nicht«, sagte sie wutschnaubend und versuchte, ihn über die Schulter hinweg zornig anzufunkeln.

Mit einer Hand hielt sie sich am Geländer fest, mit der anderen versuchte sie, ihren Schlüpfer zu erreichen und wieder hochzuziehen. Aber die Angelegenheit war inzwischen schon zu weit fortgeschritten, um sich wirksam vor Armands drängender Not zu schützen. Ihr Schlüpfer hing um ihre Knie, ihr süßer Besitz war entblößt und allem, was auch immer in seinem Bewußtsein lodern mochte, völlig ausgeliefert; zudem standen seine Füße zwischen den ihren und hinderten sie daran, die Beine zusammenzuklemmen.

Sie schnappte nach Luft, als er mit den Daumen den saftigen Pfirsich spaltete, den er bloßgelegt hatte, und sie plötzlich die vibrierende Berührung seiner harten Spindel an der Innenseite ihrer Schenkel fühlte. Sie versuchte, nach vorn auszuweichen, doch er hatte inzwischen einen Arm um ihre Taille gelegt und seine Hand von vorn zwischen ihre Beine geschoben, um sie zu öffnen. »Nein, Armand!« protestierte sie, als sie fühlte, wie er mit einem kräftigen Ruck in sie eindrang.

»Das ist einfach lächerlich«, wiederholte sie rauh. »Hör sofort damit auf!«

So lächerlich und zur Unzeit ihr dieses ungebetene Eindringen erscheinen mochte – für Armand war es eine Frage von Leben und Tod. Ihr kleines Spielchen mit dem Seidenschal im Taxi hatte ihn bis an den Rand des Wahnsinns erregt, und ihr fester Griff, als sie die Treppe hinaufstiegen, hatte seine tiefsten Gefühle völlig außer Kontrolle gebracht. Das Hineingleiten in ihr warmes, samtenes Fleisch reichte völlig aus, seine Krise auszulösen. Im gleichen Moment, wo sie gegen sein Eindringen protestierte, während seine Finger noch immer in sie gehakt waren, um sie aufzumachen, und mit weniger als einem einzigen Ruck seiner Lenden, überschwemmte er sie mit seiner Leidenschaft.

»Ich kann es nicht glauben!« rief sie indigniert aus, während er den Nachzuckungen seiner Ekstase gegen sie prallte.

»Je t'adore, je t'adore...« murmelte er befriedigt.

Auch wenn Dominique natürlicherweise auf diesen Überfall zunächst verärgert und schockiert reagiert hatte, so war sie doch eine Frau, die gerne sinnliche Spiele spielte, ganz besonders mit Armand, dessen Geschmack an solchen Vergnügungen dem ihren gleichkam. Und jetzt, wo der Wirbelsturm sich gelegt hatte, grollte sie ihm nicht mehr, im Gegenteil, sie war amüsiert über die Wirkung ihres kleinen Tricks mit dem Seidenschal. Und außerdem war Armands spontane und gewaltige Entladung unleugbar eindrucksvoll gewesen. Sie kannte nicht viele Frauen, die eine so stürmische Reaktion ihrer männlichen Freunde auslösen konnten. Und als Armands Hände ihren bloßen Bauch streichelten, begann ihre eigene, zeitweilig unterdrückte Erregung wieder zu erwachen.

Die von einem vorsorglichen Hausbesitzer zum Geldsparen installierte elektrische Zeituhr schaltete das Licht aus, und es wurde plötzlich sehr finster im Treppenhaus. Um so besser, dachte Dominique; so würde jedenfalls niemand, der spät nach Hause kam, sie mit ihrer Unterwäsche um die Knie und Armands Stachel von rückwärts in ihr steckend sehen! Sie befreite sich von dem erwähnten Gegenstand und drehte sich in Armands Armen um und drückte sich warm an ihn.

»Dominique, du bist hinreißend«, flüsterte er dankbar.

Sie legte ihm die Hand in den Nacken, zog seinen Kopf näher, um ihn zu küssen. Ihre andere Hand hielt seinen nassen Henkel umfaßt, um ihm zu verstehen zu geben, daß sie ihm sein Ungestüm verziehen hatte. Er tastete über ihr Kleid und ergriff die makellosen Backen ihres Hinterteils wie in einer Ehrbezeugung als zufriedengestellter Götzendiener vor dem Heiligtum, dem er sein Opfer dargebracht hatte. Dominiques Kuß wurde immer fordernder, doch er brachte nicht sofort die Reaktion, die sie herbeiwünschte. Es sah so aus, als gebe Armand sich damit zufrieden, den Rest der Nacht im Treppenhaus zu verbringen! Doch Dominiques Trostbedürfnis wuchs schnell, und sie wollte sich ihrer Kleider entledigen und in der richtigen Weise angebetet werden.

»Ich wußte, daß ich diese Runde gewinnen würde«, sagte

sie zärtlich. »Aber es wäre nicht nötig gewesen, mich im Treppenhaus zu vergewaltigen, um es zu bestätigen. Bist du jetzt ruhig genug, um das letzte Stück Treppe bis zu meiner Wohnung zu schaffen?«

Doch sie irrte sich, wenn sie glaubte, heute abend der Sieger dieses kleinen Spiels zu sein. Es war für sie natürlich unmöglich, es zu wissen, doch was Armands Leidenschaften in Wirklichkeit entflammt und ihn seiner Sinne beraubt hatte, war das Liebesgeheimnis zwischen ihm und Madeleine. Die Berührung von Dominiques Fingern in der Taxe waren nicht bedeutsamer gewesen als das letzte Kräuseln auf der Oberfläche eines Hochwasser führenden Flusses, das ihn veranlaßt, seine Ufer zu sprengen und das Land zu überfluten.

Armands heftiger Stoß in Dominiques warmes Fleisch und seine sofortige Lustwallung waren nicht das heißblütige Kompliment für ihren unwiderstehlichen Charme, wie sie glaubte. Die Wahrheit war, daß er in dem Rausch, der ihn seiner Sinne beraubt hatte, der Tatsache, daß es ihr Körper war, von dem er Gebrauch machte, völlig unzugänglich war. In jenem Moment glaubte er, sein wildes Tribut der Frau zu zollen, die er mehr als alles in der Welt begehrte – Madeleine.

Solche Augenblicke vollständigen Wahnsinns sind rar. Für die Seelenruhe der Gesellschaft im allgemeinen ist das vielleicht auch gut so. Ein wenig später im Bett war sich Armand der Tatsache voll bewußt, daß es Dominique war, mit der er Liebe machte. Sie war natürlich sehr begehrenswert, wie sie da nackt auf dem Rücken lag, während seine Zunge die hochragenden Knospen ihrer Brüste neckte und ihre Hände streichelnd über seinen Rücken wanderten. Die Nachttischlampe war ausgeschaltet, und es herrschte tiefe Dunkelheit im Zimmer, obwohl die Vorhänge nicht zugezogen waren. Wie auch immer, Armand brauchte kein Licht, um sich traurig bewußt zu sein, daß der Bauch, den er liebkoste, nicht Madeleine gehörte, und der pralle, feuchte Hügel, an dem seine Finger sich zu schaffen machten – ebenso nicht.

Die Hand, die mit der Selbstverständlichkeit einer seit langem etablierten Vertrautheit nach seinem Ständer faßte, war nicht die gleiche Hand, die ihn einen Augenblick lang im Foyer von *Les Acacias* durch die Hosen hindurch gedrückt hatte. Wenn sie es doch wäre! Seine Gefühle waren so überreizt, daß er glaubte, er hätte seine Begeisterung in dem Augenblick in jene Hand entladen, wo sie ihn ergriff! »Wie hart er ist!« rief Dominique aus und rieb ihn kräftig. Armand gab einen unhörbaren Seufzer des Bedauerns von sich, daß es nicht Madeleine war, die ihn bearbeitete und an ihm zerrte, auf daß er sich zwischen ihre gespreizten Beine lege.

Natürlich war sein Rüstzeug bereit, seine angenehme Pflicht zu erfüllen, denn wessen Mannes wäre es nicht, mit der nackten Dominique neben sich im Bett? Schnell rollte er sich auf sie, seinen Bauch auf ihren, und schlüpfte in ihren warmen, ihn willkommenheißenden Behälter. Doch seine wilde Phantasie beschäftigte sich mit Madeleine, während er mit schnellen Stößen auf und ab ritt. Er stellte sich vor, Madeleines lange Beine seien um seinen Rücken gekreuzt und Madeleines Fersen träten voller Lust gegen sein zuckendes Gesäß. Die Brüste, die unter seiner Brust plattgedrückt wurden, gehörten Madeleine, redete er sich ein, der heiße Mund, der an seinen Lippen hing, war Madeleines.

Als er seinen Höhepunkt erreichte, phantasierte er, daß es Madeleines weicher Bauch sei, in den er seine Ekstase entlud, und daß diese hinreißenden kleinen Schreie und Seufzer der Lust, die er hörte, von Madeleine stammten. Doch trotz alledem und trotz des erleichternden Orgasmus, den er genossen hatte, empfand er, als er sich schließlich von Dominique rollen ließ und neben sie legte, um sie im Arm zu halten, ein unbestimmtes Gefühl von Enttäuschung.

»Das war *wirklich* schön, Armand«, sagte Dominique zufrieden, fast wie ein Kätzchen, das sein pelziges Köpfchen an ihm rieb.

Selbstverständlich ahnte sie nichts von dem Liebesgeheimnis, aufgrund dessen er sich, selbst in jenen intimsten Momenten, wo er in sie eindrang, einbildete, es sei nicht sie, sondern eine andere Frau, an der er sich ergötzte. Man kann sogar der Wahrheit entsprechend sagen, daß Dominique beträchtlichen Nutzen aus dem Geheimnis zog, das Armands Genuß an ihrem üppigen Körper überschattete. Sie hatte sich kaum von der ersten Runde erholt, als sein Stengel sich in ihrer Hand schon wieder zu regen begann, seine Lippen heiß auf ihren Brüsten, seine Finger zwischen ihren Schenkeln lagen. In der Tat brachte ihn die Kraft seiner Phantasie zu großartigen Leistungen in jener Nacht, und Dominique war noch zweimal der dankbare Empfänger seiner falschen, trügerischen Leidenschaft, ehe er sie schlafen ließ.

Nach dieser intensiven, wiederholten Befriedigung war ihr Schlaf sehr tief, doch irgendwann im Laufe der Nacht fühlte sie, wie sie durch eine nachdrückliche Bewegung zwischen ihren Beinen gegen ihren Willen ins Wachsein zurückgezwungen wurde. Sie schlug kurz die Augen auf. Es war noch immer dunkel im Zimmer. Sie lag auf dem Rücken, die Beine gespreizt, die Decken waren beiseite geschlagen worden, und ihr nackter Körper lag entblößt da. Sie strich sich mit der Hand über den Bauch, um das, was immer es war, das ihren Schlaf unterbrach, zu verscheuchen – und sie berührte einen Kopf. Natürlich war es Armand, der zwischen ihren Beinen kauerte und seine Zunge tief in ihre wohlgenutzte Nische steckte.

»Was machst du denn bloß?« fragte sie verschlafen.

»Ich mache dich feucht, *chérie*«, gab er zurück, indem er sein Tun unterbrach.

»Nein – nicht mehr, Armand. Ich bin zu müde.«

»Nur noch einmal«, murmelte er. »Ich beeile mich, Dominique.«

»Nicht jetzt«, sagte sie schläfrig und drückte gegen seinen Kopf, um ihn zum Aufhören zu bewegen. »Leg dich schlafen und laß mich in Ruhe.«

»Ich *habe* geschlafen, aber dann habe ich geträumt, wir würden Liebe machen. Du hattest ein langes weißes Satin-Nachthemd mit einem Schlitz auf dem Bauch an, so daß ich meine Hand hineinschieben und dich betasten konnte. Und als ich gerade auf dich draufsteigen wollte, bin ich unendlich erregt aufgewacht.«

»Hm«, seufzte sie und glitt wieder in Schlaf, da seine Zunge ihren allerempfindlichsten Punkt nicht mehr traktierte.

Selbstverständlich sagte Armand nicht die Wahrheit. Sein Traum hatte von Madeleine gehandelt, und ihr zarter, kleiner Bauch war es, den er durch den Schlitz in der weißen Robe gefühlt hatte. Und trotz der wiederholten Befriedigung, die er sich mit Dominique verschafft hatte, ehe sie beide eingeschlafen waren, war der Traum so lebhaft gewesen, daß er mit einem ungehörig steifen Glied erwachte, das nach sofortiger Erleichterung verlangte und sich an den Satinlaken rieb. Als die Fetzen seines Traumes langsam verblaßten, dachte sich Armand mit einem kleinen, inneren Lachen, daß sein eigenwilliger Körperteil, wäre er nicht rechtzeitig aufgewacht, in den Laken herumgezuckt wäre, bis er seine Leidenschaft darin vergossen hätte.

Es war unmöglich, ihn nicht in die Hand zu nehmen und ein wenig zu trösten, aber er verweigerte den Trost und machte es nur allzu deutlich, daß er sich durch nichts Geringeres als ein volles Ergießen seines Begehrens beruhigen lassen würde, bevor Armand wieder weiterschlafen könnte. Und wenn auch Madeleine nicht erreichbar war, so lag die schöne Dominique nackt auf dem Rücken neben ihm, selbst wenn sie von seinem Bedürfnis nichts wissen wollte. Sie zu wecken hieß, die Möglichkeit einer Weigerung in Kauf zu nehmen; es schien besser, ihr ganz sanft die Decke wegzunehmen und sie auf den Übergriff vorzubereiten, noch ehe sie wußte, was vorging.

Daß sie aufgewacht war und seine Aufmerksamkeiten kategorisch abgelehnt hatte, zählte für einen Mann in Armands Zustand überhaupt nicht. Er wartete, bis ein winziger Schnarchlaut ihm verriet, daß sie wieder eingeschlafen war. Dann stützte er sich auf Hände und Knie hoch über ihrem nackten Körper. Langsam, ganz, ganz langsam senkte er Stückchen um Stückchen seine Lenden, bis die Spitze seines Stengels den schmalen Spalt zwischen ihren Schenkeln ganz leise berührte. Dann bewegte er sich ein kleines bißchen vorwärts, bis er fühlte, wie er die Lippen berührte, die er mit der Zunge naß und glitschig gemacht hatte. Sie rührte sich im Schlaf und murmelte etwas Unverständliches.

Mit äußerster Vorsicht schob er sich noch ein Stückchen weiter vor, gerade genug, um sicher zu sein, daß er sich ganz genau vor dem Mund ihrer Öffnung befand. Die Berührung mit ihrem warmen Fleisch hatte sein ungeduldiges Objekt zucken lassen, und die Bewegung machte, daß Dominique sich wieder rührte, und Armand merkte, oh, welches Unglück! daß sie sich auf die Seite zu drehen anschickte, um dem, was sie störte, auszuweichen. Augenblicklich stieß er tief in ihre samtenen Tiefen, und, noch immer auf Händen und Knien, so daß kein anderer Körperteil mit ihr in Berührung kam, rammte er sich in halsbrecherischer Geschwindigkeit rein und raus.

»*Mmf!*« stieß sie aus dem Schlaf hochfahrend aus. »Was ist los?«

Aber da war die Tat schon getan – Armands Leidenschaft flutete in ihren Bauch, und ehe sie wach genug war, um die

Gefühle zu identifizieren, die sie aus dem Schlaf gerissen hatten, war er fertig, zog sich heraus, lag neben ihr und bebte glücklich im Nachleuchten seiner Belohnung.

»Armand«, sagte sie und rüttelte an seiner nackten Schulter. »Ich hatte einen so seltsamen Traum. Was hast du mit mir angestellt?«

»Nun, nun«, beruhigte er sie und nahm sie in die Arme. »Es ist alles in Ordnung. Schlaf weiter, *chérie.*«

Sein befriedigter Körperteil verlor seine Steifheit, und, Dominique an sich gekuschelt, schlief er ein. Doch selbst nach dieser gestohlenen nächtlichen Glückseligkeit wurde er kurz nach Tagesanbruch durch den innigen Kontakt mit ihrem warmen Hinterteil erregt aus den Träumen gerissen. Und nicht lange darauf wurde Dominique, die nun gut ausgeruht und wesentlich empfänglicher war, in sehr angenehmer Weise halbwegs aus dem Schlaf geweckt, als sie spürte, wie ihre prallen Hinterbacken gestreichelt wurden. Sie lag auf der Seite, die Beine angezogen und den Rücken dem Täter zugewandt, und im Halbschlaf war es ihr gleichgültig, wer ihr diese köstlichen Gefühle verursachte.

Sie lag ganz still und genoß schläfrig sein Tun, und in angemessener Zeit fühlte sie seine Finger, die die fleischigen Blütenblätter zwischen ihren Schenkeln in der zartesten Weise, die man sich denken kann, betasteten. Ein kleiner Seufzer entfleuchte ihren Lippen, als die suchenden Finger ihr geheimes Rosenknöspchen berührten und sich vergewisserten, daß es schön feucht und bereit sei. Kurz darauf schob sich eine Hand unter ihren Schenkel und hob ihn ein wenig an, die Finger machten sie weit auf, um etwas Dickerem und Längerem zu erlauben, sich langsam in sie hineinzuschieben. »Das ist so angenehm«, murmelte sie, als zwei Arme sie umfaßten und Hände an ihren Melonen zu spielen begannen.

Inzwischen war sie soweit wach geworden, daß sie sich erinnerte, daß es Armand war, der in dieser Nacht bei ihr schlief, und sie drückte ihr bloßes Hinterteil gegen ihn, damit er tiefer eindringen konnte. Seine feuchte Zungenspitze machte sich in ihrem Ohr zu schaffen, während er leicht wieder und wieder gegen ihre üppigen Pobacken prallte, bis sie und er gleichzeitig ihren Höhepunkt erreichten. Dominique hatte während dieser kleinen Morgenepisode die Augen nicht aufgeschlagen. Sie lag die ganze Zeit passiv da und schauderte unter den wundervollen Gefühlen. Sobald die Ekstase verblaßte, schlief sie wieder ein – noch ehe Armand sich zurückgezogen hatte.

Wenn sie allerdings in der Lage gewesen wäre zu ahnen, was ihm durch den Sinn ging, während er sie befriedigte – die hinter seinen geschlossenen Augenlidern verborgene Illusion, er sei in Madeleine eingedrungen –, dann wäre Dominique wütend geworden, hätte ihn angeschrien und aus der Wohnung geworfen, hätte ihn nackt die Treppe hinuntergejagt und ihm seine Kleider über das Geländer nachgeschmissen. Aber zu ihrem Glück blieb sein Geheimnis unentdeckt. Dominique schlief friedlich bis zum Mittag, ihr blondes Haar lag ihr über der Stirn, und ein voller Busen mit karmesinroter Spitze war in ihrem Desinteresse an nächtlicher Kleidung von den verknautschten Laken ganz und gar unbedeckt.

Als sie schließlich erwachte, lag zu ihrer großen Überraschung Armand nicht neben ihr in dem warmen Bett, um sie zu küssen und zu murmeln: *»Bonjour, ma chérie«*, wie er es immer getan hatte, wenn er bei ihr geblieben war. Sie klingelte nach ihrer Zofe, um sich den Frühstückskaffee bringen zu lassen, und war erstaunt zu hören, daß das Mädchen ihn frühmorgens um acht leise aus der Wohnung gehen gesehen hatte! Das Mädchen stellte das Tablett auf Dominiques Knie und machte sich daran, im Zimmer aufzuräumen und das mandarinfarbene Abendkleid, die Seidenstrümpfe und den fliederfarbenen Schlüpfer aufzulesen, die seit der hastigen Entkleidung der vergangenen Nacht über den Teppich verstreut lagen.

Bequem in die Kissen gelehnt, trank Dominique genüßlich ihren Kaffee, die eine Hand ruhte unter der Decke zwischen ihren Schenkeln in behaglicher Erinnerung an die Genüsse der vergangenen Nacht und des frühen Morgens.

Was mag wohl Armand bewogen haben, so schrecklich früh fortzugehen? dachte sie. *Er konnte die ganze Nacht nicht von mir lassen, und ich glaube, er hat mich sogar im Schlaf genommen, falls das nicht ein Traum war. Ich bin sicher, daß er sich in mich verliebt hat.*

2

Die Ambivalenz der Hingabe

Wenn eine Frau, und ganz besonders eine verheiratete Frau, einen Mann mit einem gewissen Ausdruck anschaut, dann versteht er, daß sie beschlossen hat, ihn als Liebhaber zu akzeptieren. Die intimen Genüsse ihres Leibes sollen ihm zugänglich gemacht werden, und im Tausch dagegen wird von ihm erwartet, ihr das Gefühl zu geben, verehrt und angehimmelt zu werden – und vor allem natürlich befriedigt. Armand war es offensichtlich und eindeutig genug erschienen, als sie ihn in dieser Weise angeschaut hatte, doch das unausgesprochene Versprechen kleiner nackter Brüste, die geküßt werden wollen, und langer schlanker Beine, die sich spreizen, um ihm den triumphalen Zutritt zu gewähren, in köstliche Wirklichkeit zu verwandeln – dies erwies sich als schwierig.

Beim ersten Mal, als er versuchte, sie anzurufen, um ein Zusammentreffen mit ihr zu verabreden, hatte ihr Mann Pierre-Louis das Telefon beantwortet, und Armand mußte einen mehr oder weniger triftigen Grund erfinden, weshalb er mit ihm sprechen wollte. Beim zweiten Versuch etwas später am gleichen Tag antwortete die Hausangestellte und informierte Armand, Madame Beauvais sei ausgegangen. Armand hielt es für weiser, seinen Namen nicht zu hinterlassen, für den Fall, das Dienstmädchen überbrachte dem Ehemann die Nachricht statt der Gattin.

Als er es am nächsten Tag wieder versuchte, hatte er endlich Erfolg und konnte mit Madeleine sprechen. Doch zu seiner großen Bestürzung war der Klang ihrer Stimme so kühl, als hätten ihre tiefbraunen Augen ihn nie mit dem Schimmer des geheimen Versprechens einer köstlichen Hingabe angeschaut, als hätte ihr Handrücken niemals ungesehen über seine Hose gestrichen. Für Armand war es in seiner Verzweiflung unbedingt nötig, äußerst behutsam vorzugehen. Er schlug vor, sie könnten sich für einen Drink an einem angenehmen Ort treffen, wenn sie zum Einkaufen unterwegs sei, oder vielleicht sogar zum Mittagessen, falls sie Zeit hätte.

Für einen Mann, dessen Sehnsucht nach ihr so groß war, daß er das Bett einer anderen Frau für sie verlassen hatte – und nicht die Absicht hatte, je wieder dorthin zurückzukehren –, waren diese Vorschläge lächerlich unangemessen und unbefriedigend. Aber es war nur allzu deutlich, daß Madeleine sich bei Tageslicht ihr Tun im Nachtclubfoyer noch mal überlegt hatte. Vielleicht war ein bißchen zu viel Champagner dafür verantwortlich gewesen, daß ihre normale Abwehr zusammengebrochen war und ihm erlaubte, das verbotene Begehren, das sie in ihrem Herzen hegte, zu sehen. Und dennoch, dachte Armand, von allen Männern, die sie kannte, war er es gewesen, der einen kurzen Blick auf das werfen durfte, das sich hinter dem Schleier der Konventionen verbarg.

Dessen ungeachtet hatte Armand aufgrund des Tons in Madeleines Stimme das sichere Gefühl, daß das Weiterverfolgen der Angelegenheit im Moment auf eine heftige und möglicherweise gar endgültige Ablehnung stoßen würde. Es erschien weit erfolgversprechender, den Dingen ihren Lauf zu lassen und Madeleine das Gefühl zu vermitteln, daß seine Verehrung dauerhaft war, ohne aufdringlich zu sein, und hoffnungsvoll abzuwarten, daß in nicht allzulanger Zeit ihre Neugierde – ganz zu schweigen von dem geheimen Begehren, das sie ihn hatte erkennen lassen – ihre Skrupel überwinden helfen und sie in seine Arme treiben würde.

Aber so respektvoll er sich auch gab, es machte nicht den geringsten Unterschied. Madeleine erklärte, sie sei auch für das allerkürzeste Zusammentreffen mit ihm viel zu beschäftigt, und etwas in ihrer Stimme – eine gewisse Ferne – ließ ahnen, daß sie keinen Grund in der Welt sehen konnte, warum er sie mit diesen ungehörigen Einladungen angerufen hatte. Tugend und Treue, so schien es, hatten in ihrem Herzen wieder die Herrschaft übernommen. Enttäuscht hängte Armand den Hörer auf. Sein Selbstgefühl war ebenso durch und durch erschlafft wie jener Teil von ihm, der sich ungefragt hochgereckt hatte, als er den Hörer aufgenommen hatte, um mit ihr zu sprechen.

Es ist eine Binsenweisheit, wenn man sagt, Frauen seien berühmt dafür, daß sie ihre Meinung ändern. Nur zwei Tage nach ihrer entmutigenden Antwort auf Armands Annäherung rief sie ihn morgens um neun Uhr an, um ihn zu sagen, es gäbe etwas Wichtiges, über das sie ihn um seinen Rat bitten wolle. Von der eisigen Distanz war in ihrer Stimme diesmal nichts zu spüren, sie sprach warm und wie als Freundin. Mehr noch, in ihrer Stimme und in ihren Worten lag ein unmißverständlicher Unterton, der auf etwas jenseits von bloßer Freundschaft zu deuten schien. Er entsprach dem Ausdruck ihrer Augen, als sie ihm bedeutet hatten *Ja, du kannst mich haben.* Sobald Armand es hörte, war er sicher zu wissen, worüber sie seinen Rat einholen wollte.

Sie verabredete, daß sie an jenem Nachmittag um drei Uhr in seine Wohnung in der Rue de Turbigo kommen würde, und für beide sollte dieser Tag ihr weiteres Leben verändern. Während Armand vor Ungeduld fiebernd auf sie wartete, fühlte er, daß ein großer Segen über ihn kommen sollte – und wie männlicher Stolz nun einmal ist, glaubte er, daß er es durch und durch verdient habe. Schließlich war er der charmanteste und beste Liebhaber, den er kannte. Und die Tatsache, daß Madeleine ihn erwählt hatte, nachdem sie während ihrer achtjährigen Ehe mit Pierre-Louis so viele Möchtegernliebhaber abgewiesen hatte, bestätigte es nur.

Nur ein extrem eitler Mann – und einer mit romantischer Neigung – konnte natürlich derartige Gedanken hegen. Daß Armand dies tat, zeugte nicht nur von seiner Selbstgefälligkeit, sondern auch von der ungewöhnlichen Anziehungskraft, die Madeleine auf ihn ausübte. Schließlich hatte Armand das Alter von dreißig Jahren nicht unverheiratet erreicht, ohne die Intimitäten von genügend Frauen genossen zu haben, um zu wissen, daß Frauen in der ganzen Welt, seien sie blond oder brünett, füllig oder schlank, mit Melonen oder Granatäpfeln, passiv oder keck im Bett, alle nach dem gleichen Grundmuster gebaut sind, denn so hat die weise, wohlwollende Vorsehung es zur Freude der Männer eingerichtet.

Und auch Männer sind, wenn man hier und da ein paar Zentimeter zu- oder abzählt, nach einem gemeinsamen Muster gebaut. Daraus folgt, daß die Zahl der Weisen, in der Männer und Frauen einander mit ihren Körpern Genuß zu bereiten imstande sind, begrenzt ist. Das unmögliche *Kama Sutra* und andere Bücher östlicher Gymnastik mögen die Einzelheiten von vierundsechzig verschiedenen Weisen auflisten und ihnen poetische Namen geben, doch die Mehrheit der Europäer gibt sich mit höchstens einem halben Dutzend zufrieden, und manche Phantasielosen gar mit nur einer, und zwar der naheliegendsten.

Hier sei nur gesagt, daß das schwer faßbare und von allen Gefühlen am wenigsten gut definierte – *die Liebe* –, die die allergewöhnlichste Transaktion zwischen Mann und Frau zu einer wahrhaft göttlichen Erfahrung erheben kann, nicht von der Gelenkigkeit der Liebenden abhängt. Noch hängt sie von der äußeren Erscheinung ab, denn schöne Frauen wählen häufig häßliche Männer als Liebhaber, und man kann überall gutaussehende, junge Männer finden, die besonders häßlichen Frauen ekstatisch ergeben sind. Und was den Charakter angeht, so hat er nichts damit zu tun, denn jeder kennt Beispiele von gutherzigen Männern oder Frauen, die sich bis zum Wahnsinn mit Partnern von schlechtem Ruf eingelassen haben.

Nicht, daß Liebe überhaupt eine vordergründige Rolle in Armands Denken eingenommen hätte, während er auf Madeleine wartete. Glühendes Begehren, natürlich; ekstatische Lust, oh, ja; unendliche Befriedigung – wieder und wieder! Aber danach, wer könnte sagen, was sich dann entwickelte? Armands Philosophie zufolge war es am besten, den gegenwärtigen Augenblick zu genießen, ohne sich darüber zu grämen, was daraus folgen mochte; solche Angelegenheiten, hatte er festgestellt, neigten dazu, sich ganz von selber zu regeln. Es hatte Zeiten gegeben, wo er sich leidenschaftlich in irgendeine junge Frau, die ihn in dem Moment gerade interessierte, verliebt hatte, und verliebt zu sein hatte ihn rauschhaft glücklich gemacht – einmal sogar sechs Monate lang.

Er speiste früh in einem der kleinen Restaurants in der Nähe seiner Wohnung, wo er regelmäßig hinging: ein leichtes Mahl und nicht mehr als eine halbe Flasche guten Burgunders, und nur einen kleinen Cognac zum Kaffee. In seine Wohnung zurückgekehrt, zog er sich aus und nahm eine Dusche, wobei er eine teure Toilettenseife verwendete, die eine leichte, angenehme Spur ihres Parfüms auf seinem ganzen Körper zurückließ. Sein Gerät begann in seiner Hand zu zukken, als er es mit dem kremigen, weißen Schaum einseifte, und obgleich er versuchte, seine Aufmerksamkeit auf etwas anderes zu lenken, machte es sich lang und steif, bis es aufrecht unter dem warmen Wasserfall der Dusche stand.

»Jetzt doch noch nicht, du Idiot!« beschimpfte er seinen aufgebäumten Körperteil. »Du mußt dich noch eine halbe Stunde gedulden. Leg dich wieder hin und schlaf, bis Madeleine kommt – dann wirst du deine ganze Energie brauchen. Ich verspreche dir sämtliche Freiheit, mit ihr zu machen, was immer du willst.«

Weit davon entfernt, seinen starrsinnigen Gefährten zu beruhigen – das Versprechen machte die Sache nur noch schlimmer – er hüpfte unter dem Sprühregen der Dusche auf und ab, sein purpurroter Kopf entblößt und vor Stolz angeschwollen.

»Nein, nein, nein – ich weigere mich hartnäckig, dir nachzugeben! Du mußt warten!« rief Armand aus, außer sich über den Gedanken, der sich heimtückisch in sein Bewußtsein geschlichen hatte.

Um zu beweisen, wer hier der Herr war, faßte er nach dem Duschkran, biß die Zähne zusammen und drehte ihn heftig, so daß eine eiskalte Sintflut auf seinen schamlosen Meuterer herniederprasselte. Er hielt es aus, so lange es nötig war – vielleicht eine halbe Minute –, bis jegliche Rebellion unterworfen war, und das, was seinen Kopf bis auf die Höhe des Bauchnabels aufgereckt hatte, baumelte nun schrumpelig und besiegt zwischen seinen Schenkeln, als er die Dusche abschaltete und sich trockenrieb.

Er kleidete sich mit großer Sorgfalt, um gleichzeitig anmutig und umwerfend, elegant und doch nicht zu förmlich zu wirken. Und außer einen guten Eindruck auf Madeleine machen zu wollen, wollte er auch Kleider tragen, die man schnell und mit einem Minimum an Gewürge ablegen konnte. Armand legte ein Paar blaßgrün und weiß gestreifte Seidenshorts an und schaute seine ganze Garderobe durch, ehe er sich entschied. Schließlich wählte er ein elfenbeinfarbenes Seidenhemd mit milchschokoladebraunen Hosen und eine wundervolle einreihige Mohairjacke in Tabakbraun.

Er wählte eine passende Krawatte und ein Taschentuch für die Brusttasche, stand lange vor dem großen Spiegel in seinem Schlafzimmer und studierte das Ergebnis. Er war zufrieden mit seiner Erscheinung. Sein strichdünner Schnurrbart war sorgfältig gestutzt und gab seiner Oberlippe eine gewisse Distinguiertheit, sein Haar legte sich von selbst in Locken um seine Schläfen und in seinen Nacken, Locken, die so manche Frau unwiderstehlich gefunden und um ihre Finger gewickelt hatte, während er sie küßte – nur allzuoft Finger, die eines anderen Mannes goldenen Ehering zusätzlich zu den üblichen Diamanten trugen.

Von Frauen erwartet man nicht, daß sie pünktlich sind, und nur ein absoluter Dummkopf würde Pünktlichkeit von einer begehrenswerten jungen Frau auf dem Weg zu der Wohnung eines Mannes zu einem Liebesstelldichein erwarten. Zur festgesetzten Stunde anzukommen hieße, zuzugeben, daß ihr Verlangen ebenso stark ist wie seines – vielleicht gar noch stärker –, und zu gestehen, daß sie darauf brennt, seinen Mund auf ihren Lippen und seine Hände auf ihren Brüsten zu fühlen. Das alles mag durchaus der Fall sein, aber keine Frau in der Welt würde eine solche Macht über sich selbst in die Hände ihres Liebhabers legen.

Selbstachtung, ganz zu schweigen von einer zur Schau getragenen Sittsamkeit, verlangen, daß sich eine Frau zu einem Stelldichein mit ihrem Liebhaber verspätet. Auf diese Weise versucht sie den Eindruck zu erwecken, daß sie nicht für irgendein eigenes Vergnügen da ist, sondern daß sie in ihrer Großzügigkeit des Herzens dem aufdringlichen Mann eine große Gunst erweist, indem sie sich herabläßt, ihn privat zu treffen. Armand wußte dies und war keineswegs überrascht, daß Madeleine eine Viertelstunde später kam. Das Herbstwetter war nicht kalt, doch sie trug einen superben, langen Silberfuchsmantel und ein kleines schwarzes Glockenhütchen mit einer diamantbesetzten Hutnadel über einem Ohr.

Vielleicht blies doch eine kleine, kalte Brise über das Pflaster der Rue de Turbigo, denn Madeleines Wangen waren mit einem charmant rosigen Ton angehaucht. Und dann wiederum mochte es auch nichts mit dem Herbstwetter zu tun haben, sondern ein Zeichen für das verborgene Feuer in ihrem Herzen sein. Armand hastete durch die Begrüßung, so schnell die guten Manieren es gestatteten, denn seine Ungeduld war jetzt, wo sie sich tatsächlich in seiner Wohnung befand, schlimmer denn je. Er küßte ihre behandschuhten Hände eine nach der anderen, und dann, als sie die Handschuhe abgelegt hatte, küßte er beide Hände wieder, diesmal auf die zarten Handflächen und dann die Innenseite der Handgelenke, wo der Duft ihres hinreißenden Parfüms ihn beinahe schwindelig machte.

Er stand hinter ihr, um ihr aus ihrem wundervollen Pelzmantel zu helfen, und noch ehe er Zeit gehabt hätte, ihn aufzuhängen, drehte sie sich um und drückte ihren Körper an ihn, legte die Arme um seinen Hals und küßte ihn warm. Er hielt den dicken Mantel über dem einen Arm und hatte nur eine Hand frei, um ihren Rücken durch die Kleider hindurch zu streicheln. Doch als sie, den Mund noch immer auf den seinen gepreßt, einen Arm von seinem Hals nahm und zwischen ihren Körpern nach unten tastete, bis sie die längliche, harte Beule in seiner Hose berührte, da ließ er den Pelzmantel einfach auf den Boden fallen und nahm beide Hände, um die graziösen Backen ihrer Kehrseite zu kneten.

Kaum zwei Minuten später fanden sie sich im Schlafzimmer wieder, und sie gestattete ihm das ungeheure Vergnügen, sie auszuziehen. Unter ihrem Silberfuchs trug sie einen eleganten langärmeligen Pullover, der in diagonalen, schwarzweißen Streifen gestrickt war, und dazu einen holzkohlenfarbenen Rock, der in schmalen Falten bis auf einen Fingerbreit oberhalb ihrer Knie fiel. Der Pullover wurde in der Taille von einem breiten, glänzend schwarzen Patentledergürtel mit einer kunstvollen, runden Goldschnalle stramm zusammengehalten. Sie nahm ihr Glockenhütchen ab und warf es zusammen mit den Handschuhen auf den nächsten Stuhl. Dann streckte sie Armand die Arme mit einer charmanten kleinen Geste entgegen, die besagte: *Ich bin dein, tu mit mir, was dir gefällt.*

Von einer wohlmeinenden Vorsehung mit langen schlanken Beinen ausgestattet, war Madeleine fast ebenso groß wie Armand. Sie standen neben dem breiten Bett, und sie neigte den hübsch gekämmten Kopf nur ein klein wenig, um geküßt zu werden. Er hielt ihr ovales Gesicht zwischen beiden Händen und überschüttete es mit endlosen Küssen auf ihren vollen Mund, die Augen, ihre schmal gezupften, dunklen Augenbrauen und ihre hohe, glatte Stirn. Wie man sich recht wohl denken kann, verlangte der Rebell in seinen Hosen schweigend die Gelegenheit, das zu tun, was er am besten tat. Doch Hast war in diesem Moment nicht geboten, und Armand hatte sie fast atemlos geküßt, ehe seine Hände ihre Brüste berührten, die sich unter dem eng anliegenden Pullover perfekt abzeichneten.

Ach, dieser berauschende Moment, wenn die Hand des Liebhabers eine weiche Brust berührt und sein Atem als Seufzer wortloser Bewunderung seinen Lippen entweicht! In Armands wohldurchdachter Sicht war es erstaunlich, daß, während fast jeder Maler, der je einen Pinsel in der Hand gehalten hatte, großes Vergnügen daran fand, seine Geliebte barbusig auf die Leinwand zu bannen, nicht viele Poeten die Freuden gefeiert hatten, die darin bestehen, die warmen Kugeln einer Frauenbrust zu fühlen. Eine Ausnahme war *Verlaines* unvergeßliches Gedicht *Zu Viert:*

Brüste, an denen Hände sich innig ergötzen,
üppige Brüste, mächtig, stolz und verlockend,
Bebend und schwingend, wissen,
daß sie uns geschlagen haben,
mit einem liebevollen Seitenblick auf unsere Niederlage.

Doch Verlaine war ein Sonderfall, und abgesehen von ihm konnte man den Mangel an Interesse für Busen seitens der Dichter als beinahe schändlich betrachten.

Als Armand mit behutsamen Fingern die Formen von Madeleines saftigen Granatäpfeln zu seiner Zufriedenheit erkundet hatte und sie sich mit leicht zitternden Knien gegen ihn lehnte, tastete er nach der Schnalle ihres Gürtels und untersuchte ihn ein oder zwei Sekunden lang, bevor er das Geheimnis des Verschlusses durchschaut hatte. Er löste den Gürtel und ließ ihn auf den Teppich gleiten. Doch ehe er seine Hand unter ihren teuren Pullover schieben und ihn möglicherweise in der Glut seines Eifers ausleiern konnte, trat Madeleine einen Schritt zurück, kreuzte die Arme und zog ihn sich selber über den Kopf. Sie hätte jedoch nicht so ängstlich zu sein brauchen, denn Armand war alles andere als ein tolpatschiger Anfänger in der delikaten Kunst, eine hübsche Frau zu entkleiden. Madeleine war nun aber seit acht Jahren eine treue Ehefrau und war, wenn man es so sagen darf, nicht mehr an die Annehmlichkeit gewöhnt, von einem Liebhaber ausgekleidet zu werden.

Armand löste mit geschickten Fingern das Taillenband ihres Rocks und ließ ihn raschelnd an ihren seidenbestrumpften Beinen auf den Schlafzimmerboden hinuntergleiten. Sie tat einen Schritt und entledigte sich mit einem lässigen Schlenkern ihrer Füße der hochglänzenden schwarzen Schuhe, und Armand stieß einen langgezogenen Seufzer des Glücks aus, während er sie mit verzauberter Begeisterung betrachtete.

Dies war durchaus angebracht, denn auch sie hatte offensichtlich einige Gedanken darauf verwandt, was sie anziehen sollte, um ihn bei dieser Gelegenheit von unberechenbarer Signifikanz zu beeindrucken und zu verzaubern. Dementsprechend war die Unterwäsche, in der sie von ihm gesehen werden wollte, von einfacher, doch atemberaubender Schönheit.

Als voll beabsichtigten Kontrast zu der Strenge ihrer Oberbekleidung trug sie ein Hemd aus zarter, karmesinroter Seide mit einem tiefen Ausschnitt, der die Teilung ihrer Brüste sehen ließ. Es hatte ganz schmale Trägerbändchen über ihren wohlgerundeten Schultern und schmiegte sich so eng an ihren Körper, daß man die Spitzen ihrer Brüste von innen dagegendrücken sah und die Seide der graziösen Kurve ihres Bauchs perfekt folgte. Den Zwischenraum zwischen den herausragenden Brustspitzen schmückte ein kunstvolles, handgesticktes Ornament aus Blüten, Knospen und Blättern.

»Sie sind hinreißend!« flüsterte Armand.

Trotz all seiner Erfahrung mit Frauen und seiner sonstigen Wortgewandtheit war Armand für ein oder zwei Augenblicke kaum fähig, zusammenhängend zu sprechen, so überwältigend waren die in seinem Herzen entfesselten Gefühle beim Anblick Madeleines in ihrer Unterwäsche. Sie lächelte bei diesen wenigen Worten, die er murmelte, und nahm sie als Huldigung, denn trotz ihrer Banalität waren sie genau das, was eine Frau von ihrem Liebhaber zu hören erwartet.

Der hübsch gestickte Saum ihres Hemds reichte eine Handbreit auf ihre langen Schenkel, so daß ein wenig von ihrem dazu passenden karmesinroten Seidenhöschen zu sehen war. Und während Armand in ungewohnter Träumerei verloren dastand, schlüpfte sie aus ihrem Hemd und ließ ihn sehen, daß die Seiten ihres Höschens von der Taille bis zu den Beinen das gleiche Blumenmuster zeigten. Sie streckte ihm einladend die Arme entgegen, und sofort warf er sich zu ihren Füßen auf die Knie, drückte seine Lippen auf das warme Fleisch ihres Bauchs und legte die Arme um ihre Beine, die Hände unter ihrem Höschen, um die satinhautengen Backen ihres wohlgeformten Hinterteils festzuhalten.

In diesem Moment kam ihm keinerlei Vergleich in den Sinn – kein Abwägen des Zaubers von Dominiques weichem, ovalem Po, an dem er sich in ihrem Bett so luxuriös gerieben hatte, gegenüber der Feinheit von Madeleines straffen, runden Backen, die er jetzt umklammerte. Genauer gesagt, in seinem überglücklichen Bewußtseinszustand hatte er Dominique völlig vergessen und konnte an niemanden denken außer an Madeleine. Mit dem Auge eines Verliebten für Einzelheiten bemerkte er, daß der obere Rand ihres Seidenhöschens auf der Höhe ihres Nabels war, ihn halb verbergend, halb enthüllend, doch vor allem die Aufmerksamkeit auf ihn lenkend.

Mit vor übergroßer Aufregung leicht zitternder Hand zog er die Seide ein oder zwei Zentimeter tiefer, um diese Köstlichkeit ganz zu entblößen. Sie war, dachte er, ausgesprochen hübsch, perfekt rund und hohl, ein richtiges Grübchen und überaus verführerisch. Er steckte seine nasse Zungenspitze hinein und hörte Madeleines kleinen Seufzer, während sich seine Locken um ihre Finger ringelten.

Dort, wo ihre Schenkel zusammentrafen, konnte man einen zarten Schatten sehen; ihre Löckchen schimmerten ein wenig durch die dünne Seide. Er drückte seinen Mund darauf und entlockte ihr einen kleinen Ausruf genüßlicher Überraschung, als sie seinen heißen Atem durch die feine Seide fühlte. Er zog ihr das Höschen über den Po bis auf die Schenkel und entblößte die walnußbraunen Löckchen, die ihren Hügel schmückten. Mit eifrigen Händen umfaßte er wieder fest ihre Hinterbacken, küßte ihre Löckchen und ließ seine

Zungenspitze leicht über die weichen, rosigen Lippen unter den Locken fahren.

Doch so aufregend sein Tun auch war, Madeleine war eine neunundzwanzigjährige, verheiratete Frau, die es gewöhnt war, bequem auf dem Rücken zu liegen, wenn ihr Gatte ihr seinen Respekt zollte, und nicht aufrecht zu stehen. Sie entschlüpfte Armands liebender Umarmung und machte, behindert durch ihr Höschen in Kniehöhe, zwei kleine Schritte bis zum Bett, setzte sich auf die Bettkante, um es auszuziehen. Dann schlug sie nacheinander das eine Bein über das andere, um ihre schwarzen Strumpfbänder abzulegen und ihre seidenen Strümpfe herunterzurollen.

Schnell kleidete Armand sich aus, während Madeleine interessiert zuschaute. Sie posierte graziös, den Rücken an das Kopfende des Betts gelehnt, einen Arm hinter dem Kopf, so daß eine weiche, glattrasierte kleine Achselhöhle sichtbar wurde, und hatte ein Knie leicht angezogen. Sie musterte seinen Körper aufmerksam, seine geraden Schultern, die schwarzen Locken auf seiner Brust, die schmale Taille und die langen Beine. Und sie nahm natürlich Notiz von jenem gehegten Körperteil von ihm, mit dem sie gleich intimste Bekanntschaft machen würde.

Armand warf selbst einen bewundernden Blick darauf, weil er wußte, wie seine aufrechte Festigkeit Frauen faszinierte. Er zitterte vor Erregung, so wie ein wohltrainiertes Rennpferd mit kurzen, kleinen Schritten an der Startlinie tänzelt und den Augenblick erwartet, wenn die Peitsche seines Reiters es auffordert, mit fliegenden Hufen loszugaloppieren und die erste Hürde zu nehmen.

Madeleine rückte ein wenig zur Seite, als er aufs Bett stieg und sich neben sie legte, vielleicht, um ihm Platz zu machen, doch mit größerer Wahrscheinlichkeit aus dem ein bißchen interessanteren Grund, ihre eleganten Brüste in einer Weise hüpfen zu lassen, die unter Garantie seine Aufmerksamkeit erregen und fesseln würde. Verlaines Verse über den Busen gingen ihm durch den Sinn – *stolz und verlockend* –, als er zuerst mit den Lippen und dann mit seiner feuchten Zunge die hervorstehenden, roten Spitzen berührte.

Bei diesem unvergeßlichen ersten Mal mit Madeleine war er, während er sie in ihrer luxuriösen Unterwäsche sah und sie liebkoste, gegen seinen Willen so ungeheuer erregt geworden, daß er wußte, daß die Zeit zwischen seinem Eindringen und dem Ergießen seiner Essenz äußerst kurz sein würde. Es war daher unbedingt wünschenswert, daß Madeleine wenigstens ebenso erregt wäre, bevor er seinen eindrucksvollen Freund in sie hineinschlüpfen ließe. Er hatte irgendwo gelesen – auch wenn er sich nicht mehr erinnern konnte, wo –, daß die durchschnittliche Zeitspanne zwischen dem Eindringen des Mannes und seiner Ejakulation genau drei Minuten ausmachte!

Der gleiche Artikel hatte ihn informiert, daß die Zeitspanne zwischen der männlichen Penetration und dem Augenblick des Höhepunkts bei der Frau – durchschnittlich – acht Minuten beträgt! Wenn dieses Ungleichgewicht für normale Situationen des Liebemachens zutraf – auch wenn es schwierig war einzusehen, wieso die Natur eine solche Unannehmlichkeit zuließ –, wieviel größer war dann dieses Mißverhältnis bei dieser einmaligen Gelegenheit! Es bestand nicht die geringste Chance, daß Armand ganze drei Minuten aushalten konnte, sobald er seinen großen Eintritt in Madeleines warme Höhle gemacht hatte.

Er spielte mit ihren Brustspitzen, bis sie von Kopf bis Fuß zitterte und ihr Atem ein wenig heiser aus der Kehle kam, ehe er sie an den Hüften nahm und sie vom Kopfende des Betts tiefer zog und flach auf den Rücken legte.

»Armand ... oh, Armand«, hörte er sie zu seiner Zufriedenheit murmeln, weil er darin ein Zeichen ihres gesteigerten Erregungszustands erkannte.

Die Situation war vielversprechend, doch um sicherzugehen, daß sie sofort und vollständig auf seinen eigenen Höhepunkt reagierte, wenn er kam, schlug er den gemusterten Bettüberwurf aus Satin zurück und spreizte mit zarten Händen ihre Beine. Im nächsten Moment küßte er ihren warmen Bauch nahe ihrem niedlichen Dreieck aus walnußbraunem Pelz. Ihre Lenden trugen den delikaten Duft ihres Parfüms, des Chanelparfüms, das er hinter ihren Ohren und zwischen ihren Brüsten erkannt hatte. Er fühlte sich geschmeichelt – denn welcher Mann wäre das an seiner Stelle nicht –, wenn er dachte, daß Madeleine nicht immer Parfüm zwischen ihre Beine tupfte: Sie hatte es an diesem Tag speziell für ihn getan, weil sie annahm, daß er sie dort küssen würde.

Um ihre Spannung zu steigern, drückte er langsame, lange Küsse den ganzen Weg bis zu den seidigen Innenseiten ihrer Schenkel – weniger als einen Zentimeter an ihren Löckchen entlang. Er sah, wie ihr Po sich vom Bett hob und ihre Beine sich weiter spreizten, in Erwartung seines Kusses auf die dikken rosigen Lippen, die zwischen den Löckchen sichtbar waren – und er hörte, wie sie hastig Luft holte, als er sein kleines Täuschungsspiel mit ihr trieb: Statt zu tun, was sie erwartete, hielt er ihre Schenkel umfaßt und ließ seine nasse Zunge langsam über ihren bebenden Bauch bis zu dem Grübchen ihres Nabels wandern. Seine Zungenspitze suchte ein Weilchen darin herum, dann wanderte sie wieder zurück bis kurz vor das niedliche Dreieck aus Löckchen und leckte dann wieder den Bauch hinauf. Dies wiederholte sich, bis sie kontinuierlich stöhnte.

So außer sich vor Geilheit er auch war, er wußte, daß er ein Expertenurteil über Madeleines Erregungszustand haben mußte – sie um genau dieses bißchen zu weit zu bringen und ihren Höhepunkt auszulösen, ehe er in ihr war, wäre selbstzerstörerisch! Er verließ ihren nassen Bauch und ließ seine Zunge über ihre parfümierte Leistengegend flitzen, bis sie ihre Beine bis zum äußersten spreizte und sich ihm vollständig darbot. Jetzt endlich küßte Armand mutig den zarten Gegenstand seines Begehrens, und unter seinen nachdrücklichen Aufmerksamkeiten teilten sich fast augenblicklich die weichen, fleischenen Blütenblätter und zeigten ihr feuchtes, rosiges Inneres.

»Armand – ich werde ohnmächtig!« keuchte sie. Ihr Bauch hob und senkte sich im Rhythmus der überwältigenden Gefühle, die seine Zunge ihr schenkte.

Sie ist bereit, dachte er fiebernd und beobachtete, wie ihr Rücken und ihr Po sich auf dem Bett wanden, ihr Gesicht gerötet und die Augen fast geschlossen. *Nur noch ein wenig mehr, und sie tut es ohne mich!*

Seine Finger gruben sich langsam in den langen scharlachroten Spalt, den seine Zunge freigelegt hatte, während er sich zwischen ihre Beine schob. Sie stöhnte voller Lust, als sie seinen zuckenden Schwengel fühlte, der nach dem zarten Eingang zum Paradies suchte. Zuckend erschien ein viel zu schwaches Wort, um den Zustand von Armands Lebensgefährten zu beschreiben – sein Kopf war prall geschwollen und purpurrot, als stünde er kurz vor dem Schlaganfall, und er zitterte wie unter hohem Fieber. Kaum hatte er die offenen Fleischfalten zwischen Madeleines Beinen berührt, stieß er sich selbst tief in ihre warme Nässe und zog Armand leibhaftig hinter sich her, bis sein Bauch flach auf dem ihren landete.

»Ah, ah, ah!« rief sie in wildem Rausch; ihr Po wand sich unter ihm, und ihre Fersen trommelten auf seine Schenkel. Armands Hände bearbeiteten die harten Knospen ihrer Brüste, um sie in noch größere Höhen zu treiben. Er hatte gehofft, für ein Weilchen noch unbeeinflußt vom Tumult ihres Bauches zu bleiben – gerade lange genug, bis sie zu dem Punkt gelangte, wo sie vollständig hingegeben und unfähig, ihre Reaktionen zu kontrollieren, wäre. Doch die wollüstige Berührung ihres Fleisches war mehr, als er aushalten konnte, und er bewegte sich heftig in ihr und wußte, daß sie in ein oder zwei Sekunden seine Passion aus ihm heraussaugen würde.

»Armand, Armand, je t'adore!« keuchte sie stürmisch.

Im ganzen gesehen hatte er sein Ziel bestens erreicht – Madeleine war auf dem Gipfel ihrer Erregung. Ihr Rücken wölbte sich, und ihr Höhepunkt kam, als er kaum dreißig Sekunden in ihr gewesen war. Die Dauer mochte als nicht ganz perfekt betrachtet werden, dachte Armand hastig, doch für ihr erstes Mal zusammen war es durchaus gelungen. Er fühlte, wie ihr Bauch sich in rhythmischen Wellen im Einklang mit seinen schnellen Pumpbewegungen hob und senkte, und er überschritt die Grenzen bewußter Kontrolle. Ein unartikulierter Triumphschrei brach aus ihm hervor, als der Druck in seiner Champagnerflasche den Korken herausknallen ließ und seine brodelnde Leidenschaft in ihr Inneres spritzte.

Nach so ekstatischer Zelebrierung der Liebesriten lagen die beiden atemlos lange Zeit umschlungen da, glücklich und zufrieden mit der Berührung ihrer Leiber. Schließlich gab Armand die bequeme Lage auf Madeleine auf, und sie lagen nun einander zugewandt nebeneinander, hielten sich an den Händen und tauschten friedliche, kleine Küsse. Sie hatte eine bedeutsame Hürde genommen – sie hatte einem anderen als ihrem Ehemann die Freiheit ihres Körpers gewährt! Es war der Augenblick, wo Reue und Selbstanklage sie hätten überfallen und die Lust in bitterkalte Asche verwandeln können.

Doch Armand hatte so ungeheuer geschickt mit ihr gespielt, daß er sie auf das Gebirge der Gefühle zu einem höheren Gipfel der Lust als je zuvor geführt hatte. Ihr Höhepunkt war fabelhaft gewesen – sozusagen umwerfend –, und sie konnte sich an nichts annähernd Vergleichbares mit ihrem Gatten erinnern. Dementsprechend dachte sie auch nicht ein zweites Mal über das nach, was sie getan hatte – weit davon entfernt –, sondern war überzeugt, daß der Schritt, den sie unternommen hatte, genau das Richtige gewesen war. Sie lag recht zufrieden da und tauschte Küsse und gemurmelte Zärtlichkeiten mit Armand.

Es war die allernatürlichste Sache der Welt, das Instrument in ihre Hand zu nehmen, das ihr so große Lust bereitet hatte. Nach seiner großartigen Leistung hatte es sich vollständig entspannt und lag nun weich und warm in ihrer Hand, feucht vom Tau ihrer eigenen Erregung und dem Sturzbach, den es freigesetzt hatte.

»So klein und hilflos«, flüsterte sie, »und eben war er noch so stark und gebieterisch.«

Madeleines Erfahrung mit dem männlichen Zubehör konnte man schwerlich als umfangreich bezeichnen. In der Tat war das von Armand erst das dritte, das sie in ihren ganzen neunundzwanzig Jahren in der Hand gehalten hatte. Das eine, das sie am besten kannte, war natürlich das von Pierre-Louis, da es ihr während ihrer ganzen Ehe bis vor kurzem höchst befriedigende Lust bereitet hatte. Bevor sie Pierre-Louis kennenlernte, hatte sie einen Freund gehabt, der sie mit achtzehn von ihrer Jungfräulichkeit befreite, und seine steife Gerätschaft war die erste, die sie gesehen und gehandhabt hatte. Doch obgleich ihre Kenntnisse durch ihre bescheidene Lebensweise notgedrungen limitiert waren, war ihre Bewunderung für diese interessanten Teile grenzenlos.

Aus dieser zeitlichen Entfernung erinnerte sie sich kaum noch an die Einzelheiten des persönlichen Geräts ihres Freundes, außer, daß es sie auf dramatische Weise mit der größten Freude des Lebens bekannt gemacht hatte. Das Werkzeug ihres Gatten hatte sie herzlich gern, und sie hatte nie aufgehört, ihn zu ermutigen, es Nacht um Nacht an ihr zu verwenden. Das von Armand, das sie auf einen so fantastischen Gipfel der Lust gebracht hatte, betrachtete sie als weit überlegen. Überflüssig, dies zu erwähnen: Es reagierte auf ihre zärtliche Berührung und richtete sich in ihrer Hand zu seiner vollen Höhe auf.

»Was für ein liebes, stämmiges Ding«, murmelte sie und ließ ihre Finger seine ganze Länge entlang auf und ab gleiten. »Ich glaube, es möchte wieder etwas Nettes mit mir machen.«

»Darauf kannst du dich verlassen«, erwiderte Armand. »Bevor du von hier fortgehst, wird es noch ein paarmal sehr nette Sachen mit dir machen. Aber zuerst muß ich ein bißchen mit dir spielen...«

Seine Finger befanden sich zwischen ihren schlanken Schenkeln und liebkosten sie mit erfahrener Fertigkeit. Für Armand war der kleine, feuchte Muff einer Frau – irgendeiner Frau, sei sie jung oder von gewissem Alter, blond, brünett, rothaarig oder rabenschwarz, weit oder eng, hübsch oder häßlich – absolut unwiderstehlich. Allein die Berührung löste bei ihm den zwanghaften Wunsch aus, ausgiebig damit zu spielen, bis an die äußerste Grenze seine Empfindungsfähigkeit zu erforschen, kurzum, einen Höhepunkt auszulösen. Aus ihm unerklärlichen, seltsamen Gründen hatte Armand das Gefühl, eine Frau, gleichgültig, wie oft er mit seinem immer bereiten Schwengel in sie eingedrungen war, erst wirklich besessen zu haben, wenn er sie mit seinen Fingern zu einem vollen Orgasmus gebracht hatte.

Dies war die psychologische Basis seiner neckischen Spiele in der Öffentlichkeit mit Dominique – und mit zahlreichen anderen Frauen. Zweifellos hätten es Dr. Freud und seine Wiener Kollegen, die allem, was wir tun – einschließlich des unstillbaren Verlangens von Männern und Frauen, sich miteinander Lust zu verschaffen –, komplizierte und geheime

Gründe unterstellen, interessant gefunden, Armand zu interviewen und diesen seinen kleinen Tick genauer zu erforschen. Seine Freundinnen akzeptierten ihn, ohne einen zweiten Gedanken daran zu verschwenden, als seine kleine Marotte im Bett, nicht ungewöhnlicher als die anderer Männer.

Und die schöne Madeleine mit den nußbraunen Locken zwischen den Beinen seufzte vor Lust, als seine Finger über ihr glitschiges Knöpfchen spielten, weil sie glaubte, er bereite sie für einen weiteren triumphalen Eintritt vor. Sie drehte sich auf den Rücken und spreizte die Beine weit auseinander. Doch noch immer bestieg er sie nicht, und unter seinen delikaten Aufmerksamkeiten wurde ihre Lust so groß, daß ihr Kopf mit charmant zerzaustem Haar auf dem weichen Kissen von einer Seite auf die andere rollte. Dann krallten sich ihre Fingernägel in das Bett unter ihr.

»Ja, ich bin bereit, Armand!« keuchte sie.

»Oh, ja«, bestätigte er, »Ganz gewiß bist du bereit, *chérie* – großartig bereit. Aber immer mit der Ruhe, wie man so sagt, laß dir Zeit, die Gefühle zu genießen, die du empfindest.«

»Armand – ich muß dich sofort haben!« drängte sie.

»Das sollst du auch, liebste Madeleine, du sollst mich noch viele, viele Male in dir haben«, gab er zurück, doch er machte keinerlei Anstalten, sich auf ihren Bauch zu legen und ihr Begehren in der Weise, die sie erwartete, zu erfüllen. Seine Finger suchten zwischen den langen, nassen Lippen unter den braunen Löckchen herum.

»Ah, ah«, rief sie aus und starrte ungläubig in sein lächelndes Gesicht hinauf, während ihre Beine sich zitternd bis an die Grenze spreizten und Zuckungen ihren Bauch erschütterten.

»Was machst du denn bloß?« keuchte sie mit weitaufgerissenen Augen vor Überraschung, als sie seine Absichten durchschaute. »Oh, du bist schamlos!«

Er achtete nicht auf ihre Worte oder ihre kleinen Schreie

und ihr Stöhnen. Seine Finger vollführten ihre zärtlichen Liebkosungen weiter, und sie gelangte jenseits von Sprache und gab glucksende Laute von sich, während sie wild und heftig zuckte, zappelte, um Erleichterung von der überwältigenden Stimulation zu bekommen.

Bei dem ersten köstlichen Pulsieren ihres Höhepunkts rief er aus: *»Jetzt, Madeleine! Jetzt, ja, jetzt!«* Ihr Schrei war durchdringend, und ihre Muskeln spannten sich so straff, daß ihr ganzer Leib – Po, Rücken und Schultern – sich vom Bett hob und sie auf dem Kopf und den Fersen stand. Fünf endlose Sekunden lang verharrte sie in starrem Bogen, ihr Schrei schrillte in Armands Ohren, dann sackte sie schwach in sich zusammen und lag keuchend und schaudernd da, ihre Beine schlossen sich langsam, bis sie wieder ruhig geworden war. Langsam schlug sie ihre schönen, braunen Augen auf und schaute Armand an.

»Warum hast du das gemacht?« fragte sie neugierig.

»Um dich auf eine andere Weise zu amüsieren«, gab er, nicht ganz wahrheitsgetreu, zur Antwort, denn das Motiv war seine eigene Befriedigung gewesen.

»Niemand hat das mit mir gemacht, seit ich verheiratet bin«, sagte sie und strich ihm über die Wange. »Du hast mir das Gefühl gegeben, wieder siebzehn Jahre alt zu sein.«

»Und war es gut?« fragte er, obgleich er die Antwort wußte.

»Du hast mich überrumpelt – ich habe erst begriffen, wie weit du gehen würdest, als es schon zu spät war. Aber es war sehr angenehm.«

Er half ihr, sich neben ihm aufzusetzen, den Rücken gemütlich an die weichen Kissen gelehnt. Er hatte seinen Arm um ihre Schultern gelegt und hielt sie nah an sich, die Beine hatte er auf dem Bett gespreizt. Sein Apparat lag auf seinem Bauch, hart und kräftig und voll ihrem Blick, ihrer Bewunderung und ihren zärtlichen Aufmerksamkeiten dargeboten. Doch jetzt, wo Madeleines Begierden für den Augenblick befriedigt waren, hatte sie es nicht eilig, und es gab Angelegenheiten, die sie mit ihm diskutieren wollte. Insbesondere zeigte sie, wie er erfuhr, größte Empörung über das Benehmen seines Freundes Vincent Moreau.

»Seine dreiste Untreue gegenüber Brigitte ist abscheulich«, sagte Madeleine. »Ich bin sicher, daß du weißt, wo er hingeht, wenn er für halbe Tage verschwindet.«

»Er verschwindet für halbe Tage?« fragte Armand mit einem Lächeln. »Das wußte ich nicht. Hat Brigitte es dir gesagt?«

»Dem armen Mädchen bricht es das Herz. Ihr Männer prahlt doch untereinander über eure Eroberungen – du mußt doch wissen, wo er hingeht.«

»Ich schwöre, ich weiß es nicht«, sagte Armand achselzukkend.

»Vielleicht geht er hinter deinem Rücken zu deiner blonden Freundin mit dem fetten Busen«, gab Madeleine zu bedenken, und in ihrer Stimme lag eine Spur von Verächtlichkeit. »Neulich abend ließ er sein Interesse an ihr nur allzudeutlich sehen. Er hatte seine Hand während der ganzen Zeit, wo sie getanzt haben, praktisch unter ihren Kleidern!«

»Mag sein, daß er Dominique besucht«, stimmte Armand zu; insgeheim amüsierte es ihn, doch er achtete sorgsam darauf, es nicht zu zeigen. »Sie hat viele Freunde, aber ich wäre höchst überrascht zu erfahren, daß Vincent zu ihnen gehört. Er hatte neulich Abend ein Glas Champagner zu viel getrunken – mehr steckt nicht dahinter –, und deshalb nahm er sich Freiheiten bei den Frauen heraus, mit denen er getanzt hat. Du hast doch auch mit ihm getanzt, Madeleine – du erwartest doch nicht, daß ich glaube, er habe nicht versucht, deinen Po zu streicheln, oder?«

»Ich habe seiner Unverschämtheit sehr schnell ein Ende gesetzt, das kannst du mir glauben«, gab sie mit leicht rosig angehauchten Wangen zurück, »aber deine blonde Freundin schien seine Annäherungsversuche willkommen zu heißen! Jedenfalls machte sie keinerlei Anstalten, ihn davon abzubringen, obwohl sie doch wußte, daß seine Frau es mit ansah.«

»Ich zweifle, daß Dominique den Ehefrauen ihrer Freunde viele Gedanken widmet«, sagte Armand und mühte sich, sein Amüsement darüber, daß Madeleine so offensichtlich über einen bedeutungslosen Zwischenfall auf dem Tanzboden empört war, nicht zu zeigen. »Und als Vincent am nächsten Morgen wieder nüchtern war, erinnerte er sich vermutlich nicht mehr daran, ihr in den Po gekniffen zu haben, genausowenig wie an die anderen, die er getätschelt hat.«

Einschließlich des deinen hätte er beinahe hinzugefügt, aber er hielt es im letzten Moment zurück, weil ihm bewußt wurde, daß diese Bemerkung sie kränken könnte.

»Da war an jenem Abend nur eine Frau, mit der er getanzt hat und deren Po er nicht zu streicheln versuchte – abgesehen von noch dreisteren Vertraulichkeiten«, sagte Madeleine erhitzt, »und das war seine Frau! Brigitte allein hat das Recht zu erwarten, daß er sich ihr gegenüber zärtlich zeigt, und sie wurde enttäuscht. Versprich mir, daß du herausfindest, wer seine Mätresse ist, wenn du ihn das nächste Mal siehst. Wenn du die Unterhaltung zwanglos genug klingen läßt, wird er es dir erzählen, ohne zu merken, daß er sich verrät.«

Ihre Wangen hatten ein tieferes Rot angenommen, und in ihrer Stimme klang ein seltsamer Unterton der Entschlossenheit mit. Armand schaute sie neugierig an.

»Aber, liebste Madeleine, mich geht das doch nichts an, ob Vincent eine kleine Freundin hat, die er besucht. Warum sollte ich versuchen, das herauszufinden? Wozu soll es denn gut sein, wenn ich Namen und Adresse seiner Freundin herausfände und sie dir gäbe, damit du sie an Brigitte weitergibst? Du erwartest doch sicherlich nicht, daß sie hingeht und der anderen Frau die Haare ausreißt?«

Statt auf seine Frage zu antworten, schloß Madeleine die Augen und lehnte sich schwach und plötzlich ganz bleich in die Kissen. Da verstand Armand endlich, daß hinter ihrem Gespräch über Vincent Moreau tiefere Dinge lagen, die weiter zu erforschen unerfreulich wäre. Offensichtlich war der wahre Gegenstand von Madeleines Entrüstung nicht einfach nur Vincent – es war eheliche Untreue im allgemeinen, ein Thema, das Armand nicht im geringsten interessierte. Ein- oder zweimal war in der Vergangenheit das Thema von verheirateten Frauen aufgebracht worden, die ihm die intime Gunst erwiesen, wobei sie ihn zu überzeugen suchten, er habe das große Glück, so hinreißend zu sein, daß sie darum bereit gewesen seien, für ihn ihre Ehemänner zu betrügen.

Es versteht sich von selbst, daß Armand kein Wort dieser zugegebenermaßen zärtlichen, aber dennoch ganz und gar lächerlichen Liebesgeständnisse glaubte. Bislang hatten die zahlreichen jungen Ehefrauen, die seinem Charme erlegen waren, seines zuverlässigen Wissens andere Liebhaber vor ihm gehabt. Man konnte fairerweise behaupten, sie hätten sich eine regelmäßige Routine im Betrügen ihrer Männer zu ihrem eigenen Vergnügen eingerichtet. Die Freuden, die diese Damen Armand boten, waren nicht, wenn man so sagen darf, brandneu. Das machte sie natürlich keineswegs schlechter – im Gegenteil, Armand glaubte fest daran, daß die meisten Frauen bis zum Alter von Vierzig mit wachsender Erfahrung in der Liebe immer besser würden. Danach wurden sie übereifrig oder manchmal gar zynisch, wenn ihre Reize zu welken begannen.

Ein junges Mädchen ins Bett zu nehmen, war natürlich ergötzlich, doch für ausgiebige Ekstase zog Armand persönlich eine Ehefrau um die Dreißig vor, die schon mindestens zwei Liebhaber gehabt hatte. Nicht, daß Madeleine in diese Kategorie gehörte, denn er war sicher, daß er ihr erstes Abenteuer seit ihrer Heirat mit Pierre-Louis darstellte. Doch in Armands Vorstellung war sie so außergewöhnlich, daß seine üblichen Regeln keine Gültigkeit besaßen. Was er verhindern mußte, war jetzt, wo sie sich einem anderen Mann hingegeben hatte, ein Anfall von Reue ihrerseits.

Die Antwort auf bevorstehende Tränen und Selbstanklagen war nach Armands Erfahrung ganz einfach, und er drehte sich zu ihr, nahm sie in die Arme und küßte ihr Gesicht und die geschlossenen Augenlider.

»Wie schön du bist, Madeleine«, seufzte er und legte ungeheuer viel Gefühl zwischen seine kleinen Küßchen. »Ich bin ganz verrückt nach dir! Ich bin so glücklich, dich endlich in den Armen zu halten. Ich werde dich zu der glücklichsten Frau der Welt machen – ich schwöre es dir!«

Er sagte natürlich keine vorsätzlichen Unwahrheiten, denn kein Mann, dessen Glied stramm steht und der eine nackte Frau im Arm hält, hat auch nur ein Minimum an intellektuel ler Urteilsfähigkeit, um zu entscheiden, was wahr oder unwahr ist – sein dringendes Bedürfnis, mit dem einen in die andere einzudringen, macht jegliche Vorstellung von falsch oder richtig zunichte. Armands Worte in diesem Moment waren Unsinn, doch jene Art von Unsinn, der einer Frau das Gefühl gibt, begehrt und geschätzt zu sein, und jegliche melancholische Sorge, die in ihrem Herzen lauern mochte, vertreibt. Mit den richtigen kleinen Sprüchen, den richtigen kleinen Küssen und den richtigen kleinen Zärtlichkeiten gelang es ihm sehr bald, Zweifel oder Reue zu verbannen, die Madeleine empfunden haben könnte.

Mehr noch, seine Worte und Küsse und Liebkosungen hatten sie erregt, wie er es beabsichtigt hatte. Er hatte schon vor langer Zeit gelernt, daß das Gefühl, ein strammes, männliches Glied zwischen den Beinen zu fühlen, der wirksamste Trost ist, den man einer Frau anbieten kann, und er war sicher, daß er sämtliche düsteren Reuegedanken vertrieben hatte, als sie ihren Arm ausstreckte und ihn in die Hand nahm. Seine eigene Hand spielte zwischen ihren samthäutigen Schenkeln behutsam über die kleine, begehrlich angeschwollene Knospe im Inneren der warmen, glitschigen Nische.

»So schnell? So bald?« murmelte er. »Meine wundervolle Madeleine!«

Doch ehe er sie auf den Rücken legen und ihre langen schlanken Beine spreizen konnte, um sie für seine liebevolle Penetration vorzubereiten, hatte Madeleine die Angelegenheit selbst in die Hand genommen. Sie befreite sich aus seiner Umarmung, drückte seine Beine flach aufs Bett und kniete sich rittlings über seine Schenkel, so daß sich ihr offenes Portal nur eine Handbreit über seinem zuckenden Zapfen befand. Er riß vor Entzücken die Augen auf, als sie ihn packte und zu sich hinsteuerte.

»Du meinst, es sei zu früh?« flüsterte sie mit einem zärtlichen Lächeln. »Für mich ist es schon viel zu lange her, seit du Liebe mit mir gemacht hast, Armand – mindestens eine Stunde. Was du mit deinem Finger gemacht hast, zählt nicht.«

Armand war, halb sitzend, halb liegend, bequem in die Kissen gegen das Kopfbrett gelehnt. Er nahm Madeleines eleganten kleinen Busen in die Hände und schaute zwischen seinem und ihrem Bauch nach unten, wo sein harter Schaft in sie eindrang, als sie nach unten drückte, um sich selbst damit aufzuspießen.

»So – ganz hinein«, murmelte sie, und ihr weicher Bauch berührte seinen. »Jetzt sag mir, ob es zu früh ist.«

»Für mich kann es gar nicht früh genug sein«, keuchte er

und liebkoste entzückt ihre Brüste. »Du bist so hinreißend, daß ich am liebsten für immer in dir stecken möchte.«

»Gut«, erwiderte sie leise, »das ist auch meine Absicht.«

Um die Wahrheit zu sagen, sich in Madeleines nußbraunes Nest gebettet zu wissen, erregte Armand so ungeheuer, daß er nicht wagte, sich zu rühren, aus Angst, es könnte eine sofortige Entladung auslösen. Madeleine schaute ihn neugierig lächelnd an – sie hatte seinen Zustand durchschaut und war darüber gleichzeitig amüsiert und gerührt.

»Du betest mich *wirklich* an, Armand«, bestätigte sie, ein Funkeln in ihren samtbraunen Augen, das in diesem Moment nur als triumphierend beschrieben werden konnte. Sie kniete mit weit gespreizten Beinen über ihm, um ihn tief in ihren Bauch ragen zu lassen, und begann, sich langsam auf und ab zu bewegen. Armand schrie vor Entzücken auf, denn er fühlte seine Krise nahen, und starrte in ihr Gesicht hinauf, das seinem so nah war. Ihre rouge-roten Lippen teilten sich zu einem Lächeln, das ihre hübschen weißen Zähne zeigte, und das Strahlen in ihren Augen hinter den halbgeschlossenen Lidern war reinste Seligkeit. Und das in solchem Maße, daß allein ihr Ausdruck für Armand den Ausschlag gab – sein Leib zuckte unter der Woge seiner Gefühle, und die Bewegung brachte ihn fast zum Ausbruch. Seine Hände kneteten heftig an ihren Brüsten, und er wußte, daß ihm nur wenige Augenblicke blieben, ehe der Sturzbach seines Begehrens den zerbrechlichen Deich brechen würde, der ihn eindämmte.

Was Madeleine angeht, so war die Lust, die sie empfand, während sie sanft auf Armands geschwollenem Glied auf und nieder ritt, sogar noch profunder als die Befriedigung, die sie empfunden hatte, als er auf ihrem Bauch gelegen hatte. Ihre gegenwärtige Lust war mehr als nur körperlich – was natürlich auch eine Rolle spielte –, es war vor allem aber ein wundervoll primitives, überwältigendes Gefühl von Rache, das für ihren ekstatischen Bewußtseinszustand verantwortlich war. Trotz ihrer Erregung während ihrer Konversation über Vincent war es Armand entgangen, das Geheimnis, das sie in sein Bett geführt hatte, zu erraten – die schmerzvolle Gewißheit, daß ihr eigener Mann eine Geliebte hatte.

Während der acht Jahre ihrer Ehe war ihr an Pierre-Louis gelegen gewesen, sie hatte ihn gehegt, unterstützt, bewundert, angehimmelt und ihn ermutigt, Nacht für Nacht Liebe mit ihr zu machen. Aber es sah so aus, als ob alles, was sie für ihn getan hatte, nicht genug war. Es war mindestens zwölf Monate her, seit Pierre-Louis sie für mehr als nur einen einzigen kurzen Höhepunkt vor dem Einschlafen begehrt hatte. Und während der vergangenen paar Monate, seit sie zufällig sein Geheimnis herausgefunden hatte, erfand sie Vorwände, um ihm sogar das zu verweigern.

Armand stieß einen kurzen Schrei aus, machte gleichzeitig einen heftigen Satz aufwärts und leerte seinen ekstatischen Erguß in ihren Bauch. Auch Madeleine ließ einen kleinen Schrei des Entzückens und des Triumphes hören, dann drückte sie ihre Lippen auf Armands geöffneten Mund, um ihm den Atem abzusaugen, während ihr Körper von wilden Zuckungen der Lust geschüttelt wurde. Dies war wahre Rache an Pierre-Louis für seine Untreue – nicht nur einem anderen Mann zu gestatten, Liebe mit ihr zu machen, sondern ungeheure Befriedigung aus dem Akt des Sichhingebens zu beziehen.

Natürlich hätte sie als die, die sie war, unter zwanzig Männern wählen können, als sie sich entschloß, sich auf diese Weise an ihrem Gatten zu rächen. Sie hatte Armand ausgewählt, weil sie sicher war, in ihm einen Experten zu finden, um sie zu erregen und zu befriedigen. Daß er der Cousin von Pierre-Louis war, bestätigte ihrer Meinung nach nur die Richtigkeit ihrer Wahl. Und so ergötzlich es auch gewesen war, auf dem Rücken zu liegen und ihn Liebe mit ihr machen zu lassen, es war noch zehnmal besser gewesen, auf ihm reitend Gebrauch von ihm zu machen und selber die Krise ihrer Leidenschaft auszulösen.

Armand lag erschlafft in den Kissen und atmete tief, als er langsam wieder zur Ruhe kam. Madeleines weiche Wange lag an seiner, ihre rosigen Granatäpfel drückten sich auf seine Brust, und seine Arme lagen locker um ihre Taille. In seinem Herzen war ein Gefühl unermeßlicher Freude, daß er eine so wundervolle Geliebte wie Madeleine gewonnen hatte. Und da er eine sehr hohe Meinung von sich hatte, war er natürlich überzeugt, daß er sie auch verdient hatte – und solange ihre geheime Liebesaffäre dauerte, würde alle seine Hingabe ihr gelten. Sie sollte erkennen, daß sie über allen Sinn und Verstand hinaus geliebt wurde.

Aber, ach! Hätte Armand die Fähigkeit besessen, in diesem Moment ihre Gedanken zu lesen und so *ihr* Liebesgeheimnis zu erfahren, dann wäre seine überschwengliche Freude hinweggefegt worden wie trockene Blätter von einem stürmischen Herbstwind. Die beglückenden Ereignisse der verstrichenen Stunde hatten ihn gelehrt, sie, ihren Körper und ihre Seele, anzubeten, doch Madeleines Gefühle für ihn waren nicht von gleicher Intensität. Natürlich empfand sie nach wie vor die milde Zuneigung zu ihm, die sie für ihn als einem langjährigen Freund schon immer gehegt hatte. Doch er löste keine tieferen Gefühle aus. Und daß er sich als ein so angenehmes und effizientes Werkzeug der Rache an ihrem Gatten erwiesen hatte, schrieb sie nicht irgendeiner seiner Qualitäten zu, sondern ihrem eigenen guten Verstand, ihn ausgewählt zu haben.

Sie rollte sich von Armands erschlaffendem Stamm und tätschelte ihn freundlich. Armand würde recht nett taugen, bis Pierre-Louis wieder zu Sinnen und zu ihr zurückkam.

3

Blick aus einem Fenster im oberen Stockwerk

Wenn ein Freund sehr spät am Abend unangemeldet auftaucht, zerzaust und den allgemeinen Eindruck vermittelnd, daß er zu viel getrunken und zu wenig geschlafen hat, dann steht fest, daß er in ernsthaften Schwierigkeiten steckt. Kurzum, Pierre-Louis sah aus wie ein Mann, der mit seinem Latein am Ende ist. Er ließ sich in einen von Armands Sesseln fallen und nahm das angebotene Glas Cognac mit unsicherer Hand entgegen. Er trug einen dunkelblauen Anzug, der dringend gebügelt werden mußte, und ein Hemd, das nicht allzu frisch wirkte. Er war ohne Hut, Mantel oder Handschuhe erschienen – Beweise genug, falls das noch nötig war, für seinen verwirrten Bewußtseinszustand. Er starrte einen Moment in sein Glas, gab einen tiefen Seufzer von sich und leerte es dann.

»Du siehst absolut grauenvoll aus«, sagte Armand. »Wo um alles in der Welt bist du gewesen? Was hast du gemacht?«

Nicht, daß er irgendeinen Zweifel über die Antwort gehegt hätte. Früher an jenem Abend, so gegen sechs oder auch ein bißchen später, hatte er sich an einem Aperitif im Café de la Paix gelabt, als Pierre-Louis mit einem Mädchen am Arm hereinkam. Armand war natürlich neugierig und hob die Hand, um die Aufmerksamkeit seines Cousins auf sich zu lenken. Doch als Pierre-Louis ihn entdeckte, wurde er bleich und schüttelte leicht mit dem Kopf – eine Geste, die in aller Klarheit zu verstehen gab, daß er nicht erkannt zu werden wünschte. Armand zuckte mit den Achseln und setzte sich zurecht, um die junge Person genauer zu beobachten, die sein Cousin vor ihm geheimhalten wollte. Es konnte dafür nur einen Grund geben: Sie mußte seine Freundin sein, und er schämte sich, es zuzugeben.

Pierre-Louis führte das Mädchen an den entferntesten Tisch, den er finden konnte, doch Armand bestellte sich einen weiteren Drink und beobachtete verstohlen das Pärchen. Sie schienen miteinander zu streiten – zumindest war ihr für ihn unhörbares Gespräch sehr angeregt, mit viel Gestikulieren und Gesichtsmimik, die man als vehement bezeichnen konnte. Mehrfach schlug Pierre-Louis mit der Hand auf den Tisch, um zu unterstreichen, was immer er gerade sagte. Das Mädchen zuckte häufig mit den Achseln, und auf dem Höhepunkt der Unterhaltung machte sie eine unhöfliche Geste mit der Hand, die jedermann ganz genau versteht. Offensichtlich ließ sie sich durch das, was Pierre-Louis sagte oder tat, in keiner Weise einschüchtern.

Sie war ein Mädchen, das die meisten Männer als sehr attraktiv bezeichnet hätten, dachte Armand. Er schätzte sie auf etwa achtzehn, ein Mädchen mit hellbraunem Haar, das beinahe blond zu nennen war. Sie hatte ihr keckes Baskenmützchen abgenommen, als sie sich hinsetzte, und Armand sah, daß sie ihr Haar stramm nach hinten aus der Stirn über dem pausbäckigen Gesicht gekämmt hatte. Doch das auffallendste Merkmal an ihr war ihr sichtbares Wohlbefinden. Ohne so weit zu gehen, sie als stämmig zu bezeichnen, so war sie doch üppig, und ihre helle Haut strotzte vor Gesundheit. So, wie Armand nun mal gebaut war, schloß er halbwegs die Augen, als er sie quer durch den Saal beobachtete, und entkleidete sie im Geiste.

Was würde er wohl mit größter Wahrscheinlichkeit unter

ihrem enganliegenden, honiggelben Kleid finden? fragte er sich vergnügt. Seiner Erfahrung nach zogen es viele junge Damen ihres Alters vor, ihre schlanken Körper in lockere Hemdhöschen von leuchtender und aufregender Farben zu hüllen. Armand fand diese Art von Unterwäsche wundervoll geeignet für seine tantalisierenden Spiele in der Öffentlichkeit – Kleidungsstücke mit weiten Beinen waren eindeutig eine Einladung an die Hand eines Mannes, in die seidenen Tiefen einzudringen und das köstliche Geheimnis zu liebkosen, das sie verbargen.

Und wenn er mit eifrigen, erfahrenen Fingern die beiden kleinen Perlmuttknöpfchen löste, die in vorgetäuschter Sittsamkeit den schmalen, transpartenten Streifen aus Seide befestigten, der zwischen den Schenkeln der Trägerin entlang lief – ah, dann! – von der Taille abwärts war sie dann für ihn entblößt. Zunächst würden sich seine Hand und dann seine Augen an dem pelzigen Kleinod erbauen, das Mademoiselle zwischen ihren Beinen anzubieten hatte. Und kurz darauf wäre das Hemdhöschen vollständig entfernt, um ihn alles sehen und genießen zu lassen. Vor seinem geistigen Auge sah Armand die prallen Brüste und den rundlichen Bauch von Pierre-Louis' Mädchen, ihre molligen Schenkel und die weichen, ovalen Backen ihres Hinterteils.

Aufgrund ihres Gesichts konnte er sagen, daß ihr ganzer Körper vor Gesundheit und strotzender Jugend strahlte. Sie war ein appetitlicher Happen, den man zuerst auf der Zunge kostete und dann ganz und gar verschlang – eine weiche, saftige Frucht voller Süße. In der Tat war die Vision, die Armand in seiner Phantasie heraufbeschwor, so bezaubernd, daß sein immer bereiter Gefährte erwachte und begann, sich in Armands Hosen zu recken. Das Mädchen wurde seines intensiven Starrens gewahr und drehte sich auf dem Stuhl herum, um zu sehen, wer sie anschaute. Ihre Blicke kreuzten sich quer durch den Saal für einen Moment, dann wandte sie sich wieder der erhitzten Unterhaltung mit Pierre-Louis zu.

Es bestand kein Zweifel daran, daß sie fragte, ob er den Mann kenne, der sie so anstarrte, denn Armand sah ihre Geste in seiner Richtung. Und ebenso zweifellos leugnete Pierre-Louis jegliche Bekanntschaft mit ihm ab, denn er schüttelte bestimmt mit dem Kopf. Kurz darauf erhoben sich die beiden und verließen das Café. Sie kamen nah an Armands Tisch vorbei, und er bemerkte, daß der Mantel, in den sein Cousin dem Mädchen geholfen hatte, ein teures Modell aus Vikunjawolle mit breitem Pelzbesatz war. Achtzehnjährige Mädchen besaßen im allgemeinen keine Mäntel von dieser Qualität – es sei denn, sie hatten wohlhabende Freunde wie Pierre-Louis.

Armand schaute vom Mantel auf, um die Gelegenheit zu nutzen, ihr glattes Gesicht zu mustern – nicht, um einen Hinweis auf ihre Persönlichkeit zu suchen, denn er erwartete nicht, irgendwelche ausgeprägten Charakterzüge bei einem so jungen Mädchen zu finden. Sein Hauptinteresse lag darin, die Farbe ihrer Augen festzustellen. Pierre-Louis starrte in überflüssiger Verlegenheit in die Ferne und tat so, als gäbe es Armand nicht. Folglich entging ihm, daß sein Mädchen das kleine Lächeln erwiderte, das Armand ihr schenkte.

Obwohl die beiden Lächeln nicht mehr als nur ganz winzige Bewegungen der Mundwinkel waren, waren sie mitteilsamer, als es ein einstündiges Gespräch hätte sein können. Armands Lächeln sagte zu dem Mädchen: *Auch wenn der Mann, mit dem Sie zusammen sind, mich sehr wohl kennt, will er uns einander nicht vorstellen – dennoch finde ich Sie sehr schön, Mademoiselle, und ich würde Ihnen schrecklich gerne die Hand küssen und Ihnen gewisse Gefühle zuflüstern, die mir am Herzen liegen und die davon handeln, Ihnen die Kleider abzunehmen, um andere, noch köstlichere Teile von Ihnen in Beschlag zu nehmen.*

Und das Lächeln, das sie ihm gab, besagte: *Ich habe keine Ahnung, warum er verhindern will, daß wir uns kennenlernen, Monsieur, aber ich verstehe, was Sie mir andeuten, und wenn ich allein wäre, wäre ich vielleicht durchaus bereit, ein wenig zu bleiben und mehr zu hören.*

Im Gegensatz zu Pierre-Louis' Arrangements war dies einer von Armands seltenen Abenden allein. Er verließ das Café de la Paix eine halbe Stunde später, um ein ausgezeichnetes Abendessen und eine Flasche Wein in einem seiner Lieblingsrestaurants zu genießen, gefolgt von einem Spaziergang über den Boulevard des Italiens, wo er die Leute, insbesondere die jungen Frauen, beobachtete. Die Gefährtin von Pierre-Louis hatte ihn so angezogen, daß er sie sich nicht aus dem Sinn zu schlagen vermochte, und sein Zustand andauernder Erregung machte ihn verletzlich. Auf seinem Spaziergang wurde er mehrfach von Frauen angesprochen, die ihn freundlich einluden, ihnen zu folgen und sich gegen einen angemessenen Preis ihrer Reize zu bedienen.

Armand kannte die besseren Etablissements, die ihren Kunden junge Frauen vermittelten, insbesondere das angesehene *Chabanais* gleich hinter der Rue Colbert, doch nur einmal hatte er ein Straßenmädchen in Anspruch genommen. Das war, als er sich mit Vincent Moreau als fünfzehnjährige Schuljungen gegenseitig zu dem großen Abenteuer, zum ersten Mal eine Frau zu haben, aufgestachelt hatte. Gemeinsam hatten sie eines Nachmittags vor dem Gare de Lyon eine freundlich wirkende Rothaarige angesprochen, waren mit ihr in ein muffiges Hotelzimmer gegangen, wo jeder dem anderen zuschaute, wie er den Initiationsritus zum Erwachsensein vollzog.

Nichtsdestoweniger wäre Armand, wenn eine von denen, die ihn auf dem Boulevard ansprachen, der kleinen Freundin von Pierre-Louis geähnelt hätte, über die Grenzen des Erträglichen versucht gewesen, für ein paar Francs mit ihr zu gehen. Aber es versteht sich von selbst, daß keine von ihnen ihm ein überzeugendes Konterfei von der seidigen Saftigkeit der jungen Frau in dem Vikunja-Mantel bieten konnte. Es gab kleine Mädchen und lange dünne, es gab dunkelhaarige, ingwerfarbene und streifig geblondete Mädchen, es gab fünfzehnjährige, zwanzigjährige, fünfundzwanzigjährige, und ein altes Mädchen mit gewaltigen Brüsten, von dem Armand geschworen hätte, daß es eine fünfundfünfzigjährige Großmutter wäre.

Mit distinguiertem Kopfschütteln und dem einen oder anderen höflichen Wort lehnte er alle ihre Angebote ab und schlenderte allein weiter. Der Herbst ging langsam in Winter über, und die Abendluft war feucht und legte einen hübschen goldenen Schimmer um die Straßenlaternen. Vielleicht war es die Täuschung des Laternenlichts, das auf Armands romantischen Geisteszustand wirkte, so daß eines der lauernden Straßenmädchen einen Augenblick lang wie die Freundin von Pierre-Louis aussah. Sie trug keinen Hut, und ihr Haar war hellbraun, wenn auch dunkler und derber als das des Mädchens, das er mit seinem Cousin im Café de la Paix hatte streiten sehen – ihres war hellbraun mit einem Blondschimmer gewesen, und so fein wie Seide.

Als die Dirne Armand zögern und einen zweiten Blick auf sie werfen sah, lächelte sie ihm berufsmäßig zu und zog sich in einen Hauseingang zurück. Für einen Moment neugierig geworden, blieb er stehen und fragte sich, ob es wohl ihre Gewohnheit war, ihrem Gewerbe in unbequemen Ladeneingängen nachzugehen, und wenn das der Fall war, welche Art von Kunden sie dann wohl anlocken würde. Sie trug einen dunkelblauen Regenmantel, den sie nicht zugeknöpft hatte, doch mit einem Gürtel, eng um die Taille geschlungen, zusammenhielt. Als er sie dort stehend anstarrte, löste sie den Gürtel und grinste ihn an, während sie ihren langen, grünen Jumper hochhob, um ihm eine kurze Vorschau auf ihre Reize zu geben.

Doch leider zeigte ihm die nähere Betrachtung, daß, obwohl sie kaum viel älter als zwanzig sein mochte, ihr Gesicht eher fett als mädchenhaft rundlich und die Haut ihrer Wangen und ihres Kinns voller Pickel waren. Sie hatte ihren Jumper bis an den kurzen, dicken Hals gelüftet, um ihm zu zeigen, daß sie darunter nackt war, doch das Busenpaar, das sie als Köder zur Schau stellte, hing wie ausgeleierte Beutel, und die länglichen Brustwarzen zeigten von einander weg, als wären sie verfeindet. Im Glauben, ihn geangelt zu haben, nannte das Mädchen ihm ihren Preis und versicherte ihm, sie hätte ein Zimmer gleich um die Ecke. Armand lächelte höflich und gab ihr, weil er aus unerklärlichen Gründen Mitleid mit ihr hatte, das Geld für einen Drink und ging weiter.

Gegen halb elf war er in seiner Wohnung angelangt und bereitete sich zum Schlafengehen vor. Er war in Pyjama und Morgenrock und las in einer Zeitschrift, als Pierre-Louis plötzlich bei ihm auftauchte.

»Ich bin seit Stunden herumgeirrt«, berichtete Pierre-Louis mit elender Stimme. »Ich weiß nicht, was ich tun soll.«

»Und du erwartest von mir, daß ich dir das glaube?« rief Armand aus. »Du hast den Abend mit dem zauberhaften Mädchen verbracht, mit dem ich dich im Café de la Paix gesehen habe, und nicht gewußt, was du machen sollst? Du mußt mich wirklich für einen kompletten Idioten halten!«

»So habe ich das nicht gemeint«, erklärte Pierre-Louis entschuldigend, »aber seit Madeleine mich vor einem Monat verlassen hat, bin ich völlig ratlos – ich glaube, ich verliere meinen Verstand!«

»Dann mußt du sie bitten, dir zu verzeihen und zu dir zurückzukommen.«

»Meinst du denn, das hätte ich nicht versucht? Sie will nicht einmal mit mir sprechen«, sagte Pierre-Louis, das Gesicht in die Hände vergraben. »Ich bin ein Dutzend Mal bei ihrer Schwester gewesen, um zu versuchen, sie zu überreden, zu mir zurückzukommen. Beim ersten Mal bin ich so weit vorgedrungen, Yvonne zu sehen, die mir äußerst grob erklärte, Madeleine wünsche mich nicht zu sehen. Seither bin ich jedesmal von Bediensteten an der Tür abgefertigt worden.«

»Madeleine hat dich verlassen, weil sie herausgefunden hatte, daß du dir eine Freundin hältst«, wies Armand seinen Cousin mit einem gewissen Mangel an Mitgefühl für seinen Kummer zurecht. »Ich hatte gedacht, sie müsse sich irren, aber heute abend hast du mir bewiesen, daß ich mich geirrt habe. Sie ist sehr attraktiv, deine Begleiterin, aber wenn du Madeleine so liebst, daß du ohne sie nicht leben kannst, dann wirst du deine kleine Freundin aufgeben müssen. Ist denn das so schrecklich schwierig?«

»Ja, unerträglich schwierig«, stöhnte Pierre-Louis. Aber immerhin hatte er sich ein wenig erholt und hielt Armand sein leeres Glas hin, um es sich nachfüllen zu lassen.

»Ich mag ja gerne glauben, daß du es genießt, Liebe mit ihr zu machen«, sagte Armand, während er beide Gläser auffüllte, »aber sie ist schließlich nichts als ein junges Mädchen. Madeleine ist eine wunderbare, charmante, intelligente Frau und die Art von Gattin, die jeder Mann stolz wäre zu besitzen. Und wenn du mir gestattest, ganz offen zu sprechen: Ich kann nicht glauben, obgleich ich natürlich mit keiner der beiden Damen die Ehre haben werde zu schlafen, daß deine Freundin so aufregend sei wie deine Frau.«

Das war natürlich eine glatte Lüge. Im Laufe der vergangenen sechs Wochen hatte Armand sehr häufig Liebe mit Madeleine gemacht – zwei Wochen bevor sie sich entschlossen hatte, ihrem Mann eine Lektion zu erteilen, indem sie aus der gemeinsamen Wohnung auszog, und während des ganzen Monats seither. Er hatte sie mindestens fünfzig Mal ausgezogen und geküßt und liebkost und sich voller Enthusiasmus zwischen ihre Beine gestürzt, um seinen – und ihren – Appetit zu stillen. Folglich wußte er aus höchst ergötzlicher eigener Erfahrung, daß Madeleine eine der aufregendsten Frauen war, mit denen er geschlafen hatte. Es war äußerst schwierig zu glauben, daß die Freundin von Pierre-Louis Madeleine im Bett gleichkommen, geschweige denn sie übertreffen könnte.

Seine Bemerkung löste bei Pierre-Louis einen langen Monolog beinahe tränenträchtiger Selbstrechtfertigung aus. So sehr er Madeleine liebte, vergötterte und respektierte und so weiter und so fort, so war er doch bis zum Wahnsinn von Suzette besessen und unfähig, sie aufzugeben. So jung wie sie war, war sie grausam und gierig, und obgleich sie vorgab, ihn zu lieben, wußte er, daß sie ihn nur für das haben wollte, was sie aus ihm herausholen konnte. Sie hatte noch einen anderen Liebhaber, dessen war er sicher, einen jungen Mann ihres Alters, und sobald Pierre-Louis sie verließ, schlüpfte sie mit besagtem jungen Mann ins Bett, und in den Pausen zwischen dem Liebemachen lachten sie darüber, daß Pierre-Louis so ein Dummkopf war.

»Hast du dafür irgendwelche Beweise?« wollte Armand wissen, »oder ist es nur dein schlechtes Gewissen, das dich mit eifersüchtigen Erfindungen bestraft?«

Die Antwort auf diese Frage war wirr und unbefriedigend, doch während Pierre-Louis weiterschwafelte, konnte Armand sich zusammenreimen, daß er nach ihrem Streitgespräch im Café mit Suzette in ihre Wohnung gegangen war und sie versucht hatten, sich zu versöhnen, indem sie Liebe miteinander machten. »Dafür ist sie immer bereit, egal, in welcher Stimmung sie ist«, berichtete Pierre-Louis verbittert. Doch sehr bald wurde aus seiner Beschreibung des Abends deutlich, daß es, obgleich es famos erregend gewesen war, zwischen Suzettes Schenkeln zu liegen und in ihre warme Höhle zu tauchen, keine adäquate Lösung für die tiefverwurzelten Probleme ihrer jeweiligen Ungewißheiten war.

Kurzum, das krampfhafte Freilassen ihrer körperlichen Spannung half nicht, den Zwist zwischen ihnen zu beenden – es sorgte nur dafür, ihn für ein Weilchen zu vergessen. Als sie sich aus ihrer intimen Verbindung lösten und nackt nebeneinander lagen, flammte der Streit, dessen Ursprung in Pierre-Louis' nagender sexueller Eifersucht lag, wieder auf. Die Lust, die sie einander bereitet hatten, besänftigte ihre Feindseligkeit nicht – der Konflikt steigerte sich. Suzette riß sich aus Pierre-Louis' Armen los und kniete sich aufs Bett. Ihr voller Busen schwappte, als sie wütend mit den Armen fuchtelte, um ihren zornigen Worten Nachdruck zu verleihen.

Im nächsten Moment beschimpften sie sich, aus vollem Halse schreiend, gegenseitig, und sie zielte einen leichten Schlag in Pierre-Louis' Gesicht. Daraufhin ging seine Wut mit ihm durch, und um sie zu bändigen und ihre beleidigenden Reden zu stoppen, begann er, sie zu schlagen! Er schlug mit der flachen Hand nach ihr, und sie schrie und versuchte, sich mit ihren Armen zu schützen, doch nachdem er ein paarmal auf ihre dicken, nackten Brüste geschlagen hatte, verwandelten sich seine verzweifelte Wut in eine andere Art von Leidenschaft – aber eine, die sich mit gleicher Gewalt manifestierte.

Er wußte kaum, was er tat, als er Suzette auf den Rücken zwang, mit den Knien ihre Beine auseinanderdrückte und die zarte, delikate Quelle ihrer Macht über ihn bloßlegte. Und noch nicht zufrieden mit diesem barbarischen Akt, eine junge Frau zu beschämen, schleuderte er ihr gehässige Schmähungen entgegen und beschimpfte sie, sie gebe sich jedermann für den Preis eines Abendessens hin und sei nicht besser als ein

Straßenmädchen. Und auf dem Höhepunkt seiner rasenden Wut spuckte er ihr auf den sich windenden Bauch, um seine Verachtung für sie zu demonstrieren.

»Aber das ist ja fürchterlich!« rief Armand entsetzt aus. »Du mußt den Verstand verloren haben! Willst du damit sagen, daß du sie vergewaltigt – daß du sie gar umgebracht hast?«

Auch wenn Pierre-Louis eine solche Missetat von sich wies, wurde aus seinem chaotischen Bericht klar, daß ihn die grauenvolle Beleidigung, sie angespuckt zu haben, den Verstand kostete. Seine Erinnerung an das, was darauf folgte, war verschwommen, aber er glaubte, er habe sich auf Suzette geworfen und sie auf das Bett gedrückt, während sie strampelte und schrie.

»Und dann?« fragte Armand, als sein Cousin zögerte. Beschämt gab Pierre-Louis zu, daß er daraufhin Suzette so furios aufgespießt habe, daß man es fast als Vergewaltigung bezeichnen könne.

Nicht, daß Mademoiselle Suzette zu der Art junger Frauen gehörte, die von einem raubgierigen männlichen Eindringling zwischen ihren Schenkeln vor Angst zur Unterwerfung gezwungen werden würde! Sobald Pierre-Louis seine leidenschaftliche Rage losgelassen hatte und seine Muskeln sich entspannten, kämpfte sie sich unter ihm frei wie eine Wildkatze. Sie nahm Fingernägel, Ellbogen und Knie zu Hilfe, so daß er vom Bett und rückwärts durchs Zimmer gegen die Ecke eines Kleiderschranks geschleudert wurde, wo er nackt kauerte und mit den Händen seine empfindlichen Teile zudeckte, um sie vor ihren wütenden Fußtritten zu schützen.

Das rasende Mädchen hätte Pierre-Louis ernsthaften und möglicherweise gar dauerhaften Schaden zufügen können, wenn er nicht die Geistesgegenwart besessen hätte, sie am Fußgelenk zu packen, als sie in niederträchtiger Weise gegen seinen Schenkel trat. Er riß ihr Bein in Schulterhöhe, und sie machte zwei Hüpfer auf dem anderen Fuß, verlor das Gleichgewicht, als er ihr Bein noch höher drückte, und fiel rücklings zu Boden. Der Sturz verschlug ihr den Atem, und sie blieb liegen und keuchte unhörbare Drohungen gegen ihn, strampelte mit den Beinen und exponierte unfreiwillig ihre kraushaarige Köstlichkeit in der erniedrigendsten Weise. Pierre-Louis stieg über sie hinweg, schnappte einen Armvoll seiner Kleider und rannte um sein Leben.

»Dann ist diese *affaire* zu Ende«, sagte Armand. »Es ist ausgeschlossen, daß du sie nach diesem barbarischen Abschied je wiedersiehst. Du solltest dem Himmel dankbar sein, daß du so glimpflich davongekommen bist, mein Freund. Wenn die Dinge weitergegangen wären, wäre dir möglicherweise das Schicksal eines Mörders unter der Guillotine beschieden gewesen.«

»Ich nehme an, du hast recht«, gab Pierre-Louis seufzend zu, »aber ich bin noch immer hoffnungslos verliebt in sie. Ich habe mindestens fünf Minuten vor deiner Tür gestanden, ehe ich geklingelt habe – hin- und hergerissen, ob ich hereinkommen und mit dir reden oder ob ich zurücklaufen und mich Suzette demütig vor die Füße werden sollte, in der Hoffnung, sie nehme mich wieder auf und ließe mich die Nacht bei ihr verbringen.«

»Du wirst darüber wegkommen, wenn du ihr fernbleibst«, sagte Armand achselzuckend. »In zwei Wochen wirst du dich fragen, was du je an ihr gefunden hast. Schließlich ist sie nichts als ein junges Mädchen, das du für ein oder zwei Monate gehabt hast. Paris ist voll von jungen Mädchen wie sie. Viel wichtiger: Was sind nun deine Absichten in bezug auf Madeleine?«

Auf diese einfache Frage verstieg sich Pierre-Louis in eine langatmige, indirekte Antwort. Er erwartete natürlich, daß seine Frau zu ihm zurückkäme, aber der Gedanke, sie um Verzeihung zu bitten, erschien ihm abwegig. Jedermann wußte, daß verheiratete Männer von Zeit zu Zeit kleine Abenteuer mit anderen Frauen hatten, erläuterte er Armand. Mehr noch, in der Tat erwarte man es sogar, denn so war die Welt nun mal geschaffen. Es sei eine altbekannte Tatsache, daß Männer polygam seien, und daß sie, wenn ihnen die Gesellschaft nur eine Frau zubillige, sich die Abwechslung anderswo suchen mußten. Es sei wider die Natur, es anders zu sehen oder zu verlangen, daß ein Mann während vierzig oder fünfzig Jahren ein und derselben Frau treu bleiben solle!

»Du bist seit acht Jahren verheiratet, und nicht seit einem halben Jahrhundert«, sagte Armand. »Wie auch immer, an mir ist dein Argument verschwendet – *Madeleine* mußt du überzeugen!«

Pierre-Louis sagte, er wisse, daß Armand Madeleine ein paarmal zum Abendessen ausgeführt habe, seit sie zu ihrer Schwester gezogen sei, und er sei ihm zutiefst dankbar für diese Aufmerksamkeit. Armand sei ein wahrer Freund, und er würde ihm diese Gefälligkeit nie vergessen. Es wäre ihm zu sehr zu Herzen gegangen, wenn er Madeleine jeden Abend kummervoll allein zu Hause gewußt hätte. Pierre-Louis ging sogar soweit zu erklären, er betrachte seine Gattin zwar als jenseits jeglichen Vorwurfs und unfähig zu dem allerkleinsten Akt der Untreue, doch er fühle sich gezwungen, ganz im Vertrauen zuzugeben, daß es ihm unbehaglich zumute gewesen wäre, wenn sie mit anderen Männern zum Tanzen ausgegangen wäre.

Er erwähnte Vicent Moreau, um zu illustrieren, was er meinte – sie kannten beide Vincent lange genug, um zu wissen, daß er überhaupt keine Skrupel hatte und die Einsamkeit jeglicher Frau genutzt hätte, ihr die Kleider auszuziehen. Wie gut, daß Armand dagewesen sei, um Madeleines Langeweile zu vertreiben und sie gelegentlich in erstklassige Restaurants einzuladen und zu helfen, sie bei Laune zu halten, bis die Situation geklärt sei und sie in ihr eigenes Heim zurückkehrte. Armand hielt es für weise, darauf nichts zu sagen – das Ausmaß des Trostes, den er Madeleine hatte zukommen lassen, war ein Geheimnis, das höchst ungeeignet für die Ohren ihres Ehemannes war.

Es stellte sich heraus, daß der Grund, warum Pierre-Louis die paar Einladungen, von denen er wußte, erwähnt hatte, war, daß er Armand als Freund beider Parteien für den idealen Vermittler zwischen ihnen hielt, der ihnen helfen würde, sich wieder zu versöhnen. Armand hielt die Idee für töricht und sprach es auch aus. Doch Pierre-Louis vertrat seinen Fall so dringlich und mit solcher Hartnäckigkeit, daß Armand – wenn auch widerwillig und ungläubig – Yvonne Hivers Nummer wählte, um zu versuchen, mit Madeleine über ihren Gatten zu sprechen.

»Jetzt, mitten in der Nacht?« war Yvonnes erstaunte Reaktion, als er den Grund seines Anrufs nannte.

»Liebe Yvonne, ich weiß, daß es spät ist«, sagte Armand, »aber Pierre-Louis ist seit über einer Stunde hier und schüttet mir sein Herz und seine Ängste aus, so daß ich es ihm nicht verweigern konnte.«

»Du bist genauso verrückt wie er«, sagte Yvonne. »Komm rüber, wenn es sein muß, aber bring Pierre-Louis nicht mit her. Ich werde Madeleine sagen, daß du kommst – ich glaube nicht, daß sie schon zu Bett gegangen ist.«

Es war beinahe Mitternacht, als Armand die eindrucksvolle Wohnung der Hivers in der Rue Saint-Didier erreichte und zu seiner Überraschung Yvonne ihm persönlich die Tür öffnete. Sie war gekleidet, um männliche Bewunderer umzuwerfen: ein silbernes Gewand ohne Ärmel, geschnitten wie eine Tunika und unterhalb der Hüften mit einer Schärpe gegürtet.

Obgleich das Kleid ganz lose war, verdeckte es gar nichts. Yvonnes Brüste zeichneten sich deutlich ab, und wenn sie sich bewegte, wippten sie unter dem dünnen Stoff. Die Schärpe neigte sich vorne, wo sie geknotet war, ein wenig nach unten, und der Knoten lenkte die Aufmerksamkeit unweigerlich auf seine Position – genau dorthin, wo Yvonnes Schenkel zusammentrafen.

»Gut, du bist also allein gekommen«, sagte Yvonne, als Armand ihr die Hand küßte. »Ich lasse nicht zu, daß dieser Idiot Pierre-Louis herkommt und Madeleine aus der Fassung bringt.«

»Ich würde ihn keinem von euch in seiner gegenwärtigen Geistesverfassung zumuten«, sagte Armand.

»Geh hinüber in den Salon, und ich sage ihr Bescheid, daß du hier bist«, sagte Yvonne, wobei sie beiläufig die Schärpe über ihren Lenden in einer Weise zurechtrückte, die der Phantasie freien Lauf ließ. »Ich weiß, daß mich das nichts angeht, aber ich begreife nicht, wie du dich von ihrem idiotischen Ehemann dazu überreden lassen kannst, hierher zu kommen. Aber wenn sie bereit ist, dich anzuhören, kannst du die ganze Nacht reden, wenn du willst. Die Dienstboten sind schlafen gegangen, und ein Freund ruft in fünf Minuten an, um mich zum Tanzen auszuführen. Gute Nacht, Armand.«

Yvonne war älter als Madeleine, und obgleich zwischen den beiden eine starke Familienähnlichkeit in Gesicht und Figur bestand, so waren sie auch auffallend verschieden. Anstelle von Madeleines zarter Aura heimlicher Sinnlichkeit strahlte Yvonne eine unverhohlene sexuelle Herausforderung aus, als wäre sie eine farbenprächtige Blüte in einem Park, die die Honigbienen anlockt. Sie hatte ihren Ehemann Jean-Roger bei ihren Plänen für die Nacht nicht erwähnt, und es wäre indiskret gewesen, nach ihm zu fragen.

Wie jedem anderen, der die Hivers kannte, war es auch Armand sehr wohl bekannt, daß Jean-Roger und Yvonne ihren Interessen jetzt, wo sie ihre ehelichen Pflichten erfüllt hatte, indem sie ihm zwei Söhne geboren hatte, getrennt nachgingen. Sie lebten offiziell zusammen in dem hochmodernen Appartement an der Rue Saint-Didier, aber Jean-Roger verbrachte viele Nächte anderswo, und er und seine Frau trafen sich vor allem bei formellen Anlässen, wo ihrer beider Anwesenheit erforderlich war.

Der Salon, in den Yvonne Armand dirigiert hatte, war weitläufig und dazu angelegt, Besuchern den Eindruck zu vermitteln, daß sie sich in Gegenwart von gutem Geschmack, Vornehmheit und viel Geld befanden. Eine ganze Wand war ein Fenster, das auf die Straße blickte, und in dem fast die ganze gegenüberliegende Wand ausfüllenden rechteckigen, mit einem eleganten Lilienmuster gravierten Spiegel reflektierte sich das Licht und ließ den Salon noch weiträumiger erscheinen. Die anderen Wände waren in einem blassen Rosa gehalten, und der Teppich und die Vorhänge zeigten den gleichen staubigen rötlichen Ocker wie die Dachziegel alter Paläste in der Toscana. Ein großer quadratischer Fellteppich zierte die Mitte des Raumes.

Es versteht sich von selbst, daß das modernistische, elegante Mobiliar speziell für diesen Salon angefertigt worden war. Die Polster bestanden aus weißem Satin. Es gab kleine Sessel ohne Armlehnen, lange Sofas, auf denen jeweils drei bis vier Personen bequem Platz fanden, und eine wie ein Schwanenhals geschwungene Chaiselongue. Auf dem quadratischen Teppich standen zwei längliche Tische aus schwarz glänzendem Ebenholz als Kontrast zu dem Fell. Armand fand den Raum charmant, doch er erschien ihm so ausgesprochen ausgeklügelt und wohlgeordnet, das es beinahe einschüchternd wirkte – nur ein Bewunderer, der bis an die Grenze der Tollkühnheit dreist genug war, würde es wagen, Yvonne auf einem der Sofas bis zur Unterwerfung zu küssen und eine Hand in ihr Höschen zu schieben.

Er erhob sich, als Madeleine den Salon betrat, und küßte ihr bewundernd die Hand. Sie gab vor, sie hätte sich schon für die Nacht zurückgezogen gehabt, als Armand anrief, doch für ihn bestand kein Zweifel, daß sie die Zeit seither damit genutzt hatte, ihr nußbraunes Haar zu bürsten, ihr Gesicht zu schminken und Kleider auszuwählen, die sie ganz besonders anziehend machten. Sie trug ein wundervolles Chiffon-Negligé in Vergißmeinnichtblau und blasser Cremefarbe, das sich in zauberhaftester Weise an ihre schlanke Gestalt schmiegte. Es wurde über ihrer linken Hüfte in einem weiten Bogen zusammengehalten und reichte fast bis zum Boden, so daß nur ihre blauen Satinpantöffelchen darunter hervorlugten, als sie Armand zu einem der weißen Sofas führte und sich neben ihn setzte.

Armand schlug das Herz bis zum Hals, denn unter Madeleines weichem Negligé befand sich, dessen war er sicher, ein passendes Nachthemd aus so feinem Chiffon, daß ihre Brustspitzen hindurchschimmerten. Und falls er sie überreden konnte, ihr Negligé abzulegen, wäre er in der Lage zu sehen, wie das Nachthemd sich an ihre langen Schenkel schmiegte. Er seufzte lustvoll, als sein schamloses Anhängsel Interesse zeigte, sich rührte und steif wurde. In diesem Moment verwarf Armand sämtliche guten Vorsätze, die er in bezug auf Pierre-Louis gehabt haben mochte, und begann, Mittel und Wege zu ersinnen, die die Begegnung zu seinem eigenen Vorteil wenden würden.

Madeleine saß mit steifem Rücken da, hatte die Hände auf dem Schoß gefaltet und sah ihn ruhig an.

»Ich finde diese Situation außergewöhnlich«, begann sie. »Du tust dir in meinen Augen selbst keinen Gefallen, indem du mitten in der Nacht als Bote für Pierre-Louis auftauchst.

Ich nehme an, er hat einen Anfall betrunkener Reue – was hat er dir aufgetragen, mir zu sagen?«

»Du hast die Situation recht klar zusammengefaßt«, antwortete er und nahm ihre Hand in seine. »Er ist voller Reue, Gewissensbisse, Selbstmitleid und Konfusion, und er will, daß du zu ihm zurückkommst.«

»Ach, wirklich! Ich nehme an, er hat dir feierlich und hochheilig versichert, daß er das Verhältnis mit diesem Luder gebrochen hat und sie nie wiedersehen wird?«

»Nein«, sagte Armand wahrheitsgetreu.

»Nein?« rief Madeleine aus. »Warum bist du denn dann hier?«

»Pierre-Louis ist zwar mein Cousin und mein Freund, aber die reine Wahrheit ist, daß ich dich bis zum Wahnsinn anbete, Madeleine, und ich muß ehrlich zu dir sein«, antwortete er mit aufrichtigen Gefühlen. »Was geschehen zu sein scheint, soweit ich seinen unzusammenhängenden Bericht verstanden habe, ist, daß er und seine Freundin sich gestritten haben und er sich elend fühlt. Darin sieht er eine Gelegenheit, dich zu überreden, zu ihm zurückzukommen.«

»Und wenn ich einwillige, wird er sie nie wiedersehen – ist es das, was ich glauben soll?«

»Laß mich ganz offen sein, auch auf die Gefahr hin, dir Kummer zu bereiten«, sagte Armand und küßte zärtlich ihre Handfläche. »Meiner Meinung nach ist er völlig betört. Wenn die junge Dame ihn morgen anriefe und einlüde, sie zu besuchen, würde er sofort hingehen.«

»Das ist der Gipfel der Lächerlichkeit!« schimpfte Madeleine. Ihre Wangen waren rosig vor Zorn. »Er erwartet von mir, zu ihm zurückzukommen, während er in ein junges Mädchen vernarrt ist?«

»Wenn ich seinen Geisteszustand richtig beurteile, klammert er sich an die Hoffnung, daß er, wenn du wieder mit ihm zusammen bist, fähig sein wird, der Versuchung zu widerstehen, dieses Mädchen wiederzusehen.«

»Ich verstehe – er will mich nur wieder in seinem Bett haben, um sich so zu verausgaben, daß er diesem Luder fernbleiben kann – das ist unerhört!«

»Allerdings«, stimmte Armand zu, »aber Pierre-Louis meint es ernst. Er möchte, daß du noch heute zurückkommst. Er wartet unten in einer Taxe.«

»Er wartet unten in einer Taxe!« rief Madeleine erzürnt aus. »Hat der Mann denn völlig den Verstand verloren?«

Sie sprang vom Sofa auf und eilte zum Fenster, dessen Vorhänge aus gewässerter Seide zugezogen waren, um die herbstliche Kälte und die Dunkelheit auszusperren. Sie hielt mit erhobener Hand inne, ehe sie den Vorhang bewegte, drehte sich um und sprach mit einem Anflug von Bedachtsamkeit in der Stimme. »Ich weigere mich, ihm die Genugtuung zu geben, mich am Fenster zu sehen. Mach das Licht aus.«

Armand ging zu dem Schalter neben der Tür und schaltete die Lampen aus. Madeleine schob einen der Vorhänge ein wenig beiseite, nicht in der Mitte, wo er mit dem anderen zusammentraf, sondern an der Seite zwischen Wand und Fensterrahmen. Sie öffnete ihn nur einen Spalt breit, gerade genug, um hindurchzuschauen.

»Tatsächlich!« sagte sie erstaunt. »Da wartet eine Taxe, unten, neben dem Laternenpfahl. Aber warum steht er auf der anderen Straßenseite?«

»Wir sind vom anderen Ende in die Straße eingebogen, und Pierre-Louis bat den Fahrer, gegenüber zu parken. Ich nehme an, er wollte zu den Fenstern hinaufschauen, in der Hoffnung, dich zu sehen.«

»Niemals!« erklärte sie mit Bestimmtheit. »Ah! Wenn ich nur etwas Schweres zur Hand hätte, um es nach ihm zu schmeißen!«

Während sie ihr Gesicht nah an die Scheibe drückte, durchquerte Armand leise den Salon, stellte sich nah hinter sie, legte die Hände leicht auf ihre Hüften und schaute über ihre Schulter nach draußen.

»Er hatte gehofft, daß die Neugier dich dazu bringen würde, genau das zu tun, was du gerade tust«, sagte er.

»Du meinst, durchs Fenster zu ihm hinunterschauen? Ist es das, was dieser schleimige Wurm dir gesagt hat? Wenn ich eine Pistole hätte, würde ich ihn von hier aus totschießen!«

»Er nährt die Hoffnung, daß diese Vorführung stummer Verehrung dich veranlassen würde, Mitleid mit ihm zu haben«, sagte Armand. »Es ist sein innigster Wunsch, daß du hinunterrennst, zu ihm in die Taxe steigst und heimkehrst. Er hat die Absicht, eine Versöhnung zu inszenieren, die ihren zärtlichen Abschluß im Bett finden soll.«

»Das Biest! Ich werde ihm nie wieder gestatten, mich anzufassen!« verkündete Madeleine mit Macht.

Armand, der hinter ihr stand, ließ seine Hände mit zärtlicher Vertraulichkeit von den Hüften weiter um ihre Taille wandern. Gleichzeitig rückte er ihr ein Stück näher, bis seine Lenden ihr Hinterteil berührten.

»Paß auf, sonst sieht er dich«, warnte Madeleine mit einer Ängstlichkeit, die mit den wütenden Beschimpfungen gegen Pierre-Louis kurz zuvor nicht im Einklang stand.

»Er kann überhaupt nichts sehen«, beruhigte Armand sie. »Ich bin ganz und gar hinter dem Vorhang verborgen.«

Seine Finger untersuchten den lockeren Knoten der Gürtelschärpe über ihrer Hüfte, die ihr Negligé zusammenhielt. Er löste sich sofort, wie es sich für gut gestaltete Kleidungsstücke im rechten Moment gehört, und die delikate Kreation aus Chiffon öffnete sich. Armand seufzte sanft und streichelte mit beiden Händen ihren weichen Bauch unter dem dünnen Nachthemd.

»Nicht doch, das kannst du doch nicht machen!« rief Madeleine aus. »Was ist, wenn jemand ins Zimmer kommt und uns so sieht?«

»Yvonne ist tanzen gegangen«, erinnerte er sie, »und die Dienstboten sind im Bett. Und für Yvonne ist es doch kein Geheimnis, daß wir beide Liebende sind.«

In der Dunkelheit ist alles erlaubt, sagt ein altes Sprichwort. Armand knöpfte seine Hose auf und ließ sein steifes Teil herausspringen. Er legte es aufrecht entlang der Furche zwischen Madeleines weichen Hinterbacken und drückte sich an sie; nur ein zarter Chiffonschleier lag zwischen seinem heißen Fleisch und ihrer kühlen Haut.

»Oh, Armand!« hauchte sie. »Und wenn einer von Yvonnes kleinen Jungen hereinkommt und uns so findet?«

Die Gefühle, die sich seinem aufrechten Glied bei der Berührung mit ihrem Po durch den dünnen Stoff kundtaten, waren so fesselnd, daß Armand, der Ekstase nah, auf- und abglitt. Seine Hände hielten ihre bloßen Brüste innerhalb des tiefen Dekolletés ihres Nachtgewands. Es bräuchte nicht viel, seinen Erguß auszulösen und ihren Po durch das hübsche Hemd hindurch zu überfluten – und was für ein exquisites Gefühl das wäre!

»Yvonnes Kinder schlafen tief«, sagte er. »Glaubst du denn, daß das Kindermädchen sie mitten in der Nacht in der Wohnung umherstrolchen ließe? Niemand wird uns stören, Madeleine.«

Sie rieb sich mit ihrem Po sanft an ihm und half seinem pulsierenden Kolben, zwischen ihren Backen auf- und abzugleiten.

»Er fühlt sich so heiß an«, flüsterte sie.

»Er brennt in Liebe zu dir – ich muß dich haben, Madeleine.«

Er griff eine Handvoll ihres Nachtfähnchens und hob es in

die Höhe, bis er seine Hände unter den spitzenbesetzten Saum bringen konnte.

Madeleine atmete heftig aus, als seine Finger die zarte Fuge ihrer Schenkel erreichten.

»Armand, nein...!« wisperte sie, doch er drückte sich an ihren strammen, runden Po, um sie fühlen zu lassen, wie stramm der Schaft war, der dort pulsierte.

»Rück deine Füße ein ganz kleines bißchen auseinander«, murmelte er ganz nah in ihr Ohr, und der Duft ihres Haars stieg ihm in die Nase.

»Was für ein Wahnsinn!« sagte sie.

Nichtsdestoweniger schoben sich ihre Füße weit genug auseinander, daß er das Kleinod zwischen ihren schlanken Schenkeln streicheln konnte.

»Er starrt zu uns herauf!« rief sie aus. »Schau mal, er hat das Taxifenster aufgemacht!«

In der Tat. Ein bleicher Fleck, der nur das Gesicht von Pierre-Louis sein konnte, war an der Stelle zu sehen, wo eben noch die Scheibe des Taxifensters gewesen war. Doch es war nur ein verschwommener Schimmer – unmöglich, seinen Gesichtsausdruck zu erkennen. Armand küßte Madeleines Nakken, während er seinen Mittelfinger behutsam zwischen ihre Beine und in sie hineinschob.

»Er kann nichts sehen«, beruhigte er sie.

»Wie schade«, gab sie zurück. »Das würde ihm recht geschehen!«

Ihre Erregung war offenkundig. Vielleicht war die Ursache dafür das bittere Vergnügen bei dem Gedanken an die Reaktion ihres Gatten, wenn er wüßte, was sie Armand gestattete, mit ihr am Fenster zu machen. Vielleicht war es aber auch das Ergebnis der Gefühle, die aufgrund der Liebkosungen seines Fingers durch ihren Bauch rieselten.

»Was sage ich da?« ermahnte sie sich selbst. »Natürlich darf er nichts über uns erfahren – es würde ihm den Vorwand liefern, diesem Luder nachzulaufen! Von mir soll er keine Rechtfertigung bekommen. Du mußt auf der Stelle aufhören!«

Armand atmete warm in ihr Ohr. Ihn amüsierte ihre Unentschlossenheit und die Art, wie ihre Gefühle hin- und herschwangen wie ein Pendel. *Ja*, sie war geil und wollte, daß er weitermachte, und *Nein*, sie sträubte sich dagegen, daß er es noch weitertrieb, weil ihr Gatte draußen in der Taxe saß.

Trotz ihrer unbegründeten Befürchtungen, gesehen zu werden, und trotz ihrer halbherzigen Proteste war die verborgene Knospe unter Armands Fingern angeschwollen und naß. Sie schob ihre Hand zwischen ihren Po und Armands Bauch, um die Steifheit, die aus seiner Hose ragte, zu betasten, und er hörte sie leise aufseufzen.

»Aber es ist ein unentschuldbares Verhalten von dir«, sagte sie zärtlich. »Pierre-Louis vertraute dir an, seine Sache für ihn zu vertreten – und so handhabst du das? Bist du sein Stellvertreter? Soll ich daraus schließen, daß es mein Gatte ist, der über dich Liebe mit mir macht?«

»Auf keinen Fall«, protestierte Armand. »Ich bin es, der Liebe mit dir macht, meine liebste Madeleine – und was du da in der Hand hältst, gehört mir und niemandem sonst.«

»Dann gibst du zu, daß du hier bist, um das Vertrauen, das Pierre-Louis in eure Freundschaft setzt, zu betrügen? Ganz zu schweigen davon, daß er dein Cousin ist! Schämst du dich denn nicht?«

»Ganz und gar nicht, *chérie*«, antwortete er leise, während seine Finger in ihrer nassen Öffnung herumtanzten.

»Und wenn er herausfindet, daß du ihn hintergangen hast, indem du mich gezwungen hast, mich dir hinzugeben, wie wirst du dich dann entschuldigen?«

»Zwinge ich dich, Madeleine?« murmelte er, die Lippen an

ihrem Ohr. »Du liebst diese Art von Zwang ebensosehr wie ich. Wenn es nach mir ginge, würde ich dich zwingen, dich mir jeden Morgen, jeden Mittag, jeden Nachmittag, jeden Abend und jede Nacht hinzugeben.«

Armand war bereit, mit Madeleine herumzuspielen, bis sie über die Grenze in die Ekstase glitt, wenn es das war, was es brauchte, um sie zu überreden, daß sie sich ihm hingab. Aber, wie man bei zwei Menschen, die schon oft Liebe miteinander gemacht haben, voraussehen konnte, war ein solcher Umweg nicht nötig.

»Na, dann komm«, murmelte sie. »Wir können uns auf das Sofa legen.«

»Wir brauchen kein Sofa«, widersprach er. »Laß uns hier stehen bleiben, wo wir sind – hier am Fenster.«

»Aber... das können wir doch nicht tun!« keuchte Madeleine schockiert, als ihr die Implikationen seines Vorschlags bewußt wurden. »Nicht hier, wo Pierre-Louis uns zuschaut!«

»Du hast eben selber gesagt, daß es dir egal ist, ob er uns sieht«, erinnerte Armand sie.

»Das war etwas ganz anderes! Du hast mich nur angefaßt, du hast nichts Ernsthaftes gemacht«, antwortete sie mit jenem so charmanten und manchmal rasend machenden Mangel an Logik, der hübsche Frauen auszeichnet.

Armand kicherte amüsiert. »Pierre-Louis schaut dir nicht zu«, sagte er. »Du bist es, die ihn anschaut. Das ist ganz und gar nicht dasselbe.«

Ehe sie weitere derartige Proteste vorbringen konnte, von denen Armand wußte, daß sie bedeutungslos waren und nicht ernst genommen zu werden brauchten, streifte er ihr das weitärmelige Negligé von den Schultern. Es raschelte zwischen ihnen abwärts, bis es auf dem Boden landete und er die Wärme ihres weichen Körpers fühlen konnte.

»Das ist doch unmöglich!« rief sie aus. »So etwas geschieht doch nur in Träumen, nicht in der Wirklichkeit!«

Armand legte ihr die Hände auf die Hüften und rückte sie liebevoll für das zurecht, was er vorhatte. Sie nahm die Stellung so bereitwillig und selbstverständlich ein, als habe sie schon Hunderte Male auf diese Weise Liebe gemacht, auch wenn er so gewiß war, wie irgendwer in dieser Angelegenheit nur sein konnte, daß Pierre-Louis noch nie unternehmend genug gewesen war, es so mit ihr zu machen. Und doch, wie aus einem angeborenen weiblichen Instinkt heraus, lehnte sie sich nach vorn, so daß sich ihr nackter Rumpf Armand entgegenstreckte.

Es drang genug Licht von den Straßenlaternen herein, daß Armand ihre Füße in den blauen Pantöffelchen einen halben Meter von der Wand fest auf dem Boden stehen und ihre Hände auf die Fensterbank gestützt sehen konnte. Sie senkte den Kopf und legte die Wange mit einer Geste der Unterwerfung auf ihre Handrücken – obwohl sie dafür sorgte, daß sie weiterhin durch den schmalen Schlitz bei der Wand, wo sie den Vorhang beiseite hielt, aus dem Fenster schauen konnte.

»Unwirkliche Dinge geschehen viel häufiger in der Wirklichkeit als im Traum«, sagte Armand, dessen Neugier geweckt war. »Träumst du oft vom Liebemachen?«

»Oh, ja«, sagte sie atemlos.

»Und komme ich darin vor? Träumst du, daß ich köstliche Dinge mit dir mache?«

»Ich kann mir denken, daß du das gerne wissen möchtest«, erwiderte sie.

»Erzählst du mir deine Träume?« drängte er, die Hand zwischen den Backen ihres nackten Pos, die den gespaltenen Hügel liebkoste, den sie ihm entgegenstreckte. »Wenn dich das hier daran erinnert, dann müssen sie ungeheuer interessant sein – ich platze vor Neugier, sie zu hören!«

»Nicht jetzt, Armand«, murmelte sie. »Nicht jetzt.«

»Ein andermal?« insistierte er.

»Vielleicht...« flüsterte sie, fast, als widerstrebe es ihr, die intimsten Geheimnisse ihrer Träume mit ihm zu teilen.

Im Augenblick war das unwichtig, da Armand vorhatte, das Allerbeste aus dieser außergewöhnlichen Situation zu machen. Er knöpfte seine Hose vollständig auf und ließ sie bis auf die Knöchel rutschen, dann raffte er Madeleines zartes Nachtgewand mit einer Hand rund um ihre Taille und nahm seinen aufgebäumten Zapfen in die andere. Seine Hand zitterte unkontrollierbar, als er ihn zwischen ihre gegrätschten Schenkel und nach oben in ihren *petit palais* steuerte.

»Oh, *du*!« rief sie ein wenig atemlos, als sie fühlte, wie sein Schlüssel in ihr Schlüsselloch gesteckt wurde. »Denkst du an gar nichts anderes, wenn wir zusammen sind?«

»Danach, ja«, keuchte er und drang mit einem kräftigen Stoß tief in sie hinein.

»Ah, du wirst mich noch auseinanderspalten mit deinem großen, starken Ding!« ächzte sie.

Sobald er sich in ihre Wärme gebettet hatte, schlüpfte Armand aus seinem Jackett und zog sein Hemd hoch auf die Brust, um ihren nackten Po auf seinem Bauch genießen zu können.

»Das ist der reinste Wahnsinn!« stöhnte Madeleine.

Ob das nun der Fall war oder nicht, es war unvorstellbar ergötzlich. Armand konnte die sich schnell steigernde Erregung in ihrer Stimme hören, während sie seinen Namen wieder und wieder stöhnte und gleichzeitig ihr Po rhythmisch gegen ihn prallte, als wolle er ihn lehren, was zu tun sei. Er hatte die Arme unter dem Nachthemd um sie gelegt, und seine Hände spielten mit ihren weichen, kleinen Granatäpfeln. Nun, wo alles bereit war, begann er, gegen ihre nackten Backen zu schwingen.

»Schaut Pierre-Louis noch immer zum Fenster herauf?« fragte er, und seine Lippen knabberten an ihrem Nacken.

»Ich weiß nicht…« ächzte sie, »ich glaube ja… Ich bin sicher, er muß sich langsam fragen, was wir die ganze Zeit machen.«

»Er betet, daß ich seine Sache so überzeugend vorgebracht habe, daß du bereit bist, noch heute nacht zu ihm zurückzukehren«, murmelte Armand. »Er hofft, du erlaubst ihm, das zu tun, was ich gerade mit dir mache – du kannst dir doch denken, daß er deswegen da unten wartet.«

»Dann kann er meinetwegen die ganze Nacht warten und sich zu Tode frieren!« rief sie heftig und rammte ihr Hinterteil kraftvoll gegen Armand, um den Ausbruch seiner Krise zu beschleunigen und damit ihrem Gatten eins auszuwischen.

»Oh, Madeleine«, seufzte er, »es fühlt sich so bezaubernd an, daß ich mich nicht länger zurückhalten kann!«

»Gut!« keuchte sie und ließ ihren Po noch schneller schwingen. »Jetzt – ich will, daß du kommst!«

Die Natur nahm ihren Lauf, und Madeleines Wunsch ging unmittelbar in Erfüllung. Armand wurde so tief in sie hineingetrieben, daß sie einen kleinen Schrei der Überraschung ausstieß. Seine Hände hatten ihre Brüste ganz fest gepackt, und sein Elixier ergoß sich in ihren bebenden Bauch.

»Ja – das ist es!« jauchzte sie und schaute mit wildem Blick zu dem Taxi unten auf der Straße. »Mehr, Armand – mehr!«

Sein wildes Pumpen brachte mit einem kräftigen Stoß ihren eigenen Höhepunkt herbei. Sie juchzte ekstatisch, und ihr Körper zuckte so gewaltig in ihrem Triumph, daß sie beinahe ohnmächtig wurde. Sie wäre auf den Boden gesackt, doch Armand spürte, daß sie ihm zu entgleiten drohte, und rettete sie. Er schlang seine Arme fest um ihre Taille und hielt sie in die Höhe, während er ihr seine Opfergabe einrammte. Inzwischen hatten ihre Knie unter ihr nachgegeben, und sie hing in seinen Armen, wilde Krämpfe schüttelten sie, während ihr langer Orgasmus zu seinem Abschluß schritt. Ihre Hände hatte die Fensterbank losgelassen, doch ihre Stirn lehnte noch immer an der Glasscheibe.

Als es schließlich vorüber war, hörte Armand, wie sie tief einatmete. Sie kam langsam wieder auf die Füße, streckte ihre Beine und entlastete seine haltenden Arme. Armand hielt sie noch immer ganz fest umarmt.

»Meine liebste Madeleine...« murmelte er. »Ich weiß hiernach kaum noch etwas zu sagen! Ich bete dich bis zum Wahnsinn an!«

»Du bist es, der super ist«, erwiderte sie leise. »Pech für Pierre-Louis!«

»Ich hatte ihn ganz und gar vergessen«, sagte Armand. »Wartet er noch immer dort unten?«

»Oh, ja, er ist noch immer da – und ich glaube, er wird langsam ungeduldig«, meinte sie mit einem boshaften kleinen Kichern. »Er hat seinen Kopf genau in dem Augenblick aus dem Taxifenster gesteckt, als du mich die goldenen Trompeten hast hören und in den Himmel hast eingehen lassen.«

»Was für eine charmante, poetische Weise, es zu beschreiben! Daran werde ich mich erinnern, wenn wir das nächste Mal Liebe machen.«

»Und das wird sehr bald sein, das verspreche ich dir«, sagte sie und zog sich von seinem nassen Stengel herunter, »aber jetzt glaube ich, solltest du lieber hinuntergehen und meinem törichten Gatten sagen, daß er da unten seine Zeit verliert. Sorg dafür, daß er weggeht – ich will nicht, daß der Haushalt von einem Verrückten aufgestört wird, der mitten in der Nacht versucht, die Tür aufzubrechen.«

Armand zog seine Hose wieder hoch, stopfte sein Hemd hinein und knöpfte die Knöpfe zu. Im Dunkeln tastete er am Boden herum, bis er sein Jackett fand, und zog es an. In der

Hitze der Ereignisse war Madeleines kostbares Negligé, das auf dem Boden lag, irgendwie unter seine Füße geraten. Er hob es auf und, hoffend, daß er keinen Schaden daran angerichtet hätte, half er ihr hinein, wobei seine Hände durch das schleierdünne Nachthemd hindurch über ihre Brüste wanderten.

»Wann sehe ich dich wieder?« murmelte er, die Lippen an ihrem seidigen Nacken. »Ich kann nicht ohne dich leben.«

»Wann immer du willst«, gab sie beiläufig zurück und trat an seine Seite, um die Schärpe ihres Negligés über der Hüfte zu verknoten.

Sie geleitete ihn an die Wohnungstür, legte ihm die Arme um den Hals und küßte ihn zum Abschied. In der Eingangshalle war das elektrische Licht an, und Armand starrte in ihre samtbraunen Augen und strich mit den Fingerspitzen über ihr Gesicht. Er glaubte zu verstehen, warum sie ihm erlaubt hatte, beinahe unter den Augen ihres Gatten Liebe mit ihr zu machen – offensichtlich bereitete es ihr ein boshaftes Vergnügen, Pierre-Louis im Geiste auf diese Weise zu demütigen.

Aber auch hier, wie in manch anderer Hinsicht, unterschätzte Armand naiv die Komplexitäten und Widersprüchlichkeiten des weiblichen Herzens. Wie konnte er, nichts als ein Mann, vermuten, daß sie sich, während sie sich an ihrer so vollen, bizarren Rache labte, daran erinnerte, daß es Pierre-Louis war, den sie liebte, und nicht Armand? Sie hatte im Sinn, zu Pierre-Louis zurückzukehren und die Rolle des liebenden Weibes wiederaufzunehmen – sobald sie einigermaßen Gewißheit darüber hatte, daß seine Liebesaffäre beendet war. Während Armand sich in dem geheimen Wissen sonnte, Madeleine direkt vor der Nase ihres Mannes besessen zu haben, hegte sie im Herzen das Geheimnis, daß sie in nicht allzu langer Zeit auf ihrem Rücken liegen und Pierre-Louis zwischen ihren Beinen haben würde.

Aber nicht sofort, natürlich: Nicht bevor er nicht seiner unbefriedigenden Liebesaffäre müde wäre und sie persönlich anflehen käme. Sie hatte voller Zufriedenheit zur Kenntnis genommen, daß er sich mit dem Luder, das ihn umgarnt hatte, zankte – es stand zu hoffen, daß er schlaflose Nächte und trübsinnige Tage erlitt. Aufgrund ihrer jahrelangen, intimen Kenntnis seiner Person vermutete Madeleine, daß er sehr bald zu ihren Füßen liegen würde – daß er Armand geschickt hatte, bewies, daß sie nicht mehr sehr lange würde warten müssen.

Obwohl erst fünf Minuten vergangen waren seit der wundervollen, kataklysmischen Episode am Fenster, drängte Armand sie mit dem Rücken gegen die Wohnungstür und drückte sie an sich, seine Lippen zu einem heißen Kuß auf ihrem Mund, seine Hand in ihrem Ausschnitt, um ihre Brüste zu liebkosen.

»Oh, Madeleine, *je t'adore, je t'adore*«, murmelte er. Sie konnte seinen Stengel an ihrem Schenkel spüren. Im nächsten Augenblick würde er ihr das Nachthemd schon wieder auf Taillenhöhe lüften!

»*Au revoir*, mein lieber Armand«, sagte sie leise und schob sich seitwärts zwischen ihm und der Tür hervor. »Du hast mich mit deiner wundervollen Art, Liebe zu machen, völlig erschöpft. Ruf mich morgen an, aber nicht vor halb zwölf.«

Noch ehe Armand seinen Geist beisammen hatte, um etwas zu antworten, hatte sie die Türe geöffnet, und er war auf dem Weg nach draußen – seine gerade wiedererwachte Hoffnung enttäuscht.

4

Unter den Brücken von Paris

Wissend, daß Madeleine sich von ihrem Mann getrennt hatte und seit mehr als einem Monat bei ihrer Schwester wohnte, war Marie-Therese Brissard taktvoll genug, keinen von beiden mit der Angelegenheit ihrer Party in Verlegenheit zu bringen. Und da Madeleine eher ihre Freundin war, schickte sie Pierre-Louis keine Einladung und schlug Madeleine vor, statt dessen in Begleitung von Armand Budin zu kommen. Ob dieser scheinbar harmlose Vorschlag bedeutete, daß Marie-Therese wußte, daß Madeleine und Armand Liebende waren, wer vermag das zu sagen? Die intime Liaison zwischen ihnen sollte eigentlich ein Geheimnis sein, das nur ganz wenigen von Madeleines engsten Freundinnen bekannt war. Doch die natürliche Heiterkeit, die die Liebesgeheimnisse begleitet, macht es unmöglich, daß sie lange Zeit geheim bleiben.

Es war eine große Menge von Leuten an jenem Abend im Salon der Brissards versammelt, denn Marie-Therese und Maurice hatten einen bedeutenden Ruf als Gastgeber. Und während Madeleine mit der Gastgeberin plauderte, wen anderes sollte Armand, sich selbst überlassen, zu seinem großen Unbehagen am anderen Ende des langen Saals entdecken als Dominique Delaval in einem blauen Kleid: Dominique, die seine liebste Freundin gewesen war, bis er sie zugunsten von Madeleine vernachlässigt hatte. Falls Marie-Therese von dieser Liebesaffäre gewußt hatte, so hatte sie jedenfalls keinerlei Anstrengung gemacht, Armand und Dominique irgendwelche Peinlichkeiten zu ersparen!

Natürlich ging Armand Dominique aus dem Weg. Er stürzte sich in lebhafte Gespräche mit jedermann um ihn herum, flirtete mit jeder Frau und amüsierte jeden Mann mit seinem Witz. In Wahrheit hatte er Schuldgefühle und schämte sich ein wenig über sein alles andere als höfliches Benehmen Dominique gegenüber – ein vielversprechendes Lächeln von Madeleine, und er hatte seine *affaire* mit der blonden Dominique abrupt abgebrochen, und zwar ohne Erklärung oder Entschuldigung. Manche Leute sind der Meinung, dies sei die netteste Art überhaupt – ein scharfer Messerstich ins Herz statt der langwierigen Agonie in die Länge gezogener Lebewohls.

Aber Dominique ließ sich auf diese Weise nicht abschütteln. Etappenweise bahnte sie sich ihren Weg durch den Salon der Brissards, blieb mehrmals stehen, um Freunde zu begrüßen und ein paar Worte mit ihnen zu wechseln, bis sie schließlich neben Armand angelangt war. Und da er sich selbst dann ihrer Anwesenheit direkt neben seinem Ellbogen nicht bewußt zu sein schien, tippte sie ihm auf den Arm und sagte mit einem Lächeln, das so rätselhaft war wie das der Mona Lisa persönlich: »*Bon soir,* Armand.« Er drehte sich zu ihr um, und mit einem Lächeln in seinem hübschen Gesicht küßte er ihr die Hand mit ungeheuer viel Charme, als sei er tatsächlich erfreut, sie zu sehen.

Dafür, daß sie zu Recht verärgert war, zeigte sie nicht die geringste Spur von Zorn oder Verlegenheit, als sie sich in die Unterhaltung der kleinen Gruppe um Armand einfügte. Um der Wahrheit Gerechtigkeit zukommen zu lassen – sie sah hinreißend schön aus. Ihr blaß hyazinthblaues Gewand war zweifellos das Werk eines Meisters, aus weichem Satin, der

Nacken mit Languetten besetzt und so tief ausgeschnitten, daß der größte Teil ihres großzügigen Busens zu sehen war. Je ein Diamantenarmband schmückte die Handgelenke ihrer nackten Arme, Zeichen dafür, daß Dominique zwar keinen Ehemann hatte, aber deswegen nicht großzügiger Verehrer entbehrte.

Nur wenige Frauen sind mit der Theorie des schnellen, fatalen Dolchstichs zur Beendigung einer Liebesaffäre einverstanden. Im allgemeinen ziehen sie es vor, daß man ihnen mitteilt – besser gesagt, sie fordern, daß man ihnen mitteilt –, aus welchem Grund ihr Geliebter sie für immer verlassen will. Dominique gehörte zu dieser Mehrheit, die es als ihr Recht betrachtete, die Gründe zu erfahren, besonders wenn die Umstände so ungewöhnlich waren wie die, die mit Armands Verschwinden einhergingen.

Seit jenem Tag hatte sie kein einziges Wort mehr von ihm gehört, und ihre Anrufe in seiner Wohnung waren unbeantwortet geblieben. Natürlich fiel es ihr als junge Frau mit einiger Erfahrung mit Liebhabern nicht schwer, die Gründe zu erraten. Und so ruhig sie äußerlich auch wirken mochte, innerlich war Dominique stahlhart entschlossen, sich an Armand zu rächen. Nicht, daß sie in ihn verliebt gewesen wäre – er war schließlich nur einer aus dem halben Dutzend Männern, die sie unterhielten und zum Einkaufen ausführten, denen der Zugang zu ihren intimen Reizen gewährt war. Vielleicht war er der Favorit unter ihnen gewesen, aber abgesehen davon war es eine Sache des Prinzips, daß ihm sein Benehmen mit gleicher Münze heimgezahlt werden mußte.

Sie nahm eine Zigarette aus ihrem kleinen Abendtäschchen und wartete, daß Armand ihr Feuer reiche. Er zündete ein goldenes Feuerzeug an – ein Geburtstagsgeschenk von einer früheren Geliebten –, und Dominique faßte sein Handgelenk, als wolle sie es am Zittern hindern, während sie sich über die kleine Flamme beugte. Wenn jemand sich die Mühe gemacht hätte, diese Szene zu beobachten, hätte er erkannt, daß sie sich viel tiefer beugte als unbedingt nötig war, tief genug nämlich, daß Armand in den Ausschnitt ihres lockeren, gesäumten Kleides gucken konnte, wenn ihm danach zumute war. Und wie Dominique vermutet hatte, zog die lebenslange Praxis seinen Blick auf ihren Busen.

Aufgrund der Intimität ihrer früheren Freundschaft hatte Armand gute Gründe zu wissen, daß Dominique die Gewohnheit hatte, ihre hinreißenden, wenn auch unmodernen, übergroßen Brüste mit alles verbergenden, weißen oder lachsfarbenen Büstenhaltern zu stützen. Für einen Mann, der es liebte, bei jeder passenden – und sogar unpassenden – Gelegenheit den Busen einer Frau zu hätscheln, waren diese nützlichen Kleidungsstücke nichts als störend und lästig. Als er in ihren Ausschnitt schaute, erwartete er, nichts als zwei weiße Satinkuppeln zu sehen. Man kann sich seine Überraschung und Freude vorstellen, als er dort zwei nackte, pralle, blaßhäutige Kugeln mit karmesinroten Nippeln zu sehen bekam!

Was Armand nicht wußte, war, daß sie kürzlich in der Rue Cambon ein wahres Genie der Korsettmacherei entdeckt hatte, der sie mit der Eleganz eines Büstenhaltertyps, den er, wie er behauptete, selber erfunden hatte, bekannt gemacht hatte. Es versteht sich von selbst, daß die Kreationen von Monsieur Lecroq teuer waren, denn sie mußten nach den Maßen jeder Kundin individuell mit der Hand genäht werden, denn – so wurde er niemals müde, die Besucherinnen seiner Boutique zu informieren, während er ihre weichen Kostbarkeiten handhabte und vermaß – nach seiner langjährigen Berufserfahrung waren die Brüste einer jeden Dame einzigartig in ihrer Rundung, ihrer Größe und ihrer Position auf dem Körper.

Die raffinierten kleinen Kleidungsstücke, die aus seiner

Werkstatt kamen, hatten keine Schulterbänder und schmiegten sich fest um den Körper mit gerundeten Balkönchen aus verstärktem Satin, um übergroßen Brüsten einen festen und dennoch diskreten Halt zu bieten und sie gleichzeitig vollständig unbedeckt zu lassen. Als Ergebnis von Lecroqs Kunstfertigkeit und mehreren Anproben war der Anblick, der sich Armand im Ausschnitt von Dominiques Robe bot, so umwerfend, daß er mit ausgestreckter Hand und brennender Flamme seines goldenen Feuerzeugs mehrere Sekunden so dastand, obwohl Dominique sich schon aufgerichtet hatte und eine große Wolke blauen Zigarettenrauchs ausatmete.

Sie lächelte wissend über den Ausdruck, den sie in seinem Gesicht sah, während er wie ein Idiot mit seinem Feuerzeug da stand. Es war ein Ausdruck, der ihr aus ihren gemeinsamen Zeiten vertraut war – ein stummes Bekenntnis von Bewunderung und Begehren. Und als Frau mit scharfem Geist ergriff Dominique sofort die Initiative und nahm die Gelegenheit wahr, die sich ihr bot. Sie betrachtete das glimmende Ende ihrer Zigarette, erklärte, sie sei noch nicht richtig angezündet, und beugte sich erneut über Armands Hand. In dieser Position verharrte sie geraume Weile, um ihm ausgiebig Gelegenheit zu geben, seine Augen auf ihren unverhüllten Schätzen weiden zu lassen, wobei ihre Fingerspitzen seine Hand unter dem Vorwand, sie ruhig zu halten, langsam auf- und abstreichelnd, als wäre sie ein ganz anderer Körperteil, liebkosten!

Als sie ihn aus dem Zauber, mit dem sie ihn gebannt hatte, entließ, lag ein Anflug von Röte in Armands Gesicht, der seinen erregten Gemütszustand verriet. In unausgesprochenem Einverständnis rückten beide unmerklich von der kleinen Gruppe von Leuten, deren Teil sie gewesen waren, ab, bis sie miteinander reden konnten, ohne dabei gehört zu werden. Jetzt, da er wußte, daß Dominiques üppige Melonen unter ihrem Kleid nackt und bloß waren, konnte Armand seinen

Blick nicht von ihnen abwenden – er starrte auf das Oberteil ihres Gewandes, als wolle er ihre Brustwarzen unter dem Satin ausfindig machen, was er tatsächlich versuchte.

Während sie sich über bedeutungslose Trivialitäten unterhielten, stimulierte Dominique seine Erregung mit absichtlichem Achselzucken und kalkulierten Bewegungen der Schultern, die ihren freischwingenden Busen unter dem Kleid wippen ließen. Und die zarte Rötung auf Armands Wangen wurde dunkler und intensiver, während sich gleichzeitig etwas in seiner Unterwäsche entsprechend zu regen begann. Obgleich das Spiel, das sie zusammen spielten, ungemein aufregend war, hatte Armand insgeheim höllische Angst, Madeleine könnte bemerken, daß er mit Dominique allein dort stand, und daraus die unvermeidlichen Schlüsse ziehen. Das wäre in allerhöchstem Grade unangenehm.

Es hatte ihn angenehm überrascht, daß Dominique nicht ein einziges Wörtchen des Vorwurfs hatte verlauten lassen. Mehr noch, sie benahm sich ihm gegenüber mit der ganzen selbstverständlichen Herzlichkeit von alten, vertrauten Freunden. Für eine Frau war eine so aufgeklärte Haltung äußerst bemerkenswert, dachte er, aber andererseits hatte er immer gewußt, daß Dominique eine bemerkenswerte Frau war! Es ist überflüssig, darauf hinzuweisen, daß Armand sich irrte. Dominiques Gefühle operierten auf dem gleichen primitiv instinktiven Niveau einer jeden anderen Frau, deren Liebhaber sie für eine andere verlassen hat – und Armand sollte dies – zu seinem Kummer – zu gegebener Zeit herausfinden!

Doch in diesem Augenblick war sie bezaubernd. Sie neigte ihren Kopf für einen Moment nahe dem seinen, so daß ihr sinnliches Parfüm, das sie trug, ihn beinahe vor Entzücken schwindelig machte, und in verschwörerischem Flüstern teilte sie ihm mit, daß sie etwas, das für sie beide von höchster Wichtigkeit sei, mit ihm besprechen müsse.

»Selbstverständlich, aber nicht hier«, antwortete er und schnappte nach ihrem Köder wie der am allerwenigsten mißtrauische Fisch im Teich.

»Draußen in der Diele?« schlug sie vor und zog die Augenbrauen fragend in die Höhe.

Doch als sie getrennt aus dem Salon geschlüpft waren, waren sie in der Eingangsdiele nicht ungestört. Eines der Dienstmädchen hielt sich dort auf, um den Ankommenden und den Gehenden mit ihren Mänteln und Hüten behilflich zu sein, und andere Bedienstete liefen ständig mit Tabletts, Flaschen, frischen Gläsern und all den sonstigen Requisiten eines Empfanges hin und her. Armand zuckte enttäuscht mit den Achseln, aber Dominique hatte die Diele nur als erste Etappe vorgeschlagen, um ihn aus dem bevölkerten Salon zu lotsen. Sie wartete auf einen Moment, wo sie unbeobachtet waren, nahm seine Hand und führte ihn eilig zum entgegengesetzten Ende der sehr großen Wohnung der Brissards.

Armand hatte keine Ahnung, wohin sie gingen, und Dominique auch nicht. Aber der Ort spielte keine Rolle, solange sie einen Platz fanden, wo sie für ein paar Minuten allein sein konnten, damit sie ihm sagen konnte, was sie ihm zu sagen hatte. Nach ein paar Minuten des Suchens fand sie einen Ort, der ihr perfekt geeignet schien – das winzige Schlafkämmerchen einer Zofe ganz hinten am Ende der Wohnung, mit einem Fenster, das auf eine höchstens zwei Meter entfernte Wand schaute. Das Personal war voll damit beschäftigt, sich um die Gäste zu kümmern, und es bestand nicht das geringste Risiko, daß die Bewohnerin der schäbigen Kammer im Laufe der nächsten Stunden zurückkäme.

Dominique knipste die einzige Glühlampe an, die von der Decke hing. Ihr Licht war alles andere als hell, und sobald die Tür geschlossen war, nahm Armand Dominique in den Arm und bedeckte ihr Gesicht mit heißen Küssen.

»Ah, so ist das also, ja?« rief sie aus und stieß ihn von sich. »Fast zwei Monate habe ich kein Wort von dir gehört – du hast mich während der ganzen Zeit sorgfältig gemieden! Und wenn wir uns zufällig begegnen, erwartest du, zwischen uns sei alles so, wie es war!«

»Aber ich dachte...« stotterte er verdutzt über den Umschwung ihrer Laune.

»Nein, Armand, du denkst nie. Du hast jemand anderen kennengelernt und mich ohne ein Wort verlassen«, sagte sie mit solcher Entschiedenheit in der Stimme, daß es ihm eine Warnung hätte sein müssen. »Du benutzt nie dein Gehirn, mein Lieber – du tust einfach nur, was *das* da suggeriert!« Die Diamantenarmbänder glitzerten, als sie beide Hände ausstreckte, und ehe Armand es verhindern konnte, seinen Hosenschlitz von oben bis unten aufmachte.

»Dominique, um Himmels willen«, rief er aus und packte sie bei den Handgelenken, entsetzt bei dem Gedanken, Madeleine könnte ihn hier suchen kommen und mit einer anderen Frau in dieser ungehörigen Weise entblößt vorfinden.

Dominique hatte keine derartigen Bedenken. Sie zerrte mit einer Hand das Seidenhemd aus dem Weg, und mit der anderen faßte sie nach seinem Anhängsel und holte es aus dem Schlitz in seine Unterhose, um es zu begutachten.

»Genau, wie ich vermutet habe – weich und schlaff«, erklärte sie. »Es ist offensichtlich, daß du ihn in letzter Zeit ziemlich viel gebraucht hast, wenn auch nicht mit mir. Sag mal, Armand, wer hat den Nutzen davon gehabt? Madeleine Beauvais? Jeder weiß, daß sie ihren Mann verlassen hat. Hat sie ihn für dich verlassen?«

Es gelang ihm, ihre Hand wegzuziehen, aber das war beileibe nicht das Ende der Angelegenheit – Dominique wußte, wie sie sich bei ihm durchsetzen konnte. Ehe er sein Werkzeug wieder in der Hose verstauen konnte, ließ sie sich auf ein

Knie fallen und nahm es in ihren heißen Mund. Sie und Armand waren nicht umsonst fast ein ganzes Jahr lang die intimsten Freunde gewesen, ehe er sie für Madeleine fallenließ – während dieser Zeit hatte sie seine extreme Empfänglichkeit für weibliche Reize schätzen gelernt und wußte, wie leicht er zu erregen war. Ein halbes Dutzend Mal mit der Zunge drum herumgeleckt, und sein Stengel war steif in ihrem Mund.

Armand starrte mit weit aufgerissenen Augen an sich herunter auf seine offenstehende Hose, wo sich sein liebster Körperteil aus seinem Nest krausen schwarzen Haars emporreckte und Dominiques blonder Kopf auf- und abfuhr. Sie hatte die Augen geschlossen, und ihr Gesicht unter den blonden Fransen war ruhig, und der Anblick war so aufregend, daß Armand verloren war. Sie hörte seinen kleinen Seufzer, interpretierte ihn richtig und schob ihren rotgemalten Mund von seinem Stengel, um zu Armand aufzuschauen. Ihre dunkelblauen Augen starrten ihm herausfordernd ins Gesicht, während sie seinen soliden Stiel fest packte und zu massieren begann.

»Aber, Dominique... Wir können es doch hier nicht tun!« stöhnte Armand.

In seiner Stimme klang echtes Bedauern mit. Es hatte nur wenige Sekunden fachmännischer Arbeit von Seiten Dominiques bedurft, um ihn seine Angst vor Entdeckung und den dann unvermeidlichen Konsequenzen vergessen zu lassen. Sie verschwendete keine Worte, um ihm zu antworten – sie stand schnell auf und hob den Saum ihres hyazinthblauen Kleids bis zur Taille. Armand schaute fasziniert auf die cremefarbene Haut ihrer nackten Schenkel zwischen den Strumpfrändern und dem spitzenbesetzten, nilblauen Seidenschlüpfer. Wie zu sich selbst murmelte er ihren Namen, als sie das lose Bein ihres Schlüpfers beiseiteschob und den hellbraunen Pelz, der ihren prallen Hügel schmückte, freilegte.

»So ist es schon besser«, sagte sie lobend und nahm den langen Stengel in die Hand, den sie mit der Zunge naß und glitschig gemacht hatte. »So steif wie ein Besenstiel und beinahe ebenso dick! Das ist sehr löblich, mein Lieber. Sie hat dich noch nicht völlig ausgedörrt.«

»Dominique, wenn uns jemand sieht!« ächzte er. Die Ängste hatten ihn jetzt wieder überfallen, wo der entscheidende Moment gekommen war.

Er war in einem so fortgeschrittenen Zustand der Erregung, daß ihm die Ironie der Situation entging – er wiederholte fast wörtlich die kleinen Proteste, die Madeleine von sich gegeben hatte, als sie in Yvonnes Salon am Fenster stand und er ihr Nachthemd hochhob, um ihren schlanken, nackten Körper zu hätscheln. In Madeleines Fall waren die Einwände aus der Luft gegriffen gewesen, denn es war äußerst unwahrscheinlich, daß irgendwer sie im Salon hätte stören können. Aber hier, während einer Party, mit Dominique neben einem eisernen Bett in einem Dienstbotenkammerchen in der Wohnung der Brissards zu stehen, seine erigierte männliche Magnifizenz voll exponiert, hier war die Gefahr groß.

Doch wie alle Welt weiß, strömen, wenn der über alles geschätzte Körperteil eines Mannes stramm steht, seine gesamten Fähigkeiten von Logik, Verstand und Intelligenz augenblicklich dorthin, was bedeutet, daß er zu jeder Dummheit fähig ist. Armands Stolz zuckte in Dominiques Hand, und die Gefühle waren so köstlich, daß er bereit war, alles zu riskieren, seine Freunde und seinen Ruf; er war sogar bereit, zu riskieren, selbst Madeleine zu verlieren, und er rechnete damit.

Er versuchte, Dominique umzudrehen und auf das harte Bett zu legen, doch sie hatte dafür keine Zeit. Seinen Henkel fest im Griff, zog sie ihn zu sich und dirigierte ihn aufwärts zwischen ihre bloßen Schenkel, bis er, in seinem lustvollen Delirium kaum wissend, wie ihm geschah, tief in ihr steckte.

»Ja!« rief sie triumphierend, als er sie um die Taille faßte und dann mit wilden Stößen ein- und auspumpte.

Sie hatte ihre Hände in seiner offenen Hose, und sie hatte es so eilig, daß sie den Knopf, der seine gestreifte Seidenunterhose am Gürtel zusammenhielt, abriß. Sie zwängte ihre Hände in das rutschende Kleidungsstück, bis sie seinen nackten Po zu fassen bekam. Armand grunzte vor köstlichem Schmerz, als sie ihre Fingernägel mit der grausamen Kraft einer Löwin in sein Fleisch grub.

»Was machst du nur!« stöhnte er, und seine Lenden hämmerten in dem unkontrollierbaren Krampf der Begierde auf sie ein.

Dominique warf mit weit geöffnetem Mund ihren blonden Kopf zurück. »Jetzt, Armand!« rief sie. Und fast augenblicklich fühlte sie, wie sein Schwall sich in sie ergoß. »Oh, ja!« seufzte sie, und ihr eigener Höhepunkt überwältigte sie.

Doch es gab kein gemeinsames, zärtliches Nachglühen der Leidenschaften. Noch ehe sein eingebettetes Stück zu zucken aufgehört hatte, zog Dominique sich von ihm zurück und ließ ihn ohne Halt auf seinen zitternden Beinen stehen. Es ging alles so schnell, daß Armand nicht fassen konnte, daß es schon vorüber war, daß sein schnell aufgeblasener Ballon über seine Kapazität hinaus angeschwollen und schon geplatzt war. Er tat einen unsicheren Schritt zum Bett und ließ sich darauf niederfallen. Dabei schaute er mit weit aufgerissenen Augen zu, wie Dominiques blaues Kleid über ihre Hüften fiel und sie bis zu den Knien bedeckte – wie wenn der Theatervorhang fällt, wenn das Stück zu Ende ist!

Leider gab es keinen Applaus, der die Darsteller auf die Bühne zurückholte, kein Publikum, das *encore!* rief, keine Blumensträuße für die Akteure der kleinen Komödie, die gerade gespielt worden war. Armand saß mit nassem Glied sprachlos auf dem Bett und schaute Dominique vorwurfsvoll an. Seine Gefühle waren in jenem Augenblick fürchterlich konfus – in seiner Vorstellung hatte Dominique ihn in diese finstere Kammer gelockt und mit einem Trick dazu gebracht, Liebe mit ihr zu machen, sie hatte ihn ein absurdes Risiko eingehen lassen, und wozu? Die Lust, die sie ihm bereitet hatte, hatte nicht länger gedauert als eine Schneeflocke, die in die Seine fällt! Aber es sollte noch schlimmer kommen.

»Erinnerst du dich, wie du mich im Treppenhaus vergewaltigt hast, Armand? Ich dachte, es sei nichts als höflich, daß Kompliment zu erwidern«, sagte Dominique mit einem unüberhörbaren Unterton von Verachtung in der Stimme. »Bleib hier, so wie du bist – mit runtergelassener Hose. Ich werde dir deine neue Freundin herschicken, damit sie sieht, was du in der Zwischenzeit getrieben hast.«

Und mit einem eleganten Schwenk ihres Rocks war sie hinausgegangen und ließ ihn allein. Er fühlte sich absolut töricht in dem ungemütlichen kleinen Raum. Dann wurde er von Panik ergriffen, als er sich lebhaft die Szene ausmalte, wie Madeleine hereingestürmt käme und ihn mit eifersüchtiger Wut anfunkelte. Mit zitternden Fingern stopfte er sein erschlaffendes Glied in die verknitterte Unterhose. Er war von dem Gedanken besessen, das zu verstecken, was er bei anderen Gelegenheiten nur zu glücklich war, Madeleine zu zeigen.

Und da machte er die unwillkommene Entdeckung, daß Dominiques brutaler Überfall zwei seiner Hosenknöpfe und dazu den Perlmuttknopf seiner Unterhose abgerissen hatte. Er knöpfte die verbleibenden Knöpfe zu und untersuchte das Ergebnis in dem Spiegel, der auf der altmodischen Frisierkommode an der Wand stand, doch die Kammer war so kümmerlich beleuchtet, daß er ganz und gar nicht zuversichtlich war, daß der Zustand seiner Hose unbemerkt bliebe, wenn er in den Salon zurückkehrte. Dann schoß ihm ein anderer Gedanke durch den Kopf – wenn das Dienstmädchen, das diese

Kammer bewohnte, zwei Männerhosenknöpfe auf dem Boden fand, würden sicherlich Nachforschungen angestellt werden!

Es blieb ihm nichts anderes übrig, als sich auf Hände und Knie niederzulassen und im Dämmerlicht nach den verlorenen Knöpfen zu suchen. Einer war unter das schmale Bett gerollt, und der Perlmuttknopf lag auf dem Bett selbst, wohin ihn Dominiques wüste Hast geschleudert hatte. Aber der zweite Hosenknopf war nirgendwo zu sehen. Er tastete unter der Kommode und in den dunklen Zimmerecken herum und lauschte dabei ängstlich auf Schritte, die Madeleines Ankunft ankündigen würden. Nach fünf Minuten vergeblichen Suchens gab er auf und flüchtete aus der Kammer.

Es versteht sich von selbst, daß Dominique nichts zu Madeleine gesagt hatte und auch niemals die Absicht gehabt hatte, es zu tun. Es war eine leere Drohung gewesen, die einer spontanen Eingebung entsprang, um das schlechte Gewissen zu schüren, das sie in Armands Gesicht gesehen hatte, als er auf das Bett gesackt war, nachdem er seine Munition verschossen hatte. Als Drohung war es höchst wirkungsvoll gewesen – es war ihr gelungen, ihm eine sehr schlimme Viertelstunde zu bescheren. Und als er schließlich in den Salon zurückkehrte, hatte Dominique sich von den Brissards verabschiedet und war – ihren verwunderten Begleiter im Schlepp – schon fortgegangen.

In Wahrheit war Armand ganz einfach zutiefst gedemütigt durch die Episode mit Dominique und die dringende Notwendigkeit, sie vor Madeleine geheimzuhalten. Seine gekränkte Stimmung dauerte den Rest des Abends an und war so offenkundig, daß, als Madeleine und er die Brissards verließen, sie ihn bat, er möge sie direkt zur Wohnung ihrer Schwester bringen. Ihre ursprüngliche Absicht war es gewesen, mit Yvonne und ihrem gegenwärtigen Begleiter in einen Nachtclub zu gehen, zu tanzen und sich ein bißchen zu amüsieren. Als Yvonne von den veränderten Plänen hörte, zuckte sie mit den Achseln und fuhr in dem nagelneuen, glitzernden Automobil ihres Verehrers davon, ohne im geringsten verärgert zu sein.

Armand brachte Madeleine im Taxi zur Rue Saint-Didier, und obgleich er gerne mit ihr in die Wohnung hinaufgegangen wäre, hielt sie ihn an der Haustür an.

»Gute Nacht, Armand«, sagte sie bestimmt. »Du kannst mich morgen anrufen, wenn du bessere Laune hast.«

Ganz ruhig hielt sie ihm die Wange für einen höflichen, oberflächlichen Kuß hin und ließ ihn auf der Straße stehen. Er kam sich albern vor – nicht zum ersten Mal an diesem Abend. Aufgrund der Annahme, sie würde ihn für einen Drink und vielleicht gar eine kleine Umarmung in die Wohnung einladen, hatte er die Taxe bezahlt, ehe er ausstieg: Er sah die roten Rücklichter in der Ferne blinken, als sie in die Avenue Kleber einbog. Der Herbstabend war kalt und melancholisch, und die Luft war geschwängert von einem drohenden Nieselregen.

Armand überquerte die Straße, um vom gegenüberliegenden Gehsteig aus zu den verhangenen Fenstern der Hiverschen Wohnung im ersten Stock hinaufzuschauen. Es war erst eine Woche her, seit er hinter jenen Vorhängen mit Madeleine im Dunkeln gestanden und unter ihrem Nachthemd ihre nackten kleinen Brüste gefühlt hatte! Ach, was für ein berauschender Abend das gewesen war – die köstlichen Gefühle, ihren eleganten Körper zu genießen, während sie durchs Fenster zu Pierre-Louis hinunterstarrte. Die Situation hatte ihm – und ihr – einen fantastischen Höhepunkt gebracht, denn wenn er sie nicht festgehalten hätte, wäre sie auf den Boden gestürzt.

Bei dieser Erinnerung warf der treue Gefährte, der zwischen Armands Schenkeln baumelte, die Lethargie ab, die ihn befallen hatte, und hob seinen Kopf. Ohne den Knopf am Hosenbund waren Armands gestreifte Seidenshorts in die Hosenbeine gerutscht, so daß, als sein eifriger Freund sich zur Stelle meldete, nichts da war, das seinen Kopf hindern konnte, gegen die unvollständigen Befestigungen zu stoßen, wo Dominique die Knöpfe abgerissen hatte. Und mit dem unfehlbaren Instinkt, in was auch immer sich als Lücke anbot einzudringen, schob er sich durch diesen Schlitz und rieb sich an dem schwarzen Satinfutter des Mantels.

Mein armer Freund, sagte Armand im stillen zu seinem frustrierten Körperteil, *die schöne Madeleine hat uns verlassen, dich und mich. Das Vergnügen, nach dem dich gelüstet, ist heute abend für uns unerreichbar. Sie ist dort oben hinter dem Fenster, und wir sind hier draußen auf der Straße und teilen das elende Geheimnis, in welches heiße Receptaculum du vorhin gespieen hast. Ich bin viel zu niedergeschlagen, um einen Besuch im Chabanais oder im Maison Junot oder einem anderen Etablissement in Betracht zu ziehen, wo junge Frauen sich zur Verfügung stellen. Es bleibt uns nichts anderes übrig, als nach Hause und ins Bett zu gehen.*

Man kann sich nach einer so kränkenden Erfahrung Armands Verblüffung vorstellen, als gleich am nächsten Morgen, während er seinen Kaffee trank und die Zeitung überflog, Madame Cottier hereinkam, um Madame Delaval anzumelden! Madame Cottier war die Witwe mittleren Alters, die jeden Morgen kam und sich um Armands häusliche Angelegenheiten kümmerte. Sie brachte die Zeitung vom nächsten Kiosk, frische Croissants vom Bäcker, machte ihm Kaffee, reinigte die Wohnung, wusch und bügelte seine Hemden und machte sich alles in allem absolut unentbehrlich für sein Junggesellenleben.

Bevor Armand Zeit hatte, ihr entrüstet zu sagen, sie solle

die unerwünschte Besucherin fortschicken, drängte Dominique sich an ihr vorbei ins Wohnzimmer, wo er in Morgenrock und Pyjama gemütlich in einem Sessel saß, einen kleinen Tisch mit dem Kaffee und den Croissants neben sich.

»*Bonjour*, Armand«, sagte sie munter, »entschuldige, daß ich dich so früh störe, aber ich kam gerade vorbei, und es erschien mir eine gute Gelegenheit zu sein, dir etwas zu sagen, das zu hören dir gefallen wird.«

Sie trug den elegantesten langen Chinchilla-Mantel in einem subtilen Grauton und ein kleines Glockenhütchen in etwas dunklerem Grau. Ihre Wangen waren leicht gerötet, und als sie die Glacéhandschuhe auszog, rieb sie die Hände aneinander, um sie zu wärmen. Madame Cottier zog sich zurück, um ihre Arbeit fortzusetzen, und Dominique setzte sich in einen Sessel Armand gegenüber. Er gab vor, ihren Gruß zu erwidern, indem er sich halbwegs erhob, und ohne Anstalten zu machen, ihre Hand zu berühren, sank er in seinen Sessel und funkelte sie mißtrauisch an.

Nicht eine Sekunde glaubte er, sie sei auf dem Weg irgendwohin vorbeigekommen. Es war erst kurz nach neun Uhr – viel zu früh, als daß Dominique aufgestanden und irgendwohin unterwegs war. Sie war mit unaufrichtigen Absichten hier, davon war er überzeugt, doch ihre nächsten Worte überraschten ihn.

»Ich bin gekommen, um dich zutiefst um Verzeihung zu bitten, Armand«, sagte sie. »Ich habe mich gestern schändlich benommen. Es ist unentschuldbar. Dabei hatte ich nur zwei Glas Champagner getrunken. Was mußt du nur von mir denken?« Sie zuckte in einer reuigen, kleinen Geste, die ihre Betrübnis auf charmanteste Weise zum Ausdruck brachte, mit den Schultern. Armand konnte einem Appell einer schönen Frau an seine Gutmütigkeit niemals widerstehen, und er nahm ihre Entschuldigung an.

»Gut, dann sind wir also wieder Freunde«, sagte Dominique und erhob sich, als wolle sie nun, da sie miteinander versöhnt waren, wieder gehen.

Aber wie er gleich herausfand, war es nicht ihre Absicht fortzugehen, jedenfalls noch nicht. Sie löste den Knoten ihres rosafarbenen Seidenschals und zupfte die Enden aus dem Mantel heraus, so daß die zarte Haut von Hals und Dekolleté zu sehen waren. Sie trug als einzigen Schmuck ein kleines goldenes Kreuz an einem Kettchen um den Hals. Und während Armand sie anschaute und sich einerseits fragte, was wohl als nächstes käme, und andererseits längst ahnte, was es sein würde, öffnete sie den Pelzmantel ganz und ließ ihn über die Schultern gleiten – und mit einem breiten Lächeln ließ sie Armand sehen, daß sie keine Kleider trug. Doch ihr hübscher Leib war nicht vollständig nackt – um die Taille trug sie einen weißen, mit Spitzen besetzten Satinstrumpfhalter, an dem ihre grauen Seidenstrümpfe befestigt waren.

»Ach, Dominique, warum tust du mir das an?« fragte Armand mit einem tiefen Seufzer.

»Ich dachte, es wäre nett, dich daran zu erinnern, was du verpaßt«, gab sie zurück und hielt dabei ihren Mantel weit auf. »Wie kommt es, daß du mich plötzlich so unattraktiv findest, nachdem du in einer Nacht sechs Mal Liebe mit mir gemacht hast? Bin ich jetzt häßlich?«

Armand starrte auf ihre nackten Brüste – groß und rund und mit vorstehenden, dunkelroten Brustwarzen. Er erinnerte sich lebhaft, wie angenehm sie für die Hände waren, in jenen Tagen, als sie und er regelmäßig Liebe miteinander machten. Sein Blick wanderte tiefer auf die sinnliche Rundung ihres Bauches, der vom Strumpfhalter geteilt wurde, und er erinnerte sich nur zu gut an die Freude, auf diesem weichen Bauch zu liegen. Sein Blick fiel tiefer auf den Flaum dunkelblonder Löckchen, der den zarten Pfirsich bedeckte, den er so oft mit solcher Wonne gespalten hatte. Und er seufzte wieder.

Dominiques rote Lippen verzogen sich zu einem Lächeln, als sie die leicht zu durchschauenden Regungen über Armands entzücktes Gesicht huschen sah. Sie ging zu ihm und ließ sich vor seinem Sessel auf die Knie nieder. Ohne ein weiteres Wort zu sagen, löste sie den Gürtel seines Morgenrocks, riß die Knöpfe seiner scharlachroten seidenen Pyjamajacke auf und zerrte ihm die Hose herunter, so daß er vom Hals bis zu den Knien entblößt war. Sein stämmiger Freund hatte sich schon vollständig ausgestreckt und zuckte dankbar, als sie ihn streichelte, ähnlich wie die fröhliche Reaktion eines Hundes, der sich aufsetzt und mit dem Schwanz wedelt, wenn sein Frauchen ihm den Kopf krault.

»Komm ins Schlafzimmer«, flüsterte Armand. »Ich will dich mit weit gespreizten Beinen auf dem Rücken liegen sehen, deinen Pelzmantel unter dir...«

»Dafür ist keine Zeit«, murmelte sie. Ihre Hand bewegte sich mit großer Geschicklichkeit schnell auf und nieder. »Leg dich im Stuhl zurück, aber wage nur ja nicht, die Augen zuzumachen. Schau mich an!«

Als ob er – oder irgendein anderer Mann in seiner privilegierten Position – einen Augenblick lang die Augen schließen oder sich von dem köstlichen Schauspiel abwenden würde, wo Dominiques fleischige Melonen im schnellen Rhythmus ihrer fest zudrückenden Hand auf und ab tanzten und das goldene Kreuzchen zwischen ihnen von einer Seite zur anderen geworfen wurde! Er streckte die Hand aus, um ihre prallen Prachtstücke zu quetschen, und sie rückte ein Stück höher zwischen seine Schenkel, um sie in seine Reichweite zu bringen.

»Dominique, Dominique...«, keuchte er. *»Je t'adore, chérie!«*

Seine angebetete *chérie* war so zufrieden mit der Wirkung, die sie auf ihn hatte, daß sie ihre Hand gar noch schneller bewegte, und augenblicklich wurde sie mit einer Darbietung von so herzlichem Schwanzwedeln belohnt, daß sie beinahe laut lachen mußte über die Simplizität von Männern, insbesondere hübschen, selbstgefälligen jungen Männern wie Armand. Er starrte verzückt auf den dunkelblonden Flaum zwischen ihren Beinen und erwartete jenen unglaublichen Moment, wo sie sich rittlings auf seinen Schoß setzen und von ihm aufspießen lassen würde. Und als habe sie seine Gedanken gelesen, fand er sich im nächsten Augenblick in diese weiche Höhle gebettet, und sie hüpfte auf seinem Schoß auf und nieder, so schnell, daß es nur Sekunden dauern würde, bis er seine Begeisterung in sie sprudeln ließe.

So jedenfalls malte er sich das in seiner eitlen Einfalt aus – doch es war nicht, was Dominique im Sinn hatte. Sie hatte nicht, um Armand eine Gunst zu erweisen, ihr warmes Bett Stunden früher als ihre übliche Aufstehzeit verlassen und war nackt unter ihrem Pelzmantel im Taxi zu seiner Wohnung gefahren, es war, um die Lektion, die sie ihm zu erteilen beschlossen hatte – eine Lektion, die ihn in seine Schranken weisen würde –, fortzusetzen. Den Anfang würde er durchaus erfreulich finden – genau wie gestern abend in der Wohnung der Brissards –, aber das Ende war eine andere Geschichte.

»Dominique«, keuchte er, als er fühlte, wie sich sein Bauch in Erwartung dessen, was gleich geschehen würde, zusammenzog.

»Ja, Armand«, sagte sie ruhig. »Das war's.«

Sie hatte ihn absichtlich schneller und weiter getrieben, als ihm bewußt geworden war: Jetzt war es zu spät, um zu verhindern, was sie von Anfang an beabsichtigt hatte. Seine dunkelbraunen Augen weiteten sich bei dem ersten vertrauten Pulsieren in seinem Bauch, und Dominiques spöttische, blaue

Augen unter ihrem blonden Pony und dem kleinen Glockenhütchen blickten direkt in die seinen, als sie ganz plötzlich und völlig unerwartet ihre Beine durchstreckte und aufstand! Mit dieser Bewegung hob sie sich ganz von ihm ab und beraubte ihn seiner warmen Koje genau in dem Augenblick, als sich seine vitale Cargo entlud.

»Nein!« ächzte Armand voller Entsetzen und starrte entgeistert auf seinen rücksichtslosen Verräter von einem Schwanz, der ihn betrog, indem er glückstrahlend seine Leidenschaft über den eigenen, nackten Bauch spritzte, bis oben auf das dunkle Fell seiner Brust.

Noch ehe seine orgasmischen Krämpfe endeten, trat Dominique von ihm zurück und knotete sich mit einem unergründlichen Lächeln im Gesicht den Seidenschal um den Hals und überwachte dabei das Ergebnis dessen, was sie ihm angetan hatte. Armand schaute sie verständnislos an, während sie ihren Pelzmantel zuknöpfte und ihren glatthäutigen, nackten Leib vor ihm verhüllte.

»Ich muß jetzt wirklich gehen, sonst komme ich noch zu spät«, sagte sie selbstverständlich, als sei sie auf eine Tasse Kaffee vorbeigekommen. »Erwartest du Madeleine heute nachmittag? Sie ist herzlich eingeladen zu dem, was noch übrig ist. Vergiß nicht, sie von mir zu grüßen. *Au revoir*, Armand.«

Und mit einem graziösen kleinen Winken mit der Hand drehte sie sich auf dem Absatz um und war verschwunden und ließ ihn wie vom Donner gerührt zurück. Sie ließ die Wohnzimmertür absichtlich halb offen, und Armand konnte Stimmen und ein kleines Lachen aus der Diele hören, wo Madame Cottier seiner Besucherin die Wohnungstür öffnete und sie hinausließ. Angstschweiß schimmerte auf seiner Stirn, und er riß das cremefarbene Taschentuch aus der Brusttasche seines Morgenrocks, trocknete sich hastig damit ab, weil er fürchtete, Madame Cottier könnte hereinkommen, ehe er Zeit hatte, seinen Pyjama wieder anständig anzuziehen. Wieder war es Dominique gelungen, ihn in eine grauenhaft peinliche Lage zu bringen!

Ihr Hieb zum Abschied war der Wahrheit sehr nahe gekommen, und das war furchtbar ärgerlich. Bei seiner zweiten Tasse Kaffee, nur ein oder zwei Minuten bevor Dominique in seinem Wohnzimmer aufgetaucht war, hatte er beschlossen, Madeleine zur gesellschaftlich annehmbaren Zeit gegen elf Uhr anzurufen, um sich bei ihr für seine schlechte Laune am Vorabend zu entschuldigen. Und wenn sie ihm verziehen hätte, hätte er sie zum Mittagessen eingeladen und anschließend in seine Wohnung mitgenommen. Bis dahin wäre Madame Cottier längst fortgegangen, und er hatte die Absicht gehabt, Madeleine im Bett in exquisiter Weise zu bekräftigen, daß er sie nach wie vor inniger verehrte als irgendeine andere Frau in der ganzen Welt.

Es war nicht abzustreiten, gestand er sich ein, daß Dominique ihn überlistet hatte – und seine Nerven waren durch den enttäuschenden Höhepunkt, den sie ihm beschert hatte, eher zum Zerreißen gespannt statt beruhigt. Er wußte, daß er, solange dieses Geheimnis an ihm nagte, nicht in der Verfassung war, mit Madeleine zu sprechen, ohne das gewaltige Risiko einzugehen, das gestrige Debakel zu wiederholen. Er beschloß, daß es am vernünftigsten sei, seinen Anruf bei ihr bis nach dem Mittagessen zu verschieben. Er hoffte, daß das unangenehme Gefühl der Niederlage, das ihn durchdrang, bis dahin abgeklungen wäre. Vielleicht wäre Madeleine ja bereit, mit ihm heute zu Abend zu essen, und anschließend – nun, wer weiß?

Aber als er schließlich seinen Anruf tätigte, ließ eine Angestellte ihn wissen, daß Madame Beauvais nicht zu Hause sei. Noch eine Gelegenheit verpaßt zu haben, die Sache mit ihr klarzustellen, machte ihm derart zu schaffen, daß er auf der Stelle bei Dominique anrief, um ihr die Meinung zu sagen. *Sie* war zu Hause, doch sie verärgerte ihn noch weiterhin, indem sie amüsiert klang, als sie seine Stimme erkannte.

»Warum rufst du denn bei mir an, Armand? Ist Madeleine am Ende doch nicht gekommen – oder ist sie schon wieder fortgegangen, weil du nicht imstande warst, ihre Erwartungen zu erfüllen?«

»Dominique, dieser Quatsch muß aufhören!« sagte er. »Wir müssen eine Einigung erzielen, gegenseitig unser Privatleben zu respektieren!«

»Aber ich respektiere dein Privatleben ganz außerordentlich«, erwiderte sie und konnte ihr Gelächter kaum unterdrücken. »Das war doch heute morgen ganz offensichtlich, als ich ihm auf Knien meine Wertschätzung kundgetan habe!«

»Die Sache ist überhaupt nicht zum Lachen«, sagte er gereizt. »Wir treffen uns in einer halben Stunde und werden die Dinge ein für alle Male zwischen uns klarstellen.«

»Na so was!« rief Dominique aus. »Willst du mich einladen, dich heute ein zweites Mal zu besuchen? Ich werde kommen. Willst du, daß ich meinen Chinchilla-Mantel wieder anziehe?«

»Nicht hier!« protestierte er besorgt.

»Dann willst du lieber zu mir kommen? Um so besser – ich erwarte dich in einer halben Stunde. Ich bin Unterwäsche einkaufen gegangen, nachdem ich dich heute früh verlassen habe, und ich habe Schlüpfer aus so feiner Crêpe de Chine gefunden, daß sie praktisch durchsichtig sind – stell dir das vor! Ich werde sie anziehen, während ich auf dich warte.«

»Nein, nein, nein!« sagte Armand zornig darüber, daß sie ihn nicht ernst nahm. »Ich traue dir nicht – wir werden uns in der Öffentlichkeit treffen und miteinander reden.«

»Wie du möchtest«, sagte sie und kicherte über seine Besorgnis. »Ich treffe dich vor Notre-Dame. Mehr Öffentlichkeit kannst du dir gar nicht wünschen. Wir werden von ausländischen Touristen umringt sein – das sollte dir das Gefühl geben, vor mir in Sicherheit zu sein.«

»In einer halben Stunde also«, willigte Armand, noch immer mißtrauisch, ein.

Es war natürlich für ausländische Touristen viel zu spät im Jahr, und der immer wieder einsetzende Regen hatte auch die ausdauerndsten unter den einheimischen Besuchern vertrieben. Armand überquerte die Brücke zur Île de la Cité, den großen Kragen seines Kamelhaarmantels fast bis an die Hutkrempe hochgeschlagen, um die Kälte und den feuchten Wind von seinem Nacken fernzuhalten. Über das Brückengeländer hinweg sah er die Seine, die, grau und schmutzig, abgebrochene Äste, aufgeweichte Zeitungen und weniger genau identifizierbare Abfälle mittrug. Es war dumm von ihm gewesen, Dominique zu gestatten, den Ort ihres Zusammentreffens auszuwählen, überlegte er.

Sie ließ ihn nicht länger als zehn Minuten im Freien warten, und sie erschien in dramatischer Weise für den Tag gekleidet: Sie trug einen schwarzglänzenden Regenmantel und einen passenden Hut, den sie bis über die Ohren gezogen hatte. Der Mantel war in der Taille eng gegürtet, um die üppigen Kurven ihres Busens und ihres Pos zu betonen. Sie reichte Armand die Hand, und er küßte ihren weichen, schwarzen Lederhandschuh. Sie lächelte und bot ihm die Wange dar, und er zögerte, ehe er sie mit den Lippen berührte. Darüber mußte sie lachen und hielt ihm dann den Mund zum Küssen hin, doch er machte einen halben Schritt rückwärts und erinnerte sie daran, daß sie hier seien, um zu reden.

»Dann rede mal, Armand«, sagte sie munter. »Ich höre.«

»Es wird gleich wieder anfangen zu regnen – wir werden ein Café suchen, wo wir uns bequem hinsetzen können.«

Aber davon wollte Dominique nichts wissen. Er war es, der darauf bestanden hatte, sich an einem unbequemen Ort in der Öffentlichkeit zu treffen, statt in ihrer oder seiner Wohnung – also gut, das Gespräch würde im Freien stattfinden oder gar nicht. Und so kam es, daß Armand mit ihr über die nassen Pflastersteine des Platzes und dann an der Kathedrale entlangging. Sie überquerten die Brücke zu der anderen Insel, der Île Saint-Louis, und gingen zur Uferpromenade hinunter.

»Warum hast du dich entschlossen, mich zu quälen, Dominique?« fragte er sie. »Ich gebe zu, daß ich unsere Trennung auf weniger abrupte Weise hätte arrangieren sollen – es tut mir leid, und ich hoffe, du verzeihst mir meine Unhöflichkeit. Aber wir waren nie verliebt ineinander, und du willst doch gewiß nicht behaupten, ich sei der einzige Mann, mit dem du intim gewesen bist. Warum machst du das also?«

»Ich finde es außergewöhnlich, dich darüber klagen zu hören, daß ich dir gestern auf der Party bei den Brissards erlaubt habe, Liebe mit mir zu machen. Oder schimpfst du, weil ich heute früh überraschend bei dir aufgetaucht bin, um dich ein bißchen an unsere vergangenen Genüsse zu erinnern?«

»Das ist ja genau der Punkt!« sagte Armand. »Das ist zwischen uns alles vorbei.«

»Himmel, wie die Zeiten sich ändern!« entgegnete sie. »Vor gar nicht langer Zeit wärest du außer dir vor Begeisterung gewesen, wenn ich nackt bei dir aufgetaucht wäre, um dir eine unerwartete kleine Aufmerksamkeit zum Frühstück zu servieren.«

Der Quai war fast menschenleer – das unfreundliche Wetter hatte sogar die Clochards vertrieben, die man sonst hier unter den Brücken mit ihren Flaschen billigen Weins antraf. Die Luft war so von Feuchtigkeit geschwängert, daß man die alten, verkommenen Gebäude drüben auf dem linken Ufer im Dunst kaum wahrnehmen konnte. Nur ein einsamer Angler saß in seinen Wetterschutz gehüllt auf der Steinkante, ließ die Beine über den Rand hängen und starrte mit der irren Geduld eines Besessenen auf seinen Schwimmer an der Oberfläche des düster grauen Wassers.

Armand und Dominique gingen miteinander streitend an ihm vorüber, bis der Regen plötzlich von neuem einsetzte, diesmal nicht nur ein kräftiger Schauer, sondern ein elender Dauerregen, der nicht mehr aufhören zu wollen schien. Armand zog Dominique im Trab den Quai entlang unter die nächste Brücke.

»Du gibst zu, daß du mich nie geliebt hast«, warf sie ihm vor, »und jetzt haßt du mich sogar!«

Sie waren unter der Brücke im Trockenen, und sie drehte sich zu ihm um.

»Warum?« fragte sie. »Was habe ich getan, daß ich deinen Haß verdiene?«

»Ich hasse dich nicht, Dominique, bitte, denk das nicht«, sagte er und legte seine Hände auf ihre Arme. »Ich betrachte dich als eine meiner liebsten Freundinnen, ganz ehrlich. Aber – wie soll ich dir das erklären...?«

»Das ist unnötig«, unterbrach sie ihn. »Ich verstehe dich besser, als du dich selber verstehst. Du bist unglaublich wankelmütig, Armand – das ist ein schrecklicher Makel deines Charakters.«

»Ich weiß das«, gestand er. »Aber was soll ich denn machen?«

Dominique lehnte sich gegen das graue Gestein des Brükkenpfeilers, und er rückte näher, um sie gegen den Wind abzuschirmen. Er war einen halben Kopf größer als sie, und sie stellte sich auf die Zehenspitzen und hob ihm das Gesicht zum Küssen entgegen.

»Du bist unmöglich«, murmelte sie. »Schließen wir Frieden?«

»Ist das dein Ernst?« fragte er, und zur Antwort küßte sie ihn wieder. Ihre Lippen waren kalt, aber die Zunge, die seine Zungenspitze berührte, war warm. Der Kuß war ausdauernd und angenehm – er dauerte lange genug, daß sie Zeit hatte, seinen Mantel aufzuknöpfen und mit der behandschuhten Hand die weiche Beule in seiner Hose zu betasten. Armand, der die Herausforderung annahm, schaute schnell nach links und rechts: Sie waren allein unter der Brücke, und der Regenvorhang schirmte die Sicht nach beiden Seiten ab.

»Ich warne dich, meine liebe Dominique, ich bin nicht hier, um dein Opfer zu sein«, sagte er, faßte sie an den Handgelenken und hob ihre Arme in die Höhe, bis ihre Hände auf seinen Schultern lagen, wo sie keinen Schaden anrichten konnten.

»Und was hast du statt dessen vor, Armand?«

»Ich werde Vergeltung üben.«

»Das verbiete ich!« rief sie aus. Ihre blauen Augen funkelten.

Er löste den Gürtel um ihre Taille, knöpfte den glänzenden, nassen Regenmantel auf und fand darunter einen wollenen Rollkragenpullover mit einem kühnen Muster aus schwarzen und weißen Diamanten und einen schwarzen Rock. Seine Hand steckte im nächsten Augenblick unter dem Rock und dem seidenen Hemd darunter und befühlte ihre nackten Schenkel über dem Strumpfband.

»Du hast kalte Hände«, stieß sie hervor. »Hör auf, Armand!«

Seine Hand war wirklich kalt, denn er hatte seine Wohnung nach dem Telefongespräch mit ihr in einem Zustand von Gereiztheit und Verwirrung verlassen und seine Handschuhe vergessen. Dominiques warme Schenkel klemmten seine Hand ganz fest, um ihn zu hindern, sie weiterwandern zu lassen und das Zentrum ihrer Lüste mit eiskalter Fingerspitze zu berühren.

»Ich hatte dich gewarnt, daß ich Vergeltung üben würde«, meinte er.

Er drückte seine Lippen auf ihre Lippen – und sie öffnete sie ein wenig, so daß es diesmal seine Zunge war, die die ihre fand. Der Kuß währte länger als der vorhergegangene und war ebenso angenehm – vielleicht sogar noch angenehmer, denn nach ein paar Sekunden lockerte Dominique den Druck ihrer Schenkel. Armands Hand, von der Umklammerung ihrer nackten Haut ein wenig aufgewärmt, setzte ihre kurze, aufregende Wanderung aufwärts fort und gelangte an den bestickten Saum ihres Höschens. Er fragte sich, ob es sich wohl um diese ganz und gar durchsichtige Kreation handelte, die sie erwähnte, als sie ihn am Telefon verhöhnte.

»Oh, ja«, antwortete sie auf seine Frage. »Ich habe dir doch gesagt, daß ich sie speziell für dich anziehen würde, Armand. Sie sind aus rosenfarbener Seide und so dünn, daß man alles hindurchsieht.«

Vielleicht sagte sie die Wahrheit und vielleicht auch nicht. Im Augenblick spielte das keine Rolle – Armands Hand befand sich innerhalb ihrer Unterwäsche, und seine Handfläche umschloß die Quelle ihrer intimsten Wonnen. Er drückte mit seinem Mund auf ihrem Mund ihren Kopf gegen das Mauerwerk in einem weiteren langen Kuß, und er schloß die Augen, um seiner glühenden Phantasie freien Lauf zu lassen – er stellte sich vor, Dominiques blondgelocktes Pelzchen durch die feine Seide schimmern zu sehen.

Das Bild war so erregend, daß er mit der Zungenspitze langsam über ihre rotgemalten Lippen leckte – und in seiner Phantasie war es nicht ihr Mund, den seine Zunge berührte, sondern jene anderen Lippen unter ihren blonden Löckchen. Dominique spürte, wie geil er zu werden begann, und flüsterte: »Armand, Armand, Armand.« Er schob seine Zunge in ihren heißen Mund und tat so, als sei er die Öffnung, die er mit der ganzen Hand in ihrem bestickten – und vielleicht transparenten – Seidenhöschen umklammerte.

Dominique ließ ihre Zunge um seine herumflitzen und rückte ihre Füße ein wenig auseinander, als sie fühlte, wie seine Finger in den geheimen Alkoven zwischen ihren Schenkeln schlüpften. Sie wußte ganz genau, welche Faszination es auf Armand ausübte, damit zu spielen, und das war es, worauf sie gewartet hatte. Sie gratulierte sich selbst, daß ihr Plan, ihn zurückzuerobern, noch schneller von Erfolg gekrönt war, als sie vorhergesehen hatte. Es hatte nicht mehr als nur zwei kleine Überfälle gebraucht – gestern abend und heute früh – um ihn zu dem, was er in seiner Unschuld als Vergeltungsmaßnahme betrachtete, zu verleiten. Indem er seine Hand zwischen ihre Beine schob, hatte er sich ihr in der Tat unterworfen, auch wenn er es noch nicht wußte.

Er war tief in seine erotische Träumerei versunken, seine Finger neckten Dominique auf einen wonnevollen Höhepunkt zu, und er achtete nicht darauf, als sie ihre Hände von seinen Schultern nahm. Auch protestierte er nicht, als sie seine Hose aufknöpfte, einen Handschuh auszog und ihre Hand in seine Unterwäsche schmuggelte – vielleicht, um seine in der ihren auszugleichen – und sich seines stramm aufrechtstehenden Glieds bemächtigte. Sie handhabte es mit solcher Zärtlichkeit und Gefühlsdelikatesse, daß Armand sich ihrer Berührung kaum bewußt war; es steigerte nur den Genuß, den er empfand, indem er sie geschickt befingerte.

»Ach, Armand«, seufzte sie, »ich hätte alles in der Welt darum gegeben, wenn die Dinge zwischen uns geblieben wären, wie sie waren! Du bist ein ganz außergewöhnlicher Mensch, mein Lieber – niemand hat mir je auch nur halb soviel Lust bereitet wie du – dafür himmele ich dich an seit dem allerersten Mal.«

Es braucht wohl kaum darauf hingewiesen zu werden, daß

er über ihr kleines Kompliment selig war, denn Dominiques Erfahrung mit männlichem Stolz war so umfangreich, daß sie ganz genau wußte, wie sie ihre Ziele erreichen konnte.

»Magst du mich denn überhaupt, Armand?« fragte sie so kläglich, wie die Schauder der Leidenschaft es erlaubten, die ihren Körper schüttelten.

»Ich bete dich an«, murmelte er so ungeheuer erregt, daß er kaum wußte, was er sagte – und in der Hitze des Augenblicks war es ihm auch völlig egal, wie seine Worte verstanden werden würden.

»Dann gebe ich mich dir mit Leib und Seele!« keuchte sie atemlos, als ihr entscheidender Augenblick gekommen war und sie sich mit ekstatischem Zucken an seinem Finger rieb.

»Dominique!« rief er hitzig.

Um die Wahrheit zu sagen, er war so glücklich, sie zu einem so offenkundig befriedigenden Abschluß gebracht zu haben, daß er kaum bei Sinnen war. Während der ganzen Zeit hatte ihre Hand in seiner Hose den Kopf seines pulsierenden Zepters zwischen Daumen und Zeigefinger gehalten. Als die Krämpfe sie schüttelten, zerrte sie daran, bis sie es aus der offenen Hose in das lockere Hosenbein ihres Schlüpfers gebracht hatte. Ihr war kaum bewußt, was sie tat, doch das Ergebnis war im höchsten Grade dramatisch – Armand röchelte und drang mit einem wilden Stoß tief in sie ein und ließ augenblicklich eine wahre Sturmflut der Leidenschaft frei.

Als sie schließlich wieder zu Sinnen kamen, knöpfte sie ihm die Hose zu und wartete, daß er als erster etwas sagte. Er schwieg lange Zeit, seine Wange an ihre gelehnt, als wäre er tief in Gedanken versunken, obwohl er in Wirklichkeit nichts als Dankbarkeit für die Lust, die sie ihm bereitet hatte, empfand.

»Meine liebe Dominique«, sagte er schließlich, »mir scheint, ich habe mich dir gegenüber absolut schändlich benommen. Wir haben einander so sehr genossen – wie konnte ich nur so töricht sein, das aus den Augen zu verlieren, frage ich mich. Wenn ich daran denke, welchen Kummer ich dir bereitet habe, bin ich untröstlich. Kannst du mir wirklich verzeihen?«

»Komm mit zu mir nach Hause«, sagte sie leise, ihre Lippen an seiner Wange. »Ich werde mich von dir in meiner neuen, transparenten Unterwäsche bewundern lassen, zum Beweis, daß ich dir verziehen habe.«

Ihre liebevolle Rede berührte ihn so tief, daß er seine Hand wieder unter ihren Rock schob, um den fleischigen Hügel zwischen ihren Beinen zu drücken.

»Laß uns eine Taxe suchen«, sagte er. »Aber ich warne dich fairerweise im voraus – dich zu bewundern wird mir nicht genügen. Ich werde darauf bestehen, mehr mit dir zu machen, viel mehr. Und wenn dein neuer Zierrat dabei ruiniert wird, kaufe ich dir ein halbes Dutzend neue davon.«

Die Arme einander um die Taille gelegt, stiegen sie die nasse Treppe zur Brücke hinauf, ohne auf den Regen zu achten, der ihnen ins Gesicht prasselte. Armand war erfreut darüber, mit Dominique Frieden geschlossen zu haben – ihre Geilheit war berauschend und entsprach seiner eigenen –, und sie hatte sich immer bereitwillig auf die kleinen Spiele eingelassen, die er erfunden hatte. Und was Madeleine betraf, so schön und begehrenswert sie auch war, man durfte nicht außer acht lassen, daß sie die Gattin von Pierre-Louis war, dem er als Cousin einen gewissen Respekt schuldete.

Gerechtigkeitshalber mußte Armand zugeben, daß Madeleine ihm den Zugang zu ihren Reizen in gewissen interessanten und hin und wieder ein wenig vom Normalen abweichenden Weisen nicht verweigert hatte. So hatte sie sich zum Beispiel eines Nachmittags überreden lassen, auf seinem Wohnzimmerteppich nackt auf allen vieren Liebe mit ihm zu machen, und es hatte diese köstliche Episode im Nachthemd vor dem Fenster gegeben. Aber während der acht Ehejahre mit Pierre-Louis hatte sie sich an einen gewissen Stil horizontalen Geschlechtsverkehrs im Bett gewöhnt, und das war es, was sie am liebsten hatte. Madeleine käme es im Leben nie in den Sinn, nackt unter einem Pelzmantel zu einem Stelldichein zu erscheinen!

Glücklicherweise war Dominique genau im allergünstigsten Moment wieder in sein Leben getreten, dachte Armand, bereit zu vergeben und zu vergessen und ihre intime Freundschaft fortzusetzen, als ob nichts geschehen sei. Natürlich hatte er nicht vor, mit Madeleine zu brechen, denn er betete sie ehrlich an. Aber die Zeit zwischen ihren erotischen Zusammenkünften würde schrittweise länger werden. Er zweifelte nicht, daß er fähig war, sie zu befriedigen, selbst wenn Dominique wieder zu ihm zurückgekommen war – denn in dieser irrtümlichen Weise beschrieb er sich selbst die Ereignisse der letzten vierundzwanzig Stunden.

Was Dominique betraf, so hieß das gelassene Lächeln in ihrem regennassen Gesicht gar nichts – denn sie kannte Armand zu gut, um sich einzureden, daß sie seine Zuneigung wieder vollständig unter ihrer Kontrolle hätte. Im besten Falle hatte sie ihn sozusagen wieder am Zügel und spannte ihn zusammen mit dem halben Dutzend weiteren Hengsten ein, die ihren Wagen zogen. Und dort mochte sie ihn eine Weile halten können – mit einem gelegentlichen Peitschenhieb in seine Einbildungskraft, wenn er zu störrisch wurde. Schließlich war er ein großzügiger Mann und ein amüsanter Gefährte, der jederzeit bereit war, sich neue Wege auszudenken, um ihre Gelüste zu stillen. Am Taxistand umarmte sie ihn um die Taille und lächelte ihn an.

»Bis zu meiner Wohnung ist es keine lange Fahrt, Armand«, sagte sie, »aber wenn ich meinen Regenmantel im

Wagen aufknöpfe und dir erlaube, deine Hand unter meinen Rock zu stecken, bist du dann fähig, mir noch eine kleine Aufregung zu verschaffen, ehe wir ankommen?«

»Darauf kannst du dich verlassen«, murmelte er, obgleich er sich jetzt, wo sie ihn unter der Brücke von seinen allerdringendsten Begierden befreit hatte, überlegte, ob sie ihre Beziehung miteinander anders als nur gelegentlich wieder aufnehmen sollten.

Es schadete nichts, daß er die Berechnungen nicht ahnte, die in Dominiques blondem Kopf vorgingen, wie sie finanziell von ihm profitieren konnte, ehe sein nachlassendes Interesse an ihr vollständig erkaltet wäre.

5

Liebe hat ihren Preis

In einem der vielen berühmten Cafés am Boulevard de Montparnasse erhob sich Armand, als er Suzanne Chenet von der Straße hereinkommen sah. Sie trug ihren teuren Vikunjamantel mit dem dunklen Pelzbesatz und einen grau und rot gemusterten Seidenschal, den sie nach der Art der Bäuerinnen statt eines Huts um den Kopf gebunden hatte. Sie schaute sich in dem stark besuchten Café um, entdeckte Armand und steuerte auf ihn zu.

»Bonsoir, Monsieur«, sagte sie und streckte ihre behandschuhte Hand aus. »Jetzt erkenne ich Sie wieder.«

Offensichtlich erwartete sie, daß er ihr die Hand schütteln würde, doch das war nicht Armands Art. Er nahm sie, als sei sie ein unbezahlbar kostbares, zerbrechliches *objet-d'art* aus der Sammlung eines Connoisseurs, und küßte sie mit exquisiter Höflichkeit. Sie lächelte kurz und wurde gleich wieder ernst, obwohl man leicht erkennen konnte, daß es sie einige Anstrengung kostete, denn der übliche Ausdruck in ihrem hübschen Gesicht war ein fröhliches Lächeln. Auf Armands Einladung hin setzte sie sich, nahm ihr farbenfrohes Kopftuch ab und strich sich das Haar aus der Stirn – Haar so fein wie Seide, dachte er, als er es näher betrachtete, und von einem hellen Braun, das beinahe blond zu nennen war.

Wie weithin bekannt, ist der erste Eindruck, ob gut oder schlecht, häufig von Dauer. Als Armand Suzette zum ersten

Mal zusammen mit seinem Cousin Pierre-Louis vor nur sechs oder sieben Tagen gesehen hatte, war der Eindruck, den er von ihr bekommen hatte, extrem positiv gewesen. Ihr Gesicht und ihr Körper waren von erquickender Rundlichkeit – in dieser Ära der großen, schlanken Frauen ohne Busen und Po unter den eng anliegenden Kleidern traurigerweise höchst unmodern. Doch bei einer Achtzehnjährigen wie Suzette ergab dieser wohlgenährte, hellhäutige, gesundheitsstrotzende Glanz eine Aura umwerfender Erotik.

Sie zog ihre grauen Handschuhe aus und schaute Armand quer über den kleinen Tisch direkt in die Augen. »Pierre-Louis hat also nicht den Mut, selber herzukommen und mir ins Gesicht zu sehen«, sagte sie. »Er schickt Sie statt seiner, Monsieur. Nach den Abscheulichkeiten, die er mir angetan hat, ist das wohl kaum überraschend, nehme ich an.«

»Er ist völlig untröstlich, glauben Sie mir«, erwiderte Armand. »Was darf ich Ihnen bestellen? Er ist von Scham und Kummer ganz überwältigt und legt sich Ihnen zu Füßen. In seiner bitteren Reumütigkeit hält er sich sogar für unwürdig, mit Ihnen zu sprechen.«

Als Suzette diese absurde Übertreibung hörte, konnte sie nicht anders, als lauthals loszulachen. Doch gleich darauf setzte sie wieder eine feierlich ernste Miene auf. Jetzt, wo Armand sich in ihrer Nähe befand, konnte er die Antwort auf die Frage finden, die er, als er sie zum ersten Mal gesehen hatte, nicht befriedigend lösen konnte – die Farbe ihrer Augen. Sie waren von seltenem, erfreulichem Haselnußbraun. Er fragte sich, was sie wohl unter ihrem kostbaren Mantel anhatte. Als er sie mit Pierre-Louis gesehen hatte, hatte sie ein honiggelbes Kleid angehabt, das eng genug war, um ihre üppigen Brüste vorteilhaft zur Geltung kommen zu lassen. Er erinnerte sich sehr gut, wie er sie bei jener Gelegenheit im Geiste ausgezogen hatte.

Als Antwort auf seine Frage entschied sie sich für ein kleines Glas Likör – zum Schutz gegen die Kälte natürlich – und wählte schließlich einen Benediktiner. Armand bestellt ihn und gleichzeitig ein weiteres Glas Armagnac für sich selbst. Auf seine Anregung hin legte sie ihren wunderbaren Wintermantel ab, und er sah, daß sie darunter ganz einfach mit einer cremefarbenen Bluse und einem, ähnlich dem Kopftuch, grau und rot karierten Rock gekleidet war. Er lächelte sie mit heimlichem Wohlgefallen an, und vergessend, daß sie hier die Rolle von jemandem, dem Unrecht geschehen ist, spielte, lächelte sie zurück.

Sie konnte nicht ahnen, daß Armand in seiner hochentwikkelten, wenn auch monomanischen Phantasie dabei war, ihr die Kleider auszuziehen – und das nicht zum ersten Mal. Vor seinem geistigen Auge hatte er schon die Knöpfe ihrer Bluse gelöst und küßte ihren pummeligen Busen. Er erhob sich, um ihr den Mantel abzunehmen, und schaute dabei auf ihren Schoß – seine Phantasie ließ dabei ihren Rock verschwinden und enthüllte ihre wohlgerundeten Schenkel und ihr spitzenbesetztes Höschen. Leuchtend rot, sagte er zu sich selbst, das ist die Farbe, die mir am liebsten wäre – und aus glänzendem Satin!

Und wenn Männer sich auch einbilden mögen, daß ihre tiefinnersten Gedanken für jedermann sonst ein Geheimnis seien, so war es für Suzette ganz und gar nicht unmöglich zu erraten, was ihm durch den Sinn ging. So jung sie war, besaß sie dieselbe unfehlbare Intuitionsgabe, mit der jede Frau zur Welt kommt. Und so benötigte es auch keiner intellektuellen Meisterschaft, Armands Interesse an ihrer Bluse und ihrem Rock – oder eher an den aufregenden Reizen, die sie verhüllten – richtig zu deuten. Sie lächelte ein wenig wie zu sich selbst und schlug dann die Beine übereinander, nicht aus erschreckter Bescheidenheit oder zum Schutz vor seinen zudringlichen Augen, sondern um Armand zu warnen, daß mehr nötig war als ein paar bewundernde Blicke und Sprüche.

»Pierre-Louis wirft sich mir also demütig zu Füßen, nicht wahr?« fragte sie. »Ich würde ihn wirklich schrecklich gern vor mir im Schmutz kriechen sehen, am liebsten in der Öffentlichkeit! Der Place de la Concorde zur Mittagszeit wäre eine gute Idee – darauf hätte ich als Teil der Abmachung bestehen sollen.«

»Ihr Wunsch, ihn zu verletzen und zu demütigen, ist so stark, Mademoiselle?« fragte Armand. »Er muß Sie abscheulich behandelt haben, um so starke Gefühle auszulösen. Was soll ich sagen – ich hatte nicht die geringste Ahnung von seinen Fehlern.«

»Fehler! Sie können sich die körperlichen Abscheulichkeiten, die er mir angetan hat, gar nicht vorstellen!«

Sie betonte Abscheulichkeiten mit solchem Enthusiasmus, daß deutlich wurde, wie sehr sie es genoß, das Wort zu benutzen, um ihr Unglück zu beschreiben.

»Das ist ja entsetzlich«, sagte Armand mit ernster Stimme voller Sympathie. »Bringen Sie es übers Herz, mir davon zu erzählen, oder ist die Erinnerung daran zu schmerzvoll?«

»Er hat mich vergewaltigt!« verkündete sie dramatisch, »er schlug mich und spuckte mich an. Können Sie sich das von Ihrem Cousin vorstellen, oder meinen Sie etwa, ich würde Sie aus lauter Bosheit anlügen? Er warf mich mit seiner ganzen Kraft zu Boden – ich war voll und ganz darauf gefaßt, zu Tode getrampelt zu werden.«

»Mein Gott!« rief Armand aus, und als er sah, daß ihre Augen bei der Erinnerung mit Tränen der Scham und der Wut zu glänzen begannen, nahm er über den kleinen Tisch hinweg ihre Hand, um sie zu trösten. »Auspeitschen wäre eine zu sanfte Strafe für ihn. Aber er will es wiedergutmachen, so gut er kann, und ich bin als Beweis dafür hier. So schwer es Ihnen auch fallen mag, ich flehe Sie an, diese entsetzlichen Erinnerungen hinter sich zu lassen und Ihr Leben neu zu beginnen, voll der Hoffnung und Zuversicht von Jugend und Schönheit, die Sie ganz natürlich inspirieren sollten.«

»Sie sind sehr verständnisvoll«, seufzte Suzette und ließ ihre warme Hand leicht in der seinen ruhen.

Man durfte nicht vergessen, daß sie fast ein Jahr lang die Mätresse von Pierre-Louis gewesen war, ehe dieser bedauerliche Zwischenfall ihre Intimfreundschaft beendete. Und obgleich es zweifellos stimmte, daß Pierre-Louis von Natur aus eher impulsiv und zu unüberlegtem Handeln fähig war, so schien es doch ein bißchen übertrieben, ihn des versuchten Mords zu beschuldigen. Armand stellte Suzettes Bericht über die unglücklichen Geschehnisse neben den von Pierre-Louis und schloß daraus, daß sie das Ausmaß und den Grad ihres Leidens beträchtlich übertrieben hatte. Er seinerseits hatte, um seine Schuld zu minimisieren, das Ergebnis seines Wutausbruchs heruntergespielt.

»Ich kann mir unmöglich vorstellen, wie irgendwer – sogar ein Wahnsinniger – es fertigbringt, eine so hinreißende, zauberhafte Person zu mißhandeln«, sagte er. »Wenn ich ehrlich sein darf, dann hätte ich, wäre ich an der Stelle meines Cousins gewesen, den einzigen Impuls im Sinn gehabt, Sie zärtlich in die Arme zu nehmen und freundliche Küsse auf ihre Lippen zu regnen.«

»Ach, ich sehe, daß Sie und er von unterschiedlicher Natur sind«, murmelte sie. »Was für ein Pech, daß ich den falschen Cousin kennengelernt habe! Haben Sie das Geld mitgebracht?«

»Natürlich.« Armand holte aus der Innentasche seines Jacketts einen dicken, versiegelten Umschlag mit dem erpreßten Schmerzensgeld, den er ihr zeigte.

»Sie verstehen, daß das nicht reicht«, sagte Suzette bekümmert, »nichts reicht aus, um mich für die Leiden, die er mir zugefügt hat, zu entschädigen. Doch als kleines Zeichen seiner Reue...«

»Aber wir ähneln uns so in unserem Denken!« rief Armand aus. »Sie haben genau wiederholt, was ich zu Pierre-Louis sagte, als er mich um Rat fragte. Ich sagte ihm, daß es in ganz Frankreich nicht genug Geld gebe, um das schöne, unschuldige Opfer seiner brutalen Gewalt zu entschädigen.«

»Wirklich?« hauchte Suzette, hingerissen von der offensichtlichen Stärke seiner Gefühle.

»Da wir uns, Sie und ich, darüber einig sind«, fuhr er fort und drückte ihre Hand ein wenig, »bringe ich Ihnen dieses unangemessene und dennoch bedeutsame Zeichen von Pierre-Louis' ehrlicher Reue.«

Er reichte ihr den Umschlag, und sie wog ihn einen Augenblick in der Hand, als schätze sie den Wert seines Inhalts ab. Er erwartete, daß sie die Klappe aufmachen würde, doch statt dessen riß sie ein Ende des Umschlags ab und ließ einen rosa lackierten Daumennagel über die Ränder des dicken Notenbündels streifen. Armand schaute mit heimlichem Vergnügen ihr hübsches Gesicht an, beobachtete den Augenblick der Gier und den Augenblick der Befriedigung in ihrem Ausdruck. Er hatte fest im Sinn zu tun, was sich von selbst angeboten hatte, als sie das Café betrat und er sie in der Tür gesehen hatte – sie zu nehmen.

»Als Gegenleistung für Ihre gütige Bereitschaft, dieses Zeugnis seiner Scham entgegenzunehmen«, sagte er und zeigte dabei auf den Umschlag in ihrer Hand, »wird Pierre-Louis sich die Freude versagen, Sie je wiederzusehen. Sämtliche Andeutungen, die Autoritäten für diese höchst beklagenswerte Angelegenheit zu interessieren, sind zu verwerfen und nie wieder zu erwähnen. Und selbst wenn Sie zum Ausdruck bringen, daß sie ihm seine häßlichen Taten vergeben, indem Sie entgegennehmen, was ich Ihnen in seinem Auftrag überreicht habe, werden Sie ihn weiterhin strafen, indem Sie nie wieder mit ihm in Kontakt treten. Sind wir uns darin einig?«

»Ganz und gar«, antwortete sie mit einem Lächeln über die elegant beschönigende Art, in der er die harten Bedingungen aufzählte, die sie Pierre-Louis unter der Drohung, ihn bei der Polizei wegen Vergewaltigung und tätlicher Beleidigung anzuzeigen, gestellt hatte.

Um genau zu sein, ein starkes Begehren, Suzette zu genießen, hatte sich in Armands Bewußtsein geformt – falls das die Stelle im menschlichen Organismus ist, wo derartige Begierden entstehen –, als er sie zum allerersten Mal im Café de la Paix gesehen hatte. Er erinnerte sich lebhaft, was er später an jenem Abend zu Pierre-Louis gesagt hatte, als sie die Möglichkeit diskutierten, daß Madeleine zu ihrem Gatten zurückkehrte. *Ich kann nicht glauben, obgleich ich natürlich mit keiner der beiden Damen je die Ehre haben werde zu schlafen, daß deine Freundin so aufregend sei wie deine Frau.* Selbstverständlich entsprach dies nicht der Wahrheit, denn bis zu jenem Abend hatte Armand Madeleine schon viele Male geliebt. Und nun schien die Gelegenheit beinahe greifbar nah, auch Suzettes Reize auszuprobieren – und sich so in die gleiche Position zu bringen wie Pierre-Louis, um den Vergleich zu machen.

Er gab dem Kellner ein Zeichen, bestellte weitere Drinks und machte sich daran, sich unter vollem Einsatz seiner beträchtlichen Fähigkeiten bei Suzette einzuschmeicheln. Das Ausmaß seines Erfolgs läßt sich an der Tatsache messen, daß er weniger als eine Stunde später die Ehre hatte, sie in die nahegelegene Rue de Varenne zu begleiten, wo sie wohnte. Wenn natürlich seine Begierde seine Aufmerksamkeit nicht so vollständig in Anspruch genommen hätte, wäre ihm vielleicht in den Sinn gekommen, daß eine junge Dame, die fähig war, seinen Cousin mit solcher Leichtigkeit und Effizienz um eine so große Geldsumme zu erleichtern, auch mit ihm ihre Pläne haben könnte – und daß sein Erfolg ebensosehr, wenn nicht noch mehr, auf ihre Absichten zurückzuführen war als auf seinen eigenen unangezweifelten Charme.

Die Wohnung, zu der sie ihn führte, befand sich in einem ungewöhnlich gepflegten Gebäude mit einem Innenhof – und sie lag überraschenderweise in der teuren ersten Etage und nicht oben unter dem Dach. Als er eintrat, war Armand ein zweites Mal überrascht über die Möbel und die Dekoration. Wenn Pierre-Louis seine kleine Freundin in diesem Stil gehalten hat, mußte es ihn ein kleines Vermögen gekostet haben! Das Geld in dem Umschlag, das Armand als viel zu viel betrachtet hatte, erschien ihm jetzt wie ein gutes Geschäft.

Während sie eine Flasche Cognac holen ging, nutzte Armand sofort die Gelegenheit, einen Blick auf die Bilder im Wohnzimmer zu werfen. Zuerst hatte er sie für Reproduktionen gehalten, doch bei näherer Betrachtung stellten sie sich als Originalwerke renommierter zeitgenössischer Künstler heraus. Und, so stellte er interessiert fest, alle Bilder stellten Frauen dar, einschließlich des liegenden Akts des berühmten Kubisten Juan Gris. Es war die modernistische Karikatur von einer mißgestalteten Kreatur in Gallegrün mit eckigen, unförmigen Brüsten und Hüften und einem purpurnen Klecks, wo richtige Frauen einen kleinen Büschel aus blonden oder braunen Löckchen haben.

Mag sein, dachte Armand, daß der Künstler eine originelle, vitale Vision darstellte – die Wahrnehmung einer anderen als der realen Welt von Männern und Frauen –, doch das daraus entstandene Bild war für jemanden mit Armands überschwenglicher Liebe zu den üppigen weiblichen Formen und ihrem weichen Fleisch ganz einfach lächerlich. Nichtsdestoweniger wußte er, daß das Bild viel Geld gekostet hatte, und das allein war eindrucksvoll. Interessanter erschien ihm, wenn auch aus dem simplen Grund, daß es eine etwas weniger entstellte Figur zeigte, eine Federzeichnung von Georges Rouault von einer nackten Frau, die ihre Strümpfe anzieht. Sie hatte das harte Gesicht und den plumpen Busen und Körper aller rouaultschen Prostituierten – der typische Ausdruck seiner Verzweiflung und seiner Wut –, aber wenigstens war sie als Frau erkennbar, begehrenswert oder nicht.

Das *chef-d'œuvre* der kleinen Sammlung war – jedenfalls nach Armands Meinung – zweifellos ein Gemälde von Pierre Bonnard, das über dem Sofa an der Wand gegenüber dem Fenster hing. Es war der Blick aus einem hochgelegenen Pariser Fenster ohne Gardinen auf eine Landschaft aus Dächern und Straßen in freundlichem Sonnenlicht. Aus dem Fenster schaute, den Rücken zum Betrachter gewandt, eine nackte Frau – nackt bis auf ihre roten Schuhe. Das solide Fleisch ihres Pos und ihrer Schenkel ließ auf ihre Opulenz schließen; wenn sie sich herumdrehte, wußte Armand instinktiv, würde sie volle, runde Brüste und einen wohlgeformten, gewölbten Bauch aufweisen.

Doch ganz ohne Frage war es die Stellung der unbekannten Frau vor dem Fenster, die Armands Interesse mit solcher Macht weckte, daß köstliche kleine Schauder der Erinnerung ihn durchrieselten. Das Gemälde brachte ihm die Nacht ins Gedächtnis zurück, als Madeleine am Fenster der Wohnung ihrer Schwester stand, ihren schlanken, eleganten Körper nur von einem zarten Nachthemd bedeckt, durch das hindurch Armand die zarte Haut ihrer Brüste fühlte. In der Dunkelheit hatte er den dünnen Chiffon hochgehoben, um ihren Po zu entblößen, hatte seinen Bauch dagegen gedrückt und war von hinten in sie eingedrungen.

Die Erinnerung trat Armand so heftig, daß sein nobler

Freund sich mit drei kräftigen Rucks in Habachtstellung aufrichtete. Suzette, die mit einer Flasche in der einen und zwei Gläsern in der anderen Hand hereinkam, sah ihn auf das Bonnardgemälde starren und erkannte den Ausdruck in seinem Gesicht. Automatisch schaute sie nach unten und sah die unverkennbare Schwellung in der Hose seines dunklen Anzugs.

»Aha, wie ich sehe, sind Sie ein Connoisseur der modernen Kunst«, sagte sie mit einem spöttischen kleinen Lächeln, »jeder bewundert dieses Bild, aber nicht mit einer so glühenden Wertschätzung wie Sie.«

Sobald sie in seine Nähe kam, legte Armand die Arme um ihre Taille und küßte sie. Sie stand mit seitlich ausgestreckten Armen unbeholfen da, weil sie den Cognac und die Gläser noch nicht hatte abstellen können, und kicherte.

»Na gut«, sagte sie, als der Kuß beendet war. »Dieses eine Mal – weil es ein so verzweifelter Fall ist. Aber glauben Sie nur ja nicht, ich hätte die Gewohnheit, Mitleid mit Fremden zu haben.«

Sie führte ihn in ein in Elfenbein und Schlüsselblumengelb gehaltenes Schlafzimmer, stellte die Flasche und die Gläser ab, drehte sich zu ihm um und legte ihm die Hände auf die Schultern. Wortlos knöpfte er ihre cremefarbene Seidenbluse auf, genau wie er es im Café eine Stunde zuvor in seiner Phantasie getan hatte. Doch in der Phantasie waren ihre prallen Brüste direkt in seine eifrigen Hände geflutet, während sie hier in ihrem hübschen Schlafzimmer vor seinem Blick noch immer durch ein rosenfarbenes Hemd aus Crêpe de Chine verborgen wurden. Er fühlte sie durch den dünnen Stoff, seine Finger fanden ihre Knospen und neckten sie, bis sie ganz fest wurden und als zwei allerliebste, kleine Spitzen sichtbar wurden.

Während er sich dieser erregenden Aufgabe widmete, löste Suzette das Gurtband ihres grau und rot karierten Rocks und ließ ihn über die Hüften an den Beinen entlang nach unten gleiten. Jetzt sah Armand, daß das, was er für ein Hemd gehalten hatte, ein glatt anliegendes Hemdhöschen war, das ihre Rundungen zur Geltung brachte, mit einer gestickten karmesinroten Rose in natürlicher Größe über der linken Hüfte. Wieder staunte er, daß ein so junges Mädchen sich solche Qualität und solchen Luxus leisten konnte. Falls Pierre-Louis ihre einzige Einkommensquelle darstellte, dann hatte er einen großen Teil seines Vermögens für sie ausgegeben.

Nicht, daß in diesem Augenblick Zeit für kraß materialistische Spekulationen über den Preis von Mobiliar und Kleidung gewesen wäre. Suzette streifte das stilvolle Hemdhöschen ab und bückte sich, um ihre Seidenstrümpfe auszuziehen. Dabei drehte sie sich absichtlich weg, so daß sie ihm ihren weichen, runden Hintern zuwandte. Armand trat sofort hinzu, um die satinhäutigen Backen zu hätscheln, die sich ihm darboten, und sie kicherte, als seine Finger die saftige Aprikose zwischen ihren Beinen fanden und streichelten. Ehe er die Erforschung ihrer Reize weitertreiben konnte, hatte sie die Steppdecke zurückgeschlagen und sich auf dem elfenbeinfarbenen Laken ausgestreckt.

Armand verschlang sie gierig mit den Augen, während er sich die Kleider vom Leib riß. Sie lag auf der Seite auf einen Ellbogen gestützt, und ihre Augen leuchteten geil. Die Beine hatte sie der Länge nach ausgestreckt und bei den Knöcheln übereinandergeschlagen, und die Farbe ihres winzig kleinen Lockenbüschels, wo ihre Schenkel zusammenliefen, unterschied sich gerade genug von ihrem dunkelblonden Haarton, daß es seltsam erregend wirkte. Sie hielt die weichen Schenkel geschlossen, so daß sie wie eine große Nachbildung der Lippen aussahen, die sie zwischen sich versteckten.

Nicht mit Suzette die Freuden des ausgiebigen, langwährenden, zärtlichen Liebesspiels, dachte Armand, als er sich auf das Bett warf und nach ihren Brüsten faßte. Sie war keine Madeleine, um die man mit wiederholten Küssen und Liebkosungen bis zur Penetration und einem langsamen Ritt auf den Gipfel der Gefühle buhlt. Auch war sie keine Dominique, die man mit perversen Fingern zu zahlreichen Höhepunkten kitzelte, ehe sie gnadenlos von seinem eisenharten Gerät aufgespießt wurde. So jedenfalls sah Armand die Freuden mit einem achtzehnjährigen Körper, der ihm entgegenkam und mit all der Vitalität von Jugend und Gesundheit strotzte.

Seit dem Moment, wo er sie zum ersten Mal gesehen hatte, hatte ihm sein ganzes männliches Begehren zugeschrien, daß Suzette wie eine reife saftige Frucht sei – ein Pfirsich, eine Aprikose oder eine Nektarine –, voller Süße und ganz und gar zu verschlingen. Sie war der gleichen Meinung, wie bald erkennbar wurde: Sie rollte sich, kaum hatte er sie berührt, auf den Rücken, bekam seine zuckende Steifheit zu fassen und zog ihn zu sich und spreizte die Beine weit auseinander, um sich ihm mit unbegrenzter Großzügigkeit zu schenken. Armand wurde von ihrer Berührung so erregt, daß er sich wie im Rausch über sie schob und ihren warmen Bauch an seinem Bauch fühlte.

Ihre Hand lag unten zwischen ihren Leibern, hielten ihn und lenkten ihn schnell in ihre weiche Höhle, die so naß und bereit für ihn war, als habe er eine halbe Stunde lang damit gespielt, wie er feststellte, als er sich mit einem langen, heftigen Stoß in sie hineinbohrte. Seine Hände kneteten an ihrem üppigen Busen herum, während er mit der Kraft und der Unbeirrbarkeit eines riesigen Kolbens an einer Schnellzuglokomotive, die auf den Gleisen entlangrast, vor- und zurückglitt. Sie stöhnte lustvoll und zappelte unter ihm und hatte ihren Kopf auf dem Satinkissen nach hinten gedrückt, so daß ihr kleines Kinn zur Decke ragte und sie ihre kleinen, scharfen Zähne zeigte.

Sie hatte in heißem Begehren alle Glieder von sich gespreizt, die Beine so weit gegrätscht, wie es ging, und ihr heißer Bauch bebte unter Armands Bauch, während er wieder und wieder in sie hineintauchte. Ihre Finger gruben sich in seine Schultern, und plötzlich hob sie den Kopf, um ihren offenen Mund über seinen zu stülpen und ihre Zunge in seinem Mund herumtanzen zu lassen. In seiner fieberhaften Erregung hatte Armand das Gefühl, ihr Bauch habe sich sogar noch weiter geöffnet, um ihn bis in ihre allertiefsten Gründe tauchen zu lassen, und kurz darauf wölbte sich ihr Rücken unter einem Crescendo kleiner, wimmernder Schreie vom Bett auf und hob sein Gewicht mit in die Luft.

Dann sackte sie unter ihm zusammen, ihr Kopf rollte auf dem Kissen von einer Seite zur anderen, während Armand mitleidlos weiterstieß. Sie wand sich unter ihm, stöhnte ein bißchen, dann krallte sie sich wieder in seine Schultern, und ihr heißer, offener Mund bedeckte den seinen und saugte daran. Armand ließ ihren Busen los, um seine Hände unter sie zu schieben und die fleischigen Backen ihres Hinterteils zu packen. Sie begann, ihre Hüften aufwärts zu schaukeln und seinen Stößen entgegenzukommen, und schrie in unartikulierter Not um Erlösung von der unerträglichen Lust, die sie fest in ihren Fängen hatte.

Armand keuchte, als er seinen Höhepunkt heranpreschen fühlte – er kam so schnell, und seine Kraft war so gewaltig, daß ihn jetzt nichts mehr aufhalten konnte. Er rammte sich fest und tief in Suzettes schlüpfrige Wärme, sein Bauch knallte brutal auf ihren, und er war unfähig, ihre ekstatischen Schreie zu hören, denn in seinen Ohren dröhnte das betäubende Getöse der mächtigen Lokomotive mit ihren kraftvollen Kolben, die in den Zylindern ein- und ausstampften, um sie auf den glänzenden, stählernen Schienen schneller voranzutreiben.

Diese Titanenkraft war kompakt, sie wuchs und wuchs immer weiter, bis sie größer war als er, viel größer, größer noch als das Bett, größer als die ganze Welt, größer gar als das Universum selbst. Es bewegte sich schneller als das Licht, als es ihn traf. Der Aufprall zerstörte ihn vollständig, schleuderte ihn, zu Atomen zerschmettert, in die Finsternis des Weltalls. Er glaubte, sich selber aufschreien zu hören, doch das war ausgeschlossen, da er nicht mehr existierte.

Als er schließlich wieder zu sich kam, lag Suzette schlaff und still unter ihm. Als er sich von ihr rollen ließ, schlug sie ihre Haselnußaugen auf und lächelte.

»Das war unglaublich«, sagte sie, »ich bin sprachlos.«

Armand füllte zwei kleine Gläser mit Cognac aus der Flasche auf dem Nachttisch, arrangierte die Satinkissen und lehnte sich bequem in halb sitzender Stellung dagegen. Suzette drehte sich herum, bis sie quer über ihm lag, den Rücken seinen Füßen zugewandt, mit einem Arm über seinem Bauch hinweg aufgestützt, als sei es der Ausdruck einer Art von Besitzanspruch. Ihre Stellung gewährleistete, daß ihre prallen, von roten Brustwarzen gekrönten Busen, vielleicht durch Zufall, doch vermutlich eher mit Absicht, voll in seinem Blickfeld waren. Ihre wohlgeformten Beine hatte sie übereinander gelegt und die Knie so angewinkelt, daß ihre Füße ihren Po berührten und nur ein winziges bißchen der Aprikosenlöckchen zwischen ihren Schenkeln hervorschaute.

Sie nahm eines der Gläser und nippte ein wenig Cognac. Jetzt, da sie ihm diese Intimität gewährt hatte, wollte sie natürlich alles über ihn wissen: War er verheiratet, wo wohnte er, wovon lebte er, womit verbrachte er seine Tage? Sie stellte diese und noch weitere Fragen in schmeichelhaftester Weise, so daß es für Armand eine Freude war, sie zu beantworten. Und als sie die Informationen bekommen hatte, die sie wollte, erzählte sie ein bißchen über sich selbst – daß sie in Ivry-sur-

Seine geboren sei, ihr Vater bei der Eisenbahn arbeitete und sie verprügelte, wenn er zu viel getrunken hatte. Sie hatte das Elternhaus verlassen, als ihre Mutter gestorben war, und lebte nun seit fast einem Jahr in Paris.

Nichts davon erklärte, wie es dazu kam, daß sie unter Bedingungen lebte, die mehr als komfortabel waren. Armand berührte diese Frage mit größtem Takt, indem er nach den Gemälden im Wohnzimmer fragte – warum sie sie ausgewählt habe –, und es überraschte ihn keineswegs zu erfahren, daß sie gar nicht Suzette gehörten. Ebensowenig wie die Wohnung, berichtete sie ihm, sie waren Eigentum einer Freundin, die sie eingeladen hatte, bei ihr zu wohnen, bis sie eine passende Unterkunft gefunden hätte. Armand fragte nach dem Namen dieser Freundin, denn eine Frau, die Bilder von bekannten Künstlern kaufte, interessiere ihn.

Ihr Name sei Fernande Quibon, sagte Suzette, doch sie habe die Bilder nicht selber gekauft, es seien Geschenke von einem Bewunderer als Investition, so wie andere Männer ihren Freundinnen oft Diamanten schenkten, als Investition für die Zukunft, die in der Gegenwart Freude machte.

»Würde Mademoiselle Quibon es nicht vorziehen, Diamanten geschenkt zu bekommen?« fragte Armand, den die Geschichte amüsierte.

»*Madame* Quibon«, berichtigte ihn Suzette. »Ihr Mann starb den Heldentod, als er bei Verdun tapfer gegen die *Boches* kämpfte, und er bekam den *Croix de Guerre*-Orden, als er beerdigt wurde. Fernande besitzt schon genug Schmuck. Ihr vornehmer Freund schenkt ihr Bilder, weil das sein Beruf ist. Ihm gehört die Galerie an der Rue de Rivoli.«

Armand kannte die Galerie, und wenn immer sich ihm die Gelegenheit bot, schaute er hinein, um zu sehen, welche neuen Arbeiten ausgestellt waren. Er hatte selbst dort Bilder gekauft, doch sein Geschmack bevorzugte einen traditionelleren Stil als Kubismus, Dadaismus, Fauvismus, Futurismus, Synthetismus, Vorticismus, Surrealismus oder sonst einen modischen *ismus* des Tages. Er wußte, wer der großzügige Bewunderer der Madame Quibon war: Die besagte Galerie gehörte Marc Leblanc, einem äußerst charmanten, distinguierten älteren Herrn mit ungeheurem Kunstverstand. Daß er in seinem Alter – er war den Siebzig gewiß näher als den Sechzig – eine Mätresse hatte, war in Armands Augen ein Grund, ihm zu gratulieren.

Nun, da Suzette sich zu ihrer vollen Zufriedenheit vergewissert hatte, daß Armand zusätzlich dazu, sich als vigoröser Liebhaber ausgezeichnet zu haben, über ein ausreichendes Einkommen verfügte, um sich mindestens so gut um sie zu kümmern wie Pierre-Louis, wenn nicht sogar noch besser, weil er keine Frau mit teurem Geschmack zu unterhalten hatte, da war es selbstverständlich, daß er einen brauchbaren Ersatz für seinen Cousin darstellen würde. Suzette machte schon mal den Anfang, indem sie ihm vorschlug, sie zum Abendessen und anschließend irgendwo elegant zum Tanzen auszuführen, und er willigte eifrig ein. Inzwischen war er sozusagen wieder zu Atem gekommen und tätschelte die mollig runden Brüste, die ihm so verführerisch dargeboten wurden.

»Wie ist es nur möglich«, sagte er leise, »daß mein Cousin diesen bezaubernden Busen mit den Fäusten bearbeitet haben soll? Offensichtlich litt er unter einer Form temporären Irreseins – es kann keine andere Erklärung dafür geben.«

»Aber es ist wahr«, sagte Suzette. »Ich hatte noch tagelang faustgroße blaue Flecken. Auch wenn sie verblaßt sind, kannst du noch immer schwache blaue Stellen sehen, wenn du genau hinschaust.«

Armand brauchte keine zweite Einladung, ihre Schätze zu untersuchen. Er setzte sich etwas aufrechter und nahm sie in die Arme, um sein Gesicht näher an die prallen Gegenstände seines Verlangens zu bringen, und mit größter Sorgfalt suchte er die makellose Haut nach den letzten Spuren der von Pierre-Louis verursachten abklingenden Blutergüsse ab. Es braucht nicht betont zu werden, daß es keine gab und auch nie gegeben hatte, doch das war ganz und gar unwichtig. Im Zuge seiner Untersuchung wurde Armand so mitgerissen, daß seine nasse Zungenspitze die nächstgelegene rotbraune Knospe berührte. Und als diese sich stolz aufrichtete, lenkte er seine Aufmerksamkeit der anderen zu.

»Es ist wundervoll, nach den Brutalitäten einer gewissen Person mit solcher Höflichkeit behandelt zu werden«, seufzte Suzette.

»Und hier – auf diesen eleganten kleinen Bauch – hier hatte er die verbrecherische Kühnheit hinzuspucken?« rief Armand aus und knetete mit leicht zitternder Hand zärtlich das Fleisch.

»Genau hier ist sie gelandet«, sagte sie und lenkte seine Hand, bis seine Finger eine Stelle rechts vom Bauchnabel direkt oberhalb ihres aprikosenfarbenen kleinen Pelzchens berührten.

»Der Mann gehört in eine Klinik für unheilbar verrückte Psychopathen!« keuchte Armand, während seine Finger den Weg vom Ort der Beleidigung zu ihren Löckchen fanden.

In Anbetracht der intimen Gegebenheiten erwartete er, daß sie die Beine spreizen und ihn den saftigen, gespaltenen Pfirsich dazwischen liebkosen lassen würde. Und das wollte er – er wollte sie mit seinen geschickten Fingern ganz bis auf den höchsten Gipfel der Empfindungen führen und dann zur ekstatischen Erlösung kippen lassen. Dann wüßte er, daß er sie tatsächlich besessen hatte! Doch Suzette rollte sich von ihm fort, bis sie bäuchlings auf dem Bett lag, ihre Brüste platt auf die Matratze gedrückt und ihr Gesicht über seinem geschwollenen Stab. Sie nahm ihn in die Hand und prüfte seine Kraft, indem sie ein- oder zweimal darauf drückte.

»Sehr eindrucksvoll«, sagte sie, »doch nach der Verwüstung, die du mich hast erdulden lassen, bin ich viel zu erschöpft, es dir ein zweites Mal zu gestatten. Ich sehe, daß *du* es nicht nötig hast, Frauen mit den Fäusten zu schlagen – du schlägst sie hiermit bis zur Unterwerfung!«

»Aber du mußt mir erlauben, ehrenvolle Wiedergutmachung für die Grausamkeiten eines Mitglieds meiner Familie, das ich für seine geistesgestörten Taten verachte, zu leisten«, murmelte er, während seine Hand an den prallen Backen ihres Pos herumtastete. »Ich gebe dir mein Wort, so sanft Liebe mit dir zu machen, daß du hinschmelzen wirst.«

Durch diese Worte beruhigt – als ob eine junge Dame mit ihrer Erfahrung irgendeine Beruhigung nötig gehabt hätte –, drückte sie ein Küßchen auf den purpurroten Kopf seines zuckenden Glieds und drehte sich auf den Rücken, um zu demonstrieren, daß sie sich ihm vertrauensvoll auslieferte. Hingerissen von ihrer Geste nahm Armand sie in die Arme und ließ sanfte Küsse auf sie regnen, von der Stirn bis zu den Zehenspitzen, ohne ein einziges Stück dazwischen auszulassen. Sie seufzte ausgiebig, spreizte die Beine ein wenig und ließ ihn machen, was er mit ihr machen wollte. So nahmen die Dinge ihren natürlichen Lauf, bis Armand sich schließlich nach tausend wiederholten Zärtlichkeiten auf ihren weichen Bauch legte und in ihre nasse Wärme eindrang.

Er keuchte regelmäßig vor Lust, als er einen beständigen Aus- und Einrhythmus gefunden hatte. Doch nach nicht mehr als einem halben Dutzend langer Stöße packte Suzette seine Schultern und spreizte die Beine auf dem Satinlaken bis zur äußersten Grenze. Ihre Fingernägel bohrten sich in sein Fleisch, und sie keuchte: »Fester, Armand, fester!«

Und so wurde das, was mit ausgefeilter Delikatesse begann,

durch Suzettes scharfes Drängen in eine weitere gewaltige Verwüstung umgewandelt. Armand rammte und rammte furios in ihr heißes Schlüpfloch, als versuche er, alle ihre Saftigkeit in einer verzweifelten Piratentat zu plündern.

Und Suzette, sein bis zum Tode williges Opfer, krallte sich in seinen Rücken und wand sich unter ihm, als hätte sie heftige Krampfanfälle. Sie schrie laut in ihrem Rausch, küßte ihn leidenschaftlich und schluchzte wieder und wieder seinen Namen. Sie riß ihre weit gespreizten Beine vom Bett, schlang sie um die seinen und trommelte mit ihren harten, kleinen Fersen auf ihn ein. Dann schlossen sich ihre schwitzenden Schenkel um ihn, und sie versuchte mit ihrer ganzen Kraft, ihn tiefer in ihren Bauch zu holen. Armand bebte am ganzen Leibe, als er den Augenblick der Wahrheit herannahen fühlte. Er hatte gerade noch Zeit, ihren Namen zu keuchen, bevor seine Lenden einen scharfen Ruck machten und die Ekstase ihn – und sie – übermannte.

»Oh«, sagte sie, als sie wieder sprechen konnte. »Du machst Sachen mit mir, die ich niemals erwartet hätte. Du treibst mich in den Wahnsinn.«

Armand rollte von ihrem heißen Körper und blieb ihr zugewandt liegen.

»Da ist irgendwas an dir, das mich veranlaßt, mich wie ein Berserker aus dem Urwald zu benehmen«, sagte er überrascht über sein eigenes Tun. »Ich weiß nicht, was es ist, Suzette, aber wir werden uns noch gegenseitig mit Liebe umbringen, wenn wir so weitermachen.«

»Und macht dir der Gedanke angst?« fragte sie und ließ ihre Finger mit den Schweißtröpfchen in den dunklen Locken auf seiner Brust spielen.

»Nicht im geringsten!«

»Gut, dann wird Fernande uns eines Tages beide tot auf diesem Bett finden«, sagte sie grinsend. »Ich werde mit gespreizten Beinen auf dem Rücken liegen und du auf mir drauf, mit deinem Stab noch immer in mir drin, und wir werden beide zur gleichen Zeit gestorben sein – der Gewalt unserer Orgasmen blitzartig erlegen.«

Armand lachte, doch seine Anstrengungen hatten ihn hungrig gemacht, und er erinnerte sie daran, daß sie versprochen hatte, mit ihm zu Abend zu essen.

»Ja, aber nicht heute abend«, war ihre unerwartete Antwort. Der Grund war der, daß sie lieber am nächsten Tag von ihm zum Mittagessen ausgeführt werden wollte, weil sie seine Meinung über ein paar Modelle besonders eleganter Unterwäsche, die sie in einem Geschäft gesehen hatte, hören wollte. Sie könnte ja jetzt das Abschiedsgeschenk von Pierre-Louis ausgeben.

Erst achtzehn und schon so welterfahren, dachte Armand. *Ihre Freundin Madame Quibon ist eindeutig eine gute Lehrerin.* Er wußte, daß Suzette nicht im entferntesten daran dachte, ihr eigenes Geld auszugeben – das Privileg würde ihm vorbehalten sein. Er lächelte, zuckte mit den Achseln und meinte, er sei glücklich, sie morgen vormittag um elf Uhr anzurufen. Und falls sie in einem der exklusiven Geschäfte, die sie, wie er wußte, aufsuchen würden, auf Dominique mit einem ihrer anderen Bewunderer träfen, dann um so besser, sie war seit ihrer Versöhnung ein bißchen zu anspruchsvoll gewesen – ihn mit einer anderen Frau zu sehen, würde sie daran erinnern, daß sie, so hinreißend sie auch war, nicht sein einziges Interesse im Leben darstellte.

Eine halbe Stunde nachdem Armand fortgegangen war, lag Suzette genießerisch in der Badewanne, erfreute sich der entspannenden Wirkung von heißem Wasser und dem Schaum einer teuren Badeessenz. Sie hob den Kopf, als sie hörte, wie eine Tür auf- und zugemacht wurde. Kurz darauf ertönte Fernandes Stimme, die ihren Namen rief.

»Ich bin hier«, gab sie träge zur Antwort. Ein oder zwei Minuten später kam ihre Freundin ins Badezimmer.

Fernande Quibon war eine schlanke, geschmeidige Frau mittlerer Größe, von eindrucksvoller Eleganz in der Erscheinung und in ihren Bewegungen, ihr Gesicht war noch immer glatt und ihr Haar rabenschwarz, obgleich sie die Fünfunddreißig schon ein Weilchen hinter sich hatte. Sie präsentierte sich in der Badezimmertür in einem Paquinkleid mit Dreiviertelärmeln in limonengrünem Taft mit einem blaßorangefarbenen Muster sich überschneidender Ringe. Doch im Kontrast zu der fröhlichen Farbenpracht ihrer Kleidung zeigte ihr Gesicht den Ausdruck höchster Mißbilligung.

»Du hast ihn also hergebracht!« sagte sie vorwurfsvoll. »Du kannst dir die Mühe sparen, es abzustreiten – ich war in deinem Zimmer und habe die Flasche und die Gläser neben deinem Bett gesehen. Warum hast du ihn hergebracht? Antworte!«

»Warum nicht?« erwiderte Suzette gelassen. »Er hat mir das Geld von Pierre-Louis gebracht. Ich fand, das war einen Drink wert.«

»In deinem Schlafzimmer?« fragte Fernande.

Suzette zuckte allerliebst mit den Achseln. So, wie sie da in dem duftenden Wasser lag, ragten ihre molligen Brüste halbwegs über die Oberfläche wie zwei unglaublich verlockende, rosige Berginseln in tropischen Gewässern, jede mit einem karmesinroten Gipfel. Die Bewegung ihrer Schultern erschütterte die Inseln, die kreisrunde Ringe über die Wasseroberfläche sandten, als rühre es von einem Erdbeben auf dem Meeresgrund her. Fernande schaute sich das fasziniert an, und der strenge Ausdruck in ihrem Gesicht wurde sanfter.

»Nun, was geschehen ist, ist geschehen«, seufzte sie, »ich werde dir helfen, den rohen Männergeruch abzuwaschen.« Sie trat ein und schloß die Badezimmertür hinter sich.

»Das ist nicht nötig«, meinte Suzette. »Ich bin fertig – ich wollte gerade aus der Wanne steigen, als ich dich rufen hörte. Komm nicht zu nah, das Kleid wäre ruiniert, wenn es voll Wasser gespritzt wird.«

»Bleib einen Moment so«, sagte Fernande mit einem verträumten Ausdruck im Gesicht. »Ich bestehe darauf, dir zu helfen.«

Im nächsten Moment hatte sie ihr hübsches Taftkleid abgestreift und über das Waschbecken auf der anderen Seite des Badezimmers drapiert. Dem folgte das Unterkleid, und in Büstenhalter und Höschen aus weißer Spitze sank sie auf die seidenbestrumpften Knie neben der Wanne und langte nach dem eiförmigen Stück Seife.

»Die Spuren des männlichen Wüstlings auf dir sind so eindeutig, als wärest du eine jungfräuliche Märtyrerin, die in einer römischen Arena wilden Bestien vorgeworfen worden ist«, schimpfte sie leise vor sich hin, und Suzette kicherte.

»Lach nicht!« wies Fernande sie zurecht. »Ich wasche mich jedes Mal, wenn ein Mann mir die Hand gegeben hat – selbst mit Handschuhen.«

»Aber du bist diejenige, die verheiratet gewesen ist, nicht ich«, sagte Suzette. »Trug dein Mann Handschuhe im Bett, wenn er dich angefaßt hat?«

»Ich war noch ein Kind, kaum älter als du, als meine Familie mich verheiratet hat«, seufzte Fernande. »Woher sollte ich die sinnlosen Gelüste von Männern kennen? Nacht für Nacht lag ich vor Angst gelähmt da, während er mit mir machte, was er wollte. Sitz auf, Liebling.«

Suzette grinste und richtete sich in dem heißen, duftenden Wasser auf. Fernande zog ihre unzähligen Ringe aus reinem Gold mit Diamanten, Smaragden und Rubinen aus und ließ sie in die Seifenschale kullern, als wären sie wertlose Imitationen. Sie rieb die Seife zwischen den Handflächen zu cremigem Schaum und widmete sich der Aufgabe, Suzettes Busen zu reinigen, und ihre Hände umkreisten die fleischige Fülle mit größter Behutsamkeit.

»Du hast so wundervolle Brüste, Suzette«, seufzte sie. »Warum läßt du die Männer daran rumtatschen? Du weißt, daß Männer grobe, rücksichtslose Primitivlinge sind – haarige Wüstlinge und von Natur aus ohne jegliche Sensibilität. Du mußt dich weigern, dich ihren tierischen Gelüsten zu unterwerfen, denn sonst werden sie diesen zarten Busen völlig aus der Façon bringen und schlaff und ausgeleiert machen. Wenn du dich weiterhin mit Männern abgibst, werden diese famosen Kugeln, noch ehe du dreißig bist, wie halbleere Luftballons bis zu deinen Ellbogen hängen, und wenn du dann so alt bist wie ich, werden sie zu länglichen Beuteln ausgeleiert sein, die bis auf deinen Bauch baumeln!«

Suzette kicherte ungläubig. Sie hatte ihre haselnußbraunen Augen vor Lust halb geschlossen, während Fernandes feinfühlige Fingerspitzen ihr die prallen roten Knospen kraulten, bis sie sich fest und stolz aufrichteten.

»Wie ungeheuer zart sie sind«, sagte Fernande leise. »Hör auf mich, wenn ich dir sage, daß es auf der ganzen Welt keinen Mann gibt, der fähig wäre, die Schönheit eines so perfekten Busens wirklich zu schätzen.«

»Aber Monsieur Leblanc fingert doch an deinem herum, wenn du ihn besuchen gehst, Fernande, oder? Und dennoch sehe ich keinerlei Anzeichen von Hängebusen.«

»Nein, er darf sie anschauen, so viel er will, aber anfassen darf er sie nicht«, flüsterte Fernande.

Das heiße Wasser hatte Suzettes rundem Busen und ihrem ganzen jungen Fleisch vom Hals bis zu den Zehen einen rosigen Schimmer verliehen, der ehrlich als bezaubernd beschrieben werden konnte. Nein, er war mehr als bezaubernd, er war absolut hinreißend. Fernande küßte die nassen Schultern ihrer Freundin, schmeckte das Aroma der Badeessenz darauf, während sie mit ihr spielte und lustvoll seufzte.

»Hast du mir den Männergeruch schon beseitigt?« hänselte Suzette, »oder ist er so tief in meiner Haut verwurzelt, daß ich mich in Desinfektionsmitteln einweichen muß?«

»Von diesen beiden Schönheiten, ja, da ist er weg, dem Himmel sei Dank! Aber was den Rest betrifft... Ich wage kaum daran zu denken, was diese Bestie von einem Mann dir angetan hat, mein armes Kind. Aber wir müssen tapfer sein. Knie dich hin und laß mich den Schaden feststellen.«

Sie legte ihre nackten Arme um Suzettes nassen, glitschigen Leib und half ihr in einer Weise, die eher eine liebevolle Umarmung als etwas anderes war, sich aufzurichten und hinzuknien. Mit Händen, die durch die Heftigkeit ihrer Gefühle leicht zitterten, nahm Fernande die Seife und rieb damit sanft über Suzettes runden Bauch, und dann massierte sie mit der flachen Hand den tiefliegenden kleinen Bauchnabel ihrer lieben Freundin. Ihre Hand bewegte sich langsam kreisend in immer größer werdenden Kreisen, bis Suzette vom Busen bis zu den Lenden mit duftendem, weißem Schaum bedeckt war.

Nach einer Weile brachte die stetige Bewegung einen der Träger von Fernandes Büstenhalter dazu, von der Schulter zu gleiten. Die weiche Spitzenhülle rutschte sofort herunter und entblößte halbwegs einen kleinen und für eine siebenunddreißigjährige Frau erstaunlich festen, spitzen Busen. Suzette, die ihre Knie unter dem Wasserspiegel schön weit auseinander hatte, sah ihn herauskommen, als verlange er, beachtet zu werden, drehte sich leicht herum, bis sie den Büstenhalter ihrer Freundin erreichen und völlig herunterziehen konnte, um die ganze Brust zu entblößen. Sie nahm die rosige Spitze zwischen Daumen und Zeigefinger und rollte sie zärtlich.

»Aha, du willst mich wohl davon abhalten, dich ordentlich zu waschen, wenn du das machst«, rief Fernande aus.

»Sie sind so unterschiedlich, deine und meine«, sagte Suzette, ohne auf den Vorwurf einzugehen. »Obwohl ich beinahe zwanzig Jahre jünger bin als du, sind meine rund und fett und haben dicke rotbraune Brustwarzen, und deine sind so spitz wie Birnen und haben winzige rosa Spitzchen, die man kaum sieht, wenn ich sie nicht dazu bringe, sich aufzurichten.«

Fernande stöhnte leise, und ihre flache Hand glitt tiefer über Suzettes runden Bauch zu den Löckchen, die naß auf dem weichen Hügel zwischen ihren Schenkeln klebten, und legte sich darüber.

»Suzette«, seufzte sie, »ungeachtet all der Dinge, die ich dir gesagt habe – seit du bei mir wohnst, hast du noch immer nicht begriffen, wie außergewöhnlich du bist, *chérie* – denn sonst würdest du niemals einem Mann erlauben, auch nur für einen Augenblick seine dreckige, schändende Hand in die Nähe dieses *bijou* kommen zu lassen.«

Ihre seifigen Finger öffneten die Schmollippen zwischen Suzettes glatten Schenkeln und schoben sich zärtlich hinein.

»Na, was machst du denn da?« rief Suzette in gespieltem Erstaunen. »Mir beim Waschen zu helfen, ist eines, aber das – das ist unentschuldbar.«

»Ich versuche noch einmal, dir verständlich zu machen, warum dein süßes *bijou* so etwas ganz Besonderes ist«, hauchte Fernande.

»Aber das habe ich doch längst verstanden«, sagte Suzette scheinheilig. »Du hast es mir tausendmal gesagt – und ich glaube es dir. Mein *jou-jou* ist so etwas Besonderes, daß es bewundert werden muß – und gewiß wurden hübsche junge Männer vom lieben Gott genau zu diesem Zweck erschaffen.«

»Nein, du irrst dich«, protestierte Fernande erregt. »Männer sind dumm und grausam und gefühllos. Sie werden deinen Schatz mißbrauchen, vergewaltigen, ruinieren und zerstören. Natürlich fordert der kleine Leckerbissen ständige Aufmerksamkeit, *chérie* – und ich bin hier, um ihn zu küssen, bis er genug hat und sich ausruhen möchte.«

»Der Mann, der mir das Geld von Pierre-Louis gebracht hat – Armand heißt er –, war kein brutaler Wüstling, der mich ruinieren will«, quälte Suzette ihre Freundin. »Er sieht sehr gut aus, und seine Manieren sind wundervoll. Er war so sanft, als er mich entkleidete und Liebe mit mir machte, daß es wie ein wundervoller Traum für mich war.«

Das entsprach natürlich keineswegs der Wahrheit, denn ihr Zusammensein mit Armand war anstrengend und äußerst aufregend gewesen. Aber sie wußte nur zu gut, daß Fernande von Natur aus unfähig war, die aufregende Lust des rauhen Liebemachens zu begreifen.

»Kein Wort mehr, ich will nichts mehr von ihm hören!« rief Fernande laut, und ihre kitzelnden Finger sandten kleine Lustkrämpfe durch Suzettes Bauch. »Dieser hier hat dich vielleicht nicht geschlagen und brutalisiert wie der letzte, aber er ist trotzdem nichts als ein Mann – und deshalb wird er dich, wenn nicht körperlich, so doch geistig vergewaltigen.«

»Ich meine, du, liebste Fernande, bist diejenige, die mich geistig verführt«, seufzte Suzette und zupfte mit den Fingern an der kleinen, angeschwollenen, rosigen Knospe, bis ihre Freundin vor Wonne wimmerte.

»Du weißt, daß mein einziges Streben darin besteht, dich zu beschützen, nicht, dich zu verführen«, murmelte sie. »Und was diesen Armand, hübsch oder nicht, den du heute hergebracht hast, betrifft, ich weiß, daß er auf das aus war, was sie alle wollen – sein häßliches, steifes Ding in dein süßes *jou-jou* zu bohren. Ach, Suzette, wie konntest du dich von ihm so mißbrauchen lassen? Nur der Gedanke daran läßt mich vor Scham und Entsetzen beinahe in Ohnmacht fallen.«

»Und wenn Monsieur Leblanc es bei dir macht – fällst du

dann auch vor Scham in Ohnmacht?« fragte Suzette lächelnd. »Oder spreizt du die Beine und bittest ihn um ein weiteres wertvolles Gemälde?«

»Er hat das nie mit mir gemacht!« rief Fernande aus. »Du weißt es ganz genau.«

»Ich weiß, was du mir erzählst«, meinte Suzette. »Du ziehst dich nackt aus, setzt dich auf einen Stuhl und führst ein Gespräch mit ihm, während er auf der anderen Seite des Zimmers sitzt und deinen Körper bewundert. Aber das glaube ich dir nicht.«

»Aber ich schwöre, daß es die Wahrheit ist!« rief Fernande. »Manchmal erlaube ich ihm, mich ein wenig zu streicheln, aber niemals zwischen meinen Beinen.«

Ob Leblanc sie nun berühren durfte oder nicht – ihre Zärtlichkeiten zwischen Suzettes Beinen brachten das beabsichtigte Resultat.

»Fernande!« juchzte Suzette. Ihr Bauch zuckte unter den Krämpfen der Ekstase. »Vergewaltige mich!«

Fernande lehnte an Suzettes nasser Schulter und spielte mit beiden Händen zwischen ihren prallen Schenkeln – eine von vorne und eine von hinten. *»Chérie, chérie...«*, ächzte sie leise, als sie Suzettes kleinen Lustschrei hörte und ihre Lenden von Leidenschaft geschüttelt zwischen beiden Händen fühlte.

»Siehst du... dieser tolpatschige Mann konnte dich nicht einmal befriedigen – gib es zu, du hast gewartet, daß ich bald nach Hause komme!« rief Fernande freudig, als ihre Hände die Zuckungen ihrer Freundin registrierten.

»Liebste Fernande, niemand liebt mich so wie du«, keuchte Suzette, die ganz genau wußte, was von ihr erwartet wurde.

Von den Händen, die sie so köstlich verführten, gesteuert und gestützt, ließ sie sich langsam rücklings in die Wanne gleiten, bis sie auf dem Rücken lag und ihre glatten, runden

Knie weit auseinander aus dem Wasser ragten, und ergab sich willig den ekstatischen Schaudern, die ihren ganzen Leib durchrieselten. Im nächsten Moment ließ Fernande ihren schlanken Körper geschmeidig wie eine Schlange über den Badewannenrand gleiten, wobei kleine Wellen duftenden Wassers auf den Boden schwappten, und legte sich eng an das zitternde Mädchen.

Fernandes teure Spitzenwäsche klebte naß an ihrer Haut, die Träger des Büstenhalters waren beide von den Schultern gerutscht, so daß ihr birnenförmiger Busen entblößt wurde. Mit trägen Augen der Lust, die sie erschütterte, drehte Suzette sich zitternd zur Seite, bis sie vis-à-vis von Fernande lag, wobei noch mehr Wasser auf den Boden floß. Sie öffnete den Mund für einen langen Kuß, und ihre Hände befingerten feinfühlig Fernandes nackte Brüste. »Ah!« stöhnte sie durch den Kuß, während Fernandes Finger zwischen ihren Schenkeln herumflitzten, um ihr den letzten Lustschauder zu entlocken.

Schließlich schlug sie die Augen auf und fand die von Fernande ganz nah: ein langer, fragender Blick mit einer Spur Berechnung darin. Fernande hob ein Knie aus dem Wasser, hakte das Bein über Suzettes Hüfte und spreizte so ihre Schenkel einladend auseinander.

»Aha, du stellst Forderungen an mich – als wärest du ein Mann!« sagte Suzette mit einem Anflug von Lächeln.

»Niemals! So was darfst du nie wieder sagen!« rief Fernande mit vor Geilheit glänzenden Augen. »Ich verehre dich viel zu sehr, um Forderungen zu stellen, das weißt du ganz genau!«

»Was denn sonst?«

»Ich bin in deiner Gewalt, *ma chérie*«, erwiderte sie demütig.

Suzette lächelte wieder und ließ ihre Hand ganz langsam in das Spitzenhöschen gleiten, das naß an Fernandes Haut klebte, und folterte sie, indem sie sie auf die intime Berührung warten ließ, nach der sie sich aus ganzem Herzen verzehrte. Ihre Fingerspitzen wanderten leicht über die triefnassen Locken und zogen die Folter in die Länge, bis Fernande sich in köstlicher Qual hin- und herwarf. Als sie endlich das zarte *jou-jou* zwischen Fernandes Schenkeln kitzelte, ließ sie ein langgezogenes keuchendes Stöhnen hören.

»Ja, ja, stöhn du nur«, sagte Suzette. »Du warst es, die darauf bestand, mich zu befummeln und mich erregt zu machen, als ich so friedlich und entspannt war. Jetzt mußt du die Folgen tragen, meine Liebe. Bilde dir nur ja nicht ein, ich ließe dich mit einem schnellen, kleinen Höhepunkt in der Badewanne davonkommen! Das ist nur ein Vorgeschmack – danach werde ich dich abtrocknen und ins Bett zerren, und dann, liebe Fernande, werde ich dich auf den Rücken rollen und deine Beine weit auseinanderspreizen – und Liebe mit dir machen, bis du ohnmächtig wirst.«

»*Je t'adore,* Suzette, *je t'adore*«, seufzte Fernande, und ihr Körper bebte vor Leidenschaft.

6

Madame Hiver daheim

In Yvonne Hivers Salon mit seinem großen Lalique-Spiegel mit dem eingravierten, grazilen Lilienmuster, dem speziell angefertigten Mobiliar mit weißen Satinpolstern, den vier lebensgroßen Büsten aus feinstem Limoges-Porzellan auf rosa Marmorsockeln in den Ecken – sogar inmitten all dieser Eleganz war das eleganteste Kunstwerk Yvonne selbst. Sie lag auf ihrer modischen Chaiselongue, ein Arm ruhte lässig auf der schwanenhalsförmig geschwungenen Lehne, die Beine ausgestreckt und an den Knöcheln übereinandergeschlagen, eine Pose, die ihre schmalen, spitzen Füße in weißen Pantöffelchen aus Patentleder bestens zur Geltung kommen ließ.

Es war halb zwölf Uhr vormittags, und Yvonne trug einen luxuriösen, bequemen Pyjama aus weißem Chiffon, um ihren Besucher zu empfangen. Die weichen Manschetten und der hochgestellte Kragen der eng anliegenden Jacke waren fein gesäumt, und der Schnitt der Hosen ließ die außergewöhnliche Schönheit ihrer Beine in subtiler Weise ahnen. Ein großes, gesticktes Ypsilon auf der Brusttasche saß direkt über ihrem spitzen linken Busen, um Aufmerksamkeit darauf zu lenken. Sie lächelte und streckte Armand eine schlaffe Hand entgegen – eine schmale, langfingrige Hand, die beinahe zu zerbrechlich für das Gewicht des großen Rubin- und Diamantrings wirkte, den sie trug.

Oh, was für eine Komposition aus Nuancen und Schattierungen von Weiß für einen Künstler, dachte er, als er sich über ihre Hand beugte und sie küßte: Yvonne auf ihrer Satin-Chaiselongue, ihr schlanker Körper von dem dünnen Chiffon kaum verhüllt, und klug gewählte Farbtupfer: ihre Lippen in leuchtendem Erdbeerrot geschminkt, ihre Halskette aus grüner Jade und, das Wirkungsvollste von allem, das glänzende Dunkelbraun ihres Haars. Sie trug es auf der linken Seite gescheitelt und über die Stirn bis zur rechten Augenbraue gekämmt, daß es glatt und glänzend bis zu den Ohrläppchen hing. So früh am Tag es auch war, ihr Kammermädchen mußte viel Zeit und Mühe in Yvonnes Haar investiert haben, um diese Perfektion zu erreichen.

Man konnte sich noch tiefer in halb abstrakte Spekulationen versteigen, dachte Armand, während sie sich begrüßten und er eingeladen wurde, auf einem der weißen Satinsessel Platz zu nehmen, die so modern waren, daß sie keine Armlehnen hatten. Alles in allem war der Salon dazu angelegt, Besucher mit den mysteriösen Tiefen von Yvonnes Seele zu beeindrucken – oder, wenn das versagte, ihrer Persönlichkeit – und ihn zu faszinierten Spekulationen über diese Mysterien zu verleiten. Da war diese offensichtliche Symbolik von so viel Weiß – ein Anspruch auf zarte, jugendliche Reinheit, der zu erotischen Phantasien über perverse Ausschweifungen, die sich unschuldig gaben, einlud. Doch dem Schein unberührter Reinheit widersprach in pikanter Weise der hochmodische, lässige Pyjama und die gekonnt anspruchsvolle Pose von Yvonne auf der Chaiselongue.

Alles in allem stand es kaum außer Frage, daß sie eine Dame mit komplizierten, verborgenen und möglicherweise gefährlichen Motiven war, überlegte Armand – im Gegensatz zu ihrer Schwester Madeleine, die aufrichtig und von Herzen großzügig war. Madeleine betete er an, er respektierte und bewunderte sie – und nahm sie mit beflissener Verehrung mit ins Bett –, doch Yvonnes wohlkalkulierte Begehrenswertigkeit erregte ihn und stieß ihn gleichzeitig ab. In der Tat war es so, daß er sich nicht von Yvonne angezogen fühlte, sobald ihm bewußt wurde, daß die einzige Hürde zwischen ihrem schlanken, wundervoll gepflegten, parfümierten Körper und seinen gierigen Blicken, der Berührung seiner Hände und Lippen, nichts als ein Fähnchen aus weißem Chiffon bildete.

Bei genauerem Bedenken schloß er, daß es mehr als das sein mußte. Die kleinen Spitzen ihrer Brüste zeichneten sich unter dem dünnen Chiffon ab, aber es schimmerte keine Spur ihres Farbtons zwischen rot oder rosa oder rostfarben hindurch – Beweis dafür, daß sie unter ihrem lässigen Pyjama ein Hemd trug. Und wenn ein Hemd, dann war es logisch anzunehmen, daß sie ein dazu passendes Unterhöschen anhatte. Wenn das Undenkbare geschähe und sie ihre Selbstkontrolle für einen Augenblick lockern und ihrer langen Jacke erlauben würde, nach oben zu rutschen, so daß das obere Ende ihrer Schenkel sichtbar würde, dann wäre dort kein dunkler Schatten von Löckchen unter dem Chiffon ihrer Hosen zu sehen.

Diese Gedanken zu Yvonnes seidener Unterwäsche waren von augenblicklichem Interesse für Armands allzeit bereiten Freund, der ihn mit kleinen, eifrigen Schaudern an seine Anwesenheit erinnerte. Doch wenn er ganz ehrlich mit sich selber wäre – wie bei den meisten Männern ein seltenes Ereignis –, dann flößte ihm gerade diese Sanftheit von Yvonnes kalkulierter Sinnlichkeit ein bißchen Angst ein. Er fragte sich, was mit ihren Liebhabern geschah, wenn sie ihr Interesse nicht länger wachhalten konnten – ein Ereignis, das bei einer so anspruchsvollen Frau mit Sicherheit unerfreulich häufig vorkam. Einen Liebhaber, den sie – an Körper, Seele und Portemonnaie – zur Genüge ausgesaugt hatte, geradeheraus wegzuschicken, paßte ganz und gar nicht zu Yvonnes Stil.

Nachtsdestoweniger war er hergekommen, um Yvonne zu besuchen, und nicht Madeleine – in der Tat war er, weil er wußte, daß Madeleine den ganzen Tag fort sein würde, um Freunde in Versaille zu besuchen, in Yvonnes Wohnung gekommen. Aber nicht, um sich ihr in der Rolle des Bewunderers und Anwärters auf ihre Gunst zu präsentieren. Der Grund war komplizierter und weit weniger schmeichelhaft für ihn. Die Wahrheit war, daß seine glühendheiße Affäre mit Madeleine zwei Monate lang Mittelpunkt und Zentrum seines Lebens gewesen war, doch er hatte weitere emotionale Interessen entwickelt, die er fortführen und in vollen Zügen genießen wollte.

Für Armand, wie für den genußliebenden Herzog von Mantua in Verdis Oper, war es wirklich eine Frage von *Diese oder jene*, wenn er die hübschen Damen betrachtete, die ihm zur Verfügung standen. Madeleine, Dominique, Suzette – jede mit ihrem eigenen Stil des Liebemachens! Warum sollte er – ungebunden, unverheiratet, unabhängig, gutaussehend –, warum sollte er sich auf die Freuden von nur einer dieser exquisiten Freundinnen beschränken? Allein der Gedanke ging wider jede Vernunft!

Nicht, daß er Madeleine verlieren wollte, das muß klargestellt werden – ihre weichen kleinen Brüste zu entblößen und in der Hand zu halten, während er sie küßte, war eine zu aufregende Erfahrung, als daß ein Mann, der seine Sinne beieinander hatte, riskieren würde, sie zu verlieren. Auf ihrem weichen Bauch zu liegen und zärtlich in ihrem warmen Nest ein- und auszugehen war eine fast göttliche Erfahrung. Aber – und sogar im Paradies selbst gibt es Abers – Armands Wunsch im Augenblick war es, die Intensität seiner Zusammenkünfte mit Madeleine irgendwie zu reduzieren, damit ihm genügend Zeit und Energie für seine anderen Lieben blieben.

Wie er das zustande bringen sollte, ohne den schädlichen

Verdacht zu erwecken, daß er andere Intimfreundinnen hatte, war ihm zunächst noch unklar, doch beharrliches Nachdenken erbrachte schließlich eine Strategie: Madeleine sollte zu Heim und Gatten zurückkehren, die sie verlassen hatte, und gleichzeitig seine Geliebte bleiben. Die Gelegenheiten, in seine Wohnung zu kommen, wären dann begrenzt, und die legitimen Aufmerksamkeiten ihres Ehemannes würden ihren natürlichen Appetit auf ein vernünftiges Maß reduzieren.

Selbstverständlich käme es nur einem Verrückten in den Sinn, seiner Geliebten bei einem ausgezeichneten Abendessen in einem Lieblingsrestaurant oder vielleicht im Bett zwischen zärtlichen Liebesakten ohne Umschweife vorzuschlagen, sie solle zu ihrem Mann zurückkehren. Es war nötig, die Angelegenheit mit mehr Diskretion und sicherlich auf einem beträchtlichen Umweg anzugehen. Armand hatte im Sinn, den Gedanken an eine Versöhnung zwischen Madeleine und Pierre-Louis in Yvonnes Bewußtsein zu pflanzen und es ihr zu überlassen, auf ihre eigene Weise mit ihrer Schwester darüber zu reden. Doch als er nach einem viertelstündigen Gespräch über alles und nichts die Angelegenheit ganz leicht streifte, reagierte Yvonne recht heftig.

»Hör auf zu versuchen, dich in die Privatprobleme anderer Leute einzumischen«, sagte sie. »Es ist eine Form von Eitelkeit zu glauben, man sei intelligenter als die Betroffenen und verstehe sie so gut, daß man ihnen Lösungen für ihre persönlichen Probleme vorschlagen könne.«

»Aber abgesehen von der Verwandtschaft sind Pierre-Louis und Madeleine enge Freunde von mir!« rief er aus. »Es hat doch nichts mit Eitelkeit zu tun, wenn man ihrem Glück etwas nachhelfen will, oder?«

Yvonnes braune Augen musterten ihn mit all der Wärme eines Richters, der einen Verbrecher zu lebenslänglicher Haft verurteilt.

»Mir ist vollauf bewußt, daß Pierre-Louis dein Cousin ist und Madeleine deine Geliebte«, sagte sie schließlich. »Wenn du jetzt beschlossen hast, daß es für sie das beste sei, zu ihrem Mann zurückzukehren, dann folgere ich daraus, daß du ihrer müde geworden bist.«

»Ganz und gar nicht!« sagte Armand entrüstet. »Ich verehre sie über jegliche Vernunft hinaus.«

»Und deine Verehrung wird von der Aussicht, Madeleine mit einem anderen Mann im Bett zu wissen, nicht getrübt – selbst wenn es ihr Ehemann ist?«

»Du bist grausam, Yvonne. Der bloße Gedanke an meine geliebte Madeleine in den Armen eines anderen läßt mich entsetzlich leiden und zerreißt mir die Seele! Aber wenn wir das für einen Moment außer acht lassen – und das verlangt übermenschliche Selbstverleugnung, glaube mir – und die Situation rational betrachten, dann ist ihre Zukunft eindeutig besser gesichert, wenn sie zu Pierre-Louis zurückkehrt.«

»Soll ich daraus entnehmen, daß du nicht beabsichtigst, ihr die Ehe anzubieten, falls sie sich von ihm scheiden läßt?«

Armand drehte seine Hände mit den Handflächen nach oben, eine Geste, mit der er seine Mängel eingestand und dafür um Verzeihung bat. »So sehr ich Madeleine liebe – sie zu heiraten wäre ein Fehler«, sagte er. »Als Liebhaber bin ich umwerfend, als Ehemann wäre ich eine Katastrophe. Nein, das beste – und es schmerzt mich unglaublich, mir dies einzugestehen – ist, daß Madeleine sich mit ihrem Mann wieder versöhnt.«

»Und du meinst, das sei so einfach?« fragte Yvonne und zog die schmal gezupften Augenbrauen in die Höhe.

»Wie wir beide wissen, verließ sie ihn, als sie herausfand, daß er eine kleine Freundin hatte. Nun – er hat sich von ihr getrennt, das weiß ich. Es gibt also kein Hindernis mehr für eine zärtliche Versöhnung zwischen Madeleine und ihm.«

Yvonne musterte ihn, und ihre schlanken, langen Finger spielten mit den grünen Jadeperlen ihrer Halskette. Sie schlug die Beine andersherum übereinander, und die Bewegung ließ ihren Busen unter der dünnen Chiffonjacke ein wenig wippen.

»Da du die Zukunft von Madeleine und Pierre-Louis so verständnisvoll geplant hast«, sagte sie, »wirst du zweifellos erfreut sein zu erfahren, daß er gestern abend hier war, um sie anzuflehen, zu ihm zurückzukehren.«

»Er war hoffentlich nüchtern.«

»Nüchtern und ehrlich.«

»Und was dann – spann mich nicht auf die Folter, Yvonne.«

»Ich glaube, Madeleine war positiv beeindruckt von seinem Benehmen und von seinem feierlichen Schwur, seine Freundin abgeschüttelt zu haben.«

»Aber ist sie bereit, zu ihm zurückzugehen?«

»Das ist ein gewaltiger Schritt«, sagte Yvonne in einem beiläufigen Ton, der im Gegensatz zu ihren Worten stand, »und zwar einer, der zuerst einiges Nachdenken verlangt. Was soll ich dir sagen? Madeleine denkt darüber nach.«

»Es besteht also Hoffnung?« wollte Armand wissen. »Was meinst du?«

»Was ich meine, ist, daß du dich in die Angelegenheiten eines Ehepaares einmischst, die dich nichts angehen. Mag sein, daß Madeleine sich dir für ein nachmittägliches Vergnügen zugewandt hat, um sich zeitweilig von ihrem Kummer über den Zusammenbruch ihrer Ehe hinwegzutrösten, aber das gibt dir nicht die privilegierte Stellung, deine Nase in Privatangelegenheiten zu stecken, die dich nichts angehen. Schließlich ist sie meine Schwester, und ich respektiere ihre Vertraulichkeiten.«

»Ich bitte viele tausend Male um Verzeihung«, sagte Armand hastig und setzte sein allercharmantestes Lächeln auf. »Mein ehrlicher Wunsch, diese unglückliche Episode ein befriedigendes Ende nehmen zu sehen, hat mich übereifrig erscheinen lassen. Vergib mir, Yvonne.«

Er wurde mit dem kontrollierten kleinen Lächeln belohnt, das schon die Seelenruhe von mehr Männern verwüstet hatte, als er sich vorstellen konnte, und sie beugte sich vor, um ihre Finger leicht auf seinen Ärmel zu legen, als zöge sie ihn ins Vertrauen – eine Geste, von der sie wußte, wie charmant sie wirkte.

»Wir kennen uns nun schon einige Jahre, Armand«, sagte sie leise, »und darum kann ich offen mit dir reden. Madeleine hat sich noch nicht endgültig entschieden, ob sie zu Pierre-Louis zurückkehren will oder nicht, aber ich glaube, sie wird es tun – und zwar bald.«

»Ich freue mich, das zu hören«, sagte er und berührte den Rücken der Hand, die auf seinem Ärmel ruhte, kurz mit den Fingerspitzen.

»Und der Grund, warum ich annehme, daß sie zu ihm zurückkehren wird, ist, daß sie ihm gestern abend gestattet hat, bei ihr zu bleiben.«

»Wie?« rief Armand aus. »Hier? Er hat hier Liebe mit ihr gemacht?«

»Es steht mir nicht zu, zu raten, was zwischen einer Frau und ihrem Gatten geschieht, wenn sie nach einer langen Trennung das Bett miteinander teilen«, sagte Yvonne mit völlig uncharakteristischer Sprödigkeit, »aber ich habe sie heute früh gesehen, ehe sie nach Versaille aufbrach, und in ihrem Blick war ein Leuchten, das mir zu besagen schien, daß die Ereignisse der Nacht zu ihrer Zufriedenheit abgelaufen sind.«

Yvonnes Bericht dieser ehelichen Fortschritte erregte wilde Eifersucht in Armands Herzen – so wild, daß er den Anlaß seines Besuchs bei ihr, ihre Unterstützung für eine Versöhnung zwischen Madeleine und ihrem Mann zu bekommen, völlig vergaß. Weit davon entfernt, über die Nachricht einer vielversprechenden Annäherung zwischen ihnen erfreut zu sein, entzündete sich seine immer aktive Phantasie mit Visionen seiner geliebten Madeleine nackt im Bett zusammen mit Pierre-Louis. Vor seinem geistigen Auge sah er nur allzu deutlich, wie Pierre-Louis ihre Brüste tätschelte und die delikaten, rotbraunen Knöspchen küßte.

»Ist dir nicht wohl?« wollte Yvonne wissen. »Du bist plötzlich so blaß geworden.«

Doch Armands fieberhafte Phantasie ließ es noch schlimmer kommen – er sah Pierre-Louis, der mit seiner groben Hand Madeleines schlanke Schenkel auseinanderdrückt, um Küsse auf die nußbraunen Locken dazwischen zu pressen; er sah zudem Pierre-Louis auf Madeleines weichem Bauch ausgestreckt, um seine hassenswerte Steifheit in sie zu rammen!

»Soll ich dir ein Glas Wasser bringen lassen?« fragte Yvonne besorgt – oder mit etwas, das wie Besorgnis aussah, denn sie hatte erraten können, was in ihm vorging, und fand die Unangemessenheit seines Leidens höchst amüsant.

»Nein, danke«, sagte Armand, der kämpfte, um seine Selbstkontrolle zurückzugewinnen. »Es war nichts als ein kleines Schwindelgefühl. Ich bin gestern abend sehr spät nach Hause gekommen und habe vielleicht ein Glas Champagner zu viel getrunken. Jetzt ist es schon wieder vorbei.«

»Ach, wir alle haben mehr lange Nächte, als gut für uns ist«, sagte sie mit einem wissenden Lächeln, »aber man kann ja nicht immer nur zu Hause hocken und verblöden. Komm, setz dich neben mich und erzähl mir, wo du gestern abend warst – zum Tanzen in *Les Acacias* vielleicht?«

Armand erhob sich höflich von seinem Sessel, um sich neben sie auf die Chaiselongue zu setzen. Innerlich kochte er noch, aber sein Gesicht war gefaßt und seine Hände nicht länger zu Fäusten geballt, um Pierre-Louis zu Brei zu schlagen, weil er mit seiner eigenen Frau geschlafen hatte. Er starrte Yvonne mit kaum verhohlener Feindseligkeit an – wie irgendein Despot der Geschichte, der den Boten für die schlechten Nachrichten, die er überbrachte, verantwortlich machte. Ihm war überhaupt nicht nach belanglosem Geplauder über Nachtlokale und Tanzen zumute.

»Mir erscheint es ungeheuerlich, daß du Pierre-Louis gestattet hast, hier die Nacht mit Madeleine zu verbringen«, sagte er in leicht anklagendem Ton. »Ich erinnere mich recht gut, daß du mir vor gar nicht langer Zeit gesagt hast, du würdest dich weigern, ihn herkommen und sie behelligen zu lassen – das war an jenem Abend, wo er mich bat, herzukommen und sie zu bitten, zu ihm zurückzukehren.«

»Die Zeiten ändern sich«, gab Yvonne, offensichtlich ungehalten über seinen Ton, zurück. »Gestern hat er Madeleine nicht behelligt – er hat ihr Vergnügen bereitet. Und wer weiß, vielleicht war er sogar imstande, ihr außer Vergnügen auch Liebe zu geben. Ich muß dir sagen, daß mir deine Haltung schwer verständlich ist. Als würdest du Madeleine ihr Glück nicht gönnen! Und abgesehen davon ist deine Haltung alles andere als schmeichelhaft für mich. Ich finde es beleidigend, daß du hier mit mir zusammen bist und nichts anderes im Sinn hast, als die häuslichen Angelegenheiten von Madeleine und Pierre-Louis zu ordnen.«

»Oh, tausendmal Pardon«, sagte Armand erschrocken, als ihm klar wurde, daß er ein äußerst trübes Bild abgab. »Wäre es besser, wenn ich jetzt fortginge?«

Yvonne wandte sich ihm auf der weißen Chaiselongue ein bißchen näher zu und legte ihre Hand leicht auf seinen Schenkel.

»Nein, ich lasse dich nicht mit so schlechter Laune gehen«, sagte sie mit einem bezaubernden kleinen Lächeln. »Ich verstehe natürlich, wie dir zumute ist, wenn du erfährst, daß deine Affäre mit meiner Schwester ihren Abschluß erreicht hat – sie ist eine höchst attraktive Frau, und ich bin sicher, daß du an ihr hängst. Andererseits ist nicht schwer zu erraten, was sie in dir sieht: Du bist besonders gutaussehend und außergewöhnlich charmant – wenn du guter Laune bist.«

Da er eitel war, war er auch höchst empfänglich für Schmeicheleien, und das war es, worauf Yvonne baute. Ihre Hand verschob sich um den Bruchteil eines Zentimeters auf seinem Schenkel, doch er konnte die Wärme ihrer Handfläche durch die dünne Wolle seine Hose fühlen.

»Für mich sind mandelbraune Augen und krauses, schwarzes Haar eine verheerende Kombination bei einem Mann«, sagte sie mit einem kleinen Seufzer, »aber das Aussehen ist nicht alles, was wir alle zu unserem Leidwesen erfahren mußten. Ein Buch mag in das teuerste Leder gebunden und in feinstem Gold geschnitten sein, doch kann es dabei so langweilig sein, daß der Leser vor dem Ende der ersten Seite einschläft. Abgesehen davon, daß du gut aussiehst, mein lieber Armand, bist du auch ein guter *Liebhaber*?«

»Ich habe die Ehre, dich zu informieren, daß sich noch keine Dame aus meiner Bekanntschaft beklagt hat«, antwortete er und lächelte stolz.

Den Kopf ein wenig seitwärts geneigt, beobachtete er Yvonnes Hand auf seinem Schenkel – sie lag nicht mehr still, sondern bewegte sich in selbstsicherer Weise aufwärts zu seinen Lenden, wo sein raubgieriger Gefährte schnell Habachtstellung einnahm.

»Oh, ja, ich zweifle nicht, daß meine Schwester mit dir sehr zufrieden war, aber sie ist schließlich ein solches Unschuldslamm, daß die einzige Person, mit der sie dich vergleichen kann, ihr Mann ist. Ich nehme an, Pierre-Louis bringt nicht mehr als Durchschnittliches im Bett zustande.«

Sie drehte ihren schlanken Körper ein wenig näher zu ihm und schob ihre Füße mit fest zusammengedrückten Knien aus dem Weg. Ihr Gesichtsausdruck war ruhig, doch ihre rosige Zungenspitze war zwischen den leicht geöffneten Lippen zu sehen, als sie den linken Arm hob und die Fingerspitzen auf die Jacke ihres lässigen Pyjamas legte. So beiläufig, als streiche sie sich nur über ihr glänzend schwarzes Haar, streichelte sie mit einer kurzen Bewegung aus dem Handgelenk ihren Busen unter dem dünnen Stoff.

»Aus deinem Gesichtsausdruck schließe ich, daß du mich gerne in dieser Weise streicheln würdest«, sagte sie ruhig. »Vielleicht hast du sogar den Ehrgeiz, deine Hand in meinen Pyjama zu stecken!«

Seine Vorbehalte gegenüber Yvonne waren vergessen, sobald sein gieriger Körperteil sich in seiner Hose regte, und Armand versicherte, er wäre entzückt, wenn er sie umarmen und ihren Busen küssen dürfe. Doch als er die Hand nach ihr ausstreckte, wehrte sie sie ab und sagte ihm, er solle stillsitzen.

»Aber…« stammelte er.

»Versuch wenigstens, verständlich zu reden«, ermahnte sie ihn. »Sprachgestörte Männer sind extrem langweilig.«

»Es ist nicht eine Frage fehlender Worte, Yvonne«, antwortete er, »sondern das Problem, daß ich deine Absichten nicht ganz durchschaue. Du bist eine faszinierende Frau, wie du sehr genau weißt, und ich brenne darauf, dich in die Arme zu nehmen.«

»Natürlich tust du das«, stimmte sie ihm selbstgefällig zu, und ihre Finger wanderten in einer Weise über ihren Busen, die Armands Blut bis nah an den Siedepunkt erhitzte. »Aber, stell dir vor, ich habe keinerlei Verpflichtung, mich deinen Wünschen zu fügen.«

»Nur die natürliche Verpflichtung dir selbst gegenüber, die Wonnen voll und ganz auszukosten, für die du so perfekt geschaffen bist«, konterte er und lächelte, weil er ihren Ton getroffen hatte.

»Mag sein«, sagte sie, »aber ich weiß, was ich wert bin, Armand. Ich bin kein dummes Weibchen, das sich von irgendeinem Mann benutzen läßt, den es juckt und der sich erleichtern will. Ich bin sehr schön und äußerst begehrenswert. Ich weiß, welche wunderbaren Wonnen ich einem Mann bieten kann – aber was hast du mir anzubieten?«

Statt zu antworten, begann Armand mit beiden Händen seine Hose aufzuknöpfen. Weder beeilte er sich, noch zog er es in die Länge – er machte seine Hose weit auf und streifte sein blaßblaues Seidenhemd hoch und aus dem Weg.

»Du bist sehr direkt«, rief Yvonne aus. Ihre selbstsichere Haltung war endlich ein wenig erschüttert worden. »Ich hatte erwartet, daß du mich über deine Fertigkeiten und deine Erfahrenheit in der Liebe informierst – nicht, daß du dich zur Schau stellst!«

Armand lenkte sein steifes Stück durch den Schlitz in der Unterwäsche und stellte es stolz zu ihrer kritischen Musterung zur Verfügung.

»Es gibt Momente, wo Worte nicht adäquat sind, um die Intensität der Gefühle zum Ausdruck zu bringen«, erläuterte er.

»Selbstverständlich«, antwortete sie und hob ihren Blick von seinem Schoß zu seinen Augen, wobei sie ihre Brauen in verhaltenem Amüsement hochzog.

»Wie du so offen bekennst, bist du sehr schön und sehr begehrenswert«, sagte er, »und der Beweis dafür liegt hier in meiner Hand. Er lügt niemals – er äußerst seine Zustimmung oder Ablehnung mit absoluter Freimütigkeit.«

»Er sieht einigermaßen vielversprechend aus«, gab Yvonne zu, fast als prüfe sie die Qualität einer Frucht auf dem Markt, bevor sie sich entschied, ob sie sie kaufen sollte oder nicht.

»Die Größe ist annehmbar, und er schaut auch einigermaßen stark aus – im Augenblick jedenfalls. Und dieses feurige Dunkelrot, das beinahe in Purpur übergeht, begeistert mich jedesmal.«

Es braucht nicht darauf hingewiesen zu werden, daß Armand jedem Wort ihres Urteils bei dieser Untersuchung seiner Vorzüge zustimmte. Er saß mit gespreizten Schenkeln und ausgestreckten Beinen da und sonnte sich in ihren Lobesworten. Eine Frau mit wirklicher Unterscheidungsfähigkeit, dachte er, vielleicht noch mehr als ihre Schwester Madeleine!

»Doch leider«, fuhr Yvonne fort, und eine Spur von Geringschätzung schlich sich in ihre Stimme, »weiß alle Welt, daß dieser Teil eines Mannes unkritisch bis an die Grenze der Geschmacklosigkeit ist, sobald er seinen geschwollenen Zustand erreicht hat. Schönheit und Kultiviertheit haben für ihn weder Bedeutung noch Wert – laß ihn selbst einer fetten, mittelalten Küchenmagd ansichtig werden, die sich vornüberbeugt, und er wird sich ohne eine Sekunde zu zögern unter ihren Rock und in den unattraktiven Spalt zwischen ihren Beinen schieben.«

»Wenn das die Erfahrung ist, die du mit Männern gemacht hast, dann tut es mir leid, sagen zu müssen, daß die, mit denen du vertraut bist, deiner nicht würdig sind«, sagte Armand, auch wenn er ganz genau wußte, daß sie nichts als die nackte Wahrheit gesagt hatte.

»Aha, dann betrachtest du dich also als meiner würdig, nicht wahr? Du bist anders als andere Männer, kritischer, ja?«

»Kurz gesagt und ohne angeben zu wollen, ja«, sagte Armand lächelnd und schaute zu, wie ihre langen Finger zu seinem Schoß wanderten, um seinen lebenden Pfosten zu berühren. »Sobald ich alt genug war, Frauen zu verehren, habe ich darauf beharrt, nur die allerbesten zu intimen Freundinnen zu haben. Andere Männer mögen sich mit Geringerem zufriedengeben – ich habe das Gefühl, daß ich es mir selbst schuldig bin, mich nur mit Frauen einzulassen, die mit Schönheit und Kultiviertheit gesegnet sind, um deine ganz und gar angemessenen Worte zu benutzen.«

»Es sieht so aus, als hätten wir also sehr viel miteinander gemein, du und ich«, sagte sie mit einem Anflug von Lächeln auf den erdbeerroten Lippen. »Doch diese Suche nach dem Besten kann manchmal ermüdend und sogar enttäuschend sein – findest du nicht auch? Der Partner, der zunächst auf exquisite Weise im Einklang mit den eigenen tiefinnersten Sehnsüchten zu stehen scheint, erweist sich dann in irgendeiner Weise als unpassend oder an Körper- oder Geisteskraft unangemessen. Das sind dann Augenblicke, wo man in der endlosen Suche nach Perfektion in der Liebe schier verzweifelt.«

Sie hatte ihn nun fest in der Hand und schien seine Kraft und Solidität für den Zweck, den sie im Sinn hatte, zu prüfen.

»Was du sagst, ist sehr wahr«, meinte er. »Wir sind Künstler, die ein unerreichbares Ideal verfolgen, doch es ist unsere Bestimmung, und wie viele Enttäuschungen wir auch erleben, wir würden niemals auch nur für einen Augenblick in Betracht ziehen, dieses Streben aufzugeben.«

»Wie gut du das ausgedrückt hast«, seufzte Yvonne. »Ich beginne an die Möglichkeit zu glauben, daß du dich vielleicht tatsächlich als meiner würdig erweisen könntest. Zumindestens hast du eine Gelegenheit verdient, mir zu zeigen, wie weit deine Kenntnisse reichen.«

Sie ließ ihn los, um sich ihre weiße Chiffonjacke über den Kopf zu ziehen – denn die Knöpfe dienten nur zum Schmuck, sie ließen sich nicht öffnen. Darunter trug sie ein feines, milchweißes Hemd, das tief in das Tal zwischen ihren Brüsten ausgeschnitten war und von schmalen Trägerbändchen über ihren schlanken, eleganten Schultern gehalten wurde. Armand schaute atemlos zu, wie sie das Hemd aus ihrer Pyjamahose zog und dann über den Kopf streifte, so daß sie bis zur Taille nackt war. Verzückt starrte er auf ihre blaßhäutigen Brüste, die durch ungewöhnlich vorstehende Brustwarzen von aufreizend rostroter Farbe noch spitzer gemacht wurden.

»Wird man uns hier nicht stören?« fragte er.

»Natürlich nicht – das Personal weiß, daß ich nie gestört werden darf, wenn ich einen Freund zum *tête-à-tête* empfange«, erklärte sie. »Das Kindermädchen ist mit den Jungen im Bois, und Madeleine ist, wie du weißt, den ganzen Tag unterwegs.«

Mit keinem Wort erwähnte sie ihren Mann Jean-Roger, der sich nur gelegentlich in der Wohnung aufhielt. Aufgrund des Schweigens über dieses Thema schien es vernünftig anzunehmen, daß sie am heutigen Tag keinen seiner ehelichen Pflichtbesuche erwartete.

»Nun?« fragte sie. Armands Versäumnis, ihr ein Kompliment darüber zu machen, wie begehrenswert sie sei, brachte eine leicht verdrießliche Note in ihre Stimme. »Ich hoffe, du nimmst nicht an, daß ich mich für jeden Mann, der mich besuchen kommt, entkleide!«

Armand war sprachlos vor Entzücken, daß er Yvonne hier in ihrem eigenen Salon so weit gebracht hatte, sich bis zur Taille für ihn auszuziehen. Und sie hatte ihre übliche frostige Zurückhaltung insofern abgelegt, als sie es annehmbar fand, daß er mit offener Hose auf ihrem weißen Satinsofa saß und seinen steifen Zeiger ihrem Blick voll darbot. Seine Eitelkeit reichte so weit, daß er hoffte, es sei das erste Mal, daß Yvonne zu derartigen Intimitäten außerhalb ihres Schlafzimmers verführt wurde.

Auch war er höchst amüsiert über ihren Ärger, daß er nicht zu ihren Füßen auf die Knie gefallen war, um das Privileg zu erbetteln, ihre unbedeckten Brüste küssen zu dürfen. Aber er war entschlossen, ihr Spiel ebenfalls zu spielen, indem er Gelassenheit an den Tag legte – zumindest äußerlich, denn sein erregbarer Freund zitterte mit der schweigenden Forderung seiner natürlichen Rechte.

»Du hast den köstlichsten Busen der Welt«, sagte er mit charmantem Lächeln, »und das delikate Opalisieren deiner Haut steht in exquisitem Kontrast zu dem Grün deiner Jadeperlen. Ich fühle mich weit über das verdiente Maß hinaus geehrt und bin ganz überwältigt.«

»Wirklich?« sagte sie, noch immer enttäuscht, daß er nur mit Worten auf das Entblößen ihrer Reize reagierte. »Aber *der* hier ist nicht überwältigt, wie ich sehe.« Und zum ersten Mal nahm sie seinen stämmigen Kolben ganz in die Hand und streichelte ihn mit nervösen, schnellen Bewegungen ihres Handgelenks.

»Meine liebe Yvonne, du hast mich in eine unmögliche Lage gebracht«, murmelte Armand und hatte zu ringen, trotz der Wonneschauer, die sie ihm verursachte, den Anschein von Unbekümmertheit aufrechtzuerhalten. »Vorhin hast du mich informiert, daß jener Teil eines Mannes, den du gerade in der Hand hältst, keinen Unterschied macht zwischen einer kultivierten, schönen Dame und ihrer fetten Küchenmagd – daß er in die Unattraktive ebenso bereitwillig eindringt wie in die Bezaubernde. Wenn ich dreist genug wäre zu bekennen, daß es mein innigster Wunsch ist, den meinen in dich zu stekken, dann mag das für dich so aussehen, als sei mir jede willige Frau, sogar dein Küchenmädchen, in meinem gegenwärtigen Zustand recht, und dann wärest du tödlich beleidigt.«

»Ganz und gar nicht!« rief sie aus. »Da ich weiß, daß es der Anblick *meines* Busens war, der dich in diesen gesteigerten Erregungszustand versetzt hat, folgt daraus, daß ich es bin, mit der du Liebe machen möchtest! Diese Sorge brauchst du nicht zu haben.«

Die Logik ihrer Aussage war für Armand zu kompliziert,

doch er stimmte bereitwilligst zu, daß es der Anblick ihres hübschen Busens war, der für sein Verlangen nach ihr, und von ganzem Herzen nach ihr allein, verantwortlich war.

»Ich bin mir natürlich der verheerenden Wirkung bewußt, die mein Busen auf Männer hat«, sagte sie ruhig und fuhr fort, ihn zu streicheln. »Und weil ich ihn für dich entblößt habe, sehen wir diesen purpurköpfigen Teil von dir in seiner besten Verfassung. Du bist so erregt durch das, was ich dir gezeigt habe, daß er seine ganze Länge und Härte erreicht hat – und so steif ist wie ein Besenstiel.«

»Du hast ihn noch nicht in seiner *allerbesten* Verfassung gesehen, Yvonne, aber nah daran«, widersprach er, und kleine Lustschauer zuckten durch seinen Bauch. »Am allerbesten ist er, wenn ein Höhepunkt ihn übermannt, ihn zum Hüpfen bringt und seine Freude herausspritzen läßt. Doch das ist weniger ein Anblick, der deine wundervollen braunen Augen ergötzen, sondern eine Wonne, die auf andere Weise erlebt werden sollte.«

»Aha, du bist also eingebildet genug, daß du dich für wert befindest, meine allerintimste Freundschaft gewährt zu bekommen?« fragte sie und ließ ihre nasse Zungenspitze langsam über ihre rotgeschminkten Lippen gleiten.

»Du allein kannst entscheiden, wer es wert ist«, sagte er; die Anstrengung, seine vorgetäuschte Gelassenheit aufrechtzuerhalten, wurde immer schwerer, und er wußte, daß es sehr bald unmöglich wäre und er Yvonne anflehen würde.

»Ich habe mich bei dir noch nicht entschieden, Armand«, sagte sie, und es kam ihm vor, als ginge ihr Atem etwas unregelmäßig und als hätten ihre Wangen einen leicht rosigen Schimmer bekommen.

Daraufhin streckte er die Hand aus, spielte mit ihrem Busen und rollte die spitzen Brustwarzen zwischen den Fingern, und sie tat nichts, um ihn daran zu hindern, nicht einmal, als er sich darüberbeugte und sie mit der Zungenspitze berührte. Als er sie seufzen hörte, schob er eine Hand zwischen ihre Beine und rieb sie zärtlich durch den dünnen Stoff hindurch. Sie erschauerte vor Lust, und er begann, seine Hand in ihre Pyjamahose zu schieben – doch sie hauchte: »Warte einen Moment, Armand.«

Er setzte sich auf, während sie die zwei Knöpfe an ihrer Hüfte löste, und mit angehaltenem Atem schaute er zu, wie sie ihre langen, schlanken Daumen in das milchweiße Höschen, das sie unter dem Pyjama trug, schob, und atmete in einem langen, beglückten Seufzer aus, als sie beide Kleidungsstücke gleichzeitig über ihre glattrasierten Beine bis zu den Knöcheln schob. Sofort ließ er sich von der Chaiselongue auf ein Knie nieder, um ihr die weichen Schuhe auszuziehen und dann den Pyjama und das Höschen über ihre Füße zu streifen und beiseite zu legen.

Ihre Knie waren noch immer eng zusammen, so daß Armand nur ein kleines Büschel dunkelbrauner Locken unter ihrem Bauch sehen konnte, dort, wo ihre Beine zusammenliefen. Er legte eine Hand auf jedes Knie und drückte sie auseinander, so daß sie ihm den Blick freigab. Die Locken waren üppig, üppiger als die von Madeleine, stellte er fest, und darunter lange, lockere Lippen von dunkelrosiger Farbe, die ihn vor Geilheit nach Luft schnappen ließen. Sie ließ ihn eine Weile zwischen ihre Beine starren, ehe sie einen kleinen, nackten Fuß hob und mit scharlachrot lackierten Fußnägeln an den Pompons unter seinem zuckenden Pflock rieb.

»Oh, schau mal – daß ich dir erlaubt habe, mir mein Höschen auszuziehen, hat ihn noch kräftiger werden lassen!« murmelte sie. »Größer kann er sicher nicht mehr werden.«

»Doch, das kann er«, keuchte Armand. »Wenn ich ihn in dich hineinstecke, dann wirst du seine ganze Kraft fühlen, und das bedeutet Ekstase.«

Seine Worte erregten sie noch mehr. Ihre Augenlider halb geschlossen, den Mund halb geöffnet, atmete sie schneller. Armand nahm sie am Fußgelenk und hob den Fuß hoch genug, daß er auf jeden Zeh einen Kuß drücken konnte. Als er sie losließ, umklammerte sie seinen pulsierenden Stachel mit den nackten Fußsohlen und rieb sie langsam auf und ab.

»In mich stecken?« fragte sie und zog überrascht ihre zu schmalen Strichen gezupften Brauen in die Höhe. »Davon war überhaupt noch nicht die Rede. Ich habe mich, was dich betrifft, noch nicht entschieden, Armand. Was führt dich zu der Annahme, du hättest das Privileg, dieses höchst gewöhnlich aussehende Ding in *mich* stecken zu dürfen?«

»Gewöhnlich!« rief entrüstet. »Eben hast du mir noch gesagt, du fändest ihn aufregend.«

Sie zuckte mit den schmalen Schultern, und ihr Busen hüpfte.

»Vielleicht habe ich ein paar Worte aus purer Höflichkeit geäußert«, sagte sie, »aber du kannst doch gewiß nicht so naiv sein, alles zu glauben, was gesagt wird. Bitte vergiß nicht, daß ich eine ganze Menge dieser männlichen Spielgeräte gesehen habe und somit weiß, wovon ich rede.«

»Was du da sagst, erinnert mich an meinen Onkel Henri«, meinte Armand und schauderte unter der Lust, die sie ihm mit der Massage ihrer Füße vermittelte. »Ich glaube, du kennst ihn vielleicht. Er ist ein großer Weinkenner. Du kannst ihm die Augen zubinden und einen Löffel voll aus einer Flasche ohne Etikett zu kosten geben, und er sagt dir die Region, die Lage, das Jahr – und er irrt sich nie. Doch ach, das jahrelange, hingebungsvolle Probieren von Weinen, das nötig war, um ihn zu einem so anerkannten Experten zu machen, hat seine Wertschätzung ruiniert – seine Aufmerksamkeit ist so darauf konzentriert, zu identifizieren, was er da kostet, und mit jeder anderen Ernte zu vergleichen, die er je getrunken hat, daß er den Wein überhaupt nicht mehr genießen kann.«

»Ich glaube, dein Spielzeug ist gar noch größer geworden«, sagte Yvonne, ohne auf seine kleine Parabel einzugehen. »Du hast mir versprochen, ein wundervoller Liebhaber zu sein, also will ich natürlich sehen, was du in mich zu stecken hoffst. Ich bin das Allerbeste gewöhnt – glaub also nicht, daß du mich täuschen kannst. Wenn ich wider besseres Wissen das Risiko eingehe, dir zu gestatten, zur Tat zu schreiten, dann erwarte ich, daß du dein Versprechen ohne Einschränkung hältst.«

»Sehr gern«, murmelte er, »du wirst es nicht bereuen.«

Er nahm ihre Fußgelenke in die Hand und zog sie auseinander, damit er auf Knien näher an sie heranrücken konnte, nah genug, daß der ungeduldige Teil von ihm dreist gegen ihren warmen Bauch zucken konnte. Er bewegte seine Hände an ihren Beinen hinauf zu ihren gespreizten Schenkeln und hätte sie so, wie sie da aufrecht auf der Chaiselongue saß, aufgespießt, doch sie legte eine Hand über ihren dunkelbraunen Pelz und versperrte ihm den Weg.

»So auf gar keinen Fall«, sagte sie streng. »Du machst keinen guten Anfang, Armand. Ich mag auf dem Rücken liegen und das Gewicht eines Männerkörpers auf mir genießen. Du magst mich altmodisch finden, weil ich die Tradition respektiere – man sagt, heutzutage finden die Mädchen nichts dabei, einen Mann flach auf den Rücken zu zwingen und sich über ihn zu hocken – aber so was mag ich nicht. Ich fühle mich am intensivsten als Frau, wenn ein starker Mann mich unter sich hat, so daß er sich zwischen meinen Beinen befindet und ich ihm ausgeliefert bin.«

Sie drehte sich und streckte sich der Länge nach auf die weiße Satin-Chaiselongue, die Hände unter dem Kopf wie in vollständiger Kapitulation, doch die langen, schlanken Beine fest aneinandergedrückt. Armand stand auf und zog die Jacke seines blaugestreiften Anzugs und die Krawatte aus, um es sich für die erfreulichen Dinge, die ihm bevorstanden, bequem zu machen. Yvonne lächelte zu ihm auf, doch es war nicht das anbetende Lächeln einer Frau, deren Liebhaber sie gleich besteigen und auf die Höhen der Ekstase tragen wird – es war das Lächeln höflicher Ermunterung, die eine Frau einem Verkäufer schenkt, der ihr ein paar Schuhe anpaßt!

Sobald sie sah, daß er bereit für sie war – in der Hand sein prall geschwollenes Glied mit dem zur Aktion entblößten purpurroten Kopf –, begann Yvonne mit unendlicher Langsamkeit, ihre Beine zu spreizen. Die Wirkung war ungeheuer erregend, was sie auch beabsichtigte: Armand stand unbeweglich da und hielt den Atem an, während er ihre Beine auf dem weißen Satin auseinandergleiten sah. Nach und nach wurde ihm alles enthüllt: zunächst das dunkelbraune Pelzchen, dann die zarten Kuhlen in ihren Lenden, wo die Locken weniger dicht wuchsen, und schließlich ihre fleischige Spalte. Er seufzte vor Wonne, und noch immer wanderten ihre Beine auseinander, Zentimeter um Zentimeter!

Er war verblüfft über Yvonnes Beweglichkeit in der Liebesposition – ihre Beine waren weiter gegrätscht, als er es je jemandem zugetraut hätte, es sei denn einer jungen Can-Can-Tänzerin aus den *Folies Bergères* oder einer Zirkusakrobatin. Als sie die Kante der Chaiselongue in ihren Kniekehlen spürte, knickte sie die Beine, bis ihre nackten Füße auf beiden Seiten flach auf dem Boden standen. Armand kniete sich zwischen ihre Schenkel, vom Anblick der langen rosigen Lippen, die durch die Stellung ihrer Beine so weit geöffnet waren, daß ihre geheime Knospe feucht und prall zu sehen war, fast bis zum Delirium erregt.

Es gab keine Diskussion mehr darüber, ob er es wert sei, in diesen gierigen Schlund eindringen zu dürfen. »Steck ihn in mich«, murmelte sie, »denn dafür bist du ja heute hergekommen!« Sie irrte sich natürlich – der Gedanke, mit ihr zu schlafen, hatte ihm völlig fern gelegen, als er sie heute besuchen kam –, aber ihr maßloser Eigendünkel verlangte, daß sie überzeugt war, das vorrangige Ziel im Leben eines jeden gutaussehenden jungen Mannes sei es, ihrer Schönheit zu huldigen, indem er sie bestieg. Nicht, daß Armand in der Stimmung gewesen wäre, ihren Irrtum aufzuklären – er war blitzartig über ihr und steuerte sich mit eifriger Hand in sie hinein.

»Oh!« rief Yvonne, als er bis zum Anschlag eindrang, doch ob sie Überraschung zum Ausdruck brachte, Unmut oder Lust, vermochte er nicht zu sagen. Sie hatte vorhin betont, daß sie es vorzog, auf dem Rücken zu liegen und das Gewicht des Mannes auf sich zu haben, so daß sie sich ihm ausgeliefert fühle, doch was jetzt geschah, war ganz etwas anderes. Jetzt, da sie ihn verführt hatte, indem sie sich unglaublich weit öffnete, hob sie die Füße vom Boden und schlang ihre schlanken Beine wie eine stählerne Falle um seinen Rücken, daß nun Armand der Hilflose war.

Sie bewegte sich unter ihm, rammte ihre heißen Lenden in schnellen, nervösen Stößen gegen ihn und rieb sich dabei an seinem eingebetteten Knüppel vor und zurück. Sofort wurde er aktiv, tauchte ein und aus, doch ihre Beine schlossen sich noch fester um seine Taille, und ihre Arme umklammerten seinen Rücken und machten ihn bewegungsunfähig. Er lag mit dem Bauch fest auf dem ihren, und seine Brust quetschte ihren Busen platt, und ihre spitzen, harten Brustwarzen drückten gegen seine Haut. »Halt still, Armand!« befahl sie scharf.

Um ihre Umklammerung nicht mit Gewalt brechen zu müssen, blieb ihm nichts übrig, als stillzuhalten und sie von unten her gewähren zu lassen. Nicht, daß es wirklich etwas ausmachte – das Ergebnis war das gleiche, wie wenn er der aktive und sie der passive Partner gewesen wäre. Während seine

Gefühle in pulsierendem Crescendo ihrem Höhepunkt entgegenwuchsen, schaute Armand verwundert in das Gesicht unter sich. Yvonnes dunkle Augen hatten eine glasige Starre angenommen, und ihr halboffener Mund war zu einem abwesenden Lächeln gefroren – es war offensichtlich, daß sie weder wußte, wo sie war, noch mit wem.

Ihr Höhepunkt kam leicht und schnell. Die Muskeln ihres Gesichts verkrampften sich, so daß ihr Lächeln zu einer Grimasse wurde, die alle ihre Zähne entblößte, ihre Arme umklammerten Armand so fest, daß ihm die Luft aus den Lungen gequetscht wurde, und ihr schmaler Rücken bog sich von der Chaiselongue aufwärts, so daß er in ihre allertiefste Tiefe gezwungen wurde – ein so aufregendes Gefühl, daß er sein Verlangen augenblicklich in sie sprudeln ließ. Doch so schnell ihre Befriedigung gekommen war, so schnell war sie vorüber. Sie ließ Armand los, faßte sein Handgelenk und schaute auf seine Uhr. Und während er in der abklingenden Ekstase noch immer zuckte, stieß sie ihn herunter.

»Ich habe gar nicht gemerkt, daß es schon so spät ist!« rief sie aus und schlüpfte mit der Geschicklichkeit langer Übung unter ihm hervor.

Armand drehte sich auf der Chaiselongue auf den Rücken – sein nasser Schwengel war noch immer hart – und schaute zutiefst verwundert zu, wie Yvonne ihm den Rücken zuwandte und ihren festen kleinen Po zeigte, während sie ihre Unterwäsche anzog.

»Warum diese plötzliche Hast?« fragte er.

»Weil ich um eins mit der Duchesse de Beaumarchais und ein paar anderen Freunden speise – und mir bleiben genau fünfzehn Minuten, um den Schaden zu reparieren, den du angerichtet hast, und mich zu schminken und anzuziehen, ehe ich losflitze!«

»Ich bedaure, das ich dein Interesse nur für ein paar Augenblicke habe fesseln können«, sagte Armand sehr verärgert, setzte sich auf, um seine Hose zuzuknöpfen und die Krawatte umzubinden.

»Was? Sei nicht albern, Armand – es war recht nett.«

»Mehr nicht?« fragte er, außer sich über ihre lässige Attitüde. »Dann werde ich dich auch nicht wieder behelligen.«

Er hatte den Salon zur Hälfte durchquert, wobei er sein Jackett überzog und vor Empörung zitterte, als Yvonne ihn einholte und ihre Arme um seinen Hals schlang, um seinen Marsch zur Tür aufzuhalten. Sie hatte Hemd und Höschen angezogen, doch sie hielt den Pyjama über dem Arm, so daß der weiche Stoff seine Wange berührte.

»Du darfst nicht so empfindlich sein, mein Lieber, sonst können wir niemals gute Freunde werden«, sagte sie. »Es tut mir leid, daß ich dich so früh verlassen muß, wo wir gerade anfangen, uns kennenzulernen, aber die Verabredung für das Essen wurde vor über einer Woche getroffen, und es wäre höchst unhöflich, so kurzfristig abzusagen. Dafur hast du doch sicherlich Verständnis, nicht wahr?«

Sie stand nahe genug, daß ihre Brustspitzen ihn durch den dünnen Stoff ihres Hemdes berührten und der köstlich warme Duft, vermischt mit dem ihres teuren Parfüms, seine Sinne auf unwiderstehliche Weise reizte. Er faßte unter ihr Hemd und packte eine Handvoll des weichen Fleisches ihres Bauchs, halb aus Geilheit und halb aus Zorn. Und bald fand seine Hand den Weg in ihr Höschen, befühlte ihr üppiges Kraushaar und liebkoste die nassen Lippen zwischen ihren Schenkeln.

»Nicht... ich muß wirklich gehen«, flüsterte sie, und ihr Mund berührte seine Wange. »Du hältst mich auf...«

Doch seine Finger waren eifrig in der schlüpfrigen Wärme ihrer *embouchure* beschäftigt, und ihr Bauch drängte sich an ihn.

»Nein, laß es, du sollst das nicht...« seufzte sie mit auf dem Teppich weit auseinandergestellten nackten Füßen zum Zeichen, daß er doch sollte.

Und das tat er. Auf halbem Weg zur Tür auf dem weißen Teppich *nahm* er sie, wie er es voller Genuß zu sich selber sagte, wie Yvonne *ihn* auf der Chaiselongue genommen hatte. Das heißt, er kitzelte ihren geheimen Knopf mit geschickten Fingern, während sie sich seufzend an ihn lehnte, ihre Wange an seine gepreßt und ihre braunen Augen unbestimmt, bis sie viel eher, als er erwartet hatte, einen kleinen Schrei ausstieß und schlaff wurde. Aber nur für einen kurzen Augenblick – dann trat sie von ihm fort und zog die Hosen ihres Pyjamas an.

»Ich komme zu dir in die Wohnung, sobald das Essen vorüber ist«, sagte sie mit einem kleinen Lächeln, das ebensogut als eine Andeutung von Zuneigung als auch als höfliche Ablehnung verstanden werden konnte. »Warte auf mich – ich werde kurz nach drei Uhr bei dir sein.«

Doch während er in Richtung der Avenue der Champs-Elysées auf der Suche nach einem angemessenen Restaurant schlenderte, war Armand ganz und gar nicht froh darüber, wie dieser Vormittag abgelaufen war. Yvonne war eine unzufriedene Frau, die Männer für eine gelegentliche Befriedigung benutzte – das war kein Geheimnis –, und er hatte ihr so wenig bedeutet wie hundert andere, die sie ausprobiert hatte. Hundert? Vielleicht tausend – wer konnte das wissen? Er hatte sein Selbstbewußtsein durch den kleinen Sieg, sie bis zum Höhepunkt zu befummeln und dabei ihr Gesicht zu beobachten, teilweise wieder aufgerichtet, doch sein Mißmut dauerte fort, und es lag nicht nur daran, daß die beutegierige Yvonne ihn so unbeteiligt vernascht hatte, wie man eine Zigarette raucht.

Die zutiefst beunruhigende Folgerung, zu der er gelangte,

war, daß er Freiwild für unbefriedigte Frauen war. Sein angenehm gutes Aussehen, seine modische Kleidung, seine höflichen Manieren, seine Fähigkeit, im Bett zu erfreuen – er fürchtete, daß alle diese Qualitäten vielleicht weniger für seinen Erfolg bei hübschen Frauen verantwortlich war als seine Bereitwilligkeit! Ganz klar, es kostete eine Frau nichts als einen Blick auf ihn, um zu wissen, daß sie ihn zu welchem Zweck auch immer benutzen konnte – alles was sie tun mußte, war, ihn ihre Brüste entblößen und küssen lassen!

Yvonne hatte ihn benutzt, um sich für ein Stündchen vor dem Essen zu amüsieren – ihre Schwester Madeleine hatte ihn benutzt, um sich an Pierre-Louis zu rächen. Er hatte lange gebraucht, um das zu begreifen, aber die Nachricht, daß sie die Nacht mit ihrem Mann verbracht hatte, hatte Armand ein Licht aufgehen lassen. Und Suzette, die suchte nach einem Ersatz für Pierre-Louis als Dukatenesel, und Dominique, auch sie benutzte Männer für ihre eigenen Absichten, aber sie war so unterhaltsam, daß man ihr verzeihen konnte. Und vor ihr – all die Frauen, die er angebetet hatte und die behauptet hatten, ihn anzubeten!

Der Gedanke, wegen seiner Brauchbarkeit akzeptiert zu werden, kränkte Armand – wie alle Männer wollte auch er vor allem um seiner selbst geliebt werden. Als Yvonne schließlich im Laufe des Nachmittags in seiner Wohnung anlangte, war sie von dem exzellenten Mahl, dem Wein und der Bedeutsamkeit ihrer Freunde ein wenig angeheitert. Aber Armand war in einer ganz anderen Stimmung: Seine unglücklichen Überlegungen darüber, daß seine natürlichen Vorlieben ihn zu leichter Beute für die Frauen zu machen schienen, hatten ihn in eine zynische Geisteshaltung versetzt.

Pech für sie, wenn es so ist! sagte er zu sich selbst. *Ich werde sie genauso ausnutzen wie sie mich!* Und mit seltsam unbeteiligtem Bewußtsein küßte er Yvonne mit unpersönlicher Höflichkeit die Hand, als würden sie sich seit Tagen zum ersten Mal sehen, als hätten die Ereignisse des Vormittags nie stattgefunden, als hätte sie sich für ihn in ihrem Salon nie nackt ausgezogen, als hätte er die Wonnen ihres schlanken Körpers nie gekostet. Er nahm ihr wortlos den Mantel mit dem Pelzkragen ab und führte sie direkt ins Schlafzimmer.

Für ihr Mittagessen mit der Duchesse hatte Yvonne ein einfaches kleines Kleid aus salbeigrünem Samt – aus der Hand eines Meister-Couturiers – angelegt.

Eine gewisse Geringschätzung lag in ihrem Blick, als sie Armand seine Jacke ausziehen sah, und ihr rot geschminkter Mund öffnete sich, um eine passende schnippische Bemerkung über Armands Mangel an Feingefühl loszulassen, doch die Bemerkung wurde nie gemacht, und ihr Gesichtsausdruck wandelte sich in Entrüstung, als er sich bückte, um sie bei den Knien zu fassen und rücklings auf das Fußende des Betts zu kippen.

»Was, zum Teufel, bildest du dir eigentlich ein?« rief sie aus und verlor ihre Distanziertheit, als Armand sich zwischen ihre Beine zwängte.

Er ignorierte die verführerische Knopfreihe auf ihrem Kleid, schob es beiläufig bis zur Taille in die Höhe und ließ ihre Unterwäsche zum Vorschein kommen. Sie hatte das weiße Satinhöschen des Vormittags gegen ein hauchdünnes schwarzes getauscht.

»*Chérie* – du hast deine aufregendste Spitzenwäsche für mich angezogen!« sagte Armand und ignorierte ihren Aufschrei. Er befingerte die nackte, weiche Haut ihrer Schenkel oberhalb der schwarzen Seidenstrümpfe. »Wie ungeheuer chic!«

Um sie hilflos auf dem Rücken liegen zu lassen, hob er ihre Beine in die Senkrechte und legte einen Arm darum, um sie gegen seine Brust zu drücken. Yvonne fluchte und schimpfte wie ein Rohrspatz und strampelte und kämpfte so heftig, daß ihr kleiner runder Hut herunterfiel und über das Bett rollte. Ohne auf das zu achten, was sie zu sagen hatte, hob Armand sie an den Beinen so hoch, daß er ihr das hübsche Höschen über den schlanken Po streifen und über die Beine und die Füße ganz ausziehen konnte.

Er hielt sie bei den Fußgelenken und spielte mit ihr, indem er ihre Beine langsam spreizte und ihren dunkelbraunen Büschel und die langen rosigen Lippen seinem bewundernden Blick preisgab, um sie dann wieder zu verdecken, indem er ihre Schenkel langsam wieder zusammendrückte – und sich dann ihre entblößten Reize wieder vorführte, indem er erneut ihre Beine spreizte.

»Nicht so«, protestierte Yvonne mit vor Wut gerötetem Gesicht. »Hör sofort damit auf!«

»Oh, du bist ungeduldig, das Gerät deines und meines Genusses zu sehen«, sagte Armand, drückte ihre Beine mit einem Arm fest gegen seine Brust, während er mit der anderen Hand seine Hose aufknöpfte und bis zu den Knöcheln rutschen ließ. Sein erregbarer Freund sprang so munter heraus, daß er sich an die zarte Rückseite von Yvonnes Schenkeln schmiegte.

»Nein!« protestierte sie, doch er faßte sie wieder bei den Fußgelenken und grätschte ihre Beine, um ihr seinen hoch aufragenden Stolz vorzuführen.

»Heute vormittag auf deiner Chaiselongue war ich höchst beeindruckt von der superben Flexibilität deiner Muskeln, die du mir vorgeführt hast, als du deine Beine für mich gespreizt hast«, sagte er zu ihr, obwohl sie gar nicht zuhörte. »Ich möchte das gerne noch einmal sehen.«

Ganz langsam und ganz gegen ihren Willen – sie kämpfte ohne Unterlaß gegen ihn an – teilte er ihre Beine, wobei er sich fragte, wie weit er gehen konnte, ohne sie in der Mitte zu spalten. Schließlich hatte er seine Arme mit einem Fußgelenk in jeder Hand auf Schulterhöhe ganz durchgestreckt, und es schien Yvonne noch immer nicht unbequem zu sein, obgleich sie ihren Unwillen deutlichst zum Ausdruck brachte. Die Stellung zog ihre dünnen Lippen zwischen ihren Schenkeln weit auseinander, und indem Armand seine Knie ein wenig beugte und sich ein wenig nach vorne lehnte, war er imstande, den Purpurkopf seines Ständers vor ihre Öffnung zu bringen. Mit einem langen Stoß war er drin – und brachte Yvonne dazu, ihrem Protest mit einem schrillen Wutschrei Gehör zu verschaffen.

»Heute vormittag hast du mir gesagt, du lägest gerne hilflos auf deinem Rücken«, sagte er und stieß noch tiefer in sie hinein. »Fühlst du dich jetzt hilflos genug, Yvonne?«

Sie versuchte, ihre Beine zu knicken, um ihre Verwundbarkeit zu schützen, doch Armand setzte seine Kraft ein, um sie ganz ausgestreckt zu halten.

»Du hast sehr hübsche Beine«, murmelte er. »Lang und wundervoll geformt, mit schlanken Schenkeln, langen Schienbeinen und schmalen Fesseln. Und diese delikate Farbe deiner Haut, die durch die Seidenstrümpfe schimmert – ah, welche Perfektion!«

»Laß mich los!« bat sie ihn. Ihre Wut besänftigte sich ein wenig unter seinen Lobreden. »Laß mich los, dann können wir noch immer Freunde sein.«

»Aber natürlich werden wir Freunde sein!« versicherte Armand ihr umgehend. »Hat schon mal jemand mit deinen Beinen Liebe gemacht, Yvonne, oder habe ich die Ehre, der erste zu sein?«

Obgleich weder er noch sie sich dessen bewußt waren, bot ihre Begegnung ein höchst komisches Bild – Armands Hosen hingen um seine Knöchel, sein unbedeckter Hintern bewegte sich vor und zurück, während er seinen Stachel mit kleinen, ruckartigen Bewegungen in ihre weiche Höhle rammte, und Yvonne, nackt von der Taille bis zum Strumpfsaum, die nackten Pobacken an seinen Bauch gelehnt und ihre Füße zu beiden Seiten seines Kopfes. Von der Taille an aufwärts waren ihre privaten Reize bescheiden verhüllt von dem eng anliegenden Kleid mit den Diamantbroschen, doch ihre Arme waren weit ausgestreckt und die Hände in schweigendem Protest zu Fäusten geballt, weil das alles nicht nach ihrem Willen geschah.

Armand hatte angekündigt, daß er mit ihren Beinen Liebe machen wolle – was immer das heißen sollte –, und es stellte sich heraus, daß es das samtige Gefühl ihrer Seidenstrümpfe war, das ihn fürchterlich geil machte. Er drehte den Kopf, um seine hungrigen Lippen auf die feine schwarze Seide zu drükken, und sie fühlte seine nasse Zunge durch den Stoff hindurch auf ihrer Wade.

»Du spinnst!« rief sie. »Laß mich los, du bist pervers!«

Er stöhnte ein wenig vor Lust, stieß schneller und tiefer in sie hinein und ließ ihre Beine im Rhythmus seiner Lust beben. Er streifte ihr die spitzen schwarzen Schuhe ab und regnete durch die feine Seide hindurch nasse Küsse auf die empfindliche Fußsohle. Seine Erregung steigerte sich in wilde Höhen, sein heißer Bauch rammte härter gegen das nackte Fleisch ihres prallen Pos, und er tauchte mit wachsender Gewalt in ihre Tiefen.

»Oh, Yvonne – ich bete dich an!« keuchte er.

»Nein!« kreischte sie, als sie ihn auf der Schwelle der Ekstase sah. »Du darfst es so nicht machen – ich will das nicht!«

Aber er war weit darüber hinaus, ihren Protest zu hören, selbst wenn er sich darum geschert hätte, und sein Körper bebte, während er wild in ihrem weichen Abgrund herumwühlte. Er hatte die Augen geöffnet, doch er sah nichts. Er war in jenem Zustand, wo er nicht mehr wußte, in wessen

Körper er gleich explodieren würde – Yvonnes, Madeleines oder dem irgendeiner anderen Frau.

»Oh, mein Gott«, rief Yvonne angewidert, und während sie es sagte, sah sie, wie seine Augen nach oben rollten und sein Körper von Krämpfen geschüttelt wurde, als er seinen Rausch in sie entlud und einen heißen Kuß auf die Innenseite ihres rechten Fußes drückte.

»Oh, mein Gott!« wiederholte sie – diesmal war es ein Jammern, als der bloße Schwung von Armands Höhepunkt sie kopfüber in die Ekstase stürzte, so daß sich ihr Körper im Bett aufbäumte.

Als sich Armand wieder beruhigt hatte, packte er ihre Fußgelenke erneut und spreizte ihre Beine so weit, wie seine Arme es erlaubten, um auf seinen langen, nassen Schwengel zu schauen, der halb in ihrem rosigen Spalt steckte. Yvonne hob den Kopf, um mit mißbilligendem Ausdruck in ihrem hübschen Gesicht an ihrem Körper entlang zu der Verbindungsstelle zwischen ihnen zu schauen.

»Das war recht angenehm«, sagte Armand, einen Anflug von Geringschätzung in der Stimme, und benutzte genau die Worte, die sie am Morgen verwendet hatte.

»Du bist ein Tier und pervers«, erwiderte sie in einem Ton, der einen Fluß hätte zu Eis erstarren lassen, und obgleich sie versuchte, ihr Bein aus seinem Griff zu befreien, hörte sie schnell zu strampeln auf, als er sie nicht losließ.

»Ich habe Liebe mit deinem rechten Bein gemacht«, sagte er, »und es war köstlich. Ehe ich dich gehen lasse, werde ich mir das Vergnügen gönnen, auch mit deinem linken Bein Liebe zu machen – es wäre äußerst unhöflich, es nicht zu tun. Aber vorher gibt es noch etwas anderes, das ich tun möchte.«

Er streckte den Rücken, zog sein erschlaffendes Glied zurück, klemmte sich ihre Schienbeine unter die Arme und begann ihr geheimes Knöpfchen zu kitzeln.

»Nein!« widersprach sie sofort, »das hast du heute früh schon gemacht.«

»Und es war ein Genuß«, sagte er. Inzwischen hatte er beide Daumen zwischen ihren nassen Blütenblättern und machte, daß sie von Schaudern geschüttelt wurde.

»Ich habe die Absicht, deine kleine Aufregung ein paarmal zu sehen, ehe ich mich deinem linken Bein widme«, erklärte er. »Lieg still und gib dich dem Genuß hin, Yvonne, denn du bist nicht in einer Position, wo du dich mir verweigern kannst.«

7

Ekstasen des Geistes

Es war gegen zehn Uhr morgens, und eine wäßrige Herbstsonne zeigte sich am Schlafzimmerfenster, als Armand mit wundervollem Wohlbefinden erwachte. Der Stolz seines Lebens war vor ihm aufgewacht und hatte sich in der malvenfarbenen Pyjamahose zu voller Größe entfaltet, doch es war nicht dieser Umstand allein, der das Gefühl von Euphorie verursachte. Es war, erinnerte sich Armand, als er sich auf den Rücken rollte und die Hände beschaulich unter den Kopf schob, daß seine Pläne für den Abend ausgesprochen erfreulich zu werden versprachen. Um halb acht ging er mit seiner neuen Freundin zum Abendessen, der hellhaarigen Suzette Chenet, neunzehn Jahre alt und reizend mollig an Gesicht und Körper.

Nach einem fabelhaften Diner würden sie für ein oder zwei Stunden zum Tanzen in einen Club gehen und dann – *ah, ja, dann, dann, dann* – dachte er, und sein ein und alles versuchte, aus dem Bettlaken ein Zelt zu machen –, würde er sie hierher in seine Wohnung bringen und *dann* – nun, mit Suzette zu schlafen war ganz anders als mit irgendeiner anderen Frau, die er kannte. Ihr mädchenhaft rundlicher Körper erregte ihn zu einem Ausmaß an Leidenschaft, das er nur selten erlebt hatte, und seine rasende Lust brachte sie auf den gleichen Gipfel, so daß sie sich perfekt ergänzten. Mit Suzette glich der Liebesakt der Paarung von zwei bengalischen Königstigern.

Das Seltsame daran war, daß Armand sich sonst gewöhnlich nicht zu so jungen Mädchen wie Suzette hingezogen fühlte. Als Liebespartnerinnen neigte er dazu, Frauen seines Alters – das heißt dreißigjährig – oder sogar ein paar Jahre älter zu wählen. Seine Vorliebe galt nicht unreifen jungen Mädchen, sondern sozusagen wohltrainierten – gepflegten, reifen, erfahrenen und vorzugsweise verheirateten Frauen. Solche Frauen brachten in den Liebesakt einen Reichtum an erworbenem Können ein. Sie wußten, was sie von einem Liebhaber wollten, zierten sich nicht und gaben sich nicht schüchtern, und sie waren auch über nette kleine Abweichungen nicht überrascht.

Was sollte man dazu sagen? Keine Regel – falls es sich überhaupt um eine Regel handelte – ohne Ausnahme. Suzette war für Armand die Ausnahme von der Norm – für ihn strahlte sie eine jugendliche Sinnlichkeit aus, der er nicht zu widerstehen vermochte. Die Stunden des Abends und der Nacht, die sie zusammen verbringen würden, versprachen, ein Festgelage unvorstellbarer Wonnen zu werden. Wenn sie dann schließlich zusammen in dem Bett, in dem er gerade lag, einschliefen, dann hätten sie einander bis zum absoluten Stillstand geliebt – daran zweifelte er kein bißchen. Und wenn sie gegen Mittag Arm in Arm erwachten, war es möglich, daß sie zu erschöpft wären, um noch einmal Liebe zu machen, ehe sie fortginge!

Mit dieser Gewißheit schirmte er sein Bewußtsein gegen das gierige Zucken des standhaften Gefährten zwischen seinen Beinen ab und erhob sich, um zu frühstücken. Madame Cottier hatte schon seit über einer Stunde herumhantiert. Sie bereitete ihm seinen Kaffee, und als sie ihn zusammen mit köstlich duftenden, frischen Croissants ins Wohnzimmer brachte, sagte er ihr, daß er erwarte, über Nacht eine Dame bei sich zu haben. Madame Cottier nickte unerschütterlich und sagte, sie würde für seinen Gast das Bett mit den neuen taubenblauen Satinlaken beziehen. Dann fragte sie nach den Frühstücksplänen für den nächsten Tag.

»Ich gehe mit der jungen Dame in einen Nachtclub«, sagte er. »Wir werden sicher bis spät in die Nacht tanzen. Ich zweifle, ob wir früher als gegen Mittag aufwachen werden.«

»Ah ja«, sagte Madame Cottier mit leicht zur Seite geneigtem Kopf, die Arme über der Brust verschränkt. »Ich habe gehört, daß diese Nachtclubs *sehr* ermüdend sein können. Es steht zu hoffen, daß Sie und die Dame es nicht übertreiben, Monsieur Armand. Ich werde hier sein, und ich bin bereit, *café complet* für zwei im Schlafzimmer zu servieren, sobald Sie danach verlangen – selbst wenn es mitten am Nachmittag ist.«

Die Gedanken bei den erfreulichen Ereignissen des Abends, genehmigte sich Armand einen faulen Vormittag und tat nichts weiter, als mit ein paar Freunden am Telefon zu plaudern. Er ging für ein leichtes, doch nahrhaftes Mittagessen und eine halbe Flasche ausgezeichneten Bordeauxweins in ein kleines Restaurant, in dem er Stammgast war, und gegen halb drei trödelte er zurück zu seiner Wohnung und plante, sich eine Siesta von ein oder zwei Stunden zu gönnen, um seine Energien aufzubauen, damit er Suzette gewachsen sei.

Man kann sich seine Überraschung vorstellen, als in dem Augenblick, wo er den Schlüssel in die Wohnungstür steckte, Madame Cottier von innen aufmachte und ihn informierte, daß er Besuch hätte. Ein leicht sinkendes Gefühl machte sich in seiner Magengrube bemerkbar. Wenn der Besuch eine der drei schönen Frauen war, die er zur Zeit anbetete – die leidenschaftliche Madeleine oder ihre aufregend arrogante Schwester Yvonne oder die köstlich perverse Dominique –, dann wäre es so gut wie ausgeschlossen, sich nicht zu einem Liebesnachmittag verleiten zu lassen, was seine Reserven für den Abend erschöpfen würde.

»Wer ist es?« fragte er, unsicher, welche von den dreien er im Moment am ehesten fürchtete.

»Madame Quibon«, ließ Madame Cottier ihn zu seiner allergrößten Verblüffung wissen. »Jetzt, wo Sie wieder hier sind, kann ich wohl gehen – für heute abend ist alles bereit.«

Armand war zwar Fernande Quibon nie begegnet, doch er wußte, daß sie die ältere Freundin war, in deren eleganter Wohnung Suzette wohnte. Er wußte auch, daß sie die Geliebte von Marc Leblanc war, dem Kunsthändler. Er konnte sich beim besten Willen nicht vorstellen, aus welchem Grund sie ihn aufsuchen mochte – es sei denn, sie brachte Nachrichten von Suzette, die zu wichtig waren, als daß sie über das Telefon mitgeteilt werden konnten! Mit lauter Katastrophen im Sinn – ein Unfall auf der Straße, ein Zusammenstoß der Metro, eine Kollision im Taxi – hastete er in sein Wohnzimmer, ohne sich Zeit zu nehmen, Mantel und Hut abzulegen.

Doch alle diese Gedanken verflogen, als er Madame Quibon ruhig in einem der Sessel sitzen und gelangweilt in einem Exemplar von *La Vie Parisienne* blättern sah, das sie oben auf dem Bücherregal gefunden hatte. Als sie von dem oberflächlichen kleinen Heft aufblickte, sah er die klassische Schönheit ihres Gesichts und die kalten braunen Augen, die ihn mit einem einzigen Blick abzuschätzen schienen, und er beeilte sich, sich zu entschuldigen und seinen Hut abzunehmen.

»Es tut mir leid, daß ich Sie warten gelassen habe«, sagte er. »Wenn ich gewußt hätte, daß Sie kommen…« Den Rest des Satzes ließ er ungesagt verklingen.

Sie hielt ihm die Hand zum Handkuß hin, und ihm fiel auf, daß sie kurze, kräftige Finger hatte und jeder der drei zwischen dem Daumen und dem kleinen Finger von einem großen, kostbaren Ring geschmückt war – einer mit einem Solitär, einer mit einem von kleinen Diamanten umgebenen Smaragden und der dritte mit zwei Rubinen.

Er zog sich den Mantel aus und setzte sich ihr gegenüber. Vor ihm saß eine schlanke Frau ungefähr Mitte Dreißig, von kalter und irgendwie einschüchternder Schönheit, mit rabenschwarzem Haar und dunkelbraunen Augen, so glänzend und hart wie Edelsteine. Sie trug ein äußerst elegantes Kostüm aus schwarzem Georgette, das für Armands Kennerblick nach Chanel aussah.

»Ich habe erst vor einer Stunde herausgefunden, daß Sie sich für heute abend mit Suzette verabredet haben«, begann sie und stellte dabei klar, daß sie Direktheit bevorzugte. »Ich bin sofort hergekommen, da dies nicht etwas ist, worüber ich am Telefon zu diskutieren wünsche.«

»Wie gut, daß ich gleich nach dem Essen heimgekommen bin«, sagte Armand, dessen Stimme nun, da er begriffen hatte, daß ihr Besuch nicht einen freundlichen Anlaß hatte, ziemlich sarkastisch klang.

»Es stand außer Frage, daß Sie heute nachmittag zu Hause sein würden, um ihre Kräfte für die Anstrengungen zu sparen, die Sie für heute abend auf dem Programm haben«, sagte Fernande mit entsprechendem Sarkasmus.

»Da wir so offen sprechen«, sagte Armand, »sind Sie vielleicht so nett, mir zu sagen, warum Sie hergekommen sind?«

»Das ist meine Absicht«, erwiderte sie. »Um gleich zur Sache zu kommen, Monsieur: Ich will, daß Sie Ihre Verabredung mit Suzette heute abend absagen und sie in Ruhe lassen. Ich will nicht, daß sie mit Ihnen schläft, ist das deutlich genug?«

»Sie sind beleidigend!« rief Armand aus. »Ich weiß gar nicht, wie ich Ihnen antworten soll, ohne ebenso beleidigend zu werden. Was gibt Ihnen das Recht, mir vorzuschreiben, was ich zu tun oder zu lassen habe?«

»Suzette ist mein Schützling«, sagte Fernande. »Ich werde nicht zulassen, daß Männer wie Sie ihr Leben ruinieren.«

»Ihr Leben ruinieren? Indem ich sie zum Abendessen einlade und ihr Geschenke kaufe? Das ist ja lächerlich!«

»Wir beide wissen, was Sie als Gegenleistung für Abendessen und Geschenke fordern! Suzette gehört mir, und ich bestehe darauf, daß Sie aufhören, sie zu belästigen!«

»Ich weiß nicht, was Sie damit sagen wollen«, sagte Armand, und die Gedanken rasten ihm durch den Kopf und führten ihn zu erschreckenden Schlüssen.

»Sie brauchen gar nicht so zu tun, Sie verstehen mich ganz genau«, beharrte sie.

»Ja, ich glaube«, sagte er mit einem plötzlich ganz charmanten Lächeln, »doch Ihre Leidenschaft für Suzette beruht gewiß nicht auf Gegenseitigkeit – sie hatte vor mir einen anderen Liebhaber, meinen Cousin Pierre-Louis Beauvais.«

»Wenn Sie das Liebe nennen, nun, bevor sie nach Paris kam, hatte sie mehr *Liebhaber,* als Sie sich vorstellen können«, sagte Fernande kalt. »Was meinen Sie, warum ihr Vater sie blau und grün geprügelt hat? Seit sie dreizehn ist, spielt sie verrückt, und es ist ein Wunder, daß sie seitdem nicht jedes Jahr schwanger geworden ist.«

»Und Sie unterrichten sie jetzt in der Kunst des Überlebens – ja?«

Fernande sah ihn kalt an und schwieg.

»Mein Cousin hat Sie nicht erwähnt«, sagte Armand, »er sprach nur davon, daß er glaube, Suzette habe einen weiteren Mann zum Freund.«

»Was für ein Dummkopf!« meinte Fernande verächtlich. »Sie hat ihm gesagt, daß sie keine anderen Männerfreundschaften hat, aber er wollte es ihr nicht glauben. Und als sie anfing, sich darüber zu ärgern, daß er sich weigerte, die simple Wahrheit zu akzeptieren, wurde er sofort zu dem barbarischen Typ Mann und verprügelte sie.«

»Mag sein«, meinte Armand achselzuckend. »Aber wenn

Sie hergekommen sind, um mich fernzuhalten, warum haben Sie das nicht auch bei Pierre-Louis gemacht?«

»Das war nicht nötig. Er nahm keinen bedeutsamen Platz in Suzettes Herzen ein«, gab Fernande zurück. »Er war ein nützlicher Dummkopf, der sie gut unterhielt und ihr elegante Kleider kaufte. Sie entschädigte ihn auf die einzige Weise, die sie kennt. Doch es sieht so aus, als wäre es für ihn nicht genug gewesen, die Wonnen ihres fabelhaften jungen Körpers zu genießen: Er beschloß, er wolle Zuneigung, Hingabe – kurz gesagt *Liebe* – von ihr. Und als sie dem nicht entsprach, wurde er zum Wüstling und katapultierte sich selber für immer aus ihrem Leben, indem er Fäuste und Füße einsetzte.«

»Ich glaube, Sie übertreiben ein wenig, Madame«, meinte Armand, der über ihren Bericht lächeln mußte, »aber ich glaube, ich habe Sie verstanden. Sie lehren Suzette, wie sie ihren Weg machen kann, indem sie sich der wundervollen Mitgift bedient, mit der sie der liebe Gott ausgestattet hat – vermutlich ebenso wie Sie selbst, wenn ich das im Sinne einer freimütigen Gratulation und, ohne beleidigend sein zu wollen, so offen sagen darf. Sie hatte kein Glück, als sie Pierre-Louis wählte, den ich als emotionalen, reizbaren Menschen kenne. Aber wenn ich das eine oder andere zu meinen Gunsten sagen darf, so bin ich unkompliziert, ausgeglichen, unbelastet von Gattin oder Familie und mindestens ebenso begütert wie mein Cousin. Was haben Sie gegen mich als Liebhaber von Suzette einzuwenden?«

»Ich bin sehr erfreut, daß wir diese Angelegenheit in rationaler und zivilisierter Weise besprechen können«, sagte Fernande und lehnte sich zurück, wobei sie ihre seidenbestrumpften Knie unter der schwarzen Strenge ihres Rocks übereinanderschlug. »Männer sind im allgemeinen töricht emotional in solchen Dingen. Der Grund ist, da Sie danach fragen, Eifersucht von meiner Seite.«

»Aber weshalb um alles in der Welt sollten Sie denn eifersüchtig auf mich sein?«

»In der kurzen Zeit, die Suzette Sie kennt, hat sie sich eine für meine Seelenruhe bei weitem zu hohe Meinung von Ihnen gemacht. Ich habe das unangenehme Gefühl, daß sie jung und beeindruckbar genug ist, sich in Sie zu verlieben. Und das weigere ich mich glattweg in Betracht zu ziehen. Was zwischen Ihnen ist, muß auf der Stelle aufhören.«

»Ich bin Ihnen dankbar für Ihre Offenheit«, meinte Armand geschmeichelt, »aber ich sehe keinerlei Anlaß, warum ich mir den Genuß von Suzettes Freundschaft versagen sollte, nur um Ihnen einen Gefallen zu tun.«

Fernande vertraute jetzt darauf, daß sie ihn ihrem Willen beugen konnte, und lächelte ihn an. Sie lehnte sich noch ein wenig tiefer in ihren Sessel, so daß die kleine Bewegung ihres Rocks seine Aufmerksamkeit auf die Eleganz ihrer Beine in den schwarzen Strümpfen lenkte.

»Meine Intuition sagt mir, daß Sie bei weitem zugänglicher wären, wenn ich *Ihnen* gefällig wäre«, sagte sie leise.

»Aha – Sie mögen also am Ende die Männer doch!« rief Armand mit breitem Lächeln aus.

»Wie absurd Sie sind«, sagte Fernande und erwiderte sein Lächeln in einer Weise, die nicht einfach angenehm war, sondern gleichzeitig intime Freuden versprach.

»Warum sagen Sie das, Madame?«

»Weil jeder Mann, den ich kenne, sich einbildet, daß die zwölf oder fünfzehn Zentimeter Knorpel zwischen seinen Beinen ihn zum Herrn der Schöpfung machen! Wir Frauen – wir mit dem Spalt – sehen den Wert des männlichen Glieds ganz anders. Aber da Männer nie wirklich erwachsen werden, egal wie alt sie sind, und ihr Leben lang Jünglinge bleiben, ist es nötig, daß wir ihnen nachgeben, indem wir sie glauben lassen, sie seien von höchster Wichtigkeit.«

Auf ihre Erwähnung dessen hin, was sich zwischen Armands Beinen befand, regte es sich angenehm. Er rückte seine Beine ein wenig auseinander, um Fernandes Aufmerksamkeit auf die länger werdende Beule in seiner Hose zu lenken.

»Es ist Ihr Recht, das männliche Trachten zu verspotten«, sagte er, »doch die Geschichte, die Biologie, die Wissenschaft – ganz zu schweigen von den Lehren der Religion – zeigen uns unmißverständlich, daß das männliche Geschlecht bei unserer Spezies das dominante ist.«

»Ah, ja, das Dogma von Mutter Kirche dürfen wir natürlich nie außer acht lassen«, erwiderte Fernande sarkastisch. »Mit den Priestern und den Wissenschaftlern auf Ihrer Seite sind Sie überzeugt, der Dominierende in dieser Unterhaltung zu sein. Und dennoch zweifle ich, daß das, was Sie zeigen können, viel hermacht. Falls Sie es wagen, es mich sehen zu lassen, heißt das.«

»Sehen lassen?« fragte Armand, der seinen Ohren nicht traute.

»Ihren Troddel natürlich. Auch wenn die Art, wie Sie auf meine Beine starren und versuchen unter meinen Rock zu schauen, mich vermuten läßt, daß er nicht mehr in schlaffem Zustand ist. Aber egal – Sie wollen, daß ich ihn sehe, nicht wahr?«

»Ich will, daß ihn jede schöne Frau in der ganzen Welt zu sehen bekommt«, antwortete er mit vollem Ernst. »Aber zur Sache, Madame – warum wollen *Sie* ihn sehen?«

»Ich kann Ihnen versichern, daß es für mich, abgesehen von einer kleinen Erwägung, von absoluter Bedeutungslosigkeit ist. Doch da mir so ungeheuer viel an Suzette liegt, empfinde ich eine gewisse Neugier, den Gegenstand zu sehen, mit dem ihr zarter Körper penetriert – vergewaltigt, könnte ich auch sagen – worden ist, doch ich werde meine wahren Gefühle höflichkeitshalber unterdrücken.«

Wie reagiert ein heißblütiger Mann, wenn eine attraktive Frau den Wunsch äußert, aus was für Gründen auch immer, seinen allerliebsten Körperteil sehen zu dürfen? Es versteht sich von selbst, daß Armand während des ungewöhnlichen Gesprächs, das diesem Augenblick vorausging, sein übliches Spiel gespielt hatte, wo er Fernande im Geiste entkleidete und sich die Eleganz ihres schlanken, kleinbusigen Körpers unter dem eleganten schwarzen Schneiderkostüm vorstellte. Als natürliche Folge war er in einem Zustand, der es völlig ungerechtfertigt machte, seine männliche Ausstattung als Troddel zu bezeichnen, wie Fernande schon vermutet hatte. Er stand steif aufrecht, von der Unterhose fest gegen den Bauch gehalten – und forderte durch heftiges Pulsieren nach Aufmerksamkeit.

Der Gedanke, ihn ihr in diesem Erregungszustand vorzuführen, war höchst aufreizend. Und er wurde es noch mehr, falls das überhaupt möglich war, als Fernande langsam die Knöpfe ihrer weichen, schwarzen Kostümjacke löste und sie aufmachte. Sie trug kein hübsches Seidenhemd darunter – nur das dünnste Fähnchen von Halter für ihre birnenförmigen Brüste. Die zarte Spitze, aus der er gemacht war, verhüllte gar nichts. Armand guckte begeistert auf die kleinen rosigen Knöspchen, die hindurchschauten, und dachte, wie es sich wohl anfühlte, wenn man sie mit der Zungenspitze berührte.

»Zum Zeichen meines guten Willens dürfen Sie mich anschauen«, sagte Fernande, doch Armand war überzeugt, daß, was auch immer sie für eine Meinung über ihn als Suzettes Liebhaber hatte, guter Wille dabei keine Rolle spielte. Doch jetzt war nicht der Augenblick, Haarspaltereien über ihre Motive zu betreiben, nicht jetzt, wo Fernande ihre weichen, kleinen Brüste aus dem Büstenhalter befreite und den Rücken durchdrückte, um sie mehr hervorstehen zu lassen.

»Ihre Schönheit ist wahrhaft umwerfend, Madame«, sagte

Armand, und er meinte es auch, denn er konnte einen kleinen Seufzer nicht unterdrücken, als Fernande ihre mit leuchtend roten, blauen und grünen Edelsteinen geschmückten Hände auf ihren Busen legte.

Sein Kopf war voll von der köstlichen Vorstellung, wie Fernande ihre kleine Brust entblößte, damit Suzette damit spiele, und die entsprechenden Bilder, wie Fernande Suzettes Seidenbluse aufknöpfte und ihren prallen Busen enthüllte, um ihn zu küssen... Und dann die beiden Frauen mit einer Hand unter den Kleidern der anderen, um zwischen die warmen Schenkel zu fassen und sich mit zart kitzelnden Fingern kleine Wonneschauder durch ihre Leiber zu senden. Er stellte sich vor, wie sie sich gegenseitig ganz auszogen, wie Fernande und Suzette zusammen in einem Bett lagen, die Schenkel umeinandergeschlungen und ihre weichen Bäuche aneinander gedrückt...

Fernande nahm ihre Handtasche von der Sessellehne, ein flaches, elegantes Rechteck aus schwarzem Wildleder mit ihrem Monogramm aus goldenen Lettern. Sie kramte einen Moment darin herum, bevor sie ein kleines Taschentuch aus feinstem Batist mit breitem Spitzenrand hervorholte. Armand glaubte, sie hätte die Absicht, sich unter irgendeiner seltsamen, vorgetäuschten Rührung die Augen abzutupfen, doch das stellte sich sofort als Irrtum heraus. Sie öffnete den Mund und drückte das Taschentuch darauf; dann hielt sie das kleine weiße Quadrat auf der Handfläche, um den scharlachroten, ovalen Abdruck ihrer Lippen vorzuführen.

Armand konnte den Blick nicht von dem Spitzentüchlein wenden, als sie sich graziös erhob und in vier Schritten bei ihm war. Sie breitete das Taschentuch auf seinem Knie aus, stützte sich auf die Armlehne seines Sessels und bat ihn, die Beine auszustrecken – oder eher sagte sie es ihm, statt ihn zu bitten, denn sie sprach mit leiser, monotoner Stimme. Ob gesagt oder gefragt – Armand war dies in seinem gegenwärtigen Erregungszustand völlig einerlei. Er machte die Beine ganz lang, damit Fernande seine Hose aufknöpfen konnte, und schaute ihr neugierig ins Gesicht, während sie seine Geheimnisse bloßlegte. Ihr Ausdruck war völlig gelassen, mit einer ganz leichten Tendenz zu mildem Interesse.

»Da ist er!« rief er triumphierend aus, als sie sein Hemd in die Höhe zog und sich sein steifes Gerät keck durch den Schlitz in der Unterhose schob. Sie betrachtete es ein Weilchen, ohne Anstalten zu machen, es zu berühren.

»Hm«, gab sie von sich, einen winzigen Laut, der aus ihrer Kehle kam und alles heißen konnte von einem spöttischen *Ist das alles?* bis zu einem anerkennenden *Nicht schlecht!*, während sie seinen männlichen Stolz mit einer Ruhe musterte, die fast nicht zu ertragen war.

»Eine gewisse Dame mit Stil und Qualität hat mir versichert, daß sie seine leidenschaftliche Erscheinung bezaubernd finde!« sagte Armand, der sein Selbstgefühl aufbesserte, indem er sich an Yvonnes Worte erinnerte.

»Manche Frauen sind leichter zu täuschen als andere«, gab Fernande zurück. »Ich sehe keinen Grund, warum Sie so zufrieden mit sich sind, weil Sie dieses aufgeblähte Organ in Suzettes Körper gezwungen haben. Sie hätten sie verletzen können – Frauen sind sehr empfindlich zwischen den Beinen. Aber ich nehme nicht an, daß Sie sich darüber je Gedanken gemacht haben.«

»Und gerade weil Frauen so zart zwischen den Beinen sind, genießen sie es, einen Mann in sich zu haben«, sagte Armand. »Sie sind verheiratet gewesen, Madame – Sie tragen noch immer den Ring am Finger –, und darum können Ihnen die Wonnen eines auf Ihrem Bauch liegenden Mannes nicht unbekannt sein.«

»Erinnern Sie mich nicht an jene Tage!« rief sie. »Ich war

zwanzig, als meine Familie mich mit einem zehn Jahre älteren Mann verheiratete, einem Witwer, der schon eine Frau umgebracht hatte.«

»Sie waren mit einem Mörder verheiratet?« fragte Armand ungläubig.

»Ein wahrer Mörder in den Augen des Himmels, wenn schon nicht vor dem Gesetz. Er machte sie schwanger, und sie starb, als sie sein Kind gebar. Und ich war selbst fast noch ein Kind und hatte noch keine Ahnung von der Natur der Männer – er legte mich Nacht für Nacht auf den Rücken und zwang meine Beine auseinander, um sein brutales Verlangen an meinem Körper zu befriedigen. Ich flehte ihn an, doch er war unerweichlich.«

Armand hatte bemerkt, daß dadurch, daß sie auf der Armlehne hockte, ihr Busen genau die richtige Höhe hatte, um seinen Kopf daran ruhen zu lassen. Er legte seine Wange an ihre weichen, nackten Brüste und wollte gerade den Kopf drehen, um ihre rosigen Knospen mit der Zungenspitze berühren zu können, da stieß sie ihn fort und machte sich schnell die Jacke zu. Armand war gezwungen, sich damit zufriedenzugeben, seine Wange an den Stoff ihrer Jacke zu lehnen, um in den Genuß zu kommen, das Weiche darunter zu fühlen.

»Offenkundig waren Sie mit einem Mann verheiratet, dem es an Zärtlichkeit mangelte«, sagte er. »Aber heute können Sie nicht mehr behaupten, ein Kind zu sein, und die Art der Männer ignorieren. Und außerdem weiß ich, daß Sie die intime Freundin von einem Bekannten von mir sind – Marc Leblanc. Wie läßt sich das erklären?«

»Meine Freundschaften gehen Sie nichts an«, sagte Fernande und lief dunkelrot an. »Ich zweifle, daß Sie fähig sind, die enge und ganz besondere Zuneigung zu begreifen, die zwischen Monsieur Leblanc und mir gewachsen ist, aber ich werde dennoch versuchen, es Ihnen verständlich zu machen.«

»Dafür wäre ich Ihnen zutiefst dankbar«, sagte Armand, mehr als nur eine Spur von Ironie in der Stimme.

Glücklicherweise bemerkte Fernande es nicht. Sie blickte geistesabwesend und schweigend auf seine lange rosa Säule und schien ihre Gedanken zu sammeln.

»Wenn Sie meinen lieben Freund Leblanc kennen, dann wissen Sie, daß er nur ein oder zwei Jahre unter siebzig ist«, sagte sie schließlich. »Sein Interesse an schönen Frauen ist so groß wie eh und je, doch seine Fähigkeit, ihren Körper zu seiner Befriedigung zu nutzen, ist geschwunden. In den zwei oder drei Jahren, in denen ich seine vertraute Freundin bin, hat er nicht ein einziges Mal versucht, mir das anzutun. Doch da er ein so enger Freund von mir ist, tue ich, was ich kann, um ihm Freude zu schenken.«

»Und wie geht das?« wollte Armand voll unverhohlener Skepsis wissen.

»Ich ziehe meine Kleider aus und erlaube ihm, mich nackt zu sehen.«

»Ach, wie poetisch!« rief Armand aus. Er glaubte kein Wort von dem, was sie sagte. »Ich kann mir die Szene in Leblancs Salon vorstellen – Sie sitzen nackt auf einem seiner Empire-Sessel, während er sich mit Ihnen über Kunst unterhält und Ihre Schönheit aus der Ferne bewundert. Oder bittet er Sie, sich ans Klavier zu setzen und ihm ein kleines Nocturne von Chopin vorzuspielen, während er mit einem Glas Cognac in der Hand dasteht und die leichten Vibrationen ihrer nackten Brüste beobachtet?«

Er hatte im Sinn, daß im Falle, ihre Geschichte sei einigermaßen wahr, Leblanc reichlich wenig als Gegenleistung für die kostbaren Gemälde bekam, die er ihr schenkte.

»Sie sind ein Barbar«, sagte Fernande nachdenklich. »Ich wußte, daß Sie unfähig sind, es zu begreifen. Marc Leblanc ist ein Mann von exquisiter Sensibilität. Wenn ich nackt vor ihm stehe, huldigt er mir. Er kniet sich nieder und küßt mir die Füße. Und manchmal, nur manchmal, bittet er mich um Erlaubnis, meine Brüste küssen zu dürfen.«

Armand zuckte mit den Achseln. »Jeder nach seinem Geschmack.«

»Oh, *Sie* würden natürlich mehr fordern, das wissen wir alle beide nur zu gut!« rief Fernande in leicht geringschätzigem Ton aus und wies auf seinen vernachlässigten Ständer hin. »Ich habe in der Vergangenheit Männer wie Sie zu Freunden gehabt und weiß, wie man mit ihnen umgeht.«

»Davon bin ich überzeugt«, sagte Armand wissend. »Ich bin in Ihrer Wohnung gewesen, und ich weiß, daß Sie sehr stilvoll leben.«

»Täuschen Sie sich nicht«, sagte sie sogleich. »Meinen Erfolg habe ich nicht dadurch erreicht, daß ich mich auf den Rücken lege.«

»Nun, da wir schon mal in so erfreulicher Offenheit miteinander reden, liebe Madame Quibon, vielleicht ist es mir gestattet zu erfahren, wie Sie ihn denn sonst erreichen«, fragte er ehrlich interessiert.

»Indem ich charmant bin«, erwiderte sie leise.

Noch bevor Armand eine angemessen skeptische Antwort formulieren konnte, erhob sie sich von der Sessellehne und kniete sich vor ihn hin, um das kleine Spitzentüchlein über seinen schwingenden Zeiger zu drapieren. Er machte große Augen, als er den hellroten Abdruck ihrer halbgeöffneten Lippen über dem prallen Kopf seines ungeduldigen Körperteils hängen sah, und Fernande setzte sich auf die Absätze zurück, begutachtete die Wirkung ihrer Tat und lächelte dann zu ihm auf. »Ich nehme an, Sie genießen es, Ihr häßliches Ding da in den Mund einer Frau zu stecken«, meinte sie.

»Oh, ja«, bestätigte er, »fast so sehr, wie wenn ich es zwischen ihre Beine stecke.«

»Weiche, nasse Lippen, leuchtend rot geschminkt – und offen, so daß Sie hineinschlüpfen können«, sagte Fernande. »Genau wie der rote Abdruck meiner Lippen, der Sie jetzt küßt.«

Armand schaute wie hypnotisiert auf die scharlachrote Spur ihres Mundes auf dem Taschentuch. Es bewegte sich auf seinem verschleierten Ladestock in Fernandes ruckartigem Rhythmus auf und ab und betörte sein Bewußtsein so, daß er beinahe glaubte, ihr Mund sei tatsächlich dabei, ihn zu schlucken und auszuspucken. Ein Gedanke schoß ihm durch den Sinn, der ihm ein kleines Triumphstöhnen entlockte.

»Und Suzettes Mund...« murmelte er, »er war mehr als nur einmal in Ihrem Mund.«

»Dann nutzen Sie Ihre Erinnerungen, so gut Sie können, denn sie sind alles, was Sie haben«, gab Fernande zurück.

Ihre Hand flitzte in schnellen, kurzen Stößen an ihm auf und ab und lösten einen Krampf in seinem Bauch aus, der den Beginn seiner ekstatischen Ausschüttung ankündigte.

»Sie können jetzt kommen«, sagte sie ruhig.

Ihr Tonfall enthielt keine Spur offener Dominanz, doch er ließ keinen Zweifel und kein Ausweichen und duldete auch nicht die geringste Möglichkeit, ihrem Wunsch nicht Folge zu leisten. Armand verstand und reagierte mit einem langgezogenen Wonnestöhnen, als er seine Essenz wie eine Quelle hervorsprudeln fühlte. Boshafter Triumph stand in Fernandes eiskalt-schönem Gesicht, während sie zuschaute, wie er ihr Spitzentüchlein durchtränkte.

Als er sich wieder einigermaßen erholt hatte, saß sie unerreichbar auf einem Sessel ihm gegenüber und hatte die schwarzbestrumpften Beine übereinandergeschlagen, als wolle sie den Schatz hüten, der sich dazwischen befand. Armand trocknete sich so gut er konnte mit dem spitzenbesetzten Batisttüchlein, das sie um sein zusammenschrumpfendes

Glied gewickelt zurückgelassen hatte, dann machte er seine Hose zu. Er ließ das Taschentuch unter den Sessel fallen, um es später zu beseitigen, und trotz der Befriedigung, die er gerade erfahren hatte, war sein Geist alles andere als ruhig, sondern befand sich in einem Wirbelsturm gemischter Gefühle. Besonders stark war die aufkommende Abneigung gegen Fernande.

Er starrte sie schweigend an und mußte sich eingestehen, daß sie seine Schwäche für schöne Frauen erkannt und augenblicklich ausgenutzt hatte. Und sie hatte ihn clever manipuliert, vielleicht sogar so clever wie Dominique, doch nicht, um sein Interesse auf ihre eigenen Reize zu lenken, was Dominiques Spiele zum Ziel hatten. Nein, es sollte ihn von Suzette ablenken, so daß Fernande sie für sich selbst behalten konnte. Er zweifelte nicht im geringsten daran, daß die liebe Fernande noch viele kleine, ebenso aufregende Tricks im Repertoire hatte, um ihn zu unterhalten – bis sie ihn völlig ausgelaugt und sein Interesse an Suzette fürs erste gelöscht hätte.

Und was ihn mehr als alles störte, war, daß ihn Fernande als unausgesprochenen Beweis ihrer Verachtung in keinem Moment mit der bloßen Hand berührt hatte! Es war alles durch das Taschentuch hindurch geschehen, das sie seiner Leidenschaft geopfert hatte. *Ich bin zu anfällig für die Reize schöner Frauen,* sagte er zu sich selbst, *eine Charakterschwäche, die ärgerlich und wunderbar und wunderbar ärgerlich und ärgerlich wunderbar – alles zugleich – ist.*

Ihm war dies unterbewußt seit seinem sechzehnten Lebensjahr bekannt gewesen, doch er war erst an jenem Morgen gezwungen gewesen, es sich einzugestehen, als Yvonne ihn dazu brachte, sie auf der weißen Satin-Chaiselongue zu befriedigen, und zwar aus keinem besseren Grund, als dem, eine müßige Stunde zu füllen, ehe sie zum Mittagessen ausging. *Aber was sage ich da*, fragte sich Armand – *was könnte denn ein* besserer *Grund sein als ganz direkte Lust? Und was haben vernünftige Gründe überhaupt je mit den Freuden zu tun gehabt, die Männer und Frauen einander bereiten?*

Und dennoch, eine Schwäche zu haben war eines, zum ständigen Opfer zu werden war etwas anderes. Yvonne war in ihrem Salon der Jäger gewesen und er die Beute – an jenem Morgen hatte sie ihn gehabt, daran bestand kein Zweifel, auch wenn sie es war, die auf dem Rücken gelegen hatte. Aber später, am gleichen Tag, hatte er das alles ändern und Yvonne als Beute erlegen können – sie hatte auch wieder auf dem Rücken gelegen, doch ihre seidenbestrumpften Beine senkrecht über sich und ihr schmallippiger Spalt stand voll und ganz zu seiner Verfügung!

Es war das samtige Gefühl ihrer Strümpfe gewesen, das ihn bei jener Gelegenheit so erregt hatte, die feine schwarze Seide an seinem Mund und unter seiner nassen Zunge. Dies sowie die Erheiterung zu wissen, daß Yvonne sich unabsichtlich in seine Gewalt begeben hatte, wodurch er jedem Impuls freien Lauf lassen konnte, ungeachtet dessen, was immer sie bevorzugt hätte. Zwischen ihren ausgestreckten Beinen stehend hatte er sie innerhalb einer Stunde zweimal mit seinem Schwert aufgespießt und sie gezwungen, seine Ekstase zu teilen, trotz ihrer laut zum Ausdruck gebrachten Wut darüber, vergewaltigt zu werden, wie sie es beharrlich nannte.

Zwischen diesen beiden Leistungen hatte er sich ihre Fußgelenke unter die Arme geklemmt und sie so hilflos gemacht wie eine Meeresschildkröte, die auf dem Rücken im Sand liegt. Und er hatte an ihrer reifen Feige herumgefingert, bis sie platzte und ihren Saft vergoß – nicht nur einmal, sondern gleich dreimal. Nach Armands idiosynkratischen Grundsätzen hatte er Yvonne an jenem Nachmittag tatsächlich *gehabt*: Mit seinen Fingern hatte er sie vollständig besessen, und seiner Ansicht nach war ein Teil von ihr für immer sein. Sie war anschließend so erschöpft, daß sie unter dem Make-up ganz bleich geworden war – beinahe abgehärmt für eine so schöne Frau –, und sie hatte sich die ganze Treppe hinunter auf seinen Arm gestützt, als er ihr eine Taxe besorgte und sie nach Hause schickte.

Sie hatte am nächsten Tag angerufen und ihre bevorstehende Ankunft in seiner Wohnung angekündigt, damit sie ihre Spiele wiederaufnähmen, doch er war außer Haus gewesen und hatte auf die diskrete Nachricht, die Madame Cottier entgegengenommen hatte, nicht weiter reagiert. Und jetzt fand er sich einem weiteren räuberischen Geschöpf gegenüber, Fernande Quibon, die Männern auflauerte, ihre kleinen Schwächen feststellte – und dann lossprang, um ihre Substanz zu verschlingen. Sie hatte sich schon einmal auf ihn gestürzt und ihre Klauen in sein Fleisch gekrallt – bildlich gesprochen natürlich. Armand ertappte sich dabei, wie er sich fragte, was sie wohl als nächstes tun würde – ihre feinen schwarzen Handschuhe anziehen und ihn erneut seiner Kräfte berauben?

Doch was Fernande auch immer im Schilde führte, Armand war entschlossen, daß sie ihn auf keinen Fall noch einmal in ihrer zynischen Weise manipulierte. So wie bei Yvonne, als sie in seine Wohnung kam, um ihren kleinen Triumph zu wiederholen, war seine Zeit gekommen, sich durchzusetzen.

»Es tut mir leid, Ihnen mitteilen zu müssen, Madame, daß ich jetzt, nachdem Sie mir *gefällig* waren, keineswegs zugänglicher bin als zuvor. Ich danke Ihnen ganz herzlich für dieses nette kleine Zwischenspiel, doch es ist noch immer meine feste Absicht, ein intimer Freund von Suzette zu bleiben und sie zu sehen, wann ich es will. Was sagt Ihnen Ihre Intuition jetzt?«

»Sie flüstert mir ein, daß Sie zu den Glücklichen gehören,

die die unbezahlbare Gabe unersättlicher Sinnlichkeit besitzen«, antwortete sie, ohne im geringsten von seiner Attitüde beeindruckt zu sein – oder es sich nicht anmerken zu lassen, falls sie es war.

»Während Ihre eigene Sinnlichkeit ausschließlich von Ihrem Verstand kontrolliert wird und Ihnen zur Durchführung Ihrer Pläne zur Verfügung steht«, sagte Armand. »Nun, es war mir ein großes Vergnügen, Sie kennengelernt zu haben, Madame Quibon, doch ich hoffe, Sie halten mich nicht für unhöflich, wenn ich vorschlage, daß es an der Zeit ist, Ihren Besuch zu beenden.«

»Nicht unhöflich, sondern im Irrtum«, erwiderte sie ruhig. »Da sind noch viele Dinge, die wir untereinander regeln müssen, Sie und ich.«

»Nicht daß ich wüßte – ich bin nicht bereit, mit Ihnen über Suzette zu diskutieren.«

Fernande gab keine Antwort. Sie starrte ihm eine Weile ins Gesicht, als würde sie schließlich einen Entschluß fassen, dann lehnte sie sich im Sessel zurück, streckte ihre Beine aus und zog mit den beringten Fingern ihren Rock langsam über ihre Knie. Ungeachtet seiner Entschlossenheit, sich nicht wieder in Versuchung führen zu lassen, ertappte Armand sich dabei, liebevoll auf ihre schlanken Schenkel zu starren, die durch die reine, schwarze Seide der Strümpfe schimmerten. Sie trug keinen Strumpfhaltergürtel – die Strümpfe wurden von schwarzen Strapsen gehalten, die zum Vorschein kamen, als der Rocksaum höher in Richtung der schattigen und parfümierten Mysterien glitt, die sich zwischen ihren Beinen verbargen.

Der Rock unterbrach seinen Aufwärtsweg, sobald der Saum sich etwa auf halbem Wege zwischen ihren Knien und ihren Lenden befand. Armands Herz pochte freudig in seiner Brust beim Anblick der cremeweißen Haut von Fernandes schlanken Schenkeln oberhalb der Strümpfe. Er hätte sie so gerne geküßt, daß sein Schwert – obwohl es vor so kurzer Zeit und so vollständig gehandhabt worden war – zu seiner vollen Größe anschwoll. Fernandes scharfem Blick entging die längliche Beule in seiner Hose natürlich nicht, und sie lächelte über den schnellen Erfolg ihrer Kampagne.

»Sie sind ein Mann mit weit mehr Erfahrung mit dem weiblichen Körper, als eigentlich erlaubt sein dürfte«, sagte sie. »Was halten Sie von meinen Beinen – sind sie Ihrer Ansicht nach elegant?«

»Sie sind exquisit«, antwortete er.

»Ich dachte, daß sie Ihnen gefallen, denn ihre Wirkung auf Sie ist eindeutig. Finden Sie es nicht ein wenig unbequem, in Ihrem gegenwärtigen Zustand in diese Hosen gesperrt zu sein? Mir erscheinen sie eng und einschränkend.«

»Was würden Sie vorschlagen?« murmelte er.

»Machen Sie die Knöpfe wieder auf«, sagte sie mit wissendem Lächeln. »Öffnen Sie die Hose und lassen Sie Ihr männliches Wahrzeichen herausschauen. Vielleicht fällt mir etwas ein, das ich damit machen kann.«

Armand schloß für ein oder zwei Sekunden die Augen, um dem Drang zu widerstehen, zu tun, was sie vorgeschlagen hatte. Die Initiative entglitt ihm wieder – etwas mußte geschehen, ehe sie ihn wieder vollständig in ihrem Bann hatte.

»Ich habe eine wundervolle Idee«, sagte er, während er begann, seinen Hosenschlitz aufzuknöpfen. »Kommen Sie her und machen Sie Ihre Jacke auf, damit ich mein *männliches Wahrzeichen* zwischen Ihren Brüsten reiben kann.«

»Ausgeschlossen!« erwiderte sie wütend.

»Ich habe aber nicht vergessen, daß Sie mir berichtet haben, wie unserem gemeinsamen Freund Marc Leblanc das Vorrecht gewährt ist, sie zu küssen, wenn Sie sich für ihn entkleiden. Ich bin sicher, daß er mehr tut, als einen zarten Kuß darauf zu drücken. Gewiß befühlt er sie und holt seinen runzligen alten Schwengel hervor und quetscht ihn dazwischen, oder?«

Um ihn an weiteren Übergriffen in ihre privaten Arrangements mit Leblanc zu hindern, steckte sich Fernande ihren rechten Zeigefinger in den Mund und leckte daran, bis er ganz naß war. Armand schaute mit erstaunter Wonne zu, wie ihre Hand unter dem Rock verschwand.

»Was machen Sie denn da...?« brachte er schließlich heraus.

»Etwas, das Sie nie das Vergnügen haben werden zu tun – ich streichele mein *jou-jou*«, erläuterte sie mit halbgeschlossenen Lidern.

Aus dem Gefängnis seiner Hosen entlassen, strebte Armands übereifrige Komponente zitternd aufwärts. Und während er Fernandes sich rhythmisch bewegenden Arm sah, fühlte er, daß er in einem Ozean rosiger Geilheit versank – und als er zum letzten Mal unterzutauchen drohte, klammerte er sich an einen verrückt fadenscheinigen Gedanken, um sich zu retten.

»Da Sie entschlossen scheinen, mich zu einer Art tödlichen Duells zwingen zu wollen, um zu sehen, wer von uns Suzette haben darf«, sagte er und hatte Mühe, die Finger von seinem übereifrigen Freund zu lassen, der aus seiner offenen Hose ragte, »gestatten Sie mir, die Bedingungen zu nennen, unter denen allein ich Ihre Herausforderung annehme.«

»Ich lausche«, sagte Fernande. »Reden Sie weiter, wenn Sie wollen. Aber versuchen Sie nicht, mich auszutricksen, das ist nicht Ihr Stil. Es ist absurd, von Bedingungen zu reden; Sie wollen mich nur verwirren.«

Sie war natürlich nicht im geringsten verwirrt, sie hatte sich selbst und die Situation voll im Griff – der arme Armand war es, den die Gefühle verwirrten, die ihn bei diesem ergötzlichen Anblick durchrieselten: Fernande, die in aller Selbstverständlichkeit mit sich selber spielte. Er machte eine letzte verzweifelte Anstrengung, bevor der zuckende Verräter, den er befreit hatte, ihn erneut verleugnen und Fernandes Macht ausliefern würde.

»Ich schlage eine Kraftprobe vor«, sagte er mit zitternder Stimme. »Wir werden beide gleichzeitig mit Suzette Liebe machen, und wenn ihr kritischer Augenblick gekommen ist, werden wir sehen, wem von uns beiden sie ihre kleine Tasche zum Füllen anbietet.«

Fernande zog ihre Hand unter dem Rock hervor und stand auf. Sie blickte ihm ruhig in die Augen, während sie ihren langen Rücken beugte, ihren Rocksaum faßte und langsam über ihre Schenkel zog. Armands Mund öffnete sich zu einem kleinen Seufzer der Bewunderung, als die Ränder ihrer schwarzen Seidenstrümpfe wieder für ihn entblößt wurden, und gleich darauf auch die blasse Haut ihrer Schenkel oberhalb. Der Rock wanderte weiter in die Höhe wie ein Theatervorhang, wenn das Schauspiel beginnen soll – bis zu dem Moment, wo Armand einen Blick auf den Spitzensaum ihrer Unterhose erhaschen konnte.

Er hatte erwartet, und zwar aus keinem besseren oder logischeren Grund, als daß, da Fernande einen schwarzen Rock und glänzende schwarze Seidenstrümpfe trug, ihre Unterwäsche ebenfalls von der gleichen Farbe wäre. Und so entdeckte er voller Überraschung und Freude, daß ihre elegant geschnittene Unterhose aus sattem, dunklem Brombeerrot war! Eine Farbe, die die Phantasie packte – opulent, wollüstig – und über alle Maßen geil.

Fernande stand still und schweigend da, fast, als posiere sie für ihn wie ein Modell für einen Künstler, während er sich an ihrem Anblick labte, zunächst an der feinen Kurve, wo ihr Bauch die brombeerfarbene Wäsche ausfüllte, und dann an der kühneren kleinen Erhöhung zwischen ihren Schenkeln, wo die dünne Seide ihre *motte* verhüllte, und schließlich an der cremigen Glätte ihrer Haut zwischen Unterhose und Strümpfen. Armands aufragender Stengel bebte in verzweifelter Erwartung und zauberte ein Lächeln auf ihr Gesicht.

»Wie schön Sie sind«, wisperte Armand.

Zum zehntausendsten Mal in seinem Leben – ungefähr – bedauerte er es, daß er sein winziges Zeichentalent nicht trainiert und anständig entwickelt hatte. Wenn er doch nur ein Maler wäre, dann könnte er auf der Leinwand den lüsternen Farbkontrast festhalten, den Fernande ihm zeigte: das Wechselspiel von glänzend schwarzen Strümpfen, blaßhäutigen Schenkeln und brombeerroter Seide. Und den köstlichen Gegensatz zwischen dieser Enthüllung und dem Ernst ihres Gesichts. Wie gut sie die männlichen Schwächen kannte – er war so heftig erregt, als hätte sie sich vor ihm nackt ausgezogen, und alles, was sie gemacht hatte, war, ihn ihre Unterwäsche sehen zu lassen!

Doch er mußte erfahren, daß das Stärkste erst noch kommen sollte. Als Fernande der Meinung war, er sei soweit, zur nächsten Stufe der sinnlichen Intoxikation aufzusteigen, hakte sie ihre Daumen in das Gurtband ihres Höschens und begann, es über ihren Bauch herunterzuziehen, wobei sie immer wieder Pausen einlegte, um ihn jeden der Genüsse voll auskosten zu lassen. Zuerst wurde ihr Bauchnabel sichtbar – ein kleines, ganz rundes Grübchen, das förmlich danach schrie, mit der Spitze einer nassen Zunge ausgekundschaftet zu werden. Als Fernande bemerkte, daß Armands Hände auf den Armlehnen seines Sessels zitterten, ließ sie die Hose noch ein Stückchen tiefer, bis der obere Rand ihres Lockenbüschels zu sehen war, von einem dunkleren Braun, als er es je an einer Frau gesehen zu haben glaubte, so dunkel, daß es beinahe schwarz wirkte.

Und das Beste sollte noch immer kommen! Sein Stengel hüpfte so heftig, daß er ihn mit der Hand umklammerte, um ihn zu beruhigen, und er hielt den Atem an, als Fernande das Höschen über die Schenkel bis an den Oberrand der Strümpfe schob und ihren ganzen Pelz zeigte. Er war nicht groß, oder falls er es doch war, dann zupfte sie ihn auf ein kleines Dreieck zurück, doch die Üppigkeit und Intensität der Farbe waren köstlich, und die Wirkung auf Armand so gewaltig, daß er seine Hand kaum daran hindern konnte, an dem geschwollenen Schaft auf und ab zu gleiten, um ihm einen herzinnigen Tribut für Fernandes intime Reize zu entlocken.

Im nächsten Moment hatte sie sich ihrer Unterwäsche entledigt und ihren Rock wieder glattgestrichen, um all das zu verhüllen, was er hatte sehen dürfen. Sie lächelte über seine Verwunderung, die ihm ins Gesicht geschrieben stand, und im nächsten Augenblick hatte sie sich neben ihm auf die Knie niedergelassen, allem Anschein nach vollständig angezogen – die schwarze Kostümjacke war zugeknöpft, und der Rock verhüllte ihre Beine bis an die Knie. Doch für Armand war das kleine Geheimnis, das er mit ihr teilte, beinahe überwältigend; das Geheimnis, daß sie unter dem Rock nackt war, ungeschützt vor neugierigen Augen und zudringlichen Händen – falls ein Mann dreist genug war, es zu versuchen.

Und dort zwischen ihren juwelengeschmückten Fingern hielt sie ihm zu seiner Erbauung den Beweis ihrer heimlichen Nacktheit hin: das brombeerrote, spitzenbesetzte Höschen, das sie abgelegt hatte. Wortlos streckte Armand seine zitternde Hand aus, um das bezaubernde, zarte, kleine Kleidungsstück mit ebensolcher Gemütsbewegung zu berühren, als habe er Fernandes nackten Körper angefaßt.

»Oh, wie fabelhaft«, stieß er ehrerbietig hervor, als seine Fingerspitzen über die glatte Seide strichen und über die kleine Stelle, die ihren dichten Pelz und die Köstlichkeit aus

Fleisch und Blut darunter bedeckt hatten. Und Fernande lächelte wissend und spannte die Seide straff, damit seine Finger die Stelle befühlen konnten, der seine Aufmerksamkeit galt.

»Sie sind genauso verwegen, wie ich vermutet habe«, sagte sie und belächelte wieder seinen Eifer.

Sie beherrschte es aufs beste, diese Fernande Quibon, das kleine Spiel, das ihr eine angenehme Wohnung und elegante Kleider sicherte – das Spiel, Männer bis an die Grenze des Rausches zu reizen, ohne sich selber hineinverstricken zu lassen, sie an sich zu fesseln, ohne selbst körperlich oder seelisch beteiligt zu sein. Zunächst eine kleine Ermutigung, damit ihre Phantasie angeregt wurde, dann ein winziges Abschrecken, um sie zu bremsen, gefolgt von einem weiteren Akt der Ermutigung, und so fort, bis der Mann es nicht mehr ertrug und um Erleichterung seiner Leidenschaft flehte – wonach sie alles von ihm verlangen konnte, was sie wollte.

Von Armand wollte sie keinen finanziellen Beitrag und strebte auch nicht nach einer langfristigen Bekanntschaft – im Gegenteil, es war ihre Absicht, Suzette vor seinen Aufmerksamkeiten zu bewahren. Aber sie bediente sich ihrer Kunst für ihn, um die Oberhand zu gewinnen, und er stöhnte laut, als sie ihr dunkelrotes Höschen um seinen harten Schaft wickelte, wobei sie achtsam vermied, seine Haut mit ihrer nackten Hand zu berühren. Sie ließ sich auf den Fersen nieder und schaute zu, wie ihn bei der Berührung mit der warmen Seide ein Wonneschauder durchlief.

»Unfaßbar«, seufzte er. »Dieses farbintensive Fetzchen Seide, das Ihr hübsches *jou-jou* zwischen Ihren Schenkeln geküßt hat, liebkost jetzt mich...«

»Das finden Sie höchst aufregend«, sagte Fernande – als Feststellung, nicht als Frage.

»Ah, aber Sie haben mir einen kleinen Blick auf ihr *bijou* erlaubt, und was ich sah, war bezaubernd«, keuchte Armand und starrte auf das längliche, seidenumwickelte Bündel hinunter, das in seinem Schoß unaufhörlich zuckte.

»Sie fanden mein *bijou* bezaubernd?« fragte sie lächelnd.

»Exquisit!« bestätigte er inbrünstig. »Ich gäbe alles in der Welt für die Wonne, es küssen zu dürfen.«

»Sie sind nicht der erste Mann, der mir das sagt, und meine Antwort lautet immer gleich – *Nein, niemals, nie, nie, nie!* Wenn Sie ein hübsches junges Mädchen wären, lautete die Antwort anders. Ich würde mich nackt ausziehen und mich, so wie Sie dort sitzen, mit weit gespreizten Beinen über Sie knien, damit Sie mich nach Herzenslust küssen können.«

»Sie sind grausam, daß Sie mich mit solchen Gedanken foltern, wenn Sie nicht die Absicht haben, sie wahr werden zu lassen«, klagte er.

»Nicht ich bin grausam«, widersprach Fernande mit einem dünnen Lächeln. »Es ist Ihr tragisches Schicksal: Sie hatten das Pech, mit diesem Anhängsel geboren zu werden. Sie preisen es in den höchsten Tönen, nehme ich an, wie Männer das in ihrer idiotischen Eitelkeit tun, doch seine Existenz bedeutet, daß Ihr Begehren, mein *bijou* zu berühren, niemals erfüllt werden wird.«

Das dünne Lächeln blieb in ihrem Gesicht, während sie *dieses Anhängsel* in seiner brombeerfarbenen Hülle mit ihren juwelengeschmückten Händen drückte.

»Aber das von der süßen, kleinen Suzette habe ich berührt und geküßt, bis sie sich in Ekstase gewunden und mich angefleht hat, meinen Kolben in sie zu stecken und sie zu zerreißen«, rächte er sich.

»Wüstling!« rief Fernande, bleich und wutverzerrt. »Nur ein ungebildeter Emporkömmling kann so respektlos von ihr sprechen. Das reicht! Diese Bedingungen, mit denen Sie mich verwirren wollten, ein Abkommen, daß Sie sie in Ruhe lassen – was verlangen Sie?«

»Einen Wettkampf um ihre Zuneigung zwischen Ihnen und mir, mit Suzette als Preis«, sagte er und versuchte, seine Stimme fest und stark klingen zu lassen. »Wir werden gleichzeitig Liebe mit ihr machen, sie gemeinsam küssen und liebkosen, jeder auf seine Weise, und keiner stört den anderen.«

»Was für ein grotesker Vorschlag!« rief Fernande aus.

»Gemeinsam werden wir sie sehr schnell bis zu dem Punkt erregen, wo sie sich an einen von uns wenden wird, um den zärtlichen *coup de grâce* zu erflehen, und wir werden sehen, ob es Ihre Zunge oder meine Männlichkeit ist, die sie zwischen ihren Beinen haben will, um sie zur Ekstase zu bringen. Wenn sie sich Ihnen zuwendet, dann ist sie die Ihre, und ich werde sie nie wieder anfassen. Aber wenn sie sich an mich wendet...«

»Was dann?« fragte Fernande. »Glauben Sie, ich würde mich damit zufriedengeben, sie bei Ihnen einziehen zu lassen und sie nie wiederzusehen? Sie sind noch arroganter, als ich angenommen hatte.«

»Lassen Sie uns abwarten und sehen, was dabei herauskommt«, meinte Armand, der nicht die geringste Absicht hatte, Suzette – oder irgendeine andere Frau – einzuladen, zu ihm in die Wohnung zu ziehen. »Nehmen Sie meine Bedingung an?«

»Natürlich nicht!«

»Sind Sie sich ihrer Zuneigung so wenig sicher, nachdem Sie seit so vielen Monaten ihre Geliebte und Beschützerin sind? Geben Sie es zu, Madame, sie bleibt bei Ihnen nicht, weil sie Ihnen besonders zugetan wäre, sondern weil Sie ihr ein angenehmeres Heim bieten, als sie bislang sonst irgendwo hat finden können. Wenn mein törichter Cousin ihr eine eigene Wohnung und ein großzügiges Einkommen angeboten hätte, wer weiß – vielleicht hätten Sie sie dann schon verloren.«

»Was für ein Unsinn!« widersprach Fernande. »Ihre Reden beweisen die Wahrheit dessen, was ich vorhin schon gesagt habe – wie alle Männer, denen ich je begegnet bin, bilden Sie sich ein, daß dieses Zipfelchen Knorpel zwischen Ihren Beinen Sie zum König der Welt und zum Herrn und Meister der Frauen macht. Aber das ist nichts als alberne Selbsttäuschung, glauben Sie mir. Suzette amüsiert sich mit Männern, aber ich bin diejenige, die sie liebt, und sie wird mich niemals verlassen, weder für Ihren brutalen Cousin und auch nicht für Sie, so überlegen Sie sich auch selber fühlen mögen.«

»Und dennoch haben Sie Angst, meine Bedingungen anzunehmen – wer von uns schwelgt also in Selbsttäuschung?« fragte Armand.

»Angst – ich?« fragte sie und zog ihre schwarzen Augenbrauen in die Höhe. »Sie schmeicheln sich selbst, Monsieur.«

»Dann nehmen Sie die Bedingungen also an?«

»Wie absurd! Ich habe alles gesehen, was Sie vorzuweisen haben«, sagte Fernande und langte zwischen seine Schenkel, um die seidenverkleidete Säule zu fassen, die aus seiner offenen Hose ragte.

»Dann wissen Sie, daß ich ein gefährlicher Widersacher für Sie um Suzettes Zuneigung sein werde«, erklärte er, ohne sich beeindrucken zu lassen.

»Gefährlich? Niemals! Diese paar Zentimeter aufgequollenen Fleischs sind alles, was Sie Suzette anzubieten haben – Sie werden sich doch nicht einbilden, daß mich das beeindruckt, geschweige denn einschüchtert.«

Ihre juwelenglitzernden Hände massierten seinen Stachel durch die Seide hindurch.

»Ich habe den Schlüssel, der in ihr Schloß paßt«, flüsterte Armand. Wonneschauer durchzuckten seinen Bauch durch das, was Fernande mit ihm machte. »Während Sie ihr nur ein weiteres Schlüsselloch bieten können.«

»Es wäre die einfachste Sache der Welt, Ihre kleine Krise auszulösen«, sagte Fernande und ignorierte seine Beleidigung, »aber wozu? Männer sind unersättlich in ihrer Gier – es ist kaum mehr als eine Viertelstunde her, seit Sie ein kostbares Taschentuch ruiniert haben. Die Frau, die so töricht ist, einen Mann einmal gewähren zu lassen, entdeckt sehr bald, daß sie nichts als seine Sklavin ist, solange es dem Tyrannen, dem sie sich unterworfen hat, gefällt.«

»Sie haben sich mir nicht unterworfen«, seufzte Armand lüstern. »Das Täuschungsspiel mit dem Taschentuch demonstriert nur, daß Sie zu Leidenschaft gar nicht fähig sind.«

»Ha! Diese Dummheiten werden wir ein für allemal klarstellen«, rief Fernande aus, »und zwar so, wie Sie es vorgeschlagen haben – so daß Ihnen jenseits allen Zweifels vorgeführt wird, wie völlig überflüssig Sie sind.«

»Wann werden wir das klarstellen?« fragte Armand schmachtend. »Darf ich Sie daran erinnern, daß Suzette und ich heute abend keine Zeit haben – es sei denn, Sie wunschen sich hier im Bett zu uns zu gesellen, wenn wir vom Tanzen heimkommen. Sagen wir, so gegen zwei Uhr morgens?«

»Ich sehe, Sie sind ein Spaßvogel«, meinte Fernande leise.

»Wann werden wir also unseren Zwist regeln?« keuchte Armand, unfähig, den Blick von der brombeerroten Seidenhose zu wenden, durch die hindurch sie ihn rieb.

»Sofort«, gab sie zurück. »Einverstanden?«

»Wo denn? Sollen wir Suzette anrufen und bitten herzukommen?«

»Kommt gar nicht in Frage«, widersprach Fernande, und ihre Hände hielten plötzlich still. »Wir werden in meine Wohnung gehen. Einverstanden?«

Graziös ließ sie sich wieder auf ihre Fersen sinken und machte die Knöpfe ihrer Kostümjacke auf. Fasziniert beobachtete Armand, wie sie hinter ihren Rücken langte, den Büstenhalter löste und ihre birnenförmigen kleinen Brüste bloßlegte.

»In Ihrer Wohnung«, willigte er träumerisch ein. »Sehr gut – ich bin mehr als bereit – Ihretwegen. Lassen Sie uns sofort hingehen.«

»Gewiß«, erwiderte sie, »doch erst müssen wir absolut sichergehen, daß wir uns über die Bedingungen, wie dieses idiotische Duell zwischen uns ausgeführt werden soll, vollkommen einig sind. Wenn Sie verloren haben werden – worüber kein wirklicher Zweifel bestehen kann –, wäre es peinlich und unangenehm, wenn Sie dann in Tränen der Wut ausbrechen und behaupten, Sie seien hintergangen worden.«

»Ja, wir müssen die Sache zwischen uns unbedingt eindeutig klären«, murmelte er, und sein aufrechter Stengel zitterte. »Punkt eins: Jeder von uns hat freien Zugang zu allen Teilen von Suzettes Körper. Punkt zwei: Keiner von uns wird absichtlich irgendeine Liebkosung des anderen verhindern. Punkt drei: Wenn es...«

»Da ist etwas nicht ganz eindeutig«, sagte Fernande nachdenklich und streichelte dabei ihre blaßhäutigen Brüste mit den rosa Spitzen. »Dieser zweite Punkt da erfordert einige Erläuterungen. Wenn ich zum Beispiel gerade Suzettes *bijou* liebkose, und Ihnen in den Sinn kommt, Ihr Stück harten Fleischs hineinzustoßen. Sie können es nicht, weil Ihnen meine Finger im Weg sind – und doch kann man nicht sagen, daß ich Sie absichtlich behindere. Ist das auch Ihre Interpretation der Regel?«

»Ja, das erscheint einleuchtend«, murmelte Armand, dem es an Entschlossenheit fehlte, ihre Hand wegzustoßen, »und vice versa natürlich – es kann nicht als absichtliche Behinderung angesehen werden, wenn es Ihnen unmöglich ist, Suzettes Pfirsich zu streicheln, weil ich ihn aufgespalten habe und drinstecke.«

»Von mir haben Sie nichts zu befürchten«, sagte sie mit ihrem dünnen Lächeln, während sie ihn heftig auf- und abrieb. »Sie werden derjenige sein, der ausgeschlossen wird, nicht ich. Die Hoffnung, daß Sie die Gelegenheit bekämen, *das* hier in Suzette zu stecken, ist lächerlich.«

»Wir werden sehen«, gab Armand schwach von sich, als sie seinen seidenumwickelten Schaft wieder in beide Hände nahm und kräftig bewegte. »Aber ich bestehe darauf, daß Sie das, was Sie da gerade tun, sofort unterlassen.«

»Das kann ich mir denken«, erwiderte sie leise.

Armand, vor Lust halb benommen, hatte das Gefühl, die Welt stünde Kopf – er konnte nicht glauben, daß er diese Worte ausgesprochen hatte, daß ausgerechnet er eine schöne Frau bat, aufzuhören, mit ihm zu spielen!

Ihre Hände hielten still, doch sie war mit ihm noch nicht fertig.

»Meine Brüste«, sagte sie und rüttelte ihre Schultern ein wenig, so daß ihre nackten Köstlichkeiten wippten. »Sie haben mir nie gesagt, ob Sie sie wohlgeformt finden, obwohl Sie versucht haben, sie zu küssen, als ich auf der Lehne Ihres Sessels saß.«

Armand blickte auf ihre birnenförmigen Brüste und fühlte seinen Stengel in Fernandes Händen hüpfen.

»Sie haben mir vorgeworfen, tyrannisch zu sein«, flüsterte er lüstern, »doch der Tyrann sind Sie, Madame.«

»Sie beginnen zu begreifen«, sagte sie. »Eine kleine Belohnung mag Sie noch weiter ermutigen. Was wäre denn angemessen? Ach ja, ich hab's – mit meinem Unterhöschen Liebe machen, Armand.«

Ungeachtet all dessen, was zwischen ihnen geschehen war, war es das erste Mal, daß sie seinen Namen ausgesprochen hatte. Dieses Zeichen einer neuen Intimität hatte, wie beabsichtigt, eine starke Wirkung auf Armand, und er begann aufwärts in die dunkelrote Seide zu stoßen, die sie mit beiden Händen um seinen Schwengel hielt.

»Fühlt sich das gut an?« fragte sie leise. »Fühlt sich das so an, als würden Sie Liebe mit meinem *jou-jou* machen? Näher als das werden Sie dem nie kommen, Armand.«

Doch er war zu tief in ekstatische Gefühle versunken, um ihre Worte zu hören. Ein unartikulierter Schrei entfuhr ihm, und sein Körper wurde von Krämpfen geschüttelt und setzte seinen Tribut an ihre Autorität frei. Er hatte den Kopf zurückgeworfen und die Augen geschlossen, doch sie schaute auf ihr brombeerrotes Höschen über seinem zuckenden Schaft. Ein dunkler Fleck sickerte durch die feine Seide, als der letzte nasse Ruck ihn erschütterte.

»Ich denke, damit ist Ihr Interesse an Suzette für den Rest des Tages vorbei«, sagte Fernande mit einem breiten Lächeln.

8

Der Wettkampf der Liebe

Mit Armand im Taxi zu Fernandes Wohnung war es, als verliere sie etwas von dem grenzenlosen Vertrauen in ihre Macht über Suzette, die sie zuvor zum Ausdruck gebracht hatte. So wenigstens interpretierte Armand ihre wachsende Feindseligkeit ihm gegenüber. Wie zu erwarten war, saß sie so weit von ihm weg, wie es die Breite des Wagensitzes erlaubte – sie drückte sich fast in die äußerste Ecke, die behandschuhten Hände tief in den Taschen ihres eleganten Wintermantels aus schwarzem Maulwurfsfell. Armand warf einen ironischen Blick auf den Zwischenraum zwischen ihnen, und Fernande ergriff die Gelegenheit, ihren Angriff zu lancieren.

»Es bedarf keiner Glanzleistung der Vorstellungskraft, um zu raten, was Ihnen durch den Sinn geht«, sagte sie in verächtlichem Ton. »Sobald Sie mit einer Frau allein sind, denken Sie an nichts anderes mehr, als Ihre Hand unter ihre Kleider zu kriegen, sogar in der Öffentlichkeit am hellichten Tage. Ich finde ein solches Benehmen absolut widerwärtig.«

»Sie vielleicht, Madame«, gab Armand milde zurück, »doch da die Damen, mit denen ich häufig ein Taxi teile, finden, daß meine Hand zwischen ihren Schenkeln eine höchst angenehme Weise ist, die Fahrt zu verbringen, muß ich voller Bedauern zu dem Schluß kommen, daß an Ihnen etwas Ungewöhnliches ist.«

Fernande funkelte ihn geringschätzig an, und er redete fröhlich weiter, was sie, das wußte er, wütend machen würde.

»Zum Beispiel«, sagte er, »wenn ich Suzette nach Hause begleite, dann sitzt sie ganz nah neben mir, so daß ich sie küssen und liebkosen kann.«

Während er das sagte, steckte Armand die Hand über den Zwischenraum, der ihn von Fernande trennte, und strich mit einem Finger über das kurze, weiche Fell ihres Mantels über dem Knie. Fernande schnaubte indigniert und versuchte, von ihm abzurücken – doch sie konnte nicht mehr weiter zurückweichen.

»Ach, die süße, kleine Suzette«, fuhr Armand fort, »die Sie und ich auf so unterschiedliche Weise bis zum Wahnsinn lieben, wurde an jenem Abend durch meine Berührung so naß, daß ich ernsthaft glaubte, sie würde eine kleine Krise im Taxi erleben – wir fuhren gerade die Rue de Rivoli entlang, auf der Höhe der Tullerien.«

Fernande starrte wie hypnotisiert auf Armands Fingerspitze, die sich leicht auf dem Pelz ihres Mantels bewegte.

»Sie sind pervers«, keuchte sie, kaum fähig zu sprechen, weil die Emotionen ihr den Hals zuschnürten. »Ich wünsche Ihr abscheuliches Protzen und Prahlen über Ihre Belästigungen von Suzette nicht zu hören – Sie, der es nicht einmal wert ist, ihr die Schuhe zu küssen.«

»Sie glauben doch nicht im Ernst, daß es ihre Schuhe waren, die ich in jenem Moment brennend gern geküßt hätte«, sagte Armand, »doch, ach, Madame, leider muß ich sagen, daß es Grenzen für das gibt, was man in einem Taxi vollbringen kann – sonst hätte ich unsere kleine Suzette mit einem langen Kuß zwischen ihren bloßen Schenkeln gewiß zu ihrem Augenblick der Seligkeit gebracht. Doch da dies unmöglich zu vollbringen war, hat sie es ausgehalten, bis wir in der Rue de Varenne anlangten und in Ihre Wohnung hinaufgingen.«

»Genug!« keuchte Fernande. Ihre Knie waren ein Stückchen auseinandergerückt, bemerkte Armand, während sie mit großen Augen auf seinen rastlosen Finger schaute, und ihr Gesicht war so gerötet, als liebkose er jenen anderen ihrer Pelzmäntel – den kleinen, dunklen zwischen ihren Beinen. Da schoß ihm der Gedanke durch den Kopf, daß sie vielleicht ebenso empfänglich für die Ekstasen des Geistes war wie er. Vorhin in seiner Wohnung hatte sie seine Vorstellungskraft so entzündet, daß sie ihm zweimal einen Höhepunkt entlokken konnte – und logischerweise konnte sie, um diese Wirkung zu erzielen, nur genug darüber wissen, wenn ihre eigene Vorstellungskraft ebenso hochentwickelt war.

Also stand für Armand außer Frage, daß er seine Theorie sozusagen nicht einfach in dünne Luft schwinden lassen konnte – ein kleines Experiment wurde gebraucht, um ihre Gültigkeit zu testen. War Fernande ein kaltherziges Geschöpf, das die Leidenschaftlichkeit anderer zu ihrem eigenen Vorteil nutzte, oder war sie eine Frau mit intensiver imaginativer Kraft, die sie auf andere anwendete und die gegen sie selbst gerichtet werden konnte? Da sein Experiment soweit so positiv verlaufen war, hatte er nicht die Absicht, es auf halbem Wege aufzugeben – der wissenschaftliche Forschungsgeist verlangte, daß er sein Experiment mit Fernande zu Ende führte und das Ergebnis beobachtete.

»Zum Glück waren Sie an jenem Abend ausgegangen«, berichtete er weiter. »Vielleicht waren Sie dabei, sich ihre hübschen Brüste von Monsieur Leblanc küssen zu lassen? Nein? Nun, das spielt keine Rolle – die Wohnung war leer, und ohne mir die Mühe zu machen, die Lampen einzuschalten, hob ich Suzette hoch und setzte sie auf das elegante Rosenholzmöbel in ihrer Eingangsdiele. Haben Sie vielleicht auch einen Antiquitätenhändler unter Ihren lieben Freunden, zusätzlich zu dem, der mit kostbaren Gemälden handelt?«

»Vandale!« beschimpfte ihn Fernande, doch ihre Stimme war merklich schwach und zittrig.

»Ganz und gar nicht. Sagen Sie mir wahrheitsgetreu, ob Sie sich einen erfreulicheren Nutzen Ihrer Kommode denken können denn als Sitzplatz für Suzettes warmen Po, die Kleider bis zur Taille hochgerollt?«

»Nichts mehr...« jammerte Fernande, »kein Wort mehr!«

»Ach, aber es ging noch weiter – viel weiter«, sagte Armand genießerisch. Seine Finger bewegten sich rhythmisch auf dem kurzen, weichen Pelz von Fernandes Mantel hin und her. »Zuerst fiel der kleine Schlüpfer – sie zog ihn mit solcher Behendigkeit aus, daß ich gar keine Zeit hatte, ihr zu assistieren. Ihr Rosenholz wurde durch die Berührung mit der nackten Haut unseres Lieblings geehrt. Sie haben doch nichts dagegen, wenn ich sie *unseren* Liebling nenne? Schließlich ist es die akkurate Bezeichnung, da wir beide sie anbeten.«

»Das geht zu weit – ich verlange, daß Sie augenblicklich damit aufhören!«

»Für Sie mag es vielleicht zu weit gehen«, erwiderte er fröhlich, »doch nicht für Suzette, glauben Sie mir. Ich stellte mich zwischen ihre Beine, und sie riß mir im wahrsten Sinne die Hose auf und zerrte jenen Teil von mir heraus, den Sie so herzlich zu verachten scheinen. Was soll ich Ihnen sagen? Im nächsten Augenblick hatte sie mich in ihrem nassen, kleinen Spalt.«

»Nein... nein...!« ächzte Fernande. »Hören Sie auf!«

Ihr Gesicht war vor Erregung rosig angelaufen, und aus den Bewegungen in ihren Manteltaschen schloß Armand, daß ihre behandschuhten Finger durch den Stoff ihres Rocks hindurch fieberhaft an ihren Schenkeln kratzten. *Jetzt hab' ich dich!* frohlockte er. *Ich habe deine Phantasie so lange gekitzelt, bis du die Kontrolle darüber verloren hast. Wenn du jetzt allein wärst, hättest du beide Hände zwischen den Beinen, um dir selbst die Erleichterung eines kleinen Höhepunkts zu verschaffen. Aber da wir zusammen auf dem Rücksitz einer Taxi sitzen, bleibt dir nichts anderes übrig, als die Marter der Frustration zu erleiden – und das zu beobachten ist ein Genuß!*

»Aufhören, sagten Sie, Madame?« folterte er sie. »Aber unsere hinreißende Suzette wollte nicht, daß ich aufhöre! Sie hatte die Arme um meinen Hals geschlungen und zog mich nah an sich heran und drängte mich, es ihr heftiger zu machen. Ach, was für ein geiler kleiner Frechdachs sie ist, wenn sie erregt ist – wie Sie ja selber sehr gut wissen von Ihren Liebesakten mit ihr. Sobald ihr weicher, kleiner Eingang vor Geilheit feucht wird, ist sie unersättlich...«

Er plante, als unerträglichsten Teil der Folter, der er Fernande unterzog, zu berichten, wie er und Suzette dort auf dem Rosenholzmöbel gleichzeitig ihren goldenen Augenblick erreicht hatten. Doch noch ehe er weitersprechen konnte, warf Fernande ihren Kopf in den Nacken und schnappte nach Luft, und ihre Augenlider flatterten. Armand beobachtete das Schütteln ihres schlanken Körpers unter ihrem wundervollen Mantel und kam lächelnd zu dem Schluß, daß er den Anfang zum Ausgleich der Punkte zwischen ihnen gemacht hatte. Es stand zwei zu eins zu ihren Gunsten, aber sie würde so wütend sein, herausgefordert und in ihrem eigenen Spiel geschlagen worden zu sein, daß es fast so viel wert war wie zwei zu zwei.

Und es war durch und durch ihr Spiel, in dem er einen Punkt gewonnen hatte, denn er hatte sie nicht berührt – nicht, daß sie das zugelassen hätte, soviel war klar – aber er hatte sie nicht einmal in dem beschränkten Maße berührt, wie sie ihn in seiner Wohnung, als sie ihre Hand vor dem Kontakt mit seinem harten Fleisch zuerst mit dem Taschentuch und dann mit ihrer seidenen Unterhose abgeschirmt hatte. Sein befriedigtes Lächeln stand ihm noch immer im Gesicht, als Fernande sich wieder fing und ihre dunkelbraunen Augen aufschlug, um ihn unversöhnlich anzufunkeln.

»So ist das also«, murmelte sie drohend. »Also gut – der Kampf zwischen uns wird ohne Regeln und ohne Mitleid sein. Das haben Sie sich selber eingebrockt – beklagen Sie sich nicht, wenn Sie zu leiden anfangen.«

»Es gibt aber Regeln!« widersprach Armand sofort. »Wir haben uns darauf geeinigt, bevor wir meine Wohnung verließen. Von mir werden keine Klagen kommen, solange sie respektiert werden. Wir werden gemeinsam Liebe mit Suzette machen – keiner wird dem anderen in die Quere kommen –, bis sie erregt genug ist, sich an den einen oder anderen von uns zu wenden, um sie zum Höhepunkt zu bringen, Sie mit den Fingern oder der Zunge oder ich mit etwas, das von Natur aus dazu gedacht ist, hübsche, junge Frauen zu beglücken.«

Fernande sagte nichts, doch ihre Augen sprachen Bände über das Schicksal, das sie Armand und seinem *von Natur aus dazu gedachten Gegenstand* wünschte. Und er, überzeugt, daß sie schummeln und die Regeln brechen würde, um sich einen Vorteil zu verschaffen, dachte darüber nach, wie es ihm gelungen war, sie ausreichend zu erregen, um einen Höhepunkt auszulösen – der Schlüssel war, über das Liebemachen mit Suzette zu sprechen. Fernande auf diese Weise außer Gefecht zu setzen, würde ihm später nützlich sein, wenn der Wettkampf um Suzettes Zuneigung – oder wenigstens um ihren begehrenswerten, jungen Körper – zwischen ihnen ernsthaft begann.

»Um es noch einmal zu rekapitulieren, Madame«, sagte er. »Wir haben uns geeinigt, Suzette nicht zu sagen, wie der Gewinner ermittelt wird, denn das würde ihr die Macht in die Hand geben, bewußt zwischen uns zu wählen. Wir wollen, daß ihre Leidenschaft darüber entscheidet, nicht ihre Meinung darüber, wer von uns sie mit größerem Komfort versorgen kann. Und so wird derjenige der Sieger sein, an den Suzette sich für ihr ekstatisches Finale wendet – und demjenigen gehört sie dann in Zukunft ganz. Sie haben diese Regeln vorhin akzeptiert. Wenn Sie es sich inzwischen anders überlegt haben, dann sagen Sie es bitte gleich, und ich verlasse Sie jetzt und hier und treffe meine privaten Arrangements mit Suzette, wie es mir behagt.«

»Nein, nein – es ist abgemacht«, sagte Fernande widerstrebend am Ende seiner langen Rede. »Mein einziger Wunsch bei diesem imbezilen Abkommen ist es, zu sehen, wie Suzette Sie abweist und sich mir in die Arme wirft, um ihre Ekstase mit mir zu teilen.«

In der Eingangsdiele von Fernandes Wohnung legten sie ihre Mäntel und Hüte ab. Armand ließ es sich nicht nehmen, mit dem Finger zärtlich über die gläzende Oberfläche der Rosenholzkommode zu streichen – und als er sah, wie es Fernandes Gesicht erröten ließ, beugte er sich darüber und küßte das polierte Holz.

»Schauen Sie«, sagte er mit einem breiten Lächeln, »das ist genau die Stelle, die mit der Berührung von Suzettes blondem Pelzchen geehrt worden ist. Das allein reicht aus, dieses Möbelstück zu einem Familienerbstück zu machen, das in Ehren gehalten wird.«

»Seien Sie schadenfroh, so lange Sie noch können«, sagte Fernande verkniffen.

»Ich werde auch in einer Stunde noch schadenfroh sein, wie Sie es zu nennen belieben, aber ich zweifle, daß Sie es sein werden«, konterte er.

Er war eifrig darauf bedacht, ihr den Eindruck absoluter Zuversicht zu geben – obwohl er sich in Wirklichkeit insgeheim Sorgen über das Ergebnis des seltsamen Wettstreits machte, den er eine Stunde zuvor so leichtfertig vorgeschlagen hatte. Fernande strich sich den Rock ihres schwarzen Kostümrocks glatt und schaute in den Wandspiegel, während sie ihr glänzendes dunkles Haar zurechtzupfte.

»Ich bin bereit«, verkündete sie. »Und Sie?«

»Natürlich – aber sind Sie sicher, daß Suzette zu Hause ist?«

»Sie ist hier«, antwortete Fernande dumpf. »Sie macht sich fertig, um heute abend mit Ihnen auszugehen. Seit sie heute früh aufgestanden ist, putzt und poliert sie an sich herum, als ob es irgendeine Rolle spielte, ob sie sich nun wunderschön macht und ihre elegantesten Kleider anzieht oder nicht. In dem Augenblick, wo Sie mit ihr allein sind, würden Sie ihren Körper für Ihre ganz egoistische Befriedigung mißbrauchen, selbst wenn sie sich seit einer Woche nicht gewaschen und Haare auf den Beinen hätte und in einen Kartoffelsack gehüllt wäre.«

In Fernandes Stimme klang ein Unterton des Unbehagens mit, der einen Anflug von Lächeln auf Armands Gesicht brachte – offensichtlich war auch sie nicht ganz und gar siegesgewiß.

»Ich muß Ihnen ein Kompliment zu Ihrer lebhaften Phantasie machen«, sagte er mit einem Lächeln, »doch ich muß gegen Ihren Mangel an Einfühlungsvermögen für meine persönlichen Vorlieben protestieren.«

»Ihre persönlichen Vorlieben! Die gleichen wie die der plündernden, zerstörerischen Männer der gesamten Menschheitsgeschichte«, gab sie zurück, »daran besteht überhaupt kein Zweifel.«

»Erzählen Sie mir doch mal, Madame«, sagte Armand mit dem süßesten Lächeln, »wie sauber und süßduftend war Suzette, als Sie sie in einer Hintergassenbar entdeckten und zu Ihrem Vergnügen mit nach Hause nahmen? Ich vermute, daß sie damals Haare an den Beinen hatte – und vielleicht sogar auch unter den Armen. Haben Sie sich die Zeit genommen, sie zu baden, ehe Sie sie mit ins Bett genommen haben? Oder haben Sie sie auf den Rücken geworfen und ihr die Beine gespreizt, gerade so wie sie war?«

»Barbar!« stieß Fernande zornig aus, und Armand mußte ein wenig kichern, während er ihr in ihr elegantes Wohnzimmer folgte.

Suzette saß auf dem Sofa unter dem Bonnard-Gemälde, das Armand bewundert hatte – die nackte Frau in roten Schuhen, die aus dem Fenster über die Dächer von Paris schaut. Einen Moment fesselte das Bild wieder seine Aufmerksamkeit, weil es liebe Erinnerungen an die Nacht wachrief, als Madeleine im Negligé bei ihrer Schwester am Fenster gelehnt hatte. Er hatte nah genug hinter ihr gestanden, um seinen dicken Mast gegen ihren Po zu drücken, während er ihr Negligé öffnete und mit den Fingern über die weiche Haut ihres Busens strich.

Ein erfreutes Lächeln breitete sich über sein Gesicht, als sein Blick von dem Gemälde zu Suzette auf dem karmesinrot und grau gestreiften Sofa wanderte. Sie trug kein eigentliches Negligé, sondern einen orchideenrosa Kimono aus Satin mit einem Chrysantemenmotiv in japanischer Stickerei, und sie hatte die Beine so unter sich gekreuzt, daß ein großer Teil ihrer hinreißend molligen Schenkel zu sehen war.

Die Gesamtwirkung – ihr Kimono, ihre Art zu sitzen, ihr beinahe blondes, kurzes Haar –, alles zusammen ließ sie sehr jung und wehrlos erscheinen.

Als er sie so sah, fiel es Armand überhaupt nicht schwer zu verstehen, warum eine so welterfahrene, schöne und elegante Frau wie Fernande das gleiche glühende Bedürfnis empfand wie er, Suzette zu verführen und zu vernaschen – als wäre sie eine reife, saftige, süße Frucht, die gequetscht, gelutscht und ausgesaugt werden wollte. Es zu verstehen war eines, doch untätig zuzuschauen war etwas anderes – und bei einer so hypokritischen Person wie Fernande, die ihren Lebensunterhalt damit sicherte, daß sie Männer aufgeilte, die sie zu verachten vorgab – niemals! Sie hatte ihm mit unnötiger Offenheit klargemacht, daß er und sie Konkurrenten waren. Oder eher, daß er ein Eindringling in ihrem privaten Garten Eden war, den sie für immer zu vertreiben gedachte.

Suzette war dabei, sich die Fingernägel mit einem kleinen Poliergerät aus Chamoisleder auf Hochglanz zu bringen. Als sie von ihrer Maniküre aufschaute und Fernande und Armand gleichzeitig vor sich stehen sah, riß sie die haselnußbraunen Augen weit auf und kräuselte die Nase vor Überraschung. Doch sie lächelte zur Begrüßung und machte keinerlei Kommentar. Armand küßte ihr die Hand, während Fernande sich niederbeugte, um ihr einen Kuß auf die Wangen zu drücken und somit schon jetzt zu demonstrieren, daß ihre Besitzansprüche auch in Zukunft vor den seinen kämen. Suzette schwang die Beine vom Sofa und schlug sich zu Armands Kummer den Kimono über die Schenkel, um sie zu bedecken.

Er setzte sich neben sie aufs Sofa, allerdings nicht zu nah, denn er wollte nicht von Fernande beschuldigt werden, zu schummeln zu versuchen, während sie abwesend war – sie war nämlich hinausgegangen, um eine Flasche Champagner und Gläser zu holen. Und dennoch warf ihm Fernande einen mißtrauischen, zweifelnden Blick zu, als sie zurückkam und das beladene Silbertablett absetzte. Und sie hatte recht, mißtrauisch zu sein, dachte Armand und lächelte insgeheim über ihr Unbehagen; wenn er den Wein holen gegangen wäre und Fernande mit Suzette allein gelassen hätte, dann hätte auch er es unmöglich gefunden, nicht unbehaglich und eifersüchtig zu sein.

Der einfache und ausreichende Grund für Fernandes Befürchtungen lag darin, daß Suzette offensichtlich eben erst aus der Badewanne gestiegen war – ihr warmer Körper strahlte den leichten, köstlich naiven Duft von *Muguet du bois*-Badeessenz aus. Und für Armand wie für Fernande war es ebenso eindeutig, daß Suzettes wunderhübscher Körper unter ihrem lockeren Kimono völlig nackt war. Es wäre die einfachste Sache der Welt gewesen, eine Hand in das übereinandergeschlagene Oberteil zu schieben und ihre üppigen Brüste zu streicheln – und ebenso einfach, eine Hand unterhalb des Gürtelbandes zu stecken und zwischen ihre nackten, warmen Schenkel zu greifen.

Fernande setzte sich auf die andere Seite des Sofas neben Suzette, deutlich näher als Armand. Er bot an, die Flasche zu öffnen, doch Fernande bestand darauf, ihre Unabhängigkeit zu demonstrieren, indem sie den Draht vom Korken entfernte und ihn selbst herausdrehte. Er kam mit lautem Knall heraus, und der Champagner schäumte über und tropfte auf den Teppich, ehe sie ein Glas darunterhalten konnte. Jeder der drei nahm ein Glas, und Suzette schaute neugierig von Fernande zu Armand, um zu sehen, ob einer von ihnen etwas zu sagen beabsichtige.

»Auf die Liebe«, sagte Armand, entschlossen, Fernande zu ärgern, wenn er konnte, und hob sein Glas.

»Auf die wahre Liebe«, konterte Fernande sofort und hob das ihre.

»Und auf Suzette«, fügte Armand hinzu.

»Vor allem auf Suzette«, sagte Fernande voller Inbrunst.

»Was ist denn eigentlich los?« fragte Suzette und drehte den Kopf von einer Seite zur anderen, schaute erst Fernande und dann Armand neugierig an.

»Nichts, was dich in irgendeiner Weise beunruhigen sollte«, antwortete Fernande schnell, um Armand daran zu hindern, ihr seine Version der Sachlage zu verkünden. »Dein neuer Freund und ich haben eine gewisse Einigung zwischen uns erreicht... nun, wie soll ich das erklären. Du mußt mir einfach ganz und gar vertrauen, Liebling. Mach du deine wunderschönen Augen zu und laß die Dinge für die nächste halbe Stunde ihren Lauf nehmen. Ich werde sehr gut für dich sorgen, das verspreche ich dir – du vertraust mir doch, nicht wahr?«

Suzette nickte und nahm Fernandes Hand, während Armand sein Glas leerte und sich zurücklehnte, um mit halb geschlossenen Augen zuzuschauen. Suzette hatte sich auf dem Sofa zurückgelehnt, und mit dem Kopf auf Fernandes Schulter schaute sie sie voller Zuneigung und Vertrauen an. Sie hielt Fernandes juwelengeschmückte Hand ein Weilchen fest und lauschte auf das, was ihr ins Ohr geflüstert wurde; dann schob sie die Hand ihrer Freundin in den Kimonoausschnitt und rieb sie über die verdeckten Brüste. Fernande bekam einen seligen Gesichtsausdruck, als sie ihre Freundin liebevoll streichelte, und neigte den dunkelhaarigen Kopf, um einen Kuß auf Suzettes Mund zu drücken.

Armand hörte einen kleinen dumpfen Krach, als Suzette ihr leeres Champagnerglas auf den Teppich fallen ließ, das unter das Sofa rollte. Er streckte die Hand aus, um ihren Schenkel zu berühren, und im nächsten Moment fühlte er, wie ihre Finger sanft über seinen Hosenverschluß tasteten und nach einer Öffnung suchten. Er breitete die Beine auseinander und machte die Knöpfe für sie auf – und als sie in die Hose eindrang, um seinen harten Bolzen zu packen und zu drücken, tastete er sich unter ihren Kimono, streichelte ihren nackten Schenkel aufwärts zu dem blond bepelzten Pfirsich, der darauf wartete, gepflückt zu werden. Er liebkoste ihn – mit zitternden Fingern – und hörte sie in Fernandes offenen Mund stöhnen.

Fast augenblicklich brach Fernande den langen Kuß ab und hob den Kopf, um zu sehen, was Armand machte, was Suzette so heftig reagieren ließ. Beim Anblick seiner Hand unter dem orchideefarbenen Satin des Kimonos gab sie ein lautes und schnell unterdrücktes Wutschnauben von sich. Und als sie keine Möglichkeit sah, ihn aus der Zitadelle zu vertreiben, es sei denn, sie selbst in Besitz zu nehmen, kniete sie sich zwischen Suzettes gespreizte Beine auf den Teppich, löste mit beiden Händen die Gürtelschlaufe um Suzettes Taille und schlug den Kimono weit auseinander.

»Ah, *chérie*!« seufzte Suzette, ließ ihren vollständig entblößten Körper aufs Sofa sinken und schloß die Augen, um die Zärtlichkeiten von Fernandes erfahrenen Händen vom Hals bis zu den Schenkeln besser zu fühlen. Armand schaute entzückt zu, labte sich an all der Schönheit, die Suzette zu bieten hatte, und sein Schaft hüpfte in ihrer Hand, um auf sich aufmerksam zu machen. Fernandes juwelenbeladene Finger zeichneten die Kurven und Vertiefungen von Suzettes üppigem Körper nach, und der Anblick erregte Armand so wild, daß er glaubte, er würde seine Begierde gleich in Suzettes warme Hand spritzen.

Als Fernande überzeugt war, über Armand triumphiert und Suzette vollständig gewonnen zu haben, beugte sie sich so tief, bis ihr eiskalt schönes Gesicht über den krausen Löckchen zwischen Suzettes Beinen ruhte. Ihre rotlackierten Finger teilten die zarten Falten, die die Löckchen nicht zu verbergen vermochten, und murmelte »Liebling, Liebling, Liebling«, während sie den Kopf noch tiefer neigte, bis sie ihre nasse Zungenspitze in Suzette stecken und ihr einen langgezogenen leisen Seufzer der Lust entlocken konnte.

Nicht, daß Armand sich für besiegt gehalten hätte: Er überließ Fernande absichtlich in diesem frühen Stadium des Wettkampfs die Führung – benutzte sie sozusagen als Schrittmacher in einem Marathonrennen –, bevor er begann, seine wirklichen Fähigkeiten auszuspielen. Während Fernandes liebevolle Aufmerksamkeit auf das hübsche *jou-jou* zwischen

Suzettes prallen Schenkeln gerichtet war, rückte er auf dem Sofa näher und drehte sich, so daß er Suzettes Gesicht zwischen seine Hände nehmen und ihr sanft die Augenlider öffnen konnte, so daß er es war, den sie sah, während er ihren weichen Mund küßte. Und für die Dauer eines Kusses, der ihm wie eine Ewigkeit der Wonne erschien, wanderte seine Hand über ihre nackte, pummelige Brust.

Außerstande, ihr Mißtrauen zu dämpfen, obgleich sie glaubte, den Sieg schon davongetragen zu haben, blickte Fernande auf und sah, was Armand mit Suzette machte. Sofort unterbrach sie ihre tiefgehenden Liebkosungen und richtete sich zwischen Suzettes gespreizten Beinen kniend auf. Armand drehte den Kopf, um zu sehen, was sie tun würde, wobei er seine Wange fest an Suzettes heiße, gerötete Wange drückte und seine Hand noch immer im Besitz ihrer rechten Brust war.

Mit graziöser Bedächtigkeit knöpfte Fernande ihre Kostümjacke auf und entblößte ihre alabasterne Haut und ihren kleinen Busen in dem winzigen Spitzenbüstenhalter. Sie schüttelte die Jacke ab und streifte eines der dünnen Trägerbändchen von der Schulter, so daß sie eine birnenförmige Brust freilegen konnte. Suzette gab einen langen, zufriedenen Seufzer von sich, ließ Armands zuckenden Stock los und setzte sich auf dem Sofa auf. Sie nahm Fernande bei den Hüften und beugte sich vor, um ihren Mund auf die entblößte rosige Brustwarze zu drücken.

Armand war der Meinung, daß der offene, lockere Kimono zu viel vor ihm verbarg, und zog ihn von Suzettes Schultern. Offenbar war sie der gleichen Meinung, daß jegliches Verhüllen ihres Körpers unter den gegebenen Umständen überflüssig war, denn sie ließ Fernandes Hüften los, so daß er ihr den Kimono von den Armen streifen und ihn zu Boden gleiten lassen konnte. Als sie sich jetzt vollständig nackt vornüberbeugte, um Fernandes Brust mit der Zunge zu kitzeln, streichelte Armand ihren Rücken und genoß es, ihre seidige Haut unter seinen Fingern zu fühlen.

Als Fernande kurz davor war, sich unter der Berührung von Suzettes Zunge in Ekstase aufzulösen, nahm sie Suzettes Gesicht in beide Hände und zog es von ihrem Busen fort. Sie stand auf, ein wenig unsicher durch die Gewalt der Gefühle, die Suzettes Mund erregt hatte. Als ihr Rock über ihre Beine zu Boden glitt und enthüllte, daß sie darunter, abgesehen von den schwarzen Seidenstrümpfen, nackt war, gab Suzette ein kleines lüsternes Stöhnen von sich und flüsterte: »Wo hast du denn dein Höschen, *chérie*?« Dann streckte sie die Hand aus, um Fernandes dichten Pelz schwarzer Locken zu befühlen.

»Das ist ruiniert, und ich habe es weggeworfen«, flüsterte Fernande zurück. »Dein Freund Armand hat Liebe damit gemacht – für ihn gibt es keinen Unterschied zwischen dem Körper einer Frau und ihren Kleidern. Wenn du ihm ein Paar von deinen Handschuhen schenkst, kannst du sehen, wie er sie mit ebensolchem Feuer liebt, wie wenn er zwischen deinen Beinen läge. Ihn kümmert nichts als seine eigene billige Befriedigung.«

Während sie Armand in dieser Weise schmähte, stand sie breitbeinig da – ihre Löckchen schwarz und üppig über ihren schlanken, weißhäutigen Schenkeln, und Suzette löste den Spitzenstraps um ihre Taille und rollte ihre Seidenstrümpfe herunter. Armands Hände fanden den Weg unter Suzettes glatte Achselhöhlen und dann zu ihren pummeligen Brüsten, während er mit angehaltenem Atem über ihre Schulter hinweg Fernandes Beine aus den zarten Hüllen ihrer Strümpfe erscheinen sah.

Suzette befühlte und teilte Fernandes schwarze Lockenpracht, dann drehte sie ihre kleine Hand mit der Handfläche nach oben, um zärtliche Finger zwischen die fleischigen Lippen zu bohren, die sie entblößt hatte. Fernandes langgezogenes *Aah!* hatte einen ebenso tiefen Seufzer von Suzette zum Echo – ausgelöst von Armands Fingern, die über ihren Bauch und zwischen ihre Schenkel wanderten, bis sie vorsichtig in ihre Geheimnisse eindrangen und ihre verborgene Knospe fanden. Das Seufzen und Murmeln der beiden Frauen vermischte sich zu einer langen Hymne der Lust, und beide wurden von kleinen, lüsternen Krämpfen geschüttelt, die von den kitzelnden Fingern zwischen ihren Beinen aus durch ihren ganzen nackten Körper rieselten.

Das weiche Fleisch unter Armands Fingerspitzen war aufregend naß, und aufgrund des rhythmischen Pulsierens nahm er an, daß Suzettes Krise kurz bevorstand – doch auch Fernande ahnte es und bewegte sich, um sie zurückzuhalten. Sie drehte sich schnell um, setzte sich aufs Sofa und zog Suzette an sich, so daß Armands Finger den Kontakt mit ihrem kleinen, nassen Spielzeug verloren. Während die beiden Frauen sich mit einem langen Kuß umarmten, entledigte Armand sich schnell seiner Kleider, und sein langer Stachel ragte stolz und majestätisch in die Höhe.

Inzwischen hatte Suzette sich vollständig zu Fernande gedreht und präsentierte Armand ihre ganze prächtige Rückseite, mit Grübchen über ihren schimmernden Backen, die er bisher noch nicht bemerkt hatte, und die ganze üppige Fülle ihres Hinterteils. Er keuchte vor Lüsternheit, als er sich fest gegen sie preßte, um seinen prallen Schaft zwischen diese großartigen Backen und unter sie zu zwängen, so daß er zwischen ihrem seidenhaarigen Leckerbissen und dem gestreiften Sofakissen eingeklemmt war.

Suzette war nicht so völlig überwältigt von den Genüssen, die Fernande ihr bereitete, daß ihr entgangen wäre, was Armand tat, denn sie lehnte sich nach vorn, um ihren Po hochzurecken und gegen seinen Bauch zu drücken. Ihre rundlichen Hüften begannen ein langsames, rhythmisches Wiegen, das ihre nasse, offene Nektarine an seinem eingefangenen Schaft entlangreiben ließ. Armand grunzte erwartungsvoll und hielt sie um die Taille gefaßt, während er vor- und zurückschwang und so erregt war, daß er sich nicht länger darum scherte, wohin sein Champagner schäumen würde, wenn der Korken aus der Flasche flog.

Doch der neue Rhythmus von Suzettes Vergnügen warnte Fernande, daß etwas im Gange war, das nicht sie ausgelöst hatte. Sie legte ihr Kinn auf Suzettes Schulter und starrte ihren Rücken hinunter. »Ah! Nein wirklich!« schnaubte sie, als sie sah, wo Armands hartes Teil versteckt war, und auf der Stelle zerrte sie Suzette vom Sofa auf den Teppich. Von seiner weichen Last befreit, sprang Armands Knüttel wie ein Schachtelmännchen mit solcher Wucht in die Höhe, daß er gegen seinen nackten Bauch prallte und in wütender Frustration zitterte.

Unten auf dem Boden hatte Fernande Suzette flach auf den Rücken gelegt und lag auf ihr, Gesicht über Gesicht, dunkel behaarter Hügel auf hellpelzigem Hügel, als wolle sie sie vor Armands gierigen Blicken abschirmen. Mit einer großen Willensanstrengung blieb er eine Weile sitzen, wo er war, und schaute zu, wie Fernandes Körper sich auf dem des Mädchens bewegte, um sich selbst das genüßliche Gefühl von Busen an Busen und Bauch an Bauch zu gönnen. Er wußte, daß er es sich leisten konnte, geduldig zu sein – dies waren nur die Präliminarien der Liebe. Bald würde Fernande ihre Aufmerksamkeit von Suzettes keuchendem Mund ab- und jenen anderen nassen Lippen zwischen ihren Schenkeln zuwenden.

Wie köstlich war es währenddessen, den Kontrast der Farbe der Haut der beiden Frauen zu beobachten. Suzette hatte den goldenen Schein der Jugend an sich – ihr hinreißend pummeliger Körper strotzte vor Gesundheit und Lebenskraft

– während Fernandes makellose Haut blaß und glatt war wie Alabaster. Armand betrachtete aufmerksam ihren langen, gebogenen Rücken und ihr entzückendes Hinterteil, denn ihre Stellung bäuchlings auf Suzette gestattete ihm zum ersten Mal, diesen bezaubernden Aspekt von ihr zu sehen.

Die kleinen Backen waren stramm, seidenglatt und hinreißend rund, und sie bewegten sich auf unglaublich wollüstige Weise in dem sanften Rhythmus, mit dem Fernande sich an Suzettes Duftdöschen rieb, auf und nieder. Dieses gemächliche Schwingen zu sehen erregte Armand so gewaltig, daß er es für nötig befand, seinen zuckenden Schaft in die Hand zu nehmen, um sich selbst daran zu hindern, auf Fernande zu springen und ihn zwischen jene eleganten Pobacken zu stekken und seine verzweifelte Leidenschaft in diejenige der weichen Öffnungen zu entladen, die er als erste fand!

Mit einem glücklichen Seufzer stützte Fernande ihre Handflächen auf den Boden und richtete sich mit durchgestreckten Armen auf, so daß sie ihre Lenden mit mehr Gewicht auf Suzettes drücken konnte. Armand seufzte ebenfalls, und seine Hand glitt langsam an seinem Knauf auf und ab, als er Fernandes elegante kleine Brust direkt über Suzettes prallem, rundem Busen baumeln sah. Und wieder war es der Vergleich, der ein Lächeln ungetrübter Lust auf sein Gesicht zauberte – kleine rosige Knospen über dicken roten Knospen – es wäre ein wahrer Vorgeschmack auf das Paradies, sagte sich Armand voller Inbrunst, wenn es nur möglich wäre, sich diese vier Knospen alle gleichzeitig in den Mund zu stecken.

In diesem Moment schaute Fernande von dem hübschen Gesicht des Mädchens auf, um Armand anzustarren. Sein geschwollenes Glied zuckte in seiner Hand bei dem Anblick dieses neuen Gegensatzes, der sich seinen Augen bot – oder eher noch seiner Imagination: der superbe Ausdruck in den Gesichtern der beiden Frauen. Suzettes Mund stand weit offen und zeigte ihre nasse Zunge, ihre haselnußbraunen Augen leuchteten in der Gier der Neunzehnjährigen nach noch mehr und noch intensiverer Lust, während Fernande – doppelt so alt – feinfühlige Konzentration auf die Methode, diese Lust zu beschaffen, zeigte.

Fernande warf einen Blick auf Armands gerötetes Gesicht und seine langsam auf seinem Schaft auf- und abstreichende Hand, und ihr gelassener Ausdruck verwandelte sich in ein Grinsen boshaften Triumphes. Sie nahm an, daß er nur noch wenig brauchen würde, bis er seine Krise erreicht hätte. Um den Prozeß zu beschleunigen, rollte sie Suzette auf die Seite und küßte ihren ganzen Körper von oben nach unten, hielt zwischen den Küssen inne, um Armand ein spöttisches Lächeln und einen Blick aus ihren dunkelbraunen Augen zuzuwerfen, der deutlicher als Worte fragte: *Du wärst wohl gern an meiner Stelle, nicht wahr?*

Als ihre Lippen schließlich Suzettes *petit palais* berührten, schenkte Fernande Armand einen letzten, herausfordernden Blick, bevor sie ihre nasse Zunge hineintauchte. Er schaute auf ihren Hinterkopf, ihr glänzendes schwarzes Haar vor den warmen Hauttönen von Suzettes Bauch – das war der Augenblick, auf den er mit so schmerzhafter Geduld gewartet hatte. Leise, auch wenn Fernande inzwischen viel zu beschäftigt war, um auf ihn zu achten, ließ er sich vom Sofa auf den Teppich gleiten und legte sich hinter Suzette. Sie hatte ein Bein über Fernandes Schulter gelegt, und Fernande lutschte und küßte sie zwischen den Schenkeln.

Von Zeit zu Zeit erschauderte Suzette und schrie leise über die Empfindungen auf, die sie durchfuhren, und manchmal rückte sie für eine kurze Unterbrechung der Lust, die so intensiv war, daß sie beinahe schmerzte, von Fernandes Mund ab. Armand ließ seine Hände über ihre molligen Hinterbakken wandern und strich entlang der Furche dazwischen. Ihr

Körper zuckte, als er die warme Muskelkokarde befingerte, die er dort, weniger als eine Handbreit von der empfindlichen Stelle entfernt, wo Fernandes Zunge am Werk war, fand.

Armand schoß der berauschende Gedanke durch den Kopf, daß ihn nichts daran hinderte, in Suzettes saftigen Körper durch die Hinterpforte einzudringen! Aber er wurde durch die Gewißheit davon abgehalten, daß Fernande das, was daraufhin mit Suzette geschähe, für sich buchen würde – und es wäre unmöglich festzustellen, wer von ihnen recht hätte, denn Suzettes Urteilsvermögen wäre zu sehr von Empfindungen überschwemmt, als daß es als zuverlässig gelten könnte. Eine andere Vorgehensweise war vonnöten, und er drückte sich an ihren schweißnassen Rücken, die Arme um sie geschlungen, damit er ihre drallen Brüste packen und quetschen konnte, um ihre Aufmerksamkeit auf sich zu lenken.

»Leg dich für mich auf den Rücken, Suzette«, schmeichelte er. »Ich habe zwischen den Beinen etwas Langes und Hartes, das dir mehr Lust verschafft, als Fernandes Zunge das vermag.«

Sein Gemurmel war laut genug, daß Fernande es – wie beabsichtigt – ebenfalls hören konnte, denn seit der gemeinsamen Taxifahrt wußte er, daß es möglich war, bei ihr einen Höhepunkt auszulösen, indem er mit Worten Bilder vom Liebemachen mit Suzette erzeugte, und er glaubte, daß er, wenn er diesen kleinen Erfolg wiederholen könnte, Fernande lange genug außer Gefecht gesetzt hätte, um selbst schnell in Suzette hineinschlüpfen zu können. Und dann, während Fernande schreien und sich an seinen Rücken klammern würde, würde er den Sieg davontragen, indem er Suzette mit kurzen, heftigen Stößen zum Orgasmus brächte.

Ganz gehorsam begann Suzette sich umzudrehen, doch ob sie dies tat, damit er in sie eindringe, ist eine Frage, die nie beantwortet werden konnte. Die Schauder, die ihren Körper schüttelten, waren so übermächtig, daß sie haarscharf an der Klippe entlangtaumelte – einen Millimeter mehr, und sie würde in den unermeßlichen Abgrund der Ekstase stürzen. Fernande hatte genügend Tage und Nächte damit verbracht, mit Suzette zu spielen, um die Fähigkeiten ihres üppigen, jungen Körpers zu verstehen und zu schätzen, und sie wußte, daß Suzettes entscheidender Augenblick nur noch ein oder zwei Herzschläge entfernt war. Sie focht um die Kontrolle über das Mädchen, indem sie mit ihren scharfen Fingernägeln an den Innenseiten ihrer Schenkel entlangkratzte, während sie ihren Mund von ihr löste.

»Hör jetzt nicht auf – mach weiter!« kreischte Suzette verzweifelt.

»Dann bitte mich darum!« antwortete Fernande. »Fleh mich an, daß ich Mitleid mit dir haben und dich zum Höhepunkt bringen soll! Sag *Ich liebe dich, Fernande!*«, und sie starrte Armand in die Augen, um ihren Triumph über ihn auszukosten.

Doch Suzettes Emotionen waren zu weit jenseits ihrer Kontrolle, um zu verstehen, was von ihr verlangt wurde – ihr wunderbarer Leib war ein nasses, weit aufgerissenes sexuelles Maul, das forderte, mit Ekstase gefüllt zu werden. Sie riß sich von Fernande los und warf sich über Armand, der dadurch auf den Rücken gezwungen wurde – eine Stellung, die er, ohne den geringsten Widerstand zu leisten, einnahm. Seine glückliche Vorstellung war, daß Suzette Fernande gleich den Sieg vor der Nase wegschnappen und ihm zukommen lassen würde, indem sie sich selbst auf ihn aufspießte. Doch stattdessen drückte sie seine Beine auseinander und saugte seine pulsierende Stange in ihren heißen Mund und rieb im Takt der Verzweiflung ihr nasses Nest an seinem Knie.

Seine Hände tasteten nach ihrem Busen, doch durch ihre ungeschickte Stellung konnte er ihn nicht erreichen. Ihre heiße Zunge leckte um den prallen, samtenen Kopf seines Pfostens, und sein Rücken begann sich für die bevorstehende Explosion der Ekstase aufzubäumen. Er lächelte selig zu Fernande hinauf, die mit einer Mischung aus Fassungslosigkeit und Wut über Suzettes Schulter hinweg zu ihm hinunterstarrte. Er schaute Fernande direkt in die dunkelbraunen Augen und folterte sie mit leise gemurmelten Ermunterungen für Suzette. Das heißt Worte, die scheinbar an Suzette gerichtet waren – doch der wahre Zweck bestand darin, Fernandes Empfindungen zu entflammen und sie in eine ungeteilte Krise der Lust zu befördern.

»Oh, Suzette, wie ich die Berührung deines weichen Mundes liebe...« murmelte er.

»Nein, nicht... das ist nicht zu ertragen!« wimmerte Fernande.

Sie packte Suzette bei den Hüften und versuchte, sie von ihm wegzuzerren, doch Suzettes Mund klebte so fest an ihm wie eine Klette, und er stöhnte verzückt, als er spürte, wie sich ihre spitzen Fingernägel in den zarten Teil seiner Leisten bohrten und dann seine Pompons zwickten und ihn mit Wellen köstlichen Schmerzes durchrieseln ließen. Sein majestätisch angeschwollener Stab strebte aufwärts und versuchte, sich über Suzettes Zunge hinweg in ihre Kehle zu stopfen, und er wußte, daß im nächsten Augenblick die Explosion ausgelöst würde, die ihn zunichte machte.

Doch es war Fernande, nicht Armand, die zuerst zunichte wurde. Ihr Rücken war es, der sich krampfhaft durchbog, und ihre Augen, die nach oben rollten! Sie ließ Suzette los, und ihre Hände flogen zwischen ihre eigenen Beine, wo ihre Finger in dem rosigen Spalt zwischen den dunklen Locken herumfuchtelten. Armand lächelte und überließ sich mit Leib und Seele Suzettes intimen Diensten – doch er hatte die Rechnung ohne Fernandes Fähigkeit schneller Erholung gemacht.

Fast in dem Moment, wo der Auslöser seiner Zündkapsel gedrückt und die Explosion gezündet wurde, packte Fernande Suzette bei den Schultern und riß sie mit nackter Gewalt von ihm fort.

Armand setzte sich mit einem langen Seufzer der Verzweiflung auf – vielleicht hatte er sich über Fernandes Orgasmus geirrt. Vielleicht war das, was er gesehen hatte, nichts als ein kurzes Flackern der Leidenschaft in ihrem Bauch gewesen, der sie so entschlossen und geil zurückließ wie zuvor, oder sogar noch geiler. Er sah rechtzeitig, wie Suzette zwischen sich und Fernande auf den Rücken gerollt wurde.

»Sie haben noch nicht gesiegt!« keuchte er.

»Aber *Sie* haben mit Sicherheit verloren«, erwiderte sie und packte die Innenseiten von Suzettes Schenkeln, um sie gespreizt zu halten.

»Sie irren sich«, sagte er. »Sie waren es, die aufgegeben hat, nicht ich. Es steht unentschieden – zwei zu zwei.«

Fernande lächelte spitz, als sie sah, wie das männliche Glied, das zwischen seinen Schenkeln in die Höhe ragte, vor unbefriedigter Geilheit bebte.

»Und jetzt bin ich bereit, den Preis zu gewinnen«, sagte sie, »während Sie im nächsten Moment Ihr aussichtsloses Streben in die Luft spritzen werden. Sie sind so aufgegeilt, daß Sie gar nicht lange genug durchhalten könnten, um Suzette zu befriedigen, selbst wenn Sie Ihr lächerliches Dings da in sie reinsteckten. Derjenige, der *sie* als erster befriedigt, gewinnt – das war die Bedingung, die Sie aufgestellt haben.«

Ihre Vermutung über seinen Erregungszustand kam der Wahrheit so nah, daß er beinahe aufgegeben hätte. Doch in ihrem Streben, der Verachtung für einen Rivalen, den sie schon besiegt glaubte, Ausdruck zu verleihen, versäumte sie es, in Betracht zu ziehen, daß Suzette sich in ähnlichem Zustand befand wie Armand. Und Suzette hatte eine ungestüme

Natur – sie war durch die simultanen und doch so unterschiedlichen Aufmerksamkeiten ihrer beiden Liebhaber so intensiv erregt worden, daß sie unter Höllenqualen die entscheidende Befriedigung herbeisehnte. Sie flehte, geleckt, gerieben, geküßt, befummelt, gebissen, aufgespießt zu werden – irgendwas, das ihrem exquisiten Leiden ein ekstatisches Ende bereiten würde!

Ihr Flehen lenkte die Aufmerksamkeit wieder auf Suzette. Sie schlängelte und drehte sich auf dem Rücken hin und her, fuchtelte mit Armen und Beinen und klammerte sich an Armand und Fernande. Sie zog die Knie an und spreizte sie weit auseinander, bot sich vollständig dar, und ihre Hände kneteten fieberhaft an ihren eigenen Brüsten. Und dann reichte ihre Geduld nicht mehr, um auf ihre beiden Liebhaber zu warten, und sie legte ihre Hände zwischen die gespreizten Schenkel, wo ihr offener, rosiger Spalt zwischen aprikosenfarbenem Seidenpelz zu sehen war. Ihre beiden Mittelfinger steckten augenblicklich drin, und sie begann, sich in atemberaubendem Tempo selbst zu reiben, und ihre Kehrseite hüpfte in hektischem Rhythmus auf dem Fußboden auf und ab.

Nachdem Fernande und Armand einen Moment mit offenen Mündern zugesehen hatten, blickten sie von diesen flitzenden Händen auf und starrten einander in die Augen. Ohne ein Wort zu sagen, waren sie sich einig – jeder faßte eine von Suzettes Händen am Handgelenk und zog sie fort von ihrer aufregenden kleinen Gnadentat. Suzette wälzte sich auf dem Teppich von einer Seite zur anderen und flehte seufzend, stöhnend und mit undeutlichen kleinen Worten um Erlösung, ohne jedoch irgendeinen Hinweis darauf zu geben, von wem der beiden – ihm oder ihr – sie zu ihrem Höhepunkt gebracht werden wollte!

Und während Sieg und Niederlage auf des Messers Schneide standen, starrten Fernande und Armand einander über ihrer nackten Belohnung, die sich zwischen ihnen krümmte und schlängelte, in die Augen und warteten darauf, daß sie den, den sie haben wollte, beim Namen nannte. Suzettes körperliche Not war so groß, daß sie sich über den ganzen Raum verteilte, fast so, als sei die Atmosphäre elektrisch geladen, bevor ein bläulicher Blitz die Luft spaltet. Und als ihre Körper sich vollständig mit dieser Elektrizität der Seele aufgeladen hatten, wurden Fernande und Armand unwillkürlich über Suzette hinweg zueinander hingezogen, und ihre Gesichter kamen sich näher und näher.

Beide atmeten schwer, jeder konnte den heißen Atem des anderen fühlen – so nah und so aufregend, daß Armand die seltsame Vorstellung hatte, seine Härte sei in der Weichheit zwischen Fernandes Schenkeln eingebettet. Die unsichtbaren Vibrationen der Sexualität, die von Suzette ausgingen, hatten sie beide erfaßt und übertönten einstweilig ihre Vorurteile – ihre Verachtung für ihn, seine Abneigung gegen sie. Doch noch hatten sie einander nicht berührt, obgleich ihre Gesichter über Suzettes sich windendem Bauch nur einen Zentimeter voneinander entfernt waren.

Und dann – ewig unbegreiflicher Augenblick, außerhalb der Zeit und in keiner Weise Teil der üblichen Abläufe dieser Welt – trafen sich die feuchten Spitzen ihrer Zungen zu einer Zärtlichkeit, die zwar winzig war und doch mehr, als wenn er in sie eingedrungen wäre. Es war nicht Armands ungerichtetes Begehren allein, das die Berührung suchte, nicht einmal Fernandes, sondern ein plötzlicher seelischer Drang, der sie beide erfaßte und ihre Liebkosung kommandierte.

Unter ihnen schrie Suzette auf und hob ihre Hüften und schaudernden Lenden vom Boden, um einen Kuß oder eine Berührung zu bekommen, die ihrer Anspannung ein Ende machen würden. Doch Fernande und Armand hatten sie vergessen, und die Leidenschaft, die in ihnen wütete, führte schließlich ihre offenen Münder zusammen, und ihre Zungen tanzten mit nasser, keuchender Lust umeinander. Alle ihre körperlichen Wahrnehmungen, die alle wollüstigsten Gefühle, die sie in ihrem Leben je erlebt hatten, alle ihre Hoffnungen und Sehnsüchte, all die Zärtlichkeit, zu der jeder fähig war, alles konzentrierte sich in diesem Augenblick auf ihre Zungen, die so exquisit um einander tanzten.

Suzettes Zucken und Wimmern auf dem Teppich zwischen ihnen drängte sich in ihre ekstatische Trance. Es war, als seien ihre Seelen miteinander verschmolzen, und sie konnten gegenseitig ihre Gedanken lesen. Genau in diesem Moment schob jeder eine Hand zwischen Suzettes gespreizte Beine und strich schnell entlang der Schenkelinnenseite, bis sich ihre Hände bei ihrem prallen *jou-jou* trafen. Bei diesem neuen Kontakt hielten sie inne, als wären sie berauscht, und die Berührung ihrer Finger aufregender als jener zarte Teil von Suzette, den sie in der Vergangenheit beide mit solcher Leidenschaft geliebt hatten.

Suzette war so offen und glitschig vor Geilheit, daß ihre Finger leicht in sie flutschten, wo die geschwollene kleine Knospe auf sie wartete. Ihre Fingerspitzen liebkosten sie gemeinsam, in dem gleichen, zutiefst sinnlichen Rhythmus wie die Zärtlichkeiten, die ihre Zungen miteinander tauschten, und Suzette schrie, als der Orgasmus sie wie ein Fausthieb traf und gewaltige Krämpfe sie von Kopf bis Fuß erschütterten. Sie schrie im gleichen Takt wie die Kontraktionen ihres Bauchs, ihr Rücken bäumte sich vom Boden auf, und sie rammte sich gegen die Finger, die ihr diese süße Erlösung brachten.

Über ihrem zuckenden Leib waren Fernande und Armand von ihrer Ekstase in Rausch versetzt worden, und als Suzette ihre Liebkosungen nicht mehr brauchte, fanden sie eine neue, euphorisierende Intimität. Während ihre Zungen fortfuhren, sich zu küssen, suchten ihre von Suzettes Passion schlüpfrigen Hände blindlings über Suzettes Körper hinweg, der jetzt bis auf kleine, sanfte, nachwirkende Zuckungen erschlafft war, nacheinander. Obwohl weder Armand noch Fernande den Gedanken wirklich zu denken wagten, tasteten sie jeweils nach den geheimen, zärtlichst gehegten Regionen zwischen ihren Schenkeln.

Armands suchende Hand fand warme, seidenweiche Haut, dann dichte Locken und dann zartes, schlüpfriges Fleisch. Er seufzte, als breche ihm vor Glück das Herz, und gleich darauf drangen seine Finger ungehindert in das Heiligtum, von dem Fernande behauptet hatte, er würde es nie berühren. Er hörte ein winziges Röcheln aus ihrer Kehle und hielt in himmlischer Freude den Atem an, als ihre Hand seinen Ständer einen Augenblick lang berührte und sich schnell wieder zurückzog. Würde sie ihn anfassen? Konnte sie sich dazu durchringen, es zu tun? Fiel es ihr schwerer, seinen Stab mit den Fingern zu berühren als seine Zunge mit ihrer Zunge? Armands Fingerspitze glitt leicht über ihre geheime Knospe.

Ja! Sie berührte ihn wieder, und diesmal legten sich ihre Finger um seinen strammen Ständer, wenn auch nur für einen kurzen Moment, ehe sie ihn wieder losließen. *Geduld... gedulde dich nur noch ein wenig länger...* mahnte er sich selbst. Seine Gefühle waren so stark, daß er kaum atmen konnte. Und dann fand die Hand, die nahe vor seinem Bauch gezögert hatte, sein stolzes Zepter wieder und faßte nach ihm, zunächst zaghaft und dann entschlossen. Fernande hatte sich, so schien es, endlich durchgerungen, denn sie begann, ihn mit schnellen Bewegungen aus dem Handgelenk zu reiben.

Armand richtete sich unsicher auf die Knie, und sie tat es ihm jenseits von Suzette gleich, und sie boten sich gegenseitig ihre Körper dar. Sie schauten einander so tief in die Augen, daß sie beide das Gefühl hatten, dem anderen tief in die Seele zu dringen. So anders, unverträglich, gegensätzlich und verschieden ihre Charaktere waren, sie hatten im stillen erkannt, daß sie etwas miteinander gemein hatten: eine gleiche Neigung zu perverser Sinnlichkeit, der Suzette, trotz ihrer wollüstigen Geilheit, nicht gewachsen war und die sie mit keinem von beiden teilen konnte.

»Fernande – du bist hinreißend«, keuchte Armand.

»Armand...« murmelte sie.

Er strebte auf sie zu, um mit einem langen, heißen Kuß das unausgesprochene Abkommen zu besiegeln, und Fernande, den rot geschminkten Mund geöffnet, um seine Huldigung entgegenzunehmen, schwankte auf ihn zu. Doch der Druck der Gefühle, der sich in Armand aufgestaut hatte, war zu einem Punkt angestiegen, der das, was sein überfordertes Nervensystem noch zu ertragen fähig war, überstieg.

»Oh, ja«, murmelte Fernande mitfühlend, als sie die vertrauten Zeichen erkannte.

Armands Augen weiteten sich, verschwammen und schauten blind ins Nichts, als der Damm brach und sein schäumender Sturzbach Suzettes nackten Bauch überflutete. Er versuchte, seine Hand an Fernande zu halten, weil er hoffte, sie seine Lust teilen lassen zu können, doch seine Kraft verließ ihn schnell durch seinen heftig zuckenden Körperteil, und seine Hand fiel von ihr ab. Er sackte nach vorn quer über Suzette, und sie rührte sich und murmelte etwas Unverständliches unter ihm, bis er sich mit der Brust auf ihrem nassen Bauch wiederfand.

Er war Fernandes heißer Hand entglitten, doch obgleich die unglaublichen Momente der Ekstase verstrichen waren, ließ ihn die goldene Erinnerung daran beben, und er blieb steif. Fernande streckte sich rücklings auf den Boden, einen verzückten Ausdruck im Gesicht, den Armand bisher noch nie gesehen hatte, und spreizte die Beine, um ihm ihr kleines, nasses Täschchen darzubieten. Die letzten Zuckungen seiner Lust klangen ab, als er seine Hände auf ihre schlanken Schenkel legte und sie voller Zärtlichkeit noch weiter auseinanderschob. Dann schaute er staunend und beglückt auf ihr dunkelhaariges Geheimnis.

Er berührte es ganz leicht und faltete die langen, rosigen Lippen auseinander, um ihr nasses Glänzen zu sehen. Er hatte sie geöffnet wie eine Blume, wie die zarten Blütenblätter einer Rose.

»Fernande, Fernande...« hauchte er.

Er schob seine Hände unter ihren Po und drückte seine Finger in das straffe Muskelfleisch ihrer glatten Backen, um sie auf dem Rücken heranzuziehen, bis sie mit angewinkelten, gespreizten Beinen auf Suzettes Bauch lag und seine Schultern sich zwischen ihren Schenkeln befanden. Unter seinen zärtlichen Fingern war ihr geheimes Knöspchen so hart wie die Knospen ihrer Brüste, und er neigte den Kopf zwischen ihre Beine und küßte es. Als sein Zeigefinger langsam in ihre nassen Tiefen drang, tiefer und tiefer, begann sie laut zu stöhnen.

Er hätte gern seinen aufgeblähten Schwengel dorthin gesteckt, wo sein Finger sich befand, um damit ein- und auszuschlingern, bis Fernande vor Lust geschrien und er seine Kraft in sie gesprudelt hätte. Doch so erregt er auch war, er wußte, daß dies ein müßiger Traum war, eine Phantasie, die nie Wirklichkeit würde – Fernandes Reaktion wäre das Gegenteil von dem, was er sich wünschte.

Sie stöhnte, als er seine nasse Zunge in sie bohrte und an ihrem Knöspchen lutschte. Als ihre Erregung dem Höhepunkt entgegenwuchs, streckte sie blindlings eine zitternde Hand aus, um Suzette zu berühren, und Suzette nahm ihre ringgeschmückte Hand, drückte sie an ihre Lippen, küßte die zarte Innenseite und ließ ihre Zunge darauf herumtanzen. Fernande schob ihr den Daumen in den Mund, und Suzette saugte kräftig daran, wobei sie sie am Handgelenk festhielt und den Daumen in schnellem Tempo zwischen ihren Lippen ein- und ausfahren ließ.

Sie war durch das Gewicht von Fernandes Beinen und Armands Brust auf ihrem molligen Bauch am Boden auf den Rücken genagelt, und dennoch gelang es ihr, sich auf die Ellbogen zu stützen und die entscheidenden Augenblicke ihrer geliebten Fernande zu beobachten. Ihre Hand wanderte langsam über Fernandes Körper bis an den Busen und begann, an ihren harten, rosigen Knospen herumzuzupfen. Überwältigt von den Empfindungen, die von Suzettes Manipulationen und von Armands Aufmerksamkeiten zwischen ihren Schenkeln durch ihren Leib fluteten, juchzte Fernande auf, und ihr Bauch zuckte im Takt der heißen Krämpfe ihres Orgasmus.

9

Enthüllte Geheimnisse

Zu erfahren, daß die Frau, die man bis zum Wahnsinn liebt, sich so weit mit ihrem untreuen Ehemann versöhnt hat, daß sie ihm erlaubt, die Nacht mit ihr im gleichen Bett zu verbringen – das würde jeden Liebhaber aus der Fassung bringen. Denn dies ist der Anfang der Qualen der Eifersucht: im Geiste einen anderen Mann nackt und mit steifem Bolzen neben der Angebeteten liegen und seine Hände an ihren weichen kleinen Brüsten herumfummeln zu sehen. Und größter Schmerz der Verzweiflung, sich vorzustellen, wie sie ihre schlanken Schenkel spreizt, damit die zudringliche Hand des Eindringlings ihr hübsches *jou-jou* liebkose!

Daß der fragliche Mann nach wie vor ihr Gatte ist und nach Ansicht von Staat und Kirche das unbestrittene Recht zu derartigen Intimitäten hat – das ist überhaupt kein Trost für den unglücklichen Liebhaber. Im Gegenteil, es macht alles nur noch schmerzlicher.

Dies alles fügt sich zu einer in höchstem Maße ernüchternden Erfahrung zusammen. Selbstverständlich wollte Armand mit Madeleine sprechen und sie fragen, ob die Aussage ihrer Schwester der Wahrheit entsprach oder nicht, obgleich er sehr wenig echte Hoffnung hatte, daß Yvonne gelogen haben könnte. Doch Madeleine weilte an jenem Tag außerhalb der Stadt Paris und wurde erst spät am Abend zurückerwartet, und als die Zeit gekommen war, hatte Armand das Feuer seiner Leidenschaft mit Hilfe von Yvonne persönlich gelöscht.

Am Ende ging er erleichtert ins Bett, da ein bitterer Streit von Verliebten zwischen ihm und Madeleine wenigstens aufgeschoben, wenn schon nicht vermieden worden war. Als er am nächsten Morgen erwachte und die Dinge noch einmal überdachte, hatte er sich einigermaßen damit abgefunden, im schlimmsten Falle Madeleine ganz zu verlieren oder – im besten Fall – ihre Reize heimlich mit ihrem Mann zu teilen. Er telefonierte, um ein Zusammentreffen mit ihr zu arrangieren, ein Zusammentreffen, bei dem die Angelegenheit zwischen ihnen zu einem befriedigenden Abschluß gebracht werden konnte. Doch sogar schon um zehn Uhr in der Früh war sie, laut der Hausangestellten, die das Telefon beantwortete, schon ausgegangen und hatte nicht mitgeteilt, wann sie zurückkehre.

Um zehn Uhr am Abend des gleichen Tages hatte Madeleine ihn noch nicht zurückgerufen, und als er es noch einmal versuchte, hieß es, sie sei noch nicht zurück. Darüber zuckte er mit den Achseln, überzeugt, daß ihre Liebesaffäre endgültig vorüber sei. Immerhin hatte er andere Pläne für den nächsten Tag, denn wenn das Herz eines Mannes unwiederbringlich gebrochen wurde – zerschmettert und von der, die er anbetet, mit Füßen getreten –, dann hat er ein ganz besonders großes Bedürfnis nach dem Trost, den andere Frauen ihm bieten können. Das heißt, Armand plante, Suzette Chenet an jenem Abend zum Abendessen auszuführen und sich anschließend der höchst bemerkenswerten Tröstungen ihrer jugendlichen Reize zu unterziehen.

Natürlich hatte er noch immer vor, Madeleine anzurufen, um zu hören, was sie zu sagen hatte, und sei es auch nur Lebewohl, doch ehe er seinen Vorsatz ausführen konnte, war Fernande Quibon in seiner Wohnung erschienen und hatte ihm ihre höchst ungewöhnlichen Aufmerksamkeiten aufgezwungen.

Dies führte zu der faszinierenden Frage, wer von ihnen eher das Recht hatte, die Reize von Suzette, die Fernande als ihren Schützling für sich beanspruchte, auszukosten.

Der Rest des Tages wurde höchst vergnüglich damit zugebracht, diese komplizierte Frage zu klären, nicht, daß man sie als endgültig geklärt bezeichnen könnte – jedenfalls nicht im eigentlichen Sinne –, da er und Fernande sich schließlich auf einen Kompromiß einigten, das Mädchen miteinander zu teilen. Nachdem sie sie mit der Hand auf dem Teppich in Fernandes Wohnzimmer befriedigt hatten, gingen sie zu Bett und hielten sie nackt zwischen sich, um mit ihr und miteinander zu spielen.

Irgendwann im Laufe der Nacht wurde Armand von kleinen Seufzern und Gemurmel von einer der Frauen, die von der anderen beglückt wurde, halbwegs geweckt. Er war zwischen zwei weichen nackten Leibern eingezwängt, und da die Vorhange zugezogen waren, war es zu dunkel, um zu sehen, welche welche war. Nicht, daß es eine Rolle spielte, welche der Frauen die andere zu einem hechelnden Höhepunkt brachte – denn es war das siebente oder achte Mal für jede von ihnen, seit sie ins Bett gegangen waren.

Nicht, daß Armand vernachlässigt worden wäre, doch halb wach so im Dunkeln zu liegen und dem Stöhnen und den leisen kleinen Schreien zu lauschen, ließ seinen hängenden Körperteil seine Ausdauer demonstrieren, indem er wieder lang und hart wurde. Er lag auf der Seite, und die Frauen hatten jede ein Bein über ihn gelegt, und eine einen Arm über seine Taille, um die warme, pelzige *minette* der anderen zu kraulen. Kurz darauf begann das zerwühlte Bett unter den Zuckungen der Ekstase leicht zu schwanken, und Armand wußte, daß er es, so ausgepumpt er auch war, noch einmal tun mußte.

Der warme Körper vor ihm drehte sich mit einem zufriedenen Seufzer träge um, und die weichen Backen eines nackten Pos kuschelten sich gegen ihn. Die Frau hinter ihm hob ihren Schenkel von seiner Taille, drehte sich um und preßte noch einen warmen Po an ihn. Armand tastete blind über die weiche Frauenhaut – und mit zarten Fingern teilte er die nassen Lippen unter den weichen Backen und steuerte seinen bereitwilligen Gefährten hinein.

Wer immer es war, den er aufgespießt hatte – sie gab einen unterdrückten kleinen Schrei von sich –, aber aufgrund des Schreis allein vermochte er nicht zu sagen, ob es Suzette oder Fernande war. Und er wollte es auch gar nicht wissen! Es wäre ganz leicht gewesen, seine Partnerin zu identifizieren – er brauchte nur über sie hinwegzugreifen und ihren Busen zu fühlen – war er prall und rund, steckte er in Suzette, war er klein und spitz, dann war es Fernande. Doch es war köstlich, es nicht zu wissen, und er hielt seine Hände von dem leicht schaukelnden Körper fort, in den er in stetigem, gemächlichem Takt ein- und ausfederte.

Er fand es ungeheuer erregend, sich vorzustellen, daß Fernande von der Lust so berauscht sei, daß sie ihn in sich eindringen ließ. Es war vielleicht nicht sehr wahrscheinlich, aber das spielte keine Rolle – bei Männern wie Armand war die Macht der Phantasie sehr stark und sorgte dafür, daß der lebende Kolben, mit dem er ein- und ausglitt, mit jeder Sekunde dicker und härter wurde. Er seufzte und stöhnte, während er sich hinter den geschlossenen Augen Fernandes langen, schlanken Körper ausmalte, nackt und blaßhäutig, für ihn hingestreckt, und sehr bald hatte er sich selbst überzeugt, daß es tatsächlich Fernandes dunkelhaariger Spalt war, in dem er sich vergnügte.

Die Anstrengungen der vergangenen Stunden hatten so an seinen Kräften gezehrt, daß er lange Zeit brauchte, um das angestrebte Ziel zu erreichen. Er schaukelte vor und zurück, bis er schließlich belohnt wurde. Der kahlköpfige Priester, den er in die Kanzel gesetzt hatte, ruckte und lieferte den Sermon, auf den die andächtige Gemeinde so geduldig gewartet hatte. Gewiß, es war nicht der übliche erhabene Wortschwall – es war nur ein winziger Sermon aus zwei Wörtern, der hervorgestottert kam, denn der Priester hatte seine ganze bemerkenswerte Eloquenz vorher fast völlig verausgabt, aber es war eine Benediktion, die Armand erleichtert zucken und keuchen machte.

Danach schlief er fest, und falls es zwischen den beiden nackten Frauen, die ihn im Bett flankierten, noch irgendwelche zärtlichen Passagen gegeben hatte, so blieb er ungestört und merkte nichts davon. Als er wieder erwachte, drang genügend Tageslicht durch die Vorhänge, um zu sehen, daß seine beiden Partnerinnen fest schliefen, Suzette unsichtbar unter das zerknitterte Satinlaken gekuschelt, so daß nur ihr Haar zu sehen war, während Fernande völlig unbedeckt auf dem Rücken lag, einen Arm unter dem Kopf. Armand bewegte sich nicht und betrachtete ihren eleganten Körper eine Weile lang.

Ihre schlanken Schenkel waren geschlossen, und es war unmöglich, mehr als das dunkelbraune, beinahe schwarze Lokkenbüschel zwischen ihnen zu sehen. Armand schaute und fragte sich, ob diese Schenkel sich während der Nacht wirklich für ihn geöffnet hatten – war es ihr geheimes Gehege, in das er von hinten eingedrungen war? Und selbst wenn es so war, war er sicher, daß sie es niemals zugeben würde. Die Geheimnisse der Nacht würden für immer verborgen bleiben.

Behutsam, um weder sie noch Suzette zu wecken, erhob er sich aus dem Bett und fand seine goldene Armbanduhr auf der Frisierkommode. Es war schon fast elf Uhr. Seine Kleider waren über einen Stuhl verstreut, und es dauerte einen Moment, sie einzusammeln und leise das Zimmer zu verlassen. Der Badezimmerspiegel schmeichelte ihm nicht – unter seinen Augen waren dunkle Ringe und auf seinen Wangen schwarze Stoppeln. Er spritzte sich kaltes Wasser ins Gesicht, zog sich an und verließ die Wohnung, um an der Ecke der Rue de Varenne nach einem Taxi zu suchen.

Madame Cottier war mit Putzen und Fegen beschäftigt, als er zu Hause ankam. Sie grinste ihn mit der verständnisvollen Fröhlichkeit an, die sie für solche Gelegenheiten, wenn er die ganze Nacht fortblieb, reservierte, bereitete ihm heiße Milch zu den Croissants statt des üblichen Kaffees, und packte ihn ins Bett, damit er sich erhole. Er wachte erst um sechs Uhr abends und mit einem Bärenhunger wieder auf. Er duschte und rasierte sich und ging zu einem kräftigen Abendessen aus dem Haus.

Aus allen diesen verständlichen Gründen, diesen unerwarteten Interventionen des Schicksals – nämlich mit Yvonnes schlanken Seidenstrumpf-Beinen Liebe zu machen, als sie in seine Wohnung kam, sich dann von Fernandes brombeerrotem Schlüpfer verführen zu lassen und sich dann mit ihr zusammen an der Vergewaltigung der süßen kleinen Suzette zu beteiligen und herauszufinden, daß er und Fernande am Ende doch Freunde sein konnten – bei so vielen bedeutsamen Ereignissen ist es nicht überraschend, daß er nicht die Zeit fand, sich mit Madeleine in Verbindung zu setzen, um das Ende ihrer Liebesaffäre zu bestätigen.

Nach einem feinen Abendessen und einer Flasche ausgezeichneten Rotweins war er in der Stimmung für einen Spaziergang – es war ein schöner Herbstabend mit einer frischen, belebenden Brise, die über den Boulevard wehte und den Schritten der vorbeigehenden Paare Schwung verlieh. Nach zwanzig Minuten oder so betrat Armand die nächste Bar, die er fand, und dachte bei einem Glas Cognac über Madeleine nach. Nach dem zweiten Glas kam er zu dem Schluß, daß sie ihn sehr schlecht behandelt hatte. Gute Manieren und normaler Anstand verlangten, daß sie ihn über ihren Entschluß, zu Pierre-Louis zurückzukehren, informiert haben müßte.

Aber nein, es hatte kein offenes, wenn auch bedauerliches Adieu gegeben – statt dessen hatte sie ihn seit drei Tagen gemieden, hatte weder mit ihm gesprochen, wenn er anrief, noch seine Anrufe erwidert. Wenn er ganz ehrlich war, mußte er zugeben, daß er nicht jeden Tag versucht hatte, sie anzurufen – andere Dinge hatten seine Aufmerksamkeit gefesselt, aber er konnte mit der Hand auf dem Herzen sagen, daß er die Absicht gehabt hatte. Und es gab keinen triftigen Grund auf der Welt, um Madeleine davon abzuhalten, sich mit ihm in Verbindung zu setzen. Sie war es ihm schuldig!

Obgleich Armand den Abend in annehmbar philosophischer Stimmung begonnen hatte, hatte er um zehn Uhr einen Zustand höchster Empörung über die Art, wie Madeleine sich ihm gegenüber benommen hatte, erreicht. Er ging zu dem Telefon an der Rückwand der Bar und durchforschte sein Gehirn, bis er sich an Yvonnes Nummer erinnerte. Als ein Dienstmädchen antwortete, verlangte er Madame Beauvais zu sprechen, um wieder hören zu müssen, sie sei nicht da.

»Hören Sie zu, und zwar ganz genau«, sagte er langsam. »Gehen Sie zu ihr und sagen Sie ihr, daß, wenn sie nicht binnen zwanzig Sekunden ans Telefon gekommen ist, ich als nächstes an ihre Tür hämmern werde und erst aufhöre, wenn ich mit ihr gesprochen habe. Haben Sie mich verstanden?«

»Ja, Monsieur«, antwortet das Dienstmädchen ein wenig verwirrt. »Einen Moment bitte.«

Es folgte ein längeres Warten. Armand lehnte sich gegen die Wand, hielt sich den Hörer ans Ohr und versuchte gleichzeitig, eine flache türkische Zigarette aus seinem Goldetui in den Mund zu bekommen und anzuzünden. Er vermutete, daß das Dienstmädchen sein Ultimatum überbracht habe und Madeleine eine eifrige Beratung mit ihrer Schwester Yvonne darüber hielt, wie die Sache am besten zu handhaben sei. Die zwanzig Sekunden seiner Drohung vergingen und wurden eine Minute, dann zwei, doch bei all seiner Geduld war die Stimme, die schließlich zu ihm sprach, nicht die von Madeleine, sondern Yvonnes.

»Armand!« sagte sie und klang absolut wütend. »Wie kannst du es wagen, meine Abendgesellschaft mit deinen idiotischen Anrufen zu stören? Leg sofort auf!«

»Nicht bevor ich mit Madeleine gesprochen habe«, sagte er störrisch. »Je schneller du sie überredest, ans Telefon zu kommen, desto eher lasse ich dich in Ruhe.«

»Sie ist nicht hier – das Mädchen hat es dir gesagt!«

»Ich glaube es dir nicht«, antwortete er. »Dein Mädchen erzählt mir das jetzt schon seit Tagen.«

»Aber es stimmt! Madeleine ist nicht hier.«

»Und wo ist sie dann?«

»Da, wo sie sein sollte – bei ihrem Mann.«

Damit hing Yvonne auf. Armand trank ein weiteres Glas Cognac, während er darüber nachdachte, ob Yvonnes Information eher richtig oder falsch sei. Dann rief er in der Wohnung der Beauvais' an. Eine Angestellte antwortete und sagte, Madame sei nicht da – und bestätigte so seinen Verdacht, daß Yvonne ihm einen Haufen Lügen erzählt hatte. Er verlangte, mit Monsieur Beauvais zu sprechen, und erfuhr, daß Pierre-Louis nicht in Paris sei und kein Datum für seine Rückkehr hinterlassen habe.

Daraufhin kannte Armands Empörung keine Grenzen mehr. Er hastete auf die Straße hinaus und in eine Taxe und drängte den Chauffeur rücksichtslos, schnell zu fahren. Unter Mißachtung aller Gefahren für Leib und Leben und indem er dem Chauffeur den doppelten Fahrpreis versprach, klingelte Armand an Yvonnes Tür, nur eine Viertelstunde nachdem er die Bar verlassen hatte.

Das Dienstmädchen, das die Tür öffnete, wußte natürlich, wer er war, und versuchte, ihm – mit größtem Bedauern – zu sagen, daß sie beauftragt sei, ihn nicht einzulassen. Doch Armand war keineswegs in der Stimmung, sich von einem Domestiken abwimmeln zu lassen. Er drängelte sich in die Wohnung und erklärte der Angestellten, sie solle Madame Beauvais mitteilen, daß er da sei – wie am Telefon versprochen. Im anderen Falle habe er keine andere Wahl, als in Madame Hivers Abendgesellschaft einzudringen.

Kurz darauf kam Yvonne in die Eingangsdiele gestürmt. Ihre Nasenflügel bebten vor Zorn. Sie trug ein spektakuläres Kleid in mattem Gold, das eine Schulter bedeckte und die andere nackt ließ, so daß ihre linke Brust vollständig versteckt und die rechte fast bis zur Brustwarze bloß war. Doch ausnahmsweise war Armand nicht in der Stimmung, den Vorzügen der großen Mode Aufmerksamkeit zu schenken.

»Madeleine weigert sich schon wieder, mich zu sehen!« rief er aus. »Mich, der ich sie angehimmelt habe als ihr ergebenster Liebhaber. Das geht zu weit. Versuche nicht, mich aufzuhalten, Yvonne, ich werde sie an den Haaren aus deiner Abendgesellschaft ziehen.«

»Um Himmels willen, Armand, reiß dich zusammen«, beeilte Yvonne sich zu sagen, aus Furcht, ihre Freunde könnten einer unerfreulichen Szene beiwohnen. »Madeleine ist nicht hier – sie ist schon vor Tagen fortgegangen.«

»Fortgegangen? Und wo ist sie, wenn ich fragen darf?«

»Bei Pierre-Louis natürlich.«

Armand packte sie an den Schultern und schüttelte sie so heftig, daß ihre langen Perlentropfen-Ohrringe klimperten und die perfekte Frisur ihres glänzenden, dunkelbraunen Haars leicht zerzaust wurde.

»Du wirst mich nicht ein zweites Mal mit so was abspeisen«, empörte er sich. »Sie kann nicht bei ihm sein, weil er fortgereist ist. Sag mir endlich die Wahrheit – wo ist sie?«

»Schrei nicht so«, stieß Yvonne mit einem nervösen Blick über ihre nackte Schulter auf die geschlossene Tür hinter sich hervor. »Komm einen Augenblick hier herein.«

Das kleine Zimmer, in das er ihr folgte, war mit einem hübschen Nußholzschreibtisch und gefüllten Bücherregalen ausgestattet – offensichtlich war dies Jean-Rogers Zuflucht, wenn er gelegentlich in der Wohnung bei seiner Familie weilte.

»Es nützt nichts, mich zum Schweigen bringen zu wollen«, warnte Armand Yvonne. »Ich bin nicht in der Stimmung, vernünftig oder diskret zu sein.«

»Unmöglicher Mensch!« sagte Yvonne, die langsam zu kochen begann. »Kriegst du es denn nicht in deinen Schädel, daß Madeleine dich nicht sehen will? Du warst für ein paar Wochen ihr Liebhaber, und jetzt bist du es nicht mehr – so einfach ist das. Bildest du dir ein, jede Frau, die dir mal erlaubt hat, mit ihr zu schlafen, sei dein Eigentum?«

Als Armand sich anschickte, sie wieder bei den Schultern zu packen und zu schütteln, machte Yvonne einen Schritt zurück, um seinen Händen auszuweichen, und fand sich mit dem Rücken an der Wand des Arbeitszimmers. Sie konnte nicht weiter zurückweichen. Er schüttelte sie, daß ihre spitzen Brüste unter dem goldenen Kleid hüpften.

»Wo ist Madeleine?« fragte er mit so entschlossenem Ton, daß sie einsah, daß es keinen Sinn hatte, es noch länger hinauszuzögern.

»Sie hat Pierre-Louis verziehen«, sagte sie, »und sie sind zusammen in die zweiten Flitterwochen gefahren.«

»Das glaube ich nicht!« keuchte Armand. »Wohin sind sie gefahren? Ich muß es wissen!«

»Wozu? Willst du ihnen nachreisen? Sei vernünftig, es ist vorbei.«

»Wohin hat er sie mitgenommen?«

»Was spielt das für eine Rolle? In ein paar Wochen sind sie wieder da.«

»Wie konnte sie ohne ein Abschiedswort abreisen?« fragte Armand außer sich. »Und Pierre-Louis – wir sind immer die besten Freunde gewesen –, warum hat er mir nichts von seinen Plänen gesagt? Ihm hat weiß Gott viel daran gelegen, daß ich vor gar nicht langer Zeit herkommen und bei Madeleine ein gutes Wort für ihn einlegen würde.«

Das Lächeln, das sich über Yvonnes Gesicht breitete, war spitz und hämisch. »Nun, das hast du dir alles ganz allein eingebrockt«, ließ sie ihn wissen. »Pierre-Louis konnte Madeleine schließlich überzeugen, daß seine Affäre mit dem kleinen Mädchen vom linken Seineufer zu Ende war, indem er ihr erklärte, daß du sie ihm vom Leib geschafft hast und nun ihr neuer Freund seist.«

»Mein Gott – *das* hat er ihr doch nicht gesagt!« stöhnte Armand.

»O doch, mein Lieber. Und du kannst dir natürlich denken, daß sich Madeleines Meinung von dir auf der Stelle verändert hat – und nicht zum Besseren –, als sie hörte, daß du mit der Ex von Pierre-Louis schläfst. Unter solchen Umständen kannst du wohl kaum einen zärtlichen, tränenreichen Abschied von ihr erwarten.«

»Er ist ein Verräter!« rief Armand gequält. »Ein mieser, unzuverlässiger Freund – ich werde nie wieder mit ihm reden.«

»Du bist ein kompletter Idiot gewesen und hast nur gekriegt, was du verdient hast«, kommentierte Yvonne kalt, »und jetzt mach, daß du auf der Stelle von hier verschwindest, und hör auf, mir den Abend zu verderben.«

Ihr hämisches Reden und das zornige Blitzen in ihren Augen ärgerten Armand über alle Maßen. Mit einem kurzen Schritt nach vorn keilte er sie gegen die graugestreifte Wand und drückte kräftig mit seinem Bauch gegen ihren.

»Hör auf«, befahl sie scharf.

Er lächelte frech auf sie hinunter und klammerte einen Arm um ihre Taille, damit sie still hielt, während er mit der anderen das diagonal geschnittene Oberteil ihres Kleides von der Schulter zog, so daß beide Brüste entblößt wurden.

»Laß mich los, sonst schreie ich«, drohte sie wutschnaubend.

Armand knetete kräftig an ihren fleischigen Köstlichkeiten und zwickte die hervorstehenden Knöpfchen.

»Schrei dir die Lunge aus dem Hals, wenn du willst«, meinte er. »Deine Freunde werden hergerannt kommen und dich so hier finden. Und ich werde ihnen sagen, daß du nach mir geschickt hast, weil du den Abend so langweilig fandest und unterhalten werden mußtest.«

Noch ehe sie irgendeine Antwort geben konnte, stopfte er ihr den Mund mit einem langen Kuß. Schon zwängte er seine Zunge zwischen ihre Lippen, und obgleich sie sich sträubte, solange sie konnte, fühlte er, wie ein Schauder sie durchrieselte.

»Aber warum...?« hauchte sie, als er ihren Mund schließlich freigab. »Warum tust du mir das an?«

Ohne sich die Mühe zu machen, ihr zu antworten, faßte er zwischen ihre Knie und schob die Hand unter das Kleid. Sie bekam sein Handgelenk zu fassen und hielt ihn fest, als er die glatte nackte Haut über ihren Seidenstrümpfen berührte.

»Nein, ich flehe dich an, Armand – nicht jetzt und nicht hier! Morgen komme ich zu dir in die Wohnung, ich verspreche es.«

»Ja, morgen. Komm früh – ich werde Sachen mit dir machen, über die du staunen und hingerissen sein wirst.«

»Um elf«, sagte Yvonne hastig. »Ich werde gegen elf Uhr bei dir sein und den ganzen Tag bleiben – ich gebe dir mein Ehrenwort.«

Aber ihre Hoffnung war Illusion – sie hatte ihn in keiner Weise von seinen Absichten abgebracht. Sogar während sie ihm ihr Versprechen für größere Freuden am nächsten Morgen gab, falls er auf die Aussicht auf ein geraubtes Vergnügen heute abend verzichtete, bediente sich Armand seiner überlegenen Körperkräfte und zwang seine Hand gegen all den Gegendruck ihres Armes zwischen ihren Schenkeln höher und höher. Sie klemmte ihre Beine zusammen, so fest sie konnte, doch sie hatte ihre Füße achtlos auseinanderstehen lassen, als er sie gegen die Wand klemmte, und jetzt war es zu spät, sie zusammenzudrücken, da er seine Füße dazwischen hatte.

Sie machte beinahe X-Beine in dem Versuch, ihre Schenkel geschlossen zu halten, doch Armands forschende Hand unter ihrem Kleid kroch höher und höher. Als sie schließlich fühlte, wie seine Finger in den losen Saum ihres Höschens glitten und die zarte Haut dort berührten, gab sie einen langen Seufzer der Niederlage von sich und ließ sein Handgelenk los.

»Bitte nicht, Armand«, beschwor sie ihn mit einer Stimme, in der so gut wie gar keine Hoffnung mehr war. »Warte bis morgen – dann lasse ich dich alles tun, was du willst.«

Als einzige Antwort kämmten seine Finger durch die dichten Locken ihres Dreiecks. Es hatte jetzt keinen Sinn mehr, die Schenkel zusammenzuklemmen, und als seine Fingerspitzen die zarten Lippen ihres *bijou* streichelten, war es um ihren Widerstand geschehen. Sie ließ ihre Muskeln locker, und ihre Schenkel entspannten sich zu einer weniger anstrengenden Stellung – und gleich darauf fühlte sie seine Finger in sich eindringen.

»Du hattest mir gesagt, du fändest es aufregend, dich hilflos zu fühlen«, sagte Armand mit einem Grinsen, das sein hübsches Gesicht verzerrte. »Nun, jetzt bist du hilflos, meine liebe Yvonne, genauso wie in meiner Wohnung, als ich deine Beine hoch in die Luft und dich flach auf dem Rücken gehalten habe, während ich mit dir spielte – so wie jetzt.«

Zwischen ihren Schenkeln konnte Yvonne zwei Finger fühlen, die sie aufspalteten, um an ihre Knospe zu kommen, und sie keuchte, als sich ein dritter Finger in ihre Nässe drängte.

»Und wenn jemand nach mir suchen kommt...?« flüsterte sie.

»Nun, wenn jemand kommt, dann wird er das Vergnügen haben, deine hübschen Brüste nackt und meine Hand unter deinem Kleid zu sehen«, gab er zurück.

Er fuhr fort, sie mit einer Hand geschickt zu streicheln, während er mit der anderen seine Hose aufknöpfte. Dann nahm er ihre Hand und schob sie in den Schlitz seiner Unterhose. »Fühl mal, Yvonne«, schmeichelte er ihr. Zunächst war sie nicht willens, diese erzwungene Mitarbeit zu akzeptieren, doch die Kraft und die Steifheit des warmen Knüppels aus Fleisch, der gegen ihre Hand zitterte, besiegte schnell ihr Sträuben. »Na gut«, seufzte sie und zuckte ergeben mit ihren nackten Schultern, als sie seinen Stab in die Hand nahm und an seiner soliden Länge auf und ab strich.

Armands Mund fand den ihren wieder, und seine Zunge flitzte ungefähr in der gleichen Weise über ihre Zunge, wie seine Finger zwischen ihren Schenkeln über ihren sensiblen, kleinen Knopf flitzten. Sie seufzte in seinen Mund, als er ihr dünnes, goldenes Gewand bis an ihre Taille lüpfte, und sie zitterte aufgeregt, als sie fühlte, wie er sich hastig unter ihren Kleidern zu schaffen machte und ihr elegantes Satin- und Spitzenhöschen halbwegs über ihre Schenkel streifte.

Sie steckte beide Hände in seine offene Hose, um seinen Knauf herauszuholen und zwischen ihre Beine zu steuern. Ihr

Portal stand ihm offen, und er eilte schnurstracks hinein. Des Besuchers erstes Vordringen führte ihn sozusagen über die Schwelle in das große Vestibül von Yvonnes *petit palais*, beim zweiten glitt er meisterlich halbwegs die königliche Passage entlang, wo man ihn herzlich willkommen hieß, und das letzte Vordringen brachte den Gast mit dem geschwollenen Kopf direkt bis ins innerste Heiligtum.

Inzwischen scherte Yvonne sich nicht mehr darum, ob irgendwer nach ihr suchen kommen und sehen könnte, wie sie gegen die Arbeitszimmerwand gelehnt befriedigt wurde. Armand bewegte sich kraftvoll ein und aus und hatte die Hände hinter sie geschoben, um die Form und die Glätte ihres Pos zu genießen. Während sie ihre Lenden rhythmisch gegen ihn stieß, um seinen Stößen zu begegnen, drückte er die nackten Backen unter ihrem hochgestreiften Kleid auseinander und drückte eine Fingerspitze in die stramme und warme kleine Kokarde dazwischen.

Yvonne wimmerte leise und rammte ihren Bauch schneller und fester gegen ihn. Jedesmal, wenn sie vorwärts ruckte, fühlte sie seine Härte in sich glitschen, und jedesmal, wenn sie zurückwich, fühlte sie seinen Finger ein Stückchen tiefer eindringen. Und Armand – wie stand es um ihn? Sowohl mit dem Finger als auch mit seinem aufgebäumten Teil erlebte er die heftigen Palpitationen der Lust in Yvonnes Körper – die regelmäßigen Kontraktionen – vorne wie hinten – der beiden samtenen Kanäle, die ihn umfingen und als Gefangenen der Liebe eingekerkert hielten.

Sie stöhnte in seinen offenen Mund, und ihre langen, roten Fingernägel krallten sich in die Ärmel seines Jacketts. Armand atmete heftig, und sein Rhythmus steigerte sich, bis sie wie ein Blatt in seiner Umklammerung zitterte, und dann wurde sie von einem heftigen Krampf gepackt, und im gleichen Augenblick spritzte sein triumphierendes Begehren mit kräftigem Strahl in sie hinein. So überflutet, verlieh Yvonne ihrer ekstatischen Würdigung in kleinen Schreien Ausdruck, bis Armand sich so weit erholt hatte, daß er zu fürchten begann, sie könne gehört werden. Doch schließlich wurde sie wieder still und sank mit einem langen Seufzer der Zufriedenheit gegen die Wand.

»Du bist ein Monster«, sagte sie und schaute neugierig zu ihm auf.

Sie zeichnete die Linie seines dünnen schwarzen Schnurrbarts mit der Fingerspitze nach – eine Geste, die viele Frauen machten.

»Ein Monster«, wiederholte sie. »Stell dir mal vor, Jean-Roger ist über mein langes Fernbleiben beunruhigt und sucht nach mir, bis er uns in seinem Arbeitszimmer findet. Wie würdest du ihm erklären, warum mein neues Paquin-Kleid bis an den Gürtel heruntergezogen ist und meine Unterhose um meine Knie hängt? Er ist nicht eifersüchtig, aber er wäre äußerst ungehalten zu erfahren, daß seine Abendeinladung an zwei Regierungsmitglieder und einen Zeitungsverleger – ganz zu schweigen von ihren gräßlichen Gattinnen und Mätressen – durch deine unpassenden Gelüste gefährdet worden ist. Er könnte dir etwas Drastisches antun.«

»Ach, dein Mann ist heute da? Auf die Idee bin ich überhaupt nicht gekommen«, sagte Armand und trat schnell einen Schritt zurück, um seine Hose wieder zuzumachen. »Warum um alles in der Welt hast du mich denn nicht gewarnt?«

»Hätte das irgendwas geändert?« fragte sie, zog ihren Schlüpfer wieder hoch und schlängelte sich gleichzeitig in das schräge Oberteil ihres Kleids. »Und außerdem genieße ich es, wenn du mich brutal behandelst – du kannst dir gar nicht vorstellen, was für eine erfrischende Abwechslung das ist gegenüber dem Schlecken und Scharwenzeln, das ich sonst kriege. Und um dir die reine, ehrliche Wahrheit zu sagen – Jean-

Rogers Abendgesellschaft war unerträglich langweilig, und ich brauchte wirklich ein wenig Unterhaltung. Und wer taugt dafür besser als du? *Au revoir,* Armand.«

Der nächste Tag war ein Sonntag, und es wäre Armand niemals in den Sinn gekommen, daß Yvonne ihr Versprechen halten und ihn besuchen kommen könnte. Es war ja nicht einmal ein Versprechen im wahren Sinne gewesen – nur ein verzweifeltes, unüberlegtes Angebot, um ihn von dem abzubringen, was er vorhatte. Doch schon vor elf Uhr morgens rief sie an, um zu sagen, sie ziehe nur noch Mantel und Hut an und sei in einer Viertelstunde bei ihm. Sie hängte auf, ehe er Zeit hatte, ihr etwas zu erwidern, so daß er mit dem Hörer in der Hand und einem verblüfften Gesicht dastand.

Sonntags kam die liebenswürdige Madame Cottier nicht, um die Wohnung aufzuräumen, und Armand mußte sich seinen Kaffee selber bereiten. Nach Yvonnes Anruf räumte er das Frühstückstablett aus dem Wohnzimmer und eilte ins Bad, um sich zu rasieren und zu duschen, bevor sie kam. Abgesehen von Leuten, die zur Messe oder einem sehr frühen Mittagessen unterwegs waren, würde auf den Straßen nur wenig Verkehr herrschen, der sie aufhielt, und er hatte sich noch kaum abgetrocknet und wohlriechendes *Eau de Cologne* auf seine Haut gesprüht, als der tatsächlich schon die Türglocke hörte.

Es blieb keine Zeit, sich anzukleiden – sie klingelte ungeduldig mehrere Male. Die Zeit reichte nicht einmal, um schicklichkeitshalber den Pyjama wieder überzuziehen – die Klingel gab ihm gerade genug Zeit, in seinen Morgenrock zu schlüpfen und zur Tür zu eilen, während er den Gürtel um die Taille schlang. Und dort stand Yvonne in Leopardenfellmantel und großem Toque-Hut aus dem gleichen gelben, schwarzen und weißen Pelz.

Sie musterte Armand mit Verachtung in ihrem hübschen

Gesicht und nahm alles von seinem hastig gekämmten Haar bis zu den nackten Füßen, die unter dem Morgenrock zu sehen waren, zur Kenntnis.

»Wie ich sehe«, bemerkte sie bissig, »bist du selbstgefällig genug, dir einzubilden, ich sei hergekommen, damit du mich vernaschst, und hast dir daher gar nicht erst die Mühe gemacht, dich anzukleiden. Du bist überzeugt, daß ich mit dir ins Bett plumpse, sobald du mit dem kleinen Finger winkst – oder meinst du, du kannst mich noch mal gegen die Wand stoßen und vergewaltigen?«

Dies alles sagte sie mit lauter, anklagender Stimme vor der Wohnungstür, und Armand hörte Schritte von einer höher gelegenen Etage die Treppe herunterkommen.

»Bitte, Yvonne, komm doch herein«, sagte er schnell und versuchte, ihren Arm zu nehmen, doch sie schleuderte seine Hand beiseite.

»Laß mich etwas klarstellen, das dich überraschen mag«, fuhr sie fort. »Ich habe nicht das geringste Interesse an dir als Liebhaber und keinerlei Absicht, dir eine Wiederholung deines abscheulichen Benehmens von gestern abend zu gestatten. Du kannst alle deine dreckigen Phantasien, die dein vulgärer, kleiner Verstand sich über mich ausgeheckt hat, vergessen. Ich bin wegen einer sehr vertraulichen Familienangelegenheit hier.«

Armand stand verwundert über das, was da vorging, in der Tür und sagte ein höfliches *Bonjour* über Yvonnes Schulter hinweg zu Monsieur und Madame Bonfils, die vom oberen Stockwerk die Treppe herunterkamen. Beide zogen die Augenbrauen in die Höhe, als sie Armand in nichts als seinen Morgenrock gehüllt in seiner Wohnungstür mit einer so elegant gekleideten Besucherin sprechen sahen. Madame Bonfils, vierzig, fett und geschmacklos gekleidet, schürzte die Lippen mißbilligend, doch ihr Mann wartete, bis sie vorausgegangen war, um Armand hinter Yvonnes Rücken zuzuzwinkern.

Als die Bonfils verschwunden waren, entschuldigte Armand sich ausgiebig bei Yvonne für die Nachlässigkeit seiner Kleidung, oder besser für den Mangel an Kleidung. Sie blieb skeptisch, während er erklärte, wie es dazu kam – ganz und gar nicht als Verunglimpfung ihrer Anständigkeit, sondern in der Hast, sich in der kurzen Zeit für ihren höchst willkommenen Besuch fertig zu machen. Schließlich erlaubte sie ihren gekränkten Gefühlen, sich beruhigen zu lassen, wenigstens so weit, daß sie seine Schwelle überschritt und ins Wohnzimmer trat, während sie Hut und Mantel allerdings mit dem Hinweis, die Angelegenheit würde nur ein oder zwei Augenblicke in Anspruch nehmen, anbehielt.

Sie setzte sich auf den Sessel, wo Fernande Quibon gesessen hatte, als sie Armand den Besitz von Suzette hatte streitig machen wollen. Und als Yvonne ihre seidenbestrumpften Beine übereinanderschlug, tauchte ein Bild aus den Tiefen von Armands Erinnerungen herauf, wie Fernande in demselben Sessel gesessen und langsam die Agatknöpfe ihrer schwarzen Kostümjacke gelöst und diese dann weit aufgeklappt hatte. *Was für ein Augenblick!* dachte er und schlug seinerseits die Beine unter der dünnen Seide seines Morgenrocks übereinander, um seinen ständig übereifrigen Freund daran zu hindern, auf seine Existenz aufmerksam zu machen.

Er konnte sich sogar an den Gedanken erinnern, der ihm in jenem magischen Augenblick durch den Kopf gegangen war, als Fernande ihre rosig gekrönte Brust vor ihm entblößte – wie wundervoll es sich anfühlen würde, diese Knöspchen mit seiner Zungenspitze zu berühren. Doch leider wurden diese erfreulichen Erinnerungen von Yvonnes Stimme zerstört, die die allerdemütigendste Frage stellte – *ob er wisse, warum Madeleine zu ihrem Mann zurückgekehrt sei?*

»Deiner Information nach hat Pierre-Louis ihr gesagt, daß ich mit seiner ehemaligen Freundin enger bekannt geworden sei«, sagte Armand achselzuckend. »Solche kleinen Ärgernisse passieren einem im Leben manchmal, wie du sicherlich selbst Gelegenheit gehabt hast zu erfahren.«

»Gut, gut – wenigstens begreifst du endlich, warum sie die Liebesaffäre mit dir abgebrochen hat«, sagte sie, wie wenn sie es mit einem Idioten von beschränkter Wahrnehmungsfähigkeit der Realität zu tun hätte. »Aber jetzt ist es an der Zeit, dich zu fragen, warum Madeleine zu ihrem Mann zurückgegangen ist, statt sich einen anderen Liebhaber zu wählen.«

»Einen anderen Liebhaber!« rief Armand entrüstet. »Wen?«

»Bildest du dir ein, du seist der einzige Mann, der sich für sie interessiert, seit sie Pierre-Louis verlassen hat? So gewaltig kannst selbst du dich nicht überschätzen!«

»Sag mir, wer es ist!« forderte Armand heftig.

»Ich könnte dir ein halbes Dutzend Namen nennen, aber ich muß zugeben, daß meine Schwester jeweils immer nur einem Mann treu ist. Du, und nur du allein, hast das Privileg gehabt, ihr Liebhaber zu sein – auch wenn du nicht ihr einziger Verehrer bist.«

»Vincent Coreau ist es, nicht wahr?«

»Wie ich sehe, bist du entschlossen, die wichtigste Frage solange wie möglich zu vermeiden«, sagte Yvonne eisig.

»Du hast einen unangenehmen Ausdruck im Gesicht, der mich davor warnt, daß du mir etwas Abscheuliches zu sagen beabsichtigst, das ich nicht hören will«, gab er zurück.

Er hatte natürlich recht – Yvonne hatte ein boshaftes kleines Lächeln aufgesetzt. Jetzt, wo der große Augenblick der Enthüllung gekommen war, wollte sie ihn in vollen Zügen auskosten. Sie lehnte sich in ihrem Sessel zurück und schälte sich mit gewollter Langsamkeit, die Armand auf die Palme trieb, die feinen schwarzen Lederhandschuhe von den Händen.

»Rück schon raus damit«, konnte er sich nicht verkneifen zu sagen, obwohl er wußte, daß es ein Fehler war, seine Gereiztheit zu zeigen.

»Oh, natürlich«, sagte sie, »aber hier drinnen ist es schrecklich heiß – auch wenn du es nicht merkst, weil du ja so gut wie gar nichts anhast. Könnte man vielleicht ein Fenster aufmachen?«

»Unmöglich«, erwiderte er, froh, daß er ihr etwas verweigern konnte.

Yvonne zuckte mit den Achseln und knöpfte ihren Pelzmantel auf, unter dem ein knielanges, schwarz-weißes Taftkleid zum Vorschein kam. Sie ließ den Mantel von ihren Schultern gleiten und nahm sich Zeit, es sich bequem zu machen – die Mantelschöße ausgebreitet, so daß das karmesinrote Seidenfutter zu sehen war, die Handschuhe über der Handtasche auf ihrem Schoß –, und als sie bereit war, ihre Bombe platzen zu lassen, lächelte sie Armand übelmeinend süß an.

»Madeleine ist zu Pierre-Louis zurückgegangen, weil sie schwanger ist«, sagte sie ruhig.

Armand sagte nichts, er bedachte die Implikationen.

»Nun?« drängte sie ihn. »Hast du nichts zu sagen?«

Seine Reaktion enttäuschte Yvonne nicht nur – sie erregte ihren Unwillen. Sie wollte Sorge, unsinnige Wut und Entsetzen, bittere Worte, heftige Emotionen, Geschrei, Drohungen, gewaltiges Drama oder stilles Melodrama – irgendwas, nur nicht diese Gelassenheit.

»Dir ist doch wohl klar, daß du der Vater bist«, beschuldigte sie ihn. Sie ließ es klingen, als habe er eine so unnatürlich üble Sünde begangen, daß kein anständiges Mitglied der menschlichen Rasse je wieder mit ihm sprechen würde.

»Wer behauptet das – du oder Madeleine?« fragte er.

»Es hat keinen Sinn, daß du dir weiterhin etwas vormachst. Was glaubst du, warum sie Pierre-Louis vergangenen Dienstag eingeladen hat, über Nacht zu bleiben? Zu jenem Zeitpunkt wußte sie schon seit mindestens zehn Tagen, daß sie schwanger war. Wenn sie es ihrem dummen Mann schließlich irgendwann sagt, wird er glauben, daß das Kind in jener Nacht gezeugt worden und somit seins ist.«

»Aber warum denn? Ich verstehe das nicht«, sagte Armand.

»Du bist fast genauso dumm wie Pierre-Louis«, sagte Yvonne boshaft. »Keiner von euch beiden hat sie verdient. Aus mir unverständlichen Gründen liebt Madeleine ihren Mann. Sie wußte, daß ihre Ehe von dem totalen Zusammenbruch bedroht war, als er sich eine Freundin zulegte – die erste von vielen, fürchtete sie. Und als praktische Frau unternahm sie Schritte, die die Situation retteten.«

»Willst du damit behaupten, sie wurde absichtlich schwanger?« fragte Armand erstaunt.

»Natürlich – oder hältst du sie für dumm? In ein paar Wochen wird sie Pierre-Louis über ihren Zustand informieren – und er wird außer sich vor Freude sein, daß er endlich Vater wird, nach acht Ehejahren!«

»Die Doppelzüngigkeit der Frauen!« rief Armand aus.

»Ein notwendiger Schutz gegen die Treulosigkeit der Männer«, war Yvonnes unmittelbare Antwort. »Nichts von alledem wäre passiert, wenn Pierre-Louis Madeleine so liebte wie sie ihn.«

»Ich bin also wieder benutzt worden«, sagte Armand unglücklich. »Es scheint, daß ich dazu verdammt bin, mein Leben lang von Frauen für ihre eigenen, verlogenen Ziele ausgenutzt zu werden.«

»Welch ein Eigendünkel – ausgenutzt! Das Vergnügen, mit

meiner Schwester schlafen zu dürfen, war eine ausgesprochen großzügige Entschädigung für deinen bescheidenen Beitrag zur Rettung ihrer Ehe.«

»Versuche nicht, mich herabzusetzen«, entrüstete sich Armand. »Du hast meine Fähigkeiten als Liebhaber selber erfahren – und du weißt ganz genau, daß die Lust, die ich bieten kann, weder bescheiden noch mickrig ist.«

»Du schmeichelst dir selbst«, erwiderte sie wegwerfend. »Du hast mehr mit den Fingern gemacht als sonst was. Soviel hätte ich mir selber auch machen können.«

Armand durchforschte sein Gehirn nach einer Beleidigung, die ihren Hochmut zerstört hätte. Seiner Meinung nach hätte er das schon getan, indem er die Erinnerung heraufbeschworen hätte, wie er sie hilflos auf dem Rücken mit den Seidenstrumpfbeinen in der Luft festgehalten hatte, während er ihre eine Serie von Höhepunkten aufzwang. Doch er hatte das Gefühl, daß er aus einem Wortgefecht als Verlierer hervorgehen könnte, und entschied sich für die primitivste Form männlicher Vergeltung, die er sich denken konnte.

»Ich glaube, du solltest jetzt gehen, Yvonne«, sagte er, »aber vorher gibt es noch etwas, an das ich dich erinnern muß – etwas, das dir gestern große Befriedigung beschert hat.«

Während er sprach, löste er den lockeren Knoten seines Gürtels und schlug seinen Morgenrock auseinander, um das drohende Instrument zu exponieren, das zwischen seinen Schenkeln emporragte.

»Du bist widerlich!« rief sie aus.

Handschuhe und Tasche in der Hand erhob sie sich augenblicklich und faßte hinter sich nach ihrem Mantel, um die beleidigende Szene schleunigst zu verlassen. Armand sprang ebenfalls auf, warf seinen gestreiften Morgenrock ganz von den Schultern und packte sie um die Taille. Yvonne, behindert von Mantel, Tasche und Handschuhen, war ohne

Schwierigkeiten auf ihren hohen Absätzen herumzudrehen und kopfüber über die Armlehne des Sessels zu kippen, auf dem sie eben noch gesessen hatte, das Gesicht auf dem Polster, die Kehrseite in die Höh'. Armand stand direkt hinter ihr, eine Hand fest auf ihrem Po.

»Wie kannst du es wagen, mich so zu behandeln?« kreischte sie.

Er grinste und schob die andere Hand unter ihr schwarzweißes Kleid und zwischen ihre Beine. Sein Grinsen wurde zum Kichern, als er die nackte Haut oberhalb ihrer Seidenstrümpfe berührte, so glatt und so empfindlich unter seinen Fingern.

»Wage es nicht, mich anzurühren, du degenerierter Verbrecher«, drohte Yvonne wütend. Sie strampelte so heftig, daß ihr der Leopardenfellhut vom Kopf auf das Sesselpolster fiel.

Armand zwängte seinen nackten Fuß zwischen ihre schlanken Fußgelenke und stieß ihre Beine auseinander, ohne einen Gedanken daran zu verschwenden, ob er ihrer bleichen Haut blaue Flecke verursachte oder nicht. Als er ihre Knie weit genug auseinandergedrückt hatte, tastete er höher, bis seine forschenden Finger die Spitzen und dann die Seide ihrer Unterhose fühlten. Yvonne wurde sehr ausfallend, während sie, den Bauch auf der Sessellehne, herumstrampelte. Sie versuchte, nach hinten auszuschlagen und gegen seine Beine oder andere, leichter verwundbare Teile zu treten, doch er stand zu nah. Mit erlesener Langsamkeit fanden seine Finger den Weg in ihre lockere Unterhose und berührten das kurze krause Haar und die zarten Falten zwischen ihren Schenkeln.

Er schlug das raschelnde Taftkleid über ihren Rücken und entdeckte, daß nur ein Hemd aus Crêpe de Chine – so hauchzart, daß man fast alles hindurch sah – die Schönheiten ihres schlanken Körpers vor ihm verbarg. Augenblicklich riß er das zarte Kleidungsstück in die Höhe, ohne sich im geringsten darum zu scheren, ob er es zerfetzte oder nicht, und legte seine linke Hand flach auf die blasse, warme Haut ihres schmalen Rückens, um sie in der Stellung mit dem Gesicht nach unten zu halten. Inzwischen pochte das Blut in seinen Adern, und sein Stengel wurde mit jeder Sekunde härter. Um den angenehmen Prozeß zu beschleunigen, nahm er ihn fest in die Hand und massierte ihn, während er Yvonnes hübsche Unterhose anstarrte.

Sie bestand aus dem gleichen feinen Crêpe de Chine wie das Hemd – in delikatem Elfenbeinweiß mit Spitzenbesatz und Stickereien, für die eine geschickte Näherin Stunden gebraucht hatte, um sie zu vollenden. Doch in einem solchen Moment zählt diese ganze elegante Näharbeit nicht. Armands Augen wurden rund vor Entzücken, als er sah, daß der schmale Streifen aus Seide und Spitzen in dem Spalt zwischen ihren glatthäutigen Hinterbacken eingeklemmt war, und bei diesem Anblick übertraf sich sein zuckender Ständer noch an Größe und Härte und begann, vor lüsterner Kraft zu hüpfen.

»Wieder einmal finden wir uns zusammen in einer unkonventionellen Lage, meine liebe Yvonne«, sagte er.

Er strich mit dem Finger träge das Spitzenband auf und ab, um die Wärme ihrer Spalte darunter zu fühlen.

»Gestern hast du für mich deinen Rücken gegen die Wand gelehnt«, fuhr er spöttisch fort, »und heute liegst du bäuchlings über der Sessellehne. Offensichtlich haben wir eine Affinität füreinander.«

»Laß mich hoch«, gab sie zurück und fügte Wörter hinzu, die von verheirateten Frauen aus gutem Hause nie in den Mund genommen werden – und vielen von ihnen nicht einmal bekannt sind.

Die Stellung mit dem Kopf nach unten hatte ihre Unterhose zwischen ihren Beinen stramm gespannt, und der dünne

Satinstreifen war nicht nur in die Furche dazwischen geklemmt, sondern ebenfalls in den langen Spalt ihrer geheimen Öffnung, deren Lippen dadurch ein wenig auseinandergehalten wurden. Armand betrachtete diesen bezaubernden Anblick ein Weilchen, dann hakte er einen Finger unter den Stoff und zog ihn heraus, um sogleich seinen Daumen hineinzudrücken. Ihr zorniger Schrei amüsierte ihn, und um sie noch wütender zu machen, zog er ihr das hauchdünne Höschen bis auf halbe Schenkelhöhe herunter.

»Ich habe herausgefunden, worin diese Affinität zwischen uns besteht«, fuhr er fort und tätschelte die satinglatten Bakken, die er freigelegt hatte.

»Das ist ungehörig – hör sofort mit diesen Dummheiten auf und laß mich aufstehen«, befahl sie ihm rauh.

»Du hast so etwas an dir, Yvonne – soll ich es als eine gewisse Arroganz bezeichnen? Aber *Arroganz* impliziert einen Überlegenheitsanspruch, den ich an dir vermisse – sollten wir es also eher eine hämische Geringschätzung nennen? Welchen Namen wir dem auch immer geben, Tatsache ist, daß deine Attitüde zu Gewalt herausfordert – sie verlangt, grob gedemütigt zu werden! Kurzum, ich schlage vor, dich zu mißbrauchen.«

Er drückte ihre Hinterbacken auseinander und rieb mit dem Daumenballen über den runzligen, kleinen Muskelknoten dort. Einen Augenblick lang war er versucht, Yvonne über ihre schlimmsten Befürchtungen und düstersten Phantasien hinaus zu vergewaltigen, indem er seinen Knüppel in diese winzige Öffnung rammte, doch er riß sich zusammen und widerstand sogar der Versuchung, einen langen Zeigefinger hineinzubohren. Statt dessen rieb er seinen eifrigen Körperteil an der tiefen Spalte ihres pelzigen Pfirsichs.

Da ihr Unterhöschen auf Schenkelhöhe hing, konnte er ihre Beine nicht sehr weit auseinanderspreizen, und um seinen großen Eintritt vorzubereiten, öffnete er ihre zarten, rosigen Lippen mit den Fingern, steckte erst einen, dann noch einen hinein und suchte nach ihrem versteckten Knöspchen. Yvonnes Rücken begann durch sein Herumfingern zu zittern und auf und ab zu zucken. Und als seine Finger naß von der Schlüpfrigkeit ihrer Erregung waren, kam ihm in den Sinn, daß er wieder einmal ausgenutzt wurde. Yvonne hatte ihn absichtlich provoziert, weil sie das Drama genoß, sich selber als Opfer einer Vergewaltigung zu erträumen – aber als ein Opfer, das die Kontrolle in der Hand behielt!

So stark erregt er auch war, es gab keinen Grund, warum er einer so unangenehmen Person wie Yvonne entgegenkommen sollte. Er trat einen Schritt von ihr zurück und versetzte ihrem nackten Hinterteil einen kräftigen Klaps.

»Aufstehen, Yvonne«, sagte er und klang so nonchalant, wie es ein Mann vermag, der nackt und mit vibrierendem Stiel nur eine Handbreit von einer halbnackten Frau entfernt steht, »ich treffe eine liebe Freundin in einer halben Stunde zum Mittagessen und muß mich jetzt anziehen. Sie schätzt es nicht, wenn ich sie warten lasse.«

Verblüfft, verwirrt und konfus über diesen Abbruch von Armands Interesse genau in dem Augenblick, wo sie sein solides Eindringen in ihr offenes Schlupfloch erwartete – und zudem von ihrer Unterhose um die Beine gefesselt –, drehte Yvonne sich um und funkelte ihn an. Ihr wütender Blick wanderte von seinem grinsenden Gesicht zu dem steifen Glied, das unzüchtig zwischen seinen nackten Schenkeln in die Höhe ragte, und ließ sich seitlich über die gepolsterte Armlehne des Sessels kippen. Armand stützte die Hände in die Hüften und versuchte zu erraten, was sie wohl tun würde, um die Situation zu retten, eine Situation, die sie mit Sicherheit äußerst demütigend fand.

Auf irgendeine Weise – unerklärlich zumindestens für Armand – war bei dem Sturz über die Sessellehne ihr Kleid bis ganz in die Taille hochgerutscht, und sie landete auf dem Sitz, die Seidenstrumpfbeine ausgestreckt und der dunkelhaarige Lockenbüschel zwischen ihren Beinen voll in Sicht. Sie legte sich die langfingrigen Hände über die Augen, als wolle sie ihre Scham verbergen – ein Gefühl, mit dem sie seit ihrem elften Lebensjahr nicht mehr vertraut war –, und Armand konnte sehen, daß sie ihn durch die Schlitze zwischen ihren Fingern beobachtete. *Nun, Madame,* dachte er, *ich bin sicher, Sie werden mich auf irgendeine Weise überraschen.*

Und das tat sie – sie lag in dieser unzüchtigen Stellung auf dem Sessel und begann zu jammern und zu kreischen und hysterisch zu schluchzen und dann Armand mit jeder denkbaren Strafe für seinen abscheulichen, tückischen Angriff gegen ihre unschuldige Person zu bedrohen. Lebenslanges Gefängnis mit Schwerarbeit war noch die mildeste Strafe – dann das Verschleppen in die Gefängniskolonie auf der Teufelsinsel und schließlich – der Gipfel der Demütigung – die Enthauptung auf der Guillotine selbst. Nach einer Weile konnte Armand ein herzliches Gelächter nicht mehr unterdrücken.

»Einen tückischen Angriff nennst du das!« sagte er, als er schließlich zu lachen aufhörte. »Alles, was ich getan habe, war, deinen Hintern anzufassen. Hältst du den für so überragend, daß keine Hand ihn ohne deine schriftliche Genehmigung berühren darf? Er ist auf seine Weise ganz hübsch, obwohl weniger mollig, als ich gern habe.«

Sie starrte ihn mit weit aufgerissenen Augen ungläubig an, daß jemand es wagte, sie als weniger denn perfekt zu bezeichnen. Armand kniete sich neben ihr Bein und zupfte beiläufig an ihrem Lockenbüschel.

»Und was dieses vielgenutzte Stück angeht«, fuhr er fort, »sag mir doch mal, was es deiner Meinung nach so außergewöhnlich macht.«

Yvonne riß sich die Hände vom Gesicht und blitzte ihn mit offenem Mund an, zeitweilig und ganz uncharakteristischerweise sprachlos. Armand nutzte diese kurze Lähmung ihres Verstandes, die seine Widerwärtigkeit erzeugt hatte, um ihr die Crêpe-de-Chine-Unterhose ganz über die Beine zu streifen und auszuziehen. Gleich darauf hatte er ihr die Beine weit gegrätscht und kniete dazwischen auf dem Boden. *Du möchtest also vergewaltigt werden,* dachte er und schaute ihr herausfordernd in die dunkelbraunen Augen. *Doch leider, meine liebe Yvonne, bin ich nicht das mechanische Spielzeug, das man aufzieht, damit es losgeht, und es wird nicht so sein, wie du dir erhoffst!*

Seine Hände waren unter ihrem Gesäß und drückten und kneteten ihre nackten Pobacken, während er den Kopf neigte und mit der Zungenspitze ihren Bauchnabel kitzelte. Yvonne keuchte und war inzwischen wieder so weit im Besitz ihrer rationalen Sprachfähigkeit, daß sie ausrief: »Ich will nicht, daß du das tust, Armand! Nein, nein, nein!«, als sie fühlte, wie seine Finger in sie eindrangen und an ihrem Knöpfchen herumspielten, während gleichzeitig von unten her sein Daumen sich in die heiße kleine Öffnung zwischen ihren Backen bohrte. Armand hatte sich erinnert, wie schnell ein Angriff an zwei Fronten sie am Vorabend aufgegeilt hatte – und wenn eine Fingerspitze eine so starke Wirkung hatte, was mochte dann ein strammer Daumen bewirken?

»Nein!« ächzte Yvonne und bog sich aufwärts, weg von dem Daumen, der in ihr runzliges, kleines Loch eingedrungen war, nur um statt dessen ihren Knopf gegen die Finger zu drücken, die darauf herumflitzten, und wieder »Nein!«, als sie auf der Flucht vor den Fingern zurücksackte, so daß der Daumen noch tiefer in sie eindrang. »Nein!«, als sie wieder hochschnellte, und »Nein!«, als sie zurückfiel, »Nein!« und »Nein!«, bis ihre Bewegungen und Schreie rhythmisch und absichtsvoll wurden. Und dann zog Armand, sobald er die Wollust in ihrem Stöhnen hörte, seine Hände weg.

»Wenn du nicht willst, dann füge ich mich«, sagte er, indem er die Wahrheit völlig außer acht ließ. »Du weißt, daß ich viel zu viel Respekt vor dir habe, als daß ich dich zwingen würde, Yvonne.«

»Aber gestern warst du bereit, mich zu zwingen«, wimmerte sie enttäuscht, und ihr Bauch zuckte mit kleinen Krämpfen, um ihm ihre Lenden hungrig entgegenzurecken.

»Das war nicht recht von mir«, gestand Armand, »und ich hoffe, du kannst es mir verzeihen.«

Die Reihe von Elfenbeinknöpfen verlief über die ganze vordere Länge des Kleids vom Halsausschnitt bis zum Saum. Armand wandte ihnen seine Aufmerksamkeit zu und untersuchte sie, wobei er so tat, als sei er zu versunken, um Yvonne zu hören, die beteuerte, daß es nichts zu verzeihen gebe, und erklärte, daß seine Verzweiflung, als er sie gegen die Wand gepreßt hatte, ihr ans Herz gegangen sei. Sie versicherte, daß er sich irre, wenn er glaube, sie verachte ihn, und so oder so habe sie nichts dagegen einzuwenden, daß er mit ihr spiele, wenn er das wolle. Armand hatte währenddessen die interessante Entdeckung gemacht, daß die Knöpfe kein Zierat waren, sondern sich aufknöpfen ließen.

Während Yvonne frustriert auf dem Sessel zappelte, begann er am Saum, und nachdem er achtzehn Knöpfe aufgeknöpft hatte, fand er heraus, daß sich ihr Kleid ganz und gar auseinanderklappen ließ. Er zog ihr das Hemd direkt bis zum Hals, um ihre Brüste zu streicheln und zu küssen – selbst in Ruhestellung ragten die rostroten Nippel höher als bei den meisten Frauen, und jetzt, wo sie erregt war, standen sie stolz fast so lang und dick wie das oberste Glied von Armands kleinem Finger in die Luft. Er lutschte daran, bis er sie wieder schnaufen hörte, dann ließ er sie.

»Mach deine Beine für mich breit, Yvonne«, schlug er vor, um die Folter zu verlängern, und setzte sich auf seine Fersen zurück.

Sie umklammerte die Armlehnen, um sich zu stützen, und hob ihre Seidenstrumpf-Beine auf die Höhe seines Kopfs; dann ließ sie die Absätze einen Augenblick auf seinen Schultern ruhen, so daß er das glatte Leder ihrer Stöckelschuhe auf der nackten Haut spürte. Und dann schaute er genüßlich zu, wie sie die Beine auseinanderschwang, als öffneten sich die Türen eines kunstvollen Schreins. Sie bewegte sie immer weiter auseinander, bis die Sehnen in ihren Leisten hervortraten und die Muskelstränge in ihren Schenkeln sich anspannten. Sie sank tiefer, bis sie beinahe auf dem Rücken lag und ihre Beine im rechten Winkel auf den Armlehnen des Sessels ruhten.

»Das ist ja wundervoll«, hauchte Armand.

Er starrte auf das feuchte, rosige Zentrum, das durch die Position ihrer Beine weit offen stand. Ihre Geheimnisse waren ihm offenbar; sie gab sich ihm hin, zum Anschauen, zum Bewundern, alles stand ihm zur Verfügung, wie immer er wünschte, alles diente seinem Genuß. Er war unfähig, zu widerstehen, seine Zungenspitze zwischen die samtenen Blütenblätter der voll erblühten scharlachroten Rose zu stecken, die ihm dargebracht wurde.

»Oh, ja, Armand, oh, ja!« begann sie zu wimmern.

Er ließ sie schmachten, bis er ihren Körper in langgedehnten Schaudern beben fühlte, die dem Höhepunkt vorausgehen und ihn ankündigen – dann hob er den Kopf und lächelte ihr ins hochrot angelaufene Gesicht. Er hatte gedroht, sie zu demütigen, und er hatte Wort gehalten. Ihr teures schwarzweißes Kleid lag zerknittert unter ihr wie ein Lumpen. Ihr wunderhübsches Hemd war unter ihren Achselhöhlen zusammengeknautscht, ihr Leopardenfellhut war verschwunden und irgendwo unter ihrem Rücken plattgedrückt – und sogar ihr malvenfarbener Strumpfhalter hatte sich gelöst, und die Seidenstrümpfe ringelten sich faltig um ihre Beine.

Doch wie üblich zogen Armands Pläne seine eigene Beeinflußbarkeit nicht in Betracht. Er schaute triumphierend auf Yvonne herunter und weidete sich daran, wie er ihre kalte, elegante Schönheit in wilde, zerzauste Geilheit verwandelt hatte. Er beobachtete, wie ihre Brüste im unregelmäßigen Takt ihres Atems auf und ab gingen, wie ihr glatter Bauch bebte, wie ihre Beine so weit gespreizt waren, daß die Sehnen hervorstanden. Er schaute ihr ins Gesicht, um sie seinen Sieg fühlen zu lassen, und er sah, daß ihre braunen Augen im Frühstadium der Ekstase leuchteten – sie *wußte,* daß er gleich in sie eindringen würde.

Und sie hatte recht. Ohne irgendwelche Skrupel verriet Armands heißer, pulsierender Knüppel seine Entschlossenheit. Er warf sich auf sie, dirigierte sein Zepter auf die Höhe ihres feucht glänzenden Spalts und rammte sich machtvoll hinein. Er hielt sie bei den Hüften, und mit einem langen Stoß drang die ganze Länge seines geschwollenen Geräts in ihren Bauch, bis sein dunkles Kraushaar gegen ihres gedrückt wurde und er auf ihr lag. Sie hakte ihre Beine über seine Schultern, und er keuchte und pumpte so voller Ungestüm, daß ihr nackter Busen auf- und niederhüpfte.

Der Gedanke, den er dabei im Kopf hatte – sofern für so etwas im Augenblick des Rausches überhaupt Platz ist –, war, daß Yvonne Teil eines wundervollen Vermächtnisses war, das er von Pierre-Louis erhalten hatte. Das Schicksal hatte dafür gesorgt, daß die einfache Tat eines Seitensprungs von seinem Cousin die schöne Madeleine nackt in Armands Bett gebracht hatte, dann hatte sich die vollbusige, unbändige Suzette ihm hingegeben, und im Fahrwasser von Suzette kamen die bizarren Genüsse seiner Begegnung mit Fernande, und nun, als direkte Folge seiner Liebesaffäre mit Madeleine, stand ihm der lüsterne Leib ihrer Schwester zur Verfügung.

Tatsächlich hatte Pierre-Louis ihm, ohne es zu wissen, vier Frauen beschert. Und als Gegenleistung hatte er seinem Cousin einen Erben verschafft! Das alles erschien Armand vernünftig – und dann verließ ihn alle Vernunft, denn der Augenblick seiner Krise nahte, und er stocherte leidenschaftlich in Yvonnes glitschigen Tiefen herum. Sie riß den Kopf hoch und schrie, und dann folgte eine Ewigkeit ekstatischer Gefühle, während er seine heiße Leidenschaft in sie entleerte. Ihr Körper hüpfte auf dem Stuhl unter seinen hektischen Stößen, während die rhythmischen Kontraktionen ihres Bauchs ihn fest umklammerten und gierig leersaugten.

Schließlich wurden ihre wilden Zuckungen langsamer und hörten irgendwann ganz auf, und sie sackten beide in sich zusammen, doch sein befriedigter Verräter steckte noch immer tief in ihr.

»Oh, Armand, was hast du mit mir gemacht!« schnaufte Yvonne atemlos.

Sie nahm sein Gesicht zwischen die Hände und küßte ihn.

»Ich habe mich in dich verliebt«, gestand sie überrascht und glücklich. »Ich liebe dich, Armand.«

Er küßte sie und murmelte ein routinemäßiges *»Je t'adore,* Yvonne«.

Es schmeichelte seinem männlichen Stolz ungeheuerlich, wenn Frauen ihm gebrochene kleine Zärtlichkeiten zuflüsterten. Was er natürlich nicht wußte, war, daß der Grund, warum Yvonne ihn mit so viel Raffinesse umgarnt hatte, damit er mit ihr schlafe, die Tatsache war, daß Madeleine sie gebeten hatte, ihn ihr vom Hals zu schaffen. Darin hatte Madeleine ganz einfach nur die Taktik ihres Mannes imitiert – nachdem sie erfahren hatte, wie er seine Freundin losgeworden war, indem er dafür sorgte, daß Armand in einer Situation mit ihr allein sei, die bei seiner gegebenen ungeheuerlichen Geilheit garantierte, daß er mit ihr schlafen würde.

Indem sie ihre elegante Schwester bat, Suzettes Part in einer zweiten Komödie zu übernehmen, in der Armand, ohne es zu wissen, die Hauptrolle spielte, hatte Madeleine sich säuberlich eines Liebhabers entledigt, dessen Anhänglichkeit in dem Moment, wo sie zu ihrem Ehemann zurückkehren wollte, lästig geworden war. Es war in der Tat ein Glück für Armands Selbstgefühl, daß er nicht den geringsten Verdacht über das heimtückische Tun der beiden Schwestern hegte. Noch wäre er, während er dort auf Yvonnes warmem Bauch im Nachglühen der Ekstase lag, je auf die Idee gekommen, daß ihre zärtlichen Worte mehr bedeuten könnten als das nette *chérie*!

Doch wie alle Welt weiß, ist die menschliche Natur kapriziös und unzuverlässig – und daher unvorhersehbar. Zu ihrer Verwunderung erlebte Yvonne ihr unbekannte Gefühle, von denen sie annahm, sie bedeuteten, daß sie in Armand verliebt sei. Es wäre vermutlich näher an der Wahrheit zu sagen, daß ihre eigenwillige Natur durch die beiläufige und perverse Art, in der Armand sich ihrer zu seiner Befriedigung bedient hatte, zunächst gekränkt und dann betört worden war. Er wußte natürlich, daß sie possessiv war und Leute manipulierte, aber er ahnte noch nicht, daß er von Yvonnes zerstörerischer Liebe ausgenutzt werden würde wie noch nie in seinem Leben.

Die Zaubermuschel

Vorbemerkung

Dies ist der sechste Band von Anne-Marie Villefranches Geschichten über die amüsanten, ungehörigen Possen ihrer Freunde im Paris der zwanziger Jahre. Ein paar der Personen werden den Lesern früherer Bände bekannt sein – Gabrielle de Michoux, die schöne, junge Witwe, der es gelingt, von einem wohlhabenden Mann nach dem anderen luxuriös ausgehalten zu werden, und Marcel Chalon, zu jedem Abenteuer bereit, solange er anschließend zu seiner Mama heimkehren kann.

Als ich 1982 den ersten Band von Anne-Maries Aufzeichnungen über die Liebesaffären ihres Kreises ins Englische übersetzte, war es unmöglich vorauszusehen, daß sie sich solcher Beliebtheit erfreuen würden. Seit der letzten Zählung sind sie in 15 Ländern rund um die Welt veröffentlicht worden, ihr Geburtsland Frankreich nicht mitgerechnet. Manche sind so weit gegangen, sie mit Colette zu vergleichen – doch das ist übertrieben. Anne-Marie schrieb für sich selbst, hoffte nicht auf eine Veröffentlichung zu ihren Lebzeiten, und sie schloß freche, erotische Szenen mit ein, über die Colette den Schleier der Diskretion gebreitet hätte.

Zwei Dinge mögen erwähnt werden, die die beiden miteinander gemein haben. Zum einen sehen sie das Leben und die Liebe von der komischen Seite. Zum anderen sind sie davon überzeugt, selbst wenn sie es nicht ausdrücklich erwähnen, daß jene, die sexuelle Lust bereiten, eine Belohnung verdienen, sei es mit Geld oder einem teuren Geschenk. Ob dies eine typisch französische Einstellung ist oder nicht, lasse ich die verehrte Leserschaft entscheiden.

Jane Purcell
London 1990

1

Alte und neue Freunde

Die Tür zwischen Wohn- und Schlafzimmer der Hotelsuite stand eine Spaltbreit offen – gerade weit genug, um Marcel Chalon einen heimlichen Blick ins Schlafzimmer zu erlauben. Auf sein Klopfen hatte er keine Antwort erhalten, und nachdem er einige Zeit auf dem langen, leeren Hotelflur gewartet hatte, hatte er den Knauf gedreht, die Tür unverschlossen gefunden und war eingetreten. Das übliche Hotelzimmer, unpersönlich und teuer ausgestattet, lag vor ihm – nur ein breitrandiger Strohhut mit rosa Schleife, nachlässig auf ein Sofa geworfen, bestätigte ihm, daß er sich in der richtigen Suite befand.

Recht waghalsig schlich er durch das mit einem dicken Teppich ausgelegte Zimmer bis zur angelehnten Tür. Ein köstlicher Anblick verschlug ihm den Atem: Im Schlafzimmer stand die schöne Gabrielle de Michoux und betrachtete sich in einem langen Spiegel. Sie hatte das blaßgrüne Kleid, das Marcel vorher an ihr gesehen hatte, die Strümpfe und was immer sie an Leibwäsche angehabt hatte, ausgezogen und einen knielangen Kimono aus pfirsichfarbener Seide übergestreift.

Der Kimono war offen, und Madame de Michoux prüfte ihren schlanken Körper im Spiegel, die Hände unter ihren kecken, kleinen Brüsten. Marcel starrte mit staunender Freude auf die graziöse Kurve ihres Bauchs und den Busch dunkelbraunen Haars zwischen ihren schlanken Schenkeln. Das Herz pochte ihm in der Brust, und in seiner Hose regte sich ein anderer Teil. Er konnte keinen bestimmten Ausdruck in Gabrielles herzförmigem Gesicht erkennen, es sei denn, daß sich ihre dunklen, schmalgezupften Brauen ein wenig wölbten und ihr Mund einen Augenblick lang leicht zitterte.

Marcel wußte sehr wohl, daß diese heimlichen Beobachtungen sehr ungehörig und unter zivilisierten Menschen ganz und gar unverzeihlich waren. Doch Madame de Michoux vor ihrem Spiegel wirkte eher wie ein unwahrscheinlich elegantes Gemälde von der Hand eines Fragonard oder eines Boucher – lebendig geworden! Sie zu beobachten, kam nicht so sehr einem Akt der Zudringlichkeit gleich, sondern eher der Betrachtung eines Kunstwerks – das sagte sich jedenfalls Marcel zu seiner Entschuldigung. Zweifellos ist ein solch köstlicher und unerwarteter Augenblick derartig selten, daß er bereit war, das Risiko der Schande auf sich zu nehmen, um ihn voll auszukosten. Er beobachtete Gabrielle weiterhin, fast ohne zu atmen.

Der Schauplatz dieses seines tadelnswerten Benehmens war Cannes im frühen Sommer 1929. Erst heute Morgen hatte Marcel das Vergnügen gehabt, die Bekanntschaft von Gabrielle de Michoux in Gesellschaft ihres Verlobten zu machen. Nach einem kalten, verregneten Winter und einem verspäteten Frühling in Paris hatte Marcel seine Mutter in den Süden gebracht, und sie bewohnten das Hotel *Splendide* gegenüber dem Yachthafen.

Eigentlich müßte man genauer sagen, daß Madame Chalon ihren Sohn Marcel nach Süden in die Sonne gebracht hatte, denn obgleich sie bei regnerischem Wetter unter einem Anflug von Arthritis in den Beinen litt, war sie eine entschlossene und unabhängige Frau. Ihr Einfluß auf ihren Sohn war beachtlich, was sich daran erkennen ließ, daß er es zufrieden war, mit ihr zusammenzuleben, obgleich er in diesem Jahr sein dreißigstes

Lebensjahr vollendet hatte. An ihrem ersten Ferientag in Cannes nahmen sie gemeinsam auf der Hotelterrasse das Frühstück ein, als ein etwas fülliger Herr in den Fünfzigern an ihren Tisch trat und Madame Chalon höchst respektvoll die Hand küßte.

Er wurde eingeladen, sich zu ihnen zu setzen, und wie aus dem Nichts erschienen zwei Damen, die sich dazugesellten. Kellner in weißen Jacken wuselten um den Tisch herum, brachten Stühle, Tassen, mehr Kaffee, Croissants und Pfirsichmarmelade für die Neuankömmlinge, während man sich einander vorstellte. In Marcels Augen war Monsieur Adolphe Lacoste, der mit seiner Mutter bekannt war, eine lächerlich altmodische Gestalt. Sein stark mit Pomade getränktes Haar war in der Mitte gescheitelt, und er trug einen Schnurrbart, den er an den Enden nach oben zwirbelte. Für den Sonnenschein hatte er einen weißen Anzug mit Weste und einem steif nach oben ragenden Kragen und seidener Krawatte angezogen. Er hielt einen weißen Panamahut aus Stroh und einen Spazierstock aus Malakkarohr in der Hand.

Er war, so wurde Marcel unterrichtet, ein Jugendfreund seines Vaters gewesen. Marcels Vater war während des Großen Krieges gestorben – nicht im schneidigen Kampf gegen die abscheulichen *Boches*, denn er war bedeutend und reif genug gewesen, um nicht in die Armee eingezogen zu werden – nein, sein Tod wurde leider durch einen Herzanfall verursacht, der, so wurde Marcel gesagt, durch ein mißglücktes Geschäftsunterfangen ausgelöst worden war. Was immer wirklich geschehen war, er hatte seine trauernde Witwe und den beinahe erwachsenen Sohn gut versorgt zurückgelassen.

Monsieur Lacostes Gefährtinnen wirkten alles andere als altmodisch. Die eine war seine verheiratete Schwester, Silvie Tournet, höchst schick bekleidet mit einem zitronengelben seidenen Strandanzug und einer langen Perlenkette, die über ihren beachtlichen Busen hinweg bis zur Taille reichte. Sie war wesentlich jünger als ihr Bruder – unter vierzig, schätzte Marcel – und hatte wunderschöne dunkelbraune Augen. Sie hatte auch einen großen Mund, der ständig zu lächeln schien, selbst wenn sie damit beschäftigt war, ihr viertes oder fünftes Croissant zu verzehren.

Die andere Dame war Monsieurs Lacostes Verlobte, eine charmante und sehr elegante Dame in Marcels Alter. Sie hatte ein herzförmiges Gesicht, das von kastanienbraunem Haar eingerahmt wurde. Ihre Augen waren blaugrün, ihr Mund rot und beweglich, und ihr Körper und ihre Schenkel modisch schlank in dem dünnen blaßgrünen Kleid. Um den Hals trug sie einen auf der Höhe ihrer wohlgeformten Brüste geknoteten, langen, schmalen Seidenschal, scharlachrot und dunkelgrün gemustert, so lang, daß seine Enden bis zu ihren Schenkeln reichten.

Madame de Michoux war, wie viele junge Französinnen, Witwe; ihr Gatte hatte sich in einem schlammigen, elenden Graben an der Westfront für sein Vaterland geopfert. Doch das lag Jahre zurück, und in ihrem Benehmen war keine Spur von Traurigkeit – ihre Rede und ihre Gesten waren voller Charme. Ihre langen, schlanken Finger und ihre schmalen Handgelenke mit den Diamantarmbändern drehten und wendeten sich auf eine so graziöse Weise, daß Marcel völlig gefesselt war. Der Verlobungsring an ihrer linken Hand trug einen großen Diamanten, eingefaßt von kleineren blutroten Rubinen, und zeugte zumindest von den soliden Finanzen ihres Verlobten, wenn auch vielleicht nicht von seinem Geschmack.

Monsieur Lacostes Schwester machte keinen Hehl daraus, daß sie Marcel auf Anhieb ins Herz geschlossen hatte. Sie vertraute ihm an, daß sie seit einigen Jahren von ihrem Mann Tournet getrennt lebte, weil er ein unerträgliches Monster von einem Mann sei. Da sie nicht die Risiken einer alleinlebenden Frau tragen wolle, erklärte sie, teile sie die Wohnung ihres Bruders in Paris und spiele die Rolle der Gastgeberin, wenn er Gäste geladen habe. Natürlich, so ließ sie Marcel wissen, würde sie im Herbst, nach der Heirat von Adolphe und Gabrielle, aus der Wohnung ausziehen müssen, und die Aussicht sei für eine so gesellige, anhängliche Person wie sie einfach gräßlich.

Das Frühstück auf der Hotelterrasse zog sich bis weit nach zehn Uhr hin, da es offensichtlich so viel zu sagen gab. Und natürlich verbrachte die ganze Gesellschaft nach diesem so erfreulichen Zusammentreffen beim Frühstück den Rest des Vormittags gemeinsam. Sie schlenderten eine Weile die Uferpromenade entlang, Lacoste mit Madame Chalon vorneweg, wobei er sie höflich, ganz und gar verkörperte Galanterie, untergehakt hatte.

Zu Marcels Verwunderung hatte seine Mutter angefangen, so kokett zu stolzieren und zu lächeln, wie er es ihr niemals zugetraut hätte. Er folgte dem Paar mit der fröhlich schwatzenden Silvie, die sich warm an seinen rechten Arm klammerte, und Gabrielle, die seinen linken Arm kaum berührte. Als die Kniegelenke seiner Mama ein wenig zu knirschen begannen, ließ sich die Gesellschaft auf der Terrasse eines nahen Cafés nieder, bestellte kalte Getränke und genoß die Freuden der Konversation, bis es Zeit zum Mittagessen war.

Es war einige Jahre her, seit seine Mama Adolphe Lacoste zum letzten Mal gesehen hatte, und sie war sichtlich erfreut, die Bekanntschaft aufzufrischen. Marcel erfuhr auch, nicht ohne Staunen, daß Monsieur Lacoste ein ernsthafter Bewerber um die Hand seiner Mama gewesen war, als sie eine junge Frau war, und daß ihr die Entscheidung zwischen ihm und Marcels Vater nicht leichtgefallen war. Das mußte in den neunziger Jahren des vergangenen Jahrhunderts gewesen sein, rechnete er aus, als Lacoste mit Sicherheit weniger füllig als heute gewesen war, und sein Stil der Mode entsprochen haben mochte.

Und seine Mama? Sie mußte eine hübsche junge Frau mit sehr langem Haar gewesen sein, das sie zu einem Knoten auf dem Kopf zu tragen pflegte – das wußte Marcel von den alten Fotografien in ihrem Album. Darauf war sie in knöchellangen Kleidern mit endlosen Rüschen an Hals, Busen und Handgelenken zu sehen, mit vielen Unterröcken, enggeschnürter Taille und einem durch Polster stark betontem Hinterteil. Wie mochte sein Vater, fragte er sich – und übrigens auch Monsieur Lacoste – den jungen Damen ihrer Zeit auf irgendeine intime Weise den Hof gemacht haben, wo diese doch in die scheinbar undurchdringlichen Gewänder eingesperrt waren, die an- und abzulegen die Unterstützung einer Zofe verlangten.

Wie stellte ein Mann es an, in einen weichen Po zu kneifen, wenn dieser unter einer gepolsterten Turnüre versteckt und geschützt war? Oder eine wohlgeformte Brust zu küssen, wenn drei oder vier Stoffschichten sie verbargen und vor beutesuchenden Lippen abschirmten? Waren denn damals alle Bräute Jungfrauen, fragte sich Marcel, oder gelang es den unternehmungslustigen jungen Männern manchmal, ihre Hände unter jene langen Röcke und die ausgeklügelte Unterwäsche zu schmuggeln, um einen warmen, buschigen Hügel zu berühren?

Eine Besonderheit von Gabrielle de Michoux hatte Marcel sehr beeindruckt: Als sie die Caféterrasse betraten, hatte er die Damen natürlich vorausgehen lassen, und ihre Rückenansicht hatte ihn entzückt. Unter der blaßgrünen Seide ihres kurzen Kleides war ein schlanker, straffer, schmaler und kecker Po zu erkennen – ein Hinterteil von wahrer Eleganz und Vornehmheit, das, daran zweifelte er keinen Augenblick, die gleichen Eigenschaften bei seiner Eigentümerin verhieß.

Warum eine so attraktive junge Frau überhaupt daran denken konnte, einen alten Trottel wie Lacoste zu heiraten, war ein Rätsel – nein, das nicht, denn der Grund mußte sein Geld sein, aber eine solche Verbindung war nach Marcels persönlicher Meinung ein Jammer und reine Verschwendung. Doch seine eigenen Beobachtungen und Erfahrungen mit den Gattinnen anderer Männer gab ihm die Gewißheit, daß Gabrielle sich nur wenige Monate nach dem Ende der Flitterwochen diskret einen Liebhaber zulegen würde.

Die Ereignisse etwas später an diesem Tag fügten es, daß er wesentlich engere Bekanntschaft mit Gabrielle machen sollte, als er erwartet hatte. Das Mittagessen war eine höchst angenehme Angelegenheit; Lacoste befand sich in Ferienstimmung und bestand darauf, zur Begleitung des köstlichen Mahls eine Flasche vorzüglichen Champagners nach der anderen zu bestellen. Gegen vier Uhr nachmittags gab Marcels Mama bekannt, daß sie glücklich wäre, jetzt ins *Splendide* zurückzukehren und ein Stündchen oder so zu schlafen, damit sie für den Abend ausgeruht und frisch sei, da Lacoste sie und Marcel schon zum Abendessen eingeladen hatte.

Die anderen Damen pflichteten ihr bei und erklärten, daß Madame Chalons Idee gut sei, denn der Nachmittag war heiß, und die Fröhlichkeit, hervorgerufen von großen Mengen Champagners, begann nachzulassen. Lacoste bestand darauf, die Rechnung zu bezahlen, und nach einem Scheingefecht gestattete Marcel es ihm huldvoll. Damit noch nicht zufrieden, beauftragte Lacoste einen Kellner, eine Pferdekutsche vor das Restaurant zu beordern, um seine Gäste zum Hotel zu bringen, denn es käme überhaupt nicht in Frage, erklärte er, daß Madame Chalon in der Hitze zu Fuß gehe.

Marcel geleitete seine Mutter bis zur Tür ihrer Suite und wollte dann ein wenig allein den Strand entlangschlendern, um sich am Anblick junger Damen zu erfreuen, die in der Sonne herumtollen mochten. Der Anblick weicher, runder Brüste unter dem dünnen Wolljersey eng anliegender Badeanzüge war äußerst stimulierend; das Betrachten nackter, brauner Schenkel unaussprechbar köstlich.

»Warte einen Augenblick, Marcel«, sage Madame Chalon. »Ich habe ein Buch für Madame de Michoux – den neuesten Roman von Mauriac. Wir haben beim Essen darüber gesprochen, und ich versprach, ihn ihr zu leihen – macht es dir etwas aus, ihn ihr zu bringen?«

»Der Roman von Mauriac?« fragte Marcel überrascht. »Ich habe nicht gehört, daß ihr darüber gesprochen habt.«

»Du warst zu sehr mit Madame Tournet beschäftigt«, gab seine Mutter trocken zurück. »Ihr habt die meiste Zeit die Köpfe zusammengesteckt, und – auch wenn es mir widerstrebt, ein so unziemliches Thema anzuschneiden, Marcel – ich habe mehr als nur einmal eindeutig den Eindruck gehabt, daß deine Hand unter dem Tisch auf ihrem Knie ruhte. Du weißt, daß ich so ein Benehmen in der Öffentlichkeit niemals dulden kann!«

»Mama, da irrst du dich gewaltig!« rief Marcel aus. »Ich gebe dir mein Ehrenwort, daß ich meine Hand nicht auf Madame Tournets Knie gelegt habe – nicht ein einziges Mal!«

Die Wahrheit war natürlich, daß es Madame Tournets Hand gewesen war, die unter dem Tisch auf seinem Knie gelegen hatte – und nicht bloß auf seinem Knie! Er hatte höchst bewundernswert die Haltung bewahrt, während ihre heiße, erfahrene Hand an der Innenseite seines Schenkels aufwärtsglitt und ihre Finger durch den Stoff der Hose hindurch die harten Umrisse seines inzwischen aufgerichteten edelsten Körperteils abgetastet hatten.

»Dann muß ich dir wohl glauben, wenn du mir dein Wort darauf gibst«, sagte Madame Chalon. »Ich kann nur sagen, daß der Schein manchmal trügt. Sie ist zu alt und viel zu welterfahren für dich, mein lieber Junge – ich flehe dich an, schlag sie dir aus dem Kopf.«

Marcel verstand sehr wohl, daß seine Mama Silvie mit dieser Bemerkung kein Kompliment zu machen gedachte – vielmehr hatte Silvie in ihren Augen viel zu bereitwillig die intimen Dienste viel zu vieler Männer in Anspruch genommen und würde irgendwann zu einer bemitleidenswerten Person werden – einer übermäßig geschminkten alten Vettel.

»Du brauchst dir in dieser Hinsicht keine Sorgen zu machen, Mama«, sagte er, »sie hat keinen Platz in meinen Gedanken, und ich habe auch nicht vor, ihr einen einzuräumen. Wo ist das Buch für Madame de Michoux?«

In dieser Sache sprach er die Wahrheit. Während des Essens hatte Silvie ihn durch die Blume wissen lassen, daß sie fünfunddreißig sei, woraus er schloß, daß sie sieben- oder achtunddreißig sein mußte. Doch abgesehen von ihrem relativen Alter, war sie nicht der Typ von Frau, der ihn anzog – sie zeigte ihm viel zu offen, daß sie ihn begehrte. Marcels Charakter war so beschaffen, daß er sich heftig auflehnte, wenn ihm schien, er sei die Beute und eine Frau der Jäger. Im Gegenteil, er sah sich immer in der höchst romantischen Rolle Rudolph Valentinos als Scheich, der schöne Frauen durch die animalische Kraft seiner magnetischen Persönlichkeit anlockte.

Als Valentinos gefeierter Film ein paar Jahre zuvor in Paris gezeigt worden war, war Marcel zutiefst beeindruckt gewesen, und er hatte ihn sich nicht weniger als achtmal angeschaut. Silvie Tournet entsprach nicht seinem Frauenideal, und er hatte keinerlei Absicht, ihre beim Essen geflüsterte Einladung in ihre Hotelsuite anzunehmen, um ihr zu zeigen, was er mit *diesem* machen könnte und herauszufinden, was sie damit machen würde – wobei *dieser* der aufgerichtete Körperteil war, den sie in jenem Augenblick unter dem Tisch mit den Fingern befühlte.

Ein Spaziergang am Strand war mehr nach seinem Geschmack – dort gäbe es eine Vielfalt spärlich gekleideter junger Damen zu bewundern. Und wenn das Glück ihm hold war, konnte er vielleicht mit einer von ihnen Bekanntschaft schließen, denn ein gutaussehender, elegant gekleideter Mann wie er hatte wenig Schwierigkeiten, das Interesse schöner Frauen auf sich zu lenken. Doch aus diesen guten Absichten wurde nichts, denn das, was er in Gabrielle de Michoux's Suite vorfand, als er das Buch überbringen wollte, das seine Mutter ihm gegeben hatte, hatte ihn davon abgelenkt.

Warum Adolphe Lacoste nicht hier bei seiner schönen Verlobten war, war eine Frage, die Marcels Vorstellungskraft überstieg – wenn Gabrielle die Seine wäre, würde er jeden Nachmittag mit ihr verbringen, um die Wonnen der Liebe mit ihr zu genießen! Aber sie befand sich allein in ihrem Schlafzimmer, betrachtete sich in dem langen Spiegel und trug nichts als einen leichten Seidenkimono, der vorne offen war und ihren glatten, schönen, nackten Körper zur Schau stellte. Und während Marcel zuschaute, das vergessene Buch unter dem Arm, ließen ihre Hände die Brüste los, und er sah, daß sich die dunkelrosa Knospen, die sie bedeckt hatten, stolz aufgerichtet hatten.

Ihre langgliedrigen Hände glitten langsam über die graziöse Kurve ihres Bauchs zu dem Busch aus dunkelbraunem Haar zwischen ihren Schenkeln und ruhten dort für eine lange, atemberaubende Weile. Marcel konnte das Stöhnen kaum unterdrücken, das ihm in die Kehle stieg, als Gabrielle ihre Füße auf dem Teppich auseinanderrückte und ihre Finger sanft über die Innenseite ihrer Schenkel streifen ließ, von ungefähr dort, wo ihre Strumpfränder geendet hätten, falls sie Seidenstrümpfe angehabt hätte, bis hin zu der zarten Haut neben ihrem lockigen Dreieck.

Das kann doch nicht wahr sein! dachte Marcel mit schmerzhaft pochendem Herzen angesichts dieser so bezaubernden Pose. Ist es möglich, daß ich das Glück haben soll, genau in dem Moment hier zu sein, wo diese wunderschöne Frau dabei ist, sich selbst zu befriedigen? Lacoste hatte seine schöne, junge Verlobte zu lange allein gelassen, das war offensichtlich, denn im nächsten Augenblick ließ sie ihren Mittelfinger in ihre feuchte Höhle gleiten. Marcel hörte ihr winziges *Oh!* und sah, wie ihr Bauch bebte, während Pfeile der Lust sie durchzuckten.

Wie wundervoll, wie unbeschreiblich wundervoll! war der Gedanke, der durch Marcels fieberndes Bewußtsein schoß, als Gabrielles Finger in ihren dunkelbraunen Locken heftig herumflitzten, ihr verborgenes, kleines Knöspchen fanden und es so klug liebkosten, daß sich ihr rotgeschminkter Mund vor überwältigender Lust weit öffnete und ihre Augen in der schnell herannahenden Ekstase dunkel und blind wurden. Ihre langen, schlanken Beine zitterten, und sie bewegte sich mit vorsichtigen Schritten rückwärts, bis sie die Bettkante an den Kniekehlen fühlte.

Ihre Knie gaben nach, sie fiel rücklings auf das weiche Bett und blieb mit den Füßen auf dem Boden und weit gespreizten Beinen liegen. Jetzt hatte Marcel endlich freien Blick auf die eleganten, dünnen Lippen unter ihrem nußbraunen Vlies, und er seufzte tief, als sie sie weit öffnete und das Innere mit den Fingerspitzen liebkoste.

Sie atmete schwer – ihr Keuchen war deutlich zu hören – und das war mehr, als Marcel ertragen konnte. Mit einer heftigen, entschlossenen Geste stieß er die Tür auf und war in drei oder vier Schritten ans Bett getreten und hatte sich zwischen Gabrielles nackte Beine gekniet.

»Sie?« rief sie aus. »Was machen *Sie* denn hier?«

Worte taugten nicht, um Marcels Gefühle in jenem

Augenblick zum Ausdruck zu bringen. Er beantwortete ihre Frage, indem er das Buch fallen ließ, das er noch immer in der Hand gehalten hatte, ihren Kimono weit zurückschlug und ihren Körper vollständig entblößte. Ohne ein Wort der Entschuldigung packte er ihre runden Knie mit zitternden Händen und schob ihre Beine noch weiter auseinander – und während sie ihn erschreckt anschaute, beugte er den Kopf und vergrub sein Gesicht zwischen ihren Schenkeln.

»Nein, nicht doch, das dürfen Sie nicht tun!« keuchte sie.

Man muß ehrlich zugeben, daß diese kleine Szene in dem Hotelschlafzimmer etwas Lächerliches, wenn nicht gar Absurdes hatte. Gabrielle war sexuell aufs höchste erregt – das hatte sie mit ihrer eigenen Stimulation vor dem Spiegel erreicht. Doch der Anstand verlangte, daß sie Marcel verbieten mußte, ihrem Körper die so heiß ersehnte Erleichterung zu verschaffen. Unglücklicherweise – oder war es eher ein Glück? – war sie dem kritischen Moment zu nah, um ernsthaften Widerstand gegen das, was Marcel mit ihr machte, leisten zu können. Seine Finger verdrängten die ihren, um die weichen Lippen gespreizt zu halten, und seine Zunge flitzte stürmisch über ihre kleine Knospe.

»Sie dürfen das nicht!« seufzte sie, »ich lasse es nicht zu!« Sie mühte sich ab, um sich auf die Ellbogen zu stützen, so daß ihre kleinen, spitzen Brüste zu wippen begannen, was Marcel beinahe erledigt hätte. Er küßte ihre Schenkel, ihren braungelockten Spalt, und stieß dann wieder die Zunge in sie, um ihre Knospe zu berühren, als flehe er sie ohne Worte an, sich ihm zu ergeben. Nach wenigen Augenblicken fiel sie aufs Bett zurück. »Das kann ich nicht ertragen ...«, wisperte sie kaum hörbar.

Ob es nun die Tatsache war, daß Marcels nasse Zunge sie überwältigte, oder das köstliche Gefühl, das seine

Zunge in ihr auslöste – das, was sie nicht ertragen konnte, ließ sich in diesem Moment nicht so genau feststellen. Gabrielles schlanke Schenkel spreizten sich noch ein Stückchen weiter, und er packte ihre strammen, kleinen Pobacken, während sein offener Mund zu einem langen Kuß auf ihre köstliche kleine Höhle gepreßt war, und seine Zungenspitze ihren empfindlichsten Punkt mit erlesener Kunstfertigkeit liebkoste.

Sie protestierte laut: »Hören Sie sofort auf, Marcel, bitte!«, doch ihre Stimme zitterte unter der Spannung, die sich schnell in ihr aufbaute. Dann, nahm sie das Unvermeidliche hin, stieß einen langgezogenen Seufzer reiner Lust aus, der von einem sanften, zitternden Beben ihres Körpers begleitet wurde. Marcel wußte, daß er sie an den kritischen Punkt gebracht hatte.

»Sie haben mich dazu gezwungen!« keuchte sie, und ihr Leib drehte und schlängelte sich auf dem Bett, während die überwältigende Lust in ihr explodierte. Ihre Schenkel spreizten sich so weit, daß Marcel dachte, ihre Hüftgelenke würden ausgekugelt; sie zerrte wild an seinen Haaren, ihr Rücken bäumte sich vom Bett auf, und sie stieß einen langgezogenen Schrei der Ekstase aus, der wie reißende Seide klang.

Als ihre Zuckungen endlich nachließen, hob er den Kopf zwischen ihren weichhäutigen Schenkeln und betrachtete ihr hübsches *jou-jou* zum erstenmal genauer. Ihre seidigen braunen Löckchen waren kurz und dicht, doch sie bedeckten nur den oberen Teil ihres Hügels, der sich elegant unter ihrem Bauch aufwölbte. Sie wuchsen seitlich ihrer dünnen Lippen bis in den zart duftenden Spalt und ließen die Lippen selbst bloß und frei. Er hatte sie wie die Blütenblätter einer rosaroten Rose geteilt, um ihr Lust zu bereiten, und der hübsche Anblick ließ ihn einen tiefen Seufzer ausstoßen.

Sie lag mit gespreizten Beinen auf dem Rücken, als sei sie benommen von dem, was er mit ihr gemacht hatte, und im nächsten Moment hatte Marcel seine Hose aufgerissen und sich auf sie geworfen. Sie gab einen kleinen Schrei von sich, als sie seine Steifheit tief in sich hineingleiten fühlte, und vielleicht flüsterte sie *»Nein, nein!«* und vielleicht auch nicht – Marcel hörte bereits nichts mehr. Noch immer vollständig bekleidet, da er keine Zeit gehabt hatte, seinen makellosen taubenblauen Anzug auszuziehen – oder auch nur die blaue Fliege – lag er auf ihrem nackten Körper und ritt in ihrem samtenen Portal ein und aus.

Wie Marcel feststellte, war sie von sinnlicher Natur, und so überrascht sie auch durch sein plötzliches Erscheinen in ihrem Schlafzimmer gewesen sein mochte, genoß sie, was mit ihr geschah. Ihr hübsches Gesicht war vor Emotionen gerötet, und ihre langgliedrigen Hände krallten sich in seine Schultern, während er mit tiefen, kräftigen Stößen zwischen ihre gespreizten Schenkel drang. »Oh, Marcel, Marcel...« murmelte sie, nahm seinen Kopf zwischen die Hände und zog seinen Mund auf ihren.

Marcel stöhnte und sprudelte sein Entzücken in sie hinein; sein Herz klopfte wild, und sein Körper zuckte unter den Krämpfen der Ekstase, während Gabrielle wimmerte und sich in plötzlicher Befreiung unter ihm wand. Als sie wieder ruhig wurde, nahm ihr Gesicht einen beunruhigten Ausdruck an, und sie stieß gegen seine Schultern, um ihn zu drängen, sich von ihr zu erheben.

»Du mußt gehen – schnell!« sagte sie drängend.

»Aber warum denn?« fragte er zutiefst widerstrebend, sich aus der warmen Tasche zurückzuziehen, die ihn so angenehm umfangen hielt. »Jetzt, wo wir einander in dieser Weise gefunden haben, liebste Gabrielle, möchte ich deine bezaubernden kleinen Brüste küssen und alle meine Kleider ablegen und dich eng an meinen nackten Leib drücken und dich wieder aufs leidenschaftlichste lieben.«

»Bilden Sie sich nichts ein«, erwiderte sie scharf. »Wir haben einander nicht *gefunden*, wie Sie es nennen – Sie haben sich mir in einem Augenblick aufgezwungen, wo ich am wenigsten in der Lage war, Ihren Annäherungen zu widerstehen. Sie haben sich abscheulich benommen, indem Sie meinen Augenblick der Schwäche ausgenutzt haben. Aber was geschehen ist, ist geschehen – gehen Sie jetzt und lassen Sie mich allein, und bilden Sie sich nicht ein, Sie könnten wiederkommen.«

Marcels Eindringling glitt schlaff aus dem warmen Hort zwischen Gabrielles Schenkeln, und mit einer schnellen Bewegung rollte sie ihn zur Seite und befreite sich. Dann setzte sie sich auf und zog den Kimono fest um sich, so daß ihre kleinen Brüste und ihr Bauch bedeckt wurden. Marcel blieb, wo er war, seitlich auf dem Bett liegend, die Hose weit offen und sein glitschigfeuchtes Instrument gut sichtbar. Er war erfreut zu bemerken, daß Gabrielle mehrfach Blicke darauf warf.

»Wie ich sehe, muß ich direkt zu Ihnen sein«, sagte sie in einem Ton, der alles andere als freundlich zu nennen war. »Ich erwarte Monsieur Lacoste sehr bald – würden Sie jetzt bitte gehen!«

»Ah, das wirft ein anderes Licht auf die Angelegenheit, ich muß es zugeben«, sagte Marcel, setzte sich aufrecht hin, verstaute seinen baumelnden Körperteil und knöpfte sich die Hose zu. »Ich muß mich entschuldigen, Madame – es war keineswegs meine Absicht, Ihnen Probleme mit Ihrem Verlobten zu bereiten.«

Er stand vom Bett auf und verbeugte sich zum Abschied, doch Gabrielle hielt ihm, ohne nachzudenken, die Hand zum Kuß hin. Er beugte sich darüber und berührte respektvoll ihren schmalen Handrücken mit den Lippen, dann drehte er ihre Hand um und küßte die Handfläche.

»Darf ich mir eine Frage gestatten ...?« fragte er. »Wie kommt es, daß Monsieur Lacoste nicht hier bei

Ihnen ist? Wir sind schon seit mindestens einer halben Stunde wieder im Hotel – an seiner Stelle, mit einer so wunderschönen Verlobten wie Ihnen, wäre ich sofort mit in Ihr Zimmer gekommen.«

»Sie müssen bedenken, daß Monsieur Lacoste ein paar Jahre älter ist als Sie«, sagte Gabrielle. »Er hat die Gewohnheit, nach dem Essen eine Stunde zu schlafen, um sich für große Anstrengungen bereit zu machen.«

»Ich verstehe«, sagte Marcel mit einem Lächeln, »und Sie tun mir leid.«

»Leid?« rief sie aus, und ihre dunklen Augenbrauen zogen sich ungläubig in die Höhe. »Sie belieben unverschämt zu sein, Monsieur Chalon, und ich finde das äußerst geschmacklos.«

»Verzeihen Sie mir – es war nicht meine Absicht, Sie zu kränken. Aber wenn ich eine schöne junge Frau sehe, die gezwungen ist, sich selbst zu befriedigen, kurz bevor ihr Verlobter zu ihr kommt, um sie mit seiner Liebe zu beglücken, dann sind die drei Schlüsse, die ich daraus ziehe, für jeden intelligenten Menschen ganz offensichtlich.«

Gabrielle war ungehalten – das sah man deutlich an der Röte in ihrem makellosen Gesicht und an der Weise, wie sie den pfirsichfarbenen Kimono vor dem Busen umklammerte, um ihn um ihren Leib zu schließen – doch Marcels Worte hatten ihre weibliche Neugier geweckt.

»Welche drei Schlüsse?« fragte sie. »Was meinen Sie damit?«

»Aus dem faszinierenden und höchst erregenden Zustand, in dem ich Sie gefunden habe, zog ich folgende Schlüsse«, sagte er, setzte sich neben sie aufs Bett und nahm ihre kleine Hand zwischen seine Hände. »Erstens, daß Ihre Eleganz und Schönheit durch eine heiße, sinnliche Natur ergänzt wird ...«

»Nein, das stimmt nicht!« widersprach Gabrielle sofort.

»Zweitens«, fuhr Marcel fort, ohne im geringsten auf ihren Einwurf zu achten, »ist Monsieur Lacoste zweifellos eine Persönlichkeit mit bewundernswerten Qualitäten und Talenten, ganz abgesehen davon, daß er sehr wohlhabend ist, doch sein Alter hat ihn der Fähigkeiten beraubt, die Sehnsüchte und Bedürfnisse Ihrer zärtlichen Natur zu befriedigen, obwohl Sie doch das Recht haben, auf ihrer Erfüllung zu bestehen ...«

»Sie sind schon wieder unverschämt!« rief Gabrielle aus.

»Und drittens«, sagte Marcel unbeirrt, »Was Sie brauchen, um Ihr Leben und Ihre Sinnlichkeit im Gleichgewicht zu halten, ist jemand, der Sie versteht, jemand mit einer so heißblütigen Natur wie die Ihre, jemand, der diskret und großzügig und nicht eifersüchtig ist, und der nicht verlangt, Ihre ganze Zeit in Anspruch zu nehmen – kurz gesagt, ein lieber Freund, der da ist, wenn Ihr Verlobter woanders ist, und der nichts anderes will, als sich der intimen Bedürfnisse anzunehmen, die Monsieur Lacoste unbefriedigt läßt.«

»Und dieses Musterexemplar von einem Mann, das ist natürlich niemand anderer als Sie«, sagte Gabrielle; eine kleine Furche runzelte die zarte Haut zwischen ihren sorgfältig gezupften Brauen. »Sie sind absurd!«

»Verwerfen Sie mein Angebot nicht, ohne seinen Vorteilen ein wenig mehr Überlegung gewidmet zu haben«, antwortete er und hob ihre Hand an seine Lippen, um sie erneut zu küssen. »Geben Sie es zu – Sie haben zweimal einen strahlenden Höhepunkt in weniger als fünf Minuten unter meinen Händen erreicht. Hat Ihnen Monsieur Lacoste je so großzügig Lust bereitet? Natürlich nicht. Er erwartet von Ihnen, ihn zu befriedigen, nicht wahr? Darum halten Sie es für nötig, ihre Bedürfnisse selbst in die Hand zu nehmen.«

»Sie unterstellen zuviel!« protestierte sie, und ihr Gesicht rötete sich wieder.

»Keineswegs«, erwiderte er bestimmt. »Meine Schlüsse basieren auf allerstrengster Logik. Bedenken Sie sie noch einen Moment länger, meine liebe, schöne Gabrielle. Wenn Sie und ich nicht nur für einen kurzen Augenblick, sondern einen ganzen Nachmittag lang zusammen wären – oder eine ganze Nacht – wie umwerfend die Lust wäre, die ich Ihnen bereiten könnte!«

»Das ist lächerlich!« sagte sie und versuchte, bestimmt zu klingen. »Ich habe nicht die geringste Absicht, Monsieur Lacoste untreu zu sein – weder jetzt, wo wir verlobt sind, noch später, wenn wir verheiratet sind – und selbst wenn ich die Absicht hätte, so haben Sie keinerlei Anlaß zu glauben, daß Sie derjenige wären, den ich wählen würde. Wie spät ist es?«

Überrascht schaute Marcel auf seine Armbanduhr und informierte Gabrielle, daß es kurz vor fünf sei. Obwohl sie es nicht zu zeigen versuchte, war sie ganz eindeutig erleichtert, und daraus leitete er ab, daß sie nicht erwartete, Lacoste könnte seinen Mittagsschlaf beendet haben und innerhalb kurzer Zeit in ihr Zimmer kommen.

»Glauben Sie mir«, sagte er mit sehr ernster Stimme, »mir haben Ihre wahren Interessen sehr am Herzen gelegen, als ich Ihnen meinen Vorschlag unterbreitet habe.«

»Und wie ist das möglich? Wir sind uns heute zum ersten Mal begegnet.«

»Weil ich in diesen wenigen Stunden herausgefunden habe, daß ich Sie anbete«, gab er zurück, und während er wieder ihre Handfläche küßte, ließ er seine freie Hand über ihren Schenkel unter der dünnen Seide des Kimonos gleiten, bis seine Fingerspitzen den Busch seidiger Locken zwischen ihren Beinen erreichten.

»Sie müssen gehen!« sagte sie sofort und klemmte die Beine um seine Hand herum zusammen. Doch seine Finger hatten bereits ihre feuchten Blütenblätter geteilt und liebkosten ihre geheime Knospe.

»Dann werde ich gehen«, sagte er mit einem langen,

herzzerreißenden Seufzer, »und da ich so entschieden abgewiesen werde, werde ich mich Ihnen niemals wieder als ihr ergebenster Freund anbieten ... Doch bevor ich Sie für immer verlasse, gestatten Sie mir wenigstens, Sie mit einer letzten kleinen Berührung an die Ekstase zu erinnern, die Sie mir geschenkt haben ...«

Gabrielle mußte über seine Rede lachen. »Aber Sie können doch so schnell noch nicht wieder«, sagte sie und streckte die Hand aus, um mit ihrem Zeigefinger gegen die langgestreckte Beule in seiner Hose zu tippen. Sie mußte feststellen, daß sein eifriges Stück schon wieder fast seine volle Größe erreicht hatte.

»Sie sind ein unmöglicher Mensch«, sagte sie und lachte wieder. Sie knöpfte seine Hose auf und nahm ihn ganz in ihre warme Hand, als wolle sie die Größe und Dicke seines Angebots messen.

»Du mußt wirklich sehr schnell machen«, fügte sie mit einem kleinen Seufzer hinzu, während sie sich auf das Bett zurücksinken ließ, den Kimono aufschlug, ihm den Charme ihres nackten Körpers bietend, und die Schenkel spreizte.

Marcel hatte in der Tat nicht den Wunsch, von Monsieur Lacoste in leidenschaftlicher Umarmung mit dessen Verlobter ertappt zu werden – das würde mit Sicherheit zu Vorwürfen, Anschuldigungen wegen Vertrauensbruchs, wütendem Geschrei, bitterer Verachtung und der Himmel weiß, was sonst noch führen! Er legte sich neben Gabrielle, die Hand zwischen ihren Beinen in ihren braunen Löckchen, und liebkoste ihre nasse Knospe für ein oder zwei Augenblicke, und dann rollte er sich mit seinem begeisterten Körperteil, hart wie ein Eisenknüppel, auf ihren zarten Bauch und tauchte mit einem kleinen, zufriedenen Seufzer in ihre weiche Wärme.

Sie hatte ihn gebeten, sich zu beeilen, doch diesmal war sein Liebesspiel lang und köstlich. Er murmelte, daß er sie anbete, daß sie die allerschönste Frau sei, die er je gekannt habe, daß er an gebrochenem Herzen sterben würde, wenn es ihm verboten sei, je wieder mit ihr zusammen zu sein, doch daß er bereitwillig sein düsteres Schicksal hinnehmen würde, aus lauter Dankbarkeit für die Wonne, die dieses kurze Zusammentreffen ihm gegeben habe. Kurzum, er plapperte den üblichen trivialen Unsinn, während er stieß und stieß.

Und Gabrielle hetzte ihn nicht, sondern bog ihre Lenden aufwärts, um ihn tiefer in ihr Döschen eindringen zu lassen, und genoß jeden Augenblick davon, während sie höchst begierig auf sein Gemurmel lauschte und ihn mit den Armen fest umschlang. Die Empfindungen waren so überwältigend, daß es ihnen vorkam, als seien ihre Körper zu einem verschmolzen, und eine intensive geistige und körperliche Wonne hielt sie gefangen.

Und schließlich fühlte er, wie ihre weiche, kleine Aprikose ihn packte. »Oh Marcel, mein Lieber«, keuchte sie, »das fühlt sich wunderbar an!« Geraume Weile schwebte sie am Rande der Ekstase, und dann wurde er von unkontrollierbarem Begehren erfaßt und stieß heftig und schnell, und hörte ihren Schrei der Lust, als sein pralles Ding hochschnellte und seinen Tribut an ihre Lieblichkeit verspritzte.

»Jetzt mußt du aber wirklich von hier verschwinden«, sagte sie, sobald sie wieder zu reden imstande war, und er fähig, sie zu verstehen.

»Ich verehre dich zu sehr, um dir irgendwelche Unannehmlichkeiten zu bereiten, liebste Gabrielle«, gab er zurück, während er von ihr aufstand. »Ich werde gehen, ehe Monsieur Lacoste auftaucht. *Au revoir, chérie.*«

»Nicht *au revoir*, lieber Marcel – es muß ein endgültiges *adieu* sein«, sagte sie. »Wir werden übermorgen wieder nach Paris zurückkehren, und bis dahin werde ich dich nur in Gegenwart von anderen sehen – verstehst du mich? Und in Paris werden wir uns nie wiedersehen. *Adieu*, Marcel.«

Ehe sie sich mit ihrem Kimono wieder zudecken konnte, beugte sich Marcel über sie und drückte ihr grinsend einen zärtlichen Kuß auf den warmen, kleinen Bauch.

»Unser Schicksal steht in den Sternen«, sagte er großartig.

2

Der Spatz in der Hand ist besser als die Taube auf dem Dach

Nach einem großartigen Abendessen an ihrem letzten Tag – ein Abendessen, zu dem Marcel und seine Mutter so herzlich eingeladen wurden, daß sie unmöglich ablehnen konnten – beschlossen Adolphe Lacoste und seine Gesellschaft, zusammen ins Casino zu gehen. Der Vorschlag stammte ursprünglich von Silvie, doch ihr Bruder nahm ihn bereitwillig auf.

Es war noch früh im Sommer und der Spielsaal daher nicht überfüllt, als sie ankamen. Lacoste ging vorneweg, mit Marcels Mutter an einem Arm und Gabrielle am anderen. Es hatte etwas Absurdes, wie er da zwischen den beiden Damen stolzierte – irgendwie erinnerte er Marcel an eine der Tauben, die mit unerklärlichem Stolz durch unsere Städte spazieren. Und als er seinen Blick über die versammelte vornehme Gesellschaft wandern ließ, fand er das Bild der sich brüstenden Tauben gar nicht so unpassend.

Nicht, daß die Damen und Herren, die sich an jenem Abend an den Spieltischen des Casinos amüsierten, etwas Absurdes an sich gehabt hätten! Im Gegenteil, sie boten ganz und gar das Bild distinguierter Eleganz, eine Gesellschaft, die das Herz eines jeden Klatschreporters erfreut hätte – und eines jeden Casino-Aktionärs. Es stand außer Frage, daß sogar dem feistesten, glatzköpfigsten Mann durch den Frack und das weiße Hemd ein gewisser Glanz verliehen wurde, und die Frauen, ob jung oder alt, trugen genügend glitzernden Schmuck zu ihren modischen Kleidern, um schön auszusehen – oder wenigstens interessant.

Lacoste hatte seinen aufgezwirbelten Schnurrbart mit glänzender Pomade eingerieben, und die Diamantknöpfe auf seiner Hemdbrust verliehen ihm eine gewisse Bedeutsamkeit. Marcels Mama hatte ihr bestes Abendkleid angelegt – ein handgesticktes Rosenmuster verlief von der linken Hüfte zur rechten Schulter – und mit ihren aufgesteckten Haaren wirkte sie äußerst distinguiert. Silvie trug eine umwerfende Kreation aus glänzend schwarzem Satin, die man zu Taschentuchgröße hätte zusammenfalten und einstecken können.

Marcel hatte während des Abendessens kaum die Augen von ihr abwenden können, so gewagt war ihr Kleid, was ihm mißbilligende Blicke seiner Mutter eintrug. Zweifellos hatte sich Silvie angezogen, um Aufsehen zu erregen – besser gesagt, sie hatte sich ausgezogen, um Aufsehen zu erregen. Das Dekolleté ihres Kleids war über ihrem üppigen Busen so tief ausgeschnitten, daß gerade noch die Brustwarzen bedeckt wurden. Natürlich war es nicht nur ärmellos, sondern auch rückenfrei – in der Tat war es so geschnitten, daß es den größten Teil ihres Rückgrats enthüllte.

Zu diesem erstaunlichen Kleid trug Silvie eine sehr lange Perlenkette. Sie war zweimal um ihren Hals geschlungen und hing dann nicht auf banale Weise vorn über ihre Brust, sondern über den Rücken, so daß die Perlen auf der glatten, nackten Haut schimmerten. Und wenn die Schnur durch irgendein Mißgeschick während des Tanzens zerreißen würde, würden die Perlen wie schöne Hagelkörner nicht auf den Boden rieseln, sondern durch den erstaunlich tiefen Rückenausschnitt ihres Kleides in ihren Schlüpfer – falls sie überhaupt einen trug!

Obwohl alle Erscheinungen im Casino beredtes Zeugnis von Wohlstand und gutem Geschmack ablegten, waren Gabrielle de Michoux und Marcel zweifellos die schönsten Gäste, auch wenn beide einfach gekleidet waren. Er hatte absichtlich die Tradition ignoriert und statt des Fracks ein modernes Dinnerjackett aus weißer Seide gewählt – mit einer blauen Nelke im Knopfloch.

Als er mit Silvie am Arm in den Spielsaal schlenderte, hatte er nicht den geringsten Zweifel, daß jeder der anwesenden Frauen sich nach ihm umdrehte und seine elegante Erscheinung anstarrte. Für Prinzessinnen, Gräfinnen, Bankiersgattinnen, Töchter und Mätressen von Wucherern, Staatsministern und ausländischen Touristen war Marcel das Ideal, nach dem ihre Herzen sich insgeheim sehnten – davon hatte er sich längst überzeugen können.

Gabrielle teilte Silvies Vorliebe für das Ausgefallene nicht. Ihr Abendkleid war aus jadegrünem Chiffon und sehr einfach geschnitten, doch es schmiegte sich an die Kurven ihrer graziösen Figur, als wolle es zeigen, wie wohlgestaltet sie war, ohne mehr als die blasse Haut ihrer Arme und ihres Halses zu offenbaren. Das Kleid war nicht kurz genug, um ihre makellos gerundeten Knie sehen zu lassen, die Marcel so bewundert hatte, als er sie am Vortag unbekleidet in ihrem Schlafzimmer gefunden hatte, doch er fand ihre seidenbestrumpften Beine ganz besonders graziös.

Für die kleine Gesellschaft wurden Plätze an einem der Roulettetische gefunden, denn Lacoste war bekannt für seine guten Trinkgelder, und das Personal sorgte gut für ihn. *»Les jeux sont faits, Mesdames et Messieurs«*, sang der Croupier, drehte das Rad und die kleine Kugel klickerte im Kreis.

Marcel interessierte sich nicht sonderlich für das Spielen, doch er fand es interessant und aufschlußreich, die anderen dabei zu beobachten. Adolphe Lacoste spielte zum Beispiel so, als verhandle er über einen Geschäftsabschluß – er beobachtete mit ausdruckslosem Gesicht;

er schien zu rechnen; er traf Entscheidungen; er wettete jedesmal, wenn das Rad sich drehte, große Summen auf Gerade oder Ungerade. Es amüsierte Marcel, daß seine Mama Lacostes Wahl jedesmal folgte, jedoch nur mit dem Minimum an Einsatz, denn sie war von Natur aus eine sparsame Frau.

Die faszinierende, schöne Gabrielle spielte aus geheimen, persönlichen Gründen nur bei jedem dritten Mal, und nicht ein einziges Mal wettete sie so wie ihr Verlobter. In den Ergebnissen konnte Marcel keinen großen Unterschied feststellen – nach einer halben Stunde hatte Lacoste ein paarmal mehr gewonnen, als er verloren hatte, und es ging ihm daher gut – und Mama hatte auch gewonnen, wenn auch nur ein bißchen, da sie nicht viel riskiert hatte.

Am spektakulärsten spielte Silvie, was Marcel nicht verwunderte. Sie warf sich wild auf die Zahlen, wettete auf ihr Geburtsdatum, ihren Hochzeitstag, die Nummer des Pariser *arrondissements,* in dem sie und ihr Bruder wohnten, den Tag, an dem sie ihren Mann verließ, den Geburtstag ihrer besten Freundin, das Alter ihres Arztes, die Glückszahl ihres Schusters – kurzum auf jegliche Zahlenkombination, die ihr in den Sinn kam und die auf dem Tisch zu finden war. Überflüssig zu sagen, daß sie kräftig verlor.

Als sie schließlich, empört über den Mangel an Kooperation seitens des Rouletterades, genug hatte, zog die ganze Gesellschaft weiter, und diesmal hatte sie entschieden, daß sie tanzen gehen sollten. Das hieß, daß Lacoste und Marcels Mutter gemütlich an einem Tisch saßen und plauderten, während Marcel abwechselnd mit Silvie und Gabrielle tanzte. Silvie war eine begeisterte Tänzerin und drückte ihn so fest an sich, daß sie ihre Lenden an seinen reiben konnte.

Sie war eine redselige Frau, und sogar während sie versuchte, ihn zu erregen, gelang es ihr, ihm eine Menge lächerlicher, unerwünschter Informationen über sich mitzuteilen. Marcel müßte schon gerätselt haben, sagte sie, was der Grund für den großen Altersunterschied zwischen ihr und ihrem Bruder sei – ihr Papa heiratete zweimal, und sie war seine Tochter aus der Altersehe. Und Marcel müßte sich auch gefragt haben, warum sie ihren Ehemann Gaston Tournet nach nur wenigen Ehejahren verlassen habe – nun, es war ganz und gar ihm zuzuschreiben – dieser Mann war ein Ungeheuer!

Sie war ein unschuldiges junges Mädchen gewesen, als sie Tournets Frau wurde, und er, fünfzehn Jahre älter, hatte sich schändlich benommen! Man stelle sich den Kummer einer ergebenen jungen Ehefrau vor, die zufällig herausfand, daß ihr degenerierter Gatte noch immer regelmäßig seine Mätresse aufsuchte, die er schon vor seiner Ehe unterhalten hatte! Und nicht etwa ein frisches junges Mädchen wie sie selbst, sondern eine magere Frau mittleren Alters ohne nennenswerten Busen oder Po! Oh, welche Schande, welche Abscheulichkeit! Marcel gab mitfühlende Laut von sich und glaubte ihr kein Wort.

Als Gabrielle an der Reihe war, hielt sie sorgfältig und diskret Abstand. Sie machte einigermaßen freundlich Konversation mit ihm, bis er eine Wiederholung der Episode in ihrem Schlafzimmer zu arrangieren versuchte – da erklärte sie ihm klar und deutlich, daß sie für derartige Vorschläge nicht empfänglich sei, weder jetzt noch später.

Als sie auf ein Glas eisgekühlten Champagner an den Tisch zurückkehrten, meinte Lacoste, wie wirklich ungeheuer bedauerlich es sei, daß er und seine Begleiterinnen so kurz nach der Ankunft der Familie Chalon Cannes verlassen müßten. Doch leider seien sie schon seit drei Wochen hier, und so liebend gern er noch bliebe, in Paris erwarteten ihn dringende Geschäfte, die es unmöglich machten, ihren Ferienaufenthalt auch nur um einen Tag zu verlängern.

Marcel schien es, als husche bei dieser Mitteilung ein außergewöhnlich verdrießlicher Ausdruck über Silvies perfekt geschminktes Gesicht, und obwohl sie ohne weiteres allein länger bleiben könnte, sagte sie nichts. Seine erste Vermutung war, daß sie, seit sie ihren Mann verlassen hatte, finanziell von ihrem Bruder abhing. Es gab aber auch eine andere Möglichkeit: Die höfliche und gleichzeitig distanzierte Weise, in der Silvie mit Gabrielle sprach, und die Blicke, die sie ihr zuwarf, wenn sie sich unbeobachtet fühlte, zeigten nur allzu deutlich, daß sie starke Ressentiments gegen die schöne Verlobte ihres Brudes hegte. Vielleicht widerstrebte es ihr, die beiden allein nach Paris zurückkehren zu lassen.

Die Gesellschaft trank eine gewaltige Menge Champagner, und Marcel fühlte sich etwas benommen, als die letzten Gute-Nacht-Wünsche in der Eingangshalle des *Splendide* ausgetauscht wurden, und er seine Mutter zu ihrer Suite begleitete. Madame Chalon war in bester Stimmung, lächelte vor sich hin und summte eine der Melodien, die die Tanzkapelle gespielt hatte – eine romantische und banale kleine Melodie. Er wünschte ihr eine gute Nacht und machte sich ein wenig unsicher auf den Weg durch den Flur zu seinem eigenen Bett.

Die Tür war verschlossen, wie es sich gehört, doch als er eintrat, fand er die Lampen im Wohnzimmer eingeschaltet. Während er leicht schwankend stehenblieb, sich im Zimmer umschaute und sich fragte, ob ihm Einbrecher einen Besuch abgestattet hätten, entdeckte er ein Fetzchen schwarzen Satins über der Lehne eines Sessels. Er durchquerte das Zimmer und nahm es grinsend in die Hand. Es war das bemerkenswerte Abendkleid, das Silvie bekleidet – besser gesagt *halb-entkleidet* hatte. Er hob die zarte Kreation an seine Nase und atmete das schwere Parfüm tief ein.

Auf dem Sessel lag – bisher unter dem Kleid verborgen – ein Paar feiner, schwarzer Seidenstrümpfe. Er nahm sie in die Hand und grinste wieder, und wünschte sich aus tiefstem Herzen, es wäre Gabrielles jadegrünes Kleid gewesen, lässig über den Sessel geworfen, damit er es fände. Und während er auf die seidenen Strümpfe starrte, hörte er, wie sich die Tür zum Schlafzimmer öffnete. Er drehte sich um und sah Silvie, die ihn anlächelte.

Sie lehnte mit einer nackten Schulter am Türrahmen, eine Hand in die Hüfte gestemmt. Ihr Kleid und ihre Strümpfe befanden sich in Marcels Hand – sie trug den spärlichen Rest, das heißt, einen kleinen, schwarzen Spitzenschlüpfer und ihre glänzend schwarzen, hochhackigen Lacklederpumps, und natürlich die sehr lange Perlenkette, zweimal um den Hals geschlungen, die ihr über den Rücken baumelte.

Marcel lächelte sie freundlich an und weidete sich an ihrem Anblick. Ihre großen, runden Brüste machten ihr Ehre, dachte er, denn nach all den Jahren, in denen sie befühlt worden waren, waren sie nur ein klein wenig schlaff. Ihr Bauch war großzügig gerundet – ein weiches, fleischiges Kissen, auf dem ein Mann sich ausruhen konnte: Ihm wurde deutlich angeboten, es zu erproben. Ihre Schenkel waren vielleicht ein wenig mollig, doch es würde gewiß keine Qual sein, sie zu küssen.

»Sie hatten also doch ein Höschen unter Ihrem schamlosen Kleid an!« sagte er. »Ich habe mir diese Frage den ganzen Abend lang gestellt.«

»Sie hätten es ganz leicht herausfinden können«, erwiderte sie. »Sie hätten nur die Hand in den Rückenausschnitt meines Kleides zu stecken und meinen Po zu befühlen brauchen.«

»Jetzt wird mir alles klar«, sagte er und zog an den Enden seiner Fliege, um sie abzulegen. »Ihr Kleid hat diesen unmöglich tiefen Rückenausschnitt, damit Ihre Bewunderer beim Tanzen Ihr Hinterteil streicheln können.«

Er zog sein edles Dinnerjackett aus und warf es nachlässig auf den Sessel zu ihrem Kleid und ihren Strümpfen. Silvie lächelte ihn aufmunternd an und ließ ihre nasse Zungenspitze über ihre kurze Oberlippe gleiten, während er sein Hemd aufknöpfte.

»Wie sind Sie in meine Suite gekommen – haben Sie einen Hoteldiener bestochen?« erkundigte er sich und löste langsam die Knöpfe seiner Abendhose.

»Wie denn sonst?« meinte sie und starrte auf seine Lenden und wartete darauf, daß seine Manneszierde enthüllt würde. »Warum brauchen Sie so lang, um Ihre Kleider auszuziehen?«

»Warum nicht?« fragte er – er genoß es, sie warten zu lassen.

Bis zu einem gewissen Grad war Marcel mit seiner lieben Mama einer Meinung über Silvie Tournet – sie war ein bißchen zu welterfahren. Er hegte zwar nicht den ausgeprägten Wunsch, mit ihr zu schlafen, aber sie war nun einmal da und stand ihm zur Verfügung, und Gabrielle hatte eindeutig klargestellt, daß von ihr nichts zu erhoffen war. Und da es immer ein Vergnügen war, die Wonnen der Lust mit einer enthusiastischen Frau zu genießen, sei sie schön oder häßlich, würde er es eben mit Silvie tun. Er zog die Schuhe aus, die seidenen, schwarzen Socken, die Hose – und stand in seinen violett und orange gestreiften Unterhosen da und lächelte sie an.

»Nun?« fragte sie. »Wollen Sie die nicht ausziehen? Erzählen Sie mir bloß nicht, Sie seien scheu!«

»Warum sollte ich meine ausziehen, wenn Sie Ihre noch anhaben? Verraten Sie mir das mal«, sagte er, immer noch berauscht vom Champagner. »Mir scheint, als seien Sie diejenige, die scheu ist, liebe Silvie.«

Prompt hakte sie ihre Daumen in den Saum ihres Spitzenhöschens, um es über ihre Beine gleiten zu lassen, doch Marcel machte eine schnelle Handbewegung, um sie daran zu hindern. Wäre es Gabrielle gewesen, die dort beinahe nackt in der Tür seines Schlafzimmers stand, hätte er sich längst vor sie hingekniet, um ihre Füße und ihre schlanken Beine abzuküssen. Doch es war Silvie, die ungeladen erschienen war – sie mußte hinnehmen, was immer er zu seinem Vergnügen wählte. Er würde sich nichts von ihr diktieren lassen.

»Komm her«, sagte er. »Bisher hat noch keine Frau Grund gehabt, sich zu beklagen – ich habe noch jeder, die es wünschte, das Unterhöschen ausgezogen.«

Schnell durchquerte sie das Zimmer, wobei ihre vollen Brüste bei jedem Schritt hüpften, und schlang ihre Arme um seinen Hals. Ihr gieriger Mund suchte den seinen, ihr warmer Bauch drängte sich eng an ihn, ihr Busen war an seine Brust gepreßt. Marcel legte ihr die Hände auf die Hüften, doch als er nicht weiterging, wurde sie ungeduldig und übernahm die Initiative. Ihre Hand glitt zwischen ihren Leibern abwärts und packte sein aufgerichtetes Ding durch den dünnen Stoff seiner Unterhose hindurch.

»Was für einen wundervoll Dicken du hast, Marcel!« murmelte sie, während sie ihn erregt betastete.

Als er noch immer keine Anstalten machte, ihr das Höschen auszuziehen, sank sie auf die Knie und zog ihm seine Hose über Beine und Füße. Im nächsten Augenblick hatte sie seine *pompoms* in der einen Hand und sein steifes Glied in der anderen, während ihre nasse Zunge im Zickzack über seinen Bauch wanderte. Marcel zuckte lustvoll, als sie ihren Kopf senkte und er ihre Zunge von der Basis seines Schafts bis zur Eichel lecken fühlte.

Silvie hielt einen Moment inne, um zu ihm hinaufzugrinsen.

»Alles, was er braucht, ist eine kleine Ermutigung«, sagte sie schmeichelnd, »und die soll er bekommen.«

Ihr rotgeschminkter Mund öffnete sich, um den geschwollenen Kopf seines Ständers zu verschlingen, und

Marcels Knie begannen zu zittern – ihre leckende Zunge brachte ihn beinahe dazu, seine Essenz herausspritzen zu lassen. Er packte ihre nackten Schultern und zwang sie aufzustehen. Dann drehte er sie zu dem Sesselrücken, auf dem ihr Kleid lag, herum und stellte sich dicht hinter sie.

»Was machst du mit mir, Marcel?« fragte sie in äußerster Erregung.

»Beug dich über den Stuhl«, drängte er, die Hände auf ihren Hüften, um sie nach vorn zu drücken.

»Aber das ist unbequem so«, beschwerte sie sich, als ihr seine Absichten klar wurden. »Komm mit ins Bett.«

»Woher willst du das wissen, ehe du es ausprobiert hast?« murmelte Marcel.

Vielleicht überwog die Neugierde ihre Einwände. Vielleicht war sie ständig so voller Begierde, daß sie jegliche Stellung, die ihr Partner von ihr wünschte, zu akzeptieren bereit war. Aber aus welchen Gründen auch immer – sie gab nach und beugte sich, wie Marcel vorgeschlagen hatte, weit über die gepolsterte Rückenlehne des Sessels nach vorn und rückte ihre Füße auseinander. Beim Anblick ihres Hinterteils – es besaß mit dem straff über die prallen, festen Pobacken gespannten Spitzenhöschen eine unerwartete Sinnlichkeit – stieß Marcel vor Lust einen langgezogenen Seufzer aus.

Seine Hände waren heiß und zitterten vor köstlicher Erwartung, als er die zarte, kleine Spitzenkreation auf Silvies mollige Schenkel streifte, seine Handflächen über ihre weichen Rundungen wandern ließ und das Gefühl von warmem Fleisch genoß. Es gab genug weiches Fleisch, um seine Hände zu füllen, und nicht so viel, um ihre Körperproportionen zu verunstalten; ein fein ausgewogenes Gleichgewicht, dachte er, während er seine Finger in die tiefe Furche zwischen diesen stolzen Bakken schob.

»Marcel, Marcel!« stöhnte Silvie lustvoll, als sie

fühlte, wie seine suchenden Finger den feuchten Spalt zwischen dem dicken, dunkelhaarigen Hügel und ihren entblößten Pobacken berührten.

Er glitt mit einem kräftigen, langen Stoß tief in ihr höchst bereites Vestibül, und sie schauderte und seufzte und bettelte, er möge sie so rauh behandeln, wie es ihm beliebte. Silvies sexuelle Natur wies eine interessante Spur von Masochismus auf, stellte er fest, und er war ihr mit derben Stößen gefällig, die seinen Bauch heftig gegen ihr Hinterteil klatschen ließen. Die lange Perlenkette, die auf der glatten Haut ihres Rückens schimmerte, flog bei den Zuckungen ihres Körpers wild von einer Seite zur anderen, und sie stieß langgezogene, tiefe Seufzer der Ekstase aus.

»Ich habe dich jetzt in meiner Gewalt«, sagte Marcel grimmig, »und ich kenne keine Gnade! Ich werde dich lustvoll umbringen!«

»Ja, oh ja!« wimmerte Silvie.

Noch schneller ritt er sie, und noch wilder; er hörte das Aufklatschen seines Bauches gegen ihre nackte Kehrseite, bis er seinen Triumph in sie sprudelte, und sie laut schrie und sich wild unter ihm aufbäumte. Ihre Zuckungen hielten noch lange an, nachdem seine längst aufgehört hatten, und er wartete, bis sie wieder ruhig geworden war, ehe er sich zurückzog und aufrichtete. Sofort schnellte sie herum, warf ihre Arme um seinen Hals und küßte ihn leidenschaftlich.

Beide zitterten sie noch unter den Nachwirkungen der wilden Gefühle. Marcel legte einen Arm um ihre nackte Taille und führte sie langsam ins Schlafzimmer, wobei ihr das kleine, schwarze Spitzenhöschen, das auf halber Höhe ihrer Schenkel hing, beim Gehen hinderlich war. Sie legten sich einander gegenüber auf das Bett, Silvies Hand hielt sein schlaffes Glied, und er streichelte zart ihr Gesicht.

»Das war unglaublich«, erklärte sie, »ich bete dich an,

du grobes, grausames Biest! Ach, wenn ich doch morgen nicht nach Paris zurück müßte! Ich möchte hierbleiben und jeden Nachmittag und jede Nacht in dein Zimmer kommen und vergewaltigt werden!«

»Warum mußt du denn eigentlich zurück?« fragte Marcel. »Weil dein Bruder es sagt? Du bist kein Kind – du bist eine verheiratete Frau, Silvie.«

»Verheiratet nur auf dem Papier«, sagte sie schnell. »Gaston Tournet hat keinen Anspruch auf mich – ich kann mich vergnügen, mit wem ich will.«

Marcel war sicher, daß sie das auch schon getan hatte, als sie noch mit ihrem Mann zusammenlebte, aber er hütete sich, es auszusprechen – aufgrund seiner beträchtlichen Erfahrungen mit verheirateten Frauen hatte er erkannt, daß auch die zügellosesten unter ihnen es für angebracht hielten, ihre kleinen Seitensprünge hinter einer Fassade von Schicklichkeit und Ausflüchten zu verbergen.

»Und weshalb mußt du dann nach Paris zurück?« fragte er noch einmal. »Hast du einen Liebhaber, der ungeduldig auf deine Rückkehr wartet?«

Er war den ganzen Abend ihr gegenüber indifferent gewesen, selbst als sie versucht hatte, seinen Stengel zum Stehen zu bringen, indem sie beim Tanzen ihren Bauch an ihm rieb. Doch seit er ihren Charme über der Sessellehne getestet hatte, hatte er sich für sie erwärmt. Silvie war eine sehr sinnliche Frau, die die Freuden der Liebe rückhaltlos genoß.

Er dachte bei sich, da er Gabrielle nicht haben konnte, sollte er Silvie zum Bleiben überreden – sie wäre eine amüsante Gefährtin für die Ferien. Mama würde es mit Sicherheit mißbilligen, aber sie konnte schließlich nicht erwarten, daß er wie ein Mönch lebte. Und so *welterfahren* Silvie auch sein mochte, sie war wenigstens eng mit jemandem verwandt, den Mama kannte und schätzte.

»Magst du Gabrielle?« fragte Silvie, ohne sich die Mühe zu machen, seine Frage zu beantworten.

»Sie ist sehr elegant!« gab Marcel vorsichtig zur Antwort; er war sich der Gefahren, die Vorzüge einer Frau mit einer anderen zu diskutieren, voll bewußt. »Sind sie und dein Bruder schon lange verlobt? Ich nehme an, er ist schon einmal verheiratet gewesen.«

»Nein, er ist während all dieser Jahre Junggeselle geblieben«, sagte Silvie mit einem schrillen, unangenehmen Unterton in der Stimme. »Sechsundfünfzig ist er, und bislang war er völlig glücklich, eine Freundin nach der anderen in einer eigenen Wohnung zu unterhalten. Und dann lernt er *sie* kennen, und das nächste, was ich zu hören bekomme, ist, daß sie im Herbst heiraten werden! Die Sache ist unerträglich!«

»Kann ich daraus entnehmen, daß du keine große Zuneigung für deine zukünftige Schwägerin empfindest?« erkundigte sich Marcel und wappnete sich für die bevorstehende Tirade.

Damit waren dem Ausbruch Tür und Tor geöffnet, und Silvie berichtete ihm zornig und in aller Ausführlichkeit, was sie von Gabrielle de Michoux hielt. Der Hauptvorwurf schien darin zu bestehen, daß Gabrielle keine wahre Zuneigung zu Adolphe habe, und ihr einziges Motiv für die Heirat sei es, sein Geld in die Finger zu kriegen, was sie, nach Silvies Meinung, verschwenderisch ausgeben würde, bis sie ihn bankrott und arm und zum Bettler gemacht hätte – kurzum, Gabrielle de Michoux sei nicht besser als eine Hure, die dafür, daß sie die Beine breit macht, Geld nimmt!

Im Verlauf dieser Schmähreden wurde Silvies Stimme immer schärfer und lauter und ihr Gesicht dunkler und dunkler, und sie trommelte mit geballten Fäusten auf Marcels Brust, als wäre er allein verantwortlich für die Verlobung. Schließlich brach sie in Tränen frustrierter Wut aus, und er nahm sie in die Arme, um sie, so gut er konnte, zu trösten. Nach einiger Zeit verwandelten sich ihre zornigen Schluchzer in ein unglückliches Schniefen, und sie fragte ihn mit einer kleinen, zitternden Stimme, ob er Cognac in seiner Suite habe.

Im Wohnzimmer gab es eine reiche Auswahl an Getränken, bereitgestellt von einer aufmerksamen Hoteldirektion, die ihren Gästen den Aufenthalt so angenehm, bequem und teuer wie möglich gestalten wollte. Marcel zog sich den pflaumenblauen Morgenrock über und machte sich daran, Silvie einen stärkenden Drink einzuschenken – und sich selbst ebenfalls. Als er mit zwei halbvollen Gläsern ins Schlafzimmer zurückkam, hatte Silvie die Nachttischlampen ausgeknipst.

Im Wohnzimmer war das Licht an, doch er hatte die Tür mit dem Fuß fast zugezogen, und das Schlafzimmer lag nun in romantischem Dämmerlicht; durch die offenen Balkontüren schienen die Sterne. Er trat ans Bett und sah, daß Silvie sich während seiner kurzen Abwesenheit ihres zarten, kleinen Spitzenhöschens entledigt hatte und nun gemütlich auf dem Rücken lag, die Beine angewinkelt und weit gespreizt. Die Perlenkette war noch immer zweimal um ihren Hals geschlungen, doch lagen die schimmernden Perlen jetzt zwischen ihren Brüsten und rahmten ihren Bauchnabel ein.

Er zuckte mit den Achseln und stellte den Cognac ab; er hatte langsam das Gefühl, daß Silvies Emotionen übergangslos von einem Extrem ins andere fielen. Sie wäre auf längere Sicht eine anstrengende Mätresse, und als Ehefrau ganz unmöglich! Kein Wunder, daß sie und ihr Mann sich getrennt hatten – höchstwahrscheinlich war es Tournet gewesen, der sie rausgeworfen hatte! Er beugte sich über das Bett, um ihre drallen, runden Brüste zu küssen, und stellte fest, daß ihre rötlichbraunen Knospen schon wieder stramm aufgerichtet waren.

»Ich bin wieder geil auf dich«, verkündete sie und schenkte ihm ihr breites Lächeln, während sie ihre Hand unter seinen Morgenrock schob und seine Männlichkeit streichelte, damit sie wieder steif würde. »Begehrst du mich? Vorhin hast du mich sehr begehrt – und hast mich vollständig bekommen!«

Unter ihren geübten Fingern hatte sein Stolz bald wieder seine volle Größe erreicht.

»Komm her zu mir, Marcel, mein Liebling!« murmelte sie und zerrte an ihm, um ihm zu zeigen, wo sie ihn haben wollte – nicht, daß es darüber irgendeinen Zweifel gegeben hätte! Selbst im Licht der Sterne konnte er sehen, daß ihr dunkelhaariger, dicklippiger Spalt für ihn offenstand, naßglänzend und in zärtlicher Erwartung. Er legte seinen Morgenrock ab, kniete sich aufs Bett und bestieg sie auf der Stelle. Erfreut sah er das breite, glückliche Lächeln in ihrem Gesicht, als sie ihn tief in ihre feuchte Liebesgrotte stoßen fühlte.

»Das ist herrlich!« seufzte sie. »Ach, ich liebe das Gefühl so sehr, einen Mann in mir zu spüren. Es ist völlig egal, wie oft es geschieht – jedesmal ist es herrlicher, als Worte auszudrücken vermögen!«

»Mach die Beine weiter auseinander«, befahl Marcel, überzeugt, daß ihr dieser rüde Befehl gefiel. »Unterwirf dich rückhaltlos!«

»Oh, ja«, ächzte Silvie laut. »Oh, *ja,* Marcel, alles, was du sagst – alles!«

Ihre rotlackierten Fingernägel krallten sich in sein Hinterteil, um ihn tiefer in sich hineinzuziehen. Marcel stieß hart in sie hinein und explodierte in ihrem bebenden Bauch.

Silvies Zuckungen waren intensiv und kraftvoll – und währten geraume Zeit. Sie wand sich unter Marcel, bäumte sich auf, fast so, als wolle sie mit diesen gymnastischen Übungen ihre Muskeln stählen oder zur modisch-knabenhaften Silhouette abmagern. Als ihre ekstatischen Krämpfe schließlich aufhörten, stieß sie einen langgezogenen Seufzer der Zufriedenheit aus und ließ ihre Beine zu beiden Seiten von Marcel flach aufs Bett sinken.

Ihr Leib war schlaff unter ihm und schweißnaß, als wäre sie durch die Konvulsionen ihres ausgiebigen Höhepunkts wie ein nasses Badehandtuch ausgewrungen worden. Marcel küßte sie flüchtig und schaute ihr in die schönen braunen Augen.

»Wieso hat keine Frau bisher das Glück gehabt, dich zu heiraten?« fragte sie träge. »Ich täte es, wenn du mich bitten würdest.«

Er lachte ein wenig und rollte zur Seite. Sofort drehte sie sich zu ihm um und legte einen Finger auf seine Lippen.

»Lach nicht«, sagte sie. »Die Idee ist gar nicht so abwegig. Deine Mutter und Adolphe hätten vor Jahren beinahe geheiratet. Er hat mir viel aus jenen Tagen erzählt – da war ich natürlich noch nicht geboren«, fügte sie hastig hinzu.

»Natürlich nicht«, pflichtete Marcel ihr bei und wischte mit den Fingerspitzen kleine Schweißperlen von Silvies Brust.

»Sie waren Liebhaber, wußtest du das nicht?« fragte sie.

»Liebhaber? Meine Mama und dein Bruder? Ausgeschlossen!« erklärte er im Brustton der Überzeugung.

»Wie kannst du so sicher sein?« fragte Silvie.

»Und du? Hat er dir gesagt, daß sie Liebhaber waren?«

»Natürlich nicht. Adolphe ist da schrecklich altmodisch. Er würde niemals, mit niemand, darüber sprechen. Aber als er von deiner Mama erzählt hat, und wie schön sie war, da war etwas in seiner Stimme, das ich noch nie gehört habe, nicht einmal, wenn er von dieser de Michoux spricht.«

»Dann war er eben verliebt in sie«, sagte Marcel mit einem verstehenden Achselzucken. »Das kann ich durchaus glauben – aber daraus folgt noch lange nicht, daß sie ein Verhältnis miteinander hatten.«

»Glaub, was du willst«, sagte Silvie und gähnte schläfrig. »Ich weiß, was ich in Adolphes Stimme gehört habe.«

Marcel blieb eine Weile gegen das Kopfende des Bettes gelehnt sitzen und dachte nach; Silvies Wange ruhte auf seiner Brust, und sie hatte einen Arm über ihn gelegt, um ihm nahe zu sein, während sie einschlief. Er nippte an dem Cognac, den er ihr zuliebe geholte hatte, und grübelte über die Behauptung nach, daß Adolphe Lacoste in fernen Zeiten der Liebhaber seiner Mutter gewesen sein sollte. Mama war eine so vornehme, elegante junge Frau gewesen, wie er aus dem Photoalbum wußte, während Lacoste sicher auch schon vor dreißig Jahren untersetzt und dicklich war. Nein, der Gedanke war völlig abwegig – und mit diesem Urteil leerte er das Cognacglas, ließ sich ins Bett hinuntergleiten und schlief, den Arm um Silvie gelegt, ein.

Als er im Dunkeln wieder erwachte, lag er mit weit gespreizten Beinen auf dem Rücken, und Silvie saß rittlings auf seinem Bauch. Sie hielt sein kostbares Stück fest in der Hand und rieb es energisch, was ihm sehr aufregend schien. Er streckte die Hand aus, um ihre prallen Brüste anzufassen, doch sie waren zu weit weg. Als er versuchte, sich aufzurichten, um sie zu erreichen, legte sie ihm eine Hand auf die Brust und drückte ihn wieder flach aufs Bett.

»Lieg still«, befahl sie. »Diesmal bin ich dran.«

Sie erhob sich über seinem Bauch und steuerte sein aufrechtes Glied zwischen ihre gespreizten Schenkel, und Marcel seufzte, als er fühlte, wie ihr warmes Fleisch es verschlang. Als sie ihn zu ihrer Zufriedenheit untergebracht hatte, begann sie, in schnellem, nervösem Rhythmus auf ihm zu reiten. Er bekam ihre Perlenkette zu fassen, und wollte sie damit zu sich herunter ziehen, damit er ihre Brüste erreichen konnte. Silvie kicherte und wehrte sich, die Kette zerriß, und die Perlen kullerten über Marcels Brust und Bauch.

Silvie hielt keinen Augenblick lang inne – sie fuhr fort, auf ihm auf und ab zu reiten, ohne einen einzigen Stoß auszulassen. Sie beugte sich nach vorn, stützte sich mit den Händen neben seinem Kopf auf, so daß er ihren hüpfenden Busen anfassen und damit spielen konnte. Und so viele Männer auch ihren Körper in der Vergangenheit genossen hatten, Marcel stellte erfreut fest, daß ihr *jou-jou* ihn gekonnt umfing und besser zu melken verstand, als er es je zuvor erlebt hatte.

In wenigen Augenblicken hatte sie ihn über die Schwelle der Lust gebracht und seinen Höhepunkt ausgelöst. Ein heftiges Schaudern packte ihn, und seine Essenz spritzte hinauf in ihren zuckenden Leib, der so ergötzlich war, daß er einen Schrei der Ekstase nicht zurückhalten konnte. Silvie juchzte augenblicklich vor Glück und hüpfte heftig auf seinem Bauch auf und nieder, bis sie, wie die Feder einer Aufziehpuppe, langsam erlahmte und schließlich seufzend vornüber auf seine Brust sank. Sanft schob er sie von sich, legte einen Arm über ihren schweißnassen Bauch und schlief wieder ein.

Das rauhe Krächzen der Möwen weckte ihn ein paar Stunden später; Tageslicht drang durch die hohen Fenster. Er starrte für ein oder zwei Augenblicke auf die schlafende Frau neben sich, bis er sich erinnerte, wer sie war. Es war die Halbschwester eines früheren Liebhabers seiner Mama – so gab sie jedenfalls vor. Aber sie konnte diese absurde Behauptung mit nichts Zuverlässigerem als ihrer weiblichen Intuition begründen, und der hatte Marcel noch nie besonderen Wert beigemessen. Insbesondere dann, wenn die intuitive Frau voll des guten Champagners war.

Er fühlte etwas unbequem Hartes unter seiner Hüfte und tastete mit der Hand danach, bis er eine Perle fand und sich erinnerte, daß die Schnur gerissen war, während sie auf ihm geritten war. Irgendwo im Bett mußten ungefähr 150 Perlen von großem Wert verstreut sein. Er hoffte, sie wußte, wieviele es genau waren, ehe er ihr half, sie einzusammeln, denn sonst würden sie einen großen Teil des Vormittags damit verbringen müssen, nach Perlen zu suchen, die es gar nicht gab.

Er setzte sich in dem zerwühlten Bett auf und betrachtete Silvie. Sie schlief auf dem Rücken und schnarchte leicht. Ihr dunkelbraunes Haar hatte seine untadeligen Locken eingebüßt und war so zerzaust wie ein Vogelnest. Ihr Make-up war über das ganze Gesicht verschmiert, und ein Streifen roten Lippenstifts verlief von einem Mundwinkel über die halbe Wange. Um die Wahrheit zu sagen, in dem kalten, gnadenlosen Licht der Morgendämmerung sah die liebe Silvie nicht aus wie fünfunddreißig – dieses Alter gab sie an –, nicht einmal wie vierzig – so Marcels Schätzung –, sondern noch einmal zehn Jahre älter. Das war der Preis, den man zu zahlen hatte, wenn man zu *welterfahren* war, wie seine Mama erklärt hätte, wenn sie, was höchst unwahrscheinlich war, in sein Zimmer gekommen wäre und Silvie in diesem zerwühlten Zustand nach einer Nacht der Leidenschaften gesehen hätte.

Nichtsdestoweniger mußte man ihr fairerweise zugestehen, daß sie einen guten Busen hatte – noch immer rund und einladend. Ihr draller, weißer Bauch war so anziehend, daß jeder Mann ihn bereitwillig küssen und die Zunge in den tiefen Bauchnabel stecken würde. Und, so stellte er mit erfahrenem Blick fest, der Busch dunkler Haare zwischen ihren leicht gespreizten Schenkeln war sehr hübsch. Aber natürlich war ihr Bruder niemals der Liebhaber seiner Mama gewesen – diese Behauptung war einfach lächerlich.

Während Marcel diesen Gedanken nachhing, wanderte seine Hand auf Silvies Schenkel und streichelte ihn.

Marcel fand das irgendwie sehr beruhigend. Allerdings nicht für die Eigentümerin des betroffenen Schenkels – sie erwachte mit einem erstickten Schnarchlaut und starrte ihn verschwommen an.

»Was machst du da?« fragte sie ihn gereizt.

»Ich bewundere dich«, antwortete er und lächelte freundlich zu ihr hinunter.

»Warum hast du mich geweckt? Wie spät ist es?« wollte sie wissen.

Marcel schaute auf seine Armbanduhr und informierte sie, daß es kurz nach fünf sei.

Sie murmelte etwas Unzusammenhängendes und machte die Augen wieder zu. Doch Marcel war nun wach und voller Begehren. Er rutschte ein Stück nach unten, um ihren Bauch zu küssen und sie zwischen den Schenkeln zu streicheln.

»Laß mich in Ruhe«, murmelte sie. »Ich bin müde und mein Kopf schmerzt, als wollte er platzen.«

»Ich werde dich nehmen, Silvie«, sagte er.

»Nein, das wirst du nicht ... laß mich schlafen«, murmelte sie und wedelte mit der Hand über dem Bauch, um wegzufegen, was immer sie da belästigte.

Es war Marcels Hand zwischen ihren Schenkeln, die dort zart mit den prallen Lippen spielte, und als sie mürrisch fragte, was er dort mache, glitten seine Finger zärtlich in die sturmerprobte Spalte und rieben an ihrem rosigen Knöspchen.

»Nicht jetzt, *chéri* – ich bin zu müde«, sagte sie. »Schlaf weiter und laß mich in Ruhe. Ich habe gräßliche Kopfschmerzen.«

»Mach die Beine breit, Silvie!« flüsterte er ihr streng ins Ohr. »Ich bestehe darauf, daß du dich mir hingibst!«

Sie protestierte murrend, aber es lag einfach nicht in ihrer Natur, ihn abzuweisen. Ihre Beine glitten auseinander, und noch ehe sie wußte, wie ihr geschah, hatte er ein oder zwei eingeklemmte Perlen weggewischt und lag auf ihrem Bauch. Mit einem harten Stoß, der sie zum Keuchen brachte, drang er in sie ein.

»Mach es schnell und laß mich wieder schlafen«, wimmerte sie.

Marcel drückte seine Wange gegen ihre und steckte seine nasse Zunge in ihr Ohr, während er auf ihrem breiten Bauch munter herumsprang. Silvie schlug die Augen während dieser morgendlichen Episode nicht auf – sie lag schlaff und völlig passiv unter ihm, während er sich ihrer lustvoll bediente und ihr Körper unter seinen Stößen bebte.

»Willst du mich jetzt?« fragte er mit vor Erregung zitternder Stimme, während er sich rhythmisch in ihr Fleisch rammte.

»Bring es hinter dich und laß mich in Ruhe«, klagte sie.

»Gestern Abend hast du mir noch gesagt, daß du das Gefühl, einen Mann in dir zu spüren, herrlich findest, egal wie oft das geschieht«, schleuderte er ihr ihre eigenen Worte ins Gesicht, während er noch wilder zustieß.

Silvie gab unverständliche Gurgeltöne von sich. Ob es Protest, Flehen um Gnade oder Keuchen erwachender sexueller Lust waren – Marcel hielt sich nicht damit auf, es herauszufinden. Sein Augenblick war gekommen, und in einer Folge kurzer, scharfer Stöße spritzte er sein heißes Begehren in sie hinein. Es war schnell vorüber, und er ließ sich von Silvies weichem, bequemem Körper gleiten – sein Stengel war schon erschlafft – und schlief auf der Stelle ein, ohne ihr noch ein freundliches Wort zu gönnen.

Als er wieder erwachte, war es heller Vormittag – schon nach zehn Uhr. Silvie war fortgegangen, und er fand sich allein im Bett. Als er sich auf die Seite drehte, stellte er fest, daß sie ihre Perlen eingesammelt hatte, vermutlich mit Ausnahme der einen, die zwischen seinen Pobacken klemmte. Als er ins Badezimmer ging und in den Spiegel schaute, entdeckte er, daß sie, bevor sie gegangen war, mit leuchtend rotem Lippenstift *Wüstling* auf seinen nackten Bauch geschrieben hatte.

3

Eine zutrauliche junge Dame

Wie alle liebenden Mütter, so hegte auch Madame Chalon die schöne Hoffnung, ihr Sohn würde sich bald niederlassen, eine passende junge Frau heiraten und ihr – in angemessener Zeit – ein oder zwei Enkelkinder präsentieren, die sie verhätscheln und verwöhnen könnte. Marcel hatte das Alter von dreißig Jahren erreicht, ohne in irgendeiner Weise zu zeigen, daß er den Herzenswunsch seiner Mutter zu erfüllen gedachte. Aber Madame Chalon hatte die Hoffnung keineswegs aufgegeben.

Wann immer sie das heikle Thema zur Sprache brachte – leichthin und beiläufig natürlich – teilte Marcel bereitwillig ihre Meinung, daß Ehestand und häusliches Glück dem Junggesellendasein bei weitem vorzuziehen seien. Darüber hinaus sei es die heilige Pflicht eines jeden Franzosen, zu heiraten und Kinder zu zeugen. Doch mit unendlichem Bedauern mußte er bekennen, daß er noch nicht die rechte Frau gefunden habe.

Dies war in den Augen von Madame Chalon purer Unsinn, nichts weiter als eine billige Entschuldigung. Es herrschte keinerlei Mangel an passenden jungen Damen, denn der verheerende große Krieg hatte leider die melancholische Folge, daß auf drei hübsche junge Frauen nur ein junger Mann kam. Tief in ihrem Herzen wußte sie, daß ihr Sohn, selbstsüchtig wie er eben war, nur widerwillig nach einem passenden Mädchen Ausschau hielt. Er blieb lieber bei ihr und gab sich mit leichten Mädchen ab – sie konnte keine andere höfliche Beschreibung für sie finden. So genoß er die Annehmlichkeiten eines Heims und die Wonnen des ehelichen Bettes, ohne sich die Verantwortung für Ehefrau und Kinder aufladen zu müssen.

Wie auch immer, sie hatte es noch nicht aufgegeben, auch wenn er im Laufe der vergangen fünf oder sechs Jahre immer wieder plausible Ausreden gefunden hatte, warum er den von ihr ausgewählten, äußerst passenden jungen Damen nicht mehr Aufmerksamkeit schenken konnte. Es gab allerdings ein paar hoffnungsvolle Anzeichen, daß er sich bis zu einem gewissen Grade für ihre neueste Entdeckung interessierte – Danielle Robineau, eines der denkbar hübschesten Mädchen, aus gutem Hause und gerade zwanzig Jahre alt.

Madame Chalon hatte die Freundschaft mit Madame Robineau, einer netten Frau, die ihre Tochter gut verheiraten wollte, und Monsieur Robineau, einem gerissenen und wohletablierten Geschäftsmann, sorgfältig kultiviert. Die Chalons waren zweimal zum Abendessen in die Wohnung der Familie Robineau am Boulevard Haussmann geladen gewesen, und Dany hatte ihren Charme und ihre Lebhaftigkeit höchst vorteilhaft ausgespielt. Die Familie Robineau hatte einmal bei den Chalons zu Abend gespeist, und eine zweite Einladung stand aus, sobald Marcel und seine Mama aus ihrem Urlaub in Cannes zurückgekehrt sein würden.

Abgesehen von diesen förmlichen Gelegenheiten hatte Marcel Dany ein- oder zweimal ins Kino und zum Tanzen ausgeführt. Madame Chalon hielt nicht viel vom Kino – ihr erschien es als ein ärmlicher Ersatz für das Theater – doch im Falle ihres Sohnes billigte sie diese Unterhaltung, die verlangte, daß er eine Stunde oder mehr im Dunkeln mit einem hübschen Mädchen an seiner Seite verbrachte. Sie betrachtete es als eine Selbstverständlichkeit, daß Marcel die Hand des Mädchens halten und vielleicht sogar den Arm um sie legen würde.

Danielle Robineau war natürlich eine wohlerzogene junge Dame, die es sich im Traum nicht einfallen ließe, kleine Zärtlichkeiten über einen gewissen Punkt hinaus zu gestatten. Unvorstellbar, daß Marcel irgendeinen anderen Körperteil außer ihrer Hand berühren würde; und jeder Kuß, den er wagte, wäre nur flüchtig – davon war Madame Chalon überzeugt. Was den Akt vollständiger Intimität betraf, so war der bloße Gedanke daran schon völlig abwegig – die liebe Danielle war viel zu sehr auf ihre Tugend und ihren guten Ruf bedacht.

Mademoiselle unterschied sich in jeder Hinsicht von den Frauen, mit denen Marcel sich sonst herumtrieb – Silvie Tournet zum Beispiel, dachte Madame Chalon und schürzte geringschätzig die Lippen. Die ging zweifellos mit jedem Mann ins Bett, der Interesse an ihrem üppigen Charme zeigte. Und da sie ihren Sohn kannte, hielt Madame Chalon es für höchst wahrscheinlich, daß er während ihres Aufenthalts in Cannes den Weg in das Bett der Tournet gefunden hatte.

Aber was konnte man anderes erwarten? Im Urlaub, fern von zu Hause, legten die Männer häufig einen erstaunlichen Mangel an Diskretion und Vernunft an den Tag. Glücklicherweise überlebten derartige *liaisons* den Urlaub nur selten. Es war kaum zu befürchten, daß Marcel jetzt, wo er wieder in Paris war und seine aufblühende Freundschaft mit Danielle Robineau pflegen konnte, eine so abwegige Beziehung aufrechtzuerhalten wünschte.

Gerade weil Mademoiselle Robineau so ganz anders war als Marcels andere Freundinnen, interessierte er sich natürlich für sie. Da sie nicht leicht zu erobern war, bedeutete sie eine Herausforderung für seinen männlichen Stolz. Er versuchte wieder und wieder, sie zu verführen, und Madame Chalon war überzeugt, daß das Mädchen einen genügend festen Charakter hatte, um sich seinen erfahrenen Annäherungsversuchen zu widersetzen. Und bei den ständigen zärtlichen Versuchen und den sanften Zurückweisungen würde er bald jene seltsame Mischung aus sexuellem Begehren, moralischem Respekt und warmer Zuneigung verspüren, die man gemeinhin Liebe nennt. Und dann würde er, wenn die Berechnungen seiner Mutter korrekt waren, um ihre Hand anhalten.

Aber ach, die liebevollen Hoffnungen einer Mutter können trügen. Die Freundschaft zwischen Marcel und Dany Robineau war nur zum Teil so, wie sie glaubte, und es gab gewisse Aspekte daran, die ihr Grund zu Besorgnis gegeben hätten, hätte sie davon gewußt.

Am Tag nach ihrer Rückkehr von der Küste rief Marcel Dany an und lud sie zum Mittagessen ein – eine Unterhaltung, die seine Mutter durch und durch billigte. Der weitere Verlauf der Begegnung hätte Madame Chalon sicher entsetzt. Dany lud Marcel in die Wohnung ihrer Eltern ein.

Der Zufall wollte es – und vielleicht war es tatsächlich purer Zufall – daß Madame Robineau an jenem Nachmittag Freunde besuchte und Monsieur Robineau im Geschäft war und seinen Wohlstand mehrte. Die ältliche Haushälterin hatte sich wie üblich zu einem ein- oder zweistündigen Schläfchen in ihr Zimmer zurückgezogen, und die Köchin war ausgegangen. Es hieß, sie trinke unmäßig, doch ihre Kochkunst war so außergewöhnlich groß, daß die Familie Robineau ihr alles verzieh.

So kam es, daß sich Marcel und Dany allein in der Wohnung befanden. Sie saßen nebeneinander auf dem Sofa, und er nippte an einem Glas Cognac, das sie ihm gebracht hatte. Es war ein warmer, sonniger Tag, und Dany hatte für das Essen ein charmantes, leichtes Sommerkostüm aus orchideenrosa Seide angelegt. Als sie in die Wohnung gelangt waren, hatte sie die Handschuhe und ihr kleines Topfhütchen abgelegt und ihren Kopf kräftig geschüttelt, um ihr hellbraunes Haar zu lockern.

Dany war ein schlankes, vor Gesundheit strahlendes Mädchen mit einem ovalen Gesicht und süßen kleinen Ohren. Marcel fand sie bezaubernd, doch hatte er selbstredend nicht die geringste Absicht, seiner Mutter zuliebe um ihre Hand anzuhalten. Zu ihrem Sommerkostüm trug Dany Perlen – eine kurze Kette, die nur einmal um ihren Hals geschlungen war. Ihr Anblick hatte Marcels Gedanken zu Silvies Perlenkette schweifen lassen, die im Bett zerrissen war – und zu der Perle, die er zwischen seinen Pobacken gefunden hatte, als er allein erwacht war. Er freute sich darauf, sie Silvie zurückzugeben, wenn die Gelegenheit sich bot.

Als er sein kleines Cognacglas geleert hatte, legte er ganz selbstverständlich den Arm um Dany und küßte sie, und Madame Chalon wäre über die Wärme entsetzt gewesen, mit der diese keusche junge Frau seinen Kuß erwiderte. Was sie über die Ereignisse gedacht hätte, die dann folgten, kann man sich nur ausmalen. Dany gab sich Marcels köstlichem Kuß ganz natürlich hin, und ihre Zungen umschlängelten sich. Und ebenso natürlich ließ sie sich von ihm sanft auf das Sofa zurückdrücken, bis er einen Arm unter ihre Beine schieben und sie auf die Kissen heben konnte.

Halb saß und halb lag sie, die Beine in ihren glatten Seidenstrümpfen auf dem Sofa ausgestreckt, und Marcel saß neben ihr, hatte einen Arm um ihre Taille gelegt, um sie an sich zu drücken, die andere Hand war eifrig mit den Knöpfen ihrer seidenen Kostümjacke beschäftigt. Wie Ovid in seinem Buch über die Liebe schrieb – ob eine schöne Frau ihre Gunst gewährt oder verweigert, sie ist immer erfreut, wenn man sie darum bittet.

Ein warmer Schimmer lag in Danys samtbraunen Augen, und ein verstohlenes Lächeln spielte um ihre Lippen, während sie den konzentrierten Ausdruck in Marcels Gesicht beobachtete, als er ihre Jacke weit aufschlug. Mit einer kleinen Geste half sie ihm, sie ihr über die Schulter zu ziehen. Im nächsten Augenblick hatte er sie ihr ganz abgestreift und über die Sofalehne drapiert, so daß nur noch ein dünnes, elfenbeinfarbenes Seidenhemdchen ihren Busen vor seinen Blicken schützte.

»Also wirklich, Marcel – du reißt mir die Kleider vom Leib, sobald du eine Gelegenheit findest!« sagte sie voll gespielten Vorwurfs. »Was für ein Satyr du bist!«

»Warum überrascht dich das so?« gab er zurück. »Du bist hinreißend, meine liebe Dany, und es wäre ein Verrat an meiner Zuneigung zu dir, wenn ich die zärtlichen Gefühle, die du in mir weckst, nicht zum Ausdruck bringe.«

Er schob die Träger ihres Hemdes über ihre Schultern, so daß er es ihr bis zum Rockbund hinunterziehen konnte. Seine Worte waren nicht unbedingt aufrichtig, es war die Art Worte, die er jeder jungen Frau sagte, die auszuziehen er das Vergnügen hatte. Aber Dany bot tatsächlich einen hinreißenden Anblick, wie sie da bis zur Taille entblößt auf dem Sofa lag, mit ihren jungen, runden Brüsten, einem Meisterwerk an Grazie und Symmetrie. Marcel küßte sie wieder und wieder, zehn, fünfzig, hundert Mal, bis er spürte, wie die kleinen Rosenknospen fest wurden.

Zärtlich legte er ihr die Hand aufs Knie und ließ sie langsam unter ihren seidenen Faltenrock, den Schenkel hinauf, gleiten. Noch ehe er seinem Ziel besonders nahekommen konnte, packte Dany, wie er erwartet hatte, sein Handgelenk und hielt ihn auf. Das tat sie jedesmal, wenn er versuchte, ihre köstlichen kleinen Intimitäten über einen bestimmten Punkt hinaus zu treiben. Sie erlaubte ihm, mit ihren Brüsten zu spielen und sich daran zu erregen, aber wenn seine Hände tiefer als bis zu ihrer Taille gingen, reagierte sie augenblicklich, um ihm ihr letztes Geheimnis vorzuenthalten.

Dieses Verbot erzeugte in Marcel ein seltsames, frustriertes Vergnügen. Keine der anderen Frauen, die er kannte, sei sie jung oder alt, hinderte ihn je daran, sein zärtliches Spiel bis zum Ende zu genießen. Statt dessen hatte sie ihm zu Beginn ihrer Freundschaft klar und deutlich gesagt, daß sie die Absicht habe, bis zu ihrer Hochzeitsnacht Jungfrau zu bleiben.

Warum er sich weiterhin mit einem so hoffnungslos altmodischen Mädchen abgab, war ihm nicht ganz klar. Seine Mama hätte es ihm erklären können, wenn es möglich gewesen wäre, ein so persönliches Thema mit ihr zu diskutieren – sein männlicher Stolz war herausgefordert, und er wollte Dany erobern. Und so hob er seine Hand wieder zu ihren süßen, nackten Brüsten, und er liebkoste und küßte sie, bis schnelle, kleine Schauder durch ihren schlanken Körper zuckten und sie sich erlöst an ihn kuschelte.

»Oh, Marcel – das war wirklich angenehm«, seufzte sie, »auch wenn ich weiß, daß ich es dir eigentlich nicht erlauben dürfte.«

Es war keineswegs das erste Mal, daß er sie zum Höhepunkt geführt hatte, indem er mit ihren Brüsten spielte. Am Anfang ihrer Freundschaft hatte er entdeckt, daß sie ihm zwar den Zugang zu dem *bijou* zwischen ihren Schenkeln streng untersagte, aber den auf andere Weise erzeugten Wonnen keineswegs abgeneigt war. Auch scheute sie sich nicht, ihn anzufassen – kaum war sie wieder zu Atem gekommen, da war sie auch schon bereit, das Kompliment zu erwidern. Mit Händen, die genau wußten, was sie taten, knöpfte sie seine Hose auf und faßte hinein, um sein stark angeschwollenes Glied herauszuholen und zwischen ihren Fingern zu massieren.

Zu Marcels Verdruß hatten die häufigen Begegnungen zu keiner Lockerung von Danys Verbot geführt – im Gegenteil, er hatte mit ihr bei der allerersten Gelegenheit, wo sie zusammen waren, weiter gehen können als je danach. Er hatte sie in eine romantische Komödie ins

Theater eingeladen und fast ständig ihre Hand gehalten, wenn auch nicht mehr, und da sie anschließend den Wunsch geäußert hatte, seine Mutter zu besuchen, hatte er sie mit nach Hause genommen.

Madame Chalon war erfreut gewesen, Mademoiselle Robineau zu sehen, von der sie eine hohe Meinung hatte. Sie gab ihr ein kleines Glas Pfirsichlikör und plauderte fünfzehn oder zwanzig Minuten lang mit ihr über Danys Eltern, bevor sie ihr eine gute Nacht wünschte und sich in ihr Schlafzimmer zurückzog, nicht ohne Marcel streng zu ermahnen, es für Dany nicht zu spät werden zu lassen. Es erübrigt sich zu sagen, daß Madame Chalon kaum das Wohnzimmer verlassen hatte, als Marcel Dany schon auf dem Sofa hatte, sie umarmt hielt und küßte.

Er sagte ihr, wie hinreißend sie sei und küßte sie wieder. Dany öffnete den Mund ein wenig und berührte seine Lippen mit der Zungenspitze, eine sinnliche Geste, aus der er schloß, sie sei für seine Annäherungen ganz und gar empfänglich. Er drückte sie fester an sich, und sie schob ihre nasse Zunge in seinen Mund und ließ sie hinein- und hinausgleiten, so als ob sie ihn ermutigen wolle, etwas Vergleichbares mit seinem schönsten Körperteil in der verborgensten Höhle ihres jungen Körpers zu vollziehen. Augenblicklich kroch seine Hand unter ihr Kleid, bis sie sich zwischen ihren Schenkeln befand.

»Weiter darfst du nicht gehen, *chérie*«, murmelte sie und drückte die Schenkel fest zusammen, um jeden weiteren Vorstoß aufzuhalten.

Noch immer in der Hoffnung, er könne sie stark genug erregen, um ihre jungfräulichen Bedenken zu überwinden, saugte Marcel langsam ihre Zunge in seinen Mund und lutschte daran. Er nahm seine Hand von ihren Schenkeln, um seine Hose aufzuknöpfen, faßte ihr Handgelenk und schob ihre Hand in seinen Hosenschlitz. Ohne zu zögern, schlossen sich ihre Finger um sein aufrechtes Glied, und er merkte, wie ihr Busen an seiner Brust heftig bebte.

Ihr hübsches Gesicht war rosig vor Erregung, als Marcels Hand wieder unter ihr Kleid schlüpfte – beglückt seufzend erwartete er, daß sich ihre Schenkel lockern und ein wenig auseinanderrücken würden. Sie stieß einen kleinen Schluchzer aus – ob vor Lust oder vor Kummer, vermochte er nicht zu unterscheiden – und ließ zu, daß seine Finger bis zu ihrem nackten Schenkel oberhalb der Strümpfe rückten, bis er sie schließlich in den losen Beinausschnitt ihres Höschens schob und ihre kurzen Löckchen berührte.

»Ich habe doch gesagt, du darfst nicht weitergehen, Marcel!« hauchte sie in seinen offenen Mund. »Ich meine es wirklich ernst.«

»Hinreißende Dany«, seufzte er und kitzelte mit seiner warmen Fingerspitze die sensible Beute, die er erreicht hatte. Der Griff um seinen männlichen Teil wurde fester, und etwa fünf Minuten lang spielten sie miteinander; Marcel hatte es jetzt nicht mehr eilig, unvorsichtig weit vorzudringen und damit Befürchtungen zu wecken, die dem Vergnügen ein Ende bereiten würden.

Als er aus ihrem Keuchen schloß, daß sie ihrem Höhepunkt nah war, hob er sie aufs Sofa, die Zunge noch immer tief in ihrem Mund, und zog ihr Kleid hoch. Er zerrte an seinem Hemd, um seinen Bauch zu entblößen, und rollte Danys Seidenhemd hoch, um das spitzenbesetzte Höschen freizulegen. »Du bist einfach hinreißend!« murmelte er wieder und zog den Bund ihres Höschens tiefer, um ihren süßen Bauch bloßzulegen. Mit vor Entzücken offenem Mund betrachtete er ihre schlanken, seidenhäutigen Schenkel, die zu tausend Küssen einluden.

Im nächsten Moment würde er ihr das zarte Höschen über die Schenkel gezogen und den brünetten Busch und die Schmollippen ihres *jou-jou* entblößt haben – und sein begeisterter Speer hüpfte so heftig in ihrer Hand, daß Marcel fürchtete, seine Leidenschaft würde sich zu früh in Danys Hand ergießen.

Doch leider zeigten ihm die folgenden Minuten, daß er Danys Entschlossenheit, bis zu ihrer Hochzeitsnacht Jungfrau zu bleiben, unterschätzt hatte, und daß ihre Skrupel mitnichten überwunden waren. Noch ehe er ihr das Höschen über die Schenkel ziehen konnte, rollte sie sich auf die Seite, um ihn anzuschauen, und befreite seinen pulsierenden Stengel aus seiner Hose.

»Ich habe gesagt, nicht weiter!« rief sie aus und starrte mit glänzenden Augen auf das, was sie so fest in der Hand hielt. »Wenn du nicht hören willst, dann gibt es nur ein Mittel!«

Und während sie das sagte, begann sie, sein Liebesinstrument heftig zu bearbeiten. Es bedurfte nur sehr wenig von dieser Art der Behandlung – Marcel befand sich schon in einem Zustand extremer Erregung. Fast augenblicklich schrie er auf und sprühte seine Essenz über Danys nackten Bauch und in ihren süßen Bauchnabel.

»So, damit ist das für heute erledigt«, erklärte sie befriedigt, während sie sehr schnell rieb, um das Werk zu vollenden. »Heute Abend wirst du mir keine Probleme mehr machen.«

Ihre Bereitschaft, ihn auf diese Weise zu entwaffnen, brachte Marcel zu der Überzeugung, daß Dany der Anblick und die Berührung jenes männlichen Körperteils keineswegs fremd waren, auch wenn sie tatsächlich in technischem Sinne noch jungfräulich sein mochte. Nicht, daß sie je irgendwelche Liebhaber erwähnt hätte, aber bei einer Gelegenheit hatte sie ihm mit verständlichem Stolz berichtet, daß die Männer sie seit ihrem vierzehnten Lebensjahr verfolgen. Sie hatte ihre Ehre sechs Jahre lang verteidigt, während attraktive Männer seufzend versucht hatten, sie zu küssen, ihre Brüste zu berühren und ihre Schenkel zu streicheln...

»Aber warum bloß?« hatte er amüsiert gefragt.

»Weil ich eines Tages einen wohlhabenden Mann in guter Position heiraten werde«, hatte sie geantwortet, »und ich mich ihm an jenem Tag intakt hinzugeben wünsche.«

Marcel erschien das ziemlich unsinnig, aber sie war eindeutig eine junge Dame mit Prinzipien und Entschlossenheit. Und so unheimlich hübsch! Seit jenem ersten Mal hatte sie ihm nie mehr als das Liebkosen ihres Busens gestattet. Vielleicht hatte sie ein bißchen Angst, weil er an jenem Abend so schnell so weit gegangen war – da war nur ein dünnes Seidenstöffchen zwischen ihrer Ehre und seinem aufragenden Schaft gewesen. Doch solange er seine Zärtlichkeiten auf den oberen Teil des Körpers beschränkte, war sie es zufrieden, daß er mit ihr spielte, so oft er wollte, und sie mit ihm.

Und auch dieser Nachmittag in ihrer Wohnung, in die er sie nach dem Essen gebracht hatte, war wieder ein gutes Beispiel für die Mischung aus Erlaubtem und Verbotenem. Sie hatte vor Wonne geseufzt, als er ihr das Jäckchen ausgezogen und die Träger ihres Hemdes heruntergestreift hatte, um ihre köstlichen Brüste zu entblößen und zu küssen, bis ihre rosigen Knöspchen hart wurden. Und sie selbst hatte seine Hose geöffnet und sein hart aufragendes Glied in die Hand genommen. Aber Dany hatte ihn sofort gezügelt, als er seine Hand auf ihr Knie gelegt und versucht hatte, sie unter ihren seidenen Faltenrock zu schieben.

»Es ist wirklich lächerlich dick«, sagte sie nachdenklich, als sie auf Marcels geliebtes Glied hinunterschaute. »Die Frauen, mit denen du zusammen warst, müssen Höllenqualen ausgestanden haben.«

»Ganz und gar nicht«, murmelte er, »die Organe der Liebe passen sich ohne Schwierigkeiten aneinander an –

wie du sofort feststellen könntest, wenn du mir erlaubtest, es dir zu demonstrieren.«

»Der Gedanke, daß sich dieses monströse Ding den Weg in den empfindlichsten Teil meines Körpers erzwingen würde, macht mir grausige Angst«, rief sie aus.

Marcel schaute stolz an seiner Hemdbrust hinunter zu seiner offenstehenden Hose, wo sein liebster Freund aus einem Nest brauner Locken hervorsah. Die purpurne Eichel glänzte vor Aufregung, und unter dem sanften Streicheln von Danys Hand waren Eichel und Schaft zu noch eindrucksvollerer Größe angeschwollen. Marcels Gesicht war brennend heiß, und sein Bauch bebte unter den Empfindungen.

»Aber wenn ich dein Ehemann wäre, und dies deine Hochzeitsnacht ... Was dann?« keuchte er leise.

»Dann wäre ich dein, und du könntest mit mir machen, was du wolltest«, sagte sie. »Ich würde für dich auf dem Rücken liegen und die Beine so weit spreizen, wie ich könnte – und du würdest mir zeigen, wie mein unberührtes kleines Ding dort unten sich an dieses riesige Ding von dir anpassen würde, wie du behauptest. Würde dir das gefallen, Marcel?«

Das Gespräch bewegte sich in eine Richtung, die Marcel bedenklich fand – ihr jetzt zu sagen, er wolle sie haben, war gefährlich. Sie könnte glauben, er wollte sie heiraten ... Und danach brauchte es nicht viel, daß Dany annahm, er hielte um ihre Hand an. Es war besser, das Thema zu wechseln ...

»Oh, Dany ... du weißt, was gleich geschehen wird!« murmelte er.

»Wirklich?« frage sie. »Nein, nein, dafür ist es noch zu früh.« Und das schreckliche Mädchen hörte mit ihrer unerträglich köstlichen Massage seines zuckenden Stengels auf, schob ihre Hand in seine offene Hose, um nach seinen strammen, haarigen *pompons* zu greifen.

Mit einem frustrierten Stöhnen beugte er den Kopf,

um sein Gesicht ihren Brüsten zu nähern, und leckte an dem nächstgelegenen rosigen Knopf.

»Wenn du so weitermachst, bringst du mich zur Raserei«, sagte sie anerkennend.

Das war natürlich, was er erhoffte, und nachdem seine nasse Zunge ein oder zwei Minuten lang an ihren Brustwarzen gelutscht hatte, nahm sie ihre höchst angenehme Beschäftigung an seinem zitternden Glied wieder auf, packte mit sicherem Griff seinen Ständer und rieb den dicken Schaft.

»Ah, ah, *chérie*!« ächzte Marcel, dessen Nerven bis zur äußersten Grenze wonnevoller Erregung angespannt waren.

Seine Lenden zuckten vor und zurück, um sie zu unterstützen, und er drückte ihren bebenden Körper fest an sich, während seine heiße Zunge eifrig an der nächstliegenden, geschwollenen Brustwarze leckte. Dany zupfte mit der freien Hand das kanariengelbe, seidene Taschentuch aus seiner Brusttasche und brachte ihn mit ein paar weiteren Bewegungen zu seinem Höhepunkt. Sie stieß ein langes, wonnevolles Stöhnen aus, im selben Augenblick, als seine Essenz in das vorsorglich bereitgehaltene Taschentuch sprudelte und ihr eigener Höhepunkt sie in schaudernde Ekstase versetzte.

Und genau in diesem erfüllenden, glücklichen Moment hörten sie beide, wie draußen vor dem Salon eine Tür ging, und eine Männerstimme ein paar unverständliche Worte äußerte.

»Mein Gott – das ist Papa!« keuchte Dany.

Sie sprang mit der atemberaubenden Geschwindigkeit eines gehetzten Rehs vom Sofa, zerrte ihr Hemd über den nackten Busen und schlängelte sich durch die Träger, während sie gleichzeitig nach ihrer Seidenjacke griff und sie sich mit bebenden Fingern überstreifte. Marcel kam es wie ein Alptraum vor – er stopfte sein noch immer spritzendes, in das durchweichte, seidene Taschentuch gewickeltes Glied in seine Hose und versuchte, die Knöpfe zu schließen, ehe die Salontüre aufging.

Von dort, wo er saß, sah er, wie der Türknauf sich drehte, und war sich seiner verzweifelten Lage grauenvoll bewußt, als die Tür aufschwang und er noch immer an seinen widerspenstigen Hosenknöpfen fingerte. Doch das Glück war ihm hold, denn Danys Vater sprach draußen mit der Hausangestellten, ehe er den Salon betrat. Marcels zitternde Hände knöpften den letzten Hosenknopf zu, er schloß sein Jackett, zupfte es glatt und war gerade dabei, seine Beine übereinanderzuschlagen, als Monsieur Robineau mit einer Zeitung in der einen Hand und einer ledernen Aktentasche in der anderen den Salon betrat.

Und bis dahin, denn das Glück war den beiden Beinah-Liebenden außergewöhnlich hold an diesem Tag, hatte Dany ihr niedliches, kleines Sommerjäckchen ordentlich zugeknöpft und saß auf einem Stuhl in sittsamer Entfernung von Marcel. Ihr hübsches Gesicht war rosig angehaucht vor Anstrengung oder Verlegenheit – oder beidem. Ihr Vater durchquerte den Salon und lächelte, als er Marcel dort sitzen sah, denn auch er hoffte, er würde sein zukünftiger Schwiegersohn sein.

Hätte er allerdings geahnt, daß seine geliebte Tochter gerade erst einen durch Marcels Aufmerksamkeiten ausgelösten überwältigenden Höhepunkt erlebt hatte, wäre ihm das freundliche Willkommenslächeln sogleich erfroren. Und wenn er, will man ihm eine so unwahrscheinliche Fähigkeit unterstellen, mit Röntgenblick durch Marcels Kleider hindurchsehen, und dessen steifes, in ein Taschentuch gewickeltes Glied erblicken zu können, und wenn er erfahren hätte, daß diese Emission von Danys jungfräulicher Hand ausgelöst worden war – dann hätte er mit absoluter Sicherheit Marcel Hals über Kopf hinausgeworfen.

Sei es, wie es sei, der Seelenfrieden von Eltern beruht

oft darauf, daß sie das, was ihre Sprößlinge treiben, lieber nicht so genau wahrnehmen – und dies gilt ganz besonders für Väter von heiratsfähigen Töchtern. Obwohl Monsieur Robineau nicht umhin konnte, die hübsche Röte in Danys Gesicht zu bemerken, lächelte er weiter, als er Marcel die Hand entgegenstreckte. Ein wenig umständlich erhob sich Marcel, um ihm die Hand zu schütteln, und war sich auf unangenehme Weise des nassen, klebrigen Taschentuchs in seiner Hose bewußt.

Während sie einander begrüßten, hatte Dany sich wieder gefaßt und drückte ihrem Vater einen Kuß auf die Wange.

»Wie angeregt du heute ausschaust, Dany«, sagte ihr Vater, der sie an den Handgelenken gefaßt hatte und ihr Gesicht mit väterlichem Stolz betrachtete.

»Marcel hat mich zum Essen ins *Bois de Boulogne* eingeladen«, sagte sie.

»Gut, gut«, sagte Robineau. »Ich bin sicher, ihr habt euch wundervoll unterhalten. Wie herrlich, jung zu sein und diese Sommertage zusammen genießen zu können! Sie haben Glück, Marcel, daß Sie nicht arbeiten müssen.«

»Die, für die ich nicht arbeiten muß, haben ebensoviel Glück«, erwiderte Marcel. »Ich bin sicher, ich würde einen miserablen Arbeitnehmer abgeben.«

»Wie kommt es, daß du schon so früh nach Hause gekommen bist, Papa?« fragte Dany. »Mama ist noch bei Madame Tissot und ihren Freundinnen.«

Robineau zuckte mit den Achseln und meinte, er habe an diesem Nachmittag die Nase voll gehabt und sei im Jardin du Luxembourg im Sonnenschein spazieren gegangen, um dann nach Hause zu kommen und vor dem Abendessen die Verträge durchzulesen, die er im Büro vernachlässigt habe. Für Marcel klang eine leise Spur von Unbehagen, wenn nicht gar Schuldgefühlen, in Robineaus Stimme mit. Seine Geschichte stimmte nicht

– eine Erfindung, hinter der er verbarg, was er nicht bekannt werden lassen wollte. Irgendwie war eine Frau darin verwickelt, davon war Marcel überzeugt.

Er musterte Robineau mit neuem Interesse. Danys Vater hatte sich auf einem der Sessel niedergelassen und seine Beine bequem von sich gestreckt. Er war ein Mann von Ende vierzig, mittlerer Größe und unscheinbarem Äußerem. Sein Anzug war korrekt geschnitten und stammte von einem guten Schneider, doch er war nicht modisch. Sein hellbraunes Haar hatte den gleichen Farbton wie Danys, doch er trug es sehr kurz; es wurde schon schütter. Trotz seines eher gewöhnlichen Aussehens war er ein Mann mit einer starken Persönlichkeit, wie Marcel in den Wochen, seit sie sich kannten, festgestellt hatte.

Hatte ihn nach dem Mittagessen die Geschäftsroutine gelangweilt, und war er in eines der besseren Häuser der Unterhaltung gegangen, überlegte Marcel, um sich von den Dienstleistungen eines jungen Mädchens amüsieren zu lassen? Oder hatte der werte Monsieur Robineau eine kleine Freundin in einer Wohnung, für die er bezahlte? Die meisten von Marcels verheirateten Freunden hatten eine liebe Freundin irgendwo in einer Wohnung untergebracht, wo sie sie besuchten, bevor sie abends zu ihren Gattinnen heimkehrten.

Aber es war noch nicht einmal fünf Uhr, und daher unwahrscheinlich, daß Robineau an diesem Nachmittag so beschäftigt gewesen war – er hätte eine kleine Freundin kaum so früh verlassen. Es sei denn, sie hätten sich gestritten, natürlich. Aber wenn das der Fall gewesen wäre, dann hätte er schlechter Laune sein müssen – und das war er eindeutig nicht. Abgesehen von einem flüchtigen Schuldbewußtsein war er in bester Stimmung.

Marcel schaute Danys Papa ein wenig genauer an und stellte fest, daß sein breiter, blauer Schlips unordentlich geknotet war, als habe er sich in Eile angekleidet. Ein

Westenknopf mitten über seinem kleinen Bäuchlein stand offen. Mit Sicherheit hatte er an jenem Morgen seine Wohnung nicht in einem so unordentlichen Zustand verlassen, um ins Geschäft zu gehen! Alle Zeichen deuteten darauf hin, daß Monsieur Robineau im Lauf des Tages irgendwo seine Kleider ausgezogen hatte, und da er sie so nachlässig wieder anzog, mußte er es eilig gehabt haben fortzukommen.

Marcel neigte zu der Ansicht, daß Robineau eine angenehme Stunde in einem der exklusiveren Etablissements verbracht hatte – dem *Chabanais* gleich hinter den Gärten des Palais Royal vielleicht, oder dem *Maison Junot*, in bequemer Entfernung von der Börse gelegen. Die Situation hatte etwas von einer schrägen Komödie an sich, denn Robineau hätte fraglos seinem vernichtenden väterlichen Zorn Luft gemacht, wäre er auch nur wenige Sekunden früher in den Salon gekommen und hätte dort seine junge Tochter, in den Krämpfen eines ekstatischen Höhepunkts, mit einem Verehrer entdeckt – auch wenn er – sofern Marcels Vermutungen richtig waren – selbst den Nachmittag nackt im Bett mit einem Mädchen, nicht älter als seine Tochter, verbracht hatte.

4

Bezaubernd moralische Ansichten

Marcel beschloß, sein Glück zu versuchen und sich unerwartet und ungeladen in Gabrielle de Michoux' Wohnung zu präsentieren. Er hielt es für mehr als wahrscheinlich, daß sie sich, wenn er sich telephonisch ankündigte, weigern würde, ihn zu empfangen. Er wartete in der kleinen Eingangsdiele mindestens fünf Minuten lang, während die Zofe sich vergewisserte, ob Madame ihn empfangen würde. Er überlegte, wie er sich herausreden würde, wenn sich herausstellte, daß Monsieur Lacoste bei seiner Verlobten weilte, doch um diese Tageszeit war es ziemlich unwahrscheinlich. Er stattete seinen Besuch um elf Uhr vormittags ab, weil Lacoste sich um diese Zeit mit größter Wahrscheinlichkeit um seine Geschäfte kümmern würde.

Schließlich kam die Zofe zurück und sagte ihm, Madame würde ihn empfangen. Marcel lächelte sie an und drückte ihr einen Geldschein in die Hand – er wußte genug über Dienstboten, um diese hier als Freundin und Verbündete bei seinen zukünftigen Aufmerksamkeiten für Gabrielle gewinnen zu wollen. Die Zofe zwinkerte ihm keß zu, während sie die *douceur* in den Ausschnitt ihres einfachen, schwarzen Kleides steckte. Dabei fesselte sie sofort seine Aufmerksamkeit, denn sie schob den zusammengefalteten Schein herausfordernd zwischen ein Paar angenehm pralle Brüste.

Marcel schenkte ihr noch ein verschwörerisches Lächeln und kniff ihr kräftig ins Hinterteil.

»Werden heute vormittag noch Besucher erwartet?« erkundigte er sich.

»Nein, Monsieur, niemand«, sagte die Zofe und grinste ihn an. »Ich werde dafür sorgen, daß Sie nicht gestört werden, verlassen Sie sich auf mich.«

»Wie bewundernswert diskret du bist!« lobte Marcel sie und legte ihr beide Hände auf den Po, um ihn durch ihr Kleid hindurch zu kneifen. Genau wie ihre Brüste, war auch ihre Kehrseite erfreulich drall und höchst angenehm anzufassen. Sie erhob keinen Einspruch gegen diese intime Behandlung, und Marcel schloß daraus, daß die meisten männlichen Besucher von Madame de Michoux sich das Vergnügen gönnten, das Hinterteil ihrer Zofe zu befingern.

»Sag mir, wie du heißt«, sagte er leise, während seine Finger den dünnen Stoff ihres schwarzen Kleides in die tiefe Furche zwischen ihren Hinterbacken drückten.

»Claudine«, gab sie zurück und grinste wieder wissend, »aber jetzt müssen Sie in den Salon gehen, sonst beginnt Madame, sich zu fragen, was hier draußen vorgeht.«

Sie entwand sich ihm und zupfte ihr Kleid und ihre Unterwäsche aus dem Spalt ihrer Kehrseite, bevor sie Marcel in den Salon führte und ihn anmeldete. Die kleine Eingangsdiele hatte Marcel nicht auf das modernistische Dekor des Zimmers vorbereitet, das er jetzt betrat; es verschlug ihm fast den Atem, als er auf der Schwelle stand und sich staunend umschaute, was ihm nicht zu verdenken war. Die Wände von Gabrielles Salon waren mattschwarz lackiert, mit dünnen, vertikalen Silberstreifen, so daß beinahe der Eindruck entstand, man befinde sich in einem exotischen Käfig. Es hingen keine Bilder an den Wänden, nur große, ebenholzgerahmte Kristallspiegel.

Während Marcel sich verzückt umschaute, konnte er mindestens sechs Gabrielles sehen, denn die Spiegel zeigten sie von allen Seiten, von vorn, von hinten und von den Seiten, eine kaleidoskopische Vision von Luxus. Schließlich richtete sich sein Blick auf die Dame selbst – sie lag, lässig auf einen Ellbogen gestützt, zwischen einem Dutzend oder mehr silbernen Kissen auf einem halbkreisförmigen, mit purpurnem Samt bezogenen Diwan.

Wenn das Zimmer schon hinreißend war – Gabrielle selbst war es noch mehr. Sie trug einen schwarzseidenen Hausanzug, der sich eng an ihren schlanken Leib schmiegte und ihn aufs vorteilhafteste zur Geltung brachte. Sie streckte ihm lässig die Hand entgegen, als er mit graziösen Schritten über einen dicken, schwarzen Teppich auf sie zuging. Ein mit Silberfäden gestickter chinesischer Drache mit langem Schwanz schmückte ihr Tunikaoberteil. Sein schuppiger Kopf ragte zwischen ihren kleinen, spitzen Brüsten empor, als wolle er sie gleichzeitig verteidigen und auf sie aufmerksam machen.

Marcel küßte ihr respektvoll die Hand. Sie trug nur einen schmalen goldenen Ring mit einem Topas. Ihr riesiger Verlobungsdiamant war an der anderen Hand, auf die sie ihren ordentlich frisierten, kleinen Kopf stützte.

»Was für eine prachtvolle Umgebung für eine so charmante Dame«, murmelte er. »Ich bin überwältigt! Wie hinreißend du bist, Gabrielle!«

Sie antwortete mit einem kleinen, anerkennenden Lächeln und ermutigte ihn mit einer Geste, neben ihr auf dem purpurnen Diwan Platz zu nehmen. Doch im nächsten Augenblick wurde er durch ihre Worte wieder entmutigt.

»Warum bist du hergekommen, Marcel? Was willst du hier?« fragte sie melancholisch.

»Ich bin gekommen, um dich wiederzusehen«, sagte er leichthin. »Unsere kurze, aber ergötzliche Begegnung in Cannes hat in mir warme Zuneigung zu dir erregt.«

»Du hast deine Gefühle für mich sehr klar zum Ausdruck gebracht, als du gewaltsam in mein Hotelzimmer eingedrungen bist«, sagte sie mit einer Nüchternheit, die Marcels Hoffnungen in keiner Weise beflügelte. »Zuneigung hatte nichts damit zu tun – es war nichts als eine ganz gewöhnliche, banale Angelegenheit körperlicher Leidenschaft.«

»Banal? Ich traue meinen Ohren nicht!« rief Marcel aus. »Die schönste Frau in ganz Paris tut die zärtlichsten aller Gefühle als banal ab!«

»Zärtliche Gefühle!« erwiderte sie mit einer verächtlichen, kleinen Geste, die ihre Brüste unter der Seide so zum Schwingen brachte, daß Marcels immer bereiter Mannesstolz steif wurde. »Wie kannst du behaupten, irgendwelche zärtlichen Gefühle für mich zu hegen? Du hast meine Reinheit in einem Augenblick gewaltsam verletzt, als ich nicht in der Lage war, mich zu wehren – ein bösartiger, verabscheuungswürdiger Trick!«

»Nicht doch, das ist doch gar nicht wahr!« sagte Marcel und hob ungläubig und erstaunt die Hände. »Du kannst doch nicht so schnell vergessen haben, wie du vor Ekstase gebebt hast, als ich dich in den Armen hielt und küßte.«

»Du schmeichelst dir!« gab sie zurück. »Ich habe vor Verzweiflung und Ekel gebebt, und du mußt wirklich sehr unsensibel sein, um dies anders zu interpretieren.«

»Du hast meinen Namen gemurmelt und mir gesagt, wie wundervoll unser Liebesspiel sei«, beharrte er. »Die bloße Erinnerung an jene zauberhaften Momente verfolgt mich noch immer Tag und Nacht – und deshalb bin ich heute hier, Gabrielle.«

Sie hob den Kopf von der stützenden Hand und setzte sich aufrecht hin. Die Schultern gerade, die in schwarze Seide gekleideten Beine und Knie fest zusammengepreßt, funkelte sie Marcel verachtungsvoll an. Der schmolz bei dem Anblick ihrer graziösen Schönheit völlig dahin. Sie hatte den Kopf leicht zurückgeworfen, und ihre eleganten Brüste schienen anklagend auf ihn zu zeigen.

»Du bist ungebeten hier erschienen, in der Erwartung, meinen Körper zu genießen?« rief sie aus, die Stimme erhoben angesichts so großer Unverfrorenheit.

»Ich bin hergekommen, um dir meine Bewunderung zu Füßen zu legen – ich kam aus demütiger Hingabe zu dir«, antwortete er und genoß seinen Ausflug in die hochtrabende Ausdrucksweise des Theaters. »Ich füge mich deinen Befehlen, Gabrielle.«

»Dann befehle ich dir, mich sofort zu verlassen und niemals wiederzukommen«, sagte sie sofort. Ihre wundervollen, blaugrünen Augen glänzten, und ihr makelloser kleiner Busen hüpfte unter der schwarzen Seide, als sie den Arm hob und ihm die Tür wies.

»Nun, dann werde ich gehorchen«, sagte er resigniert. »Du bist grausam, Gabrielle, grausamer als ich einer so schönen Frau je zugetraut hätte.«

»Verschone mich mit deiner Heuchelei«, sagte sie. »Wenigstens besitzt du die Höflichkeit, deine schändlichen Gründe für diesen Besuch ehrlich zuzugeben.«

»Wenn du es so genau weißt – welches sind denn meine Gründe?« fragte er.

»Nun, da wir offen miteinander reden – du bist hier, weil du willst, daß ich Adolphe mit dir betrüge«, beschuldigte sie ihn, »und nicht, weil du mir ehrlich ergeben bist, wie du behauptest. Adolphe ist es, der mir ergeben ist. Du hast keine erhabeneren Motive als deine eigene Befriedigung. Wie abstoßend!«

Die Vehemenz ihrer Anklage ließ ihren Körper zittern – oder war es noch etwas anderes, fragte sich Marcel und musterte sie, den Kopf leicht zur Seite geneigt, aufs äußerste fasziniert. Die Dame protestiert zu laut, sagte er sich, und experimentierfreudig legte er seine Hand auf ihr in Seide gekleidetes Knie und ließ sie langsam und zärtlich aufwärts gleiten. Sie schaute, ihr hübsches Gesicht hochmütig verzogen, auf seine Hand hinunter, als stünde sie so weit über den vulgären Possen geiler

Männer, daß sie sie ignorieren konnte. Sie tat nichts, um das Aufwärtsgleiten seiner Hand zu verhindern.

»Gott gebe, daß ich nie etwas gesagt oder getan habe, das dich veranlaßt hat, Adolphe untreu zu sein«, sagte Marcel scheinheilig mit einem beschwichtigenden Lächeln. »Er ist ein guter Mensch und ein hingebungsvoller Verlobter, darüber hege ich nicht den geringsten Zweifel.«

Wenn eine Frau zu einem Mann *nein* sagt, dann meinst sie *vielleicht,* so will es das alte Sprichwort, und wenn sie *vielleicht* sagt, dann meint sie *ja.* Marcel hatte diesen zynischen Spruch zum ersten Mal gehört, als er fünfzehn war, und seine inzwischen reichhaltigen Erfahrungen mit Frauen hatten ihn gelehrt, daß er im wesentlichen stimmte. Er lächelte Gabrielle charmant an, während seine Finger über die warme Haut unter ihrer Seidenhose strichen, und sein aufrechtes Glied zuckte eifrig.

»Du ahnst gar nicht, unter was für schrecklichen Gewissensbissen ich gelitten habe«, sagte sie, »welche qualvollen Schuldgefühle mich geplagt haben, nachdem du in Cannes meinen Körper mißbraucht hattest! Du wirst das nie, nie verstehen können, denn du bist von grober Natur, muß ich leider sagen. Ich hatte eine lange, schlaflose Nacht, weil ich vor Zweifeln und geistiger Qual ganz niedergeschmettert war. Aber dann habe ich erkannt, daß ich Adolphe gar nicht untreu war.«

»Natürlich warst du das nicht«, pflichtete Marcel sofort bei, verblüfft und amüsiert von dem Gedanken, daß Gabrielle ihr köstliches Liebesspiel nicht als Untreue bewertete.

Ihre schlanken Schenkel rückten ein winziges bißchen auseinander, als sie sich auf dem Diwan zurücklehnte – gerade genug, daß seine Fingerspitzen dazwischengleiten und ihren weichen Hügel durch die schwarze Seide hindurch zart streicheln konnten.

»Es war ein Akt der Anbetung«, sagte er mit einem Lächeln, »aber es war zu himmlisch, um als Untreue gegen irgendeine andere Person angesehen zu werden. Warum hast du die ganze Nacht gebraucht, um zu diesem logischen Schluß zu kommen?«

Gabrielles Gesicht war vor Erregung leicht rosig angehaucht, und ihr Busen hob und senkte sich etwas schneller als sonst, doch sie schien sich der Finger, die sie zwischen den Schenkeln streichelten, nicht bewußt zu sein. Und als sie sich auf dem Diwan ein wenig herumdrehte, um ihm offen ins Gesicht zu schauen, während sie ihn des Mangels an Moral bezichtigte, glitten ihre Beine noch ein bißchen weiter auseinander, und die dünne Seide spannte sich in äußerst verräterischer Weise über ihren Hügel.

»Im Gegensatz zu dir habe ich ein empfindsames Gewissen«, erklärte sie hochmütig. »Ich lag in größter Verzweiflung wach, weil mein Körper sexuell mißbraucht worden war. Doch nachdem ich mein Verhalten und meine Reaktionen untersucht hatte, war ich schließlich in der Lage zu sehen, daß dein ungehöriger Akt von mir weder gewünscht noch gebilligt wurde, die Frage der Treue also nicht gestellt werden mußte. Das Opfer teilt die Schuld des Verbrechers nicht.«

Marcel schob seine Hand unter die schwarze Tunika und suchte den Bund ihrer Hose. Auf Hüfthöhe fand er Knöpfe, und als er diese geöffnet hatte, konnte er seine Hand in ihr lockeres Seidenhöschen unter der Hose schieben und ihren Bauch streicheln.

»Endlich beginne ich, dich zu verstehen, Gabrielle«, sagte er lächelnd. »Das Opfer trägt nicht die Schuld – du klingst wie ein Jesuit. Du bist sicher in einer Klosterschule erzogen worden.«

»Ja«, sagte sie, »und ich schätze mich glücklich, von den Heiligen Schwestern eine gründliche Moralerziehung erhalten zu haben. Sie haben mich gelehrt, den flüchtigen und störenden Bedürfnissen des Leibes keine Bedeutung beizumessen und ihnen die Ziele und das Potential des Intellekts vorzuziehen.«

»Wie wahrhaft bewundernswert«, rief Marcel aus und klang durch und durch ehrlich. »Die Reinheit deines Herzens beschämt mich.«

»Dann verstehst du auch, warum es zwischen uns niemals etwas anderes als eine förmliche Freundschaft geben kann«, murmelte sie und lehnte sich gegen ihn, bis ihre Beine noch weiter auseinander zu gleiten schienen und es seiner Hand gestatteten, ihren warmen, gelockten Hügel ganz zu bedecken. Er drückte sie liebevoll und seufzte glücklich, als seine Finger zart die eleganten, dünnen Lippen unter den Löckchen spreizten und das Innere liebkosten.

»Aber natürlich verstehe ich das«, sagte er, »und ich bin glücklich, deine Freundschaft anzunehmen und dir die meine anzubieten, weil ich weiß, daß ich niemals mehr für dich sein kann.«

»Mein armer Freund«, sagte sie traurig, »ich fürchte, du wirst leiden müssen, da du gezwungen bist, die Exzesse deiner ungehobelten Natur zu unterdrücken. Aber man hat uns gelehrt, daß durch das Leiden die Seele gereinigt und veredelt wird.«

Sie befreite sich sanft von seiner liebkosenden Hand und zog sich die drachenbestickte Tunikajacke ihres Anzugs über den Kopf und enthüllte ein tiefschwarzes, seidenes Hemdchen. Marcel hielt beglückt den Atem an, als sie das Hemd aus der Hose zupfte und über ihren Kopf streifte, ohne ihrer eleganten Frisur ein Haar zu krümmen. Er starrte verzückt auf ihre spitzen Brüste, deren dunkelrosa Knöspchen sich vor Erregung deutlich versteift hatten.

»Was hältst du von meinen Spiegeln?« fragte sie und bog den Rücken ein wenig durch, um ihre Brüste hervorstehen zu lassen.

Marcel fragte sich, was sie meinte, schaute sich im Zimmer um und entdeckte überall Spiegelbilder von Gabrielle und sich selbst neben ihr. Es war zu köstlich, um es in Worte zu fassen – dort drüben sah er Gabrielle im rechten Profil, die bezaubernden, kleinen Brüste stolz gereckt, gegenüber konnte er ihr linkes Profil bewundern, und ihre Brüste hüpften ein wenig von einer plötzlichen Bewegung. Er schaute über ihre Schultern und genoß den Anblick ihres schlanken Rükkens, die blasse Haut so glatt wie feinster Satin, die eleganten, schmalen Schultern und die zierliche Taille direkt oberhalb ihrer aufgeknöpften schwarzen Anzugshose.

Er langte hinter sie, um die Hose nach unten zu ziehen und ihm im Spiegel die kleinen Backen ihrer Kehrseite zu offenbaren. Sie waren nicht vollständig sichtbar, Gabrielles Gewicht drückte sie in den Diwan, doch das obere Ende der delikaten Spalte dazwischen war zu sehen. Mit heftig klopfendem Herzen gab sich Marcel das stille Versprechen, daß seine Blicke, seine Hände und seine Zähne innerhalb der nächsten fünf Minuten freie Bahn haben würden, denn er verspürte den heftigen Wunsch, an diesen kleinen Bäckchen zu knabbern.

»Das Dekor deines Salons ist prachtvoll«, sagte er, »so schick, so originell – so ausgesprochen modern!«

Als sie so nebeneinander auf dem Diwan saßen, sah er in den gegenüber liegenden Spiegeln ein Bild, das sein eifriges Stück veranlaßte, wie ein Vogel im Käfig in seiner Hose zu hüpfen – Gabrielle legte die Hände hinter ihren Kopf und drückte die Ellbogen nach hinten, so daß er die volle, beglückende Sicht nicht nur auf ihre charmanten Brüste hatte, sondern auch auf ihren Bauch mit seinem kleinen, runden Grübchen. Den Mann, der in blaßblauem Anzug neben ihr saß, konnte er nur mit Mühe als sich selbst erkennen.

»Ich bin ja so froh, daß es dir gefällt«, sagte sie beiläufig. »Ich habe es selbst entworfen. Es ist nicht nach jedermanns Geschmack.«

»Es fällt mir schwer, das zu glauben«, sagte er und streckte die Hand aus, um ihre weichen, kleinen Brüste zu liebkosen und die aufrechtstehenden Spitzen zwischen den Fingern zu massieren. »Wer kann denn nur so töricht sein?«

»Adolphe gefällt es gar nicht«, seufzte sie und ließ ihre Hände in den Schoß sinken. »Es wird ihm äußerst unbehaglich zumute, wenn er länger als fünf oder zehn Minuten mit mir hier sitzt. Er sagt, das Zimmer flöße ihm Angst ein – macht es dir Angst, Marcel?«

»Es inspiriert mich«, erwiderte er und beugte sich über sie, um ihre Knospen mit der feuchten Zungenspitze zu berühren.

»Ach, diese elende Angewohnheit, den Körper anderer zu berühren, der sich Männer und Frauen hingeben!« rief sie mit leiser Stimme aus. »Was für eine betrübliche Mahnung an unsere animalische Natur das doch ist – ein böses Erbe aus ferner Vergangenheit.«

»Wie wahr, wie wahr«, seufzte Marcel, eine Hand zwischen ihren Beinen, um sie durch die dünne Seide ihrer Anzughose zu streicheln. »Wie du es so klar ausgedrückt hast, meine liebe Freundin, müssen wir die flüchtigen und abstoßenden Begierden des Leibes verachten.«

»Ja«, flüsterte Gabrielle, den Kopf auf seine Schulter gelehnt. »Ich stehe über der Niedrigkeit der menschlichen Natur – und auch du mußt versuchen, dich über dich selbst zu erheben, hinauf zu mir, in die klare, saubere Luft des Intellekts. Du hast den ersten entscheidenden Schritt auf dem Weg zur Erkenntnis getan – du wirst verstehen, wie wertlos dieses Gereibe von Haut an Haut ist, das die Leute Liebe nennen.«

Gabrielles kleine Hand erforschte die Knöpfe von Marcels Hose, während sie sich dem Ausdruck dieser erhabenen Gefühle hingab, und bald befand sie sich in seiner Unterwäsche und packte seinen harten, bebenden Liebespfeil. Er schauderte und schob seine Hand in ihre Hose, um ihr *jou-jou* erneut zu liebkosen.

»Was wir miteinander tun, ist bedeutungslos«, gab er ihr recht und ließ seine Fingerspitze über ihre verborgene, feuchte Knospe flitzen. »Wie der Blinddarm ist es nichts als ein Überbleibsel aus einem früheren Stadium der menschlichen Evolution. Jetzt, wo du mir das so klar verständlich gemacht hast, weiß ich, die grobschlächtigen Triebe als das zu nehmen, was sie sind, und ihnen keine Wichtigkeit beizumessen.«

»Halt, Marcel!« sagte sie atemlos. Einen Augenblick lang fürchtete er, er sei zu weit gegangen und habe das Spiel verdorben.

Aber alles war in Ordnung – sie setzte sich auf dem Diwan auf, und mit angehaltenem Atem beobachtete Marcel, wie sie ihre Daumen in den Bund ihrer schwarzen Hausanzughose und ihres Unterhöschens steckte und beides über die Beine bis zu den Knöcheln schob. Im nächsten Moment war er vom Diwan aufgesprungen und kniete auf dem dicken, schwarzen Teppich, um ihr zu helfen, Schuhe, Hose und Schlüpfer auszuziehen und auf den Boden fallen zu lassen.

Sie drückte ihre Knie zusammen, so daß Marcel nur ein kleines Lockenbüschel sehen konnte, wo ihre Beine zusammenliefen. Er legte eine Hand auf jedes Knie und bewegte sie sanft auseinander, um sie seinem begierigen Blick freizugeben. Dort zwischen ihren glatthäutigen Schenkeln waren die seidigen Löckchen, an die er sich aus Cannes erinnerte; ein dichtes, kleines Dreieck, das die eleganten Rosenblätter ihres *jou-jou* freiließ. Gabrielle hatte das hübscheste *bijou,* das er – soweit er sich erinnern konnte – je gesehen hatte. Er stieß einen langen, von Herzen kommenden Seufzer der Lust aus.

Seine Finger wanderten langsam über die Kurve ihres Bauches zu dem seidigen Haarbusch und hielten dort inne. »Schönheit ist wertlos«, murmelte sie, »sie hält den Unwissenden in einem Netz von Wahnvorstellungen gefangen!« Marcel seufzte seine Zustimmung, aber er war außerstande, das Wonnestöhnen, das ihm über die Lippen kam, zu unterdrücken, als Gabrielle ihre kleinen, nackten Füße auf dem dicken, schwarzen Teppich auseinanderrückte und mit den Fingern an der Innenseite ihrer Schenkel entlangstrich. Er glaubte, sein Herz würde vor Aufregung bersten, als sie jene eleganten, dünnen Lippen spreizte und ihr rosiges, feuchtes Inneres freilegte.

Er stand auf und riß sich die Kleider vom Leib, um so nackt zu sein wie sie. Gabrielles Fingerspitzen streichelten ihre Lenden, und sie starrte auf sein hartes Glied, als sei sie von seiner Größe und Stärke fasziniert.

»Oh, die verabscheuenswerte Macht des Fleisches über uns«, seufzte sie. »Dein einziger Gedanke ist es, mich mit diesem unnötig dicken Gerät aufzuspießen, und das für ein paar Augenblicke krampfähnlicher Empfindungen – du bist ein Tier! Und zu meiner ewigen Schande muß ich gestehen, daß auch in mir noch immer zu viel von dieser Primitivität steckt – mein verachtenswerter Leib wünscht sich zu erniedrigen, indem er dich dieses Ding in mich stecken läßt!«

Marcel umfing sie mit den Armen, hob sie in die Mitte des purpurnen Diwans und kniete sich zwischen ihre gespreizten Beine.

»Ich bin deiner nicht wert, verehrte Gabrielle«, sagte er und beugte sich nieder, um einen Kuß der Bewunderung auf ihr *jou-jou* zu drücken.

Ehe sie etwas erwidern konnte, lag er auf ihr, faßte zwischen ihre Beine und dirigierte seinen aufgeregten Freudenritter in ihr Lustschlößchen. Der schöne Körper, den sie als verachtenswert beschrieben hatte, war ganz und gar bereit für ihn – mit äußerst vorsichtigen Stößen drang er tief in sie hinein, bis sein Bauch flach auf dem ihren lag. Sie warf ihm einen Arm um den Hals und zog sein Gesicht an ihres, um warme Küsse auf seinen Lippen und Wangen zu verteilen, während er in gemessenem Trab in ihr ein und aus ritt.

»Es ist unerträglich«, ächzte sie, »von der Schwäche des Fleisches zu einer derart trivialen Sinnlichkeit verführt zu werden, während Geist und Bewußtsein sich über die verderblichen irdischen Gelüste zu erheben suchen!«

Wenn Marcel den Kopf drehte, konnte er sich in den großen Spiegeln bei der Liebe beobachten. Er sah seinen nackten Körper der Länge nach auf Gabrielle ausgestreckt, und das rhythmische Zucken, mit dem er in sie stieß. Ihr Gesicht war im Profil deutlich zu sehen; sie starrte mit weit aufgerissenen Augen an die Decke und machte schnelle, kleine Bewegungen unter ihm, um ihm mit ihrem heißen Becken entgegenzukommen.

Sie hatte ihre schlanken Arme um seinen Hals geschlungen und hielt ihn fest an sich gedrückt, und der riesige Diamant ihres Verlobungsringes glitzerte, wenn ein Lichtstrahl darauf fiel. Marcel sah, wie sich ihre grazilen Beine vom purpurnen Samt des Diwans hoben und um seine Taille klammerten.

»Es gibt einen Weg, den Begierden des Fleisches zu entkommen«, sagte er atemlos, die Hände unter ihr, um die strammen Backen ihres nackten, kleinen Hinterteils zu fassen.

»Sag's mir, sag's mir!« stöhnte sie, und ihre Lenden zuckten im Rhythmus seiner Stöße. »Wie können wir diesem schrecklichen Trieb entkommen – sag's mir, und ich werde für immer deine Freundin sein!«

»Durch Exzeß!« keuchte er, kaum fähig zu sprechen, weil die Lustgefühle ihn schüttelten. »Wir müssen es wieder und wieder und wieder tun – bis die lasterhaften Gelüste unserer Leiber vollständig ausgebrannt sind.«

»Oh, ja! Ja!« schrie Gabrielle wild. »Du hast recht –

wenn wir diese häßlichen Triebe erschöpfen, werden sie für immer verschwinden!«

Die Stärke ihrer Triebe, wenn auch nicht ihre Häßlichkeit, befreite sie von der körperlichen Belastung, und sie krümmte sich auf dem Diwan in ekstatischer Erlösung. Marcels Finger gruben sich tief in das magere Fleisch ihres Pos, und mit kurzen, scharfen Stößen entlud er sein Entzücken in sie.

Als sie ein wenig später nebeneinander lagen, nahm sie seine Hand in die ihre und drückte sie aus Dankbarkeit für seinen Rat, wie man die Dämonen der Fleischeslust austreiben konnte.

»Dein Plan ist so logisch«, sagte sie. »Ich verstehe gar nicht, warum mich bisher noch niemand darauf hingewiesen hat. Als ich ein junges Mädchen war, sagten mir die frommen Schwestern, daß der einzige Weg, diese Begierden abzutöten, darin bestünde, sie durch Abstinenz und Keuschheit zu Tode hungern zu lassen. Leider weiß ich aus eigener Erfahrung, daß es nicht wirkt. Du hast deinen Finger auf die Wahrheit gelegt – das einzige Mittel, den Appetit zu verlieren, ist, bis zum Exzeß zu essen, sich so zu übersättigen, daß der Magen alles weitere verweigert.«

Es war nicht nur diese Wahrheit, auf die Marcel jetzt, wo sie empfänglich für seine Bewunderung war, seinen Finger legen wollte – er hatte andere, bei weitem köstlichere Argumente im Sinn.

»Aber wegen Adolphe?« fragte er. »Da ist doch diese komplizierte Angelegenheit, ihm treu zu bleiben?«

Gabrielle dachte eine Weile tief nach.

»Das hat gar nichts mit Untreue zu tun«, sagte sie im Brustton der Überzeugung. »Mein Gewissen ist rein – es ist eine Angelegenheit von *force majeur.*«

»Was meinst du damit?« fragte Marcel und drehte sich um, um in ihr schönes, herzförmiges Gesicht zu schauen, gespannt darauf, wie sie ihre Liebeskur vor sich rechtfertigen würde. Ihr Ausdruck war angemessen ernst, als sie es erklärte.

»Nehmen wir an, ein Mann kommt in mein Schlafzimmer und sieht mich vollständig nackt«, begann sie, »und nehmen wir weiter an, daß ich nicht den geringsten Versuch mache, meinen Körper zu verhüllen, und zulasse, daß er mich in die Arme nimmt und meinen Körper berührt. Dann würde es in den Augen der Welt – und in Adolphes Augen – so scheinen, als ob ich einen Akt himmelschreiender Untreue ihm gegenüber beginge. Stimmst du mir zu?«

»Ich glaube, es würde ihm mißfallen und ihn eifersüchtig machen«, pflichtete Marcel ihr bei.

»Gut, mein lieber Freund, und nehmen wir jetzt mal an, das Gebäude steht in Flammen, und alle, die sich darin befinden, sind in Lebensgefahr. Die Treppen brennen, und es gibt keinen Ausweg. Durch das Fenster kommt ein tapferer Feuerwehrmann herein und findet mich nackt vor. Er hebt mich hoch, seine Hände berühren meine nackte Haut – ich lege ihm die Arme um den Hals – und er trägt mich die Leiter hinunter auf die Straße. Mein Leib ist exponiert, er kann kaum den Blick von mir wenden. Seine Hände ruhen auf mir – und dennoch versuche ich nicht, mich zu befreien oder vor seinem Blick zu verstecken. Und niemand macht mir einen Vorwurf oder betrachtet mich als meinem Verlobten untreu, wenn wir schließlich den Boden erreichen, nicht einmal Adolphe selbst.«

»Das kann ich absolut verstehen«, sagte Marcel, während seine Hand über die Kurve ihrer schlanken Hüfte strich, »und ich werde meinen Teil dazu beitragen. Ich werde dich aus den Flammen der Sinnlichkeit retten, was es mich auch kosten mag. Du kannst dich vertrauensvoll in meine Hände geben. Selbstverständlich wollen wir Adolphe nicht unnötig mit dem Wissen um diesen lebensrettenden, feuerbekämpfenden Notdienst belasten.«

»Natürlich nicht!« stimmte Gabrielle ernsthaft zu. »Ich will ihm eine gute Frau sein und ihn glücklich machen. Es wäre unrecht, ihn mit einer Angelegenheit zu betrüben, die ihn nicht betrifft.«

Sie drehte sich auf den Bauch und beugte sich über ihn, um seine Lippen und seine Augen zu küssen. Marcels Hände nahmen Besitz von ihren wunderbaren Brüsten, und er beschloß, daß dies der geeignetste Augenblick sei, eine gewisse Frage zu stellen.

»Wirst du ihn reinen Herzens heiraten, Gabrielle?«

»Auf diese Frage werde ich nicht antworten«, sagte sie.

»Seine Schwester haßt dich, wie du sicherlich weißt. Sie wird alles tun, um dein Leben mit ihm elend zu machen.«

»Wir sind übereingekommen, daß Silvie vor der Hochzeit in eine eigene Wohnung zieht. Ich mache mir keine Illusionen über meine zukünftige Schwägerin. Unsere Familienzusammenkünfte werden so selten sein, wie nur möglich.«

»Ich weiß, daß er sehr wohlhabend ist und dir alles geben wird, was du willst«, sagte Marcel, »aber ist es das wirklich wert?«

»Ich habe dir eben schon gesagt, daß ich auf solche Fragen nicht antworten werde. Laß es sein, sonst werden wir nicht lange Freunde bleiben.«

Als wollte sie ihn von diesen unmöglichen Fragen ablenken, stützte sie sich auf einen Ellbogen und wandte ihre Aufmerksamkeit seinem schlaffen Glied zu.

»Wie ungeheuer unschuldig es jetzt ausschaut«, sagte sie, als sie es zwischen die Finger nahm, »so harmlos, so unbedeutend! Ein unscheinbares, kleines, fleischiges Anhängsel, an das kein vernünftiger Mensch einen Gedanken verschwenden würde. Aber wie wir beide nur allzu gut wissen, kann es sich zu einem harten, unbarmherzigen Instrument brutaler Gewalt aufrichten, das uns aus den Gefilden des reinen Geistes hinabstößt, auf das Niveau von Wilden.«

»Wie wahr«, seufzte Marcel, während kleine Schauder der Lust ihn durchrieselten. »Wie gut, daß wir gemeinsam das Mittel gegen diesen Irrsinn des Fleisches entdeckt haben – denn du bist ebenso stark davon befallen wie ich. Mein Leben lang werde ich nicht vergessen, wie ich in Cannes in dein Hotelzimmer kam, um dir ein Buch zu bringen – und dich nackt vor einem Spiegel fand, die Finger zwischen den Beinen, um deinem überwältigenden Begehren Erleichterung zu verschaffen.«

»So ein beschämender Augenblick!« gestand Gabrielle mit einem kleinen Seufzer. »Die Erinnerung daran, wie du mich gefunden hast, als ich einer abscheulichen Charakterschwäche erlegen bin, wird mich mein Leben lang verfolgen. Die frommen Schwestern taten ihr Bestes, um mich die Tugend der Keuschheit zu lehren – und es gelang ihnen in großem Maße.«

»Es waren eindeutig äußerst heilige Frauen«, murmelte Marcel und beobachtete, wie sein männlicher Stolz in ihrer Hand lang und steif zu werden begann.

»Ah! Ich wußte doch, daß dieses verabscheuungswürdige Ding unfähig sein würde, längere Zeit friedlich zu bleiben«, rief Gabrielle aus und drückte den Schaft, um ihren Abscheu vor seiner Größe und Stärke zu demonstrieren.

»Was hat denn das gute Werk der Schwestern zunichte gemacht?« fragte Marcel.

»Mein Mann. Er war jung wie ich, aber im Gegensatz zu mir war er ein sehr sinnlicher Mensch. Er wollte jeden Tag von seinen niedrigen Begierden erlöst werden, und natürlich verleitete er mich, die tägliche Befriedigung meiner unterdrückten Triebe zu erwarten. Es war beschämend!«

»Zweifellos, meine liebe, arme, mißbrauchte Gabrielle«, sagte Marcel leise, beeindruckt, zu welcher

Größe sein Anhang unter der Stimulation ihrer geschickten Finger gewachsen war.

»Nachdem Michel im Krieg gefallen war, glaubte ich, für immer eine keusche Witwe zu bleiben«, sagte sie melancholisch, während sie ihn ganz in die Hand nahm und massierte, »aber bald stellte ich fest, daß es nicht sein sollte. Die ganze Zielstrebigkeit, die ich als junges Mädchen gelernt hatte, war in ein paar Jahren der Ehe mit einem Mann, der meinen Leib Nacht um Nacht besudelt hatte, zunichte gemacht worden.«

»Wie schrecklich«, seufzte Marcel, der vor Wonne über das, was sie mit ihm machte, am ganzen Leib bebte.

»Es ist so furchtbar leicht, vom Weg der Wahrheit abzukommen«, sagte sie. »Schau dich selbst an, mein irregeleiteter Freund – du bist derartig in deine trivialen Triebe verstrickt, daß es nicht mehr als fünf oder sechs weitere Bewegungen meiner Hand braucht, bis du dich mit einer Emission degradierst.«

»Zu meiner Schande und Beschämung muß ich gestehen, daß das, was du sagst, der Wahrheit entspricht«, keuchte er, »und es kommt überhaupt nicht in Frage, daß dergleichen geschieht! Meine Pflicht gilt dir, liebste Gabrielle – ich muß die Flammen löschen, die in dir brennen, und darf mich nicht selbstsüchtiger Befriedigung hingeben.«

Er rollte sie auf den Rücken; ihre eifrige Hand bearbeitete noch immer sein steifes Glied, während er über sie stieg. Es blieb keine Zeit mehr für Diskussionen, wie erniedrigend die Impulse waren, die sie beide dazu trieben, diese unwürdige, intime Stellung einzunehmen. »Durchbohre mich«, keuchte sie. »Befreie mich von dieser unaussprechlichen Versuchung!«

Wie könnte ein wohlmeinender Mann einen so herzzerreißenden Hilferuf unbeachtet lassen? Und gar erst ein Mann, der nichts lieber wollte, als eine Gelegenheit, ihrem schönen Leib zu huldigen, indem er sich auf sie legte! Und trotzdem, so begeistert er ihrem Gesuch nachkommen wollte, war es Gabrielle, die sein steifes Glied mit eifriger Hand in sich hineinlenkte.

»Oh!«, rief sie aus, als er bis zum Anschlag eindrang. »Oh, Marcel, mein lieber Freund! Dies ist...« Ihre Stimme versagte vor Erregung, ehe er entscheiden konnte, ob sie Ekel, Überraschung oder Lust zum Ausdruck bringen wollte, als sie sich so energisch von jener Lanze aufgespießt fühlte, die sie kurz zuvor als unbedeutend bezeichnet hatte. Das, was nun ihr schlüpfriges *jou-jou* heimsuchte, war sichtlich von bedeutsamen Ausmaßen – wie man dem kleinen Seufzen und Stöhnen entnehmen konnte, das über ihre Lippen kam.

Marcel starrte voller Bewunderung und Staunen auf das Gesicht unter ihm. Gabrielle hatte die Augen fest zugekniffen, aber ihr Mund stand weit offen, und sie keuchte; es war offensichtlich, daß sie kurz vor ihrem Höhepunkt war. Er unterdrückte ein Grinsen, hielt mit seinen heftigen Stößen inne und lag still auf ihrem bebenden Bauch.

»Was ist los? Warum hast du aufgehört?« rief sie aus und starrte ihn mit ihren weit aufgerissenen, blaugrünen Augen an.

»Meine Liebste – nimm mal an, wir irren uns«, sagte er. »Nimm mal an, daß wir mit unserem Treiben Öl ins Feuer gießen, daß wir, statt die Flammen zu löschen, sie noch heftiger auflodern lassen?«

Er konnte fühlen, wie sich ihr heißer Bauch an seinem rieb, während ihre Lenden nervös aufwärtszuckten, um eine leichte Bewegung seines steifen Gliedes in ihrem feuchten Eingang aufrechtzuerhalten.

»Nein, ich bin sicher, dies ist das beste Mittel«, keuchte sie, »überhaupt das einzige Mittel – Sättigung und Erschöpfung – kein anderes außer diesem wirkt!«

»Aber an jenem Tag, als ich dich dabei fand, dich selbst zu streicheln«, sagte er, und seine Lippen streiften leicht über ihren Mund und ihre Wangen, um ihren hohen Erregungsgrad zu erhalten, »das beweist doch sicherlich, daß die Versuchung nicht einfach ausgeschaltet werden kann, indem man ihr nachgibt.«

»Aber es ist so«, seufzte sie, und ihre Finger gruben sich fieberhaft in das Fleisch seiner Kehrseite.

»Adolphe ist also nicht in der Lage, dich vollständig von deinen Trieben zu befreien?« fragte Marcel. »Soll ich das so verstehen?«

»Es ist nötig, daß ich mich selbst befriedige, bevor Adolphe zu mir kommt«, gestand sie, ihre blaugrünen Augen fest auf Marcels Gesicht gerichtet, »denn sonst bin ich nach seiner schnellen, kleinen Aktion wahnsinnig unbefriedigt.«

»Ich meine, wir hätten schon klargestellt, daß diese sogenannte Befriedigung trivial und unwichtig ist – ein paar Augenblicke krampfartiger Empfindungen, die den Geist entwürdigen. Wenn dir dein Verlobter das erspart, solltest du ihm dankbar sein, scheint mir.«

»Ja, er ist ein guter Mensch«, keuchte sie und wußte sich kaum mehr zu helfen. Sie rieb ihren heißen Bauch verzweifelt an seinem, um ihn dazu zu bringen, seine Stöße fortzusetzen. »Marcel – ich flehe dich an, erlöse mich aus meiner Qual!«

»Aber natürlich«, versprach er, ohne sich zu rühren, »aber erst mußt du mir etwas sagen, meine Liebe ...«

»Alles!« rief sie. Ihre schlanken Beine zitterten heftig unter der Macht ihrer Begierde.

»Wenn ich nicht so unerwartet in deinem Hotelzimmer in Cannes aufgetaucht wäre und die intime Aufgabe, dich zu befriedigen, übernommen hätte, wie oft hättest du dich mit deinen Fingern selbst befriedigt, ehe du für Adolphe bereit gewesen wärst?«

»Vier oder fünf Mal!« keuchte sie. »Wie soll ich wissen, wie lang es damals gedauert hätte, meine Gefühle zu erleichtern – vielleicht auch sechs oder sieben Mal.

Manchmal zehn oder zwölf Mal – was spielt das für eine Rolle?«

Bevor Marcel die Gelegenheit hatte, das Spiel weiter auszuspinnen, hatte sie sich mit für ihre schlanke Gestalt überraschender Kraft unter ihm hervorgeschlängelt und war über ihn gerollt. »Aber Gabrielle!« war alles, was er sagen konnte, ehe sie sich auf den Knien rittlings über ihm aufgerichtet hatte und sein nasses Glied wieder zwischen ihre eleganten, dünnen Lippen gelenkt hatte. Er streckte die Hände aus, um ihre kleinen, weichen Brüste mit ihren dunkelrosa Spitzen zu liebkosen, und sie ritt hart und schnell auf ihm, den Mund in einer Grimasse höchster Konzentration weit aufgerissen.

»Aber Gabrielle, liebe Freundin – du hast selber gesagt, diese Art körperlicher Empfindungen sei wertlos und trivial!« keuchte er, während er rhythmisch aufwärtsstieß.

Trivial oder nicht, sie hüpfte kräftig weiter. Sie erreichte ihren Höhepunkt schnell – ihr hübsches Gesicht verzerrte sich zu einer Grimasse, und ihr Mund stand so weit offen, daß all ihre Zähne zu sehen waren. Ihr schmaler Rücken bog sich, und sie packte seine Hände, damit er ihre Brüste fester drückte. Ihr Diamantring glitzerte, während sie sich wild aufbäumte und einen langgezogenen Wimmerton der Lust ausstieß.

»Gabrielle – ich bete dich an!« ächzte Marcel, der außerstande war, seine gespielte Indifferenz weiter aufrechtzuerhalten.

Ihre blaugrünen Augen schauten ins Leere, die Augäpfel rollten so weit nach oben, daß nur noch das Weiße zu sehen war, und ihr leidenschaftliches Auf und Ab auf seinem eingebetteten Schaft zwang Marcel in ihre alleräußerste Tiefe. Dieses Gefühl war so aufregend, daß er seine Lust auf der Stelle in sie sprudelte und dabei ihren Namen wieder und wieder keuchte.

5

Ein Abendessen im Restaurant

Auch wenn Marcel bei seiner Mutter wohnte und mit ihr verreiste, verbrachten sie in Paris nur wenige Abende zusammen, und wenn, dann handelte es sich in den meisten Fällen um förmliche Angelegenheiten. Ungefähr zweimal im Monat begleitete er sie in die Oper oder das Ballett. Er interessierte sich ja nicht dafür, aber seine Mama war immer begeistert. Sie speisten zuhause, wenn Familienmitglieder oder Freunde wie Monsieur und Madame Robineau und Dany eingeladen waren.

Tagsüber ging Madame Chalon einkaufen oder besuchte Freundinnen, mit denen sie dann zu Abend aß. Marcel verbrachte seine Nachmittage häufig damit, schöne junge Frauen zu lieben, und abends führte er sie ins Theater, ins Restaurant oder zum Tanzen aus – und im allgemeinen kehrte er erst in den frühen Morgenstunden heim. Natürlich schlief er lange und verpaßte das Frühstück mit seiner Mama.

Sie war viel zu diskret, um ihn nach seinen gesellschaftlichen Aktivitäten zu fragen – oder vielleicht wollte sie es sich auch nur ersparen, sich Sorgen über höchst unpassende Freundschaften machen zu müssen. Und wenn Marcel sich nicht danach erkundigte, mit wem sie ihre Zeit verbrachte, ließ sie darüber nichts verlauten, weil sie zu Recht annahm, daß ihn Geschichten über ihre alten Freunde langweilen würden.

Eines Tages aber stand Marcel ein Treffen bevor, über das er seine Mutter vorher informierte. Sie sprachen nicht nur darüber, sondern Marcel ging so weit, seine Mutter um Rat zu fragen. Die Abweichung von ihrer üblichen, freundlichen Indifferenz gegenüber den gesellschaftlichen Verpflichtungen des anderen hatte ihre Ursache in einer unerwarteten und leicht beunruhigenden Botschaft Lacostes. Er lud Marcel ein, an jenem Abend mit ihm zu speisen.

Es war eine einfache, handschriftliche Notiz auf sehr gutem Papier in einem dicken, quadratischen Umschlag. Sie befand sich auf dem Frühstückstablett mit Kaffee und Croissants, das Marcel gegen Mittag gebracht wurde. Er las die wenigen Zeilen zweimal und konnte kaum glauben, was er sah; dann warf er sich den pflaumenblauen, seidenen Morgenrock über, und suchte, die Notiz in der Hand, eilig nach seiner Mutter.

Madame Chalon saß im Salon und blätterte in einer Zeitschrift. Sie war zum Ausgehen gekleidet und trug ein elegantes, kleines, schwarzes Shantung-Kleid mit Spitzenkragen und einem Gürtel mit einer großen, diamantenbesetzten Schnalle.

»Schau dir das an, Mama!«, sagte Marcel atemlos und hielt ihr die Einladung hin.

»Guten Morgen, Marcel«, antwortete sie, ohne Anstalten zu machen, sie entgegenzunehmen. »Hast du gut geschlafen? Ich muß in ein paar Minuten fort; was immer es ist, es muß bis heute abend warten.«

»Es kann nicht so lange warten«, widersprach er. »Lies es.«

Sie legte die Zeitschrift nieder, um die Einladung in die Hand zu nehmen, und überflog sie.

»Nun, ich kann nicht behaupten, daß es mich sonderlich überrascht«, seufzte sie. »Ich habe dich schon in Cannes gewarnt, daß Monsieur Lacostes Schwester kein passender Umgang für dich ist. Ich wußte, daß du hinter ihr her warst, so wie du dich mit ihr bei jenem Mittagessen am ersten Tag betragen hast. Du hast mir dein Wort gegeben, daß du ihr nicht unter dem Tisch die Hand aufs Knie gelegt hast – aber ich muß sagen, daß ich dir damals nicht ganz geglaubt habe –, und diese Einladung bestätigt, daß ich recht hatte und du mich absichtlich in die Irre geleitet hast.«

»Mama – ich habe dir nie wissentlich die Unwahrheit gesagt«, widersprach Marcel. »Ich wiederhole es jetzt noch einmal – ich habe *nicht* unter dem Tisch die Hand auf Silvie Tournets Knie gelegt. Woher nimmst du die Gewißheit, daß Monsieur Lacoste mit mir über seine Schwester sprechen möchte?«

Madame Chalon schürzte die Lippen in einer Weise, die Marcel nur zu gut kannte – sie zeigte ihm damit, daß sie seinen Lebenswandel mißbilligte. Sie faltete Lacostes Brief und gab ihn ihrem Sohn zurück.

»Falls du nicht bekennst, daß du deine Hand auf Madame de Michoux' Knie hattest – aus welchem Grund sollte er sonst mit dir allein sprechen wollen?« fragte sie mit dem ihm wohlbekannten höflichen Sarkasmus in der Stimme. »Aber es scheint mir äußerst unwahrscheinlich, daß Madame de Michoux wegen dir ihre Verlobung mit Adolphe aufs Spiel setzt. Dazu ist sie viel zu gescheit.«

»Ich bin sicher, daß sie es nicht einen Augenblick lang in Betracht ziehen würde, ihrem Verlobten untreu zu sein«, sagte Marcel mit absoluter Ernsthaftigkeit.

»Damit kommen wir also wieder auf Madame Tournet zurück«, sagte seine Mutter. »Knie oder nicht Knie, du weißt, daß ich nicht prüde bin, Marcel, ich mache mir auch keinerlei Illusionen über deinen Lebenswandel. Du bist ein Mann, gutaussehend, stark, gesund, männlich und anziehend für Frauen. Deine zahllosen Affären sind deine Sache. Aber Madame Tournet ist nicht nur viel zu alt für dich, sie ist auch so verdorben wie du. Sie wird dir Probleme machen, laß es dir sagen.«

»Ich schwöre dir, daß ich sie, seit wir aus Cannes zurück sind, weder gesehen noch irgendeinen Kontakt mit ihr gehabt habe«, sagte Marcel ernst und setzte sich seiner Mutter gegenüber.

»Das glaube ich dir«, sagte Madame Chalon achselzuckend. »Aber das ist nicht einmal eine Woche her, und Adolphe mag etwas über das erfahren haben, was ihr im Hotel getrieben habt – was immer das auch war. Es war doch im Hotel, oder? Aber jetzt muß ich wirklich gehen.«

»Liebe Mama, ich versichere dir, daß du nicht hören willst, was Silvie sich in Cannes geleistet hat. Sie warf sich über mich, wie du selbst hast beobachten können, und es ist mir ungeheuer schwer gefallen, die Situation unter Kontrolle zu behalten, ohne sie zu beleidigen.«

»Ungeheuer schwer? Unmöglich, nehme ich an«, erwiderte seine Mutter mit einem spöttischen Lächeln, das ihre Mundwinkel nach unten zog. »Eine geschiedene Frau, die ein Auge auf einen gutaussehenden Jungen geworfen hat, ist wie eine Katze mit einer Maus zwischen den Pfoten.«

»Ich bin kein Junge«, beeilte sich Marcel zu widersprechen. »Ich bin dreißig Jahre alt, Mama, und habe schon einiges über Frauen gelernt. Außerdem ist Silvie Tournet nicht geschieden – sie hat sich nur von ihrem Mann getrennt. Das ist nicht das gleiche, was immer du denken magst.«

»Dem Himmel sei Dank!« rief seine Mutter aus. »Sie mag dich zum Ehebruch ins Bett zerren, nicht aber in eine katastrophale Heirat, solange sie einen Ehemann hat.«

»Ich kann dir versichern, daß eine Heirat nicht Teil meiner Pläne ist«, sagte Marcel und erhob sich. »Entschuldige, daß ich dich aufgehalten habe, Mama – ich wünsche dir ein angenehmes Mittagessen.«

»Setz dich noch mal eine Minute hin, Marcel«, antwortete sie. »Meine Freundinnen können ein bißchen warten. Eine Heirat mit jemandem wie Madame Tournet ist undenkbar, selbst wenn es gesetzlich möglich wäre. Aber den Gedanken an die Ehe überhaupt solltest du nicht so hastig abtun. Wie du gesagt hast, bist du dreißig Jahre alt, mein lieber Junge – du hast die Blüte des Lebens erreicht. Du hast das ideale Alter, um ein passendes junges Mädchen zu heiraten.«

»Dany Robineau, meinst du?«

»Warum nicht?« fragte Madame Chalon und zog die Schultern ein bißchen in die Höhe. »Sie ist sehr hübsch, kommt aus einer netten Familie und wäre eine ausgezeichnete Ehefrau für dich. Eure Kinder werden hinreißend sein, davon bin ich überzeugt.«

Dieser Hinweis auf Kinder verursachte Marcel größtes Unbehagen, und zwar aus gutem Grund: Kaum zwölf Monate waren verstrichen, seit ihm das Mißgeschick widerfuhr, eines der Dienstmädchen seiner Mutter zu schwängern. Um die Angelegenheit zu vertuschen, hatte er Annette ein kleines Haus auf dem Land gekauft. Er ließ ihr über einen Rechtsanwalt ein monatliches Einkommen zusenden, unter der Bedingung, daß sie keinen Versuch unternahm, mit ihm Kontakt aufzunehmen. Sie hatte die Dienste von Madame Chalon unter dem verlogenen Vorwand verlassen, ein Verwandter habe ihr Geld hinterlassen, und nun wolle sie mit diesem Erbe einem Mann aus ihrer Gegend ein Heim bieten.

So oder so hatte Marcel, obwohl Madame Chalon niemals ein Wort über die Angelegenheit verloren hatte, das unbehagliche Gefühl, daß sie sehr wohl wußte, was geschehen war. Ein eindeutiger Hinweis darauf war, daß Annette durch eine ausgesprochen häßliche Frau von fünfzig Jahren ersetzt worden war, der sich kein Mann im Vollbesitz seiner geistigen Fähigkeiten zu nähern versuchen würde. Marcel beschloß, das Gespräch mit der Bemerkung seiner Mutter, er könnte hinreißende Kinder haben, wenn er Dany heiratete, enden zu lassen – es wurde zu gefährlich. Er erhob sich mit einem höflichen

Lächeln und beugte sich vor, um seiner Mutter die Wange zu küssen.

»Es ist noch zu früh am Tag für die Heiratsvermittlung, liebste Mama«, sagte er, »aber wenn es dich freut – ich gestehe eine gewisse, seltsame Zuneigung zu der tugendhaften kleinen Mademoiselle Robineau ein. Sag mir doch bitte noch, bevor du gehst, was ich mit Lacostes Einladung machen soll.«

»Du mußt sie natürlich annehmen«, antwortete sie. »Und wenn es sich, wie ich fürchte, um das handelt, was du mit seiner Schwester gemacht hast, dann mußt du ihn daran erinnern, daß sie alt genug ist, die Verantwortung für ihre Eskapaden selber zu tragen. Ihre schamlosen Ehebrüche gehen ihn nichts an.«

»Das sind harte Worte, Mama«, sagte Marcel, überrascht über die scharfe Mißbilligung, die er im Tonfall seiner Mutter entdeckte. »Es mag sein, daß Silvie die Zärtlichkeiten ihrer Bewunderer hin und wieder genießt, aber welche Frau tut das nicht?«

»Ich bin deinem lieben Vater während unserer ganzen Ehe nicht ein einziges Mal untreu gewesen«, gab Madame Chalon steif zurück.

»Das versteht sich von selbst«, sagte Marcel sofort, erstaunt darüber, daß sie es für angemessen hielt, sich selbst auf diese Weise ins Gespräch zu bringen. »Du rätst mir also, nichts einzugestehen?«

»Das will ich damit ganz und gar nicht sagen«, erwiderte sie. »Du kannst eingestehen, was du willst – Adolphe Lacoste ist sich der Schande, die das Verhalten seiner Schwester über die Familie bringt, voll bewußt. Es ist sinnlos, das Offensichtliche abzuleugnen. Ich rate dir vielmehr, die Verantwortung für das Benehmen deiner Komplizin von dir zu weisen, ganz egal, was ihr getrieben habt.«

Lacoste lud ihn ein, gegen sieben Uhr abends auf ein oder zwei Gläschen Champagner zu ihm in die Avenue

Carnot zu kommen, um anschließend zum Abendessen auszugehen. Doch als Marcel eintraf, erklärte ihm der schwarzgekleidete Diener, der ihm die Tür öffnete und ihn in den Salon führte, würdevoll, Monsieur Lacoste habe angerufen, und lasse ausrichten, er sei wegen einer Geschäftsangelegenheit ein wenig verspätet und bitte Monsieur Chalon tausendmal um Verzeihung und hoffe, noch vor sieben Uhr dreißig bei ihm zu sein.

»Wird Monsieur Lacoste oft aufgehalten?« fragte Marcel, während der Diener eine Flasche feinsten Champagner aus dem silbernen Eiskübel zog, sie geschickt entkorkte, und ihm sorgfältig ein Glas einschenkte.

»Sehr oft, Monsieur«, sagte der Mann und reichte ihm das große Glas auf einem silbernen Tablett. »Die wichtigen Geschäfte füllen Monsieur Lacostes Tage, und häufig auch seine Abende.«

Marcel nippte an dem Glas und nahm dann einen großen Schluck.

»Während ich auf ihn warte«, sagte Marcel, »würde ich gern ein Wort mit Madame Tournet wechseln, wenn das möglich ist. Ich habe etwas für sie.«

»Ich fürchte, das wird nicht möglich sein«, erwiderte der Mann mit einer kleinen Verbeugung und wollte hinausgehen.

In der Höflichkeit seines Tonfalls lag etwas Ausweichendes. Marcel beschloß, ihn noch etwas auszufragen.

»Madame ist nicht zuhause?« fragte er.

»Madame ist nicht zuhause«, antwortete der Diener, doch gab er sich so gelassen und verschwand dann so schnell, daß Marcel überzeugt davon war, daß er log. Silvie war in der Wohnung, aber sie empfing keine Besucher – war es möglich, daß sie schon einen da hatte und angeordnet hatte, nicht gestört zu werden? Und Lacostes Entschuldigung, durch eine Geschäftsbesprechung aufgehalten worden zu sein, schien ihm ebenfalls äußerst suspekt. Während Marcel sein Glas leerte, kam er zu dem Schluß, daß Lacoste bei Gabrielle sein und das Privileg eines Verlobten ausnutzen mußte, sich im Bett an ihrer Schönheit zu erfreuen.

In der Tat, sagte sich Marcel, genießen Lacoste und seine Schwester in vollen Zügen die Freuden der Liebe, während ich hier wie ein Trottel allein herumsitze! Das werden wir mal sehen! Und ermutigt von der vagen Aussicht, sein hartes Los irgendwie verbessern zu können, verließ er den überladenen Salon und begann, hoffnungsfroh durch die Wohnung zu schleichen. Von dem Diener war keine Spur zu sehen, und auch von keinem anderen Bediensteten – mit größter Wahrscheinlichkeit waren sie um diese Tageszeit in der Küche beim Essen, dachte Marcel.

Er öffnete Türen – ein Speisezimmer mit Kristallüstern, ein Arbeitszimmer voller Bücher, ein kleines Wohnzimmer, fünf oder sechs unbewohnte Schlafzimmer – und schließlich, wie er erhofft hatte, fand er Silvie. Sie befand sich in einem im Stil von Madame Pompadour möblierten Schlafzimmer, doch sie lag nicht in dem Himmelbett, und es war auch niemand bei ihr. Zu seiner Verwunderung fand Marcel sie auf einer mit Brokat bezogenen *chaise longue* neben einem mit seidenen Vorhängen drapierten Fenster.

Sie hatte ein Bein auf der *chaise longue* ausgestreckt, das andere hing über den Rand, und ihr Rock spannte sich zwischen den gespreizten Beinen. Sie hatte den Kopf zurückgelehnt und die Augen geschlossen – ihr regelmäßiger Atem war durch das ganze Zimmer hörbar. Neben ihr stand ein kleines Tischchen aus Satinholz, und darauf eine halbleere Flasche Cognac und ein Glas. Man soll eine unerfreuliche Sache nicht unnötig bemänteln – Silvie war betrunken und schlief. Es sah so aus, als habe sie sich zum Ausgehen für den Abend angekleidet, denn sie trug ein eisblaues, tief ausgeschnittenes Tanzkleid, unter dem ihre üppigen Brüste halb zu sehen waren.

Marcel stand in der Tür und betrachtete sie, während er sich fragte, welcher Schicksalsschlag diese seltsame Situation verursacht haben mochte. Hatte ein Liebhaber angerufen, um ihr zu sagen, daß er sie nun leider doch nicht ausführen könne? Irgendetwas dieser Art hatte sie offensichtlich in eine so unerträgliche, verzweifelte Wut versetzt, daß sie Trost im Alkohol suchen mußte, um ihm dann einen lächerlichen Anblick zu bieten. Wenigstens war jetzt klar, warum der Diener behauptet hatte, sie sei ausgegangen.

An diesem Abend trug sie ihre Perlenkette nicht – die war zweifellos nach dem kleinen Unfall in Marcels Hotelbett in Cannes zum Auffädeln weggegeben worden. Sie trug eine Halskette aus roten und grünen Perlen – die er für Rubine und Smaragde hielt –, aber im Geiste sah er sie mit ihren schimmernden Perlen. Sein immer bereites Glied stand in Habachtstellung bei der Erinnerung, wie sie über die Sessellehne gebeugt stand, und die lange Perlenschnur auf ihrem nackten Rücken lag, während er ihr das schwarze Spitzenhöschen halbwegs über die stämmigen Schenkel zog, um ihre Kehrseite zu befühlen.

Und wie leicht er in sie geschlüpft war, als er dort stand, die Hände auf ihren Schultern, um sie bei seinem Stoß festzuhalten. Die lange Schnur aus schimmernden Perlen hatte auf ihrer nackten Haut gehüpft und getanzt, während er mit solcher Heftigkeit in sie eindrang, daß ihr latenter Masochismus erwachte. Marcel grinste, als er sich erinnerte, wie sie im Augenblick ihres Höhepunktes geschrien hatte wie eine Katze um Mitternacht auf dem Dach.

Williges Opfer oder nicht, Silvie entbehrte nicht eines bizarren Sinns für Humor, wie er hatte feststellen können, als er am nächsten Morgen allein erwacht war, eine

Perle der zerrissenen Kette zwischen seinen Hinterbakken eingeklemmt, das Wort »Wüstling« mit rotem Lippenstift auf seinen Bauch geschrieben. Sie war ein Spaßvogel, diese Silvie, und ihm kam eine Idee, wie er ihr diesen Streich heimzahlen konnte.

Er machte leise die Tür hinter sich zu und durchquerte den Raum mit einem halben Dutzend Schritten. Er kniete sich vor die tief schlafende Frau auf der *chaise longue* und hob das Kleid hoch, bis ihre Beine und Schenkel in den glänzenden Seidenstrümpfen ganz zu sehen waren. Unter dem Tanzkleid trug sie ein nilblaues Hemdhöschen. Es war ganz leicht – um nicht zu sagen amüsant –, seine Hand unter den lockeren Saum zu schieben und den dichten Busch dunkler Locken zwischen ihren gespreizten Schenkeln zu berühren.

Einen Augenblick lang stieg Marcel ihr cognacgeschwängerter Atem in die Nase, als sie geräuschvoll durch den Mund schnaufte, aber sie wachte nicht auf. Er hatte ihre Perle mitgebracht, weil er dachte, es würde sich eine Gelegenheit bieten, sie ihr diskret zurückzugeben – und was er jetzt im Sinn hatte, war der Gipfel an Diskretion, wenn auch von einer unerhörten Art! Er angelte die Perle aus seiner Tasche und hielt sie zwischen Zeigefinger und Daumen bereit, während er mit dem lüsternen Mittelfinger der anderen Hand Silvies dunkelhaarige Lippen kitzelte, bis sie sich zu öffnen begannen.

»Madame«, wisperte er mit einem breiten Grinsen, »ich habe die Ehre, Ihnen diese wertvolle Perle zurückzugeben, die Sie mir zur Aufbewahrung überlassen haben«, und drückte sie vorsichtig zwischen die fleischigen Blütenblätter, die sich ihm erwartungsvoll darboten.

Somit wäre diese ungewöhnliche kleine Zeremonie abgeschlossen gewesen. Silvie würde, wenn sie aufwachte, die Perle an einer äußerst seltsamen Stelle finden – so wie er sie in Cannes gefunden hatte. Aber Marcel hatte nicht mit seiner eigenen feurigen Natur gerechnet.

Der Anblick von Silvies *jou-jou* – und mehr noch das Befühlen dieser weichen Wärme – erregte ihn wahnsinnig. So hoffnungslos gefährlich die Situation auch sein mochte, er war absolut unfähig, der Versuchung zu widerstehen, die die schlafende Frau ihm bot. Er holte ihre üppigen Brüste aus dem tiefen Ausschnitt ihres Kleides. Sie seufzte und brabbelte etwas, und er berührte ihre rotbraunen Brustspitzen mutig mit der Zungenspitze.

Da wußte er, daß er sie haben mußte, komme, was da wolle, denn sein allzeit bereiter Freund pulsierte schmerzhaft in seiner Hose. Silvie schlief weiterhin ganz tief, und, fiebernd vor wachsender Begierde, zog er ihr Kleid noch höher und arrangierte ihre Beine nach seinem Geschmack – weit genug auseinander und ausgestreckt. Seine Finger suchten zwischen ihren Schenkeln nach den zwei kleinen Perlmuttknöpfen ihres Hemdhöschens, um sie zu öffnen. Dann war alles bereit und stand zu seiner Verfügung. Er schob die nilblaue Seide in die Höhe, um ihren Bauch und die Schönheit ihres drallen Hügels zu entblößen.

Er hätte gerne Silvies Bauch geküßt und langsam und sorgfältig abgeleckt, von dem tiefliegenden Bauchnabel bis dorthin, wo die dunklen Locken wuchsen, aber dafür war keine Zeit – es bestand die erschreckende Aussicht, daß Lacoste heimkehrte und den Diener nach dem verlorengegangenen Gast suchen ließ, oder daß Silvies Zofe ins Zimmer kam, um sie ins Bett zu bringen. Es wäre in der Tat äußerst schwierig, eine überzeugende Erklärung dafür zu finden, wie er in diese kompromittierende Situation geraten war! Eilig befeuchtete er seinen Finger und drückte ihn sanft zwischen die weichen Lippen, die er freigelegt hatte, bis er die empfindliche Knospe fand, und kitzelte sie.

Silvie wachte nicht auf, aber die Tätigkeit seiner Fingerspitze ließ sie reagieren, als habe sie einen wollüstigen

Traum. Ihr Atem ging schneller und wurde flach, sie rutschte auf der *chaise longue* ein Stückchen tiefer, und ihre Beine zitterten. Während Marcel sein zärtliches Spiel fortsetzte, begann sich ihr Bauch auf und ab zu heben, und ihr entblößter Busen wogte in köstlich erregender Weise.

Ihr *jou-jou* war mit lobenswerter Geschwindigkeit naß und schlüpfrig geworden. Marcel riß seine Hosenknöpfe auf, um seinem zitternden Glied zu erlauben, herauszuhüpfen – dann faßte er Silvie bei den Hüften und drehte sie vorsichtig um, bis sie ihm fast gegenüber lag, einen Fuß noch immer auf dem Boden, und ein Bein auf der *chaise longue*. Es war fraglos eine ungünstige Position, aber er war sicher, daß sie erwachen würde, wenn er versuchte, sich auf sie zu legen.

Mit Daumen und Zeigefinger spreizte er Silvies rosige Blütenblätter und präsentierte ihnen den glänzenden Kopf seines steifen Glieds. Welch ein irrer Gedanke ihm im Augenblick höchster Vorfreude durch den Kopf schoß! Eine vage Vorstellung von der großen Zahl harter, männlicher Schäfte, die diesen Weg der Ekstase genommen hatten, eine undeutliche Ahnung von dem machtvollen Sehnen, das Silvie dazu brachte, ihre Beine bei jeder Gelegenheit, die sich ihr bot, breit zu machen!

Er begann, den Blick fest auf sein glattes, steifes Glied gerichtet, langsam in den feuchten Spalt in dem prallen, dunkelhaarigen Hügel, den er bloßgelegt hatte, Millimeter um Millimeter einzudringen. Sie stöhnte im Schlaf, und ihre Augenlider flatterten, aber sie blieben geschlossen, und Marcels langsamer, aber stetiger Druck führte ihn schließlich bis zu seinen *pompons* in sie hinein. Trotz der schrecklichen Gefahr der Situation, die höchste Eile verlangte, glitt Marcel in kurzen Stößen ein und aus, so daß die *chaise longue* leise knarrte.

»Ein Wüstling bin ich, liebe Silvie?« murmelte er. »Das Wort hast du mir auf den Bauch geschrieben, als ich schlief – dann soll es auch so sein! Diesmal bist du es, die mir im Schlaf ausgeliefert ist!« Er hatte die Absicht, den Genuß dieses unerwarteten Zusammenseins lange Zeit auszukosten – oder wenigstens so lange, wie er es wagte, und das war nicht allzulang. Aber die unglaubliche Schamlosigkeit, mit der er sich ihrer bediente, ohne daß sie sich dessen bewußt war, war so ungeheuer erregend, daß er seinen Höhepunkt ausgesprochen schnell erreichte.

Beim ersten Spritzer heißen Begehrens aus seinem zuckenden Schaft wachte Silvie schließlich auf. Ihre wunderschönen braunen Augen öffneten sich verwirrt und benebelt vom berauschten Schlaf. Sie war überrascht, sich bei dem Akt zu finden, von dem sie ohne jeden Zweifel geträumt hatte. Sie gurgelte etwas Zusammenhangloses, und ihr Gesichtsausdruck war auch dann noch verständnislos, als sie an sich heruntergeschaut und Marcel in ihre Pfirsichhöhle stoßen gesehen hatte.

Nüchtern oder betrunken, Silvies Körper wußte besser als ihr Verstand, wie er auf das, was mit ihm geschah, zu reagieren hatte. Aus eigenem Antrieb rutschte ihre Kehrseite auf der *chaise longue* weiter nach vorn, um ihren Hügel gegen ihn zu drücken.

»Marcel?« blubberte sie verschwommen. »Wo sind wir denn? Hör nicht auf«, und ihr Rücken wand sich automatisch auf dem Polster, während sie sein sprudelndes Tribut empfing.

»Silvie, Silvie!« keuchte er, um sie zu beruhigen – seine orgiastischen Gefühle setzten ihn außerstande, vernünftig zu reden.

Zwei Augenblicke später erreichte Silvies wohltrainierter Körper – so verstört ihr Verstand auch sein mochte – den Höhepunkt. Mit einem leisen Schrei zuckte sie auf und ab, wie ein Wecker auf dem Nachttisch, der sich einschaltet. Der Höhepunkt war kurz – sie gab einen langen Seufzer der Genugtuung von sich, ihre Augen rollten nach oben, und sie sackte schlaff auf die *chaise longue* zurück, wo sie auf der Stelle erneut in tiefen Schlaf versank.

Marcel zog sich aus ihr zurück, zupfte ihre und seine Kleider anständig zurecht, und eilte in den Salon zurück, um sich noch ein Glas Champagner einzuschenken und auf Lacoste zu warten. In der Tat war es auf der vergoldeten Bronzeuhr auf einem Beistelltischchen im Salon bereits fünf Minuten vor acht, als die große Doppeltür aufschwang und sein Gastgeber mit ausgestreckter Hand und endlosen Worten der Entschuldigung auf den Lippen eilig hereinstürmte. Er hatte die Absicht gehabt, die elende Versammlung mit Geschäftskollegen um fünf Uhr zu beenden, erklärte er, um Zeit genug zu haben, nach Hause zu kommen und sich vor dem Abendessen umzuziehen.

Lacoste trug einen nüchternen, schwarzen Anzug, dazu ein Hemd mit eckigem Kragen und eine grau gestreifte Krawatte, ganz und gar Finanzier. Er füllte Marcels Glas wieder auf und goß sich auch eins ein, während er fortfuhr, sich zu entschuldigen. Da waren gewisse Einzelheiten, über die sie sich zu einigen hatten, sagte er, und die unvernünftige Einstellung von einem der Anwesenden ließ die Diskussion bis fast sieben Uhr dauern, als er die telefonische Nachricht durchgegeben hatte. Und selbst dann hatten die Verhandlungen sich weiterhin in die Länge gezogen und ihn bis jetzt aufgehalten. Er beglückwünschte Marcel, finanziell unabhängig zu sein und nicht das lästige Leben eines Geschäftsmannes ertragen zu müssen.

Um sich ihm erkenntlich zu zeigen, machte Lacoste Marcels Wartezeit wieder gut, indem er ihn zum Abendessen ins *Laperouse*, einen gefeierten Tempel der Gastronomie, einlud. Das Essen war weit über die irdischen Vorstellungen von guter und gesunder Ernährung erhaben – es war ein Kunstgenuß ersten Ranges. Der *Saumon de Loire Daumont* war ein Gedicht, eine Rhapsodie, das darauffolgende *Filet de boeuf Charolais* nichts Geringeres als ein Epos.

Bei all seinem altmodischen Gehabe erwies sich Lacoste als charmanter und vollkommener Gastgeber, wie Marcel zu seiner Überraschung schon in Cannes erfahren hatte. Beim Thema Wirtschaft war er wie erwartet langweilig, aber wenn er einmal davon loskam, war er ein lebhafter und amüsanter Gesprächspartner. Marcel fand ihn besonders unterhaltsam, wenn er über die Unzulänglichkeiten der Regierung sprach, wobei er aus erster Quelle zu wissen schien, welche Minister sich bestechen ließen und welche einfach inkompetent waren.

So verlief das Mahl in einer herzlichen und angenehmen Atmosphäre, und erst als sie bei den langen Kubanischen Zigarren und dem feinsten Armagnac, den Marcel je gekostet hatte, angelangt waren, begann Lacoste das Gespräch auf sein persönliches Anliegen zu bringen.

»Sie werden sich gefragt haben, nehme ich an, warum ich Sie gebeten habe, mit mir zu speisen, Marcel«, sagte er, nicht nur vertraulich, sondern plötzlich auch zaghaft und ganz anders als der selbstsichere Mann, als der er sonst auftrat.

»Ich muß zugeben, ich habe mich etwas über diese Einladung gewundert«, sagte Marcel und wappnete sich mit einem weiteren Schlückchen Armagnac gegen den brüderlichen Vorwurf, Silvie zu ihren lasterhaften, beschämenden Taten ermutigt zu haben. Wenn der Mann wüßte, daß er seine Schwester vor weniger als zwei Stunden vergewaltigt hatte, in ihrem eigenen Zimmer! Bei dem Gedanken mußte Marcel lächeln, und Lacoste wurde, als er dies sah, ein wenig unruhig.

»Sie haben durchschaut, was mir auf dem Herzen liegt«, sagte er unglücklich.

»Mein lieber Adolphe«, sagte Marcel, seinerseits nun

auch vertraulich, »ich kann keine Gedanken lesen, aber ich habe angenommen, daß Sie die Absicht haben, mit mir über eine gewisse Dame zu sprechen, die wir beide kennen und respektieren.«

Respektieren. Das war ein gutes Wort, dachte Marcel, obwohl es den guten Willen eines jeden Mannes auf eine harte Probe gestellt hätte, großen Respekt für Silvie zu entfalten, wenn er sie betrunken auf ihrer *chaise longue* gesehen hätte, die Beine gespreizt und ihr dunkelhaariges *jou-jou*, zum Genuß entblößt. Begehren, ja, aber Respekt? Nein. Aber Männer erwarten, daß andere Männer ihre Schwestern respektieren, und daher war es ein äußerst nützliches Wort, das er da vor Lacostes Nase baumeln ließ. Mit ein bißchen Glück konnte er damit jeglichen Vorwurf, den Lacoste ihm zu machen gedachte, von sich abwenden.

»Ich habe sie natürlich sehr lieb«, sagte Lacoste mit einem kleinen, anerkennenden Nicken für Marcels elegantes Kompliment. »Aber es gibt Momente, wo ich unter fürchterlichen Zweifeln leide, was die Zukunft angeht. Sie sind ein äußerst feinfühliger Mann, das weiß ich, und daher bin ich sicher, daß Sie meine Gefühle verstehen können.«

Marcel paffte an der exzellenten Zigarre und gab sich Mühe, weise und feinfühlig zugleich auszusehen, was keine leichte Aufgabe für ihn war. Er war kurz davor, die gewagte Meinung zu äußern, daß Tournet nicht ganz unschuldig an den Exzessen seiner ihm entfremdeten Frau war, denn wenn er während ihrer Ehe die nötige Autorität aufgebracht hätte, wären diese unglücklichen Dinge nie geschehen.

»Meine eigene Familie und meine Freunde beharren darauf, daß sie nur auf das Geld aus sei«, sagte Lacoste. »Ich dachte, daß Sie, als ein junger Mann von großer Intelligenz und einiger Welterfahrung, eher in der Lage wären, mir das zu geben, was sonst keiner kann – eine vorurteilslose Meinung. Was glauben Sie, mein lieber Freund – ist es allein das Geld, das sie interessiert?«

Marcel hegte keinen Zweifel daran, daß Silvie an Geld interessiert war und ihren Bruder eine Menge kostete, seit ihr Ehemann aufgehört hatte, sie in dem ihr angemessenen Stil zu unterhalten. Aber sie war ihm nicht als eine besonders geldgierige Frau erschienen. Genauer gesagt – er war zu der Einsicht gekommen, daß sie und er genau dasselbe vom Leben erwarteten: Genuß. Genüsse jeder Art – Kleider, Tanzen, Essen und Trinken, Reisen – und der köstlichste Genuß von allen: der, dem man sich im Bett hingab. Oder auf einer antiken *chaise longue* ausgestreckt, dachte er grinsend.

»Geld?« sagte er und zog die Augenbrauen hoch. »Ich glaube nicht, daß Geld für sie überhaupt eine Rolle spielt.«

»Was, glauben Sie, ist es dann?« fragte Lacoste sofort.

Marcel dachte ein Weilchen sorgfältig nach. Es kam absolut nicht in Frage, Lacoste seine wahre Meinung kundzutun – daß sich die Interessen seiner Schwester weitgehend darauf beschränkten, ihren Körper zu schmücken und zu befriedigen. Das klang zu frivol, um für einen seriösen Geschäftsmann akzeptabel zu sein.

»Die Gefühle ihres Herzens«, sagte er und blieb so vage, wie es ging. »Das ist es, worin meiner Meinung nach die Gründe für ihr Handeln liegen.«

»Ich bin ja so glücklich, daß Sie das sagen, Marcel«, erklärte Lacoste mit einem erleichterten, befriedigten Lächeln. »Wie könnte ich sie heiraten, wenn ich der Meinung wäre, sie wollte mich nur um meines Geldes willen? Es wäre eine große Dummheit! Aber Sie haben mich bestärkt – und da Sie in dieser Angelegenheit unparteiisch sind, kann ich Ihnen trauen. Und ohne es zu wissen, haben Sie meinen Verdacht bestätigt, daß der Vorwurf, Gabrielle habe aus finsteren, finanziellen

Gründen eingewilligt, meine Frau zu werden, nur der Eifersucht entspringt!«

Um seine Verwirrung zu verbergen, ergriff Marcel sein Glas und leerte es in einem Schluck, fast ohne das kostbare Getränk zu schmecken. Wie haarscharf er daran gewesen war, sich zum Narren zu machen! Die ganze Zeit hatte er Lacoste mißverstanden – er sprach von Silvie, und der andere von Gabrielle!

»Es freut mich, wenn ich Ihnen helfen konnte, Adolphe«, sagte er schwach, während er überlegte, welche Torheiten er begangen hatte, weil er zu viel als selbstverständlich vorausgesetzt hatte. Er dachte an das, was er gesagt hatte, und wie es sich auf Gabrielle anwenden ließ, aber als er sah, daß Lacoste vor sich hinlächelte, entschied er, daß alles in Ordnung sein mußte.

»Natürlich bin ich um einiges älter als sie«, sagte der glückliche Bräutigam, »und im Lauf der Zeit mag dies gewisse heikle Probleme aufwerfen. Verstehen Sie, was ich meine?«

»Nein«, erwiderte Marcel, entschlossen, das Risiko weiterer Mißverständnisse auszuschalten, für den Fall, daß das Glück ihn verließ.

»Ah, das göttliche Vertrauen der Jugend, für die es keine Probleme gibt!« rief Lacoste aus und schnippte einen Kellner herbei, damit er Marcels Glas nachfüllte. »Was ich meine, ist, daß ein Mann meines Alters bei seinen Aufmerksamkeiten den Damen gegenüber nicht mehr so glühend sein kann, wie Sie es sind. Können Sie mir jetzt folgen?«

»Sie befürchten, daß Sie die Erwartungen Ihrer zukünftigen Gattin enttäuschen könnten, ist es das?« fragte Marcel mit einem verständnisvollen Lächeln.

»Glücklicherweise nicht«, gab Lacoste selbstgefällig zurück. »Wäre sie eine andere Frau, wäre ich in dieser Hinsicht vielleicht besorgt. Aber meine geliebte Gabrielle wurde so erzogen, daß sie die Dinge des Geistes denen des Fleisches vorzieht. Sie betrachtet die Befriedigung normaler menschlicher Gelüste als eine Schwäche, die unsere höheren Ziele nicht untergraben darf.«

»Wirklich?« rief Marcel aus. »Bei einer so schönen Frau ist das eine außergewöhnliche Einstellung. Ich muß Ihnen gratulieren, Adolphe, daß Sie eine so lobenswerte Braut haben!«

»Danke«, meinte Lacoste und blies einen blauen Rauchring in Marcels Richtung. »Aus Ihrem Munde bedeutet mir das sehr viel.«

Nach einem so fabelhaften Essen und Marcels bereitwilliger Bestätigung, daß Gabrielle ihn um seiner selbst willen liebte und nicht wegen seines Wohlstandes, wurde Adolphe mitteilsam. Er zwirbelte die Enden seines dikken Schnurrbarts in die Höhe und beugte sich vertraulich über den Tisch.

»Es mag Sie überraschen, mein lieber Marcel, aber obwohl ich meinen sechsundfünfzigsten Geburtstag hinter mir habe und Gabrielle erst so alt ist wie Sie, ist mein Begehren stärker als ihres! Sie ist eine extrem keusche Frau – in solchem Maße, daß ich sie manchmal zu jener charmanten Entfaltung intimer Zärtlichkeiten überreden muß, auf denen eine glückliche Ehe beruht. Und falls Sie diese Empfindsamkeit als bloße Kälte mißverstehen – sie hat mir ihr Wort gegeben, daß sie ihre Pflichten als Gattin diesbezüglich niemals vernachlässigen wird.«

»Das ist ja wundervoll!« sagte Marcel, schwindelig angesichts dieser Heuchelei. Gabys Behauptungen über die Wertlosigkeit der körperlichen Liebe wurden von einem so erfahrenen Mann wie Adolphe Lacoste für bare Münze genommen! Und um die Wahrheit herauszufinden, brauchte man nichts anderes zu tun, als das, was Marcel getan hatte – eine Hand zwischen ihre Schenkel zu schieben, während sie ihren Sermon über die Tugend predigte, und ihr zuzuschauen, wie sie sich auf den Rükken legte.

»Ich habe wirklich Glück«, stimmte Lacoste zu. »Haben Sie sich eigentlich einmal überlegt, warum ich so lange Junggeselle geblieben bin?«

»Nein«, sagte Marcel, »warum sollte ich?«

»Ich werde es Ihnen sagen. Als ich ein junger Mann war und mir meinen Weg erkämpfen mußte, verliebte ich mich in Ihre Mama. Sie war so wunderschön, in jeder Hinsicht so elegant, so charmant! Der Sommer 1895 – welch zauberhafte Zeit das war. Natürlich war ich nicht der einzige Verehrer der hinreißenden Mademoiselle Lombard – mein enger Freund Jean-Jacques Chalon war mein Rivale um ihre Gunst. Aber wie auch immer – ich war bis über beide Ohren in sie verliebt und wußte mit der ganzen Überzeugung, die ein törichter, verliebter junger Mann tief in seiner Seele fühlt, daß Valerie vom Schicksal für mich bestimmt sei. Und sie erwiderte meine Zuneigung – ausreichend jedenfalls, um mich darin zu bestärken, daß sie meinen Heiratsantrag annehmen würde, wenn ich einen finanziellen Status erreicht hätte, der dies möglich machte.«

»Was ist denn dann schiefgegangen?« fragte Marcel, erstaunt über die Gefühlsregungen eines Mannes, den er für kaum mehr als einen berechnenden Bankier ohne Herz gehalten hatte.

»Leider ergab sich durch einen Onkel von mir die Gelegenheit, in Madagaskar ein Vermögen zu machen – es war in dem Jahr, als die Insel unter französisches Protektorat kam. Valerie flehte mich an, nicht hinzugehen, doch ich hörte nicht auf sie. Ich war sicher, daß ich in weniger als zwei Jahren nach Paris zurückkommen würde, mit genug Geld, um mir den luxuriösen Lebensstil leisten zu können, den sie verdient hatte.«

»Das ist wirklich eine tragische Geschichte«, sagte Marcel, zutiefst gerührt.

»Und es ist eine sehr alte, bekannte Geschichte«, sagte Lacoste. »Was hätten Sie getan? Noch ehe ein Jahr um war, erhielt ich die Nachricht, daß sie Jean-Jacques Chalon geheiratet hatte, ihren Papa. Mir brach es natürlich das Herz, und als ich mich erholt hatte, schwor ich, mich nie wieder zu verlieben, und wenn eine Frau sich als untreu erweisen würde, nie mehr derart zu leiden. Diesen Schwur hielt ich treu bis vor zwei Monaten, als ich das große Glück hatte, die Bekanntschaft von Madame de Michoux zu machen.«

»Ich bin zutiefst geehrt durch ihr Bekenntnis«, sagte Marcel. »Aber sagen Sie mir eines, Adolphe, wenn Sie so nett sein wollen. Wie waren die Frauen in Madagaskar? Man hört so interessante Geschichten über sie – ich frage mich, ob sie wohl der Wahrheit entsprechen.«

»Ich weiß ja nicht, was man Ihnen erzählt hat«, antwortete Adolphe, »aber es ist alles wahr, Ehrenwort. Die Bekanntschaft mit den dunkelhäutigen jungen Frauen jenes exotischen Landes gemacht zu haben, heißt, eine Schule der Liebeskunst absolviert zu haben.«

»Waren Sie lange dort?«

»Fünf Jahre. Um mich über die Enttäuschung hinwegzutrösten, die Ihre liebe Mutter mir bereitete. Lassen Sie uns jetzt an diesem schönen Sommerabend einen kleinen Verdauungsspaziergang machen, und dann setzen wir uns für ein halbes Stündchen auf die Terrasse eines Cafés, um den Cognac dort zu probieren und die jungen Mädchen zu beobachten.«

»Unbedingt«, sagte Marcel ein wenig zerstreut. Ein beunruhigender Gedanke war ihm plötzlich durch den Kopf geschossen – Silvies Perle! Sie sollte sie eigentlich finden, wenn sie erwachte, aber die nachfolgende Vergewaltigung ihres schlafenden Körpers mußte sie so tief hineingedrückt haben, daß es Ewigkeiten dauern konnte, bis sie wieder zum Vorschein kam!

6

Die Qualen der Eifersucht

Es war reiner Zufall, daß die zwei Frauen, für die Marcel sich lebhaft interessierte – Gabrielle de Michoux und Dany Robineau – einander kennenlernten. Marcel hatte an jenem Nachmittag wegen einer nichtigen Angelegenheit seinen Freund, den Rechtsanwalt Pierre Martin, aufgesucht: Madame Chalons ehemalige Hausangestellte Annette, die behauptete, Marcel sei der Vater ihres Kindes, hatte Schwierigkeiten, in ihrem abgelegenen Dorf den monatlichen Scheck einzulösen. Marcel wollte, daß Annette ihre Alimente am Ersten eines jeden Monats in bar ausgezahlt bekäme. Dies sollte sein Anwalt für ihn organisieren. Gegen fünf schlug Pierre vor, daß sie, nachdem sie das Problem des Dienstmädchens ja geregelt hätten, zusammen etwas trinken gehen sollten. Sie saßen draußen vor einem Café am Boulevard Haussmann, als eine Frauenstimme Marcels Namen rief. Einen Augenblick später stand Dany vor ihnen, beladen mit ihren Einkäufen aus den umliegenden Geschäften.

Sie sah sehr jung und hübsch aus in dem kleinen Topfhütchen mit grünem Band und einem tabakbraunen Mantelkleid, das vom Hals bis zum Saum geknöpft wurde. Pierre war offensichtlich sehr von ihr angetan und gab sich umwerfend charmant, eine Leistung, die Marcel insgeheim grinsen ließ, weil er wußte, wie unmöglich die von seinem Freund unternommene Eroberung war.

Es waren kaum zehn Minuten vergangen, da tauchte

Gabrielle ebenfalls auf der Terrasse auf, sah sich nach einem Platz um und entdeckte Marcel. Er erhob sich, als sie sich dem Tisch näherte. Sie trug ein strenges, zweiteiliges, schlüsselblumengelbes Leinenkostüm und wirkte zugleich ungeheuer elegant und lässig. Marcel stellte sie einander vor und dachte bei sich, daß er das eine Café in ganz Paris ausgewählt hatte, wo er früher oder später jede Dame von Welt treffen würde. Er machte die beiden Damen miteinander bekannt und amüsierte sich über die prüfenden Blicke, die sie sich gegenseitig zuwarfen.

Gabrielle war sehr freundlich, doch sie hatte höchstens die Hälfte ihres Getränks geleert und war nicht länger als zehn Minuten am Tisch gesessen, als sie auf ihre winzige, mit Diamanten besetzte Uhr schaute und erklärte, sie müsse sich sputen. Marcel nahm sofort das Paket auf, das sie getragen hatte, und sagte, es sei ihm ein Vergnügen, ihr beim Heimtransport behilflich zu sein. Dany funkelte ihn an, denn sie hatte weit mehr zu tragen und einen größeren Anspruch auf seine Aufmerksamkeit als diese Frau da, die dazu den kostbaren Verlobungsring eines anderen Mannes trug – das jedenfalls war ihre Meinung.

Marcel lächelte sie süß an und sagte, daß Pierre gewiß glücklich sei, ihr zu helfen. Pierre versicherte ihr sofort, daß es ihm eine Ehre sei, ihr zu Diensten zu stehen, und, um Marcel so schnell wie möglich loszuwerden, bestand er darauf, die Rechnung zu begleichen, wenn der Kellner sie bringe. Dany unternahm einen letzten Versuch, ihre vermeintlichen Rechte geltend zu machen – sie informierte Marcel, daß an diesem Abend der neueste Film mit Clara Bow gezeigt würde, und da sie wußte, wie sehr ihn die gefeierte amerikanische Verführerin faszinierte, hoffte sie, daß er sie nach dem Abendessen dorthin begleiten würde.

Mit unendlichem Bedauern sagte Marcel, es sei an diesem Abend leider nicht möglich, aber an einem anderen Abend würde er sich mit ihr die bezaubernde Mademoiselle Bow in ihrer neuesten Rolle mit dem größten Vergnügen ansehen. Bevor das Gespräch für Dany noch unangenehmer wurde, nahm er Gabrielle am Ellbogen und führte sie eilig zum nächstgelegenen Taxistand.

»Du hast deine kleine Freundin gekränkt«, sagte Gabrielle und schaute zur Caféterrasse zurück, während Marcel ihr ins Taxi half.

»Sie ist nicht meine kleine Freundin – jedenfalls nicht so, wie du meinst«, sagte er. »Sie ist die Tochter von Freunden meiner Mutter.«

»Sie ist mehr als das«, widersprach Gabrielle lächelnd. »Daß du sie da so hast sitzen lassen, hat sie verletzt – heißt das, daß sie in dich verliebt ist, oder nur, daß du ihr Liebhaber bist?«

»Eigentlich keines von beiden«, beharrte Marcel. »Die mißliche Wahrheit ist, daß Mama mich mit ihr verheiraten will und ihre Eltern der gleichen Meinung sind. Mag sein, daß ihre Gedanken inzwischen in dieselbe Richtung gehen, obwohl ich ihr keinerlei Anlaß gegeben habe, einen Heiratsantrag von mir zu erwarten.«

»Aber du hast mit ihr geschlafen«, sagte Gabrielle. »Jung wie sie ist, hält sie das wahrscheinlich für eine Erklärung unsterblicher Leidenschaft und erwartet die Hochzeit in Kürze.«

»Es mag dir schwer fallen, es zu glauben«, sagte Marcel, »aber ich habe *nicht* mit ihr geschlafen«, und als er sah, daß Gabrielle ihn zweifelnd musterte, wiederholte er es nachdrücklich.

»Ich glaube es dir«, sagte sie lächelnd. »Schließlich ist es für mich ohne Bedeutung, wen du dir als Objekt deiner niedrigen Instinkte auswählst. Aber warum hast du darauf bestanden, mich nach Hause zu begleiten?«

»Ich habe etwas Wichtiges mit dir zu besprechen«, erwiderte er mit großem Ernst. »Es ist eine Angelegenheit von delikater Natur, über die man nicht in Gegenwart Dritter sprechen kann.«

»Wirklich?« sagte sie mit unverhohlenem Unglauben. »Ich glaube kaum, daß wir dazu Zeit haben werden – Adolphe wird um acht Uhr vorbeikommen, um mich zu einer sehr großen Gesellschaft mitzunehmen. Und vorher muß ich baden und mich ankleiden und schminken – ich kann dir allerhöchstens fünfzehn Minuten gewähren.«

Die Zofe Claudine mußte auf Gabrielles Rückkehr gewartet haben, denn sie kam in die Eingangsdiele der Wohnung geeilt und schien überrascht, Marcel zu sehen. Sie nahm ihm das Paket ab und fragte, ob sie etwas servieren solle. Sie verschwand diskret, als Gabrielle verneinte und Marcel in ihren exotischen Salon führte.

»Wo findet die großartige Gesellschaft statt, zu der du gehst?« fragte er. »Wer gibt sie?«

»Der Botschafter von Bolivien«, antwortete Gabrielle. »Adolphe hat an diesem Land ein geschäftliches Interesse; er hat dort in Zinnbergwerke investiert.«

Sie legte Hut und Handschuhe ab und setzte sich auf den purpurfarbenen Diwan, nicht entspannt, sondern mit steifem Rücken, die Knie zusammengedrückt und die Hände im Schoß. Marcel verstand die stille Botschaft vollkommen, er lächelte und wurde charmanter denn je.

»Adolphes Investitionen sind weitreichender als ich geahnt habe«, sagte er. »Er macht auch in Madagaskar Geschäfte, wie er mir gestern sagte.«

Sie wollte eindeutig, daß Marcel sich auf einen der purpurnen Stühle ohne Lehne weit weg vom Diwan setzte. Statt dessen schlenderte er ans Fenster und stützte sich elegant mit einem Ellbogen auf die Fensterbank.

»Du hast gestern mit ihm gesprochen?« fragte sie.

»Wir haben zusammen zu Abend gegessen. Er kam eine halbe Stunde zu spät zu unserem *rendez-vous* – er war bei dir, nehme ich an.«

»Er kam nach der Arbeit gegen halb sechs hier vorbei«, sagte Gabrielle, ihr hübsches Gesicht rosig angelaufen. »Ich hatte ihn nicht erwartet. Er hat nichts davon gesagt, daß er dich treffen würde.«

»Ich bin überzeugt, daß er zu sehr mit den liebevollen Aufmerksamkeiten dir gegenüber beschäftigt war, um sich daran zu erinnern, daß ich ihn erwartete«, sagte Marcel mit einem winzigen Grinsen. »Er hat auch beim Abendessen ständig über dich gesprochen.«

»Was hat er über mich gesagt?« fragte sie sofort.

»Verstehe mich recht, liebste Gabrielle – falls ich dir etwas über mein Gespräch mit Adolphe erzählen soll, dann mußt du versprechen, es vertraulich zu behandeln. Sonst sage ich gar nichts.«

»Komm und setz dich neben mich«, sagte sie und klopfte leicht auf die silbrigen Kissen auf dem Diwan. »Ich gebe dir mein Wort, daß alles, was du mir sagst, unser Geheimnis bleiben wird.«

Marcel setzte sich neben sie und nahm ihre elegante, kleine Hand, um sie an seine Lippen zu führen.

»Was wirst du heute abend für die Gesellschaft beim Botschafter anziehen, um unserem lieben Freund Adolphe Ehre zu machen?« fragte er.

»Ich habe ein neues Ballkleid«, antwortete sie mit einer Spur Ungeduld in der Stimme. »Es ist seegrün, rückenfrei und mit einer kleinen Schleppe, die hinten mit einer Schleife befestigt ist.«

»Das klingt hinreißend«, sagte Marcel. »Ich wünschte, ich könnte dort sein und dich darin sehen. Adolphe wird sehr stolz auf dich sein.«

»Was hat er gestern über mich gesagt?« bohrte sie.

»Da wir also streng vertraulich miteinander sprechen, du und ich, sollst du erfahren, daß gewisse Personen versucht haben, Adolphe gegen dich aufzustacheln, indem sie behaupteten, du wolltest ihn nur um seines Geldes willen heiraten.«

»Das ist eine Lüge!« erklärte Gabrielle nachdrücklich. »Und wer immer das sagt, ist ein Lügner, selbst wenn es seine Schwester ist. Du weißt selbst, daß ich für Adolphe größte Zuneigung empfinde – du hast es mich mehr als einmal sagen gehört.«

»Allerdings«, bestätigte er.

Die Tatsache, daß es in Momenten intimster Zärtlichkeit mit Marcel gewesen war, als sie versicherte, tiefste Zuneigung für Adolphe zu empfinden, entwertete ihre Aufrichtigkeit in keiner Weise. Sie hatte deutlich klargestellt, daß für sie die Triebe des Fleisches so unbedeutend waren, daß Marcels Hand auf ihrem *bijou* ihre Gefühle für Adolphe nicht im geringsten berührte.

»Warum haßt mich diese Frau so sehr?« seufzte Gabrielle. »Ich habe ihr nichts getan.«

»Silvie ist natürlich eifersüchtig auf dich«, sagte Marcel und küßte dabei zärtlich ihre Hand. »Aber laß dich dadurch nicht stören – es ist mir gelungen, Adolphe zu beruhigen. Ich habe ihm gesagt, daß deine Gründe, seine Frau werden zu wollen, nichts mit dem Geldbeutel zu tun hätten, sondern einzig und allein mit dem Herzen.«

»Ist das wahr? Was für ein guter Freund du bist, liebster Marcel. Warum kommst du mich nicht morgen nachmittag besuchen – sagen wir gegen drei –, wenn ich mich von dem bolivianischen Ball erholt habe? Dann kannst du mir die Einzelheiten deines Gesprächs mit Adolphe erzählen.«

»Aber gern«, sagte er und erkannte, daß er entlassen war. »Ich mache mich gleich auf den Weg, damit du dich für diese große Angelegenheit vorbereiten kannst.«

Er stand auf, als wollte er gehen, hob noch einmal ihre Hand an die Lippen und bat sie mit seinem charmantesten Lächeln, nur einen ganz kurzen Blick auf ihr neues Ballkleid werfen zu dürfen. Geschmeichelt von so viel Interesse willigte sie ein und führte ihn in ihr Schlafzimmer. Mit stolzer Geste zeigte sie auf eine exquisite, zartgrüne Kreation auf ihrem breiten Bett.

»Das ist wirklich hinreißend«, sagte Marcel und setzte

sich einen Augenblick auf die Bettkante, um seine Finger leicht über die dünne Georgetteseide des Gewandes streichen zu lassen. »Dieser Schnitt kann nur von Vionnet stammen. Wieviel von deinem hinreißenden Rücken enthüllt es – gewiß nicht so viel wie Silvies Kleid an dem Casinoabend in Cannes, oder?«

»Das Tanzkleid, das sie an jenem Abend anhatte, war schamlos«, sagte Gabrielle mit mißbilligendem Ernst. »Es war vorne so tief ausgeschnitten, daß jedesmal, wenn sie sich bewegte, ihr Busen zu sehen war – Frauen mit solchen Brüsten sollten sie gut verhüllen! Und was den Rücken angeht – nun! Sie ließ nicht nur ihr Rückgrat sehen – sondern auch ihre Unterwäsche. Ich bin ziemlich sicher, daß du deine Hand auf ihrem Hinterteil hattest, als du mit ihr getanzt hast. Und was diese alberne Kette angeht, die ihr über den Rücken baumelte – das war eine schändliche Darbietung!«

»Es waren kostbare Perlen, würde ich sagen«, beschwichtigte Marcel sie.

Während dieses Wortwechsels nahm er Gabrielle freundlich bei der Hand und zog sie neben sich auf die Bettkante. Sie wirkte angeregt, und eine äußerst hübsche, zarte Röte hatte ihre Wangen überzogen, als sie so gegen Silvies Benehmen wetterte.

»Und was das Befingern ihrer Kehrseite angeht«, sagte Marcel, »war es offensichtlich, daß sie von mir erwartet hat, daß ich es versuche – und ich hege keinerlei Zweifel, daß sie meine Hand in ihrem Höschen willkommen geheißen hätte. Aber du weißt ganz genau, daß ich dergleichen nie tun würde.«

»Ich? Wie soll *ich* wissen, zu welchen Schamlosigkeiten du dich von dieser Frau verleiten lassen würdest? Ich kann mir durchaus vorstellen, daß du sie auf den Balkon geführt hast, sie sich über das Geländer gebeugt hat – und ihr euch in einem Akt der Leidenschaft erniedrigt habt.«

Während sie sprach, legte Marcel seine Hände auf ihre Schultern und drückte sie sanft aufs Bett. Die Veränderung ihrer Position unterbrach ihre vorwurfsvolle Ansprache keineswegs, und sie war gerade dabei zu verkünden, daß Silvie an jenem Abend im Casino keine Unterwäsche getragen habe, als Marcel ihren schlüsselblumengelben Rock hochzog und ihren weißen Seidenschlüpfer freilegte.

»Du weißt ganz genau, daß ich Silvie nicht mit nach draußen genommen habe, um mit ihr irgendwelche schamlosen Dinge zu tun«, sagte er, »aus dem einfachen Grund, weil du mich den ganzen Abend beobachtet hast.«

»Das ist absurd!« rief Gabrielle aus. »Du bildest dir viel zu viel ein. Warum sollte ich dich beobachten, während ich mit Adolphe zusammen bin?«

Marcel schob seine Finger in den Bund ihres Höschens und zog es herunter, während er ihr antwortete.

»Weil du und ich an jenem Abend die beiden schönsten Menschen im Casino waren«, erklärte er. »Es war für jedermann offensichtlich, daß wir ein ideales Paar abgeben würden. Statt dessen aber warst du mit einem Mann zusammen, der dein Vater sein könnte, und ich mit meiner Mutter.«

Gabrielle stieß einen kleinen Schrei aus, als seine Finger ihr hübsches *jou-jou* berührten, auch wenn es kaum vor Überraschung sein konnte. »Wir haben jetzt keine Zeit für diese Dummheiten«, murmelte sie, »selbst wenn ich bereit wäre, solche Verderbtheit zu gestatten, was überhaupt nicht in Frage kommt.« Ihre Beine zitterten nervös. Marcel lächelte sie beruhigend an und fuhr fort, die zarten Lippen zwischen ihren Schenkeln zu streicheln, bis sich ihr Körper entspannte.

»Als wir zum allerersten Mal zusammen waren«, sagte er, »in dem Hotelzimmer, da hast du mir dasselbe gesagt

– dafür ist keine Zeit, oder so ähnlich – weil du Adolphe erwartet hast, so wie jetzt. Aber damals war jede Menge Zeit, liebe Gabrielle, und jetzt ist ebenfalls genug Zeit. Und was soll das Gerede von Dummheiten und Verderbtheit? Du unterstellst mir da etwas, meine Liebe – ich tue nichts anderes, als dir zu helfen, deine Kleider auszuziehen, bevor du dein Bad nimmst und dich für den Abend ankleidest.«

»Normalerweise fange ich beim Auskleiden nicht mit der Unterwäsche an«, informierte sie ihn.

»Ich habe nicht viel Erfahrung als Kammerzofe«, antwortete er fröhlich, »aber ich lerne schnell.«

Er knöpfte ihre kleine Jacke auf und schlug sie zurück. Darunter kam die Bluse aus blaß zitronengelber Seide zum Vorschein, die er mit vor Erregung zitternden Fingern öffnete. Ihr Hemd war ein zartes Gebilde aus Chiffon mit einem tiefen, spitzenbesetzten Ausschnitt, das er aus dem Bund ihres Rockes zog und bis unter ihr Kinn hochschob, um ihre eleganten, kleinen Brüste freizulegen. Er küßte die dunkelrosa Knospen, und seine Hand fand die Blütenblätter zwischen ihren Beinen wieder.

Für die Dauer von zwei oder drei Herzschlägen errötete Gabrielle, als erschütterten sie widersprüchliche Gefühle, dann überließ sie sich den Empfindungen des Augenblicks. Ihr Atem ging schneller, und sie schloß die Augen, denn sie brauchte nicht hinzuschauen, um zu wissen, daß Marcel die Lippen ihres *jou-jou* gespreizt hatte, um die darunter verborgene Perle zu liebkosen. Dennoch hielt sie es aus Gründen einer nur Frauen bekannten Logik für nötig, Marcel zu fragen, was er vorhabe.

»Was machst du da?«

»Ich bereite dich darauf vor, den Versuchungen des Abends zu widerstehen«, gab er zurück. »Auf dem Bett des Botschafters, umgeben vom Luxus des Wohlstands und der Macht, werden jene häßlichen Instinkte, von denen auch die Besten unter uns niemals frei sind, in dir erweckt werden und dich behelligen. Es ist nötig, dich zu beruhigen, *chérie*.«

»Aber indem du mich dort berührst, machst du mich ganz und gar nicht ruhig«, protestierte sie und schlug ihre blaugrünen Augen auf, um ihn anzusehen.

»Dann werde ich sofort damit aufhören«, versprach Marcel und fühlte, wie ihre Beine vor Erregung bebten.

»Nein – tu das nicht! Du hast völlig recht, mein Lieber, das einzige Mittel, das Feuer endgültig zu löschen, besteht nicht darin, Wasser darauf zu gießen, sondern es ausbrennen zu lassen.«

Sie bot einen zerzausten, jedoch erregenden Anblick, wie sie dort halb auf dem Bett lag, den Rock um die Taille gewickelt und das Hemd um den Hals, so daß ihre kleinen, spitzen Brüste und ihr blaßhäutiger Bauch entblößt waren. Marcel lag halb über ihr, seine Zunge leckte die festen Spitzen ihrer Brüste, während seine Finger ihr *bijou* liebkosten. Sie schaute mit einer gewissen hochmütigen Verachtung zu ihm auf, während ihre Hand sich blind über seinen Körper bis zu den Hosenknöpfen tastete, hinter denen sein steifes Glied pochte.

»Oh, es ist riesig!« rief sie aus und befühlte die lange Beule durch den Hosenstoff hindurch. »Wie hoffnungslos du in deine entwürdigende Sinnlichkeit verstrickt bist, mein armer Freund!«

Trotz ihres Entsetzens riß sie die Hose auf, steckte ihre Hand hinein und packte seinen harten Schaft. Sie war zu Recht von seiner Größe beeindruckt, denn das Spiel mit ihr, so halb ausgezogen, hatte ihn derart erregt, daß er dem Höhepunkt entgegenfieberte, und seine Männlichkeit war zu voller Größe aufgerichtet.

»Es ist grauenvoll«, jammerte sie, und ihre Hand rieb an dem steifen Glied, das sie aus der Hose gezerrt hatte, hastig auf und ab. »Es gibt keinerlei Rechtfertigung dafür, daß wir auf so schockierende Weise die allerprivatesten Körperteile des anderen behelligen!«

»Keine«, murmelte Marcel beglückt. »Es ist bejammernswert!«

»Wir sind zwei zivilisierte Menschen«, seufzte Gabrielle, »und dennoch erliegen wir dieser zügellosen Verderbtheit wie zwei Wilde! Ach, mein liebster Marcel, was soll nur aus uns werden?«

»Füge dich drein«, riet er ihr. »Wir wissen, daß es nicht leicht ist, den Gelüsten des Fleisches zu entkommen – wir haben den schwierigen Weg gewählt, du und ich, aber wenn wir ihm treu und entschlossen folgen, wird er uns schließlich zum Glück führen.«

Sein Körper schauderte unter der Wirkung ihrer emsigen Hand, und sie wand sich unter den Aufmerksamkeiten seiner Finger an ihrem *jou-jou*.

»Es ist wahr«, flüsterte sie, »es gibt kein anderes Mittel, den Geist von den Fesseln des Körpers zu befreien, als hier mit gespreizten Beinen auf dem Rücken zu liegen, während du mich besudelst. Denn so soll es sein – mach es mir und setze meinen Geist frei«, bettelte sie.

Gabrielles Leib wölbte sich über das Bett, um ihr *bijou* heftig gegen seine Fingerspitzen zu drücken, die über ihren schlüpfrigen Knopf glitten. Sie gab ein Keuchen von sich, beschleunigte die Massage seines Schaftes, und Marcel konnte sehen, daß sie sich auf der Schwelle zum Höhepunkt befand. Er warf seine Beine über sie, aber er hatte sie schon zu weit kommen lassen, denn noch ehe er in ihren benetzten Alkoven eindringen konnte, riß sie ihren geschminkten Mund zu einem tonlosen Schrei auf, und ihr Leib bäumte sich unter ihm im Orgasmus.

»Warte auf mich, Gabrielle!« ächzte er, und seine Hand fummelte zwischen ihren Schenkeln herum, um sich in die richtige Stellung zu bringen, aber sie hörte seine Worte schon nicht mehr. Und auch er war unfähig, seine Gefühle noch länger zurückzuhalten – er rutschte auf sie und stieß mit seinem geschwollenen Schaft blindlings zwischen ihre Schenkel, um in sie einzudringen.

Gabrielle jedoch war in den Klauen eines gewaltigen Höhepunkts, und ihre eleganten, seidenbestrumpften Beine trommelten auf das Bett, während ihr schweißnasser Körper sich in so wilden Krämpfen wand, daß es Marcel nicht gelang, den Kopf seines verzweifelten Kriegers in sie zu stecken. Und während er keuchte und kämpfte, um sein Ziel zu erreichen, löste Gabrielles nackter Bauch unter ihm seinen Orgasmus aus – und mit einem langgezogenen Wimmern der Frustration sprudelte er seine Essenz auf ihre zitternden Schenkel.

Als sie beide wieder einigermaßen ruhig geworden waren, rollte Marcel von ihr herunter aufs Bett und kicherte über das Mißgeschick. Gabrielle war nicht so leicht zu amüsieren und verlangte nach dem seidenen Taschentuch aus seiner Brusttasche, um ihre Schenkel und den Kraushaarbüschel zu trocknen, die er besudelt hatte. Sie erhob sich vom Bett und entledigte sich des verknautschten Sommerkostüms und der Bluse und stand im Hemdchen und Strümpfen vor ihm und schaute ihn an.

»Du mußt jetzt gehen, Marcel«, sagte sie. »Komm morgen nachmittag um drei her – ich muß dir ein paar Fragen über das stellen, was Adolphe dir anvertraut hat.«

Ehe er etwas erwidern konnte, klopfte es diskret an der Tür, und man hörte die Stimme der Zofe, die Madame daran erinnerte, daß es schon nach sechs sei, und die wissen wollte, ob sie das Bad für Madame einlaufen lassen solle.

»Komm rein, Claudine«, antwortete Gabrielle, und Marcel sprang hastig vom Bett auf, als die Zofe eintrat.

»Monsieur Chalon wollte gerade gehen«, sagte Gabrielle lässig, »aber er hat einen kleinen Unfall mit seiner Hose gehabt. Wie du siehst, sind drei Knöpfe abgerissen. Näh sie ihm wieder an, ich kümmere mich selbst um mein Bad.«

»Ja, Madame«, sagte Claudine mit ausdruckslosem Gesicht. »Wenn Monsieur so nett sein würde, die Hose auszuziehen... aber wo sind denn die abgerissenen Knöpfe?«

»Schau auf dem Boden nach«, sagte Gabrielle. »*Au revoir,* Marcel.«

Sie zog sich einen langen Morgenrock über, ging hinaus und ließ Marcel seine Hose für das Mädchen ausziehen und sie beide nach den Knöpfen suchen, die sie in ihrem Eifer abgerissen hatte.

Er würde noch einiges zu hören bekommen, weil er Dany so flott an Pierre Martin weitergereicht hatte – tatsächlich hatte er bis jetzt noch gar nichts darüber gehört! Aber das geschah, gleich am nächsten Morgen. Zufälligerweise war er schon aufgestanden und angekleidet, als die neue, schrecklich häßliche Bedienstete seiner Mutter ihm mitteilte, daß Mademoiselle Robineau gekommen sei, und ihn im Salon erwarte. Er begrüßte sie mit einem herzlichen Lächeln auf den Lippen, zuversichtlich, jeglichen Ärger, den sie wegen seines Benehmens am Vortag empfand, ohne allzu große Schwierigkeiten beschwichtigen zu können.

Aber es war bei weitem nicht so einfach, wie er gedacht hatte. Dany saß auf einem Sessel und sah schrecklich unglücklich aus. Als er ihr die Hand küssen wollte, brach sie augenblicklich in Tränen aus, stand auf, warf sich ihm in die Arme und schluchzte geräuschvoll an seiner Schulter. Er war froh, daß seine Mama schon zum Einkaufen ausgegangen war – es wäre peinlich gewesen, ihr Danys Ausbruch erklären zu müssen.

»Oh, Marcel – es war grauenhaft!« jammerte sie. »Wie konntest du mir das antun?«

»Nun, nun«, sagte er und klopfte ihr auf den Rücken,

um sie zu beruhigen, »was war denn so grauenhaft – erzähl mir, was passiert ist.«

»Dein Freund Pierre«, schluchzte sie, »er hat versucht, mich zu vergewaltigen! Warum bist du weggegangen und hast mich mit ihm allein gelassen? Du mußt doch wissen, wie er ist. Warum hast du mir das angetan?«

Gott im Himmel, dachte Marcel, was meint sie denn bloß? So irritierend ihr ewiges Getue um ihre Jungfräulichkeit auch war, der Gedanke, daß Pierre versuchen könnte, sie mit Gewalt zu nehmen, war absurd. Aber Dany war ziemlich verstört, darüber bestand kein Zweifel, und es war nötig, ihren Anschuldigungen auf den Grund zu gehen. Marcel zog sie neben sich auf eines der grauen Samtsofas seiner Mutter und legte ihr tröstend den Arm um die Schultern, während er ihr mit seinem weißen Leinentaschentuch sanft die Augen trocknete.

»Der Mann ist ein perverser Verbrecher, dich so zu erschrecken«, sagte er und versuchte, überzeugend zu klingen. »Trockne dir deine hübschen Augen und berichte mir, was geschehen ist.«

»Ich kann nicht. Es ist zu schrecklich«, sagte sie ein wenig ruhiger.

»Du mußt es mir aber erzählen, damit entsprechende Maßnahmen gegen ihn ergriffen werden können. Fang ganz von vorne an – wie lange seid ihr noch in dem Café geblieben?«

»Vielleicht noch eine halbe Stunde, nachdem du mich hast sitzenlassen«, sagte Dany und schniefte. »Er zwang mich, noch einen Drink zu nehmen – ich bin sicher, er versuchte, mich betrunken zu machen.«

»Himmel – das ist infam!« rief Marcel aus und verbarg ein Grinsen. »Und dann?«

»Wir haben uns über das Kino unterhalten. Er sagte, er würde mich gern in den Film einladen, von dem ich eigentlich dachte, daß wir beide ihn zusammen anschauen würden, aber ich willigte ein. Woher sollte ich wissen, daß er ein Monster ist?«

»Du bist mit ihm die hinreißende Mademoiselle Clara Bow anschauen gegangen?« fragte Marcel. »Warum auch nicht? Falls Pierre ein Monster ist, dann ist mir das bis jetzt noch nicht aufgefallen, glaub mir. Seid ihr zu Fuß hingegangen oder habt ihr ein Taxi genommen?«

»Nun, er hat vorgeschlagen, erst essen zu gehen, weil es noch früh war. Er sagte, er kenne ein kleines Restaurant mit gutem Essen am Boulevard des Italiens, also sind wir dorthin gegangen.«

»Ich kenne das Lokal, von dem du sprichst«, sagte Marcel, »ich war ein oder zwei Mal mit Pierre dort zum Mittagessen. Das Kalbfleisch ist wirklich gut dort – hast du das gegessen?«

»Ich weiß nicht mehr, was ich gegessen habe«, erwiderte Dany, erzürnt darüber, daß er nur Essen im Kopf hatte, während sie ihm von ihrem qualvollen Erlebnis berichten wollte. »Er trank sehr viel Wein zum Essen und versuchte, mich zu verleiten, mitzuhalten, aber ich hatte nur ein oder zwei Gläser. Irgendetwas warnte mich, ihm nicht zu trauen.«

»Wirklich? Warum bist du denn dann mit ihm ins Kino gegangen?« fragte Marcel, amüsiert über die Scheinheiligkeit, die in Danys Bericht zum Vorschein zu kommen begann.

»Ich sagte mir, daß er ein Freund von dir sei und sich daher anständig benehmen würde«, sagte sie entrüstet. »Wäre ich doch nur meiner eigenen Eingebung gefolgt!«

»Ah, ja – die berühmte weibliche Eingebung!« meinte Marcel. »Höchstwahrscheinlich wäre die Welt unendlich viel sicherer, weiser und angenehmer, wenn die Männer nur auf die Eingebungen ihrer Freundinnen hören würden.«

»Du machst dich über mich lustig!« rief Dany und

brach wieder geräuschvoll in Tränen aus. »Du hältst mich zum Narren!«

»Nein, nein«, murmelte er und wiegte sie in den Armen, bis sie zu schluchzen aufhörte und sich die Augen mit ihrem nassen Taschentuch abwischte. »So, liebste Dany, jetzt erzähl mir mal der Reihe nach, welche Ungeheuerlichkeiten dieser üble Pierre sich dir gegenüber im Kino erlaubt hat – hat er dich geküßt?«

»Im Dunkeln legte er mir eine Hand aufs Knie«, klagte sie fast wie Gabrielle de Michoux, wenn sie gegen die niedrigen Triebe zu Felde zog.

»Schändlich!« sagte Marcel, dem es fast unmöglich war, schockiert zu klingen, wo er doch aus eigener Erfahrung wußte, daß Dany zwar jeglichen Zugang zu dem *bijou* zwischen ihren Schenkeln verweigerte, aber begierig darauf war, daß man mit ihren Brüsten spielte und sie so zum Höhepunkt brachte. Und ihre Geschicklichkeit im Umgang mit seinem steifen Glied überzeugte ihn, daß sie diese Wonnen mit mehr als einem Mann geteilt hatte, ehe sie ihn kennenlernte. Pierre mußte sich ungeschickt benommen haben.

»Er schob seine Hand gewaltsam unter meine Kleider!« erklärte Dany äußerst indigniert. »Und ehe ich ihn aufhalten konnte, berührte er mich doch tatsächlich! Mehr als das sogar – er steckte seinen Finger gewaltsam in mich hinein!«

»Nein!« rief Marcel aus, verwirrt durch die Nachricht, daß es Pierre gelungen war, Danys verbotenes *joujou* zu berühren. Er würde ihn anrufen und über die Erfahrung befragen, denn das Höchste, das er selbst je erreicht hatte, war, die äußeren Lippen von Danys Schatz mit einer Fingerspitze zu kitzeln – und das nur ein einziges Mal!

»Natürlich habe ich ihn auf der Stelle daran gehindert und ihm gesagt, daß ich ihm eine Ohrfeige geben und fortgehen würde, wenn er das noch einmal täte. Das setzte seinem scheußlichen Benehmen zunächst ein Ende, und wir schauten uns wieder Clara Bow auf der Leinwand an.«

Marcel wollte schon fragen, ob der Film gut gewesen sei und die unvergleichliche Mademoiselle Bow ihre Talente voll zur Geltung gebracht habe, aber er erinnerte sich daran, daß Dany über seine Frage nach dem Essen verärgert gewesen war, und hielt es für besser, die Sache auf sich beruhen zu lassen. Statt dessen fragte er, was nach dem Kino geschehen sei.

»Er bestand darauf, daß wir in ein anderes Café gingen, um noch etwas zu trinken«, berichtete sie. »Er hat zwei Cognac getrunken, während wir uns über den Film unterhalten haben, und ich habe nur eine Eiscreme bestellt. Nach dem, was er im Kino getan hatte, war ich wachsam geworden, das kannst du mir glauben.«

»Aber natürlich«, versicherte ihr Marcel. »Und dann hat er dich nach Hause gebracht.«

»Nicht sofort«, sagte Dany. »Er wollte tanzen gehen. Ich war dafür nicht richtig angezogen – du hast ja gesehen, was ich trug, als du mich mit ihm allein gelassen hast – aber er hat gesagt, das spiele keine Rolle, wir könnten in ein kleines *bar dansant* am Montmartre gehen. Also ließ ich mich überreden – was war ich doch für eine Idiotin!«

»Na sowas«, sagte Marcel nachdenklich. »Aus dieser zufälligen Begegnung im Café am Boulevard Haussmann ist offensichtlich eine ausgedehnte Abendunterhaltung geworden – erst Abendessen, dann Kino, und nun auch noch ein Tanzvergnügen. Was dann?«

»Nichts«, sagte sie ein wenig defensiv. »Das heißt nichts, bis er mich um Mitternacht in seine Wohnung mitgeschleppt hat.«

Marcel war sprachlos – er starrte in Danys hübsches Gesicht und hob die Augenbrauen.

»Ich habe eingewilligt, mich für einen Augenblick

hinzusetzen«, fuhr sie fort, »weil er mir fest versprochen hat, mich sehr bald nach Hause zu bringen. Ich war zu vertrauensvoll – er hat mir den Arm um die Taille gelegt und mich geküßt!«

»Du hast dich gegen diesen Annäherungsversuch natürlich gewehrt, oder?« fragte Marcel.

»Es war eine leichte und freundliche Umarmung«, sagte sie, ohne auf seine Frage einzugehen. »Das heißt zu Anfang. Aber bald wurde er leidenschaftlich und zog mich nach unten, bis wir einander gegenüber auf dem Sofa lagen. Aber als er anfing, mich am ganzen Körper zu befingern, habe ich ihm natürlich sofort gesagt, er solle damit aufhören, denn ich sei noch Jungfrau und wolle es auch bleiben.«

»Natürlich«, sagte Marcel und entdeckte zu seiner Überraschung, daß seine Männlichkeit aufrecht stand und pochte. Dany trug einen grün und orange gemusterten, langen Pullover, und da er die Arme um sie gelegt hatte, um sie zu trösten, war es ein leichtes, eine Hand hinein zu schieben und ihre Brüste unter dem dünnen Hemdchen zu streicheln. Bei der Berührung entspannte sich ihr verkrampfter Körper, und sie lehnte sich gemütlicher an ihn.

»Er wollte nicht auf mich hören«, seufzte sie. »Ich hatte mein Mantelkleid an, in dem du mich im Café gesehen hast. Es wird vorne vom Hals bis zum Saum geknöpft, und ehe ich ihn daran hindern konnte, hatte er es vollständig aufgeknöpft und seine Hand unter meinem Hemd, um an meinem Busen zu fummeln.«

»Das ist wirklich ungeheuerlich!« rief Marcel aus, der in diesem Augenblick genau das gleiche tat, auch wenn seine Hand von oben in ihrem Hemd steckte, statt von unten. Aber aus welcher Richtung man sich ihnen auch immer näherte, Danys weiche, runde, junge Brüste waren köstlich anzufassen.

»Ich bat ihn, mich nach Hause zu bringen«, murmelte

sie, »aber statt dessen riß er seine Hose auf und ließ sein *Ding* rausragen. Dann flehte ich ihn an, er möge meine Jungfräulichkeit respektieren, und alles, was er dazu sagte, war, daß ich zu schön sei! Seine Hände faßten mich unter dem Hemd überall an – ich bin sicher, ich habe geschrien, als er in mein Höschen langte und mich *dort* berührte!«

Marcel war von seinem Spiel mit ihrem Busen so erregt, daß er heftig atmete. Und die liebe kleine Dany war ebenfalls von der geschickten Stimulierung ihrer zarten Brustwarzen angeregt; sie seufzte laut, während sie von den beängstigenden Qualen berichtete, die sie unter den Händen des berüchtigten Vergewaltigers keuscher, junger Mädchen, Pierre Martin, erdulden mußte. Die Erinnerung daran war offensichtlich so entsetzlich, daß sie Marcels steifes Glied durch die Hose hindurch umklammerte, als hinge ihr Leben davon ab.

»Sag mir, was er dir angetan hat, dieser elende Schurke!« keuchte Marcel und spürte, wie ihr Körper bebte.

Obgleich ihre Hand seine Männlichkeit fest umklammerte, tat sie nichts, um ihn zusätzlich zu erregen. Nicht, daß das nötig gewesen wäre – seine Gefühle waren bei ihren Worten und der Berührung ihrer hinreißenden Brüste in einem berauschten Aufruhr.

»Er zitterte«, seufzte sie, »und dieses Ding zuckte gegen mein Bein, und ich flehte ihn an, aufzuhören, ehe er etwas täte, das wir beide bereuen würden. Aber er achtete nicht auf mich – er war wie rasend und zerrte mein Höschen herunter und versuchte, meine Beine auseinanderzudrücken. Und die ganze Zeit sagte er *Dany, je t'adore*.«

Auch Marcel zitterte vor Begierde, während er auf das Ende ihrer Geschichte wartete – ob dieser tierische Pierre Danys süßen jungen Leib entehrt hatte, denn dafür würde er büßen müssen. Zunächst aber wollte

Marcel sie selbst haben, um seine älteren Rechte geltend zu machen! Seine Fingerspitzen flitzten über ihre festen, kleinen Brustwarzen, und ihr Atem wurde unregelmäßig.

»Hat er?« fragte er. »Sag's mir, hat er?«

»Er zwang meine Beine auseinander und versuchte, sich auf mich zu legen«, rief sie mit gebrochener Stimme aus. »Im nächsten Augenblick hätte er sein *Ding* in mich gestoßen und meine Tugend zerstört! Aber im letzten Moment habe ich mich von ihm weg zur Seite gerollt und meine Schenkel zusammengekniffen.«

»Gott sei Dank!« keuchte Marcel, und sein eifriges Glied zuckte in Danys Griff.

»Selbst dann war ich fast verloren!« fuhr sie fort. »Er stöhnte fünf oder sechs Mal *Nein, nein, nein* und warf sich wütend gegen meinen nackten Po. Und im nächsten Augenblick fühlte ich eine Flut von Nässe auf meiner Haut. Er drückte sich ganz fest an mich während seiner Krise, und ich konnte ihn meinen Namen wieder und wieder seufzen hören ... *Ah, ah, ah!*«

Dieser letzte kleine Ausruf war nicht Teil ihrer Geschichte – es war ihr eigener Lustschrei, und Wellen ekstatischer Gefühle überliefen ihren schlanken Leib, und sie wand sich krampfartig neben Marcel in sexueller Erlösung. Seine Sinne waren in Aufruhr – er war unaussprechlich erleichtert, daß es Pierre nicht gelungen war, Danys jungfräuliches kleines *bijou* zu besitzen – er war wild entschlossen, es für sich selbst zu erobern. Er empfand eine äußerst unangenehme Eifersucht auf Pierre, der Danys Körper dort berührt hatte, wo seine eigene Hand nicht umherschweifen durfte.

Was Dany betraf, so waren ihre Gefühle bei weitem nicht so kompliziert. Sie setzte sich mit einem kleinen Seufzer auf, als sie ihre Ruhe wiedergefunden hatte, und schob Marcels Hand aus ihrem Pullover.

»Jetzt hast du alles gehört«, sagte sie beiläufig, als sei

nichts besonders Interessantes geschehen. »Dir habe ich es zu verdanken, daß ich von einem deiner sogenannten Freunde äußerst unangenehme Quälereien erdulden mußte. Das werde ich dir nie verzeihen, Marcel.«

Sie hatte sein steifes Glied losgelassen, doch es fuhr fort, rhythmisch zu zucken, die Bewegung war durch die Hose hindurch zu sehen. Die Überzeugung, daß sie ihm nicht die ganze Wahrheit gesagt hatte, schürte das Feuer von Marcels Eifersucht noch zusätzlich – er weigerte sich, ihre Behauptung zu glauben, sie sei gezwungen worden, mit Pierre zu Abend zu essen, mit ihm tanzen zu gehen und ihm nachher in seine Wohnung zu folgen. Genausowenig glaubte er, daß sie Pierre nicht ermutigt hatte, als sie auf seinem Sofa lag – sie hatte vermutlich begeistert mitgespielt, haarscharf bis an die Grenze, und dann natürlich nicht zugelassen, daß er in sie eindrang.

»Ich muß jetzt gehen«, sagte sie und zog sich ihre weißen Handschuhe an.

»Aber du kannst jetzt noch nicht fort, Dany!« rief er. »Schau doch!«

Mit einer schnellen Bewegung des Handgelenks riß er seine Hose auf und ließ sein liebstes Stück heraushüpfen, genauso, wie sie es von Pierre berichtet hatte. Dany starrte ohne jegliches Interesse auf den hart angeschwollenen Schaft, der vor Lust zuckte.

»Wenn du glaubst, daß ich dir in irgendeiner Weise entgegenkommen werde, dann hast du dich getäuscht«, erklärte sie. »Du und dein Freund seid euch gleich – ihr könnt mich nur für eure eigene, selbstsüchtige Befriedigung brauchen.«

Damit stand sie auf, ging hinaus und hinterließ Marcel auf dem Sofa ausgestreckt – seine Hose stand weit offen, und sein bloßgestelltes Glied zitterte vor frustrierter Leidenschaft. Sie sagte nicht einmal *au revoir.*

7

Ein Heilmittel für die Liebe

Nachdem Marcel Silvie Tournet ihre Perle auf so äußerst intime Weise zurückgegeben hatte, verging eine Woche ohne ein Lebenszeichen von ihr, und er hatte seinen kleinen Scherz beinahe vergessen. Er war dieser Tage sehr mit Gabrielle beschäftigt, die er zwischen ihren Unternehmungen mit Adolphe so häufig besuchte, wie es die Vorsicht erlaubte. Er bemühte sich mit großem Eifer, ihre sinnliche Natur zu besiegen, indem er sie bis zur Übersättigung darin schwelgen ließ. Es war ein höchst erfreulicher Akt der Barmherzigkeit, denn Gabrielle war unendlich erfinderisch bei der Ausführung ihres Gemeinschaftsunternehmens.

Doch nachdem eine Woche verstrichen war, und Silvie noch immer nicht angerufen hatte, begann er, sich Sorgen zu machen. Hatte er durch außergewöhnliches Pech die Perle so fest eingepflanzt, daß sie möglicherweise nie wieder ans Tageslicht kommen würde? Seine Sorge wuchs mit jedem Tag, und er geriet beinahe in Panik, als Adolphe ihn am Samstagmorgen anrief und ihm sagte, daß Silvie unwohl sei und ihn zu sehen wünschte.

Schweren Herzens begab sich Marcel nach dem Mittagessen zu Lacostes großer Wohnung in der Avenue Carnot, mit Blick auf den Arc de Triomphe. Der ehrerbietige Diener nahm ihm Hut und Handschuhe ab und geleitete ihn in die Bibliothek. Adolphe Lacoste erhob sich von einem roten Ledersessel und streckte ihm mit düsterer Miene die Hand entgegen. Marcel begrüßte ihn und machte sich auf schlechte Nachrichten gefaßt.

»Meine arme Schwester«, sagte Adolphe und wiegte ernst den Kopf. »Es ist nett von Ihnen, daß Sie hergekommen sind.«

»Wie ernst ist es?« fragte Marcel bange und setzte sich hin. »Seit wann ist sie krank?«

»Nun, es fing an jenem Abend an, als Sie und ich zusammen gespeist haben«, berichtete Adolphe und bestätigte Marcels schlimmste Befürchtungen.

»Der Arzt kommt täglich, aber er kann nicht viel tun.«

»Mein Gott!« rief Marcel aus. »Worauf führt er die Krankheit zurück? Kann er sagen, wo die Ursache liegt?«

Adolphe schaute ihn seltsam an.

»Wir brauchen keinen Arzt, um die Ursache von Silvies Krankheit zu erkennen«, erklärte er. »Die Ursache ist allen leider nur allzu gut bekannt.«

»Ich verstehe nicht, was Sie damit sagen wollen«, murmelte Marcel beschämt und unfähig, Adolphes starrem Blick standzuhalten. »Es war niemandes Absicht, ihr weh zu tun, das müssen Sie mir glauben.«

»Da bin ich anderer Meinung«, widersprach Adolphe und schürzte seine Lippen in einer Weise, daß sich sein üppiger Schnurrbart heftig sträubte. »Der verfluchte Kerl wußte ganz genau, was er tat.«

»Welcher verdammte Kerl?« fragte Marcel, der plötzlich Hoffnung schöpfte – vielleicht war Silvie damals, als er ihr die Perle zurückgab, so betrunken gewesen, daß sie ihn mit jemand anderem verwechselt hatte.

»Claude Belanger«, sagte Adolphe. »Kennen Sie ihn?«

»Nein«, gab Marcel erleichtert zurück, »was hat er ihr denn getan?«

»Getan? Der elende Schuft ist weggelaufen und hat Silvie mit gebrochenem Herzen zurückgelassen. Als sie von seiner Treulosigkeit erfuhr, hat sie sich ins Bett gelegt, und dort befindet sie sich seither und leidet unter schwersten Depressionen. Kein Arzt hat ein Mittel gegen ein gebrochenes Herz – das weiß ich aus eigener Erfahrung.«

»Wollte Silvie sich denn von Tournet scheiden lassen, um diesen Belanger heiraten zu können?« erkundigte sich Marcel, der endlich verstand, warum er Silvie völlig betrunken in ihrem Zimmer vorgefunden hatte, als er, um sich die Wartezeit zu verkürzen, durch die Wohnung geschlichen war.

»Darüber ist gesprochen worden. Sie war fast ein Jahr lang glücklich mit Belanger, und er sollte mit uns nach Cannes kommen – es war alles arrangiert. Ich hätte erkennen müssen, daß er meine arme Schwester im Stich lassen würde, als er zwei Tage vor unserer Abreise bekanntgab, er müsse wegen einer wichtigen Geschäftsangelegenheit nach Brüssel reisen.«

»Und das war eine Ausrede, um nicht mit ihnen verreisen zu müssen, glauben Sie?«

» Das war es«, bestätigte Adolphe kummervoll. »Während der ganzen Ferien hat er Silvie nicht ein einziges Mal angerufen, und als sie anfing, sich Sorgen zu machen und im *Grand Hotel* in Brüssel anrief, wurde ihr mitgeteilt, er habe dort gar kein Zimmer. Sie versuchte es in seiner Wohnung in Paris, aber dort war nur ein Diener, der sagte, Belanger sei im Ausland.«

»Das ist eine traurige Geschichte«, sagte Marcel, nicht ganz ohne Verständnis für den treulosen Liebhaber. »Ist er immer noch nicht aufgetaucht?«

»Seit wir wieder in Paris sind, habe ich Nachforschungen in die Wege geleitet«, berichtete Adolphe. »Das letzte Mal ist er in Paris gesehen worden, als er den Orient-Expreß bestieg – inzwischen ist er in Istanbul oder gar noch weiter weg. Ich vermute, wir werden ihn nie wieder zu Gesicht bekommen.«

»Silvie hat mein tiefes Mitgefühl«, sagte Marcel. »Kein Mann sollte sie so respektlos behandeln dürfen. Wenn er ihrer Freundschaft ein Ende setzen wollte, wäre er höflicherweise verpflichtet gewesen, es ihr ins Gesicht zu sagen.«

»Das Seltsame an der Sache ist«, sagte Adolphe, »daß ich, als Silvie mich gefragt hat, ob ich es für vernünftig hielte, wenn sie sich von Tournet scheiden lassen und ihren neuen Freund heiraten würde, ein ernstes Gespräch mit ihm hatte – nur wenige Tage vor unserer Abreise nach Cannes. Ich versprach ihm, daß die Heirat mit meiner geliebten Schwester ein großer Gewinn für ihn sein würde – ich hatte die Absicht, sie mit einer großen Mitgift auszustatten, um sicher zu sein, daß sie ihren gewohnten Lebensstil aufrecht erhalten kann. Nun ist Belanger zwar kein armer Mann, aber auch nicht schrecklich wohlhabend, und ich war sicher, daß mein Angebot die Sache in Gang bringen würde. Offensichtlich habe ich mich geirrt.«

»Adolphe, es schmeichelt mir, daß Sie mich ins Vertrauen ziehen und mir ihre privaten Familienangelegenheiten offenbaren«, sagte Marcel mit der vagen Befürchtung, daß ihn das alles in eine unmögliche Lage bringen würde, »aber ich bin eines solchen Vertrauens nicht würdig – wir kennen uns doch erst seit knapp einem Monat.«

»Sie sind der Sohn einer von mir hochgeschätzten Dame, die ich einst bis zum Wahnsinn geliebt habe«, erwiderte Adolphe und strich sich seinen Schnurrbart schwungvoll nach oben. »Selbst wenn Ihnen das albern erscheinen mag, habe ich das Gefühl, Ihnen trauen zu können – insbesondere, seit Sie mir so ausgezeichneten Rat in bezug auf meine Braut gegeben haben. Ich habe ihr berichtet, was Sie über die Beweggründe ihres Herzens gesagt haben, und sie war zutiefst gerührt.«

»Ganz zu Diensten«, murmelte Marcel ausweichend,

weil ihm sonst nichts zu diesem umwerfenden Mißverständnis einfiel.

»Nun, ich hatte am Telefon erwähnt, daß Silvie sie gerne sehen wolle«, verkündete Adolphe strahlend. »Obwohl Sie sich in Cannes nur kurz getroffen haben, haben Sie auf sie einen ebenso guten Eindruck gemacht wie auf mich. Sie hat einen ungewöhnlichen Respekt für ihr Urteilsvermögen und Verständnis gewonnen – ich sage *ungewöhnlich,* weil Silvie bislang keinem Mann Respekt gezollt hat. Im Gegenteil.«

»Das ist zu liebenswert von ihr«, murmelte Marcel, entschlossen, nicht zu lachen, um den armen, betrogenen Adolphe nicht zu beleidigen. »Was kann ich für sie tun?«

Adolphe zuckte mit den Achseln und legte kameradschaftlich seine Hand auf Marcels Arm.

»Vielleicht gar nichts«, meinte er. »Aber, wer weiß? Vielleicht können Sie meiner armen Schwester in ihrer tiefen Verzweiflung ein paar tröstende Worte sagen. Ich würde das sehr zu schätzen wissen.«

»Aber gern«, willigte Marcel ein und versuchte, begeistert zu klingen, was ihm nur halbwegs gelang. Adolphe schien die gewisse Reserviertheit in seiner Stimme nicht wahrzunehmen, denn ohne weitere Umstände führte er ihn durch die Wohnung zu einer Schlafzimmertür, an die Marcel sich nur allzugut erinnerte.

»Falls sie schläft, werden wir sie nicht stören«, sagte Adolphe und klopfte an. Silvie antwortete sofort. »Was gibt's?« fragte sie mit trüber Stimme.

»Ich habe dir unseren jungen Freund Marcel mitgebracht, der dich besuchen kommt«, sagte Adolphe. »Dürfen wir eintreten?«

»Ja, kommt rein«, rief sie zurück, und ihre Stimme klang bei dieser Nachricht deutlich lebhafter.

Adolphe öffnete die Tür und winkte Marcel in das schmucke Madame-Pompadour-Schlafzimmer, wo eine

Zofe Silvies spitzenbesetzte Kopfkissen zurechtrückte, um ihr den Rücken zu stützen. Gemeinsam traten die beiden Männer an das Himmelbett und lächelten auf die Kranke hinunter. Marcel sah, daß ihr Gesicht bleich war und daß sie dunkle Ringe unter den Augen hatte – vor Weinen oder vor Schlaflosigkeit. Er küßte die schlaffe Hand, die sie ihm hinstreckte, und murmelte ein paar höfliche Worte, um zu versuchen, ihre unglückliche Stimmung ein wenig zu heben. Silvie lächelte ihn tapfer an und bedankte sich für seinen Besuch.

Die Zofe brachte eifrig zwei vergoldete Stühle ans Bett. Marcel setzte sich hin, doch Adolphe entschuldigte sich, da er noch einige Briefe zu schreiben hatte. Als er das Zimmer verlassen hatte, sagte Silvie ihre Zofe, sie würde klingeln, wenn sie etwas brauchte. Die Tür hatte sich kaum hinter dem Mädchen geschlossen, als Silvie von ihrer Depression zu sprechen begann.

»Ich nehme an, Adolphe hat dir von der Demütigung erzählt, die mir der Mann, dem ich vertraute und den ich schätzte, zugefügt hat?« fragte sie höchst dramatisch.

»Er erwähnte gewisse Schwierigkeiten mit einem Mann namens Belanger, aber ich dachte, ich sei es, dem dein Herz gehört«, lächelte Marcel in der Hoffnung, sie etwas aufzuheitern.

So verzweifelt und gebrochenen Herzens sie auch sein mochte – die Zofe hatte Silvies Gesicht leicht geschminkt und ihr Haar gebürstet, bis es schimmerte. Sie lehnte graziös in den Kissen, und die Bettdecke war durch einen seltsamen Zufall von ihrer Brust gerutscht und entblößte ihre nackten Schultern und die prallen, runden Brüste unter einem Nachthemd aus weißem Satin.

»Das war in Cannes«, sagte sie mit einem leichten Lächeln auf ihren rotgeschminkten Lippen. »Solche Sachen kommen im Urlaub eben vor.« Doch dann errötete sie und senkte schamhaft den Blick. »Meine Perle ...«, murmelte sie.

»Was ist damit?« fragte er grinsend. »Du hast sie zurückbekommen.«

»Du hast mich unglücklich und betrunken vorgefunden«, sagte Silvie und versuchte, sein Grinsen zu erwidern, aber es gelang ihr nicht besonders gut. »Ich schäme mich.«

»Dazu besteht keinerlei Anlaß«, beruhigte sie Marcel, der Schwierigkeiten hatte, den Blick von ihrem weichen Busen abzuwenden, der das dünne Nachthemd ganz ausfüllte. »Wir alle waren schon einmal unglücklich verliebt und haben die daraus folgenden Verrücktheiten durchgemacht. Wenn du in deiner Verzweiflung ein wenig zuviel getrunken hast, so verringert das meine Wertschätzung für dich um keinen Deut. Der Fehler lag bei mir, weil ich ungebeten in dein Zimmer eingedrungen bin, obwohl mich der Diener hatte wissen lassen, daß du außer Haus seist.«

»Gustav wollte mich beschützen«, sagte sie traurig. »Ich habe es gut gemeint – es sollte eine freundliche Geste sein«, sagte Marcel in dem Versuch, einen leichteren Tonfall anzuschlagen.

»Natürlich wußte ich damals nichts von deinem Kummer. Ich hoffe, du wirst mir verzeihen.«

Hatte schon jemals ein Mann sich bei einer Frau dafür entschuldigt, eine Perle in ihr *jou-jou* gesteckt zu haben, fragte sich Marcel, oder war das ein einmaliges Ereignis in der Geschichte der menschlichen Zivilisation? Silvie schenkte ihm ein trauriges, kleines Lächeln und sagte, ihm sei verziehen, und zu einem anderen Zeitpunkt hätte sein Streich sie vielleicht auch amüsiert.

Es war ein heißer Julinachmittag, und Silvie hatte gedankenlos das pfirsichfarbene Satinlaken bis zu ihrer Taille heruntergeschoben, um sich Kühlung zu verschaffen. Marcel betrachtete die kleinen, zarten Rosenknospen, die quer über das gerade geschnittene Oberteil ihres Nachthemdes gestickt waren, und die warme Fleischfarbe ihrer Schultern mit Kennermiene.

»Adolphe sagte, du wolltest mich wegen irgendeiner Angelegenheit sehen«, sagte Marcel und schlug die Beine übereinander, um die Kontrolle über sein immer eifriges Glied zu behalten.

»Wirklich?« sagte sie leichthin. »Mag sein, aber was immer es gewesen sein mag, es ist mir entfallen. Ich bin die ganze Zeit so zerstreut – ich leide grauenvoll wegen dieses verräterischen Mannes. Ich glaube, ich werde vor Kummer noch wahnsinnig.«

»Blödsinn«, sagte Marcel sofort. »Wie ist es möglich, daß eine so schöne, begehrenswerte Frau wie du hier elend herumliegt – nur weil ein Idiot es nicht zu schätzen weiß, daß er deine Zuneigung gewonnen hat? Vergiß diesen unmöglichen Mistkerl, liebe Silvie – er ist deiner Tränen nicht würdig.«

»Du willst mich nur trösten«, sagte sie. »Ich brauche dein Mitleid nicht. Aber sag mir, wenn du das kannst, sag mir ehrlich – wie kommt es, daß Männer mich immer betrügen und sitzenlassen? Erst mein Ehemann und nun dieser Claude Belanger ... Das geht über meine Kräfte ...«

Tränen standen in ihren schönen braunen Augen, als sie Marcel die Hand entgegenstreckte. Er nahm sie in beide Hände und streichelte sie freundlich, wobei er sinnlose Worte des Trostes murmelte.

»Diese Frage kann ich dir leider nicht beantworten«, sagte er. »Warum ein Mann eine so attraktive, intelligente Frau sitzenlassen kann, entzieht sich meinem Verständnis.«

Er war natürlich keineswegs ehrlich, denn er hegte keinerlei Zweifel darüber, daß die Männer Silvie einfach anstrengend fanden – nach der anfänglichen Begeisterung wurde der Umgang mit ihr sicher bald schwierig.

»Zu Anfang dachte ich, es war meine Schuld, daß Tournet mich verließ«, sagte sie fiebrig. »Aber ich habe wieder und wieder darüber nachgedacht, und als dann

Belanger wortlos verschwand, da wußte ich, daß es nicht an mir lag – ich habe beide angebetet und habe alles in meiner Macht Stehende getan, um sie glücklich zu machen – keine andere Frau hätte mehr tun können, glaub mir – aber ohne Erfolg. Es ist offenbar mein Schicksal, Männer zu lieben, die meiner nicht wert sind!«

»Damit hast du vielleicht den Nagel auf den Kopf getroffen«, sagte Marcel und brachte es fertig, keine Miene zu verziehen, obwohl er am liebsten gelacht hätte über dieses Jammerlied.

Offensichtlich machte ihre eigene Diagnose sie sehr unglücklich, denn sie zappelte unruhig im Bett herum, wobei sie noch immer seine Hand umklammert hielt. Und im nächsten Augenblick hatte sie sie unter das Satinlaken über ihren Schoß und unter ihr Nachthemd gezogen und rieb sie sich über ihren heißen Bauch.

»Ach, Marcel – ich bin ja so unglücklich!« jammerte sie und lenkte seine Hand hinunter zwischen ihre Schenkel.

»Wenn es doch etwas gäbe, womit ich dich trösten könnte«, murmelte er leise und legte seine Handfläche auf ihr dralles *jou-jou.*

»Es gibt etwas«, flüsterte sie. »Komm, setz dich aufs Bett.«

Sie rollte herum, um sich ihm zuzuwenden, und winkelte unter dem Laken ein Knie an, um ihm vollen Zugang zu ihrem *bijou* zu gewähren, während sie nach seinen Hosenknöpfen faßte und sie im Handumdrehen aufgeknöpft hatte. Ohne zu zögern griff sie hinein und holte sein steifes Glied heraus. Er stieß einen kleinen Ächzer aus, denn ihre Hand war trocken und heiß und zitterte nervös. Mit viel Zartgefühl glättete er das dichte Kraushaar zwischen ihren Beinen und spreizte die prallen Lippen ihres *jou-jou,* um ihre verborgene Knospe zu finden und zu liebkosen. Mit einer schnellen Bewegung ihrer freien Hand schlug sie das Laken beiseite und zeigte ihm, daß ihr knielanges Nachthemd bis an die Hüften hochgerutscht war und ihm alles zur Verfügung stand. Mit der anderen Hand faßte sie seinen harten Schaft und rieb schnell daran auf und ab.

»Silvie – ist es denn nicht gefährlich, es hier zu machen?« fragte Marcel. »Wenn das Mädchen hereinkommen würde!«

»Das wird sie nicht, nicht bevor ich nach ihr klingele«, murmelte Silvie hastig und schob ihren Leib näher zu ihm heran, und im nächsten Moment hatte sie seinen bebenden Schaft im Mund.

»Aber Adolphe kann wieder hereinkommen«, protestierte Marcel, wenn auch schwach, denn sein Interesse war geweckt. »Was würde er denken, wenn er mich über seiner leidenden Schwester auf ihrem Krankenbett finden würde?«

Silvie gurgelte etwas Unverständliches, da ihre Zunge und ihre Lippen aufregenderes zu tun hatten, als Worte zu formulieren. Marcel streifte ihr die schmalen Träger ihres Nachthemds von den Schultern und entblößte ihre dicken, runden Brüste, um damit genüßlich herumzuspielen. Inzwischen hatte ihn Silvies nasse Zunge, die sich eifrig mit der Eichel seines pulsierenden Schaftes beschäftigte, fast an den kritischen Augenblick gebracht, wo sein Bauch zucken und seine Lustfontäne in ihren Mund sprudeln würde.

»Leg dich hin, leg dich hin«, keuchte er und entzog sich ihrem köstlichen Lecken, legte ihr die Hände auf die Schultern und drückte sie aufs Bett. Sie lag sofort mit weit gespreizten Beinen auf dem Rücken. »Nimm mich, nimm mich, Marcel!« schrie sie. Er starrte trunken vor Begierde auf ihren Leib hinunter – es war alles sein – die zarten Innenseiten ihrer Schenkel, ihr bebender Bauch, ihre runden Brüste, und die braungelockten Schmollippen zwischen ihren Beinen – und in diesem Augenblick erschien es ihm, als sei Silvies ganzer Körper nichts als ein riesiger, weicher, fleischiger Spalt, in den er sich wild hineinrammen konnte.

Mit einem verzückten Stöhnen warf er sich voll angekleidet auf sie – sein doppelreihiges Jackett war noch immer zugeknöpft. Seine Erregung war so überwältigend, daß es ihm inzwischen einerlei war, ob ihre Zofe oder ihr Bruder ins Zimmer kämen und ihn dabei ertappten, wie er sich an ihr gütlich tat. Mit kräftigen, schwingenden Stößen drang er bis in die äußersten Tiefen ihrer heißen, glitschigen Lustgrotte vor. Er gab kleine Wonneseufzer von sich, als er den kraftvollen Schwung ihrer Hüfte fühlte, die seinen Stößen entgegenkamen und mithalfen, ihre samtene Nässe an seinem zuckenden Schaft entlang gleiten zu lassen.

Silvie atmete heftig, und ihr lautes Stöhnen paßte sich dem Rhythmus ihres Liebesaktes an, während sie sich an seine Schultern klammerte. Sie hatte die wundervollen braunen Augen weit aufgerissen und starrte ihm mit der Entschlossenheit eines Besessenen ins Gesicht.

»Jetzt hab' ich dich«, keuchte sie, »und ich lasse dich nicht mehr weg, bis ich alles bekommen habe, was du mir geben kannst!«

Sehr bald war der Augenblick gekommen, wo ein mächtiger Höhepunkt ihn überwältigte, und seine Lenden bäumten sich wild auf, während er seine Leidenschaft in sie hineinströmen ließ. Silvies heißes, klammerndes *jou-jou* saugte so gierig an ihm, wie es ihr Mund getan hatte, bevor er in sie eingedrungen war, und selbst als er nichts mehr übrig hatte, fuhr sie fort, sich mit ihrem Bauch in wilder, atemloser Ekstase gegen in zu rammen.

Als er allmählich wieder zu Sinnen kam, erkannte Marcel die Gefahren dieser heiklen Situation, und sobald es der Anstand erlaubte – als das Zucken von Silvies Höhepunkt langsam abebbte und sich zu einem leichten

Zittern der Gliedmaßen beruhigt hatte –, ließ er sich von ihr heruntergleiten und setzte sich wieder auf den vergoldeten Stuhl, um hastig seine Hose zuzuknöpfen. Silvie lag in verträumter Zufriedenheit auf dem Rücken; sie hatte die Augen geschlossen, und ihr dünnes Nachthemd war unter ihren Achselhöhlen zusammengeknautscht. Ihr ganzer Körper war entblößt, von den üppigen Brüsten bis zu den fleischigen Lippen ihres *jou-jou*, die, naß vom Tau der Leidenschaft, entspannt schmollten.

»Liebste Silvie«, sagte Marcel, während er sich das Jackett glattstrich und den Knoten seiner roten Seidenkrawatte zurechtrückte, »das war vielleicht nervenaufreibend – dauernd fragte ich mich, ob sich hinter mir die Tür öffnen würde! Aber in Anbetracht der Eile war es gar nicht so schlecht.«

Sie schlug die samtbraunen Augen auf und drehte den Kopf auf dem spitzenbesetzten Kopfkissen, um ihn ruhig anzuschauen.

»Ich fühle mich so viel besser«, sagte sie, und ein Lächeln breitete sich über ihr blasses Gesicht. »Ich danke dir, lieber Marcel. Du hast mir das Leben – und den Verstand! – gerettet.«

Und keine fünf Minuten später verkündete sie, daß sie sich wohl genug fühle, um endlich aufstehen und ihr Leben wieder aufnehmen zu können. Nichts weniger als ein Spaziergang im Sonnenschein würde ihr Bedürfnis, ins Reich der Lebendigen zurückzukehren, befriedigen, erklärte sie und überredete Marcel, sie bei diesem kurzen Unternehmen zu begleiten.

»Geh und unterhalte dich derweil mit Adolphe, während ich mich ankleide«, sagte sie, und hüpfte aus dem Bett, den Finger auf der Klingel, um ihre Zofe herbeizurufen. »Ich brauche nur ein paar Minuten, das versprech' ich dir.«

Er lächelte über ihren plötzlichen Eifer, tätschelte ihre pausbackige Kehrseite und verließ das Zimmer. Adolphe saß in seinem Arbeitszimmer, wenn er auch keine Briefe schrieb, wie er vorgegeben hatte. Noch las er in einem der vielen hundert ledergebundenen Bücher, die die Regale füllten. Das wäre auch kaum möglich gewesen – es waren nämlich keine echten Bücher, sondern Attrappen, falsche, auf Paneele geklebte Buchrücken, die den Anschein von Kultur vermitteln sollten, ohne es damit ernst meinen zu müssen.

Er winkte Marcel auf einen Sessel und goß ihm ohne zu fragen ein Glas Cognac ein.

»Wie geht es meiner armen Schwester jetzt?« erkundigte er sich. »Ich hoffe, sie hat sich ein wenig beruhigt.«

»Ich freue mich, Ihnen mitteilen zu können, daß sie sich ein bißchen besser fühlt«, erwiderte Marcel und nippte an seinem Glas. »Tatsächlich ist sie im Augenblick dabei, sich anzukleiden, und ich habe ihr versprochen, sie zu einem kleinen Spaziergang in den Bois de Boulogne zu begleiten.«

Adolphe sprang von seinem Sessel auf und ergriff Marcels Hand, um sie herzlich zu schütteln.

»Mein lieber Freund, was für eine wundervolle Nachricht Sie mir da bringen!« rief er aus. »Ich wußte, daß es nur Ihnen gelingen würde, Silvie aus dieser entsetzlichen Verzweiflung zu helfen, in die sie durch den Treuebruch dieses monströsen Betrügers Belanger verfallen ist. Lassen Sie mich Ihnen noch ein wenig Cognac nachschenken.«

Inzwischen war es Marcel völlig klar geworden, daß er aus dem simplen Grund in das Heim der Lacostes geladen und mit Silvie im Schlafzimmer allein gelassen worden war, um sie mit den Freuden der Liebe zu trösten. Adolphe hatte diese ganze Intrige eingefädelt – und deren unausgesprochene Bedeutung war ganz und gar nicht nach Marcels Geschmack. Zweifellos hatte Adolphe vermutet, daß zwischen ihnen in Cannes eine gewissen Intimität entstanden war, – oder war darüber unterrichtet worden. Das war an und für sich nicht weiter störend – aber in Verbindung mit der Information, Silvie bekäme eine große Mitgift, kam Marcel der einigermaßen unangenehme Gedanke, Adolphe habe ihn im Geiste bereits als Ersatz für den verschwundenen Claude Belanger erkoren.

»Sie ist eine feine Frau, Ihre Schwester«, sagte Marcel vorsichtig. »Besteht denn irgendeine Hoffnung, daß sie sich mit ihrem Ehemann wieder aussöhnt?«

»Leider nicht die geringste«, gab Adolphe zurück und schüttelte traurig den Kopf. »Nicht, daß ich es nicht versucht hätte, glauben Sie mir. Gleich nach ihrer Trennung habe ich ihn nicht weniger als dreimal zu Privatgesprächen aufgesucht. Ich machte ihm beträchtliche Angebote. Ich habe Silvie stundenlang dabei beraten, wie sie ihre Differenzen mit ihm beilegen könnte, und auch ihr machte ich umfangreiche Angebote. Aber da war einfach nichts zu machen – der Bruch ist endgültig.«

Die Unterhaltung wurde allmählich zu einer gefährlichen Gratwanderung. Marcel versuchte deutlich zu machen, daß er, ganz gleich wie groß die Mitgift auch sei, Silvie nicht heiraten wolle, ohne dabei beleidigend zu sein, und Adolphe versuchte, ihn indirekt zu überreden, sein Angebot ernsthaft zu prüfen. Es war eine ungeheure Erleichterung für Marcel, als Silvie endlich erschien; sie hatte weit länger als versprochen gebraucht.

Für eine Frau, die soeben von ihrem Totenbett auferstanden war, sah sie bemerkenswert schick aus. Ihr Gesicht war frisch geschminkt, ihr kurzes braunes Haar erneut gekämmt, und sie trug ein äußerst elegantes Sommerkleid aus honigfarbenem Seidengeorgette. Die dazugehörige Jacke wurde nicht geknöpft, sondern in der Taille mit einem langen Band zusammengehalten. Sie hatte einen breitrandigen Strohhut aufgesetzt und hielt ein kleines, seidenes Täschchen in der Hand.

»Meine Liebe, du siehst hinreißend aus!« rief ihr Bruder und erhob sich, um ihr die Wange zu küssen. »Genieße den Sonnenschein, aber überanstrenge dich nicht, ich flehe dich an. Lauf ein wenig auf und ab, und dann setz dich irgendwo hin und nimm ein Täßchen Kaffee oder eine Erfrischung zu dir, und sobald du die geringste Ermüdung fühlst, nimm dir ein Taxi und komm sofort wieder heim.«

»Ich werde mich bei einem Spaziergang nicht überanstrengen, Adolphe, ich versprech's dir«, sagte sie und erwiderte seinen Kuß auf die Wange.

In der Tat vermied sie jegliches Risiko – sie wollte überhaupt nicht weit gehen, nur gerade bis zum Ende der Avenue Carnot, um dort ein Taxi zu finden. Marcel wies den Chauffeur an, sie in den Bois zu fahren, weil er annahm, sie würden beim See aussteigen und dort zehn oder fünfzehn Minuten herumschlendern. Aber Silvie hatte andere Pläne, und kaum hatten sie die Porte Maillot passiert, packte sie Marcels Schenkel und bat ihn, sie in ein Hotel zu führen.

»Auf einen Drink?« fragte er, denn er verstand nicht gleich, was sie meinte. »Wie wär's mit dem Ritz? Nein, da sind zu viele amerikanische Touristen. Warum nicht das Lotti?«

»Marcel – sei kein Idiot«, sagte sie, und ihre Hand glitt seinen Schenkel entlang nach oben, bis ihre Handfläche schwer auf den Weichteilen an der Gabelung seiner Hose lag. »Ich möchte in ein schmutziges kleines Hotel, wo Straßenmädchen ihre Kunden hinführen. Ich kenne keins, aber ich bin sicher, daß du eins weißt.«

»Aha, so meinst du das«, sagte er achselzuckend und grinste, »aber dann gehen wir in ein anständiges Hotel, nicht in eine verflohte Absteige.«

»Nein, mir ist nicht nach einem *anständigen* Hotel zumute«, beharrte sie. »Ich fühle mich höchst unanständig – ich möchte in das greulichste Hotel, das du finden kannst.«

»Boulevard Montparnasse«, wies Marcel den Taxifahrer an, und der Mann wendete, ohne auch nur mit der Wimper zu zucken, und fuhr zurück zum Arc de Triomphe und die ganzen Champs Elysées hinunter, wo zwar wenig Samstagsverkehr war, die Trottoirs und Cafés jedoch voller Leute waren, die den Nachmittag genossen. Das Taxi überquerte die Seine und raste am Invalidendom vorbei, und als sie schließlich in den Boulevard Montparnasse einbogen, schaute der Fahrer über die Schulter und fragte Marcel, welche Nummer er wünsche.

»Hier ist es recht«, antwortete er, da er sich schämte, dem Mann ganz genau zu sagen, wohin er seine teuer gekleidete, parfümierte Begleiterin führen wollte. Während der ganzen Fahrt hatte Silvies Hand zwischen seinen Beinen geruht und eine verheerende Wirkung auf seine Gefühle ausgeübt – ihr langsames und sinnliches Streicheln hatte seine Männlichkeit so hart werden lassen, wie einen Besenstiel, und nun hüpfte sie vor Begierde.

Beim Gehen ein wenig behindert, nahm er Silvies Arm und führte sie den Boulevard entlang bis zur Rue Delambre, die zum Friedhof führt. Diese schäbige, kleine Straße bestand fast nur aus billigen Hotels, und Marcel wählte aufs Geratewohl eines aus und steuerte Silvie, die vor Staunen kugelrunde Augen machte, in das verflohte Innere. Drei Minuten später waren sie oben in einem Fünf-Franc-Zimmer.

»Aber das ist noch herrlicher, als ich mir je vorgestellt hätte!« rief Silvie aus und warf ihre Arme um Marcels Hals, als sie beide vor dem Bett standen.

In Wirklichkeit war das Zimmer klein, heiß und stikkig, die Decke war rissig, die elektrische Glühbirne hatte keinen Schirm, und die Tapeten an den Wänden trugen ein altersgebleichtes Muster aus riesigen rosa und gelben Rosen. Es gab einen Stuhl – ein billiges und wackeliges Stück vom Flohmarkt, und ein breites, hohes, mit einer fadenscheinigen rosa Decke bedecktes Bett.

»Ja, herrlich«, sagte Marcel, verblüfft über die Stimmung, die Silvie gepackt hatte, seit sie sich von ihrer Depression erholt hatte. »Schau mal.« Er führte sie an das schmierige Fenster. Der Blick reichte über eine Reihe baufälliger, alter Häuser bis zum Montparnasse-Bahnhof, wo Dampflokomotiven fauchten und pufften und quietschten und ratterten.

Als sie dort nebeneinander standen und das verwahrloste Bild betrachteten, ließ er ihre Taille los und begann, ihre Kehrseite durch den dünnen Georgette ihres Kleides hindurch zu streicheln. Sie entschlüpfte ihm und zeigte auf das durchgelegene Bett.

»Setz dich hin, Marcel«, sagte sie. »Ich muß dir etwas von größter Wichtigkeit mitteilen. Ich habe einen bedeutsamen Entschluß gefaßt.«

»Wir sind in dieses Dreckloch hier gekommen, nur damit du mir deinen großen Entschluß mitteilst?« fragte er. »Warum nicht in einem angenehmen Café?«

»Du wirst verstehen, warum wir hier sind, sobald ich dir erkläre, was ich beschlossen habe«, gab sie zurück. »Setz dich bitte hin und höre mir zu.«

Er setzte sich auf die Bettkante und schaute sie erwartungsvoll an. Sein Glied war noch immer eisenhart, und er hoffte, daß die Erklärung nicht allzuviel Zeit in Anspruch nehmen würde.

»Ich habe endlich begriffen, warum die Männer mich immer betrügen und sitzenlassen«, sagte Silvie. »Es liegt daran, daß sie meiner nicht wert sind – so einfach ist das, auch wenn ich fünfunddreißig Jahre alt werden mußte, um es zu erkennen.«

»Wir alle?« fragte Marcel mit charmantem Lächeln.

»Jeder einzelne von euch«, erwiderte sie mit Bestimmtheit, »und da ich das jetzt weiß, weigere ich mich, weiterhin das Opfer männlicher Niedertracht zu sein.«

»Und wie willst du das anstellen, meine arme Silvie?« fragte Marcel und versuchte, nicht zu lachen. »Wirst du ins Kloster gehen und überhaupt keinen Mann mehr lieben, oder nimmst du dir Frauen als Liebhaberinnen?«

»Weder noch«, antwortete sie. »Ich werde tun, was eine berühmte Schriftstellerin, die ich immer bewundert habe – Madame George Sand –, getan hat. Kurzum, ich werde mich nicht mehr wie eine Frau verhalten und darauf warten, daß die Männer mit mir machen, was sie wollen. Sie nahm sich die Liebhaber, die sie wollte – Schriftsteller, Dichter, Musiker und Maler – Prosper Merimée, Alfred de Musset, Frederic Chopin, Alexandre Manceau und all die anderen! Von nun an werde ich mich als Mann betrachten und mich vergnügen, wie und wann und mit wem ich will.«

Während sie ihm, mit dem Rücken zu dem schmutzigen Fenster, ihren Entschluß mitteilte, löste sie das Band um ihre Taille und entledigte sich der kleinen Jacke. Dann zog sie das honigfarbene Kleid aus und drapierte es zusammen mit der Jacke über den ramponierten Stuhl. Marcels hartes Glied wippte fröhlich in seiner Unterhose beim Anblick von Silvie in Hemd und Höschen und dem breitrandigen Strohhut. Ihm schoß der Gedanke durch den Kopf, daß sie ihr Leben lang ihr Vergnügen, mit wem sie wollte, ausgelebt hatte, aber es wäre unhöflich gewesen, dies auszusprechen. Statt dessen fragte er mit seinem charmanten Lächeln, ob sie vorhabe, Männerkleider zu tragen wie Madame Sand.

»Ja«, gab sie sofort zurück. »Gib mir deine Hose.«

»Das meinst du doch nicht ernst?«

»Doch«, sagte sie mit großer Bestimmtheit. »Verstehst du jetzt, warum wir hier in diesem elenden Hotel sind?«

»Nein«, gab er zu, während er die Jacke seines dunkelbraunen Anzugs auszog.

»Männer, die Frauen in schäbigen Bars auflesen, bringen sie in billige Hotels wie dieses hier«, sagte sie. »Nun gut, ich habe dich hergebracht, weil ich die Absicht habe, mich ganz wie ein Mann zu benehmen. Gib mir deine Hose.«

»Langsam fange ich an zu verstehen«, sagte Marcel, knöpfte seine Hose auf, zog sie über die Füße und reichte sie Silvie. Sie legte ihr cremefarbenes Höschen ab und erlaubte ihm nur einen winzigen Blick auf ihr dunkelbraunes Kraushaar, bevor sie in die Hose stieg. Der Gürtel ließ sich enger schnallen, so daß er um ihre Taille paßte, aber die Beine waren zu lang und verdeckten ihre Schuhe. Marcel, nun im Hemd, saß grinsend auf dem Bett, und sein steifes Glied ragte aus dem Schlitz seiner Unterhose. Silvie zog sein Jackett an und befahl ihm, *das* da sofort verschwinden zu lassen. Er gehorchte und wartete amüsiert, was sie als nächstes vorschlagen würde.

»Gestatte mir, mich vorzustellen«, sagte Silvie und knöpfte sich das Jackett über den prallen Brüsten in dem Seidenhemdchen zu. »Ich heiße Silvain, und du bist ein hübsches Mädchen, das ich in einem Café weiter unten an der Straße aufgelesen habe – du heißt Marceline, nicht wahr?«

Marcel nickte und grinste über das ganze Gesicht, weil er mit der weiblichen Form seines Vornamens angesprochen wurde.

»Nun, *chérie*«, fuhr Silvie fort, »Du weißt ganz genau, warum ich dich in dieses Hotel gebracht habe – ich will dich haben. Wird dir das gefallen?«

»Gewiß, Silvain«, antwortete Marcel, und Silvie setzte sich neben ihn aufs Bett. Ihre Hand wanderte leichthin über sein Hemd, bis ihre Finger seine platten Brustwarzen fanden und zwickten, während ihre Lippen über seinen Mund streiften, bevor sie sich zu einem langen Kuß niederließen. Marcel blieb passiv, weil er wußte, daß es das war, was sie wollte, und es war ihre Zunge, die sich in seinen Mund schob. Der Kuß währte lange und wurde leidenschaftlich, ihre Hand glitt zu seinem Schoß hinunter und dann auf seine Schenkel und streichelte die Innenseite, bis hinauf zu seinem verborgenen und zitternden Stachel.

Bald griff sie unter sein Hemd, und Marcel seufzte auf, als ihre tastende Hand sich flink an den Bund seiner Unterhose und über seinen heißen Bauch schob. Als sie sein Kraushaar erreichte, hielt sie inne, ließ ihre Finger damit spielen und dann um sein zitterndes Glied herumschleichen, ohne es zu berühren.

Als sie es endlich berührte, stöhnte Marcel laut auf vor Wonne. Ihre Fingerspitzen glitten zart den Schaft entlang, und zwei Herzschläge lang über die pralle Eichel. Dann schlossen sich ihre Finger endlich um die sprungbereite Lanze, und Marcels Empfindungen waren so intensiv, daß sich sein Bauch verkrampfte und er glaubte, der entscheidende Augenblick sei gekommen.

»Langsam, ganz langsam«, murmelte Silvie und ließ ihre Hand mit großer Sanftheit auf und ab streichen. »Du hast einen zauberhaften kleinen Spalt zwischen deinen Beinen, mein Liebes, ich will, daß er heiß und naß ist, wenn ich darin bohre – lehn dich gegen mich, während ich dir eine wonnige Freude mache, kleines Mädchen.«

Marcel fummelte blindlings an den Knöpfen der Hose, die Silvie trug, weil er dringend ihr *jou-jou* anfassen wollte, aber sie stellte das Knie auf, um ihm den Weg zu versperren. »Halt still«, flüsterte sie ihm ins Ohr. Das zarte Gleiten ihrer Fingerspitzen über sein hartes Glied brachte ihn fast um den Verstand, und er begann, mit verhaltenem Atem zu wimmern.

»So!« rief Silvie, erfreut über den Zustand, in den sie ihn versetzt hatte. »Jetzt bist du bereit.«

Sie stieß ihn rücklings aufs Bett und befahl ihm, die Beine zu spreizen. Wie in einem wollüstigen Traum kam

Marcel ihrem Befehl nach und schaute zu, wie sie sich rittlings über seinen Bauch kniete und die Hose aufknöpfte. Sie zog ihr Seidenhemdchen bis an die Taille hinauf und erlaubte ihm einen kurzen Blick auf ihren runden Bauch und den dichten Busch darunter – dann hatte sie seinen strammen Krieger aus dem Schlitz seiner Unterhose geholt und führte ihn in ihre offene Hose und dorthin, wo sie ihn haben wollte.

»Wappne dich!« schrie sie mit vor Erregung hochrotem Gesicht. »Ich werde ganz und gar in dich eindringen!« Und mit einem heftigen Ruck ihrer behosten Lenden spießte sie sich auf seinen Pfahl. Er keuchte vor Lust.

»Ah!« rief er aus und ging auf ihr kleines Spiel ein. »So hart und so dick, Silvain. Du spaltest mich in zwei Hälften!«

»Mädchen wie du sind dazu geboren, auf dem Rücken zu liegen und zum Vergnügen der Männer die Beine breit zu machen«, gab sie grob zurück. »Zeig mir deine Brüste! Und hör auf vorzugeben, noch Jungfrau zu sein – mach die Beine weiter auseinander und laß mich ganz rein!«

Marcel riß sein Hemd bis zum Hals in die Höhe, und Silvie kratzte mit ihren scharlachroten Fingernägeln über seine Brustwarzen und seinen Bauch. Sie ritt auf seinem eingebetteten steifen Glied in kurzen, schnellen Bewegungen auf und ab, und ihr üppiger Busen hüpfte rhythmisch unter dem braunen Jackett.

»Glaub ja nicht, daß ich dich mit einem kleinen Höhepunkt davonkommen lasse«, keuchte sie. »Ich werde dich hernehmen, bis du völlig ausgepumpt bist, *petite Marceline*!«

»Oh ja, ja bitte«, seufzte er, und himmlische Gefühle durchrieselten ihn, während Silvie noch heftiger und noch schneller auf ihm ritt und vor Lust stöhnte.

8

Eine Dame setzt sich durch

Dieser Claude Belanger, was immer für eine Sorte Dummkopf er auch sein mochte, hatte einiges zu verantworten, dachte Marcel, als er den Telefonhörer auflegte. Der Anruf war von Silvie Tournet gewesen, und ihr neuester Plan, ihre Unabhängigkeit unter Beweis zu stellen, hatte ihn erstaunt und gleichzeitig amüsiert. Seit sie in der Rue Delambre ihre kleine Komödie gespielt hatte, schien sie so lüsterner Stimmung zu sein, daß sie darüber alle Nüchternheit und Vorsicht, vom normalen Anstand ganz zu schweigen, vergaß.

»Mein lieber Marcel, ich möchte, daß du mich heute abend in ein Bordell führst«, hatte sie am Telefon erklärt; er protestierte und behauptete, das sei unmöglich. »Wieso denn?« wollte sie wissen. »Männer gehen dorthin, um sich zu amüsieren, ohne sich deswegen den Kopf zu zerbrechen. Jetzt, wo ich die weibliche Unterwürfigkeit abgestreift habe und mir sämtliche Freiheiten der Männer erlaube, habe ich auch das Recht, Etablissements dieser Art aufzusuchen. Du darfst mich um neun Uhr abholen.«

»Silvie – ich bitte dich! Überleg dir doch mal, was du da vorschlägst! Es wird den Männern peinlich sein, unter all den Mädchen des Hauses eine Dame zu entdekken – sie werden sich in ihrem Stolz verletzt fühlen – und das kann katastrophal sein!«

»Wieso denn?« fragte sie, nicht sonderlich freundlich.

»In einem Freudenhaus will kein Mann von einer

Dame dabei beobachtet werden, wie er in seiner männlichen Herrlichkeit vor den Mädchen auf und ab stolziert. Deine Anwesenheit wird sie völlig verstören. Sie werden davonschleichen, ohne den Mädchen die Chance zu geben, an diesem Abend ihren Unterhalt zu verdienen. Und die Besitzerin wird wütend sein.«

»Was für ein Unsinn!« behauptete Silvie. »Du willst mir doch nicht weismachen, daß Männer, die Huren für ihre Liebesdienste bezahlen, so feinfühlig sind, daß sie die Anwesenheit einer anderen Frau völlig aus dem Konzept bringt! In Wirklichkeit fürchtest du, wenn du es nur ehrlich zugeben würdest, daß ich ein paar der Männer wiedererkennen könnte und sie mich – es wäre eine gesellschaftliche Schande, keine sexuelle.«

»Ich würde dir dennoch dringend raten, diese verrückte Idee fallen zu lassen«, sagte Marcel, ohne auf ihren Einwurf einzugehen. »Ich lade dich heute abend in die *Folies Bergères* ein – Männer schätzen diesen Ort, weil sie dort auf der Bühne hübsche Mädchen ohne Kleider zu sehen bekommen.«

Aber Silvie ließ sich von ihrem einmal gefaßten Plan nicht mehr abbringen.

»Der einfachste Weg, deine Bedenken zu überwinden«, sagte sie, »besteht darin, in ein drittklassiges Bordell zu gehen, nicht in eins *de luxe*, wo Männer, die ich kenne, Kunden sein könnten. Kennst du ein angemessenes Haus, wo du mich hinführen kannst, oder bist du nur in den teuren gewesen?«

»Natürlich kenne ich kein angemessenes Bordell, in das ich dich führen könnte«, gab er zurück. »Denn es gibt kein angemessenes.«

»So, so, jetzt begreife ich, was du unter männlichem Stolz verstehst«, kicherte Silvie. »Wenn ich dabei bin, dann schämst du dich, in ein Freudenhaus zu gehen, obwohl du es allein ohne zu zögern aufsuchen würdest. Aber, sag mir doch, vor wem schämst du dich denn? Vor mir? Vor den Mädchen dort? Vor dir selbst?«

»Manche Seiten des Lebens sind ausschließlich uns Männern vorbehalten«, antwortete er nicht sonderlich selbstsicher. »So ist es immer gewesen.«

»Dann ist es allerhöchste Zeit, das zu ändern«, erklärte Silvie bestimmt.

»Mag sein, aber ich halte es nicht für möglich, jahrhundertealte Traditionen an einem Abend zu verändern«, meinte er.

»Traditionen! Du meinst jahrhundertealte Vorurteile. Wovor hast du denn nur Angst? Daß du zu verlegen sein wirst, um hart zu werden? Keine Angst, mein Lieber, dafür werde ich schon sorgen.«

»Davon bin ich überzeugt«, sagte er mit einem Grinsen, weil er sich erinnerte, wie groß seine Erregung gewesen war, als sie ihn auf dem durchgelegenen Bett in jener verflohten Absteige genommen hatte, »aber es gibt viele interessante Orte, die wir aufsuchen könnten, um dir Gelegenheit zu geben, deinen zweifelhaften Charme und deine Kunstfertigkeit einzusetzen, um ihn steif zu machen. Dafür brauchen wir nicht in ein billiges Bordell zu gehen.«

»Eine Absage lasse ich nicht gelten, Marcel – komm mich um neun Uhr abholen und erkundige dich vorher, wo wir hingehen. Und da wir in eine anrüchige, kleine Lasterhöhle gehen werden, zieh dich entsprechend dafür an.«

»Was meinst du damit? Soll ich Lumpen anziehen und ein Halstuch anstelle einer Krawatte? Das ist absurd!« protestierte er.

»Natürlich wäre das absurd«, gab sie ihm recht. »Ich meine, du solltest einen Smoking mit schwarzem Schlips tragen. In einer Räuberhöhle mag es nützlich sein, die Huren und Verbrecher sehen zu lassen, daß wir besser gestellt sind.«

»Aber das ist absoluter Wahnsinn – man wird uns die Kehle durchschneiden, wenn man sieht, daß wir Geld haben!«

»Unsinn! Es geht nur darum, unsere gesellschaftliche Überlegenheit zu demonstrieren. Punkt neun, verstanden?«

Nachdem Silvie ihre Wünsche klargemacht hatte, warf sie den Hörer auf die Gabel. Marcel sann über die außergewöhnliche Wirkung nach, die Claude Belanger auf sie gehabt hatte – oder besser gesagt, die triste Enttäuschung, die der verschwundene Liebhaber ihr bereitet hatte. Nicht, daß Marcel auch nur einen Augenblick lang glaubte, daß Belanger je die Absicht gehabt hatte, Silvie zu heiraten. Er war davon überzeugt, daß dies allein ihre Idee gewesen war, und der arme Belanger mußte einen Schock erlitten haben, als Adolphe ihn zu einem freundlichen Gespräch unter vier Augen einlud und ihm eine beträchtliche Summe anbot, falls er Silvie heiratete.

Kein Wunder, daß der Mann aus Frankreich geflüchtet war, um sich im vorderen Orient in Sicherheit zu bringen. Und was Silvie betraf, so war ihr Abstieg von den Freuden zivilisierter Liebe in die verbotenen Abgründe eindeutig ihren verletzten Gefühlen zuzuschreiben. Wenn sie einmal genug von den anrüchigen Abenteuern gekostet hätte, würde sie wieder normal werden. Da Marcel eine gewisse ironische Zuneigung zu ihr hatte und ihr Hunger nach erotischen Genüssen so groß wie seiner war, war er bereit, im Augenblick ihren Launen nachzugeben – allerdings in der Hoffnung, es würde nicht allzulange dauern.

Fünf Minuten nach neun – zum Beweis seiner eigenen Überlegenheit – erschien er in eleganter Abendgarderobe in der Wohnung der Lacostes. Die Tür wurde ihm nicht von dem zuvorkommenden Diener geöffnet, sondern von Silvies Zofe – der gleichen, die aus dem Schlafzimmer geschickt worden war, damit er ihre Arbeitgeberin befriedigen konnte. Sie sagte *Bon soir, Monsieur* und schenkte ihm ein Grinsen, so daß ihm ziemlich unbehaglich zumute war. Als er in den Salon trat, entdeckte er den Grund für die Heiterkeit der Bediensteten – da stand Silvie mit einem Glas Champagner in der Hand und lächelte ihm entgegen, angetan mit einer gut sitzenden Herren-Abendgarderobe – gestärktes weißes Hemd, schwarze Fliege, Smokingjacke und eine schwarze Nadelstreifenhose.

Sie hielt ihm die Hand entgegen, und ohne nachzudenken, beugte er sich darüber, um sie zu küssen, doch statt dessen wurde seine Hand heftig geschüttelt.

»Mach keinen Fehler«, sagte Silvie, »heute abend bin ich ebensosehr ein Mann wie du es bist, mein Lieber.«

Die grinsende Zofe brachte Marcel ein Glas gut gekühlten Champagner, und er gratulierte Silvie dazu, wie gut der Anzug saß.

»Er gehört Adolphe«, sagte sie und drehte sich auf höchst unmännliche Weise herum, um ihm zu zeigen, wie gut ihr das Jackett an Schultern und Gesäß paßte. »Er weiß natürlich nicht, daß ich ihn genommen habe, sonst würde er sich aufregen. Ich habe ihn aus seinem Schrank stibitzt, während er im Büro war, und zu meinem Schneider gebracht, der es für mich abänderte. Wie findest du ihn?«

»Fabelhaft«, gratulierte er. »Manch ein Mann wäre stolz, eine so stark entwickelte Brust zu besitzen. Dein Bruder hat dich also nicht so gekleidet gesehen?«

»Ich habe gewartet, bis er weg war, ehe ich mich umgezogen habe. Er hat Gabrielle zum Abendessen ausgeführt. Wußtest du, daß sie einen Termin für die Hochzeit festgelegt haben? Am 16. September – ein Donnerstag, glaube ich. Sie sprechen davon, ihre Hochzeitsreise nach Ägypten zu machen.«

Marcel war zwar nicht in Gabrielle verliebt, aber es ließ sich nicht abstreiten, daß er starke Gefühle für sie hegte. Er konnte die Vorstellung, daß Adolphe sie besuchte und mit ihr spielte, nur deshalb ertragen, weil er es vorzog, nicht darüber nachzudenken, wenn er nicht bei ihr war, und wenn er sie besuchen ging, war er mit angenehmeren Angelegenheiten beschäftigt und verschwendete keinen Gedanken daran. Dennoch hatte er tief im Innern das unbestimmte Gefühl, daß er, falls er sich jemals die Zeit nahm, seine intime Beziehung mit Gabrielle ernsthaft zu betrachten, zu einem äußerst unerfreulichen Ergebnis kommen könnte.

»Was hast du denn?« fragte Silvie. »Du bist ja ganz blaß geworden – geht's dir nicht gut?«

»Doch, ganz ausgezeichnet«, sagte er sofort und hielt sein Glas hin, damit es nachgefüllt würde. Als die Flasche leer war, und die Zofe eine zweite gebracht hatte, die sie bald ebenfalls geleert hatten, fühlte sich Marcel schon viel fröhlicher – und außerdem bereit für das nächtliche Abenteuer mit Silvie. Die unangenehmen Gedanken verflüchtigten sich.

Sie fanden ein Taxi und machten sich wieder auf den Weg zum linken Seineufer. Silvie legte ihre Hand auf Marcels Schenkel und streichelte ihn, um ihn zu erregen, und, um nicht ausgestochen zu werden, erwiderte er das Kompliment, auch wenn es ihm höchst seltsam vorkam, einen Schenkel in Herrenhosen zu streicheln. Sie wollte wissen, wo die *de luxe* Bordells seien, in die er sie nicht führen wollte, und er berichtete ihr vom *Chabanais* nahe der Börse, und vom *Maison Junot* gleich um die Ecke, bei der Oper, und von den sehr angesehenen Häusern in der Rue Pasquier und der Rue des Moulins und der Rue Blondel – und vom berühmten *Sphinx* am Montparnasse, nicht weit von dem Hotel, wo sie die Rollen getauscht hatten für ein heftiges Liebesspiel.

»Und dort gehen wir jetzt hin?« fragte sie und drückte sein steifes Glied fragend durch die Hosen hindurch.

»Nein, das ist unmöglich«, gab er zurück, »im *Sphinx*

sind vierzig oder fünfzig Mädchen angestellt, und selbst an einem Donnerstagabend wird es rammelvoll sein – ich bin fast hundertprozentig sicher, daß du ein paar von den Männern dort kennen würdest.«

»Und wohin gehen wir dann?« fragte sie und kicherte, als er seine Hand in ihren Hosenbund schob, um ihren Bauch anzufassen.

»Wo wir uns vollständiger Anonymität sicher sein können«, antwortete er. »Es ist ein so schrecklicher Ort, daß niemand, den wir kennen, je auch nur im Traum daran dächte, dort hinzugehen. Du wirst es gräßlich finden, aber jetzt, wo du männliche Begierden hast, mußt du lernen, hin und wieder einen anständigen Abstieg in den Sumpf zu genießen.«

Das Taxi fuhr am Bahnhof und am Friedhof von Montparnasse vorbei, bis Marcel dem Chauffeur sagte, er solle anhalten, denn er war auch diesmal nicht willens, schockiert betrachtet zu werden, wenn er ihr wahres Ziel angab. Er bezahlte das Taxi an der Avenue de Maine und wollte Silvie gerade unterhaken, als er sich eines Besseren besann und mit den Achseln zuckte – schließlich war sie als Mann verkleidet, und in diesem heruntergekommenen Pariser Arbeiterviertel hätten zwei Männer Arm in Arm mit großer Wahrscheinlichkeit rauhe Kommentare herausgefordert.

Er führte sie ein kleines Stück entlang der belebten, breiten Avenue und bog dann in die Rue Asseline ein – eine der vielen schmalen Gassen mit unansehnlichen, verfallenen alten Häusern. Die Pflastersteine waren rauh und holprig, und viele der Fenster waren dunkel und mit hölzernen Fensterläden verschlossen. In der Dämmerung suchte Marcel die Hausnummer, und als sie an die Tür kamen, die er suchte, blieb er stehen und legte seine Hand auf Silvies Arm.

»Bist du sicher, daß du da reingehen willst?« fragte er.

»Warum nicht?« sagte sie ohne zu zögern. »Ich habe

genau wie du ein Recht auf eine billige Hure, wenn ich eine will.«

»Also gut«, sagte er, grinste sie an und zog an der Klingel.

Ob die Wirklichkeit Silvies Erwartungen entsprach, konnte nur sie allein sagen. Sie traten in einen halbdunklen, schäbigen Raum, wo zwei Arbeiter und ein Matrose saßen und tranken, während vier nackte Frauen zu einem wimmernden Grammophon tanzten. Die Frau, die sie empfing, stieß Marcel und Silvie beinahe mit Gewalt auf zwei wackelige Stühle mit geflochtener Sitzfläche an einem kleinen Tisch und schlug ihnen eine Flasche Wein vor. Sie war mindestens sechzig, mit schwarzgefärbtem, stramm nach hinten gekämmtem und zu einem Knoten gebundenem Haar. Sie trug ein glänzendes schwarzes Kleid, unter dem ihr riesiger Bauch wie eine umgestürzte Mauer hervorragte, und ihr gewaltiger Hängebusen wirkte äußerst einschüchternd.

Kunden im Smoking waren seltene Vögel in der Rue Asseline – so selten, wie weiße Raben, könnte man sagen – und die Augen der guten Alten leuchteten erfreut auf. Zwei reiche Dummköpfe auf Zechtour – sie witterte Geld. Dennoch schaute sie Silvie ein wenig zweifelnd an – und aus gutem Grund. Silvie hatte ihr Gesicht sehr leicht geschminkt und ihr kurzes, dunkles Haar mit Pomade geglättet, und sie trug, passend zu der Smokingjacke, einen Herrenhut mit heruntergeklappter Krempe. Doch trotz alledem – nicht einmal ein Blinder hätte sich über ihr wahres Geschlecht hinwegtäuschen lassen.

Die alte Dirne mit dem gewaltigen Busen lächelte, als Marcel den Wein abschlug, der sicher sauer und dünn sein würde, und Pernod bestellte – ein Lächeln, das Zahnlücken enthüllte.

»Hab euch noch nie hier gesehen«, sagte sie nicht unfreundlich, zu Marcel gewandt, »dich und deinen Freund.«

»Dieser Herr und ich sind zum ersten Mal hier«, erwiderte Marcel, die Hand für einen Augenblick auf Silvies behostem Schenkel. »Wir haben die Absicht, zwei von Ihren Mädchen mit nach oben zu nehmen, nachdem wir etwas getrunken haben. Welche von Ihnen würden Sie für ein Vierergespann vorschlagen, Madame? Unter diesen Umständen einen ganz speziellen Vierer, Sie verstehen.«

»Sehr speziell«, stimmte sie mit einem zynischen Grinsen zu. »Ich werde zwei für euch aussuchen, die euch alles geben werden, was ihr wünscht – aber das wird natürlich nicht billig sein.«

Man brachte ihnen eine Flasche Pernod und eine Karaffe mit Wasser, und Marcel und Silvie beobachteten die langsam kreisenden Tänzerinnen, während sie an ihren Gläsern nippten.

»Ich hatte erwartet, daß sie jünger wären«, sagte Silvie. »Keine von denen ist jünger als dreißig. Und hübsch sind sie auch nicht, oder?«

»Nun, für junge, hübsche Mädchen muß man in eines der *de luxe* Häuser gehen«, sagte Marcel, »aber hab keine Angst – diese hier sind erfahren und gutwillig. Und Madame Großbusen wird ihnen im voraus sagen, was wir von ihnen erwarten.«

»Woher will sie denn wissen, was wir erwarten?« fragte Silvie. »Ich weiß es ja selbst nicht einmal.«

»Solche Bordellmütter waren vorher Huren, ihr Leben lang«, sagte Marcel. »Aufgrund ihrer umfangreichen, sündigen Erfahrung hat sie uns eingeschätzt und weiß ganz genau, was wir tun wollen, wenn wir mit ihren Mädchen nach oben gehen. Überlaß es ruhig ihr – wir sind in besten Händen, auch wenn sie uns mindestens das Doppelte abknöpfen wird.«

Hin und wieder, um die Trinker zu unterhalten und ihre Gedanken auf die Spezialität des Hauses zu lenken, hielten zwei der nackten Tänzerinnen lang genug inne, um sich mit vorgetäuschter Leidenschaft zu küssen, wobei sie ihre schlaffen Brüste und Bäuche aneinanderdrückten. Der Matrose ließ sich von diesen kleinen Darbietungen imitierter Begierde zum Handeln anregen, denn er sprang auf, als eine der unregelmäßig gefärbten Blondinen an ihm vorbeikam, um einen herzlichen Schmatzer auf ihr nacktes Hinterteil zu drücken. Augenblicklich befreite sie sich aus der Umarmung der Frau, mit der sie tanzte, und drehte sich herum, nahm seine Hand und führte ihn hinaus.

Wie auf ein Stichwort hin kam eine andere nackte Frau herein, ein rosiges Pummelchen, deren Brüste und Bauch und Po beim Gehen hüpften, so daß der Betrachter ein Lächeln nicht unterdrücken konnte. Sie setzte sich zu den beiden Arbeitern und schwatzte ihnen ein Glas Wein ab. Ein oder zwei Minuten später folgte ihr eine karottenhaarige Frau in den Raum – sie trug unmoderne, gekräuselte Locken, die ihr bis zu den Schulterblättern über den Rücken hingen. Sie stand in der Tür und schaute lächelnd umher.

»Diese beiden Frauen«, sagte Silvie, »haben sie ...?«

»Aber ja«, antwortete Marcel. »Sie sind oben ihrer Arbeit nachgegangen.«

»Du meinst, die beiden haben es gerade gemacht?« wollte sie wissen und starrte auf das Dreieck ingwerfarbener Kraushaare zwischen den fleischigen, fahlen Schenkeln, als erwarte sie, dort irgendein Zeichen für den Beruf des Mädchens zu finden.

»Oder man hat es ihnen gemacht«, grinste Marcel. »Das hängt davon ab, aus welchem Blickwinkel du es betrachtest. Männer machen es, und Frauen lassen es sich machen – das solltest du wissen.«

Die langhaarige Frau trug billige, rote Schuhe mit schlimm zerschrammten, hohen Absätzen. Sie hatte Silvies Interesse an ihr augenblicklich registriert und kam lächelnd an den Tisch, wobei sie die Hüften so aufreizend wie möglich wiegte. Sie legte beide Hände flach auf die Tischplatte und beugte sich herunter, um Silvie auf die Backe zu küssen, wobei ihre Brüste locker schaukelten.

»Bon soir, Monsieur«, sagte sie zu Silvie mit ironischer Betonung. »Darf ich ein Schlückchen aus Ihrem Glas haben?«

Eine Antwort war natürlich völlig überflüssig, denn ehe sie zu Ende gesprochen hatte, saß sie bereits mit ihrem nackten Po auf einem freien Stuhl, die Ellbogen auf den Tisch gestützt und das Kinn auf die Hände, so daß ihre Arme ihre Brüste zusammenquetschten und die dunkelroten Brustwarzen auf Silvie zeigten. Marcel goß ihr einen Drink ein, und da Silvie stumm blieb, fragte er sie nach ihrem Namen.

»Nanette«, sagte sie mit einem schnellen Seitenblick auf ihn, »und wie soll ich deinen hübschen Freund nennen?«

»Silvain«, sagte Silvie und keuchte dabei ein wenig, »nenn mich Silvain.«

Das Keuchen war, wie Marcel amüsiert feststellte, von Nanettes Hand auf Silvies Schenkel verursacht worden. Doch noch ehe sich zwischen den beiden Frauen etwas Interessantes entwickeln konnte, kam die erschrekkende, alte Besitzerin zurück und brachte eine dunkelhaarige, kleine Frau ohne sichtbare Taille mit, die den dichtesten, schwärzesten, ausladendsten Lockenbusch besaß, den Marcel je an einer Frau gesehen hatte.

»Gut«, sagte sie. »Nanette ist schon da. Das hier ist Marie – sie kommt aus Korsika. So, nach oben mit euch, allesamt.«

Die beiden nackten Frauen führten Marcel und Silvie die Treppe hinauf in ein Zimmer, das nach hinten hinaus ging – ein Zimmer, ebenso anonym und trostlos wie jenes in dem verflohten Hotel hinter dem Bahnhof. Es enthielt ein großes Bett, das nach vielen Jahren heftigen Gebrauchs in der Mitte durchsackte, einen einfachen

Holzstuhl, der sich nach einer Seite neigte, einen schmalen, abgewetzten Teppich auf dem rissigen Linoleumboden und einen Waschtisch mit einer Schüssel und einer Kanne mit Wasser.

»Wie verkommen das alles ist!« sagte Silvie, als sie sich mit vor Staunen aufgerissenen Augen umschaute. »Ich wußte gar nicht, daß Sex derartig elementar sein kann. Das ist es also, wo Männer hingehen – Himmel, ist das aufregend!«

Nanette und Marie schauten einander an und tauschten ein Grinsen, das deutlicher als alle Worte besagte, daß man, wenn diese reiche Kuh von einer Lesbierin – denn so interpretierten sie Silvies Männerkleider – dieses vergammelte Schlafzimmer aufregend fand, ihr ein dikkes Geldgeschenk abknöpfen konnte, nachdem man sie gemeinsam ausgewrungen hatte. Marcel sah das Grinsen und verstand seine Bedeutung. Er war neugierig, was als nächstes geschehen würde. Er legte einen Arm um die kurzgewachsene, dunkelhaarige Marie und zog sie neben sich auf die Bettkante – dann schlug er Silvie und Nanette vor, sich auf die andere Seite zu setzen, denn es war Platz genug für alle vier.

Marie ließ sich lachend auf den Rücken fallen, spreizte die kurzen Beine weit auseinander und ließ die Füße hoch über dem Boden baumeln. Marcel starrte staunend und genüßlich auf ihre buschige *motte* – er hielt sie für die sinnlichste, die er je zu sehen bekommen hatte. Jetzt, wo ihr Hügel durch das Spreizen der Beine ganz sichtbar war, ragte er voll und prall zwischen ihren molligen Schenkeln hervor. Die fleischigen Lippen schmollten deutlich sichtbar in dem Busch dichten, schwarzen Haars, als seien sie bereit, einen heißen Kuß auf jeden männlichen Schaft zu drücken, der nah genug kam. Marcels Finger streichelten flink ihr entzückendes *joujou* und glitten dann hinein, wo sie einen recht großen Knopf fanden, den sie kitzelten.

»Du magst es, wie mein Spalt sich anfühlt, nicht wahr?«, fragte Marie mit einem kehligen, kleinen Kichern. »Hast du vor, nur mit deinen Fingern rumzufummeln, oder willst du dich doch lieber auf mich legen und es anständig machen?«

Zur Antwort knöpfte Marcel seine Hose auf und holte sein strammes Glied heraus. Marie grinste, als sie die Größe dessen sah, was er da zur Schau stellte, und machte ihre Beine noch ein Stück breiter. Sofort stand Marcel auf, entledigte sich seiner Kleider und war über ihr auf dem Bett, den Schaft in der Hand, bereit, tief hineinzutauchen, und die pralle Eichel klopfte ungeduldig gegen die dicken Lippen ihrer Pforte.

Er warf einen Seitenblick auf Silvie, die mit der nackten Mademoiselle Karotte auf der anderen Seite des Bettes saß. Sie hatten die Arme umeinander gelegt. Beide Frauen starrten über ihre Schultern auf das, was er mit Marie machte, und grinsten über das ganze Gesicht. Auch wenn ihre Hände für ihn nicht zu sehen waren, hatte er den deutlichen Eindruck, daß das Mädchen Silvies Hose aufgeknöpft und ihre Hand hineingeschoben hatte, um sie zu streicheln.

»Au ja!« rief Silvie, die schönen braunen Augen vor Aufregung weit aufgerissen. »Mach es ihr, *chérie*!«

Er hatte sich gefragt, ob Silvie vielleicht neidisch würde, wenn sie ihn den Akt mit einer anderen Frau vollziehen sehen würde, selbst wenn es nur eine Hure war, aber sie drängte ihn mit einer beinahe männlichen Begeisterung dazu, was er nur schwer begreifen konnte. Marie ließ ihre Hand über ihren Bauch gleiten, um sich für ihn aufzuspreizen, und mit einem langen, schnellen Stoß drang er in sie. Sofort begann sie, ihm ihre Lenden in kräftigem Rhythmus entgegen zu stemmen – sollte er seiner Freundin mal zeigen, wie man das macht! Ihr Körper war im Laufe der Jahre zu oft benutzt worden, um ihn wirklich eng umschließen zu können, aber er ließ sie sein ganzes Gewicht fühlen und klatschte mit kurzen, kräftigen Stößen gegen ihren Bauch.

»So ist es recht!« rief Marie unter ihm aus. »Zeig deinem Kumpel, wie ein richtiger Mann es einer Frau macht!«

»Ja, zeig es mir, Marcel!« hörte er Silvie aufschreien. »Gib es ihr schnell und kräftig, für deinen Kumpel!«

Er fühlte, wie eine Hand sich zwischen seine Schenkel schob, und wußte nicht, ob es Silvie oder das rothaarige Mädchen war, das von hinten seine *pompons* kitzelte. Er atmete schnell, keuchte beinahe, während er Maries molligen Körper bearbeitete, und kleine Schauder der Erregung schüttelten ihn von Kopf bis Fuß. Er brauchte nicht sonderlich gedrängt zu werden, weder von Silvie noch von der Frau, auf der er lag, denn die verwahrloste Umgebung hatte ihn ungeheuer aufgereizt. Weniger als zwei Minuten, nachdem er in Marie eingedrungen war, kam sein Höhepunkt, und sein Mannessaft spritzte in dicken Strahlen in ihren bebenden Bauch.

Als er wieder ruhig geworden war, stieg er von Marie, und beide setzten sich auf und lehnten sich an das angelaufene Messinggestell des Bettes. Die rothaarige Nanette hatte inzwischen Silvie auf den Rücken geworfen, ihre Jacke aufgeknöpft, das gestärkte Smokinghemd bis zum Bauchnabel hochgezogen und die Hose weit geöffnet, um ihr verlockendes, cremefarbenes Fleisch und ihr ordentlich gestutztes Dreieck bloßzulegen. Silvie hatte lustvoll die Augen geschlossen, während das Mädchen mit ihr spielte.

»Schau dir dieses kleine Gebüsch an, Marie«, sage Nanette grinsend, »sie schneidet es mit einer Nagelschere, wenn es zu lang wird – stell dir das vor! Nicht wie deins, was? Wenn du deins stutzt, dann reicht es, um ein Kissen zu stopfen.«

Während sie sprach, ließ sie ihre Hand über Silvies nackte Haut wandern, vom Bauchnabel bis halbwegs auf die Schenkel. Marcel schaute völlig fasziniert zu, wie Nanettes Fingerspitzen an den rosigen Lippen von Silvies *jou-jou* entlangstrichen und er seufzte tief, als er sah, wie ihr Mittelfinger sich dazwischen schob und in sie eindrang. Er seufzte wieder, als der Zeigefinger dem Mittelfinger folgte, und auch Silvie stöhnte auf, als die beiden Finger ihre nasse Knospe rieben – und ihr erregtes Stöhnen widersprach ihrem maskulinen Aussehen.

»Das macht *dich* ja wieder steif«, sagte Marie zu Marcel mit rauhem Kichern, die Hand zwischen seinen Schenkeln, um an seinem schwellenden Apparat zu ziehen, »soll ich mich auf den Rücken legen?«

»Warte«, murmelte er. »Erst will ich da zusehen.«

»Es geht nichts über eine kleine Vorstellung, um einen Mann in Gang zu setzen«, sagte Marie und rieb rhythmisch an seinem harten Glied auf und ab.

Nanette zog Silvies Hose noch ein Stück über die Schenkel und spreizte mit der linken Hand ihr *jou-jou* weiter auseinander, als es je zuvor geöffnet worden war, um das rosige Fleischknöspchen freizulegen, das inzwischen prall hervorragte. Mit zwei Fingern rieb sie es schneller und immer schneller, und Silvies Atem ging in kurzen Stößen, während sie sich ihrem Höhepunkt näherte.

»Oh, mein Gott...« wimmerte sie, »hör nicht auf...«

Ihr Ausbruch der Ekstase bescherte ihnen einen plötzlichen Sturm zuckender Hüften und strampelnder Beine – sie verlor vollkommen die Kontrolle über sich. Sie schrie laut und wäre vom Bett gefallen und hätte sich auf dem Boden gewälzt, hätte Nanette sie nicht festgehalten, während sie sie durch einen langen, geräuschvollen Höhepunkt trieb.

»Stimmt, du bist jetzt wieder dafür bereit«, sagte Marie und lachte über Marcel, der mit offenem Mund zugeschaut hatte – als hätte ihn der Anblick von Silvies

Höhepunkt versteinern lassen, auch wenn seine Lanze sich heftig regte. Marcel lehnte am Kopfende des Bettes, und Marie beugte sich über ihn. Sie klemmte seinen Schaft zwischen ihr Hängebrüste, die sie mit den Händen hin und her schwenkte.

»Ah, das gefällt dir, was?« rief sie aus, als sie sah, daß sein Blick bei den köstlichen Gefühlen, die ihn überliefen, träumerisch wurde, und Marcel nickte und seufzte, ziemlich sicher, daß er in wenigen Sekunden über ihre Brust spritzen würde.

Kaum hatte sie erkannt, wie erregt er war, befreite sie sein steifes Glied von ihren Brüsten, hielt es aber noch fest in der Hand, während sie ihn anwies, sich ihr gegenüber flach aufs Bett zu legen.

»Schau mal«, sagte sie und legte die dicke Eichel seines Prachtstücks an die fleischigen Lippen in dem dichten Busch schwarzen Haares zwischen ihren Schenkeln. Marcel schaute mit genießerischem Staunen zu, wie ihre Hand langsam auf und ab fuhr und die Eichel seines begierigen Schafts an ihrem völlig verborgenen Kopf rieb.

»In den Augen von Mutter Lussot bin ich nichts als eine arme korsische Hure«, sagte sie kichernd, »aber du bist ein gebildeter Mann – wer hat jetzt wen? Nimmst du mich, oder nehme ich dich?«

Was sie mit ihm machte, erregte Marcel in solchem Maße, daß er einfach nicht länger passiv bleiben konnte. Er grub seine Finger in das Fleisch von Maries Hüften, um sie festzuhalten, während er mit einem gewaltigen Stoß seinen steifen Schaft durch ihre klammernde Hand tief zwischen die haarigen Lippen in sie hineinrammte – mit sofortigem Resultat. Sie lachte und warf sich mit dem Bauch gegen ihn, während er seine Leidenschaft in sie spritzte, und er hielt sie an sich gedrückt, während er erlöst schauderte und zitterte.

Als er sich wieder gefangen hatte, sah er, wie Silvie

und die rothaarige Nanette gemütlich nebeneinander saßen und miteinander schwatzten wie Freundinnen bei einem gesellschaftlichen Anlaß. Er hörte Silvie fragen, wie oft Nanette an diesem Tag schon Freier empfangen hätte, und ihren Seufzer der Überraschung und des Neides, als das Mädchen angab, daß sie es bis jetzt elf Mal gemacht habe.

»Ich habe es noch nie öfter als sieben mal an einem Tag gemacht«, erzählte Silvie ihrer neuen Vertrauten. »Und dazu brauchte es zwei verschiedene Männer – ich hatte einen den ganzen Nachmittag in meiner Wohnung – das war, als ich noch allein lebte – und dann war ich mit einem anderen Freund zum Abendessen und ging anschließend mit in seine Wohnung, und er hat es viermal geschafft. Das ist das Problem mit den Männern – sie haben einfach nicht genug Ausdauer, um mit uns mithalten zu können, nicht wahr? Was ist das höchste, was ein Mann je mit dir hingekriegt hat?«

»Die Männer, die herkommen, wollen es selten mehr als nur einmal machen«, sagte Nanette, »aber hin und wieder kriegst du mal einen, der gerade die richtige Menge getrunken hat und eine zweite Runde will. Aber mein Freund ist ein Tiger, wenn er mich auf den Rücken legt – niemals weniger als drei Mal, ehe er mir sagt, ich solle aufstehen und ihm was zu essen kochen.«

»Wann hast du denn überhaupt Zeit für einen Freund?« wollte Silvie wissen. »Ich dachte, du seist Tag und Nacht hier, oder?«

»Wenn ich meinen freien Tag habe, natürlich«, gab Nanette zurück. »Jeder hat mal einen freien Tag – man kann nicht sieben Tagen die Woche arbeiten. Das Problem ist, daß er vor ein paar Wochen jemanden bei einem Streit niedergestochen und halbwegs kaltgemacht hat, so daß man ihn in den Knast gesteckt hat. Jetzt kann ich nirgendwo mehr hingehen.«

Sie sah, daß Marcel ihrem Gespräch zuhörte und

stand grinsend vom Bett auf. Sie beugte sich vor, um Silvie einen Kuß auf die Backe zu drücken, und ihre schlaffen Brüste schaukelten dabei.

»Ich kümmere mich mal um deinen Kumpel«, sagte sie. »Er sieht aus wie jemand, der nach zwei Mal nicht gleich aufhört.«

Und sofort tauschte das große, dünne Fräulein Karotte den Platz mit der kleinen, dunkelhaarigen Marie, setzte sich neben Marcel und rollte sein schlaffes Stück zwischen ihren erfahrenen Fingern, um zu sehen, ob es reagierte.

»Warst du das, der es deiner Freundin viermal gemacht hat?« fragte sie mit einem schelmischen Grinsen. »Du siehst so aus, als könntest du das gewesen sein – oder warst du der Dreimal-Mann am Nachmittag?«

»Weder noch, soweit ich mich erinnern kann«, antwortete er mit einem Lächeln und spielte an ihrem Busen herum. »Aber wir hatten unsere kleinen Momente miteinander.«

Nanette rutschte mit ihrem bloßen Po vom Bett und kniete auf dem Boden, ehe er erriet, was sie im Schilde führte. Sie legte ihm die Hände auf die Knie und drückte sie weit auseinander, beugte sich vor und saugte sich seinen wachsenden Stengel in den Mund. Marcel stieß einen kleinen Seufzer der Lust aus, die ihn bald durchzuckte. Er legte dem Mädchen die Hände auf die nackten Schultern und starrte hinunter auf das, was sie da mit ihm machte. Ihre fachmännischen Aufmerksamkeiten hatten sein liebstes Besitztum dazu gebracht, sich wieder zu seinen vollen fünfzehn Zentimetern aufzurichten, und sie hatte dem purpurnen Köpfchen die Haube abgestreift, um es mit der Zunge zu liebkosen.

»Ah, *mon Dieu*!« stöhnte er, als er mitansah, wie sein dicker Schaft unter Nanettes Fingern zitterte, während er bestrebt war, noch tiefer einzudringen, und wieder »Ah, *mon Dieu*!«, als er glückselig versuchte, zu bisher unerreichter Größe anzuschwellen. Nanettes dunkle Augen schauten auf, um den seinen zu begegnen, und in ihrem Blick glaubte er das Leuchten der Begierde zu entdecken, und den Wunsch, alles aus ihm herauszuholen, was er zu geben hatte – in jedem auch nur denkbaren Sinne!

Er faßte nach ihren schlaffen, kleinen Brüsten und knetete daran herum, während ihre Zunge über den Kopf seines Prachtstücks schnellte, das sich stolz und voll glühender Leidenschaft aufgeplustert hatte. Er zitterte am ganzen Leib, und seine Beine bebten unkontrollierbar – um sie still zu halten, legte er sie Nanette über den Rücken und zog sie näher zwischen seine gespreizten Schenkel. Sie erkannte die Zeichen seines schnell herannahenden Höhepunkts und reagierte sofort – er stöhnte auf, als er fühlte, wie die feuchte Wärme ihres Mundes ihn aufnahm und den ganzen Kopf seines Schafts einsaugte!

Im nächsten Moment schrie er auf und schauderte unter den Zuckungen der Ekstase, während das Mädchen seine Lust austrank. Der Genuß war so durchdringend, daß er für geraume Zeit, nachdem er geendet hatte, vornübergebeugt dasaß, die zitternden Hände auf ihren Schultern, und sie wie vom Donner gerührt anstarrte. Als er die Sprache wiedergefunden hatte, sagte er, daß sie das wirklich sehr gut beherrsche, und sie grinste und meinte, Marie könne das ebenfalls und nickte in Richtung des Bettes hinter seinem Rücken.

Er befreite sich von Mademoiselle Karotte und drehte sich um, um zu sehen, was mit Silvie geschah. Die dralle, kleine Marie hatte ihr sämtliche Kleider abgestreift, so daß sie nun ebenso nackt war wie die anderen, und lag auf dem Rücken und ihre Kehrseite ragte über die Bettkante hinaus. Marie hatte Marcels Kleider vom Stuhl auf den Boden geworfen, den Stuhl neben das Bett gerückt und saß nun zwischen Silvies gespreizten Schenkeln, die auf ihren Schultern ruhten.

Marcel konnte sehen, daß Marie beide Daumen benutzte, um Silvie offen zu halten, während ihr Hals gebeugt war, um ihr Gesicht zwischen Silvies Schenkeln zu vergraben, und ihre nasse Zunge leckte an dem bloßgelegten rosigen Knopf. Silvie wand sich wie ein Aal, als die Wonnegefühle sie auf eine ekstatische Erlösung zutrieben. Sie schrie unter der Gewalt ihrer Lust, dann hielt sie inne, als sei sie zeitweilig völlig ausgepumpt, dann erholte sie sich wieder und wimmerte aufs neue unter den brutalen Zärtlichkeiten von Maries emsiger Zunge. Ihre Beine strampelten über den Schultern ihrer Peinigerin, und ein plötzlicher Schrei kopfloser Lust verkündete den Ausbruch ihres großen Höhepunktes.

Marcel hatte den Eindruck, daß Silvie, selbst wenn sie ihre Wohnung in Männerkleidern verlassen hatte und ihr Recht, einem Mann in jeder Hinsicht gleichgestellt zu sein, unbedingt durchsetzen wollte, ihre Entschlossenheit sehr bald vergessen hatte und unter der gekonnten Manipulation der beiden Mädchen in Passivität zurückgefallen war. Sie lag friedlich auf dem Rücken und tauschte flüsternd Vertraulichkeiten mit der dunkelhaarigen Marie. Er hoffte, daß man nichts mehr von ihrem widernatürlichen Wunsch, einem Mann zu gleichen, hören würde – womit er zeigte, daß er lächerlich optimistisch war. Silvie war eine entschlossene Frau, was sie gleich darauf demonstrieren sollte.

Auf ein Wort von ihr packten Nanette und Marie ihn mit starken Händen, zerrten ihn in die durchhängende Mitte des Bettes und hielten seine Beine gespreizt, während Silvie sich dazwischen kniete und Nanette auf der einen, Marie auf der anderen Seite hockten und sein baumelndes Glied und seine schlaffen *pompons* befingerten, um ihn erneut zu erregen.

»So ist es schon besser«, rief Silvie aus, als sein gehätscheltes Anhängsel deutlich länger wurde.

Die beiden Mädchen grinsten sie an, als sie es zu voller

Größe brachten, indem sie es alles andere als zart kneteten und rieben.

»Bitteschön«, sagte Mademoiselle Karotte, »er ist bereit für dich – zeig mal, wie du ihn auslaugst.«

»Jetzt werde ich dich nehmen«, verkündete ihm Silvie, »und wenn du einigermaßen was taugst, dann gebe ich dir anschließend fünf *Francs* Trinkgeld.«

Und ohne weitere Umstände warf sie ein Bein über seinen Bauch und glitt auf ihn, so daß ihre prallen Brüste sich auf seine Brust quetschten. Für Marie war es die Sache eines Augenblicks, seinen harten Schaft in Silvies offenes, schlüpfriges *jou-jou* zu steuern, und er gab sich damit zufrieden, stillzuliegen und die Frauen mit ihm machen zu lassen, was sie wollten. Für eine scheinbare Ewigkeit der Lust wand sich Silvie auf seinem Bauch, und ihr zartes Fleisch umfing ihn, und sie machte ihn mit ihrem Gezerre und Gezwicke sogar noch härter.

Silvie hatte es nicht eilig, ihrer Lust ein Ende zu machen – Nanette streichelte ihre seidenhäutigen Hinterbacken, die rhythmisch gegen Marcel klatschten, und Marie saß aufrecht so nah daneben, daß Silvie eine ihrer dunkelroten Brustwarzen erreichen und lutschen konnte.

Marcel, vor Wonne schon halb im Delirium, streckte die Hand aus, fand Nanettes rothaarigen Spalt und schob einen Finger in die weiche Nässe.

»So ist's recht, Mädchen«, sagte Nanette zu Silvie, »putz ihm die Sichel! Das ist das einzige, wozu Männer gut sind!«

Silvie warf sich auf Marcels prallem Glied vor und zurück, schneller und immer schneller, und stöhnte und seufzte vor wollüstiger Erregung.

»Ja, ja, jetzt!« schrie sie. »Ich bin da!« Ihre glitschige Scheide umfing Marcel noch fester, ihr Körper ballte sich wie eine Faust, bevor ihr Höhepunkt explodierte.

»Oh, mein Gott, er hat's mir gemacht!« kreischte

Nanette voller Überraschung, und ihr dünner Leib krümmte sich bei dem unerwarteten Orgasmus, den Marcels Finger auf ihrem nassen Knöpfchen ausgelöst hatte.

Er rammte seine Finger tiefer in ihren rothaarigen, pulsierenden Spalt, hingerissen von seinem Erfolg. Im nächsten Moment fühlte er, wie Marie ihre Finger zwischen seine Pobacken zwängte und sie auseinanderdrückte. Er grunzte vor Glück, als sich ihre scharfen Fingernägel tief in sein Fleisch gruben, und seine Lenden zuckten heftig auf und ab, um Silvie über die Schwelle zur Erlösung zu treiben.

Ein Sturm der Gefühle toste durch seinen Leib, als Marie die Rosette zwischen seinen Backen fand und einen steifen Finger hineinbohrte. Vollständig überwältigt stieß er aufwärts in Silvies zuckenden Bauch, bis seine fünfzehn Zentimeter vollständig in ihr steckten. Mit einem Schrei, der beinahe ein Kreischen war, spritzte er den wütenden Sturzbach seiner Lust in sie hinein, und er hörte ihren schrillen Schrei, als auch sie sich in Ekstase auflöste.

»Das war die fünf *Francs* wert«, keuchte er, »her mit dem Geld! Du auch, Nanette – du schuldest mir auch fünf *Francs*.«

9

Schlafzimmerphilosophie

Für seinen Nachmittagsbesuch bei Gabrielle zog Marcel sich nach der letzten Mode an – er trug einen blaßblauen Anzug von exquisitem Schnitt, der ihm schmeichelte, ein Hemd aus schwerer, elfenbeinfarbener Seide und eine gepunktete Fliege mit dem dazu passenden Einstecktuch. Einen grauen Homburg keck auf dem Kopf, warf er kurz nach halb drei einen letzten prüfenden Blick in den Spiegel, als er das Telefon klingeln hörte – und kurz darauf klopfte die häßliche Zofe seiner Mutter an die Türe, um ihm zu sagen, der Anruf sei für ihn.

Es war Dany Robineau, und obgleich sie keinerlei Anstalten machte, sich für ihr Benehmen bei ihrer letzten Zusammenkunft zu entschuldigen, war die Tatsache, daß sie ihn anrief, ein erster Schritt zu einer Versöhnung. In der Tat glaubte Marcel, aus ihrer Stimme einen warmen Unterton herauszuhören, der sicher leicht bestärkt werden konnte. Aber wie dem auch sei, ihr Anruf kam wirklich im falschen Augenblick.

»Ich dachte, du hättest vielleicht Lust, mich besuchen zu kommen«, sagte sie zwanglos.

Marcel erwiderte, daß er normalerweise glücklich wäre, ihre Einladung anzunehmen, doch leider sei es ihm an diesem Nachmittag unmöglich. Wie wäre es morgen? schlug er vor. Dany gab sofort zurück, daß es morgen nicht ginge.

»Warum kommst du nicht jetzt gleich?« wollte sie wissen.

»Ich bin ganz allein in der Wohnung. Alle sind außer Haus, sogar das Personal.«

»Verdammt!« dachte Marcel, warum mußte Dany sich ausgerechnet heute mit ihm versöhnen wollen – was an und für sich höchst erfreulich sein könnte – wo Gabrielle ihn doch erwartete? Mit ehrlichem Bedauern wiederholte er, daß es heute einfach nicht möglich sei.

»Warum denn nicht?« beharrte sie, und er behauptete, er habe seiner Mama versprochen, sie zu einem Besuch bei einer Cousine zu begleiten, – was seinem Einfallsreichtum, nicht aber seiner Wahrheitsliebe alle Ehre machte.

»Solche Verabredungen sind dazu da, abgesagt zu werden«, erklärte Dany. »Du brauchst deiner Mama nur zu sagen, daß du mich besuchen kommst – sie mag mich, und es wird ihr Freude machen.«

»Aber Cousine Berthe wäre schrecklich enttäuscht«, widersprach er.

»Wen schert denn eine enttäuschte Cousine?« meinte Dany abschätzig. »*Du* wärest jedenfalls nicht enttäuscht, das verspreche ich dir.«

»Wirklich?« fragte er und tat so, als verstünde er nicht, was sie ihm da in Aussicht stellte, um sein Interesse zu wecken. »Was meinst du damit?«

»Als wir uns das letzte Mal gesehen haben, war ich sehr böse auf dich«, sagte sie vage, »ich habe dir ein paar häßliche Worte gesagt.«

»Darüber brauchst du dir keine Gedanken zu machen«, setzte Marcel sein neckendes Spiel fort, um zu sehen, ob er sie dazu bringen konnte, auszusprechen, was sie im Sinn hatte.

»Ich war nicht nett zu dir«, meinte sie, »und ich möchte es wiedergutmachen – du weißt, was ich meine.«

»Liebste Dany«, meinte er nonchalant, »ich meine mich zu erinnern, daß du ein wenig unglücklich warst, weil Pierre Martin gewisse Annäherungsversuche unternommen hatte, aber falls du unfreundlich zu mir warst, so habe ich das jedenfalls nicht gemerkt.«

»Doch, das hast du!« widersprach sie, ein wenig gereizt, daß er sich so dumm stellte. »Es stimmt, daß ich wirklich unglücklich war über die Pein, die mir dein gräßlicher Freund bereitet hat – es ist nicht übertrieben, zu sagen, daß ich verzweifelt war! Ich wußte kaum noch, was ich tat, und ich glaube, ich habe meine Verzweiflung an dir ausgelassen und mich an dich geklammert, wie ich es nicht hätte tun dürfen.«

Das war natürlich absolut wahr – während ihres Berichts über die Qualen, die dieser bestialische Pierre sie erleiden ließ, hatte sie Marcels steife Männlichkeit durch die Hosen hindurch gepackt.

»Das kann ich mir kaum vorstellen«, sagte er langsam und tat so, als würde er sein Gedächtnis nach diesem von ihr angedeuteten Vorfall durchforsten. »Ich hatte meine Arme um dich gelegt, um dich zu trösten, daran erinnere ich mich ganz genau, aber sonst ...« Damit ließ er seine Stimme verklingen.

Er konnte die unterdrückte Wut in ihrer Stimme hören, als sie ihm erklärte, er könne unmöglich vergessen haben, wie er ihren Kummer tausendfach schlimmer gemacht hatte, indem er sich ihr zur Schau stellte.

»Meine arme Dany – du warst offensichtlich viel verstörter, als ich gedacht habe«, sagte er und versuchte, mitfühlend zu klingen. »Was sagst du denn da! Pierre war es, der sich dir zur Schau gestellt hat, hast du mir gesagt.«

»Versuch nicht, dich rauszureden!« gab sie zurück. »Du hast deine Hose aufgerissen – du hast auf dem Sofa gesessen und dein langes, dickes Ding in die Höhe ragen lassen! Du hast erwartet, daß ich dich befriedige – ich, in dem Schockzustand, in dem ich war!«

»Liebe Dany«, murmelte Marcel und grinste vor sich hin, »hast du mich angerufen, um mich in deine Wohnung einzuladen, damit du mich für mein deiner Meinung nach schlechtes Benehmen maßregeln kannst?«

»Nein«, sagte sie hastig und schluckte ihren Zorn herunter, als sie erkannte, daß sie Gefahr lief, ihn zu verärgern, »nein, ganz und gar nicht, ich schwör's dir, Marcel. Eigentlich habe ich gedacht, es wäre nett, wenn ich es wiedergutmachen würde, weil ich so böse auf dich gewesen war.«

»Ah, ich verstehe«, meinte er, »aber du brauchst dich nicht bei mir zu entschuldigen – wir sind doch Freunde, du und ich.«

»Ich hatte nicht vor, mich zu entschuldigen«, sagte sie mit einem Schnurren in der Stimme, das unmißverständlich war.

»Was denn sonst?«

»Nun ... es gibt Sachen, die ich am Telefon nicht sagen kann – du weißt schon, was ich meine, Marcel.«

»Liebste Dany, ich glaube, ich habe Mama rufen hören, daß sie aufbruchsbereit sei. Ich rufe dich morgen an.«

»Nein, geh nicht«, rief sie aus. »Wenn du statt dessen herkommst, lasse ich dich mit mir spielen – und ich werde ein paar sehr nette Sachen für dich tun, Marcel.«

Er erinnerte sich lebhaft daran, wie Dany vom Sofa aufgestanden war und das Zimmer verlassen hatte, ohne auch nur *au revoir* zu sagen, und ihn mit offener Hose und hoch aufragendem männlichem Stolz, vor Frustration zitternd, sitzen gelassen hatte. Rache ist äußerst süß, sagte er sich, und mit dem Versprechen, sie am nächsten Tag anzurufen, legte er eilig auf und brach in lautes Gelächter aus.

Aber ach! – Rache ist süß, aber gefährlich, und nicht selten richtet sich das Gelächter über die Enttäuschung anderer schließlich gegen einen selbst. Als Marcel zu Gabrielles Wohnung gelangte, öffnete das Dienstmädchen die Tür, noch ehe er auf die Klingel gedrückt hatte. Sie wirkte sichtlich nervös, als sie ihn mit leiser Stimme bat, hereinzukommen, und zu seiner Überraschung packte sie ihn am Ärmel und zerrte ihn in die Diele. Er wollte sie wegen ihres Mangels an Respekt gerade scharf zurechtweisen, als sie den Finger an die Lippen legte und ihn zum Schweigen aufforderte, wobei sie mit dem Kopf seitwärts auf die verschlossene Salontür wies.

Er starrte Claudine mit wachsendem Entsetzen an, als sie mit den Lippen tonlos die Worte *Monsieur Adolphe* formte. Er wollte auf dem Absatz kehrt machen und auf Zehenspitzen die Wohnung verlassen, doch die Zofe schüttelte den Kopf, faßte sein Handgelenk und zog ihn zur Küche. Er folgte ihr geräuschlos, bis sie am Salon vorbei und in der Küche waren. Seine Hände zitterten ein wenig, als er seinen Homburg auf den sauber gescheuerten Kiefernholztisch fallen ließ und sich auf einen Küchenstuhl setzte, um sich die Stirn mit dem gepunkteten Taschentuch aus seiner Brusttasche abzutupfen.

Claudine musterte ihn, die Hände in die Hüften gestemmt, einen Moment lang mitfühlend, dann holte sie eine Flasche Cognac aus einem Wandschrank und schenkte ihm recht großzügig ein. Er leerte eine gute Hälfte davon in einem Zug, dann fragte er, ob es ungefährlich sei, in der Küche zu sitzen.

»Einigermaßen«, lächelte das Mädchen. »Ein feiner Herr wie Monsieur Adolphe geht nie in die Küche, und falls Madame herkommt, so wird sie nicht überrascht sein, Sie hier zu finden, denn Sie wurden ja erwartet. Was für ein Gesicht sie machte, als es vor einer Viertelstunde klingelte und ich zu ihr rennen und ihr sagen mußte, daß er es war, und nicht Sie! Wenn es nicht so ernst gewesen wäre, hätte ich gelacht.«

»Was zum Teufel macht *er* denn hier?« fragte Marcel, und die Zofe grinste.

»Immerhin ist er Madames Verlobter«, rief sie ihm in Erinnerung. »Das gibt ihm ein gewisses Recht, hier aufzutauchen, nehme ich an, aber ich wünschte, er würde vorher anrufen. Madame haßt Überraschungen.«

»Mein Gott – er ist hergekommen, um mit ihr die Freuden der Liebe zu genießen!« rief Marcel aus, dem dieser Gedanke ganz plötzlich in den Sinn kam. »Ich werde wahnsinnig!« Er leerte das Glas in einem Zug und hielt es mit zitternder Hand hin, damit Claudine ihm nachfüllte. »Sag mir, Claudine – was hatte sie für meinen Besuch angezogen? Etwa den schmiegsamen, fliederfarbenen Hosenanzug mit den aufgestickten Rosen, den ich ihr geschenkt habe? Ich muß es wissen! Wenn sie den anhat, während er mit ihr schläft, verliere ich den Verstand und bring' ihn um – ich schwöre es!«

»Aber, aber, so beruhigen Sie sich doch, Monsieur Marcel«, sagte die Zofe tröstend, »die Dinge stehen nicht so schlecht, wie Sie meinen. Es stimmt, daß Madame den wundervollen, fliederfarbenen Hosenanzug aus Crêpe-de-Chine für Ihren Besuch angelegt hatte, weil sie wußte, daß Sie sich gern das Vergnügen gönnen würden, ihn ihr auszuziehen ...«

Marcel stöhnte bei diesen Nachrichten.

»Aber«, fuhr Claudine fort, »Monsieur Adolphe sagte, er sei, einer spontanen Eingebung folgend, vorbeigekommen, um sie in die Sonne hinauszulocken – er sagte, sie verbringe viel zu viel Zeit im Haus. Er sitzt also jetzt allein im Salon, und sie zieht sich um, um mit ihm auszugehen.«

»Wie kannst du das so sicher wissen?« fragte er. »Ein Blick auf sie in diesem Anzug genügt – jeder Mann, der ihr nicht ins Schlafzimmer folgt, um ihr beim Ausziehen zu helfen, wäre ein Idiot, und gerade das tut er jetzt, ich weiß es! Oh, mein Gott – warum muß ich solche Qualen ertragen?«

»Nehmen Sie noch einen kleinen Schluck«, schlug

Claudine vor, »währenddessen flitze ich mal eben in Madames Schlafzimmer, um mich zu vergewissern, daß sie fertig angekleidet ist, um auszugehen. Es dauert nicht lang.«

Marcel saß allein am Küchentisch, die Ellbogen aufgestützt und den Kopf zwischen den Händen. Er wurde aus seinem Kummer gerissen, als sich auf dem Flur draußen schwere Schritte näherten und Adolphe Lacostes Stimme nach Claudine rief. Entsetzt schnappte er sich seinen Hut vom Tisch und sprang auf und in das einzige Versteck, das er finden konnte – einen großen Schrank an der Wand.

Die unteren zwei Drittel des Schranks waren vollgestopft mit Teppichfegern, Besen, Bürsten, Pinseln, Staubwedeln, Schrubbern, Eimern und anderen Reinigungsgeräten – im oberen Drittel befand sich weiteres Reinigungsmaterial wie Seifenstücke, Flaschen mit Flüssigseife und Bleichmittel, Staubtücher und Fensterleder. Mit einem stillen Gebet auf den Lippen zwängte sich Marcel in den unteren Teil des Schranks zwischen die Geräte, auch wenn er gezwungen war, sich ganz klein zusammenzukauern, und warf die Tür hinter sich zu.

Er stand mit dem Hut in der Hand im Dunkeln auf einem Bein, ein Besenstiel bohrte sich schmerzhaft in seinen Bauch, der andere Fuß steckte in einem Eimer. Irgendetwas fiel aus dem Regal über seinem Kopf, und wie durch ein Wunder landete es in seinem Hut. Er wagte kaum zu atmen. Die Schranktüren waren dünn – er hörte Adolphe in die Küche kommen und wieder nach der Zofe rufen. »Verfluchtes Mädchen!« hörte er Adolphe ärgerliche murmeln, »sie hat getrunken – da steht noch die Flasche! Dem werde ich ein Ende setzen, falls sie weiterhin bei Gaby bleiben sollte, sobald wir verheiratet sind!«

Dann folgte eine nervenaufreibende Stille. Marcel war nicht sicher, ob Adolphe die Küche wieder verlassen hatte – er mochte sich hingesetzt haben, um auf die Zofe zu warten. In dem vollgestopften Schrank wurde die Lage immer unerträglicher – das gebeugte Bein, auf dem er das Gleichgewicht halten mußte, begann, vor Anstrengung zu zittern, die Flasche, die er seitwärts mit seinem Hut aufgefangen hatte, schien leicht zu tropfen und würde wahrscheinlich seinen teuren Homburg ruinieren. Sein Rücken schmerzte in der unbequemen Position, und um ihn etwas zu entlasten, reckte er sich ein bißchen und stieß prompt mit dem Kopf gegen das Regalbrett.

Gerade als er sich eingeredet hatte, daß die Küche leer sein mußte, da Adolphe gewiß nicht so lange in völliger Stille dagesessen hätte, wurde die Schranktür aufgerissen, und Marcel stieß einen kleinen Schreckensschrei aus, weil er entdeckt worden war. Aber es war alles in Ordnung – es war Claudine! Sie stand grinsend da und sagte nichts, doch als sie den verzweifelten Ausdruck in seinem Gesicht sah, streckte sie ihm die Hand entgegen, half ihm aus dem Schrank und führte ihn, noch immer in gekrümmter Haltung, zu einem Stuhl. Dann schenkte sie ihm noch einen Cognac ein.

»Alles in Ordnung, sie sind weg«, sagte sie. »Was in aller Welt haben Sie in meinem Putzschrank zu suchen?«

»Er kam her und hat nach dir gesucht – ich habe ihn gerade noch rechtzeitig gehört und bin da reingesprungen. Ich wußte nicht, wo ich mich sonst hätte verstecken sollen«, erwiderte Marcel kläglich. Er durfte gar nicht daran denken, daß er freiwillig das Angebot der hübschen, jungfräulichen Dany, sie zu besuchen und sich an ihr zu erfreuen, abgelehnt hatte! Statt dessen gedemütigt zu werden und gezwungen zu sein, sich in einem Küchenschrank zu verstecken!

»Er wollte mir sagen, daß Madame nicht zum Abendessen käme, da er Pläne für den Rest des Tages habe«, sagte die Zofe und versuchte, nicht über Marcels jämmerliche Miene zu lächeln. »Er sagte mir, daß er nach mir gesucht habe, aber nicht, daß er bis in die Küche gekommen sei – das wäre beinah ins Auge gegangen!«

»Zweimal knapp entkommen«, sagte Marcel nachdenklich.

Claudine stand, mit einer Hand auf den Tisch gestützt, da und beugte sich ein wenig zu Marcel hinunter.

»Ich weiß, daß die letzten zwanzig Minuten für Sie äußerst unangenehm waren, Monsieur Marcel«, sagte sie. »Aber haben Sie mal daran gedacht, wie katastrophal es für Madame gewesen wäre, wenn Monsieur Adolphe Sie hier gefunden hätte?«

»Es wäre nicht ganz leicht gewesen, ihm meine Anwesenheit zu erklären«, gab Marcel zu, »aber mir wäre sicherlich ein Grund eingefallen.«

»Aber noch schlimmer wäre es gewesen«, fuhr das Mädchen fort, »wenn Monsieur Adolphe eine halbe Stunde nach Ihnen gekommen wäre – stellen Sie sich das mal vor. Ich hätte behauptet, Madame sei nicht zuhause, aber er hätte Ihren Hut in der Diele liegen sehen und gewußt, daß ich lüge. Was dann? Natürlich hätte er darauf bestanden, hereinzukommen, und ich hätte ihn nicht daran hindern können. Er hätte Sie entdeckt – entweder im Salon oder im Schlafzimmer – wie Sie Madame helfen, den fliederfarbenen Anzug auszuziehen. Vielleicht wären die Dinge sogar noch weiter vorangeschritten gewesen, und Sie beide wären in liebevoller Umarmung ertappt worden – Sie verstehen, was ich meine?«

»Ich verstehe dich vollkommen, Claudine«, antwortete Marcel, den der Gedanke, Adolphe könne ins Schlafzimmer gestürmt kommen und seine Verlobte nackt unter einem anderen Mann entdecken, amüsierte. »Nicht einmal ich mit all meiner Erfindungsgabe hätte mir eine befriedigende Erklärung dafür ausdenken können. Der Mann ist eine wahre Pest, so ohne Vorwarnung aufzutauchen – das ist wirklich unhöflich.«

»Mag sein«, meinte Claudine, »aber es muß etwas geschehen, um derartige Gefahren in Zukunft auszuschalten. Und da Monsieur Adolphe ein gutes Recht hat, Madame zu besuchen, wenn es ihm behagt, sind Sie es, der die notwendigen Vorsichtsmaßnahmen treffen muß, um ein derartiges Risiko zu vermeiden.«

»Was willst du damit sagen?« fragte Marcel und zeigte seine Entrüstung, indem er mit der Faust auf den Tisch schlug. »Daß ich nicht mehr herkommen soll? Das kommt überhaupt nicht in Frage!«

»Nein, nein, nein«, widersprach das Mädchen eilig. »Das würde niemals gehen. Madame empfindet eine große Zuneigung für Sie – sie wäre schrecklich unglücklich, wenn Sie sie nicht mehr besuchen kämen. Und Sie, Monsieur Marcel, genießen diese Momente außerordentlich, die Madame mit Ihnen teilt, dessen bin ich sicher. Es muß ein anderer Weg gefunden werden, um die Probleme, die uns Ihr Verlobter mit seinen unangemeldeten Besuchen macht, zu lösen.«

Marcel war aufgefallen, daß Claudine, als sie den Genuß erwähnte, den er bei seinen Zusammenkünften mit Gabrielle hatte, mit einem kleinen Lächeln auf seinen Schoß hinuntergesehen hatte. Er rückte die Beine auf dem Stuhl, auf dem er saß, ein wenig auseinander, gerade genug, um den Stoff seiner Hose über der Beule, die sein Prachtstück am linken Schenkel verursachte, zu spannen. Wenn es auch schlaff war, so war seine Größe nicht unbeträchtlich, und Claudine fuhr fort, wie verzaubert darauf zu starren. Für Marcel reichte dies als Einladung aus – er faßte nach ihrem Handgelenk und zog sie auf seinen Schoß.

»Aber, Monsieur Marcel!« protestierte sie mit einem Lächeln.

Sie war eine Frau mit einem frischen Gesicht, Ende zwanzig, gut gebaut, mit einem kräftigen Busen unter dem einfachen, schwarzen Dienstbotenkleid.

»Wir müssen sehr ernsthaft über diese Angelegenheit mit Madames Verlobtem, der zur Unzeit ankommt, nachdenken, du und ich«, sagte er, während seine Hand unter ihr Kleid schlüpfte und die drallen Schenkel oberhalb ihrer schwarzen Strumpfbänder streichelte, wo das Fleisch weich und glatt war.

»Sehr ernsthaft«, gab sie ihm recht.

»Wie oft kommt er her?« fragte Marcel, und seine Hand glitt unter den lockeren Saum ihrer Unterhose und befühlte ein Dickicht aus krauser Wolle.

»Im allgemeinen ist er ein Gentleman mit besonders regelmäßigen Gewohnheiten«, berichtete sie und spreizte ihre Beine so weit, wie ihr Kleid es erlaubte. »Er kommt Madame dienstags und freitags um drei Uhr besuchen und geht um fünf wieder fort: und mittwochs und samstags führt er sie am Abend aus. Sonntags geht sie in seine Wohnung zum Mittagessen und kommt gegen vier Uhr zurück. Wie Sie sehen, pflegt Monsieur Adolphe sein Leben nach einem Stundenplan zu organisieren – vielleicht, weil er ein Geschäftsmann ist.«

»Aber manchmal bleibt er doch gewiß über Nacht?« forschte Marcel nach, während seine Finger die zarten Lippen von Claudines *jou-jou* spreizten, um die feuchtglitschige Wärme im Inneren zu fühlen.

»Niemals«, antworte sie und atmete vor Lust schneller. »Er beschränkt die Wonnen der Liebe auf die zwei Nachmittage, die er hier verbringt – und vielleicht noch am Sonntagnachmittag in seiner eigenen Wohnung, aber das bezweifle ich, weil seine Schwester immer da ist.«

Ihr weicher, praller Po zappelte auf Marcels Schoß herum, und sein anpassungsfähiges Glied hatte sich zu seiner vollen Größe und Kraft aufgerichtet. Es zitterte angenehm gegen seinen Bauch, und er war glücklich, daß der Nachmittag nicht ganz und gar verschwendet war – obwohl er Dany abgewimmelt und Gabrielle an ihren Verlobten verloren hatte. Claudine machte alle diese Enttäuschungen wieder wett. Und was für eine einmalige Gelegenheit, alles zu erfahren, was er über Gabrielles alberne Verlobung mit Adolphe wissen wollte!

Doch ehe er seine nächste Frage aussprechen konnte, stöhnte Claudine lustvoll und packte sein Handgelenk, um seine fummelnden Finger heftiger auf ihre nasse Knospe zu drücken – mit der anderen Hand preßte sie sein Gesicht an ihren weichen Busen – und ihr Körper zuckte, während sie ihre kurze Ekstase herausstöhnte. Kurz darauf drehte sie sich in seiner Umarmung um und schob ihre Hand zwischen ihre Leiber, um sein Jackett aufzuknöpfen, damit sie ihren Unterarm in seine Hose stecken konnte, bis sie seinen bebenden Schaft zu fassen bekam und kräftig kniff.

»Ah, ja, Sie also auch«, murmelte sie, »Sie sind kurz davor, Sie zittern schon in meiner Hand.«

Marcel brachte sie dazu, aufzustehen, und stellte sich vor sie, die Hände auf ihren Schultern und die Wange an ihre gedrückt. Gleich darauf hatte sie seine Hose aufgeknöpft und seinen steifen Stolz herausgeholt und massierte ihn lebhaft.

»Ach, Claudine – ich muß dich haben!« keuchte er mit zitternden Knien. »Setz dich auf den Tisch!«

»So wollen Sie es also«, kicherte sie, während sie ihn mit ihren Handlangerdiensten an seinem Schaft wild machte. Sie hob ihr schlichtes, schwarzes Kleid schnell bis zur Taille hoch, enthüllte einen ebenso schlichten Schlüpfer, und Marcels drängende Hände zerrten ihn bis auf Kniehöhe herunter, woraufhin er bis zu ihren Knöcheln rutschte und sie ihn abschüttelte. Mit einem breiten Grinsen spreizte sie die Beine, den Po an den Tisch gelehnt, und zeigte die schwarze Wolle zwischen ihren drallen Schenkeln.

Was sie eben gesagt hatte, entsprach der Wahrheit – das Spielen mit ihrem *jou-jou* hatte ihn so erregt, daß sein kritischer Augenblick nicht fern war. Er stöhnte lustvoll, als sie die pralle, empfindliche Eichel seines Lieblingsstückes an den Lippen zwischen ihren Schenkeln rieb, und dann schrie er in beginnender Ekstase auf, als er von ihrem nassen, weichen Fleisch verschlungen wurde. Er packte sie bei den Schultern und stieß in nervösem Rhythmus in sie hinein – und ehe er zehn oder zwölf Mal ein und aus geglitten war, sprudelte seine heiße Lust in ihren bebenden Bauch. Und Claudine, deren erste Erlösung noch kaum vorbei war, rief: »Schneller, schneller!« und erreichte zum zweiten Mal einen zuckenden Höhepunkt.

Als sie ihre Ruhe wiedergefunden hatten, drückte Marcel einen leichten Kuß auf die Wange der Zofe und schlug vor, in ihr Zimmer zu gehen und es sich dort bequemer zu machen. Sie war sofort einverstanden, befreite sich mit einem Ruck ihrer Hüften von ihm und faßte ihn an seinem erschlaffenden Apparat, um ihn zu führen. Ihr Zimmer befand sich am hinteren Ende der Wohnung in der Nähe der Küche – ein kleiner, aber freundlich eingerichteter Raum mit einem Einzelbett, einem Waschtisch und einem großen Kleiderschrank. Das Fenster bot eine Aussicht über den leeren Innenhof auf ein benachbartes Wohnhaus.

Es gab nur einen Stuhl, über dessen Lehne eine rosafarbene Unterhose hing, als sei sie dort nach dem Auswaschen zum Trocknen aufgehängt worden. Nicht, daß Marcel die Absicht gehabt hätte, den Stuhl zu benutzen – er legte seine Jacke und die Schuhe ab, löste seine Fliege und setzte sich auf die Bettkante. Claudine zog sich ihr Kleid über den Kopf, schleuderte ihre Schuhe von den Füßen und legte sich der Länge nach neben ihn aufs Bett. Ihr dünnes, weißes Unterhemd war hoch genug gerutscht, um die nackte, bleiche Haut ihrer Schenkel oberhalb der an Strumpfbändern befestigten Säume ihrer billigen, schwarzen Strümpfe zu zeigen, aber nicht mehr. Marcel legte seine Hand anerkennend auf den nackten Schenkel der Zofe und streichelte ihn zärtlich.

»Wir haben noch immer keine Antwort auf die Frage gefunden, wie wir mit ihrem elenden Verlobten fertig werden, der immer zur Unzeit auftaucht«, sagte er mit einem charmanten Lächeln, »aber abgesehen davon, meine liebe Claudine, was hältst du von dieser Heirat? Wird sie glücklich sein? Ist es das Richtige für sie? Sei ehrlich – du weißt, wie sehr ich an ihr hänge.«

Claudine zuckte mit den Achseln – was, auf dem Rükken liegend, gar nicht so einfach war – und schob die Hände unter ihren Kopf, so daß ihre Brüste besser zur Geltung kamen.

»Was soll ich sagen, Monsieur Marcel, es ist nur natürlich, daß Madame sich gewisse Gedanken über die Zukunft macht. Sie ist sehr schön, doch Schönheit dauert nicht ewig. Monsieur Adolphe ist sehr reich – was wäre denn realistischer?«

»Aber ich glaube nicht eine Sekunde lang, daß er sie glücklich machen kann«, erklärte Marcel, dessen romantische Natur sich über einen derartig kalten Handel von Schönheit gegen Geld empörte.

»Was das angeht, so mag er nicht fähig sein, ihr die Befriedigung zu geben wie Sie, wenn Sie sie besuchen kommen, denn er ist viel älter, und ich bezweifle, daß er je ein guter Liebhaber war. Aber ein reicher Mann kann eine Frau immer glücklich machen, wenn er es versucht – es gibt so viele Sachen, die er ihr geben kann, abgesehen davon.«

Um zu illustrieren, was sie unter *davon* verstand, steckte Claudine ihre Hand in Marcels offene Hose und packte seinen kostbaren Besitz auf höchst zärtliche Weise.

»Er kann ihr Kleider kaufen und Juwelen und sie in teure Lokale ausführen«, sagte Marcel, der versuchte, mit einer gewissen ruhigen Würde zu sprechen, was ihm schwerfiel, während er von einer hübschen Frau gestreichelt wurde, bis er steif war, »aber das alles ist nichts, weniger als nichts, gemessen an einer akzeptablen Skala moralischer Werte. Und außerdem ist Madame Tournet das eigentliche Problem – sie hat etwas gegen die Heirat ihres Bruders und wird Schwierigkeiten machen.«

»Sie wird aus Monsieur Adolphes Wohnung ausziehen müssen«, sagte Claudine. »Das ist alles organisiert. Und was Ihr Gerede über moralische Werte betrifft – wenn das ein anderer Begriff für intime Beziehungen ist, dann hat Madame genug Erfahrung, um einen schlappen Liebhaber auf Trab zu bringen, und ihr neuer Ehemann mag sich zur Schlafenszeit emsiger beschäftigt finden, als er erwartet hatte.«

»Erzähl' mir doch nicht so was!« murmelte Marcel.

Während Claudine sich über ihre Gewißheit verbreitete, daß Gabrielle sowohl über Silvie als auch Adolphe triumphieren würde, hatte Marcel ihr Hemd in die Höhe gestreift, um ihren Bauch und ihr schwarzkrauses *joujou* zu küssen. In ihren dunklen Augen lag ein einladendes Leuchten, das Marcel nicht mißverstehen konnte, und er ließ seine Hände unter das weiße Hemd gleiten, um ihre üppigen Brüste zu streicheln.

Claudines Finger spielten flüchtig über die gesamte Länge seines Schaftes und entlockten ihm kleine Seufzer der Lust. Sie rollte sich auf die Seite, beugte sich über seinen Schoß und lüpfte sein Hemd; dann fühlte er ihren heißen Atem auf seinem Bauch. Bald wanderten ihre Lippen zu seinem strammstehenden Soldaten hinunter – sie nahm seinen purpurfarbenen Kopf in ihren Mund, und Marcel ächzte vor Wollust. Wellen der köstlichsten Empfindungen überrollten ihn, als ihre Zunge ihn massierte; und als sie seinen pulsierenden Krieger tief in ihren heißen Mund nahm und beinahe verschluckte, wand er sich in Krämpfen der Lust und wußte, daß es nur wenige Augenblicke dauern würde, bis sein Höhepunkt kam.

Aber es stellte sich heraus, daß Claudine keine Frau war, die sich ein Vergnügen entgehen ließ – ihr Mund gab seinen angriffslustigen Freund frei – statt dessen packte sie ihn mit der Hand. Sie zog ihn mit sich, rollte sich auf den Rücken, und er fand sich plötzlich zwischen ihren gespreizten Beinen liegend wieder. Er bestieg sie sofort, stieß tief zwischen die schmollenden Lippen, die eine gütige Vorsehung dazu bestimmt hatte, die stolze Härte eines Mannes willkommen zu heißen.

Claudine hob die Beine vom Bett und schlang sie fest um seine Taille, die Fersen auf seinem Rücken ineinander verhakt, um ihn an Ort und Stelle festzuhalten, und sie drängte ihn keuchend und heftig zerrend, sie zu befriedigen, wobei sie ihm schmatzende Küsse gab. Marcel war äußerst willig, ihr den Gefallen zu tun, und setzte seine ganze Kraft ein, sich selbst zu einem intensiven, sprudelnden Höhepunkt zu bringen – und Claudine, die eine Frau starker Triebe und großzügiger Bereitschaft war, warf ihre Lenden in ihrem Eifer auf und ab und zog ihn tief in sich hinein, bis sie plötzlich seinen Strahl fühlte. »Ah, ja, ja«, rief sie und wand sich unter ihm in Ekstase, bis ihr Körper erschlaffte.

Marcels angenehme Bemühungen hatten ihn sehr erhitzt – denn er war noch immer vollständig angekleidet. Er erhob sich von Claudine, zog sich nackt aus und ließ seine Kleider auf den Boden fallen. Als er sich wieder neben ihr ausstreckte, drehte sie sich mit dem Gesicht zu ihm, legte die Arme um seinen Körper und ihr Gesicht an seinen Hals. Mit ein wenig zitternder Stimme sagte sie ihm, er sei wirklich ein guter Liebhaber und sie könne jetzt absolut verstehen, warum Madame eine so große Zuneigung zu ihm habe.

»Und ich für sie«, sagte er und kniff der Zofe zärtlich in den nackten Po. »Es kommt überhaupt nicht in Frage, daß sie diesen alten Trottel Lacoste heiratet. Ich weigere mich, das zuzulassen.«

»Sie dürfen nichts Unbesonnenes tun und ihre Chancen zerstören!« sagte Claudine schnell. »Madame hat sehr wenig Geld – sie mag nie wieder eine Gelegenheit wie diese hier haben. Ich werde Ihnen ein Geheimnis verraten, um Ihnen zu zeigen, wie wichtig diese Heirat für sie ist – Monsieur Adolphe hat ihr gesagt, daß er einen Sohn von ihr haben möchte. Können Sie sich so etwas vorstellen?«

»Und sie hat nichts gegen ein derartiges Arrangement?« rief Marcel, entsetzt bei dem Gedanken, Gabrielles eleganter, kleiner Bauch könnte als Folge von Adolphes Aufmerksamkeiten anschwellen.

»Sie ist darüber ganz und gar nicht glücklich, doch andererseits meint sie, daß Monsieur Adolphe Ruhe geben und sie in Frieden lassen wird, sobald das Baby geboren ist. Dann kann sie das Luxusleben genießen, das er ihr zu bieten hat.«

»Aber das ist ja ungeheuerlich!« sagte Marcel. »Damit erniedrigt sie sich auf das Niveau der Rue Asseline! Das kann ich nicht zulassen.«

»Ich weiß nicht, wovon Sie sprechen«, sagte Claudine, »aber schöne Worte bezahlen die Bäckerrechnung nicht, Monsieur Marcel. Ich weiß, daß es mir nicht zusteht, Vorschläge zu machen, aber warum heiraten Sie sie nicht? Ich bin sicher, sie würde sich auf so ein Angebot förmlich stürzen – sie mag Sie mehr als irgendwen, den sie kennt. Sie sind nicht so reich wie Monsieur Adolphe, aber nach dem, was man so hört, sind sie auch nicht gerade schlecht gestellt – Sie könnten sich gut um sie kümmern. Ganz besonders mit *diesem* hier.«

Dieser hier war klein und schlapp und reagierte nicht, als ihn die Zofe in die Hand nahm – so kompliziert waren die Gedanken und Gefühle, die Marcel in diesem Moment durch den Kopf jagten.

»Du bist ein warmherziges Mädchen, Claudine«, sagte er schließlich, »aber für eine Heirat bin ich nicht der richtige Typ, das mußt du doch sehen. Abgesehen davon, daß ich sie zwei oder drei Mal am Tag im Bett beglücken würde, wäre ich, fürchte ich, ein unbefriedigender Ehemann.«

»Dann ist klar, was wir tun müssen«, sagte die Zofe. »Madame muß Monsieur Adolphe heiraten und ihm den Sohn gebären, den er sich wünscht, und danach ist sie wieder frei und kann Sie zu ihrem Liebhaber machen. Auf diese Weise hat sie beides – einen reichen Gatten und einen virilen Liebhaber – und welche Dame könnte sich mehr wünschen als das?«

Claudines Vorschlag schien ihm logisch, doch irgendwie konnte Marcel das äußerst unangenehme Gefühl, daß diesem Rat ein grundlegender Makel anhaftete, nicht verscheuchen. War es das, was Gabrielle sich tatsächlich wünschte – einen reichen alten Gatten und Marcel als gelegentlichen Liebhaber? War es das, was Marcel sich selbst wünschte – der Liebhaber von Adolphe Lacostes Frau zu sein, wenn es gerade paßte? Nicht, daß dies von großer Wichtigkeit gewesen wäre – aber war es das, was der alte Lacoste sich wünschte? Eine schöne Frau zu haben, die am Nachmittag ohne eine Erklärung verschwand? Man mußte es ihm zugestehen – er war nicht dumm und würde sehr bald ahnen, was da vor sich ging.

»Sag mir, ob ich das alles richtig verstanden habe«, sagte er und kniff Claudines nackte, dralle Kehrseite, um ihre Aufmerksamkeit auf seine Worte zu lenken. »So, wie die Dinge im Augenblick stehen, ist eine von drei Personen sehr glücklich – nämlich Lacoste, der glaubt, verliebt zu sein – und zwei mittelmäßig glücklich, das heißt Madame de Michoux und ich.«

»So könnte man es ausdrücken«, sagte die Zofe. »Und weiter?«

»Wenn also diese absurde Hochzeit stattfindet, dann

wird einer einigermaßen glücklich sein, nämlich Madame, und zwei einigermaßen unglücklich – Lacoste und ich. Und nun frage ich mich also, ob dies insgesamt betrachtet als eine Verbesserung dessen, was wir im Augenblick haben, angesehen werden kann. Und die Antwort darauf lautet nein.«

»Mit ihrer Philosophiererei verwirren sie mich nur«, sagte Claudine und ließ ihre Fingerspitzen leicht über seine Lenden streichen. »Mir scheint, Sie sprechen von Glück – was im besten Fall ein vergänglicher Zustand ist –, während ich von hartem Bargeld auf der Bank spreche, was eine große Hilfe ist, um das alltägliche Unglück erträglich zu machen.«

Claudines Kopf lag auf Marcels Schulter, und seine Nüstern wurden vom Moschusduft ihres glänzenden, schwarzen Haares gekitzelt. Er lauschte ihren Worten so aufmerksam, daß er, ohne zu merken, was er tat, seine Fingerspitzen sanft in ihr nasses *jou-jou* gleiten ließ.

»Es mag ein Fünkchen Wahrheit in dem stecken, was du sagst«, gab er zu. »Wir müssen uns der weisen Worte des Herzogs de la Rochefoucauld erinnern.«

»Was hatte der denn dazu zu sagen?« fragte Claudine respektlos.

»Er sagte, wir seien niemals so unglücklich, wie wir meinen, und niemals so glücklich, wie wir hoffen.«

»Was weiß der denn schon darüber«, murmelte sie. »Ich werde Ihnen eins sagen – in einer Minute werde ich ihm das Gegenteil beweisen, indem ich glücklicher sein werde, als ich gehofft habe und glücklicher, als Sie meinen, wenn Sie mich weiter so befingern.«

Ihre Worte brachten Marcel dazu festzustellen, daß ihr *bijou* unter seinen Fingerspitzen köstlich glitschig geworden war – und daß sein stolzester Besitz stramm aufrecht in ihrer Hand stand.

»Zum Teufel mit der Philosophie« rief er aus, »das einzig wahre Glück der Welt findet sich hier drin«, und seine Finger flitzten wie ein Goldfisch in dieser Quelle wahrer Seligkeit herum, die er zwischen den Schenkeln der Zofe gefunden hatte, und sie seufzte zufrieden.

»Andererseits«, fuhr er fort, als ihm ein unwillkommener Gedanke kam, »verursacht es gleichzeitig das größte Unglück in der Welt – dieses Spielzeug, das die Frauen da zwischen ihren Schenkeln haben! Wie ist das möglich – warum sind die Männer dazu geboren, Sklaven dieser rosenblättrigen Blume zu sein?«

»Ah, ah, ah«, stöhnte Claudine leise, zu verzückt von den köstlichen Gefühlen, um ethischen oder moralischen Betrachtungen auch nur die geringste Aufmerksamkeit zu widmen.

»Du hast recht«, meinte Marcel, als er erkannte, daß sie ihn gar nicht hörte, »Worte führen nur zu Mißverständnissen, Gefühle sind besser.«

Er liebkoste sie noch ein Weilchen, dann legte er sie mit weit gespreizten Beinen rücklings aufs Bett, zog ihr das Hemd über den Kopf, so daß sie bis auf die schwarzen Strümpfe nackt war. Er kniete sich zwischen ihre Beine und betrachtete ihren Körper, während er mit ihr spielte – und Claudine, nackt auf dem Rücken liegend, war ein großartiger Anblick für einen Mann mit einem Schaft, der hart wie Eisen zwischen seinen Schenkeln emporragte. Langsam ließ er sich auf ihren Bauch sinken, küßte ihren Mund und ihre Augen und ihren Hals und machte sie wild vor Wollust.

Die unbedeckte Eichel seines zuckenden Gliedes berührte gerade die nassen Lippen ihres *jou-jou*. Claudine zwang eine Hand zwischen ihre Bäuche, um es zu packen und in sich zu schieben, und mit einem langgezogenen Wonnestöhnen stieß Marcel bis an die Grenze vorwärts und begann, sich in kräftigem Rhythmus zu bewegen. Es war eine langwierige, köstliche Angelegenheit, und er sorgte dafür, daß die Zofe voll auf ihre Kosten kam, ehe er zu den schnellen Stößen überging.

Inzwischen keuchte sie vor Wonne und zog ihn mit der ganzen Kraft ihrer Arme an sich, die Beine über seinem Rücken verknotet. Als er sie schließlich mit seinem seligen Sturzbach überflutete, schlang sie ihm die Arme um den Hals und drückte ihn so kräftig an ihren dicken, weichen Busen, daß sie ihm fast die Luft abpreßte, während ihr Körper unter ihm krampfartig zuckte, begleitet von ihren ekstatischen Schreien.

Von jetzt an, dachte Marcel – als er wieder rational zu denken imstande war – von jetzt an ist mir Claudine eine ergebene Sklavin und wird alles tun, was ich von ihr erbitte – wir werden mal sehen, ob Adolphe Lacoste Gabrielle bekommt!

10

Ein höchst unerwarteter Erfolg

Obgleich Marcel am Telefon, als er glaubte, Gabrielle gleich zu sehen, versprochen hatte, Dany am nächsten Tag anzurufen, war er sich dieser Absicht nicht mehr sonderlich bewußt. Der Nachmittag mit der Zofe Claudine hatte ihm genug Ablenkung verschafft, um ihn über Gabrielles Abwesenheit hinwegzutrösten, und die Intimität, zu der er mit dem Dienstmädchen gelangt war, würde ihm in Zukunft von größtem Nutzen sein, dachte er – aber natürlich war es in erster Linie Gabrielle, die er sehen wollte.

Aber es stellte sich heraus, daß dies unmöglich war. Adolphe war so hingerissen gewesen vom Ausflug mit seiner Verlobten, daß er am nächsten Tag wieder vorbeikam, um sie zu einer Landpartie mitzunehmen – in einem riesigen, teuren Hispano-Suiza mit einem Chauffeur in Uniform. Als Marcel das erfuhr, beschloß er, Pierre Martin zum Mittagessen einzuladen und dessen Bericht über sein Abenteuer mit Dany zu hören.

Sie trafen sich in dem kleinen Restaurant, wo Pierre so gern hinging, nicht weit von seinem Büro am Boulevard des Italiens – das gleiche Restaurant, in das er Dany an jenem Abend zum Essen eingeladen hatte, als Marcel sie ihm überließ. Wie Marcel gesagt hatte – was sie bekanntlich sehr verärgerte – war das Kalbsschnitzel dort exzellent, und die beiden Männer bestellten es als Hauptgericht, mit ein paar Tropfen Zitrone und einem Endiviensalat, nachdem sie jeder ein Dutzend Schnecken mit

Knoblauchbutter verzehrt und das Ganze mit einer Flasche erstrangigem Chablis heruntergespült hatten.

Sie waren langjährige, gute Freunde, und Pierre zögerte keinen Augenblick, ihm zu berichten, was an jenem schicksalhaften Abend geschehen war. Tatsächlich fand er die ganze Episode höchst amüsant und sagte, Dany sei mehr als bereitwillig auf seine Einladung zum Abendessen – und anschließend in eine *bar dansante* – eingegangen.

»Sie ist ein sehr hübsches Mädchen«, sagte Pierre grinsend, und seine Hände beschrieben zwei Halbkreise in der Luft, um seine große Bewunderung für Danys jungen, prallen Busen zum Ausdruck zu bringen. »Sie lachte und scherzte und drückte sich beim Tanzen dicht an mich – allem Anschein nach genoß sie es sehr, und als ich vorschlug, auf einen kleinen Drink in meine Wohnung zu gehen, war sie sofort einverstanden.«

»Hm, aber dann?« fragte Marcel. »Wie weit bist du gekommen?«

»Zuerst lief alles wie am Schnürchen«, sagte Pierre achselzuckend. »Ich habe sämtliche Knöpfe von diesem Mantelkleid, das sie anhatte, aufgeknöpft und sie gestreichelt – ihr Busen ist hinreißend! Und ungewöhnlich sensibel – wie du mit Sicherheit weißt –, denn sie kam zweimal zum Höhepunkt, während ich damit spielte und die köstlichen, kleinen Brustwarzen küßte.«

»Zweimal, sagst du?« rief Marcel aus, »davon hat sie nichts gesagt. Und dann? Hat sie dich angefaßt?«

»Was glaubst du? Ich hätte sie nicht daran hindern können, selbst, wenn ich es gewollt hätte – sie riß mir die Hose auf und bearbeitete mich so wild, daß ich Angst hatte, sie würde ihn mir einfach abreißen. Und daraufhin dachte ich natürlich, sie sei mehr als bereit für mich, also zog ich ihren kleinen Schlüpfer herunter und schickte mich an, auf sie zu steigen.«

»Aha, der Augenblick der Wahrheit«, sagte Marcel.

»In dem Moment besinnt sie sich eines Besseren, und alles läuft schief, nicht wahr?«

»Genau«, bestätigte Pierre mit einem staunenden Grinsen, »sie rollte sich sofort weg von mir und begann, mit ihrem kleinen Hintern gegen mich zu stoßen! Ich war darüber so überrascht, daß ich im ersten Moment glaubte, sie sei eine Anhängerin des griechischen Liebesstils und wollte, daß ich zwischen ihre Hinterbacken eindringe – eine Variante, die mich nie besonders begeistert hat. Aber nicht einmal das! In dem Zustand, in dem ich mich befand, brauchte es nicht mehr als eine kleine Berührung, um mich die Kontrolle verlieren zu lassen. Was soll ich sagen? Ich spritzte alles auf ihren nackten Po – und das war es, was sie wollte.«

»Dany ist eine professionelle Jungfrau«, sagte Marcel ernst, »aber immerhin bist du mit ihr bei einem einzigen Zusammensein weitergekommen, als ich in fünf oder sechs. Du hast ihr die Unterhose fast ganz ausgezogen und ihr *jou-jou* gesehen – ich noch nie. Erzähl mir davon – ist es hübsch? Mit prallen Lippen? Eleganten dünnen? Dicht behaart oder zart beflaumt? Und welche Farbe?«

»Aber, mein lieber Freund«, sagte Pierre lächelnd, »ich war davon überzeugt, daß du wesentlich weiter als ich gehen darfst! Du hast doch sicherlich im Laufe eurer Zusammenkünfte Danys kleines Juwel sehen und damit spielen dürfen!«

»Ich gebe dir mein Ehrenwort«, sagte Marcel, der sich ein bißchen töricht vorkam, weil er sein Versagen zugeben mußte. »Nur einmal ist es mir gelungen, sie zwischen den Beinen zu berühren – und das nur mit der Fingerspitze. Und dabei hatte sie die Unterhose an. Ich habe versucht, sie ihr runterzuziehen, aber sie hat mich sofort daran gehindert.«

»Du meine Güte!« rief Pierre und brach in Gelächter aus. »Warum gibst du dich überhaupt mit ihr ab? Paris ist voll von hübschen Mädchen, die nichts dagegen haben, wenn man ihnen die Unterwäsche auszieht.«

»Dany ist eine Herausforderung für mich«, gab Marcel zu. »Ich bin keineswegs sicher, ob ich sie mag, aber ihre Weigerung reizt und fasziniert mich irgendwie – und ich kann es nicht lassen, bis ich ihre seltsamen Einwände überwunden habe.«

»Da wünsch' ich dir Glück«, meinte Pierre, »aber was mich angeht, so reicht es mir, einmal auf so lächerliche Weise abgewiesen worden zu sein. Ich überlasse sie dir gern ... großer Gott!«

»Was gibt's?« fragte Marcel, verschreckt vom erstaunten Ausruf seines Freundes.

»Sie steht hinter dir!« rief Pierre aus und zeigte über Marcels Schulter. »Hast du sie hierher eingeladen?«

»Ich? Natürlich nicht!« Marcel drehte sich auf dem Stuhl um und sah Dany an der Tür des Restaurants mit einem Kellner sprechen. Im nächsten Augenblick war sie auf dem Weg zu ihrem Tisch. Beide Männer erhoben sich langsam, um sie zu begrüßen, und fragten sich, was ihr so unerwartetes wie unwillkommenes Auftauchen bei ihrem Mittagessen zu bedeuten hatte.

Sie sah sehr hübsch aus, und sehr elegant in einem langärmeligen, enganliegenden Tunikakleid über einem engen schwarzen Rock – die Tunika mit einem modernistischen Muster länglicher, schmaler, sich überschneidender Dreiecke in grün, rot und grau, ihren kleinen, weißen Topfhut zierte ein breites Band, das ihr über das rechte Ohr hing. Sie nahm die Begrüßung der beiden Freunde äußerst selbstsicher entgegen und setzte sich auf einen Stuhl, den der eifrige Kellner für sie bereithielt.

»Ich freue mich, euch beide hier zu treffen«, sagte sie, während sie ihre Handschuhe auszog und auf den Tisch legte. Sie erlaubte dem Kellner, ihr ein Glas Chablis einzuschenken, und sagte ihm, sie wolle nur ein kleines Stück Camembert mit Baguette zu sich nehmen.

»Du hast versprochen, mich heute anzurufen«, warf sie Marcel vor und schaute ihn kühl von oben bis unten an.

»Nun ja, das wollte ich heute nachmittag machen«, gab er zurück.

»Ich hatte gehofft, heute früh von dir zu hören«, sagte sie, »und als du dich nicht gerührt hast, habe ich bei dir angerufen und mit deiner Mutter gesprochen. Sie hat mir gesagt, daß du zum Essen ausgegangen seist, und ich dich hier in diesem Restaurant finden könne.«

Es versteht sich von selbst, daß Marcel gar nicht erfreut darüber war, daß seine Mama diese Information so großzügig weitergegeben hatte, und nahm sich vor, ihr gegenüber in Zukunft nicht mehr zu erwähnen, wohin er ging. Gleichzeitig war es für sie eine günstige Gelegenheit gewesen – sie konnte ihm ihre Entschlossenheit, ihn mit Dany zu verheiraten, beweisen, indem sie das Mädchen hierher schickte. Zwischen den beiden Frauen gab es eine geheime Verschwörung, stellte er fest, die für ihn gefährlich werden konnte.

Der Kellner brachte ihr Käse und Brot und räumte die Teller der beiden Männer ab. Weder Marcel noch Pierre hatten noch Appetit, seit der Neuankömmling die Gemütlichkeit ihrer Männergespräche gestört hatte. Pierre beauftragte den Kellner, ihnen ein Glas Cognac zu bringen – ein großes.

»Der Grund, warum es nützlich ist, euch beide hier zusammen anzutreffen«, sagte Dany mit mehr Haltung, als die beiden Männer ihr zugetraut hätten, »ist, daß ich ein für alle Mal diese Skandalwolke vertreiben möchte, die über meinem Ruf schwebt.«

Marcel und Pierre schauten einander fragend an.

»Was meinst du damit?« fragte Marcel schließlich, nachdem klar war, daß Pierre nicht die Absicht hatte, ihr Starthilfe zu geben.

»Was ich meine, ist Folgendes«, sagte sie. »Gestern

hast du mich angelogen – ja, das hast du Marcel – deine Mutter sagte mir vor weniger als einer halben Stunde, daß du sie nicht begleitet hast, um irgendeine Cousine Berthe zu besuchen – und dein Motiv dafür ist nicht schwer er erraten. Du kennst den Charakter deines Freundes Pierre und du glaubst, er habe mich entehrt, als ich den Fehler beging, ihn neulich abend in seine Wohnung zu begleiten. Was dich betrifft, so ist es zwischen uns aus, weil du glaubst, daß ich nun Pierres Geliebte sei – ist es nicht so?«

»Nein, nein!« rief Marcel entsetzt darüber, daß sie über so etwas in der Öffentlichkeit sprach. »Ich denke nichts dergleichen, dessen kannst du ganz sicher sein.«

»Die Zeit der Lügen ist vorbei«, sagte sie, »ich bitte dich, ehrlich zu mir zu seine, Marcel. Und du, Pierre – ich denke nicht schlecht von dir, weil du es mit mir zu machen versucht hast – Marcel hat es oft genug versucht, und andere auch. Es liegt nun mal in der Natur der Männer, junge Frauen entehren zu wollen, das weiß ich.«

»Ich glaube wirklich nicht, daß wir dieses Gespräch hier führen sollten«, sagte Pierre mit hochrotem Kopf. »Bitte, sag nichts mehr, Dany.«

»Weshalb sollte ich schweigen«, widersprach sie sofort. »Ich habe mir nichts vorzuwerfen. Und außerdem bestehe ich darauf, daß du Marcel bestätigst, meine Tugend nicht zerstört zu haben. Und ich will, daß er dir versichert, auch er habe das nicht getan. Er soll dir sagen, daß ich noch Jungfrau war, als ich dir gestattete, mich in deine Wohnung mitzunehmen.«

»Bitte!« rief Pierre aus. »Ich habe es nie bezweifelt.«

»Doch, das hast du. Es ist unnötig, mich anzulügen, Pierre«, sagte sie. »Du hattest den Mut, mir die Unterwäsche vom Leib zu reißen und dein sexuelles Begehren zum Ausdruck zu bringen, weil du geglaubt hast, ich hätte mich Marcel schon früher hingegeben und sei keine Jungfrau mehr.«

Mit schamrotem Gesicht winkte Pierre den Kellner herbei und drückte ihm Geld in die Hand, ohne überhaupt eine Rechnung gesehen zu haben, und erklärte, er müsse dringend in sein Büro zurück, weil er wichtige Kunden erwarte. Marcel, bemüht, dieser unmöglichen Situation zu entkommen, sprang ebenfalls auf, und plötzlich standen sie alle drei draußen auf dem Trottoir.

»Bitte, renn nicht fort, Pierre«, sagte Dany; ihre kleine Hand ruhte auf seinem Arm und ihr Ton war so freundlich, daß niemand ihr diese Bitte abschlagen konnte. »Wenn ich dich gekränkt habe, dann war es unabsichtlich, und ich bitte tausendfach um Entschuldigung ... bitte, bleib noch einen kleinen Moment und hilf mir, Marcel zu überzeugen, daß nichts Wesentliches zwischen uns vorgefallen ist.«

»Ich schwöre es!« sagte Pierre sofort.

»Dany, das hier ist gräßlich«, murmelte Marcel. »Ich habe niemals geglaubt, daß ihr miteinander geschlafen habt – ich habe viel zu großes Vertrauen in deinen Charakter und deine Prinzipien, um mich vom Schein täuschen zu lassen.«

»Das sagst du nur, um mich zu schonen«, meinte sie mit einem Lächeln zärtlicher Dankbarkeit, »aber zwischen uns allen darf es keinerlei Mißverständnisse und Falschheiten mehr geben. Ich möchte, daß alles offen ans Tageslicht gebracht wird.«

»Aber wir können doch nicht hier auf der Straße stehen und über so etwas reden!«, erklärte Pierre bestimmt. »Ich bin auch dafür, diese absurde Angelegenheit zu klären und aus der Welt zu schaffen. Aber dazu werden wir jetzt in meine Wohnung gleich um die Ecke gehen und dieses unsinnige Problem bei einem Glas Cognac ein für alle Mal lösen.«

Wie Dany und Marcel sehr wohl wußten, lag Pierres Junggesellenwohnung in einer der Seitenstraßen der Avenue de l'Opera, nicht einmal fünf Minuten von dort, wo sie sich befanden. Auf dem kurzen Weg dorthin sagte keiner von ihnen ein Wort, auch wenn Marcel und Pierre, mit hochgezogenen Augenbrauen und einem Achselzucken, unglückliche und resignierte Blicke tauschten, weil sie in diese äußerst peinliche Situation geraten waren.

Die Wohnung war in nüchternem, männlichen Stil eingerichtet, allerdings mit gutem Geschmack. Im Wohnzimmer ließ Dany sich auf einem der dunkelgrünen Ledersessel nieder. Ihr Rücken war sehr gerade, und die Knie waren zusammengepreßt. Marcel setzte sich auf einen ebensolchen Sessel – den, der am weitesten von ihr entfernt stand –, während Pierre sich um die Getränke kümmerte. Als er sich ebenfalls hingesetzt hatte, schaute er Dany an und sprach in nüchternem Geschäftston zu ihr.

»Nun, Dany«, begann er, »wir sind hier, um privat und vertraulich miteinander über das zu sprechen, was dir Sorgen macht. Um dir die Sache so einfach wie möglich zu machen, erkläre ich jetzt und hier vor dir und in Anwesenheit von Marcel, daß das einzige Mal, als du dich hier in dieser Wohnung befunden hast, zwischen dir und mir kein Liebesakt vollzogen wurde. Ein Kuß oder zwei, eher in Freundschaft als in Leidenschaft, einen Arm um deine Taille vielleicht, und es mag sein, daß ich versucht habe, dir die Unterwäsche auszuziehen, aber ich habe es natürlich in dem Augenblick, als du mich darum gebeten hast, sein lassen.«

Pierre sagte das alles in so ernsthafter Weise und in so vertrauenswürdigem Tonfall, daß Marcel einen Augenblick lang überzeugt war, es entspräche tatsächlich der Wahrheit. Aber Dany hatte ihm von ihrem Abend mit Pierre etwas ganz anderes erzählt – und das, was Pierre ihm im Restaurant berichtet hatte, war nochmal etwas völlig anderes. Wenn er die verschiedenen Versionen miteinander verglich, dann bestand für Marcel kein Zweifel, daß Pierre und Dany einander die intimsten Stellen mit größter Freude liebkost hatten. Und wenn ihnen jetzt daran lag, etwas anderes vorzugeben, dann fand er das absurd. Aber andererseits – was spielte das für eine Rolle?

»Danke, Pierre, daß du die Sache so hervorragend klarstellst«, sagte Dany mit einer graziösen Neigung ihres von dem bebänderten Topfhut geschmückten Kopfes. »Marcel kann jetzt nicht mehr den geringsten Zweifel hegen, nachdem du alles so offen erklärt hast – was ich natürlich bestätige. Es ist die reine, nackte Wahrheit; genau das ist geschehen, als wir für einen Drink herkamen, nachdem wir auf dem Montmartre tanzen gewesen waren. Ich respektiere dich außerordentlich, und meine Wertschätzung für dich ist in keiner Weise durch das, was du mit mir machen wolltest, geschmälert worden.«

»Ich freue mich, daß die Angelegenheit nun endgültig geklärt ist«, sagte Pierre und klang wie der Anwalt, der er ja war.

»Aber um eines muß ich dich jetzt noch bitten, Pierre«, sagte Dany. »Sei jetzt ganz ehrlich zu mir – hat es dich zu deinem Anschlag auf meine Tugend ermutigt, weil du geglaubt hast, daß ich Marcel meine Jungfräulichkeit schon geopfert hätte?«

»Genau«, gab Pierre zu und nickte bestätigend. »Wir wurden einander von Marcel vorgestellt, und es war offensichtlich, daß ihr seit geraumer Zeit Freunde seid. Und so, wie ich Marcels leidenschaftliche Natur kenne, konnte ich daraus nur einen logischen Schluß ziehen – daß er dein Liebhaber ist. Aber wenn ich natürlich deine Natur gekannt hätte, Dany, wäre mir sofort klar geworden, daß du etwas Derartiges niemals gestattet hättest. Ich muß mich zutiefst für diese Unterstellung entschuldigen.«

»Danke, Pierre«, sagte sie.

»Gut – und jetzt, da alles aufgeklärt ist«, sagte Pierre mit einem Blick auf seine Armbanduhr, »können wir alle drei mit reinem Herzen und gutem Gewissen wieder unseren Verpflichtungen nachgehen.«

»Noch nicht ganz«, sagte Dany, die seine Rede ernst genommen und nicht, wie Marcel, die dahinterliegende Ironie bemerkt hatte. »Da ist noch eine Sache, wenn du noch einen kleinen Augenblick Geduld haben willst.«

»Und das ist?« fragte Pierre und lehnte sich zurück, um sich noch weitere fünf Minuten lang diesen Unsinn anzuhören.

»Um diese Geschichte zu vervollständigen und für die Zukunft meinen Ruf von jeglichem Makel zu reinigen, möchte ich, daß Marcel vor deinen Ohren bestätigt, daß ich ihm nie erlaubt habe, den Liebesakt mit mir zu vollziehen.«

»Ich bestätige es feierlich«, sagte Marcel sofort, fast, als lege er einen Eid vor Gericht ab.

»Die Angelegenheit ist nicht zum Lachen!« rief Dany vorwurfsvoll aus. »Ich verlange, daß du meinen guten Ruf ernst nimmst. Sag Pierre, daß, so oft wir auch zusammen waren, du und ich, nichts geschehen ist, das mich kompromittieren könnte.«

»Ach, das ist doch nicht nötig«, sagte Pierre, »ich habe volles Vertrauen in dich, meine liebe Dany. Marcels Aussage brauche ich dazu nicht.«

»Doch«, beharrte sie, »ich will, daß keinerlei Zweifel zurückbleiben – alles muß offen und deutlich ausgesprochen werden.«

Langsam war Danys Theater um ihre Tugend nicht mehr amüsant – Marcel begann, sich zu langweilen. Er wollte die Sache auf eine Art beenden, die sie zum Schweigen brächte.

»Wenn du darauf bestehst«, sagte er, »dann werde ich so offen sein, wie du es wünschst, liebste Dany. Die Wahrheit ist, Pierre, daß diese charmante junge Dame und ich öfter miteinander geschlafen haben, als ich mich erinnern kann. Ich sagte dir, es sei mir nur halbwegs gelungen, ihr die Unterhose auszuziehen – nun, das stimmt nicht: ich zog sie ihr jedesmal aus, wenn wir zusammen waren – und die übrigen Kleider auch. Wir haben uns auf ein Dutzend verschiedene Weisen geliebt – auf dem Rücken liegend, knieend, an der Wand stehend, über meinen Knien, über einen Tisch gebeugt, und auf die meisten anderen praktikablen Weisen.«

Während dieses erlogenen Bekenntnisses blieb Pierre der Mund offenstehen, und Dany wurde puterrot.

»Nein, nein, nein!« schrie sie. »Warum sagst du das? Warum lügst du?« Sie brach in Tränen aus und vergrub ihr Gesicht in den Händen.

»Aha, ein Streit zwischen Verliebten!« sagte Pierre in verständnisvollem, mitfühlenden Ton. »Ich muß wirklich gehen, Marcel, du Hund – ich werde im Büro erwartet. Ich lasse dich deine Freundin trösten. Nehmt euch noch mehr Cognac, da ist noch eine Flasche in dem *buffet* dort drüben, falls ihr diese hier leermacht. *Au revoir* – und sorgt dafür, daß die Tür verschlossen ist, wenn ihr geht.«

Damit stand er auf und ging, Marcel lehnte sich in seinem Sessel zurück, schlug die Beine übereinander und wartete, daß Dany ihren hysterischen Heulanfall überwand. Schließlich wühlte sie in ihrem Handtäschchen nach einem kleinen, spitzenbesetzten Taschentuch und tupfte sich die Augen trocken.

»Warum hast du Pierre solche Lügen erzählt?« fragte sie kläglich. »Warum bist du so grausam?«

»Wenn wir schon von Grausamkeit reden, dann schlage ich vor, daß du mal dein eigenes Verhalten untersuchst«, erwiderte er. »Du scheinst vergessen zu haben, daß du mir erzählt hast, wie Pierre dir die Unterhose runtergezogen hat, um mit dir zu spielen – ich glaube einfach nicht, daß er das ohne deine Zustimmung getan hat. Du hast mit ihm gespielt, davon bin ich ebenso überzeugt, auch wenn du mir gegenüber behauptet hast, es sei alles gegen deinen Willen geschehen.«

»Aber es *war* gegen meinen Willen! Er hat mich gezwungen!« rief sie aus.

»Wer lügt denn jetzt?« fragte Marcel. »Er hat dich natürlich nicht gezwungen – du hast ihm seine Hose selbst aufgeknöpft und ihn gestreichelt.«

»Hat er dir das gesagt?«

»Er braucht mir gar nicht zu erzählen, was passiert ist – ich kenne dich, Dany, und den Spaß, den es dir bereitet, einen Mann anzufassen. Und selbst liebkost zu werden – es ist sinnlos, das ausgerechnet mir gegenüber abstreiten zu wollen. Als du mit Pierre an jenem Abend hier warst, hast du ihm erlaubt, dir die Unterhose runterzuziehen und mit dir zu spielen – was du mir noch nie erlaubt hast.«

»Aha«, sagte Dany, die denn Grund für seine Lügen zu wittern begann, »ich glaube, ich verstehe langsam ... du bist eifersüchtig auf deinen Freund Pierre – das ist es, nicht wahr?«

»Eifersüchtig – ich? Was für eine absurde Idee! Was schert es mich, was Pierre mit dir macht?«

»Aber so ist es«, sagte sie leise, und zu seiner Überra schung stand sie auf, setzte ihren kleinen Topfhut ab und stellte sich vor ihn hin. Mit einem amüsierten Lächeln faßte sie den Saum ihres enganliegenden, schwarzen Rockes mit beiden Händen und zog ihn hoch, bis ihre runden Knie sichtbar wurden. Ihre Finger fanden den Saum ihres Seidenhemds, und auch das zog sie in die Höhe und zeigte ihre rosageblümten Strumpfbänder und den Rand ihrer Strümpfe. Marcels Augen wurden immer runder, er hielt den Atem an und starrte ungläubig auf ihre bloßen Schenkel und die weiße, spitzengesäumte Unterhose, die sie freilegte.

Sie stand still und hielt Rock und Hemd hoch, damit

er sie betrachten konnte. »Du bist hinreißend!« murmelte er – kein besonders originelles Kompliment – und mit zitternden Händen zog er langsam den Bund ihres Schlüpfers nach unten und legte ihren kleinen Bauch mit dem runden Grübchen frei. Mit unverhohlener Bewunderung starrte er auf ihre schlanken, seidenhäutigen Schenkel, die zu tausend Küssen einluden, und an der Stelle, wo sie zusammenliefen, bauschte sich der zarte, weiße Stoff zu einem kleinen Hügel, der ihn faszinierte.

Heißblütig wie immer, faltete Marcel die Beine auseinander, um seinem eifrigen Glied zu gestatten, in seiner Hose schnell zu voller Größe anzuschwellen, und setzte sich aufrecht, um mit forschender Hand den zarten Hügel zu betasten, der die Seide zwischen Danys Schenkeln füllte. Sie machte einen kleinen Schritt auf ihn zu und er spreizte die Knie, um sie so nahe wie möglich an sich heranzulassen – so nah, daß er sich nur nach vorn beugen mußte, um seinen heißen Mund auf die beinahe durchsichtige Seide zu drücken, die Danys *jou-jou* verhüllte.

Während er sie küßte, legte er die Arme um ihre Hüften und ließ seine Hände über die sanft gerundeten Kurven ihres Hinterteils wandern. »Oh, Marcel«, flüsterte sie, und er schaute auf und sah, wie sie ihn mit ihren glänzenden, braunen Augen lächelnd anschaute. Er dachte daran, wie es ihm, als er sie zum ersten Mal für den Abend ausgeführt hatte, gelungen war, ihre nackten Schenkel oberhalb der Strümpfe zu betasten, bis er die kurzen Löckchen zwischen ihren Schenkeln berührte – und dann hatte sie ihn gebeten, aufzuhören. Selbst dann hatte er seine Finger in ihr Höschen schieben und sie ein wenig kitzeln können, bevor er daran gehindert wurde.

»Du kannst sie mir ausziehen, wenn du willst«, sagte sie leise.

Marcel stieß bei ihren Worten einen langgezogenen Seufzer der Lust aus, aber er nutzte das unerwartete Privileg, das sie ihm gewährte, nicht sofort aus. Die Hälfte des Genusses liegt in der Vorfreude, wie er sehr wohl wußte, und er drückte ihre Hinterbacken herzlich, während er erneut seine Lippen auf den unsichtbaren Schatz unter der Seide preßte. Gleich würde er ihr das zarte Höschen über die Schenkel hinunterziehen, sagte er sich im Rausch der Erregung, und ihre brünetten Löckchen und die rosigen Lippen ihres *jou-jous* enthüllen!

In seiner Hose hüpfte sein begeisterter Schaft wie wild und begehrte, ans Tageslicht gelassen zu werden. Noch nicht, lieber Freund, sagte Marcel in Gedanken zu ihm, du mußt noch ein bißchen warten. Er ließ seine Hände nach vorn über Danys Hüften gleiten und bekam ihr zartes, kleines Höschen zu fassen. Er wagte kaum zu atmen, als er es ihr bis zu den Knien hinunterzog und zum ersten Mal ihr *bijou* sah. »Du bist einfach hinreißend, Dany«, murmelte er noch einmal, zu verzaubert, um sich etwas anderes einfallen zu lassen; der Anblick, den sie ihm bot, war in der Tat hübsch.

Ihre Krause war von intensivem Braun, nicht zu dicht, so daß die warmen, rosigen Lippen bloßlagen und leicht hervorstanden. Marcel neigte den Kopf und küßte sie, und als er Dany keuchen hörte, leckte er sie zart, bis Danys Beine vor Lust zu zittern begannen.

»Und jetzt hast du alles gesehen, was auch dein Freund Pierre gesehen hat«, sagte sie mit bebender Stimme. »Bist du jetzt glücklich?«

»Dany, Dany, *chérie* – ich bin der glücklichste Mann auf der ganzen Welt«, stammelte er.

Ob er nun der Glücklichste auf der Welt war oder nicht, er war einigermaßen sicher, daß er im Augenblick besonders großes Glück hatte, denn Dany war offensichtlich in der Stimmung, ihm mehr Gunst zu erweisen, als er oder vielleicht irgendein anderer Mann je zuvor genossen hatte.

Er nutzte dieses Glück, indem er ihr Höschen über

die Knie bis zu den Knöcheln streifte. Sie hob ein niedliches, kleines Füßchen in einem glänzend schwarzen Schuh, um sich aus der Fessel des heruntergefallenen Kleidungstückes zu befreien, und da sie genau wußte, worauf sich Marcels Aufmerksamkeit konzentrierte, rückte sie ihre Füße auf dem Teppich ein wenig auseinander und bot sich seinem Blick vollständig dar.

Sofort umklammerten seine Hände die weichen, nackten Backen ihrer Kehrseite, um sie näher an sich heranzuziehen, während seine Lippen ihr *bijou* wiederfanden. Diesmal war er in der Lage, seine nasse Zungenspitze richtig dazwischenzustecken und ihre zarte Liebesknospe ausfindig zu machen. Dany ließ die Kleider los, die sie sich um die Hüften gehalten hatte, aber seine ausgestreckten Arme verhinderten es, daß sie ganz herunter fielen und ihren Schatz vor ihm verbargen. Er fühlte, wie sie ihm die Hände haltsuchend auf die Schultern legte, weil ihre schlanken Beine unter der Gewalt der Gefühle, die seine Zunge auslöste, heftig zu zittern begannen.

Sie liebte es, bis zum Höhepunkt erregt zu werden, indem man ihre Brustwarzen leckte – das wußte er nur zu gut von ihren vorhergehenden gemeinsamen Spielchen. Wer ihr als erster dieses kleine Vergnügen beigebracht hatte, und in welchem Alter, davon hatte Marcel keine Ahnung; bei der einzigen Gelegenheit, wo Marcel sie danach gefragt hatte, hatte sie nur gekichert und alle Antwort vermieden, indem sie ihm die Hose aufknöpfte und mit beiden Händen hineinlangte, um seinen kräftigen männlichen Stolz zu fassen und zwischen den Handflächen zu kneten. Aber diesmal, sagte sich Marcel triumphierend, lehrte er dieses charmante, hübsche Mädchen etwas Neues – nämlich, wie sie von einer Zungenspitze auf ihrem geheimen Knöspchen zu einem köstlichen Höhepunkt gebracht werden konnte!

»Ah, Marcel, Marcel... das fühlt sich so gut an... ich

glaube, ich werde vor Ekstase sterben«, murmelte sie, und auf diese Weise ermuntert, flitzte seine Zunge begeistert über ihre prall angeschwollene kleine Perle.

Sie hatte schon immer sehr schnell auf die Aufmerksamkeiten reagiert, die er ihren Brüsten zollte – und sie reagierte noch schneller auf diese neuen, intimen Aufmerksamkeiten, die ihr jetzt verschwenderisch geschenkt wurden. Ein langgezogenes keuchendes Seufzen und ein nervöses Zucken ihrer Schenkel und ihres Bauches warnten Marcel, daß er sie zu dem entscheidenden Punkt gebracht hatte. »Ja, jetzt!« schrie sie auf, und ihr Leib zuckte krampfhaft unter den überwältigenden Gefühlen, von denen sie ergriffen wurde. Marcel fühlte, wie ihre Pobacken sich unter seinen Händen anspannten, während sie sich heftig gegen seinen Mund warf und einen langen Wimmerton der Ekstase ausstieß.

Er hielt ihre Kehrseite ganz fest, um sie während ihres bebenden Genusses zu stützen, und plötzlich packte sie ihn bei den Ohren, zog seinen Kopf von ihrem Bauch fort und stürzte sich mit weit gespreizten Beinen auf seinen Schoß. Im nächsten Moment hatte sie seine Hose aufgerissen und seinen vibrierenden Stolz in der Hand. Sie schloß die Finger um seinen Schaft, während die andere Hand in seiner Unterhose herumwühlte, um seine wolligen *pompoms* zu packen und hervorzuholen, damit sie sie sehen und mit ihnen spielen konnte.

Marcel konnte kaum atmen, so groß war die Lust, die sie ihm bereitete. Er beobachtete, wie ihre Fingerspitzen bis zur Eichel seiner bebenden Lanze glitten, und dann wieder ganz nach unten, und wieder nach oben. Nach ein paar dieser Passagen war er zu ungeheurer Größe angeschwollen, und die Eichel war prall und glänzend vor Leidenschaft.

»Fühlt sich das gut an?« fragte sie mit leicht zur Seite geneigtem Kopf und schaute ihn fragend an.

»Oh ja, Dany, sehr«, stammelte er.

»Und bist du nun noch immer eifersüchtig auf Pierre?« wollte sie wissen.

»Nein, Ehrenwort«, sagte er. »Warum sollte ich?«

»Gut«, sagte Dany. »Deiner ist größer als seiner – wußtest du das?«

»Aha! Dann hast du also doch mit ihm gespielt!« grunzte Marcel.

»Und wenn ich es getan hätte? Bin ich denn dein Eigentum, Marcel? Aber wo wir gerade über Eifersucht reden, sag mal, mein Lieber – spielt Madame de Michoux mit dir? Und spielst du mit ihr?«

Sie hielt seine wippenden fünfzehn Zentimeter fest in der Faust und rieb sie auf und ab, so daß sämtliche Stiche der Eifersucht, die Marcel auch immer zu fühlen geglaubt haben mochte, vollständig in der rauschhaften Lust untergingen, die seinen Körper schüttelte. »Dany – ich bete dich an!« ächzte er und hüpfte auf dem Sessel auf und ab, um ihre Handbewegungen zu verstärken.

»Wirklich?« fragte sie. »Betest du mich wirklich an, Marcel? Oder ist es *das* hier, was ich in der Hand habe, was da aus dir spricht, und nicht dein Herz?«

Er hatte genau den kritischen Augenblick erreicht, und es brauchte nicht mehr als drei oder vier Bewegungen ihrer Hand, um seine Leidenschaft freizusetzen. Mit aufgerissenen Augen sah er, wie Danys Hand zwischen ihre weit gespreizten Schenkel schlüpfte und die feuchten Blütenblätter dort auseinanderdrückte, und im nächsten Augenblick rieb sie den prallen Kopf seines Lieblingsstückes an ihrer kleinen Pforte.

»Da!« keuchte sie und starrte staunend auf das, was sie getan hatte. »Das ist es, was du haben willst, nicht wahr?«

»Dany – ich bete ich an«, wiederholte er mit bebender Stimme, während er darum kämpfte, sich nur noch ein kleines bißchen länger zurückzuhalten.

Sie hatte ihre Hände auf seinen Schultern, und er seine

auf ihren nackten Schenkeln, sie saßen Stirn an Stirn und schauten mit wild klopfenden Herzen auf ihr niedliches, kleines *jou-jou,* das durch die obersten Zentimeter seines vibrierenden Schaftes auseinandergedrückt wurde. Der Gedanke, daß er der erste Mann war, dem sie erlaubte, den Eingang zu ihrem hübschen Alkoven mit seinem stolzen Körperteil zu berühren, und der darauffolgende Gedanke, daß er sich mit einem einzigen, kräftigem Stoß vermutlich den Weg ins Innere bahnen könnte, um ihr seinen Tribut in den warmen, kleinen Bauch zu spritzen – das war zu viel für Marcel!

Er atmete schwer, als er fühlte, wie seine heiße Essenz in ihm aufstieg wie das Quecksilber im Thermometer an einem Sommertag. Im nächsten Moment würde er ihre Knospe mit seiner Lust begießen – und auch sie wußte es, denn sie versuchte, es zu beschleunigen, indem sie mit ihrem Bauch nach vorne stieß. Und im gleichen Augenblick riß Marcel seinen zuckenden Schaft von ihrer Blüte fort und spritzte unter lautem Stöhnen auf ihren nackten Bauch.

»Nicht so!« rief Dany enttäuscht aus, und während Marcel noch in Ekstase bebte, schob er seine Hand zwischen ihre Beine und liebkoste ihre kleine, nasse Knospe, bis sie vor Wonne aufschrie und an seine Brust sank, die Arme um seinen Hals geschlungen, um seinen Mund in einem langen Kuß auf ihren zu pressen.

Als sie sich wieder erholt hatte, setzte sie sich auf seinen Schoß, um sich mit dem Taschentuch abzutrocknen, und warf einen kritischen Blick auf ihr *jou-jou.*

»Bin ich noch immer eine Jungfrau?« fragte sie und grinste Marcel dabei an.

»Oh, ja«, versicherte er, »du bist jetzt noch genauso eine Jungfrau, wie du es warst, ehe wir angefangen haben. Bist zu zufrieden?«

»Ja, in gewisser Weise«, sagte sie, »auch wenn ich nicht erwartet hatte, es noch immer zu sein. Ich wollte, daß du mich richtig nimmst – warum hast du ihn zurückgezogen, statt ihn reinzustecken?«

Sie wischte sein erschlaffendes Glied mit dem gleichen Taschentuch ab, nahm es in die Hand und drückte es zärtlich.

»Aus Rücksicht auf dich«, sagte er, ganz und gar nicht sicher, warum er im letzten Moment so reagiert hatte. »Mir schien, du hättest dich vielleicht durch die Lust, die unser kleines Spiel in dir ausgelöst hat, einen Moment lang vergessen – und wenn ich das ausgenutzt hätte, um mich selbst zu befriedigen, wärest du nachher mit mir und mit dir selbst böse gewesen.«

»Das kann doch nicht wahr sein«, sagte Dany mit einem nachdenklichen Ausdruck in ihrem hübschen Gesicht, »vor einer halben Stunde hast du meinen Ruf vollständig zerstört, als du Pierre vorgelogen hast, du wärst mein Liebhaber. Also hättest du dir auch genausogut nehmen können, was du, wie du der Welt verkündet hast, angeblich schon lange genießt.«

»Aber Pierre ist doch nicht die Welt – er wird deinem Ruf nicht schaden. Ich werde ihm erklären, daß ich nicht die Wahrheit gesagt habe.«

»Zu spät«, sagte Dany. »Männer sind Klatschbasen – morgen wird die Hälfte meiner Bekannten irgendeine Version der Lügen gehört haben, die du Pierre erzählt hast. Nein, mein Ruf ist hinüber – du hättest meinen Untergang wenigstens vollständig herbeiführen können.«

»Also, wenn das so ist...«, murmelte Marcel und hob sie von seinem Schoß, um sie ganz auszuziehen. Sie half ihm mit demonstrativer Begeisterung, vergaß ihre jungfräulichen Skrupel und stand nackt vor ihm, um sich von ihm betrachten zu lassen. Wie er vermutet hatte, hatte sie einen hübschen Körper – an den richtigen Stellen wohlgerundet, mit glatter Haut und vor gesunder Kraft strotzend.

»Und jetzt du«, sagte sie. »Du mußt dich auch von mir anschauen lassen«, und nahm in bei den Händen, half ihm auf die Füße und zog ihn ebenfalls nackt aus. Sie stand ganz nah vor ihm, ließ ihre Finger durch die krausen, dunklen Haare auf seiner Brust fahren, prüfte seinen Bauchnabel mit einem Zeigefinger und streichelte sein weiches Glied auf schmeichelnde Weise, bis es an Umfang und Länge wieder zuzunehmen begann. Das rief ein Grinsen bei ihr hervor, und sie stieß ihn auf den Stuhl zurück und kniete sich zwischen seine gespreizten Beine.

Sie schaute ihm frech ins Gesicht, während ihre Hand an seinem schwellenden Schaft spielte, und dann senkte sie mit einem kleinen Lachen den Kopf und nahm ihn in ihren nassen Mund. Wenn Marcel in der Lage gewesen wäre, seinen Verstand zu benutzen, hätte er vielleicht einen gewissen Verdacht wegen Danys vollständiger Verwandlung und der Hitzigkeit ihres Vorgehens geschöpft. Aber er war jetzt wirklich unfähig, vernünftig nachzudenken, denn Dany löste in ihm eine Flut köstlicher Empfindungen aus.

Als seine ausgestreckten Beine wild zu zittern begannen, nahm sie sofort seinen prallen Stolz aus dem Mund, setzte sich auf die Fersen und lächelte in einer Weise zu ihm auf, die unverhohlen einladend war. Marcel brauchte keine weitere Ermutigung – er nahm sie bei den Schultern und warf sich aus dem Stuhl nach vorn und drückte sie rücklings auf Pierres Perserteppich. Das Manöver brachte ihn über sie, zwischen ihre hochgestellten, gespreizten Knie, mit seinem nackten Bauch auf ihrem.

»Oh, Marcel!« murmelte sie und starrte ihn mit offenem Mund und weit aufgerissenen Augen ins Gesicht, das ihrem so nah war. Marcel umarmte sie und drückte sie fest an sich – und als er sie küßte und seine Zunge in ihren Mund schob, erzwang sich sein eifriger Schaft den

Weg in den kleinen, nassen Eingang zwischen ihren gespreizten Schenkeln. Sie atmete heftig, als er sie durchbohrte und von der Bürde ihrer Jungfräulichkeit befreite, dann entspannte sie sich unter ihm, die Arme um seinen Hals gelegt.

»So fühlt sich das also an!« seufzte sie.

Marcel drückte seinen Mund zu einem endlos langen Kuß auf ihren und schob seine Hände unter ihren Po, um ihre weichen Backen festzuhalten, während er vorsichtig in sie stieß. Danys Bauch schien seinen Bewegungen eifrig entgegenzukommen, und ihre Fingernägel kratzten über seinen Rücken, während ihre Erregung sich wild steigerte. Verloren im Rausch der Lust, konnte Marcel keinen Gedanken darauf verschwenden, welche Gegenleistungen von ihm dafür erwartet wurden, daß er als erster Mann in Danys *jou-jou* eindringen durfte.

Er stieß einen Lustschrei aus und fühlte, wie seine Leidenschaft in seinem pulsierenden Schaft emporstieg, und Dany keuchte laut vor Wonne. Erst dann, im allerletzten Moment, brachte ein letzter Rest von gesundem Menschenverstand Marcel dazu, aufzupassen! Und so sehr er auch von der Ekstase überwältigt war – er zog sich aus der sich unter ihm windenden Dany zurück und spritzte noch einmal seine Leidenschaft auf ihren glatthäutigen, kleinen Bauch, diesmal direkt an ihrem Bauchnabel vorbei bis beinahe an die Brüste mit ihren rosigen Spitzen.

11

Angriff und Abwehr

Es paßte vollkommen zu Silvies Charakter, daß sie ihren Geburtstag unbedingt in großem Stil feiern wollte. Die meisten Damen, die die fünfunddreißig überschritten haben, ziehen es vor, ihren Geburtstag in aller Stille zu begehen, zum Beispiel bei einem Abendessen in einem guten Restaurant mit Familie und Freunden, doch Silvie Tournets exhibitionistische Natur wollte sich mit einer so diskreten Feier nicht begnügen. Sie hatte ihren Bruder Adolphe überredet, in seiner Wohnung eine Party für sie zu organisieren, und dazu lud sie jeden ein, den sie kannte.

Marcel kam es so vor, als kenne sie halb Paris, denn so groß die Wohnung auch war, sie war ungeheuer bevölkert, als er und seine Mama ankamen. Adolphe hatte ein paar seiner eigenen Freunde eingeladen, um dem Ereignis einen etwas respektableren Stempel aufzudrücken – sie sollten in gewissem Maße ein Gegengewicht zu Silvies recht geschmacklosen Freunden bilden, und so fand sich auch Madame Chalon unter den Gästen. Und Gabrielle de Michoux, die Verlobte ihres Bruders, würde zu Silvies Unterstützung anwesend sein.

Während ein Diener sich um Marcels Zylinder und den Umhang seiner Mutter kümmerte, hörte er schon die laute, lebhafte Musik einer angeheuerten Jazzband irgendwo in der Wohnung. Adolphe und Gabrielle standen in der Eingangshalle, um die Gäste zu begrüßen, denn Silvie war nirgendwo zu sehen, weil sie viel zu sehr damit beschäftigt war, ihre eigene Party zu genießen, um sich übermäßig mit den Formalitäten zu belasten. In Gabrielles schönem Gesicht lag ein nur unzulänglich kaschierter Ausdruck des Ärgers, stellte Marcel fest, als er sich zur Begrüßung über ihre Hand beugte.

Ihr Abendkleid war höchst schick – es stammte von der Hand eines haute couture-Meisters – es war aus elfenbeinfarbenem Satin, schulterfrei und wie eine Tulpe gestaltet, aus der ihre nackten, zarten Schultern mit ihrem ganzen Charme herausragten. Sie trug eine Kette aus Gold und Smaragden um den schlanken Hals, und ihr kastanienbraunes Haar war seitlich gescheitelt und in glänzenden Wellen nach hinten gebürstet. Neben ihr stand Adolphe, der es ungeheuer genoß, daß seine Braut so bewundert wurde. Sein borstiger Schnurrbart war an den Enden nach oben gezwirbelt wie die Spitzen auf einem Soldatenhelm.

Im Salon machten mehrere Diener mit großen Champagnerkelchen auf silbernen Tabletts die Runde und in der Mitte des Raumes, der für diese Gelegenheit freigeräumt worden war, tobten zwanzig oder mehr Paare zu der wilden Musik herum. Silvie befand sich darunter und übertraf jedermann allein schon durch die Verve ihres Tanzens. Sie schien auch alle ihre Freundinnen in der Gewagtheit ihres Abendkleids übertreffen zu wollen, dachte Marcel, und beobachtete sie interessiert. Sie war gekleidet, um die Aufmerksamkeit aller Männer auf sich zu lenken, die sich im Zimmer befanden, das stand außer Frage!

Ihr Geburtstagskleid stammte offensichtlich von der gleichen Hand wie das Kleid, das sie im Casino in Cannes getragen hatte, denn Stil und Schnitt waren fast gleich. Der Ausschnitt reichte so tief zwischen ihre vollen Brüste, daß die Brustwarzen nur knapp bedeckt wurden, und das Kleid hatte so gut wie gar kein Rückenteil, so daß ihre gesamte Wirbelsäule, fast bis dort, wo sie zwischen den Pobacken verschwand, zu sehen war. Die Version, die sie im Casino getragen hatte, war aus glänzendem, schwarzen Satin gewesen, und das, was sie zu ihrem Geburtstag angelegt hatte, war aus so feinem flammendrotem Chiffon, daß die ganze Kreation klein genug zusammengefaltet werden konnte, um in die Brusttasche einer Herrenweste zu passen.

In Cannes hatte sie zu dem schwarzen Satin ihre lange Perlenkette getragen – jene berühmte Kette, deren Schnur in der Hitze des Augenblicks gerissen war! Und eine Perle davon hatte ihren Weg in eine private Vertiefung in Marcels Körper gefunden, während er schlief – und an einem anderen Tag war sie in eine noch privatere Vertiefung von Silvies Körper gelangt, als sie betrunken war!

Zu dem flammendroten Chiffon trug sie eine fabelhafte Diamantenkette, die bläulich funkelte, während sie im Rhythmus des Tanzes auf Silvies weißer Haut auf und ab hüpfte. Und Silvies Diamanten waren nicht das einzige, das auf und ab hüpfte – ihr Jazztanz – oder wie man ihre barbarischen Zuckungen sonst bezeichnen mochte – war so wild, daß ihr üppiger Busen unter dem dünnen Kleid im Rhythmus wippte, was jeden Mann im Zimmer in Verlegenheit brachte, da es eine gewisse Steifheit verursachte, die die Bewegungsfreiheit einschränkte. Zwangsläufig entdeckte Silvie, als sie schließlich zwischen zwei Tänzen eine Verschnaufpause einlegte, Marcel, der neben seiner Mutter stand, für die er einen Stuhl besorgt hatte. Silvie stieß kleine Willkommensschreie aus, während sie eilig den Salon durchquerte, um ihn zu begrüßen; sie wartete nicht darauf, daß er ihre Hand küßte, sondern warf ihm die Arme um den Hals und drückte ihre Wange gegen seine – zur großen Mißbilligung von Madame Chalon, die sie kalt anschaute und Silvies Hand kaum mit den Fingerspitzen berührte, als sie sie ihr entgegenstreckte.

»Du mußt mit mir tanzen, Marcel«, forderte Silvie, »ist die Band nicht *fabelhaft*? Sie sind aus St. Louis in Amerika und spielen in einem Nachtclub auf dem Boulevard St. Germain«, und ehe er irgendwelche Einwände machen konnte, zerrte sie ihn in die Mitte des Zimmers und warf sich voller Energie in die Verrenkungen des Jazztanzes. Für Marcel bestand kein Zweifel, daß sie schon reichlich Champagner getrunken hatte, und als er sah, daß ihm nichts anderes übrigblieb, als gute Miene zum bösen Spiel zu machen, gab er sich ungezwungen dem Tanz hin.

Die heitere Silvie bot einen erfreulichen Anblick – ihr kunstvoll geschminktes Gesicht rosig vor Anstrengung, die funkelnden Diamanten, und ihr Busen, der unter dem dünnen Kleid hüpfte! Ihr rot geschminkter Mund war halb geöffnet, und sie sang wortlos zum Rhythmus der Musik. Ihre dunklen Augen glänzten, und ihre Füße glitten bei den komplizierten Schritten ihres Tanzes hin und her. Und dann sprang ihre rechte Brust durch den Schwung ihrer Bewegungen aus dem tiefen Ausschnitt ihres Kleides, um mit dunkelroter, aufgerichteter Brustwarze heftig auf und ab zu wippen.

Sie war so in den Tanz vertieft, daß sie nicht merkte, was geschehen war, und Marcel betrachtete sie hingerissen und sagte nichts, um ihre Aufmerksamkeit darauf zu lenken. Aber andere Männer, die mit ihren Partnerinnen in der Nähe tanzten, waren nicht so diskret, und bald übertönte lautes Gelächter die Musik. Das am nächsten tanzende Paar blieb stehen, und die Frau – eine magere Blondine ohne nennenswerten Busen unter ihrem eisblauen Satinkleid – tippte Silvie auf die Schulter und lenkte mit einem scharfen Kopfnicken deren Aufmerksamkeit auf ihre Brust. Silvie hielt sofort inne und schaute an sich herunter, dann grinste sie und schob ihre nackte Brust mit der hohlen Hand wieder ins Kleid zurück.

»Warum hast du mir nichts gesagt, du Biest?« fragte sie Marcel, während er sie aus der Mitte des Zimmers zu einem Diener mit einem Tablett geleitete, um ihnen eine Erfrischung zu verschaffen. Die Leute im Salon starrten zu ihnen herüber und lachten, und Marcel schaute ängstlich auf den Platz wo er seine Mutter zurückgelassen hatte, überzeugt, er würde einen so kalten Ausdruck in ihrem Gesicht sehen, daß ihm das Blut in den Adern gefrieren würde. Glücklicherweise saß sie nicht mehr auf dem Stuhl, den er ihr besorgt hatte.

»Es dir sagen, *chérie* – und einen so hinreißenden Anblick verderben?«, sagte er äußerst erleichtert zu Silvie. »Du erwartest doch nicht im Ernst, daß ich so selbstlos bin. Wenn man ein so winziges Abendkleid anhat, kann man natürlich nicht viel Leibwäsche darunter tragen.«

»Du solltest es wissen«, sagte sie, als sie ein Glas Champagner von dem Tablett nahm, das der Diener hielt. »In Cannes habe ich fast dasselbe Kleid getragen.«

»In der Nacht, als du in mein Zimmer kamst«, sagte er, hattest du ein winziges Unterhöschen aus schwarzer Spitze an – es war ein Genuß, es dir auszuziehen!«

»Da heute mein Geburtstag ist, habe ich gar keins an«, sagte sie und grinste ihn dabei an, »interessiert dich das?«

»Wie aufregend«, murmelte Marcel. »Das heißt, falls du die Wahrheit gesagt hast. Aber leider besteht keine Möglichkeit, das herauszufinden.«

»Natürlich besteht die Möglichkeit«, sagte sie sofort. »Du weißt, wo mein Zimmer ist – bleib noch zwei Minuten hier und komm mir dann dorthin nach, dann liefere ich dir alle Beweise, die du willst.«

»Aber wir können uns doch nicht inmitten deiner Party verkrümeln«, sagte er mit bedauerndem Grinsen. »Oder etwa doch?«

»Während einer Viertelstunde wird uns wohl kaum

jemand vermissen«, antwortete sie, reichte ihm ihr leeres Glas, bevor sie sich umdrehte und den Salon verließ.

Was sie da vorhatten, war natürlich reiner Wahnsinn, das wußte Marcel. Aber der Anblick von Silvies üppigem Busen, wie er so fröhlich aus dem Kleid gesprungen war, hatte seine Vorstellungskraft geweckt und seinen Puls wild beschleunigt. Und außer seiner lebhaften Einbildungskraft regte sich noch etwas anderes. Es zitterte steif vor seinem Bauch unter dem Frackhemd. Gesellschaftlich war das, was Silvie und er tun wollten, völlig unmöglich und unverzeihlich, und dennoch, dachte er, warum auch nicht, wo Silvie doch mehr als willens ist?

Er ließ ein paar Minuten mit diesen angenehmen Überlegungen verstreichen, bevor er die beiden leeren Gläser auf eine Fensterbank stellte und den bevölkerten, lauten Salon verließ. Er wußte ganz genau, wo sich Silvies Zimmer befand, da er schon dort gewesen war – das erste Mal, als er sie betrunken und bewußtlos genommen hatte, und das zweite Mal, als er sie nüchtern und unter einer seelischen Depression leidend genommen hatte – die er in Rekordzeit kuriert hatte!

Er schlenderte durch die Korridore der Wohnung, und als er Silvies Zimmer erreichte, schaute er sich um, um sich zu vergewissern, daß man ihn nicht beobachtete, dann öffnete er die Tür und trat schnell ein. Er blieb mit dem Rücken an der geschlossenen Tür stehen, eine Entschuldigung auf den Lippen, falls sich jemand anderes dort aufhalten sollte. Aber nur Silvie war da, die ihm riet, die Tür zu verriegeln. Marcel schaute auf das kostbare Bett mit dem Himmel und den spitzenbesetzten Kissen, und ein Lächeln breitete sich über sein hübsches Gesicht, als er an die Freude dachte, die die nächsten zehn Minuten für ihn bereithielten.

Silvie saß auf der brokatbezogenen *chaiselongue* neben den hohen Fenstern. Wie Marcel sich sehr gut erinnerte, stand daneben ein kleiner Edelholztisch, auf dem sich ein Tablett mit Gläsern und einer Flasche Cognac befanden – und Silvie hatte während der wenigen Minuten, die sie auf ihn warten mußte, nicht widerstehen können. Sie erhob sich und stellte ihr Glas ab, als er den Schlüssel im Schloß umdrehte, dann kam sie ihm quer durchs Zimmer entgegen und warf ihre Arme um seinen Hals.

»Warum hast du mich so lange warten lassen?« fragte sie.

Ihre Worte gingen verloren, da sie ihren Mund zu einem süßen, cognacgewürzten Kuß auf seinen Mund drückte. Marcel machte sich nicht die Mühe, ihr zu antworten – er preßte seinen Bauch kräftig gegen ihren, während er ihren Kuß heiß erwiderte und die Hände an dem lächerlich tief ausgeschnittenen Abendkleid nach unten wandern ließ, um ihre Hinterbacken zu packen und zu kneifen. Er seufzte glücklich in Silvies offenen Mund, als seine Hände nur nackte Haut fanden.

»Dann stimmt es also!« murmelte er, den Kuß unterbrechend. »Du bist nackt unter diesem schamlosen Kleid!«

»Selbstverständlich bin ich nicht nackt«, widersprach Silvie entrüstet, »ich habe Seidenstrümpfe an! Schau her!«

Sie ließ ihn los, trat einen Schritt zurück und lüpfte ihr flammendrotes Kleid mit beiden Händen, um ihm ihre Schenkel zu zeigen, nackt über ihren scharlachroten Strumpfbändern. Marcel lächelte sie vergnügt an, dann senkte er den Blick, um sich am Anblick ihrer samthäutigen, drallen Schenkeln zu weiden – und dann, als sie ihr Kleid noch höher hob, ihres dunkelhaarigen *joujous*, das sie für ihn bloßgelegt hatte.

»Hinreißend«, murmelte er, und, unfähig zu widerstehen, trat er näher und ließ seine Hände über ihre rundlichen Schenkel streichen und freute sich an ihrer samtigen Haut. Sie berührte seinen Mund wieder mit dem ihren, und er drückte seine Finger zwischen die rosigen Blütenblätter, um ihren kleinen Fruchtknoten zu suchen.

»Marcel, Marcel!« stöhnte sie selig, als seine suchenden Finger die geheime Knospe in ihrer feuchten Wärme fanden. Im nächsten Augenblick hatte sie etwas an ihrer Taille gelöst und sich das zarte Kleid über den Kopf gezogen und quer durchs Zimmer geworfen, so daß sie nackt vor ihm stand – abgesehen von den feinen Seidenstrümpfen, die sie zuvor angeführt hatte, um ihre Sittsamkeit zu beweisen.

Marcel beugte den Kopf, um seine Zunge über die Spitzen ihrer großen, runden Brüste lecken zu lassen, und brachte sie wieder zum Stöhnen. Wenn man all die Jahre in Betracht zog, in denen ihre Brüste von eifrigen Männerhänden betastet wurden, dann waren sie noch immer bemerkenswert wohlgeformt, überlegte er – sie waren nur ein ganz klein wenig schlaff. Tatsächlich war die nackte Silvie ein erfreulicher Anblick für die Augen eines jeden Mannes! Sie stöhnte wieder und bebte, als sie das unnachgiebige Bohren von Marcels Fingern tief in ihrem warmen und sehr nassen Spalt fühlte, die auf dem kleinen Knopf herumflitzten und sie zum Glühen brachten. Sie fummelte mit den Händen an seiner Hose, um die Knöpfe aufzumachen und sein pochendes Glied zu fassen zu kriegen.

Um ihr geräuschvolles Keuchen zu ersticken – für den Fall, daß sie Pech hatten und jemand an der Tür vorbeikam und sie hörte – preßte Marcel seinen Mund auf ihren und leckte an ihrer Zunge. Ihr Bauch zitterte so heftig, daß er wußte, ihr Höhepunkt mußte unmittelbar bevorstehen.

»Nicht so!« rief sie aus, nachdem sie ihren Mund von seinem Kuß befreit hatte. »Auf dem Bett, schnell – ich will dich in mir haben!«

Doch die Angelegenheit war schon zu weit fortgeschritten. Noch während sie sprach, zwangen seine emsigen Finger sie bis an die Schwelle und dann Hals über Kopf darüber hinaus. Sie stöhnte und krallte sich während ihrer wilden Zuckungen der Ekstase an seinen Schultern fest. Lange, nachdem sie zum Ende gekommen war, bebte sie noch immer und drückte ihren Bauch an seinen, bis ein abschließender Seufzer die Vollendung ihres Höhepunkts verkündete.

»Du Biest!« schimpfte sie voll wilder Entschlossenheit. »So kommst du mir nicht davon!«

Kaum hatte sie das gesagt, war sie schon auf den Knien und nahm seinen harten Stolz in ihren heißen Mund. Silvies Erfahrung mit Männern und wie man sie erregte, war sehr umfassend – ein paar Bewegungen ihrer Zunge, und seine Knie begannen zu zittern. Er starrte mit halb geschlossenen Augen an seiner gestärkten Hemdbrust hinunter auf seine offene Hose, wo sein geliebtes Stück aus einem dichten Busch krausen, schwarzen Haares emporragte und Silvies Kopf auf und ab wippte.

Ihre hübschen, braunen Augen waren geschlossen, ihr Gesicht war vor Erregung rosig angehaucht, und ihre weichen Brüste hüpften im Rhythmus der Bewegungen ihres Kopfes auf und ab. Sie bot einen so erregenden Anblick, daß Marcel davon ganz berauscht war. Sie hörte seinen Stoßseufzer der Wonne und hielt mit ihrem scharlachrot geschminkten Mund einen Moment inne, um zu ihm aufzublicken.

»So ist es schon besser«, sagte sie beifällig grinsend.

Sie erwartete, daß er sie quer durchs Zimmer zu dem Himmelbett führen und sanft auf den Rücken legen würde. Aber dafür war keine Zeit – er bückte sich, um seine Hände unter ihre Achselhöhlen zu schieben und sie mit einem kräftigen Ruck auf die Füße zu zerren, dann packte er sie unter den Kniekehlen und um die Schultern und hob sie einfach in die Höhe. Sie war schwerer, als er erwartet hatte, aber mit einer gewaltigen Kraftanstrengung machte er fünf Schritte bis zur *chaiselongue*, die näher stand, als das Bett, und in seiner wollüstigen Verzückung ließ er sie nicht allzu sanft rücklings darauf fallen.

Als sein bekleideter Bauch sich auf ihren nackten Bauch legte, spreizten sich Silvies Beine wie eine Schere, und mit einem einzigen herben Stoß drang er tief in sie ein. »*Ja!*« schrie sie triumphierend, als sie sich bis zum Anschlag aufgespießt fühlte. Sie zwängte ihre Hände in seine offene Hose und in seine Unterwäsche, ohne zu beachten, wieviele Knöpfe sie in ihrer Eile dabei abriß, bis sie ihre scharfen Fingernägel in seine Hinterbacken graben konnte. Marcel stöhnte vor lustvollem Schmerz und bearbeitete sie mit kurzen, schnellen Stößen.

»Marcel, Marcel, *je t'adore!*« keuchte sie, und ihre blauweißen Diamanten funkelten auf ihrer blassen Haut, als sie unter der Heftigkeit ihrer Bewegungen herumtanzten. Marcel stöhnte ihren Namen, während sich seine Lenden in unkontrollierbarer Wollust gegen sie rammten.

»*Silvie, je t'adore, chérie!*« ächzte er, während er sie, aufgepeitscht durch ihre ekstatischen Schreie, noch schneller und heftiger ritt, bis er in sie hineinsprudelte und sie wild unter ihm zappelte und einen langgezogenen, lauten Schrei ausstieß. Ihre Zuckungen hielten wesentlich länger an als die seinen und er wartete, bis sie abgeklungen waren, ehe er sich zurückzog. Bevor er sich jedoch von der *chaiselongue* erheben konnte, schlang sie ihm die Arme um den Hals und küßte ihn leidenschaftlich.

Ein scharfes Klopfen an der Tür brachte sie mit unerfreulicher Geschwindigkeit in die kalte Wirklichkeit zurück.

»Madame!« rief eine Stimme, die Marcel als die von Silvies Zofe erkannte. »Sind Sie hier, Madame?«

»Was gibt's, Josephine?« fragte Silvie schroff.

»Die Tür ist abgeschlossen, Madame. Ich kann nicht hineinkommen.«

»Was willst du?« frage Silvie und überschüttete Marcels Wange mit kleinen schmatzenden Küßchen.

»Verzeihen Sie, daß ich störe, Madame«, antwortete die unsichtbare Zofe, »aber Monsieur Lacoste bat mich, nach Ihnen zu suchen. Sie möchten ihm die Ehre erweisen und auf ein paar Worte zu ihm in die Bibliothek kommen, sobald es Ihnen paßt. Was soll ich ihm ausrichten?«

»Daß ich mir das Gesicht pudere«, sagte Silvie, die in diesem Augenblick Marcels nasses, erschlaffendes Glied zärtlich und dankbar in der Hand hielt. »Du kannst meinem Bruder sagen, daß ich gleich zu ihm komme.«

»Ja, Madame. Brauchen Sie irgendetwas, Madame?«

»Nein«, antwortete Silvie und drückte Marcels welkenden Stengel in freundlicher, liebevoller Anerkennung.

Sie hörten, wie sich die Schritte der Zofe entfernten, und setzten sich nebeneinander auf der *chaiselongue* auf, Marcel den Arm um Silvies Taille gelegt.

»Adolphe wird wegen dieses lächerlichen kleinen Unfalls, als mein Busen unbedeckt war, an mir herumnörgeln«, sagte sie nachdenklich. »Er betrachtet mich noch immer als die kleine Schwester, die man in Schach halten und zurechtweisen muß, wenn ich etwas tue, das seinen albernen, altmodischen Vorstellungen widerspricht.«

»Vielleicht hättest du sein Smokingjackett anziehen sollen, das du für dich hast abändern lassen«, kicherte Marcel.

»Lach nur, wenn du willst«, sagte Silvie nachsichtig, »aber wenn ich es auch vorziehe, elegante Kleider zu tragen, habe ich doch sämtliche Privilegien in Anspruch genommen, die ihr Männer euch selbst vorbehalten wollt. Du hast mich in Aktion gesehen, als wir in jenem Haus in der Rue Asseline waren – bei Mutter Lussot.«

»Woher weißt du denn den Namen dieser monströsen alten Vettel, die diesen Laden führt?« fragte Marcel grinsend.

Silvie küßte ihn auf die Wange, stand von der *chaiselongue* auf und ließ ihn dort allein sitzen; das schlaffe Glied hing ihm noch immer aus der schwarzen Abendhose. Sie bückte sich und hob ihr flammendrotes Abendkleid vom Fußboden auf, das sie in ihrem Eifer abgestreift hatte, und bot Marcel einen charmanten Blick auf ihr rundes nacktes Hinterteil. Während sie sich das Kleid wieder über den Kopf zog, beantwortete sie seine Frage und brachte ihn damit zum Staunen.

»Weil ich seither mit ihr zu tun gehabt habe«, sagte sie.

»Mit ihr zu tun gehabt?« rief Marcel aus. »Was meinst du damit? Willst du damit sagen, daß du ohne mich wieder dorthin gegangen bist?«

Die Strümpfe hochgezogen und das Kleid glattgestrichen, so daß es alles verbarg, was es zu verbergen vermochte, durchquerte Silvie das Zimmer, um sich an ihren Schminktisch zu setzen und sich um ihr Gesicht zu kümmern.

»Erinnerst du dich noch an Nanette?« fragte sie, mit dem Rücken zu Marcel, während sie ihre gezupften Augenbrauen nachdunkelte. »Das große, schlanke Mädchen mit dem leuchtend kastanienbraunen Haar?«

Diese Beschreibung der rothaarigen Frau bei Mutter Lussot war äußerst schmeichelhaft – wobei schmeichelhaft noch leicht untertrieben war. Marcel erinnerte sich an eine abgehärmte, knochige Frau mit strähnigem, langem Karottenhaar und kleinen, schlaffen Brüsten. Aber, wie der große Moralphilosoph versichert, liegt Schönheit im Auge des Betrachters, und wenn Silvie Nanette durch eine rosa gefärbte Brille sehen wollte, so war das ihr gutes Recht.

»Was ist mit ihr?« fragte er.

»Ich habe mit hunderten von Männern geschlafen«, sagte Silvie, »aber bis dahin war ich noch nie mit einer Frau zusammen. Das hat etwas faszinierend Dekadentes – ich weiß nicht warum. Also habe ich Mutter Lussot aufgesucht und arrangiert, Nanette hier und da für einen Nachmittag von ihr auszuleihen. Sie war inzwischen drei oder vier Mal hier, unter dem Vorwand, sie sei Näherin, damit das Personal nicht anfängt zu reden.«

»Du meine Güte«, rief Marcel aus.

Er hatte die Ereignisse, damals in der Rue Asseline, wieder deutlich vor Augen. Während er mit der dickeren der beiden Frauen beschäftigt war, hatte die rothaarige Nanette Silvie rücklings aufs Bett geschubst, ihr das gestärkte Smokinghemd bis zum Bauchnabel hochgezogen und ihre Hose aufgeknöpft, um ihren glatten Bauch und ihr sorgfältig gestutztes Dreieck zu entblößen. Sie hatte Silvie mit den Fingern beiläufig bis zum Höhepunkt erregt – und offensichtlich einen unvergeßlichen Eindruck hinterlassen.

»Meine liebe Silvie«, sagte er, während er sich erhob und seine Kleidung wieder anständig glattstrich, »es ist äußerst unvorsichtig, sich mit diesen Leuten einzulassen – und das Mädchen hierherzubringen; es ist gefährlich, daß sie und ihre Arbeitgeberin wissen, wo du wohnst. Du mußt diese Zusammenkünfte sofort aufgeben und anordnen, daß sie nicht mehr in die Wohnung eingelassen wird, wenn sie ungeladen auftaucht.«

»Kommt überhaupt nicht in Frage!« sagte Silvie. »Ich genieße Nanettes Besuche – sie ist äußerst geschickt in ihrem Beruf. Wir sind gute Freundinnen geworden, und ich gebe ihr ebensoviel Lust, wie sie mir. Sie weigert sich, sich einen anderen Freund zu suchen, solange ihr Geliebter im Gefängnis sitzt, und so ist sie jetzt auf mich angewiesen.«

»Silvie, Silvie«, sagte Marcel mit einem besorgten

Kopfschütteln. »Das wird ein schlimmes Ende nehmen, wenn du so weitermachst.«

Silvie erhob sich von ihrem Schminktisch und steuerte auf die Türe zu. Mit der Hand am Riegel warf sie Marcel einen Blick über ihre nackte Schulter zu und lächelte fröhlich.

»Nichts als männliche Eifersucht«, sagte sie. »Dein Stolz ist verletzt und deine Männlichkeit bedroht, weil ich darauf bestehe, mir alle Privilegien eines Mannes zu gönnen und gleichzeitig eine Frau zu bleiben. Ich tue, was mir gefällt, liebster Marcel, und niemand kann mich daran hindern. Und eines werde ich dir sagen – Nanette hat vollkommen recht, wenn sie sagt, daß die Männer nur fürs Bett gut sind. Ansonsten sind sie eine Last – sogar du manchmal.«

Damit öffnete sie die Tür und verschwand. Marcel ließ ihr eine paar Minuten Vorsprung, und dann ging auch er zur Party zurück. Seine Mutter war nirgendwo zu sehen, und Adolphe ebensowenig, woraus er schloß, daß beide der amerikanischen Jazzmusik überdrüssig geworden waren und einen ruhigeren Winkel in der Wohnung gefunden hatten, um einen Drink und ein Gespräch zu genießen. Gabrielle tanzte mit einen großen, gutaussehenden Mann mit kurzem, schwarzem, pomadisiertem Haar. Sie schienen in eine ernste Unterhaltung vertieft zu sein, trotz der Lautstärke der Musik, und ein kleiner Stich von Neid durchzuckte Marcel.

Als die Jazzband eine Verschnaufpause machte und die Tänzer sich verstreuten, ging er schnell zu Gabrielle und dem Fremden hinüber, die noch immer die Köpfe zusammensteckten. Gabrielle grüßte ihn mit einem kleinen Lächeln und stellte die beiden Männer einander vor.

»Belanger?« wiederholte Marcel den Namen des anderen überrascht, »sind Sie vielleicht gar Claude Belanger?«

»Ja – es scheint, daß Sie schon von mir gehört haben,

obwohl wir uns noch nicht begegnet sind«, antwortete der schwarzhaarige Mann.

»Claude ist ein Freund von Silvie«, erläuterte Gabrielle hilfsbereit.

»Das habe ich gehört«, stimmte Marcel zu. »Sagen Sie, falls es nicht eine indiskrete Frage ist – hat Silvie Sie zu der Party eingeladen?«

»Nein, Adolphe hat mich gebeten zu kommen«, sagte Belanger unerschüttert. »Ich bin erst heute morgen nach Paris zurückgekehrt und gerade hier eingetroffen. Silvie weiß noch nicht, daß ich da bin, und ich habe sie nirgendwo finden können. Sind Sie ein Freund von ihr, Monsieur Chalon?«

»Eher ein Freund ihres Bruders«, sagte Marcel und hoffte, daß er die Knöpfe seiner Hose nach seiner Runde mit Silvie auf der *chaiselongue* ordentlich zugeknöpft hatte. Ihm war der Gedanke gekommen, daß Belangers Rückkehr und sein darauffolgendes Gespräch mit Adolphe heißen mußten, daß er beschlossen hatte, das Geld anzunehmen und Silvie zu heiraten – vorausgesetzt, daß sie ihn noch immer heiraten wollte! Falls dies eine realistische Einschätzung der Situation war, dann sollte Belanger besser nicht herausfinden, auf welch intime Weise Marcel seine zukünftige Gattin amüsiert hatte.

»Ich habe vor nicht allzulanger Zeit mit ihr gesprochen«, sagte Marcel, »und sie erwähnte, sie würde von Adolphe in seinem Arbeitszimmer erwartet, um irgendetwas mit ihr zu besprechen. Dort können Sie sie finden, denke ich.«

Belangers dunkle Augen leuchteten auf.

»Ausgezeichnet«, sagte er, »ich ahne, was Monsieur Lacoste mit ihr besprechen will. Madame de Michoux kennt meine Situation und, um offen mit Ihnen zu sein, Chalon, ich bin heute abend mit der Absicht hergekommen, Silvie einen Heiratsantrag zu machen. Ihr Bruder weiß davon und möchte sie drängen, mich als Ehemann zu akzeptieren. Wenn Sie mich jetzt bitte entschuldigen würden – ich möchte sie so schnell wie möglich finden.«

Und mit einer äußerst höflichen Verbeugung eilte Belanger durch den bevölkerten Salon davon. Die Jazzband hatte ein schnelles Stück begonnen, und Marcel nahm Gabrielles Arm und geleitete sie sanft aus dem Zimmer zu einem offenen Fenster, das auf die Bäume der Avenue Carnot hinausging.

»Was dieser Belanger doch für ein Dummkopf ist«, sagte er. »Wenn er in die Bibliothek kommt, wird er feststellen, daß Adolphe nicht dabei ist, Silvie zur Heirat mit ihm zu drängen, sondern sie gerade heftig tadelt, weil sie ein wenig zu viel von sich zur Schau gestellt hat, als sie mit mir tanzte.«

»Davon habe ich gehört«, sagte Gabrielle und klang nicht amüsiert. »Ich nehme an, du hast das lustig gefunden.«

»Ich? Keineswegs. Du hast mich schließlich gelehrt, daß unser Körper mit all seinen niedrigen Trieben unseres besten und höchsten Strebens unwürdig ist, und daß Schönheit ein Fallstrick für Narren ist.«

Sie schaute ihn genau an, um zu sehen, ob er sich über sie lustig machte.

»Wenn ich mir deiner Einstellung nur ganz sicher sein könnte«, sagte sie ein wenig betrübt. »Es gibt auf der ganzen Welt niemanden, dem ich trauen und auf den ich mich verlassen kann, Marcel – außer vielleicht dir, und ich bin deiner keineswegs immer sicher. Es gibt Zeiten, wo mir die allerscheußlichsten Vermutungen in den Sinn kommen. Zum Beispiel, daß du Silvies Liebhaber sein könntest – oder besser gesagt, *einer* von Silvies vielen Liebhabern.«

»Guter Gott – wie kannst du auch nur einen Augenblick lang so etwas denken!« rief Marcel aus, wobei er versuchte, die richtige Note von Entsetzen in seine Stimme zu legen. »Du bist es, die ich anbete, Gabrielle!«

»Wo warst du denn dann während der letzten halben Stunde? Und wo war sie? Beantworte mir das!«

»Wo Silvie gewesen ist, seit ich mit ihr getanzt habe«, log Marcel dreist, »kann ich dir nicht sagen. Und was mich betrifft, so habe ich mich mit Leuten unterhalten und nach meiner Mama gesucht, die verschwunden zu sein scheint!«

»Du kannst sie nicht ernsthaft gesucht haben«, entgegnete Gabrielle scharf. »Sie sitzt im kleinen Salon und unterhält sich mit Adolphes Schwester Hortense und zwei anderen Damen ihres Alters.«

»Ich wußte gar nicht, daß Adolphe außer Silvie noch eine andere Schwester hat.«

»Er hat eine ältere Schwester. Silvie ist die Tochter aus der zweiten Ehe ihres Vaters. Aber warum versuchst du, mich abzulenken? Ich kann diese Frau nicht ausstehen, und ich glaube dir dein Ableugnen nicht.«

»Ableugnen? Ich habe nichts abzuleugnen«, sagte Marcel, und als er dann sah, daß Gabrielle vor Kummer und Zorn den Tränen nahe war, nahm er ihre Hand.

»Liebste Gabrielle, ich bete dich aus ganzem Herzen an. Nur Mut – so unangenehm Silvie im Augenblick auch sein mag, du wirst sie los sein, sobald du mit Adolphe verheiratet bist.«

»Ich werde sie nie loswerden!« sagte Gabrielle düster. »Sie setzt bei Adolphe immer alles durch – schau dir nur diesen Abend an! Hier bin ich, in dieser unmöglichen Position, die Gastgeberin bei ihrer Geburtstagsparty spielen zu müssen, bei der sie zu viel trinken und sich schamlos zu Schau stellen wird. Und ich kann nicht einmal Kopfschmerzen vorschützen und nach Hause gehen, denn Adolphe hat mich gebeten, über Nacht hierzubleiben.«

»Aha, er plant eine leidenschaftliche Nacht, wenn die Party aus ist, oder?« rief Marcel aus. »Die wird, fürchte ich, kurz werden, weil solche Partys selten vor drei Uhr morgens zu Ende sind. Aber wenn du hier ein eigenes Zimmer hast, liebe Gabrielle, dann laß uns beide dorthin gehen und uns ruhig miteinander unterhalten, fern von diesem ganzen Krach hier.«

»Ausgeschlossen«, antwortete sie sofort. »Wenn wir gesehen werden, wie wir zusammen in mein Zimmer gehen, würden die denkbar schlimmsten Schlüsse daraus gezogen. Du weißt, wie abgrundtief die Leute sinken können.«

»Du hast völlig recht«, stimmte Marcel ihr zu, nahm sie am Arm und führte sie sanft den Korridor entlang. »Klatschbasen lassen ihrer Phantasie freien Lauf und schwelgen in den abscheulichsten Vorstellungen, wenn sie zufällig zwei ganz unschuldige Menschen zusammen sehen. Welches ist dein Zimmer?«

»Hier rechts um die Ecke und dann die dritte Tür auf der rechten Seite«, antwortete sie. »Warum neigen die Leute zu so lüsternen Gedanken, das habe ich mich schon oft gefragt – aber nie eine befriedigende Antwort gefunden.«

»Es liegt daran, daß sie Sklaven ihrer Fleischeslust sind – und sie glauben, daß jedermann genauso sei wie sie«, schlug Marcel ernst vor. »Ist dies dein Zimmer?«

»Ja«, sagte sie, befreite ihren Arm aus seinem und machte die Tür auf, »danke, daß du mich herbegleitet hast – ich komme zur Party zurück, wenn ich meine gute Laune wiedergefunden habe.«

»Gut«, sagte Marcel und verbeugte sich höflich, als Gabrielle ins Zimmer trat. Dann vergewisserte er sich mit einem schnellen Blick nach links und rechts, daß niemand sonst in Sicht war, folgte ihr hinein und machte die Tür hinter sich zu.

Die schöne Gabrielle war aufgebracht und verärgert über Silvies Possen und über Adolphes Unwillen, sie in angemessener Weise vor der offensichtlichen Abneigung seiner Schwester zu beschützen. Sie war in der Stimmung, ihn durch einen Beweis ihrer Unabhängigkeit herauszufordern, und sie brauchte Trost – Marcel war überzeugt, daß er ihr in beiderlei Hinsicht behilflich sein konnte. Noch immer mit dem Rücken zu Tür, nahm er Gabrielle warm in die Arme und küßte sie leidenschaftlich, und sie reagierte sofort.

Das Gästezimmer, in dem sie sich befanden, war ganz in pastellblau und weiß gehalten, und an den Wänden hingen Blumenaquarelle. Nicht, daß Marcel irgendwelche Aufmerksamkeit auf die Farbgebung verschwendet hätte, denn er hatte einen Arm um Gabrielle gelegt, um sie an sich zu drücken, und die andere Hand hob ihr elfenbeinfarbenes Abendkleid und befühlte die eleganten Backen ihrer Kehrseite.

»Ach, diese ordinäre Abgedroschenheit unserer körperlichen Empfindungen«, sagte sie, als seine Hand herumwanderte und sich zwischen ihre Körper schob, bis seine Finger den Weg in ihre zarte Seidenunterhose fanden und die seidigen Locken ihrer *motte* berührten.

»Wir müssen sie mitsamt den Wurzeln ausmerzen«, murmelte Marcel, und sie rückte die Beine auseinander, damit seine Finger den Weg in ihren warmen Alkoven finden konnten. »Es ist nichts als eine bedeutungslose körperliche Angelegenheit, die törichte Menschen Liebe nennen.«

Er wollte, daß sie sich auf den Rücken legte, damit er sie besteigen konnte, wie zuvor Silvie, aber Gabrielles Abendkleid war zu kompliziert, um es mit der gleichen beiläufigen Leichtigkeit wie Silvies winzigen Chiffonfetzen aus- und wieder anzuziehen. Also begnügte er sich damit, sie gegen die Schlafzimmerwand links neben der Tür zu drücken und den vorderen Saum ihres Satinkleides über ihre Schenkel zu lüpfen, damit seine Hand in den losen, weiten Beinausschnitt ihres Schlüpfers langen und sie liebkosen konnte.

»Aber was fällt mir eigentlich ein?« sagte sie mit

einem Anflug von Ängstlichkeit in der Stimme. »In einer Wohnung voller Leute! Wir müssen alle beide verrückt sein. Himmel – wenn jemand hereinkommt und uns hier findet!«

Trotz ihres Protestes kam es Marcel so vor, als leiste sie ihm nicht den geringsten Widerstand – im Gegenteil, ihre Worte waren eher als eine perverse Form von Ermunterung gedacht, was Marcel daran erkennen konnte, daß sie seine Hose aufknöpfte und seinen langen, harten Stolz hervorholte und mit der Hand massierte.

»Wie schwach und in Illusionen verstrickt wir sind«, sagte sie mit erstickter Stimme. »Ich bin eine der wenigen, denen es vollkommen klar ist, wie ungeheuer banal dieses Schmachten nach körperlichen Genüssen ist, und doch kann ich es kaum abwarten, dich in mir zu fühlen«, stammelte sie, stieß ein kleines, scharfes Stöhnen aus und verstummte.

Marcel beugte die Knie, stieß kräftig nach oben und steuerte in ihre anschmiegsame Grotte. Mit den Händen packte er ihren Po, um sie festzuhalten, während er begann, sich langsam in ihr zu bewegen. Es gab keine Worte, mit denen man seine Verzückung in diesem Augenblick hätte beschreiben können – denn die Wonne, Gabrielle heimlich zu besitzen, wurde durch die Tatsache, daß er vor weniger als einer halben Stunde, unter ähnlichen heimlichen Umständen, Silvie angehört hatte, um ein vielfaches gesteigert – denn solche Betrachtungen der Perversion üben eine gewaltige Wirkung auf den männlichen Geist aus.

Er wußte kaum, was er tat, so sehr wurde er von seinen Lustgefühlen überwältigt. Immer schneller, immer heftiger bewegte er sich in ihr und sie seufzte. »Marcel, Marcel.. mach es jetzt!« flehte sie.

»Ich bete dich an, Gabrielle«, keuchte er, und wenige schnelle Stöße brachten ihn über die Schwelle der Zurechnungsfähigkeit, und er sprudelte seine Anbetung in sie hinein. Sie bebte, den schlanken Rücken an die Wand gestützt, und seufzte seinen Namen wieder und wieder.

Das kleine Zwischenspiel hatte Gabrielles gute Laune wieder vollständig hergestellt. Sie prüfte lächelnd ihr Make-up, küßte Marcel leicht auf die Wange und verließ vorneweg das Zimmer, um zu der Party und zu ihrem Verlobten zurückzukehren. Doch, oh Schreck! Niemand anderes als Silvie persönlich eilte gerade den Korridor entlang! Ihr Gesicht lief dunkelrot an, und sie bleckte die Zähne, als sie Marcel und Gabrielle aus einem Schlafzimmer kommen sah.

»Ha!« krähte sie triumphierend. »Auf frischer Tat ertappt! Das ist das Ende deiner Verlobung, wenn Adolphe davon erfährt!«

Gabrielles wunderschönes Gesicht war leichenblaß geworden, und es schien ihr die Sprache verschlagen zu haben. Marcel trat vor; tausend Gedanken rasten ihm durch den Kopf.

»Silvie – wovon in aller Welt redest du denn?« fragte er und klang leicht und unbesorgt. »Du glaubst doch nicht im Ernst, daß Gabrielle jemals in Betracht ziehen würde, Adolphe untreu zu sein?«

»Hältst du mich für dumm?« entgegnete Silvie. »Glaubst du, ich weiß nicht, was ihr beide da drin gemacht habt?«

Marcel schaute über die Schulter auf Gabrielle, die schweigend und verwirrt dastand.

»Geh zur Party zurück, Gabrielle«, sagte er. »Adolphe vermißt dich inzwischen sicherlich. Ich komme gleich nach, sobald ich Silvie begreiflich gemacht habe, wie falsch und ungerecht ihr Verdacht ist.«

Gabrielle ergriff sofort die Gelegenheit, um Silvies triumphierenden Blicken zu entkommen. Sie schlüpfte an Marcel und der Anklägerin vorbei und verschwand schnell den Korridor hinunter.

»Ja, lauf nur fort wie eine Verbrecherin!« rief Silvie ihr hinterher. »Ich habe schon immer gewußt, daß du eine Hure bist – nun, in fünf Minuten wird Adolphe dich aus der Wohnung werfen!«

Marcel packte Silvie am Handgelenk und riß sie herum, damit sie ihn anschaute.

»Ich habe gehört, Belanger ist zurückgekommen, um dich zu heiraten«, sagte er mit kalter Stimme. »Herzlichen Glückwunsch, Silvie.«

»Ich habe dir nichts zu sagen«, antwortete sie und versuchte, ihr Handgelenk aus seiner Umklammerung zu befreien. »Laß mich los!«

Er hielt sie ganz fest – mehr noch, er zerrte Silvie mit roher Gewalt durch die Tür in das Gästezimmer, in dem er eben mit Gabrielle gewesen war.

»Aber ich habe dir etwas zu sagen«, erklärte er. »Hast du seinen Antrag schon angenommen?«

»Ja, das habe ich – auch wenn dich das nichts angeht!« sagte sie wütend. »Geh von der Tür weg und laß mich raus!«

»In zwei Sekunden. Erst muß ich dir eine Frage stellen – meinst du, Belanger wird dich noch immer heiraten wollen, wenn er erfährt, daß du mich in dein Zimmer mitgenommen und dich für mich nackt ausgezogen hast, keine zwanzig Minuten, bevor er dir den Heiratsantrag gemacht hat?«

»Warum sollte er dir glauben?« entgegnete Silvie. »Ich werde ihm sagen, daß du lügst, weil du mich selbst haben willst.«

»Und wie wird er reagieren, wenn er hört, daß du eine rothaarige Zehn-*Francs*-Hure aus dem Elendsviertel bei der Rue Vaugirard zweimal die Woche herkommen läßt, damit sie dich befriedigt?«

»Das ist ein Geheimnis zwischen dir und mir«, sagte Silvie, deren Zorn schnell verschwand. »Das würdest du ihm doch nicht sagen, oder?«

»Ich habe nicht die Absicht, ihm irgend etwas zu sagen«, beruhigte Marcel sie, »allerdings unter einer Bedingung: Du mußt akzeptieren, daß dein Verdacht wegen Gabrielle völlig unbegründet ist, du darfst Adolphe nichts davon sagen.«

»Aber du kannst doch nicht erwarten, daß ich meinen Bruder in sein Unglück rennen lasse! Er soll eine Frau heiraten, die ihn sogar schon vor der Hochzeit betrügt – was sie nachher tun wird, ist gar nicht auszudenken!«

»Er wird glücklich mit ihr sein«, sagte Marcel, »und falls sie vielleicht hin und wieder eine angenehme Stunde mit einem alten Freund verbringt, dann wird er das nicht erfahren und darum auch nicht leiden. Kannst du mir dein feierliches Ehrenwort geben, daß du, wenn du Belangers Frau bist, niemals einen angenehmen Nachmittag mit jemand verbringen wirst – zum Beispiel mit Mademoiselle Nanette? Oder gar mit mir?«

»Du versuchst, mich zu erpressen!« rief Silvie aus.

»Ganz und gar nicht. Ich versuche nur, zu einer vernünftigen Einigung mit dir zu kommen, die für uns beide von Vorteil ist. Es ist an dir zu entscheiden, ob dir eine Stunde des Triumphes über Gabrielles Fall mehr wert ist, als die Jahre der Freuden und der emotionalen Befriedigung, die du mit Belanger genießen kannst.«

»Wenn du es so betrachtest...« seufzte Silvie. »Also gut – ich sage nichts, wenn du nichts sagst.«

»Gut, sehr gut«, keuchte Marcel, zog sie in seine Arme und drückte sie an sich. Sie zu übertölpeln, hatte ihn zu seinem eigenen Erstaunen gewaltig erregt, obwohl kaum zehn Minuten vergangen waren, seit er mit Gabrielle in diesem Zimmer geschlafen hatte. Silvie stieß einen kleinen Seufzer aus, als sie seinen harten, aufrechten Pfahl durch ihr dünnes Kleid gegen ihren Bauch drücken fühlte.

»Was machst du denn da?« fragte sie überflüssigerweise, als seine Hände nach den schmalen Trägern ihres

Kleides griffen. Im nächsten Moment hatte er sie ihr über die Schultern gestreift und das dünne Chiffon-Oberteil heruntergezogen, so daß ihre weichen Brüste in seine bereitgehaltenen Hände fielen. Er befingerte sie gierig, durch den Gedanken an seinen Sieg über sie noch heftiger erregt. Sie starrte ihn mit echter Verwunderung an, als er den Kopf neigte und ihre blaßroten Brustwarzen leckte, eine nach der anderen, bis sie beide fest und hart geworden waren.

»Das ist absurd«, flüsterte sie. »Ich haben eben versprochen, Claude zu heiraten – vor kaum einer Viertelstunde! Du mußt damit aufhören, Marcel!«

Er ignorierte ihre Worte und nutzte ihre Unentschlossenheit aus, um sie herumzudrehen, bis sie mit dem Rücken zu ihm stand und bis zu dem ordentlich gemachten Bett mit der pastellblauen Decke zu schieben. »Nein, das ist ausgeschlossen!« rief sie aus, doch er schubste sie so, daß sie sich bücken und ihre Hände flach aufs Bett stützen mußte. Augenblicklich hob er den Rock über ihr *demère*, um ihre Schenkel bloßzulegen, die voll und drall aus den Seidenstrümpfen ragten, und das ganze weiße Fleisch ihres Hinterteils mit seinen satinglatten Backen.

»Marcel – nicht mehr!« keuchte sie. »Ich bin verlobt – ich wäre keinen Deut besser als dieses de Michoux-Weibsstück, wenn ich dich das tun lasse!«

»Aber du bist keinen Deut besser!« antwortete er nachdrücklich und grub zwei Finger tief in ihr dunkelhaariges *jou-jou* zwischen ihren blaßhäutigen Schenkeln.

Silvie quiekte ein bißchen, als er seine Finger in ihr bewegte. Sie in dieser Pose der Unterwerfung zu sehen, erregte Marcel so wild, daß er die Befriedigung seiner Lust keinen Augenblick länger hätte hinausschieben können, nicht einmal, wenn Gabrielle ins Zimmer gekommen wäre. In einem unkontrollierbaren Anfall von Leidenschaft zog er seine nassen Finger aus ihr heraus, trat ganz nah an sie heran und rammte seinen pochenden Schaft so tief in sie hinein, daß sein Bauch heftig gegen ihre nackten Pobacken klatschte.

»Marcel, Marcel...« wimmerte sie. Sie war jetzt, wo sie aufgespießt worden war, ebenso erregt wie er. »Ich bete dich an, ich bete dich wirklich an!«

»Ich bete dich auch an – und wir feiern deine Verlobung«, keuchte er, und stieß seine Lanze entschlossen und kraftvoll in sie hinein, zu noch größerer Lust erregt durch ihre kleinen Schreie und das Zucken ihres Körpers in seinem Rhythmus.

»Oh ja!« schrie sie, und ihr Po warf sich ihm entgegen. »Mach es mir – ich sterbe!«

Sechs weitere, scharfe Stöße ließen seinen Bauch krampfartig zucken, und er keuchte laut, während er naß in ihr explodierte. Silvies Schreie steigerten sich in nervenkitzelndem Crescendo und brachen dann abrupt ab. Sie sackte nach vorn, rutschte von seinem siegreich bebenden Ding und lag kopfüber auf dem Bett, das hübsche, runde Hinterteil unbedeckt, den Kopf zur Seite gedreht, die Augen geschlossen.

»Warum in aller Welt bin ich dabei, Claude zu heiraten, wenn du es bist, den ich anbete?« fragte sie, als sie wieder sprechen konnte.

Marcel hatte sein allerliebstes Anhängsel wieder verstaut und knöpfte sich die Hose zu.

»Du scheinst zu vergessen, meine liebe Silvie, daß du mit einem Mann namens Tournet verheiratet bist, es sei denn, er ist kürzlich verstorben. Es kann nicht korrekt sein, daß dieser Dummkopf Belanger dir einen Heiratsantrag macht – er besitzt kein Gefühl für Stil.«

»Eine Scheidung läßt sich organisieren«, erwiderte sie und trat mit den Füßen in die Luft. »Aber du weichst meiner Frage aus – warum sollte ich Claude heiraten?«

»Weil er dich heiraten will, und weil du den Deckmantel einer respektablen Ehe brauchst, um die Privilegien der männlichen Freiheit auszukosten, die du zu genießen gelernt hast. Eine ihrem Gatten entfremdete Frau ist allein nicht gesellschaftsfähig, es sei denn, in gewissen Kreisen.«

»Aber warum kann ich nicht dich heiraten«, fragte sie, »wenn du derjenige bist, den ich wirklich haben will?«

»Du willst mich als Liebhaber«, gab er zurück. »Als Ehemann würdest du mich langweilig finden.«

Silvie rollte sich herum und setzte sich aufs Bett, um Marcel nachdenklich anzuschauen.

»Aber wir würden nicht im bürgerlichen Stil leben«, sagte sie. »Stell dir doch mal vor, wie man die Sache arrangieren könnte – eine große Wohnung irgendwo, jeder von uns mit einem eigenen Zimmer an entgegengesetzten Enden. Keiner müßte über das Kommen und Gehen des anderen Bescheid wissen, weder du noch ich müßten dem anderen einen Teil unserer Freiheit opfern. Und wenn wir zusammensein wollen, zum Abendessen oder miteinander zu schlafen – wie einfach wäre das! Niemand könnte die Nase über uns rümpfen. Und wir hätten jede Menge Geld von Adolphe.«

»Falls ich Heiratsabsichten hätte, wäre das eine vernünftige Lösung«, sagte Marcel langsam, gerührt von Silvies Angebot. »Aber dein Freier ist Claude Belanger, meine Liebe, nicht ich. So, und jetzt geh dir eine hübsche Unterhose über deinen schönen Po ziehen – sicher wird dein zukünftiger Bräutigam, ehe die Nacht vorüber ist, eine Hand unter deinem Kleid haben, um die Verlobung zu ratifizieren – und es wäre unvernünftig, ihn mit einem nackten Hinterteil zu schockieren.«

»Du bist ein Biest«, sagte Silvie, »und ich bete dich wahnsinnig an.«

12

Verkehrte Welt

Jener Donnerstag war der allerschlimmste Tag seines Lebens, entschied Marcel rückblickend. Er war noch weit schlimmer als jener entsetzliche Tag, an dem Marie-Madeleine ihn abblitzen lassen hatte, die er beinahe geliebt hatte, und er ziemlich betrunken nach Hause getorkelt war. Und dann hatte Annette, die Zofe seiner Mutter, die ihm ab und zu einen kleinen Dienst erwies, ihm eröffnet, daß sie von diesen nächtlichen Gefälligkeiten schwanger geworden sei. Es war nicht einfach, so viel Unglück noch zu übertreffen – das Schicksal mußte sich mit schier unglaublicher Böswilligkeit gegen ihn verschworen haben. Doch wie das alte Sprichwort sagt, die Dinge können nie so schlimm sein, als daß sie nicht noch schlimmer werden können.

Besagter Donnerstag begann eigentlich recht angenehm – Marcel frühstückte spät mit seiner Mama, die ihn fragte, ob sie seiner Meinung nach durch die Abwertung des *Francs,* von der sie in der Zeitung gelesen hatte, besser da stehen würden oder schlechter. Nicht, daß die Ökonomie eine besondere Spezialität von Marcel gewesen wäre – und, um die Wahrheit zu sagen, er hatte nicht die geringste Vorstellung davon, wie die Antwort lauten mochte. Er interessierte sich auch kaum für ein so abstraktes Thema. Aber als pflichtbewußter, liebender Sohn versprach er seiner Mutter, sich zu informieren und es herauszufinden. Schließlich war es auch für ihn nützlich zu wissen, ob er mehr Geld für seine Vergnügungen ausgeben konnte, als bisher, oder ob er sparen mußte.

Etwas später – er kleidete sich gerade an, um mit einem Freund zum Mittagessen auszugehen, der im Börsengeschäft tätig war und über diese abstrusen Finanzangelegenheiten Bescheid wissen mußte – hörte er die Haustürklingel schellen, doch er dachte sich nichts dabei. Jemand, der seine Mutter besuchen kam, meinte er – und seine Vermutung war richtig – nur mußte er leider sehr bald erfahren, daß es ihn ebenfalls betraf. Die neue, äußerst häßliche Zofe seiner Mutter klopfte an seine Tür und teilte ihm mit, daß Madame ihn zu sich in den Salon bitte.

Er zupfte das Jackett seines dunkelblauen Anzugs elegant zurecht, schaute in den Spiegel, um sich zu vergewissern, daß sein Haar ordentlich gebürstet und glatt war, und machte sich auf den Weg in den Salon, eine kleine Melodie auf den Lippen. Er überlegte, was wohl an diesem Tag besser zu seinem Anzug passen würde, eine weiße oder eine blaßgelbe Nelke im Knopfloch – beides bekam er bei der Blumenfrau gleich um die Ecke am Boulevard.

Er verschluckte sich beinah an seiner kleinen Melodie, als er den Salon betrat und sah, was ihm da bevorstand. Seine Mama saß mit sehr steifem Rücken und ausdruckslosem Gesicht da, doch jede Faser ihres Körpers strahlte rechtschaffene Empörung aus. Ihr gegenüber auf dem brokatbezogenen Sofa saßen Madame Robineau und ihre Tochter. Dany trug das berühmte Mantelkleid, das mit den vielen Knöpfen, die das Interesse – und die neugierigen Finger – von Pierre Martin herausgefordert hatten. Sie hielt sich ein spitzenbesetztes Taschentuch vor die Augen, und ihre Schultern zuckten vor tapfer unterdrückten Schluchzern.

Ihre Mutter war von Kopf bis Fuß in nüchternes, aber stilvolles Schwarz gekleidet – Hut, zweiteiliges Kostüm,

Strümpfe und Schuhe – so daß es aussah, als sei sie auf dem Weg zu der Beerdigung eines sehr bedeutenden Freundes. Aber es war nicht Kummer, was man in ihrem Gesicht lesen konnte, es war eine wesentlich aggressivere Gemütsverfassung. Sie hatte die Lippen empört geschürzt, und ihr Gesicht war das einer Gorgo; ihr Blick konnte Marcel jederzeit zu Stein erstarren lassen, falls er so unvorsichtig war, ihm mehr als einen Augenblick lang zu begegnen.

»Setz dich, Marcel«, befahl seine Mutter in dem Ton eines Richters, der einen Verbrecher zu fünfzig Jahren in der Sträflingskolonie auf der Teufelsinsel verurteilte.

Marcel hegte nicht den geringsten Zweifel, was das Thema der Unterhaltung sein würde. Angesichts dieser Versammlung von Frauen, die aussahen, als lauerten sie am Fuße der Guillotine, kam Marcel zu dem Schluß, daß es eindeutig ein gefährlicher Fehler gewesen war, Dany beim Wort zu nehmen und sie auf dem Fußboden von Pierres Wohnung von ihrer Jungfräulichkeit zu befreien. Andererseits war es ein amüsanter Nachmittag gewesen, und Marcel zuckte im Geiste mit den Achseln.

Er sagte, so freundlich er konnte, *bon jour* zu Madame Robineau und Dany, aber er wagte es nicht, ihnen die Hand zu küssen – er wollte keine Ohrfeige riskieren. Statt dessen begnügte er sich mit einer höflichen kleinen Verbeugung und setzte sich auf den Stuhl neben seiner Mutter, als ersuche er sie, ihn zu beschützen.

»Madame Robineau ist ganz unerwartet hergekommen, um mich darüber aufzuklären, daß du ihre Tochter kompromittiert hast«, sagte Madame Chalon sehr langsam und sehr deutlich.

Nachdem sie dies mit schicksalsschwerer Stimme verkündet hatte, verstummte sie, weil sie offensichtlich erwartete, daß Marcel es ableugnen oder zugeben oder sich vielleicht herausreden würde. Marcel ließ sich alle diese Möglichkeiten durch den Kopf gehen, ehe er sich für eine Haltung entschied. Er war einigermaßen sicher, daß seine Mutter sich auf diese Gelegenheit stürzen würde, um ihn in eine Ehe mit Dany zu zwingen, wenn sie könnte, denn sie betrachtete sie als eine ausgesprochen passende Frau für ihn. Das mußte unter allen Umständen verhindert werden.

»Ich bedauere, daß Mademoiselle Robineau es für angebracht hielt, ihre Mutter so genau über ihre intimen Verhältnisse aufzuklären«, sagte Marcel mit unbeteiligter Höflichkeit. »Eine solche Offenheit kann leider nur zu allseitiger Verlegenheit führen, fürchte ich.«

»Ungeheuer! Verbrecher!«, rief Madame Robineau entrüstet aus, die sich in Gegenwart des Mannes, der ihre, wie sie glaubte, unschuldige Tochter verführt hatte, nicht mehr zurückhalten konnte. »Schämen Sie sich denn nicht, ein Mädchen, das Sie bewundert und Ihnen vertraut hat, ausgenutzt zu haben?«

Marcel fiel der Rat ein, den seine Mutter ihm gegeben hatte, als es so aussah, als habe Adolphe Lacoste herausfinden wollen, was er mit seiner Schwester Silvie getan hatte.

»Es tut mir leid, Sie darauf hinweisen zu müssen, Madame, daß Ihre Tochter Dany alt genug ist, die Verantwortung für sich selbst zu tragen«, sagte er.

»Dann ist es also wahr?« fragte seine Mutter. »Du streitest es nicht ab?«

»Warum sollte ich irgendetwas abstreiten? Ich habe nichts getan, wofür ich mich schämen müßte. Aber ich kann Dany die Verantwortung für das, was geschehen ist, nicht abnehmen. Sie ist alt genug, um zu wissen, was sie tut.«

Daraufhin stieß Dany einen herzzerreißenden Schluchzer aus, und ihre Mutter kreischte: »Viper! Mörder! Sie haben das ganze Leben meiner Tochter ruiniert und zeigen nicht die geringste Reue! Gibt es Schlimmeres als solche Verderbtheit?«

»Aber, aber«, sagte Marcels Mama, die ungehalten über Marcel war, aber nicht hören wollte, daß man schlecht über ihn redete. »Ich sehe keinen Sinn darin, meinen Sohn derartig schlechtzumachen. Es liegt nun mal in der Natur der Männer, junge Frauen für ihr eigensüchtiges Vergnügen zu verfolgen – wir alle hier sind alt genug, um das zu wissen. Wenn der Krug hinfällt, wird die Milch verschüttet, und es ist nutzlos, darüber zu klagen.«

»Meine Tochter ist kein Krug, den man fallen läßt und zerbricht!« sagte Madame Robineau hitzig. »Was ich wissen will, ist folgendes: Was beabsichtigt dieser herzlose Verführer unschuldiger, junger Mädchen zu tun, um die Angelegenheit in Ordnung zu bringen?«

»Eine berechtigte Frage«, stimmte Madame Chalon zu, und Dany nahm zum ersten Mal das Taschentuch aus dem Gesicht und schaute Marcel mit tränenglänzenden Augen an.

»Oh, Marcel!« murmelte sie so zärtlich, daß er es mit der Angst zu tun bekam.

»Nun?« drängte ihn seine Mutter, den klaren Blick fest auf sein Gesicht gerichtet, in der Hoffnung, er würde die Verantwortung übernehmen, die ihm die drei Frauen auf die Schultern laden wollten. Er beschloß, daß seine einzige Chance, ihnen zu entkommen, in noch mehr Unverschämtheit lag, und mit einem höflichen, aber distanzierten Lächeln wandte er sich an Danys Mutter.

»Ich habe keine Ahnung, was Sie damit sagen wollen, Madame Robineau«, sagte er in leichtem, aber bestimmtem Ton. »Das Vergangene kann nicht ungeschehen gemacht werden. Allem Anschein nach hat ihre Tochter das, was wir getan haben, ebenso genossen wie ich. Ich sehe nicht, was da *in Ordnung zu bringen* wäre, wie Sie es auszudrücken belieben. Und wenn es nicht unhöflich wäre, so etwas zu einer Dame zu sagen, dann würde ich

Sie darüber aufklären, wie unangebracht Ihre ungebetene Einmischung in meine persönlichen Angelegenheiten ist.«

Danys Mutter lief dunkelrot an und gab gurgelnde Töne von sich, fast wie ein Truthahn. Dany ihrerseits stieß einen schrillen Entsetzensschrei aus und drückte sich das Taschentuch wieder vors Gesicht und zitterte, leise schluchzend, am ganzen Leib. Madame Chalon trommelte mit den Fingern auf die Armlehne des Sessels, und ihre Wangen waren vor verhaltenem Ärger errötet.

»Um es also offen beim Namen zu nennen«, sagte sie zu Marcel, »du fühlst dich in keiner Weise verpflichtet, diesem hübschen Kind, das du zu deinem Vergnügen benutzt hast, einen Heiratsantrag zu machen?«

»Aber um Himmels willen, Mama«, sagte er gutgelaunt, »du meinst das doch nicht ernst, oder? Wenn ich jedem Mädchen, das mir ihre Gunst erwiesen hat, einen Heiratsantrag machen würde, dann hätte ich einen Harem, der größer wäre, als der des Großen Sultans von Istanbul!«

»Das bezweifle ich kein bißchen«, sagte Madame Chalon eisig, während ihre Freundin Madame Robineau ihre Augen himmelwärts verdrehte und Gott anrief, er möge den üblen Verführer seiner verdienten Strafe zuführen. Madame Chalon funkelte sie an, weil sie offenbar der Ansicht war, daß Madame Robineau die Rolle der gekränkten Mutter etwas übertrieb. Dany schniefte hinter ihrem Taschentuch und schwieg.

»Aber«, fuhr Madame Chalon fort, »die Frauen, die dir ihre Gunst so leichthin schenken, sind von einer gewissen Art und können unter gar keinen Umständen im gleichen Atemzug mit Mademoiselle Robineau erwähnt werden. Sie war jungfräulich, bis du ... wie soll ich es ausdrücken ... bis du sie überredet hast, eine intime Freundschaft mit dir einzugehen – willst du das ableugnen?«

»Nein, natürlich nicht, Mama. Dany war in der Tat noch Jungfrau. Aber was ist daran so bemerkenswert? Jedes Mädchen ist Jungfrau, bis sie ihre erste Intimfreundschaft schließt, wie du es zu nennen beliebst. Aber ich verstehe nicht, worauf du hinauswillst.«

»Sie hielt ihre Keuschheit in Ehren«, sagte Madame Chalon, »und das ist etwas Seltenes in unserer degenerierten modernen Zeit. Sie vertraute dir und glaubte ihre Ehre sei in deinen Händen sicher aufgehoben. Und jetzt hat sie das Gefühl, ihr Vertrauen sei mißbraucht worden – denn es sieht ganz so aus, daß das, was für sie der wichtigste Schritt in ihrem jungen Leben war, für dich nichts als ein kurzes Abenteuer gewesen ist.«

»Du stellst die Sache auf äußerst unschmeichelhafte Weise dar«, sagte Marcel.

»Wie würdest du es denn ausdrücken?« wollte seine Mutter wissen.

»Ich war der Meinung, daß das, was Dany und ich miteinander gemacht haben, der Anfang einer langen, erfreulichen Freundschaft sein würde, und nicht eine nebensächliche Angelegenheit auf dem Perserteppich eines Freundes.«

»Das ist unfaßbar!« rief Danys Mutter aus. »Auf einem Teppich hat er meine Tochter vergewaltigt? Auf einem Teppich, auf dem andere Leute herumtrampeln? Davon hast du mir nichts gesagt, Dany!«

»Der genaue Ort ist wohl nicht so wichtig«, sagte Marcel und versuchte, nicht über Madame Robineaus Entsetzen zu lachen, doch diese Dame war nicht zu bremsen.

»Auf dem Teppich!«, platzte sie laut genug heraus, daß es durch die ganze Wohnung hallen mußte, und die beiden Dienstmädchen in der Küche stellten zweifellos gespannt die Ohren auf. »Dieser Mann ist durch und durch verdorben. Gott helfe meinem armen Kind – sie ist verloren!«

»Reißen Sie sich zusammen, Madame«, sagte Marcels Mama barsch, weil ihre Sympathie für die unglückliche Mutter sich schnell verflüchtigte.

Dany erkannte, daß ihre Mutter ihr mehr schadete als nützte, und nahm die Sache selbst in die Hand. Natürlich setzte sie die Waffe ein, die Frauen mit so vernichtendem Erfolg gegen die Männer verwenden – das Gefühl.

»Marcel«, murmelte sie, das hübsche Gesicht zu ihm gewandt und einen anbetenden Blick in ihren glänzenden Augen, »du mußt wissen, daß ich dich bis zum Wahnsinn liebe – darum habe ich mich dir so vollständig hingegeben. Laß mich jetzt nicht allein, ich flehe dich an – ich kann ohne dich nicht leben, mein Liebster ...«

Marcel wußte, daß er in wenigen Sekunden verloren wäre, wenn sie in diesem Ton weitermachte – er würde schwach werden und allem zustimmen, was ihre Mutter ihm vorschlug. Die Lage war verzweifelt – und verlangte nach einer verzweifelten Lösung.

»Liebe Dany«, sagte er und durchforstete sein Gehirn nach einem Ausweg aus dieser Sackgasse, »ich habe große Zuneigung zu dir, wie du hoffentlich weißt. Unter anderen Umständen wäre ich stolz gewesen, dich zu bitten, meine Frau zu werden ...«

»Ja, ja!« unterbrach sie ihn eifrig.

»Aber ...«, fuhr er fort, noch immer auf der Suche nach der rettenden Idee, »die Tatsache ist ... es tut mir leid, dir das mitteilen zu müssen ... daß ich nicht mehr frei entscheiden kann ...«

»Was meinst du damit?«, fragte Dany, deren glatte Stirn plötzlich sorgenvoll gerunzelt war.

»Wovon sprichst du, Marcel?« wollte auch seine Mama wissen.

Endlich kam ihm der Geistesblitz. Er setzte eine der Situation entsprechende ernste Miene auf.

»Ich hatte nicht die Absicht, irgendwelche Ankündigungen zu machen, bevor gewisse, einigermaßen delikate Arrangements getroffen worden sind«, behauptete er, »aber die Wahrheit ist, daß es zwischen Madame Tournet und mir eine Abmachung gibt. Wir werden heiraten, wenn sie ihre Scheidung durchgesetzt hat.«

Dany schrie und warf sich in die tröstenden Arme ihrer Mutter und vergrub ihren Kopf an deren Busen. Madame Robineau funkelte Marcel über den Kopf ihrer Tochter hinweg mit solcher Wut an, daß es ein Wunder war, daß er nicht zusammenschrumpfte und auf der Stelle in Flammen aufging! Madame Chalon starrte ihren Sohn zwei oder drei Sekunden lang höchst erstaunt an, ehe sie die Sprache wiederfand.

»Das kann doch nicht wahr sein«, sagte sie, »Madame Tournet wird Monsieur Belanger heiraten, das weiß ich zufällig aus erster Hand.«

»Belanger hat ihr einen Antrag gemacht«, gab Marcel ihr recht, »aber nachdem sie seinen Antrag ganz genau überdacht hatte, erklärte sie mir, daß sie und ich wesentlich besser zusammenpassen würden und daß wir heiraten sollten. Das war natürlich zunächst eine ganz große Überraschung für mich – du kennst ja meine Einstellung zur Ehe. Aber als ich ein wenig länger darüber nachdachte, erschien mir ihr Vorschlag durchaus vernünftig, und so beschlossen wir zu heiraten, sobald sie frei ist.«

»Wann ist das gewesen?« fragte seine Mama skeptisch.

»Am Abend ihrer Geburtstagsparty, nicht lange, nachdem Belanger ihr den Antrag gemacht hatte«, antwortete er sofort mit einem gewissen Grad an Wahrhaftigkeit – jedenfalls ausreichend, um seine Mutter zu überzeugen, daß er die Geschichte nicht erfunden hatte.

»Es ist mir schon lange ein Herzenswunsch gewesen, daß du heiratest und zur Ruhe kommst«, sagte sie langsam, »aber ich bin entsetzt und schockiert über das, was ich da erfahren habe. Du kennst meine Meinung über Madame Tournet. Es kommt überhaupt nicht in Frage, daß du sie heiratest. Aber darüber werden wir ein andermal sprechen, wenn wir allein sind. Im Augenblick bleibt dir nur, dich zutiefst bei diesen beiden Damen für die Schande und den Kummer, die du ihnen bereitet hast, zu entschuldigen.«

»Meine demütigste Bitte um Entschuldigung an Sie beide«, sagte Marcel gehorsam.

»Und das ist alles?« fragte Madame Robineau schrill und drückte ihre weinende Tochter an ihren schwarzgekleideten Busen. »Sollen meine arme Tochter und ich uns mit diesem Märchen abspeisen lassen? Ihr Sohn lügt, um sich seiner Verantwortung zu entziehen, Madame Chalon. Wer ist denn diese Madame Tournet?«

»Die Schwester eines Freundes von mir«, antwortete Marcels Mutter. »Wir hatten einander vor vielen Jahren aus den Augen verloren und sind uns zufällig in Cannes wiederbegegnet, als Marcel mich im Juni dorthin begleitet hat. Ich kann Ihnen wirklich versichern, Madame, daß ich Dany tausendmal lieber als Schwiegertochter hätte als diese Madame Tournet.«

»Mehr gibt es nicht zu sagen«, murmelte Marcel und stand auf. »Wenn Sie mich bitte entschuldigen würden, meine Damen, ich habe eine Verabredung zum Mittagessen. Ich muß mich über die Folgen der Abwertung des *Francs* und ähnliche Finanzangelegenheiten informieren.«

Madame Robineau hatte noch eine ganze Menge über seine Unmoral und seine Treulosigkeit zu sagen, aber er blieb nicht dort, um es sich anzuhören. Mit einer schnellen, höflichen Verbeugung flüchtete er aus dem Salon und hörte, wie sie hinter ihm die Stimme hob und eine sehr umfassende Verurteilung seines Charakters vom Stapel ließ. Aber schon war er an der Wohnungstür und über der Schwelle, weit entfernt von den Beschimpfungen von Danys geistloser Mutter. Ein Blick auf seine Armbanduhr zeigte ihm, daß er für seine Verabredung mit Marc-Antoine Delabeau schon verspätet war.

Er eilte die Treppe hinunter auf die Straße, um ein Taxi zu suchen, und in seinem Kopf drehte sich alles, jetzt, wo die Gefahr gebannt war. Ihm stand selbstverständlich eine äußerst unangenehme Unterredung mit seiner Mutter bevor, sobald er nach Hause kam. Falls sie ihm glaubte, daß er Silvie heiraten wollte, würde sie ihn ihre Mißbilligung und ihren Zorn in ihrem ganzen Ausmaß spüren lassen, darüber bestand nicht der geringste Zweifel. Aber wenn sie nach einigem Nachdenken erkannte, daß es nur eine List war, um der Ehe mit der zu Tränen neigenden Dany zu entkommen, dann würde sie darüber auch sehr wütend sein. Wie auch immer Marcel es betrachtete, es stand ihm eine schlimme Zeit bevor, sobald er den Mut aufbringen würde, nach Hause zu gehen.

War der Tag schon bislang reichlich unangenehm – während des Mittagessens wurde er auch nicht besser, da Marc-Antoine Delabeau beunruhigende Aussichten heraufbeschwor. Sein Freund war der Meinung, daß alles, was der Staat tat, automatisch zu seinem persönlichen Nachteil wäre – darauf könne Marcel sich verlassen. Die Geldabwertung sei, überflüssig zu sagen, eine komplizierte Angelegenheit, doch am Ende würden gewiß alle ärmer sein – jedermann, außer Gaunern, Schwindlern, Geldverleihern und dem üblichen politischen Gesindel, und, das verstehe sich von selbst, Staatsministern, Nutznießern von Regierungsverträgen und anderen glücklichen, wenn auch unerfreulich unsozialen Typen.

Als er Marcels verstörte Miene sah, erkundigte sich Marc-Antoine nach seinen Investitionen und bot gleichzeitig an, seine beruflichen Kenntnisse einzusetzen und zu überprüfen, ob sie solide seien, insbesondere im Hinblick auf die bevorstehenden mageren Zeiten. Es stellte sich heraus, daß Marcel und seine Mutter ein getrenntes Einkommen aus dem Geld bezogen, das sein Vater über die Jahre auf verschiedenen und undurchschaubaren

Wegen, die ihm am Ende den Herzinfarkt eingebracht hatten, angehäuft hatte. Und obgleich die Inflation in den Jahren gleich nach dem Krieg den Wert des Erbes beträchtlich vermindert hatte, konnten Mutter und Sohn Chalon noch immer gut davon leben.

Aber leider runzelte Marc-Antoine die Stirn und schüttelte den Kopf, als er hörte, wie Marcels Kapital investiert worden war. Er brachte die Befürchtung zum Ausdruck, daß es innerhalb von fünf oder sechs Jahren fast keinen Wert mehr haben könnte. Er riet ihm dringlichst, es in Bargeld umzuwandeln und ihm anzuvertrauen, damit er es für ihn in einem narrensicheren Projekt anlege, über das er vertrauliche Informationen habe, die über jeden Zweifel hinaus garantierten, daß der Wert sich in fünf Jahren verdreifachen würde.

Als Marc-Antoine sah, daß er Marcels ungeteilte Aufmerksamkeit gewonnen hatte, fühlte er sich zu der Behauptung ermutigt, daß die Investition sich längerfristig, in etwa zehn Jahren, höchstwahrscheinlich um einen Faktor von fünfzehn oder zwanzig zu vervielfachen versprach. Und außerdem würde diese Investition gleichzeitig eine wesentlich größere Jahresdividende abwerfen, als Marcel gegenwärtig aus seinen Anteilen an Landbesitz, Immobilien und staatlichen Wertpapieren beziehe. Als Marcel drängte, mehr über diese so erstrebenswerte Investition zu erfahren, vertraute Marc-Antoine ihm an, daß es sich um eine Borax-Mine in Algerien handle, von der bislang nur sehr wenig Leute wüßten – weshalb er es für gute Freunde wie Marcel ermöglichen könne, Anteile zu äußerst günstigen Bedingungen zu erwerben.

Da Marcel sehr wenig von solchen Dingen verstand und damit zufrieden war, dem fachmännischen Rat eines Freundes zu trauen, den er schon lange kannte, wäre er bereit gewesen, ihm auf der Stelle sein gesamtes Kapital zu überlassen, wenn das möglich gewesen wäre, damit er es in dieses wundervolle Spekulationsobjekt investiere.

Er hatte keine Ahnung, was Borax war, oder zu was es gebraucht wurde, aber Marc-Antoine versicherte ihm, es sei weltweit ständig gefragt. Und an diesem besonderen Ort in Algerien konnte es von arabischen Arbeitern aus dem Boden geschaufelt werden, die nicht mehr dafür verlangten, als eine Handvoll Datteln am Tag und ein paar *Francs* am Ende des Monats.

Es war wohl – zumindest für Marcel – ein Glücksfall, daß erst umständliche Maßnahmen nötig waren, ehe er seinem Freund eine größere Summe zur Investition anvertrauen konnte. Mit dem Versprechen, Marc-Antoine Bescheid zu geben, sobald das Geld verfügbar sei – mit großer Wahrscheinlichkeit innerhalb der kommenden Woche – bezahlte Marcel das erstklassige Mittagessen, das sie gemeinsam verspeist hatten, und schüttelte dem Freund warm die Hand für seinen ausgezeichneten Rat. Sie trennten sich in allerbestem Einvernehmen, und unterwegs kam es Marcel in den Sinn, daß die liebe Gabrielle über dieses vielversprechende Unternehmen informiert werden müßte, so daß auch sie daran teilhaben könnte, in dem sie Adolphe dazu brachte, eine größere Summe für sie zu investieren.

Marcel mußte sich eingestehen, daß seine Gefühle für Gabrielle ziemlich gemischt waren. Er war eifersüchtig auf Adolphes Anspruch auf sie und wäre glücklich, wenn er von der Bildfläche verschwinden würde, falls das möglich wäre. Doch Marcel sorgte sich auch um Gabrielles finanzielles Wohlergehen, und er würde niemals das Risiko eingehen, sie des Genusses von Adolphes Vermögen zu berauben. Aus diesem Grund hatte er sie gegenüber Silvie verteidigt, als sie sie dabei erwischte, wie sie gemeinsam das Schlafzimmer verließen.

Das Essen war gut gewesen, und es war nicht abzustreiten, daß Marcel ein wenig beschwipst war, als er seine Schritte in die Richtung von Gabrielles Wohnung lenkte. Sie erwartete ihn an jenem Tag nicht, aber er hielt es für äußerst wahrscheinlich, daß sie um drei Uhr nachmittags zu Hause wäre. Es zeigte sich, daß er recht hatte – aber nur beinahe –, denn als ihm das Dienstmädchen die Tür öffnete, sah er Gabrielle zum Ausgehen gekleidet hinter ihr in der Diele stehen. Sie trug ein elegantes, modisches Sommerkostüm aus aprikosenfarbener Seide. Die Jacke zierten kostbare, schwarzgoldene Stickereien und schwarze, hochgeklappte Manschetten.

Sie verzog ihr wunderschönes Gesicht kummervoll, als sie sah, wer vor der Tür stand. Marcel betrat die Wohnung und war verwirrt über die Veränderung in Gabrielles Gesichtsausdruck.

»Ich habe jetzt keine Zeit, mit dir zu sprechen«, sagte sie eilig. »Adolphe erwartet mich.«

»Mitten am Nachmittag?« fragte Marcel mit hochgezogenen Augenbrauen. »Er ist doch sicherlich in seinem Büro und vermehrt sein Vermögen, oder? Das ist genau der Grund, warum ich hergekommen bin. Ich will dir etwas berichten, was ich beim Mittagessen erfahren habe.«

Gabrielle führte ihn in ihren exotischen, schwarz und silbern dekorierten Salon und schloß die Tür, bevor sie antwortete. Sie forderte Marcel nicht auf, sich hinzusetzen, noch nahm sie selbst Platz.

»Adolphe ist zu Hause«, sagte sie, »offenbar hat er einen so dringenden Anruf erhalten, daß er auf der Stelle sein Büro verlassen hat. Ich soll sofort zu ihm in die Wohnung kommen – er sagte, es sei eine Angelegenheit von äußerster Dringlichkeit.«

Als Marcel sich umschaute, sah er, wie Gabrielles Gestalt von den großen Kristallspiegeln an den Wänden reflektiert wurde. Der Anblick ihres aprikosenfarbenen Seidenkostüms, ihres kleinen, runden Turbans, um den ein feiner Seidenschal geschlungen war, dessen Enden über ihre Schultern fielen, war absolut bezaubernd. Aber das Gesicht, das er im Spiegel sah, leuchtete nicht wie das einer schönen Frau, die mit ihrem Liebhaber spricht – es war bleich und sorgenvoll. Ein scheußlicher Gedanke fiel ihm plötzlich ein.

»Du meine Güte!« rief er aus. »Silvie hat das Ehrenwort gebrochen, das sie mir gegeben hat, und Adolphe gesagt, daß sie uns bei ihm zusammen aus deinem Schlafzimmer hat kommen sehen – darum geht's! Er wird dich ihr gegenüberstellen, und sie wird ihre Geschichte wiederholen. Was für ein Biest diese Frau ist! Ich werde dich begleiten und dir beistehen und die ganze Verantwortung auf mich nehmen, wenn Adolphe die Verlobung lösen will.«

In einem plötzlichen Anfall von Reue über das Unglück, das er über sie gebracht hatte, warf sich Marcel vor Gabrielles Füße, packte ihre behandschuhte Hand, drückte sie an seine Wange und flehte sie an, ihm sein gedankenloses, rücksichtsloses und selbstsüchtiges Benehmen zu verzeihen.

»Lieber Marcel«, murmelte sie, mit einem leicht distanzierten Klang in der Stimme, »laß dich von diesen unnötigen Schuldgefühlen nicht mitreißen, ich bitte dich. Steh doch auf – dieses übertriebene Getue ist überflüssig. Was Adolphe mit mir besprechen will, hat nichts damit zu tun, was am Abend der Party geschehen ist.«

»Bist du ganz sicher?« fragte Marcel, und hob, noch immer kniend, sein Gesicht, um sie erleichtert anzuschauen.

»Aber da wir darauf gekommen sind«, sagte sie ganz und gar nicht freundlich, »da ist etwas, über das ich gerne mehr wüßte – was hast du Silvie an jenem Abend gesagt, um sie daran zu hindern, mit ihrer Geschichte zu Adolphe zu rennen? Es muß etwas äußerst Bedeutsames gewesen sein, wenn man bedenkt, wie sehr sie mich haßt – sie würde alles tun, um ihren Bruder daran zu hindern, mich zu heiraten. Was hast du gesagt?«

»Ich habe an ihre bessere Natur appelliert«, sagte Marcel hoffnungsvoll.

»Unfug! Silvie Tournet hat keine bessere Natur – sie ist durch und durch verdorben. Du hast ihr mit etwas gedroht – und das war äußerst wirksam, was immer es war. Bist du ihr Liebhaber, Marcel? Ich will es wissen!«

»Um Himmelswillen, nein!« log er dreist. »Wie kannst du so etwas denken? Sie hat einen außerordentlich schlechten Charakter.«

»Das schon«, sagte Gabrielle. »Aber ich habe noch nie gehört, daß ein Mann eine Frau besteigt, um sich an ihrem guten Charakter zu erfreuen. Silvie ist nach wie vor attraktiv, in auffallender und ziemlich ordinärer Weise – ich halte es nicht für undenkbar, daß du deine Hand unter ihren Kleidern gehabt hast. Du kannst es mir auch gleich sagen, denn ich habe die Absicht, sie selbst zu fragen.«

Marcel stand ganz langsam auf, um Zeit zum Nachdenken zu gewinnen. Was für eine Geschichte er Gabrielle auch immer auftischen würde, sie könnte sich als katastrophal herausstellen, noch ehe der Tag vorüber war. Falls Silvie ihrem Bruder verriet, was sie über ihn und Gabrielle wußte, war Marcel bereit, sich zu rächen, indem er Claude Belanger über das Interesse seiner neuen Verlobten an einer gewissen rothaarigen Hure aus dem Bordell in der heruntergekommenen Rue Asseline aufklärte. Aber er hatte nicht den Wunsch, Gabrielle diese Einzelheiten zu sagen – denn sie würde mit Sicherheit herausfinden wollen, woher er das wußte. Und der einzigen Frau, die er beinahe liebte, zu gestehen, daß er einen so verrufenen Ort mit ihrer ärgsten Feindin aufgesucht hatte, würde seine sofortige Entlassung bedeuten.

»Das läßt sich nicht in zwei, drei Worten erklären«, sagte er so ernst, wie er konnte, während ihm die Lächerlichkeit dieses Gesprächs aufging. »Natürlich werde ich es dir ganz genau berichten, meine Liebe, aber das braucht ein bißchen Zeit. Im Augenblick solltest du zu Adolphe gehen und herausfinden, was ihm so dringlich erscheint, und wenn wir uns das nächste Mal sehen, verspreche ich dir, alles über Silvie zu enthüllen, und warum sie mir zu meinem größten Bedauern verpflichtet ist.«

Damit nahm er Gabrielles Hände und küßte sie leicht auf die Wange. Sie verließen gemeinsam die Wohnung, und er begleitete sie zum nächstgelegenen Taxistand, und verabschiedete sich von ihr – dankbar, daß er ein bißchen Zeit gewonnen hatte, um eine Geschichte zu erfinden, die seine Macht über Silvie erklärte. Er wartete, bis das Taxi um die Ecke gebogen und außer Sicht war, dann ging er zu Gabrielles Wohnung zurück, um mit dem Dienstmädchen zu sprechen.

Er war ernstlich unzufrieden mit dem, was Gabrielle ihm gesagt hatte – Adolphe hatte ihr mit Sicherheit am Telefon irgendeinen Hinweis auf den Grund für diese plötzliche Zusammenkunft gegeben – einen deutlichen Hinweis, wenn nicht gar eine volle Erklärung. Wenn es sich um dringliche Nachrichten handelte, lag es nicht in der menschlichen Natur, etwas anderes zu tun, und Gabrielle hatte seine Annahme indirekt bestätigt, indem sie erklärte, es habe nichts mit Silvie zu tun. Und außerdem hatte Gabrielle es eilig gehabt, ihn loszuwerden, obwohl sie sich ohne weiteres hätte hinsetzen und mit ihm sprechen können, ehe sie fortging.

Es war alles höchst unbefriedigend – und die eine Person, die vielleicht in der Lage wäre, ihn aufzuklären, war die Zofe Claudine. Ein sonniges Lächeln breitete sich über ihr Gesicht, als sie die Wohnungstür öffnete und Marcel dort stehen sah.

»Monsieur Marcel – Sie sind es wieder«, sagte sie und tat so, als wisse sie nicht, warum er zurückgekommen war. »Haben Sie etwas vergessen? Aber was denn bloß ... wollen Sie hereinkommen?«

Sobald er eingetreten war, reichte er ihr Hut und Handschuhe und ging schnurstracks wieder in Gabrielles schwarzsilbernen Salon. Claudine folgte ihm eilig. Sie musterte ihn mit einem nachdenklichen Gesichtsausdruck, während er sich auf den purpurfarbenen Diwan setzte. Er lächelte sie auf seine allercharmanteste Weise an, und sie drückte den Rücken ein wenig durch, damit ihr Busen unter ihrem schwarzen Kleid noch mehr hervorstand.

»Da ist etwas von allergrößter Wichtigkeit, das ich dich fragen muß, Claudine«, sagte er. »Seltsame Dinge sind im Gange, und ich begreife nicht, was los ist.«

»Aber ich weiß nichts«, protestierte sie. »Ich versichere Ihnen, Madame zieht mich nicht ins Vertrauen über ihre persönlichen Angelegenheiten.«

»Ob sie es tut oder nicht, Claudine, du bist eine intelligente Frau, und es ist nicht nötig, daß sie dir etwas sagt – du weißt es ohnehin.«

Während er sprach, nahm Marcel Claudines Hand und zog sie neben sich auf den Diwan.

»Aber, Monsieur«, rief sie in vorgetäuschter Bescheidenheit sofort aus, »es steht mir nicht zu, hier zu sitzen!«

»Ich bin sicher, du hast dir schon oft überlegt, wozu Madame de Michoux diesen wundervollen Diwan benutzt«, sagte Marcel, schob seine Hand unter Claudines Kleid und streichelte ihre glatten Schenkel oberhalb der schwarzen Strumpfbänder. »Wie viele Nachmittage hast du allein in der Küche gesessen und gewußt, daß sie hier auf dem Rücken lag und die Liebe genoß? Hast du dir nie gewünscht, an ihrer Stelle zu sein?«

»Mit Ihnen und ein paar der anderen Herren aus ihrer Vergangenheit, ja«, sagte Claudine und spreizte die Beine ein wenig, um seiner Hand zu erlauben, in ihre Unterwäsche zu schlüpfen und den dichten Busch aus krausem Haar zu finden. »Aber mit Monsieur Lacoste, nein, niemals – es sei denn, er erwiese sich danach als außergewöhnlich großzügig. Dann könnte ich ihn in Betracht ziehen – aber bei genauerem Hinschauen vielleicht auch nicht – junge Männer wie Sie sind nach meinem Geschmack, nicht ältere Herren.«

»Ein Mann muß nicht alt sein, um großzügig zu einer hübschen Frau zu sein«, sagte Marcel, der den Wink verstanden hatte, »ich habe die Absicht, dir ein kleines Geschenk zu machen, bevor ich gehe – 100 Francs für dich, die du für etwas ausgeben kannst, was du gern hättest.«

»Oh, dafür muß ich Sie küssen!« sagte sie, warf ihm die Arme um den Hals und drückte ihm einen feuchten Kuß auf die Wange. Marcel nutzte ihre gute Laune und erforschte ihr pralles *jou-jou* mit sanften Fingerspitzen.

»Ah«, seufzte sie, und ihre Beine zappelten auf dem Diwan, »aber nicht hier – kommen Sie mit in mein Zimmer, dann dürfen Sie mich ausziehen, wenn Sie wollen.«

»Also gut«, antwortete er mit einem Lächeln, und zusammen verließen sie den Salon. Marcel ging etwas ungeschickt wegen des steifen Gliedes in seiner Hose, und die Zofe bemerkte seinen mißlichen Zustand und lachte. Sobald sie in ihr kleines Zimmer gelangt waren, warf sie die Tür hinter sich zu, ließ sich vor ihm auf die Knie nieder, knöpfte seine Hose auf und holte seinen männlichen Stolz heraus.

»Seltsame Dinge widerfahren Ihnen, haben Sie gesagt«, meinte sie und grinste Marcel ins Gesicht, »aber ich finde das ganz und gar nicht seltsam – diese Steifheit ist völlig normal, wenn Sie ihre Hand unter das Kleid einer Frau schieben. Warum wollen Sie, daß ich es Ihnen erkläre – schließlich ist es nicht das erste Mal. Es ist auch schon früher passiert, als sie hier in meinem Zimmer waren.«

Während Claudine ihn neckte, liebkoste sie sein steifes Glied bis es bebte, und starrte es an, als sei sie von seiner Größe und seiner Kraft fasziniert. Im nächsten Augenblick hatte sie es im Mund, und Marcels Kopf fiel nach hinten gegen die hölzerne Tür, als Gefühle reinster Lust seinen Leib durchzuckten. Doch gleich darauf erinnerte er sich daran, daß er hergekommen war, um Informationen zu bekommen, und nicht, um sich zu amüsieren. Deshalb war es unabdingbar, die Kontrolle über die Situation zu behalten.

»Claudine, du hast mir versprochen, ich dürfte dich nackt ausziehen«, seufzte er, die Hände auf ihren Schultern, um sie zum Aufstehen zu bewegen. Seine Finger fummelten drängend an den Knöpfen ihres Oberteils, bis er es aufgeknöpft und ihr weißes Hemd freigelegt hatte. Er zerrte es ihr von den Schultern und umfing ihre vollen Brüste, die sich warm und schwer und erregend anfühlten, während sie fortfuhr, seinen hüpfenden Apparat lebhaft zu massieren.

»Ah, Claudine – ich muß dich nackt sehen!« keuchte er, als seine Beine unter ihm zu zittern begannen. »Zieh deine Kleider aus, *chérie*!«

Sie ließ ihn los, um ihr schwarzes Kleid abzulegen, und er war sehr erleichtert, denn er fühlte, daß sein Höhepunkt nicht fern war. Sie zog ihren dünnen, rosa Schlüpfer aus und warf ihn ihm grinsend zu, dann setzte sie sich auf die Bettkante, und rollte ihre Strümpfe herunter. Um nicht zurückzustehen, riß sich Marcel mit zitternden Fingern die Kleider vom Leib und starrte dabei die ganze Zeit auf die nackte Zofe, die sich aufs Bett fallen ließ und die Beine weit spreizte.

Im nächsten Augenblick war er über ihr und befingerte ihre Brüste mit gieriger Lust. »Steck ihn in mich!« flehte sie und winkelte ihre Knie zu beiden Seiten seines Körpers an, während sie ihn an den Oberarmen packte und auf sich zog. Mehr als bereitwillig schob er sein hartes Glied zwischen die dunkel behaarten Lippen zwischen ihren gespreizten Schenkeln. Sofort steckte er tief in ihrer nassen Wärme und begann, sie kraftvoll und schnell zu reiten, während sie ihn mit weit geöffnetem Mund und dem Leuchten ekstatischer Vorfreude anschaute.

»Schneller, schneller, schneller!« keuchte sie und schob ihm ihre Lenden im Rhythmus seiner Stöße entgegen. Ob es menschenmöglich war, noch schneller zu werden, hatte keiner der beiden Gelegenheit herauszufinden, denn sie erreichten gleichzeitig ihren Höhepunkt – vor Stöhnen, krampfartigem Zucken und Herumwälzen kamen sie nicht mehr dazu, darüber nachzudenken.

Er wartete, bis sie sich wieder beruhigt hatte, ehe er sich herunterrollen ließ, sich neben sie legte und ihr zärtlich das Gesicht streichelte. Er wollte ihren Zustand entspannter Zufriedenheit aufrechterhalten, während er ihr die Frage stellte, die ihm auf der Zunge brannte. Aber sie war nicht dumm, diese Claudine! Sie drehte sich auf die Seite und nahm sein nasses, erschlaffendes Glied in die Hand.

»Sie wollen wissen, was Monsieur Lacoste am Telefon gesagt hat und warum Madame es so eilig hatte, fortzugehen«, sagte sie stirnrunzelnd. »Aber ich glaube nicht, daß ich diejenige sein sollte, die es Ihnen sagt, so gern ich Sie auch mag.«

»Warum denn nicht? Alles, was Madame de Michoux betrifft, geht mich etwas an, das weißt du – weil ich ihr völlig ergeben bin.«

»Ja, das verstehe ich. Aber dies ist etwas anderes. Sie sollten Monsieur Lacoste fragen, nicht mich. Sie bringen mich in eine äußerst peinliche Lage.«

»Wirklich?« fragte Marcel neckend und schenkte ihr sein berühmtes charmantes Lächeln. »Aber die Lage, in der du mir gefällst, ist ganz und gar nicht peinlich, Claudine – es ist eine bequeme Lage, mit gespreizten Beinen rücklings auf dem Bett.«

»Wann immer Sie wollen«, murmelte sie.

Er rollte sie wieder sanft auf den Rücken und schob seine Hand zwischen ihre Schenkel, um die nassen Lippen ihres *jou-jous* zu befühlen – und sehr bald hatte er sie soweit, daß sie langgezogene Seufzer ausstieß, während seine Fingerspitzen ihr verborgenes Knöspchen rieben. Seine Berührungen waren leicht und zart, und er zog ihr Vergnügen in einem köstlichen Vorspiel in die Länge, so daß sie ihre Beine so weit grätschte, wie es überhaupt nur möglich war, und ihr voller Busen bebte und wippte zu den Zuckungen ihres Körpers.

»Bist du bereit für mich?« flüsterte er, obwohl er sehr wohl wußte, daß sie vor Erregung beinahe wild wurde.

»Ja – schnell, stecken Sie ihn rein!« ächzte Claudine, faßte seinen harten Schaft und zerrte ihn daran näher.

»Ganz hinein?« fragte er und verlängerte die köstliche Qual bis an die Grenze des Erträglichen.

»Ja, ja!« wimmerte sie und wölbte den Rücken, so begierig war sie, sein steifes Glied in sich zu fühlen.

»Dann sag mir, was ich wissen will«, sagte er, und seine Fingerspitzen flitzten über ihren nassen Knopf, so daß sie vor Lust laut aufschrie. Sie konnte nicht mehr länger widerstehen, davon war er überzeugt. »Hat Madame dir gesagt, worum es in dem Telefongespräch ging?«

»Ja ... sie war so verblüfft, daß sie mir alles erzählt hat«, keuchte Claudine, »aber bitte, zwingen Sie mich nicht, es Ihnen zu sagen, bitte ... legen Sie sich auf mich!«

»Sofort«, versprach er. »Aber erst, wenn du es mir gesagt hast.«

»Wenn Sie darauf bestehen ... Monsieur Lacoste hat angerufen, um zu sagen, daß Ihre Mutter zu ihm ins Büro gekommen sei ...«

»Meine Mutter? Nein, das ist völlig absurd. Das muß ein Mißverständnis sein – warum sollte sie das tun?«

»Um ihm zu sagen, daß Sie sein Sohn sind«, wimmerte Claudine. »Und jetzt wissen Sie alles – bitte, stekken sie ihn rein, ich flehe Sie an.«

Aber leider erschlaffte Marcels Stolz unter dem Schock dessen, was er gerade gehört hatte, und seine Hand lag reglos zwischen Claudines Beinen, während sein verwirrter Verstand den Sinn von alledem zu erfassen suchte.

13

Alte und Neue Beziehungen

Die Begegnung mit Adolphe Lacoste war für Marcel ein Ereignis von unübertroffener Peinlichkeit. Seine Mama hatte den Besuch für elf Uhr dreißig am Vormittag arrangiert, so daß Adolphe anschließend mit ihnen zu Mittag essen konnte, wie es sich für eine Familie gehörte. Verzagt bereitete Marcel sich darauf vor, indem er – auf strengen Befehl seiner Mutter – dem Anlaß entsprechend seinen dunkelsten Anzug und seine dezenteste Fliege anlegte.

Wenn ein Mann mit dreißig erfährt, daß er nicht der Sohn des Mannes ist, den er während seiner ganzen Kindheit *Papa* genannt hat, so ist das natürlich eine Erfahrung, die das Selbstvertrauen untergräbt und die geistigen Fähigkeiten lähmt.

Zu entdecken, daß seine geliebte Mama in ihrer fernen Jugend zu den gleichen Unbesonnenheiten fähig gewesen war, die er jetzt selber genoß, wäre für das Anstandsgefühl eines jeden Mannes ein schwerer Schlag gewesen. Und feststellen zu müssen, daß er höchst intim sowohl mit der zukünftigen Gattin als auch mit der Schwester des Mannes gewesen war, den er nun als seinen Vater betrachten mußte, brachte Marcel völlig durcheinander und ließ ihn an der gesamten Basis der zivilisierten Gesellschaft zweifeln.

Und das Teuflische daran war, daß Silvie mit irgendeinem weiblichen Instinkt gewußt hatte, daß ihr Bruder und Marcels Mama in ihrer Jugend Geliebte gewesen waren. Sie hatte es ihm gesagt, als sie in Cannes zusammen im Bett lagen, und er hatte sich geweigert, ihr zu glauben – er hatte die Vorstellung als absurd abgetan. Adolphe war vielleicht in seine Mama verliebt gewesen, aber das bedeutete nicht, daß er ihr Liebhaber gewesen war, hatte Marcel Silvie versichert. Wie töricht kam er sich jetzt vor, als er sich an seine Worte erinnerte. Für wie ungeheuer naiv mußte sie ihn gehalten haben!

Mit diesen düsteren Gedanken erhob sich Marcel, als die Hausangestellte Monsieur Lacoste anmeldete. Adolphe kam hereingeeilt, ein Lächeln auf seinen Lippen, und die Spitzen seines borstigen Schnurrbarts zeigten triumphierend in die Höhe. Er trug einen altmodischen schwarzen Cut und ein Hemd mit steifem Kragen. Mit einer großen Geste, die Freundschaft und Respekt ausdrücken sollte, küßte er Madame Chalons Hand und dann ihre Wangen und nannte sie beim Vornamen! Er wandte sich Marcel strahlend zu, ergriff seine Hand mit beiden Händen und schüttelte sie heftig auf und ab. »Mein Junge, mein Junge...« murmelte er mit Freudentränen in den Augen.

»Marcel – umarme deinen Papa«, wies Madame Chalon ihren Sohn an, und pflichtschuldig legte Marcel seine Arme um Adolphe und küßte ihm beinahe die Wange. Solche Halbherzigkeit entsprach nicht Adolphes Art – er preßte Marcel in einer männlichen Umarmung an seine Brust und drückte ihm einen herzlichen Kuß auf jede Backe. Marcel schaute seine Mutter über Adolphes Schulter hinweg vorwurfsvoll an, aber sie ignorierte ihn.

Als sie sich gesetzt hatten, und das Dienstmädchen jedem der Männer ein kleines Glas feinen Cognac eingeschenkt hatte, versuchte Adolphe, es Marcel leichter zu machen.

»Ich kann sehen, daß du so verdutzt bist, wie ich es selber war, mein lieber Junge«, sagte er, »und das ist nicht anders zu erwarten. Du darfst nicht schlecht von deiner lieben Mutter denken – sie und ich liebten einander innig, als wir jung waren. Wir hätten heiraten sollen, aber ich habe mich wie ein Idiot benommen, weil ich fand, ich sei ihrer nicht würdig, solange ich ein armer Mann war – also verschwand ich nach Madagaskar, um ein Vermögen zu machen, mit der Absicht, in zwei Jahren wiederzukommen. Ich wußte nichts von ihrem Zustand, sonst wäre ich nie fortgegangen. Und sie wußte es auch nicht.«

»Bitte«, sagte Marcel düster, »es ist nicht nötig, mir diese Entschuldigungen zu servieren. Vergangenes ist vergangen. Männer und Frauen schließen enge Freundschaften, die manchmal unangenehme Folgen haben.«

»Aber ich halte es für wichtig, daß du weißt, daß wir alle in bester Absicht gehandelt haben«, sagte Adolphe. »Es war ein schrecklicher Tag, als deine liebe Mama ihren Zustand erkannte und glaubte, ich hätte sie sitzengelassen. Was konnte ein junges Mädchen aus gutem Hause in einer so mißlichen Lage tun? Sie brauchte jemanden, der sie und das Kind, das sie trug, beschützte – und es ist nur natürlich, daß sie sich Hector Chalon zuwandte, einem Mann, der ihr viele Male seine Liebe erklärt hatte.«

»Davon will ich bitte nichts mehr hören«, sagte Marcel, »meine Mutter ist über alle Vorwürfe erhaben, egal, was sie getan hat, auch wenn sie meinen Angelegenheiten nicht immer die gleiche Höflichkeit entgegenbringt, wie ich leider sagen muß.«

»Ha!« rief Madame Chalon aus. »Du meinst die arme, kleine Dany, nehme ich an! Das ist eine ganz andere Geschichte – dein Verhalten diesem Kind gegenüber war hartherzig, und das ist noch untertrieben.«

Adolphe grinste Marcel an und zwinkerte ihm verschwörerisch zu, als wollte er ihm zu verstehen geben, daß er, von Mann zu Mann, von Vater zu Sohn, völlig einverstanden sei mit Marcels Benehmen gegenüber jungen Frauen. Marcel knurrte innerlich über diesen Anbiederungsversuch – so, wie er es sah, war die Parallele zwischen ihm und Adolphe zu offensichtlich, um tröstlich zu sein. Er hatte Dany von ihrer Jungfräulichkeit befreit, wenn auch nur auf ihren ausdrücklichen Wunsch, und hatte sie fallengelassen – genau wie Adolphe, der einst Mamas Gunst genossen hatte und dann verschwunden war.

Um von diesen melancholischen Überlegungen fortzukommen, lenkte Marcel das Gespräch zurück auf ihre neue und unbehagliche Beziehung.

»Jetzt, da Mama ihnen und mir ihr lang gehütetes Geheimnis offenbart hat«, sagte er, »erhebt sich die Frage: Was nun? Es fällt mir schwer, das müssen Sie verstehen, einen anderen Vater zu akzeptieren – und ich bin sicher, Ihnen fällt es schwer, plötzlich einen Sohn zu haben, nachdem Sie ein Leben lang unverheiratet waren.«

»Im Gegenteil«, sagte Adolphe eifrig, »ich kann dir versichern, daß ich völlig begeistert und hingerissen bin, einen so wohlgeratenen, gutaussehenden, intelligenten Sohn zu haben. Ich bin sogar überglücklich.«

»Du lieber Gott«, dachte Marcel gramvoll, »in ein oder zwei Minuten wird er entscheiden, daß er mich liebt und Mama heiraten will, so daß wir alle als Familie zusammenleben können! Hat denn diese Peinlichkeit gar kein Ende? Offensichtlich hat Mama mich ernst genommen, als ich sagte, ich wolle Silvie heiraten, denn sie hat das Risiko auf sich genommen, als Mutter eines unehelichen Kindes in Verruf zu geraten, nur um mich daran zu hindern – denn es ist eindeutig verboten, die Schwester des Vaters zu heiraten, selbst wenn es nur die Halbschwester ist.

Aber so gerissen er in Geschäftsangelegenheiten auch sein mag, Adolphe ist in gewisser Hinsicht ausgesprochen gutgläubig – wie ungemein leicht er Mamas

Behauptung, er sei mein Vater, akzeptiert hat – eine Angelegenheit, für die es keinerlei Beweise geben kann.«

»Und was sagt Gabrielle zu der ganzen Geschichte?« fragte er neugierig. »Als Ihre Verlobte ist sie doch von einer solchen Enthüllung ebenfalls betroffen und kann nicht gleichgültig bleiben.«

»Sie war die erste, mit der ich mich beraten habe, was unter diesen Umständen nur allzu natürlich ist«, sagte Adolphe. »Sie war höchst überrascht und, das will ich nicht verheimlichen, einigermaßen bestürzt und unangenehm berührt wegen dieser Neuigkeit. Aber sie wird sich an den Gedanken gewöhnen, daran zweifle ich nicht, und sie wird im Laufe der Zeit eine angemessene Zuneigung zu dir entwickeln.«

Marcel überlegte kurz, was angemessen in diesem Zusammenhang heißen sollte, aber dann schlug er sich diesen Gedanken rasch aus dem Kopf – er würde warten, bis er die Sache mit der Dame persönlich besprechen könnte.

»Madame de Michoux ist hinter ihrer äußerlichen Sanftheit und Fügsamkeit eine Dame mit strikten Ansichten«, sagte Marcels Mama. »Möglicherweise wird sie Marcel niemals als deinen Sohn und Haupterben akzeptieren, mein lieber Adolphe.«

Dieser indirekte Hinweis auf sein Geld brachte einen nachdenklichen Ausdruck in Adolphes Gesicht. Er strich sich die Schnurrbartspitzen nach oben, während er diesen neuen Aspekt verdaute.

»Erbe?« sagte Marcel, entsetzt über die Worte seiner Mutter. »Aber ich habe nicht den Wunsch, Ihr Erbe zu sein, seien Sie dessen versichert. Und auf gar keinen Fall, wenn es bedeutet, daß Gabrielle und natürlich Silvie ihrer berechtigten Erwartungen beraubt würden. Ich lebe sehr genügsam und kann mit dem Erbe meines lieben Vaters – ich meine, Monsieur Chalons – recht gut auskommen. Aber vielleicht würden Sie mir freundlicherweise, aufgrund Ihrer großen Geschäftserfahrung, einen Rat geben – ein Freund hat mir vorgeschlagen, ich solle in großem Rahmen in ein Projekt investieren, das er wärmstens empfiehlt – eine Bergbaugesellschaft in Algerien. Was halten Sie davon?«

»Algerien? Dort habe ich selber Interessen«, erwiderte Adolphe mit einem pfiffigen Lächeln. »Wenn die Firma Eisenerz gewinnt, kaufe ich.«

»Nein, Borax«, sagte Marcel, »ich glaube, die Nachfrage ist groß.«

»Wer empfiehlt es denn?« fragte Adolphe, ohne sich weiter um die Firma zu scheren.

»Ein langjähriger Freund von mir, Marc-Antoine Delabeau. Er ist ein Teilhaber der Börsenmaklerfirma seines Vaters.«

»Aha – dann muß er einer der Söhne Emile Delabeaus sein«, sagte Adolphe sofort. »Das erklärt alles.«

»Was meinen Sie damit?«

»Mag sein, daß es Borax in Algerien gibt«, sagte Adolphe stirnrunzelnd, »auch wenn ich nie davon gehört habe. Aber über die Familie Delabeau weiß ich eine ganze Menge – zum Beispiel steckt der alte Emile bis über den Hals in Schulden. Er hat seine Firma sehr schlecht geführt und schuldet seinen Gläubigern viel Geld – vielleicht ein paar Millionen. In Kürze werden wir von seinem Bankrott hören, und vielleicht gar von einem Verfahren gegen ihn wegen Betrugs. Wenn du deinem Freund Marc-Antoine Geld aushändigst, wirst du weder Borax noch Geld sehen, darauf gebe ich dir mein Wort.«

»Kann man denn niemandem mehr trauen?« rief Marcel entsetzt über diesen neuen Beweis für die Unzuverlässigkeit der menschlichen Rasse aus.

»Deinem Papa kannst du trauen«, sagte seine Mutter. »Ihm liegt dein Wohlergehen am Herzen, Marcel. Hör auf ihn und lerne von ihm.«

Das Mittagessen war natürlich ein Alptraum, obwohl Marcel Chalon die Köchin angewiesen hatte, ein exzellentes Mahl zu kochen, und der Wein war zu Ehren des Gastes eigens eingekauft worden. Aber für Marcel war das Tischgespräch eine einzige Qual – Adolphe lobte alles über den grünen Klee und machte Madame Chalon ständig Komplimente. Kurzum, der alte Knabe genoß es in vollen Zügen, sonnte sich in Madame Chalons Lächeln und war glücklich, mit ihr endlos über jene Tage zu schwatzen, als sie jung und irrsinnig verliebt gewesen waren. Seine Mutter schwelgte ebenfalls in der Vergangenheit, erinnerte ihn an jene Person und diese gemeinsame Unternehmung und jenen Tanz – bis Marcel nichts anderes übrig blieb, als im Geiste Gedichte von Alfred de Musset zu rezitieren, um sich abzulenken.

Nach dem Essen flüchtete er, sobald er es anstandshalber konnte. Adolphe hatte sich mit einem Glas Cognac und einer langen, teuren Zigarre in der Hand im Salon niedergelassen und hatte offensichtlich die Absicht, dazubleiben und mit seiner Mama den ganzen Nachmittag lang die alten Zeiten heraufzubeschwören. Und in der Tat war das ehemalige Liebespaar inzwischen so in die Unterhaltung vertieft, daß keiner der beiden den geringsten Einwand machte, als Marcel sich entschuldigte und hinausschlüpfte. Er war durch und durch verstimmt, und nach ein oder zwei Gläsern Cognac in einer Bar in der Nähe der Wohnung nahm er ein Taxi, um Gabrielle aufzusuchen und herauszufinden, ob ihr die neue Situation so mißfiel, wie Adolphe angedeutet hatte.

Sie war in der Tat äußerst aufgebracht – das wurde Marcel sofort klar, nachdem Claudine ihn in den schwarzsilbernen Salon geführt hatte. Er durfte Gabrielle nur einen winzigen Augenblick lang die Hand küssen, bevor sie sie unter seiner Nase wegzog, und als er sich vorbeugte, um sie auf die Wange zu küssen, wich sie vor ihm zurück und stieß ihn fort. Sie lud ihn nicht ein, sich neben sie auf den halbrunden, purpurfarbenen Samtdiwan zu setzen, sondern wies auf einen Sessel ohne Armlehnen ein Stück weit von ihr entfernt.

»Gabrielle, es hat keinen Sinn, mich für diese lächerliche Situation verantwortlich zu machen«, sagte er. »Ich bin ebenso entsetzt wie du darüber, daß Adolphe Lacoste mein Vater sein soll. Aber was kann ich tun?«

Selbst mit zornigen Falten im Gesicht war Gabrielle noch immer schön. Sie trug ein charmantes kleines Nachmittagskleid aus silbergrauem Satin und einen Gürtel mit scharlachroter Schleife, der Faltenrock hatte Einsätze in derselben Farbe. Zwei Perlenschnüre waren um ihren schlanken Hals geschlungen, an denen sie mit zappeligen Fingern nervös herumspielte, während sie Marcel anstarrte. Ihre gezupften Augenbrauen stießen über der Nase beinahe zusammen, so sehr runzelte sie die Stirn.

»Tun?« sagte sie. »Du brauchst überhaupt nichts zu tun, nicht wahr? Alles, was von dir verlangt wird ist, stillzuhalten, während deine Mutter dir Adolphes Vermögen zuschiebt. Und was soll aus mir werden – kannst du mir das sagen? Ich kann nicht einmal die fünftausend *Francs* aufbringen, um den Mietvertrag für meine Wohnung zu erneuern – soll ich auf der Straße betteln gehen?«

»Aber das alles ist doch keine Geldfrage!« rief Marcel aus, schockiert, über das, was er da gehört hatte. War es möglich, daß seine Leidenschaft ihn für Gabrielles wahren Charakter blind gemacht hatte?

»Worum geht es denn sonst?« wollte sie wissen. »Warst du nach dreißig Jahren außerstande, einen Tag länger ohne die Anerkennung eines Vaters zu leben? Oder war es das Gewissen deiner Mutter, das sich nach so vielen ruhigen Jahren geregt und sie gedrängt hat, ihm alles zu beichten? Adolphe läßt sich vielleicht täuschen, aber ich nicht.«

»Gabrielle – ich verbiete dir, so von meiner Mutter zu reden!«

»Ich rede, wie ich will«, entgegnete sie, »und wo wir gerade beim Thema sind – warum bist du hergekommen? Was willst du denn sonst noch von mir?«

»Du bist verbittert – das kann ich verstehen«, sagte Marcel. »Aber der simple Grund, warum ich hergekommen bin, ist, daß ich dich anbete und bei dir sein will.«

»Und du erwartest, daß ich dir das glaube, wo du mir alles genommen hast?« rief sie aus. »Selbst wenn Adolphe sein Heiratsversprechen hält, was ich bezweifle, bist du derjenige, der alles bekommt. Du hast meine Zukunft gestohlen, meine Sicherheit zerstört und meinen Körper mißbraucht – was bleibt denn sonst noch?«

»Das sind grausame Worte«, sagte Marcel ehrlich bekümmert über das, was er hörte. »Du bist die wundervollste Frau, der ich je begegnet bin, und meine Gefühle für dich sind tief und echt. Ich habe es nicht verdient, auf diese Weise abgekanzelt zu werden.«

»Nichts als Lügen!« sagte sie mit schriller Stimme. »Jetzt, wo du alles bekommen hast, was du von mir wolltest, warum glaubst du, vorgeben zu müssen, daß du irgendetwas für mich empfindest? Was du getan hast, ist abscheulich – mich so weit zu täuschen, daß ich wirklich geglaubt habe, daß du mich anbetest, während du die ganze Zeit intrigiert hast, um mich um das Vermögen, das mir rechtmäßig zusteht, zu betrügen!«

Um ihren Worten Nachdruck zu verleihen, machte sie eine zornige kleine Geste mit der Hand, die ihre eleganten Brüste unter dem silbergrauen Kleid in einer Weise wippen ließ, die Marcel an die vielen glücklichen Stunden erinnerte, die er mit ihr verbracht hatte, und veranlaßten sein immer hoffnungsfrohes Glied, ein wenig zu zucken.

»Aber nein, das ist empörend, und ich weigere mich, meinen Ohren zu trauen!«, sagte Marcel. »Du kannst doch die bezaubernden Nachmittage und Abende nicht vergessen haben, die wir hier in diesem Zimmer verbracht haben – auf dem Diwan, auf dem du in diesem Moment sitzt. Wie oft hast du in Ekstase in meinen Armen gezittert?«

»Ah – du wagst es, mir das zum Vorwurf zu machen!« rief sie aus, »diese verworfene Angelegenheit, unsere körperlichen Triebe befriedigen zu wollen, diese elende Lust und Gier, die die Menschen für Liebe halten, und die sie nur in die abscheulichsten Tiefen führen!« und brach in Tränen aus.

Sofort war Marcel von dem modernistischen Stuhl aufgesprungen, hatte sich neben sie auf den Diwan gesetzt und ihr den Arm tröstend um die Schultern gelegt.

»Laß mich in Ruhe«, schluchzte sie, »du hast schon genug Unheil angerichtet!«

»Hör zu, Gabrielle«, sagte Marcel und tupfte ihre tränennassen Wangen mit seinem Taschentuch trocken. »Ich bete dich bis zum Wahnsinn an – vergiß Adolphe und heirate *mich*.«

»*Dich*?« keuchte sie. »Du bittest mich, *dich* zu heiraten? Wie absurd! Du hast nichts und du wärst ein höchst unzuverlässiger Ehemann – keine vernünftige Frau würde dergleichen je in Betracht ziehen. Aber ich bin geschmeichelt von deinem Antrag – wenn dir so viel an mir liegt, habe ich dir vielleicht Unrecht getan mit dem, was ich gesagt habe. Betest du mich ehrlich an, Marcel?«

»Ehrlich«, sagte er und küßte sie zart auf die Wange.

»Dann wirst du meine Chancen, Adolphe zu heiraten, nicht ruinieren – oder deine Mutter sie ruinieren lassen? Ich weiß nicht, was sie gegen mich hat.«

»Meine Mutter kann nicht mehr Unheil anrichten, als sie schon hat«, sagte er, »und was mich angeht, so gebe ich dir mein feierliches Ehrenwort, daß ich niemals etwas tun werde, das dein Glück zerstören könnte. Falls

Adolphe versucht, mir irgendeinen Teil seines Vermögens zu vermachen, entweder jetzt oder in seinem Testament, werde ich es direkt an dich weitergeben. Und was die fünftausend *Francs* angeht, die du brauchst, die bekommst du morgen.«

»Oh, Marcel ... du liebst mich wirklich, das sehe ich jetzt!«, seufzte Gabrielle. »Aber es zerreißt mir das Herz, daß unsere enge, intime Freundschaft jetzt enden muß! Du wirst mir zustimmen, daß es nicht in Frage kommt, daß der Sohn meines Verlobten mein Liebhaber ist – egal, wie sehr ich ihn anbete.«

»Das Leben ist grausamer, als Worte auszudrücken vermögen«, seufzte Marcel, die Hand zwischen ihren Knien, um sie unter dem Kleid zu streicheln. »Wir haben so viel getan, um einander zu helfen, die nichtigen, quälenden Triebe des Körpers zu besiegen.«

»Ja«, flüsterte Gabrielle mit dem Kopf auf seiner Schulter. »Du und ich, wir haben zusammen soviel erreicht – aber jetzt ist es zu Ende.«

»Leider«, seufzte Marcel, und seine Finger erforschten die glatte Haut ihres nackten Schenkels über dem Strumpfband.

»Leider«, sagte auch sie, und ihre kleine Hand fand die Knöpfe von Marcels Hose und riß sie auf.

»Wir haben zusammen gelernt, edel zu sein, und ohne Furcht und falsche Scham dieses rohe Drängen des Körpers zu erforschen, so daß wir es als genau das erkennen können, was es ist – trivial und bedeutungslos«, sagte er.

»Bedeutungslos«, stimmte sie zu, während sie ihre Hand in seine Unterhose steckte und seinen aufrechten Stamm umfaßte und zu massieren begann.

Marcel erschauerte vor Lust und schob seine Hand in ihren Seidenschlüpfer, um ihr *jou-jou* zu liebkosen.

»Wir waren wie zwei Pilger, die einander auf dem langen, verwirrenden Weg zur moralischen Perfektion geholfen haben«, sagte er, und seine Fingerspitzen flitzten über ihre feuchte und verborgene Knospe. »Es ist ein langer Weg, dessen Ende man nicht einmal ahnen kann, aber wir sind ein Stück weit darauf gegangen, du und ich.«

»Wie wahr, wie wahr«, seufzte Gabrielle. »Und es ist nicht leicht, diesem Weg zu folgen – selbst jetzt schäme ich mich, gestehen zu müssen, daß mein Körper sich erniedrigen lassen möchte – trotz all unserer gemeinsamen, heroischen Bemühungen, ein gesundes Gleichgewicht zu erlangen, will ich noch immer, daß du meine Reinheit verletzt – ich will dich in mir fühlen!«

Im nächsten Augenblick hatte sie ihn losgelassen, um sich rücklings auf den purpurfarbenen Samtdiwan zu legen, ihr graues Kleid bis zur Taille hochzuziehen und den zarten, nilgrünen Seidenschlüpfer mit ihren Initialen, in dunkelbau auf ein Hosenbein gestickt, zu enthüllen. Marcel seufzte bewundernd, zog ihn ihr aus und ließ ihn auf den Teppich fallen, beugte sich vor, um ihren seidenglatten Bauch zu küssen und seine nasse Zungenspitze in ihren hinreißenden, kleinen, runden Bauchnabel zu bohren.

Ihre Füße in den grauen Lacklederschuhen standen noch immer auf dem Boden, und Marcel legte eine Hand auf jedes ihrer Knie, um sie auseinanderzudrücken und ihre Blüte seinem begierigen Blick zu öffnen. Dort zwischen ihren schlanken Schenkeln befanden sich die seidigen, braunen Löckchen, die er so anbetete, und die Rosenblätter ihres *jou-jous.* Zum hundersten Mal sagte er sich voller Stolz, daß die liebe Gabrielle die eleganteste Köstlichkeit besaß, die er je die Ehre gehabt hatte, zu genießen.

»Nie wieder«, flüsterte sie traurig, »nie wieder, Marcel.«

»Niemals«, stimmte er zu, als er mit gebrochenem Herzen seine Hose noch weiter aufriß und sich auf sie warf.

Er war so poetisch, dieser Abschied, dachte er – es war wie eine grandiose Oper, inspirierend, ergreifend – und ungeheuer tragisch! Vielleicht teilte die schöne Gabrielle diese erhabenen Gefühle – vielleicht auch nicht – aber sie stieß einen kleinen Schrei aus, als sie fühlte, wie sein steifes Glied in sie drang, und dann wieder, als er auf ihrem nackten Bauch lag und in ihrer samtenen Feuchtigkeit aus und ein glitt. Marcels Augen trübten sich vor Rührung, als er zusah, wie sich ihr hübsches Gesicht rosig färbte, während ihre Gefühle sich steigerten und ihre Hände seine Pobacken packten, um ihn tiefer zwischen ihre gespreizten Beine zu ziehen.

»Marcel, Marcel...«, murmelte sie, und ihr Mund suchte seine Lippen zu einem langen Abschiedskuß. Marcel seufzte und sprudelte seine Begeisterung in sie hinein, und Gabrielle keuchte seinen Namen wieder und wieder und wand sich unter ihm auf dem Diwan, als die überwältigenden Gefühle in ihr explodierten und Erlösung brachten. Ihre Füße hoben sich vom Boden und schlangen sich um Marcel – und dann hörte er zum letzten Mal ihren Schrei der Ekstase, der klang wie zerreißende Seide. Es standen ihm Tränen in den Augen, als er sie zu einem letzten Stillstand ritt.

Nach diesem zärtlichen Abschied, der ihm beinahe das Herz zerriß, hatte Marcel das Bedürfnis, mit seinem Kummer allein zu sein. Er verließ Gabrielles Wohnung, ging zur Seine hinunter, um an den Quais entlang zu spazieren. Er ignorierte die eng umschlungenen jungen Liebespaare unter den Brücken und die einsamen Angler, die auf dem Steinrand saßen und in die Strudel hinunterstarrten. Doch nach ungefähr einer Stunde war er wieder gefaßt genug, um seinen langen, melancholischen Spaziergang zu beenden und eine Bar in der Nähe der Place de la Bastille aufzusuchen.

Nach ein oder zwei Gläsern Cognac wandelte sich seine Stimmung, und er war imstande, sich von der Vergangenheit zu verabschieden und sein Leben wieder aufzunehmen. Er rief Silvie an, begierig, ihre Reaktion auf die neue Situation zu erfahren, in der sie sich jetzt befanden. Der höfliche Diener nahm den Hörer ab und nach einer gewissen Wartezeit verband er ihn mit Silvie. Sie klang außer Atem und verstört.

»Marcel – ich muß mit dir sprechen«, sagte sie drängend. »Das Allerschlimmste ist eingetroffen – ich hätte auf dich hören sollen!«

»Was ist denn passiert?« fragte er. »Hat Belanger von dir und mir erfahren und die Verlobung aufgelöst?«

»Viel schlimmer«, sagte sie, »aber ich kann es dir nicht am Telefon sagen. Wo können wir uns sehen – irgendwo ganz abgeschieden.«

»Warum denn nicht bei dir in der Wohnung?« fragte er, während er sich den Kopf zerbrach, was wohl geschehen war, um sie derart zu beunruhigen.

»Nein – ich bin sicher, das Personal lauscht an den Türen und hört alles!« sagte Silvie dramatisch.

Einer plötzlichen Eingebung folgend, gab Marcel ihr die Adresse von Pierre Martins Wohnung und schlug vor, daß sie sich dort um fünf Uhr treffen sollten. Er rief Pierre an, um ihn zu bitten, ihm ein oder zwei Stunden seine Wohnung zu leihen, und war erstaunt, als Pierre ihm jubelnd erzählte, daß er Danys Liebhaber geworden sei.

»Meinen Glückwunsch«, sagte Marcel und unterdrückte ein Kichern über Danys Flexibilität. Sie schien ihre Zuneigung mühelos von einem Mann auf den anderen übertragen zu können. »Und wann ist das geschehen?«

»Vor drei Tagen. Sie bat mich, sie in einem Café zu treffen, weil sie mir etwas Wichtiges mitzuteilen habe – und es stellte sich heraus, daß du mich angelogen hast, du Hund, als du vorgegeben hast, ihr Liebhaber zu sein! Es war ihr so peinlich! Aber sie hatte mir gegenüber freundschaftliche Gefühle entwickelt und wollte, daß ich die Wahrheit erfahre. Ich lud sie an jenem Abend zum Essen ein und anschließend in meine Wohnung – und sie gab sich mir auf die charmanteste, natürlichste Weise der Welt hin – und zu meinem Entzücken war sie tatsächlich noch Jungfrau!«

»Ganz schön klug von dieser jungen Frau«, dachte Marcel und biß sich auf die Finger, um nicht lauthals ins Telefon zu lachen.

»Ich glaube, ich bin schon ein bißchen in sie verliebt«, verkündete Pierre glückstrahlend, »ich verzeihe dir, ihre Keuschheit in Frage gestellt zu haben, und ich bin dir dankbar, daß du uns zusammengebracht hast.«

»Dann kann ich mir also deine Wohnung ein oder zwei Stunden ausleihen?«

»Natürlich – aber du und deine Freundin müßt um zehn Uhr verschwunden sein – ich gehe mit Dany heute abend zum Essen und anschließend zu mir nach Hause, bevor sie heimgeht.«

»Ich verspreche dir hoch und heilig, lange vorher weg zu sein«, grinste Marcel, »und wir werden keinerlei Spuren hinterlassen, die darauf hindeuten, daß wir dort gewesen sind.«

»Dann werde ich die *concierge* anrufen, damit sie euch einläßt – sie heißt Madame Lasalle, ist fett und schielt.«

Es zeugte von Silvies Verstörung, daß sie nur eine Minute zu spät kam. Dennoch sah sie absolut hinreißend aus in ihrem getupften, seidenen Sommerkleid mit enganliegenden Ärmeln und zu Schleifen gebundenen Bändern an den Manschetten. Sie trug einen weichen, grauen Filzhut mit breitem Hutband, die Krempe vorn nach unten geklappt.

»Oh, Marcel!« rief sie und warf sich ihm in die Arme,

sobald sie durch die Tür von Pierres Wohnung gekommen war. »Ich habe solche Probleme und weiß einfach nicht mehr ein noch aus!«

Marcel küßte sie respektvoll und freundlich auf die Wange und geleitete sie ins Wohnzimmer, wo er schon eine Flasche von Pierres Champagner geöffnet hatte. Warum auch nicht – Pierre war ihm wirklich etwas schuldig für Danys glatten, jungen Körper. Es amüsierte Marcel, Silvie auf dem gleichen dunkelgrünen Ledersessel sitzen zu sehen, auf dem Dany an jenem unvergeßlichen Nachmittag gesessen hatte, als sie ihm so listig ihre zweifelhafte Keuschheit geopfert hatte.

»Jetzt erzähl mir mal von deinem Problem«, sagte er und drückte Silvie ein Glas in die Hand.

Sie starrte ihn sorgenvoll an und nippte kaum an ihrem Champagner.

»Wie du dich erinnerst, hatte ich dir erzählt, daß ich Nanette ein paarmal bei mir zu Besuch hatte«, sagte sie mit zitternder Stimme und ohne das gewohnte Selbstvertrauen. »Ich war grob zu dir, als du mich davor gewarnt hast, wie riskant es sei, sich mit solchen Leuten einzulassen – aber du hattest ganz recht, und ich muß mich bei dir entschuldigen. Gestern ist ihr Freund aufgetaucht, um mich zu erpressen! Er will zehntausend *Francs*, damit er den Mund hält.«

»Ich dachte, ihr Freund sei im Gefängnis«, sagte Marcel.

»Sie hat sich einen anderen gesucht, die rothaarige kleine Hure!«, sagte Silvie gehässig. »Was soll ich nur tun? Wenn ich ihm das Geld gebe, kommt er in Kürze wieder und verlangt mehr, und wenn ich es nicht tue, dann erzählte er Claude von Nanette und mir. Und ich dachte, wir seien echte Freundinnen, diese elende Kreatur und ich – ich habe ihr alles über mich gesagt!«

»Oh, Silvie«, sagte Marcel und schüttelte unglücklich den Kopf. »Es gibt nur einen Ausweg – du mußt Claude alles beichten und die Polizei alarmieren, damit sie Nanette und ihren kriminellen Freund verhaftet.«

»Unmöglich! Claude würde nie mehr etwas mit mir zu tun haben wollen.«

»Laß uns praktisch denken, liebe Silvie«, sagte Marcel, der mutig sein konnte, weil er bei der Sache nichts zu verlieren hatte. »Du bist mit Tournet verheiratet, und deine Hochzeit mit Belanger ist, offen gesagt, eine unsichere Sache. Du willst ihn heiraten, sobald du geschieden bist, weil du eine Tarnung für deine privaten Vergnügungen brauchst. Er will dich heiraten, nicht, weil er dich anbetet, sondern weil Adolphe ihm viel Geld versprochen hat. Wenn die Summe groß genug ist, wird er dein Verlobter bleiben, selbst wenn er erfährt, daß du die Dienste einer rothaarigen Dirne in Anspruch genommen hast. Und wenn er schwankt, dann kannst du Adolphe dazu kriegen, die Summe zu erhöhen, um ihn in seinen Heiratsabsichten zu bestärken – falls du ihn noch immer heiraten willst, wenn du geschieden bist.«

»Es ist grausam von dir, so was zu sagen!« rief Silvie und brach in Tränen aus.

Zum zweiten Mal an diesem Tag legte Marcel einen Arm um die Schultern einer weinenden Frau, um sie zu trösten. Er saß auf der breiten Lehne von Silvies Sessel und wiegte sie sanft in den Armen, seine Wange auf ihren Kopf gelegt.

»Dieser Belanger ist es nicht wert, daß man wegen ihm weint«, sagte er. »Vergiß ihn, Silvie – du bist es dir schuldig, jemand Besseren zu finden.«

»Ach, wenn ich doch dich haben könnte«, hauchte sie, »aber selbst wenn du einverstanden wärst, ist es jetzt nicht mehr möglich, weil du plötzlich Adolphes Sohn geworden bist. Was für ein Alptraum es sein wird, dich jeden Tag in Biarritz zu sehen und nie umarmen zu dürfen!«

»Biarritz? Was redest du da?« fragte Marcel.

»Ich hatte es ganz vergessen – du weißt noch nichts davon. Adolphe mußte erst deine Mutter überreden, und heute mittag hat sie eingewilligt.«

»Eingewilligt? Wozu denn? Und wieso geht man davon aus, daß meine Mutter entscheidet, was ich tue?«

»Adolphe will, daß wir alle zusammen sind – eine große, glückliche Familie – er und seine Verlobte, sein Sohn, deine Mutter, Claude und ich. Er hat für den ganzen Monat August für uns alle im besten Hotel von Biarritz reserviert. Wir fahren alle zusammen in zwei Tagen mit der Bahn dorthin.«

»Mein Gott!« stöhnte Marcel, entsetzt von der Aussicht, in nächster Nähe der beiden Frauen zu leben, mit denen er die innigste Intimität genossen hatte und es unmöglich wäre, sie anzufassen. »Ich weigere mich zu fahren! Wenn Mama eingewilligt hat, dann wird sie ohne mich fahren müssen. Bin ich denn ein Kind, das man so herumkommandiert?«

»Vielleicht!« sagte Silvie nachdenklich, denn ihre Tränen waren versiegt, und eine andere, starke Emotion hatte ihre zornige Frustration abgelöst. Marcel saß rittlings auf der breiten, dunkelgrünen, ledernen Sessellehne, Silvies Kopf an seiner Brust, und die Arme um ihre Schultern gelegt. Sie hatte das Vergnügen entdeckt, ihre Hand zwischen seine gespreizten Beine zu schieben und langsam an seinem Schenkel aufwärts zu streichen.

»Bei meiner Geburtstagsparty«, sagte sie heiser, »hast du mit mir geschlafen und gesagt, daß du mich anbetest... betest du mich jetzt noch immer an, oder ist deine Zuneigung erkaltet, weil ich plötzlich deine Tante bin?«

»Meine Tante!« sagte er ironisch. »Wie kann ich dich je als meine Tante ansehen, liebste Silvie, nachdem wir so köstliche Augenblicke miteinander verbracht haben?«

In seiner Hose stand sein kostbares Ding schon stramm aufrecht, als Antwort auf die Liebkosungen ihrer Hand entlang der Innenseite seines Schenkels. Er seufzte erwartungsvoll, als sie mit behenden Fingern die Hose aufknöpfte und hineinfaßte, um es fest in die Hand zu nehmen.

»Es sieht so aus, als gebe es da eine Sache, für die die Männer taugen, wie deine rothaarige, ehemalige Freundin gesagt hat«, murmelte er.

»Du weißt, daß ich dich anbete, seit wir es in dem Hotelzimmer in Cannes das erste Mal miteinander gemacht haben«, erwiderte sie und beugte den Kopf, um einen warmen Kuß auf seine erwartungsvolle Eichel zu drücken.

Marcels Hände waren auf ihrem Busen und befühlten ihn durch die dünne Seide ihres getupften Kleides.

»Dieses wundervolle erste Mal«, hauchte er inbrünstig, »du hattest dich über einen Stuhl gebeugt, den Schlüpfer auf halber Höhe – ach, die Ekstase jenes Augenblicks!«

»Du Bestie – du hast mich brutal behandelt und gedemütigt«, seufzte Silvie leidenschaftlich. »Mach es noch einmal!«

Sie sprangen gleichzeitig vom Sessel auf, und im nächsten Moment hatte Marcel das Möbelstück umgedreht, so daß die Rückenlehne ihnen zugewandt war. Mit einem langgezogenen Wonnestöhnen warf sich Silvie vornüber mit dem Bauch auf die dickgepolsterte Lehne und stützte sich mit den Händen auf die Sitzfläche. Marcel schlug ihr Kleid über ihren Rücken und entblößte ihren Hintern in einem blaßgelben Hemdhöschen. Seine Hände zitterten vor Erregung, als er zwischen ihre gespreizten Schenkel faßte, um die kleinen Perlmuttknöpfe zu lösen, die ihre Unterwäsche zusammenhielten, dann schlug er die Seide in die Höhe und entblößte ihr sinnliches Hinterteil mit einem Stoßseufzer schierer Lust.

»Oh, Marcel, *chéri!*« stöhnte Silvie beglückt, als sie

fühlte, wie seine Finger zwischen ihre weichen Schenkel drangen und die Lippen ihres *jou-jous* liebkosten. Zwei Finger steckten in ihr und kitzelten ihr Knöspchen, bis es ganz naß wurde, während die andere Hand über die Rundungen ihrer seidigen Pobacken strich und sich an der warmen Haut ergötzten.

»*Je t'adore* ... Marcel«, murmelte sie, während seine Finger in dem offenen Spalt ihres dunkelhaarigen Hügels an ihrem verborgenen Knopf Empfindungen allergrößter Lust erzeugten, »sei brutal zu mir!«

Sein befreites, steifes Glied nickte schnell auf und ab, als sei es vollkommen mit ihren Worten einverstanden. Marcel trat einen Schritt vor und stieß seinen harten Ständer mit einem kräftigen Ruck tief in sie hinein. Sie wand sich selig auf der Sessellehne und bestätigte so erneut seine Vermutung, die gute Silvie sei etwas masochistisch veranlagt.

»Jetzt bist du dran!« sagte er grob und rammte sich mit gewaltigen Stößen in sie, so daß sein Bauch gegen die glatte Haut ihres weichen Hinterteils klatschte.

»Oh, mein Gott – du spaltest mich entzwei!« kreischte sie, wobei sie klang, als wäre ihr nichts willkommener.

»Ja, ich habe vor, dich lustvoll umzubringen!« keuchte Marcel, während sein aufgestautes Begehren ihn immer heftiger vorantrieb.

»Ich gehöre dir – bring mich um, wie es dir gefällt!« wimmerte Silvie. Er ritt sie noch schneller und wilder, bis der Höhepunkt kam und er so gewaltig in sie hineinspritzte, daß sie vor entfesselter Ekstase schrie und zuckte. Das Vergnügen war kurz und heftig, und er wartete, bis ihre Zuckungen langsam abebbten, ehe er sich aus ihr zurückzog und sich wieder aufrichtete. Sie erhob sich sofort von der Sessellehne, schnellte herum und warf ihre Arme um seinen Hals.

»Du hast absolut recht«, sagte sie, »ich will diesen

Claude Belanger überhaupt nicht. Sag mir, was das Beste wäre.«

Marcel hatte ein perverses Bedürfnis, seinem Leben eine neue Richtung zu geben – und noch ehe die Vernunft seine Entschlossenheit schwächen konnte, zog er Silvie auf Pierres berühmten Perserteppich herunter, auf dem er die kleine Dany von ihrer Jungfräulichkeit befreit hatte.

»Auf dem Fußboden?« rief Silvie aus. »Das ist doch nicht dein Ernst, du Rohling! Ich fühle mich so wundervoll ausgenutzt und gedemütigt!«

»Hör mir einen Moment zu«, sagte Marcel, »ich habe dir großartige, unerwartete Dinge zu sagen.«

Sie lagen in enger Umarmung beieinander. Silvies Hand umfing sein nasses, schlaffes Glied, und er umklammerte ihre warmen Pobacken.

»Wir müssen uns gegen die dumme Situation auflehnen, in der wir gefangen sitzen, du und ich«, sagte er ihr. »Ich habe die Absicht, mich aus den Fängen meiner Mama und Adolphes zu befreien. Dir strecke ich meine Hand entgegen – komm mit mir und befreie dich von den törichten Erwartungen deines Bruders und der Ausbeutung durch Belanger – und vor allem der böswilligen Erpressung deiner rothaarigen Hure und ihres neuen Freundes.«

»Ja, Marcel!« rief Silvie. »Ja! Ja! Sag mir, was ich tun soll.«

»Wir treffen uns morgen am Gare de Lyon – ich werde alles arrangieren. Wir werden Paris und all unseren Ärger hinter uns lassen, wenn der Orient-Expreß uns in ferne Länder trägt.«

»Oh, ja!« seufzte sie, und ihre schönen braunen Augen glänzten vor Bewunderung. »Oh ja, Marcel...«

Dieser wagemutige Fluchtplan erregte nicht nur Silvies Phantasie, sondern auch ihren üppigen Körper. Sie öffnete den Mund zu einem langgezogenen Seufzer, rollte sich auf den Rücken und spreizte die Beine weit auseinander, und als sie zu zittern begann, legte Marcel seine Hand zwischen ihre Schenkel und stellte fest, daß sie kurz davor war, ohne Zutun einen Orgasmus zu haben. Mit drei scharfen Zuckungen wurde sein Weichteil wieder hart und stark, und er rollte sich über Silvie und spießte sie bis zum Anschlag auf, was sie erneut schrill aufschreien ließ.

Ihr glitschignasses Fleisch umfing sein steifes Glied wie eine melkende Hand – und auch er wurde fast sofort von dem kühnen Plan, den er ausgeheckt hatte, überwältigt. Flucht, Freiheit – schon der Gedanke daran war so berauschend wie Cognac und so erregend wie eine schöne, nackte Frau! Mit einem langen, genüßlichen Grunzen ließ er sich seinen Saft von Silvies bebendem Bauch in heißen Strömen abzapfen und überließ sich der Gewalt seiner Lustgefühle.

Am nächsten Tag auf dem Bahnhof beförderte ein blaugekleideter Gepäckträger seine zahlreichen Koffer den Bahnsteig entlang zu der Stelle, wo die elegant uniformierten Angestellten der *Compagnie internationale des Wagons-Lits* aufmerksam neben dem Zug warteten. Marcel zeigte seine Fahrkarten und sagte, daß sich in Kürze eine Dame zu ihm gesellen würde, und ein Diener begleitete ihn zu ihren nebeneinanderliegenden, privaten Schlafwagenabteilen. Sein Gepäck wurde an Bord gebracht und verstaut, und er schob das Fenster hinunter, um den Kopf hinauszurecken und nach Silvie Ausschau zu halten.

Marcel hatte eine schwierige und qualvolle Auseinandersetzung mit seiner Mutter hinter sich. Er hatte ihr gesagt, er könne sie nicht nach Biarritz begleiten, da er eine große Reise machen würde. Selbstverständlich sagte er nichts von seiner Reisebegleiterin, denn Mama hatte eine sehr schlechte Meinung von Silvie. Sie hätte sich in langwierige Tiraden gestürzt, um ihn davon abzuhalten, mit ihr zu fahren.

Der Zeitpunkt für die Abfahrt des Zuges rückte näher, und der Bahnhofsvorsteher ging den Bahnsteig entlang und blieb auf Marcels Höhe stehen, um ihm einen zweifelnden Blick zuzuwerfen.

»Nur noch drei Minuten, Monsieur«, verkündete er, nachdem er seine Taschenuhr konsultiert hatte. »Der Orient-Expreß fährt immer pünktlich ab.«

Zwei Minuten später hatte Marcel die Hoffnung aufgegeben und wollte sich gerade traurig vom Fenster abwenden, als Silvie in höchster Eile, begleitet von den Rufen schwerbeladener Gepäckträger, den Bahnsteig entlanggelaufen kam. »Schnell, Madame, schnell!« riefen die *Wagons-Lits*-Bediensteten, und ein halbes Dutzend starker Arme hoben sie genau in dem Augenblick an Bord, als die Lokomotive ein langgezogenes, schrilles Pfeifen ausstieß und der Zug zu seiner langen Reise quer durch Europa losrollte.

Silvie lachte und weinte vor Aufregung, warf sich in Marcels Arme und drückte ihn.

»Ich hab's geschafft«, rief sie, »ich habe allen gesagt, sie sollen zum Teufel gehen – ich bin ja so glücklich über die Art, wie du mein Leben in die Hand genommen hast!«

Marcel gab den Bediensteten, die Silvies umfangreiches Gepäck verstaut hatten, ein Trinkgeld, und führte sie in sein Abteil.

»Schau!« sagte er und zeigte durch das Fenster. »Paris zieht vorbei und bleibt zurück. Morgen früh werden wir in Italien aufwachen, und in zwei Tagen sind wir in Istanbul. Die ganze Welt gehört uns.«

Mit vor Erregung und Abenteuerlust glänzenden Augen stieß Silvie ihn auf die lange Sitzbank und dann auf den Rücken. *»Silvie!«* war alles, was er hervorbringen konnte, ehe sie, mit den Knien auf dem Sitz, rittlings über ihm war. Ihre Reisekleidung war äußerst schick – eine hüftlange, schwarz und altrosa karierte Jacke über einem eng anliegenden Rock aus dem gleichen Stoff. Marcel starrte zu ihr hinauf, sie warf ihren kleinen Strohhut quer durchs Abteil und streifte ihre Jacke ab.

Marcel faßte nach ihren Schenkeln, fühlte die glatte Seide ihrer Strümpfe unter seinen Fingerspitzen. Es war überflüssig, etwas zu sagen – alles war selbstverständlich. Silvie hob ihren Rock bis zu den Hüften, dann auch das elfenbeinweiße Unterhemd – und mit einem befriedigten kleinen Seufzer stellte Marcel fest, daß sie für die Reise keinen Schlüpfer angezogen hatte. Die dunkelbraunen Löckchen ihrer *motte* glänzten, als seien sie frisch gebürstet, und sein wichtigster Besitz wartete schon ungeduldig in seiner Unterwäsche.

Bald war er draußen und in Silvies Hand, und sie strahlte voller Bewunderung und Wollust auf ihn hinunter, während sie ihn zwischen den Fingern rollte. Aber nicht lange – die Flucht mit der Eisenbahn hatte offensichtlich eine stark aphrodisische Wirkung auf sie – und sie steuerte ihn zwischen ihre Schenkel und setzte sich darauf, um sich selbst aufzuspießen. Marcel streckte die Hände aus, um ihren vollen Busen durch ihr Kleid hindurchzukneten, dann hielt sie still, bis er es ihr über den Kopf gestreift hatte – und dann noch das Hemd, so daß sie bis auf ihre dunklen Strümpfe nackt war. Jetzt konnte er ihre Brüste mit den vorstehenden dunkelrosa Spitzen nach Herzenslust kneten, während sie auf ihm ritt.

»Aber, liebe Silvie – du hast gesagt, daß ich jetzt die Kontrolle über dein Schicksal in der Hand hätte«, murmelte er und stieß rhythmisch aufwärts.

»Das hast du, das hast du!« rief sie aus. »Mein Leben, mein Schicksal, mein Körper, meine Liebe, mein Geschlecht, mein Geld, meine Zuneigung – alles untersteht deiner Kontrolle! Ich gebe mich voll und ganz in deine Hände!«

Ihre eigenen Worte der Unterwerfung erregten sie so sehr, daß ihr Höhepunkt augenblicklich einsetzte – und

Marcel mit seiner Plötzlichkeit überraschte. Ihr schönes Gesicht verzerrte sich zu einem konzentrierten Grinsen, und sie schlug die Hände über seine, damit er ihre Brüste fester drücke. Das war mehr, als er aushalten konnte – Marcels Rücken bäumte sich von der Sitzbank und er schrie auf, als seine Begeisterung in sie sprudelte. Der Orient-Expreß wurde immer schneller, die Räder ratterten in einem hypnotisierenden Rhythmus über die Schienen, und Marcel, verloren in einem Nebel aus Gefühlen, Stolz und Triumph, erkannte noch nicht, daß er sich von seiner Mutter losgerissen hatte, nur um sich in die Gewalt einer anderen Frau zu begeben.